MIRA®

Der Preis dieses Bandes versteht sich einschließlich der gesetzlichen Mehrwertsteuer.

*Umwelthinweis:*
Dieses Buch wurde auf chlor- und säurefreiem Papier gedruckt.

*Sharon Page*

# Blutrote Versuchung

Erotischer Roman

Aus dem Amerikanischen von
Ira Severin

MIRA®

MIRA® TASCHENBUCH
Band 35049
1. Auflage: Juni 2013

MIRA® TASCHENBÜCHER
erscheinen in der Harlequin Enterprises GmbH,
Valentinskamp 24, 20354 Hamburg
Geschäftsführer: Thomas Beckmann



Titel der nordamerikanischen Originalausgabe:
Blood Deep


Published by arrangement with
Kensington Publishing Corp., New York, NY, USA

Dieses Werk wurde vermittelt durch die
Literarische Agentur Thomas Schlück GmbH, 30827 Garbsen

Konzeption/Reihengestaltung: fredebold&partner gmbh, Köln
Umschlaggestaltung: pecher und soiron, Köln
Redaktion: Bettina Lahrs
Titelabbildung: Thinkstock/Getty Images, München;
pecher und soiron, Köln
Autorenfoto: © Harlequin Enterprises S.A., Schweiz
Satz: GGP Media GmbH, Pößneck
Druck und Bindearbeiten: CPI – Ebner & Spiegel, Ulm
Printed in Germany
Dieses Buch wurde auf FSC®-zertifiziertem Papier gedruckt.
ISBN 978-3-86278-729-6

www.mira-taschenbuch.de

## *PROLOG*

# Magie

*London*
*April 1807*

Lord Sebastien de Wynter war mit gespreizten Armen und Beinen ans Bett gefesselt. Über seine hoch aufragende Erektion hatte man ein weißes Laken ausgebreitet. Vier dunkelhaarige Kurtisanen verwöhnten ihn mit Küssen – eine presste hungrig die Lippen auf seinen Mund, eine andere umkreiste mit der Zunge die Wurzel seines Schwanzes, die Dritte beugte sich über ihn und saugte an seinen Brustwarzen. Und die Letzte ließ ihre Zunge um die Zehen von Sebastiens rechtem Fuß tanzen.

Zayan lächelte über das laute, wilde Stöhnen seines Freundes. Er sah zu, wie Sebastien lustvoll an seinen Fesseln zerrte. Gut. Genau das war es, was Zayan an diesem Abend brauchte. So würde er Vergessen finden …

„Meister?" Fragend wehte eine sanfte weibliche Stimme hinüber zu Zayan. Wie Sebastien war die junge Frau gefesselt, doch sie lag nicht auf einem Bett, sondern wurde von Seilen an einer Wand gehalten. Gewichte aus getriebenem Gold baumelten mit Klammern befestigt an ihren Brustspitzen. Zayan hatte Haken, an denen kleine Kugeln aus schwarzem Eisen hingen, durch die Piercings an ihren Schamlippen geschoben. Demütig wartete sie darauf, dass er den nächsten Schritt mit ihr tat.

„Ich möchte lernen, Meister. Ich habe den Wunsch, darin unterwiesen zu werden, wie ich Ihnen dienen kann."

Ihre Stimme war weich und kehlig und äußerst wohlklingend. Einzig ihr ländlicher Tonfall störte.

Sie erwartete, die Peitsche zu spüren zu bekommen, doch das wollte er nicht.

Zweitausend Jahre hatte er auf diese Nacht gewartet.

Ganz langsam begann alles im großen Salon des Bordells rot zu glühen – jedes Wesen, Sterbliche und Untote. Der rote Schatten breitete sich über ihnen allen aus, zeichnete perfekt die Silhouetten der sich windenden, bebenden Gestalten nach, deren sexuelle Ekstase mit jeder Sekunde wuchs. Niemand sonst sah die sanften roten Umrisse. Nur er. Leuchtendes Purpurrot, die exotische lebendige Farbe des Blutes.

Zunächst war es nur ganz schwach zu sehen, als leichter Schimmer. Der Schein umspielte die vollen nackten Brüste seiner Kurtisane und die großzügigen Rundungen ihrer Hüfte. Er leuchtete heller an der Stelle, wo ihre Schenkel sich trafen und die Gewichte von ihren Schamlippen herabhingen.

Zayan legte den Kopf in den Nacken und die Hände mit nach oben weisenden Innenflächen auf seine Schenkel. Er ruhte auf einem Berg aus Seidenkissen, umgeben von Kurtisanen, die darauf warteten, ihm zu dienen.

Die Vorteile des Krieges …

So hatte sein Leben vor zweitausend Jahren ausgesehen, als er ein sterblicher Mann gewesen war. Wenn er aus der Schlacht zurückkehrte, hatte man ihn wie einen Gott behandelt. Er hatte sich an den herrlichsten Speisen erfreut – an saftigen Trauben, köstlichen Feigen, gebratenem Fleisch. Und dann die Orgien! Frauen, die ihm Essen im Überfluss und immer wieder Wein gereicht und ihm mit ihren Zungen und ihren duftenden Körpern Lust geschenkt hatten.

Er schloss die Augen.

Blut. Hinter seinen Lidern sah er, wie blicklose Augen ihn aus blassen Gesichtern anstarrten, die von einem Glorienschein aus Blut umgeben waren. Er hatte Tausende von leeren, leblosen Augen gesehen. Er hatte bei den Spielen seiner Männer mitgemacht, bei denen geschickt Schädel hin und her geschossen wurden.

Aber er hätte niemals erwartet, dass er in den Gesichtern der Menschen, die er liebte, jemals so blinde, matte Augen sehen würde.

*Erinnerst du dich an ihre Gesichter?*

Er hörte die Stimme einer Frau. Sie kam aus dem roten Nebel, der inzwischen das ganze Zimmer erfüllte. Diese Stimme schenkte ihm den Frieden und die Gelassenheit, die andere Männer mithilfe von Drogen fanden.

Es war die Stimme, die ihm in den Ohren geklungen hatte, während er auf das Schlachtfeld hinabgeblickt und gesehen hatte, wie seine Armee niedergemetzelt wurde, als würden die Götter persönlich die Männer zu Boden werfen. Wohlklingend und verführerisch hatte die Stimme ihn gerufen. Sie hatte ihm alles versprochen, was er brauchte, um den Sieg zu erringen. Und was sie dafür verlangte, war ihm damals nicht im Geringsten wie ein Opfer erschienen …

Seine Seele. Unsterblichkeit. Er würde zu einem Untoten werden.

*Erinnerst du dich an den Klang ihres Lachens? Weißt du vielleicht sogar noch, wie sie dufteten, als du sie in deinen Armen hieltest?*

Nein. Er kämpfte jeden Tag darum, die Erinnerung am Leben zu halten, doch die Gesichter seiner Kinder wurden immer undeutlicher, wenn er versuchte, sie sich vorzustellen.

*Umarme mich, und ich kann sie dir zurückgeben. Umarme mich, und ich schenke dir das, was du wirklich brauchst.*

Eine Frau wackelte mit ihrem nackten Po vor seinem Gesicht. Tief hinein hatte sie sich einen dicken Elfenbeinstab geschoben und die langen, üppigen Pfauenfedern am Ende des Stabs wirkten wie ein bunter exotischer Schweif. Eine weitere Frau näherte sich und präsentierte ihm ihr Hinterteil. In ihrer Rosette steckten zwei Kerzen, die mit einem weißen Seidenband zusammengebunden waren. Mehrere andere Bänder waren um ihre Schenkel und die Taille gewunden und sorgten dafür, dass die Kerzen nicht aus ihr herausglitten. Die Dochte waren entzündet, und das geschmolzene Wachs tropfte nach unten. Einige Wachströpfchen trafen ihre Strümpfe, und sie schrie auf. Die dritte und letzte Kurtisane flüsterte ihm zu:

„Ich habe nichts in mir stecken, Meister. Wollen Sie mich ausfüllen?"

Die Frau mit dem Pfauenschweif spielte an ihrer geschwollenen Klitoris herum. Obwohl sie ihre Fingerspitzen nur langsam und träge bewegte, war sie offensichtlich schon höchst erregt. Ihr Streicheln wurde sehr bald rascher und entschlossener.

„Geduld!", herrschte er sie an. „Ich erlaube dir jetzt noch nicht, zu kommen."

„Ich möchte von Ihrem herrlichen Schwanz ausgefüllt werden", flehte die Kurtisane, die schon vorher um seine Zuwendung gebettelt hatte.

„Nein, Sklavin. Du bekommst Kerzen."

Er nahm eine dicke Wachskerze und bestrich sie mit warmem Öl. Auf seinen Befehl hin führten die anderen Mädchen sie in die Möse der stöhnenden Dirne ein.

„Zünde ihre Kerze mit deinen an, meine Süße."

Und sie amüsierten ihn damit, wie sie versuchten, das Feuer von einem der beiden brennenden Dochte an den langen jungfräulichen der dicken weißen Kerze weiterzugeben, ohne dabei die Hände zu benutzen. Als es ihnen gelungen war, jubelten sie. Ihre Gesichter waren gerötet und ihre Mienen angespannt, weil sie ihre Erregung noch immer unter Kontrolle halten mussten.

Doch er hatte nicht vor, ihnen schon jetzt Erlösung zu gestatten.

Er brauchte sie in dem Zustand, in dem sie jetzt waren.

Die rote Kraft nährte sich von diesem großen sexuellen Verlangen. Und dann würde sie ihn von der Qual erlösen, die jetzt noch in seinem Körper tobte, und ihm den schrillen Schmerz nehmen, der seinen Kopf fast zum Platzen brachte. Opium half ihm nicht, doch jene geheimnisvolle Macht tat es.

„Verschafft mir Lust!", befahl er den Frauen um sich herum. Laut und heftig atmend knieten sie allesamt vor ihm nieder. Der rote Nebel wirbelte in Spiralen um ihn herum. Doch bevor die erste Dirne ihn berühren konnte, begannen ihre Augen rot zu glühen. Rote Tränen quollen unter ihren Lidern hervor, und sie schrie vor Entsetzen.

Kreischend begann sie sich mit gespreizten Fingern das Gesicht zu zerkratzen. Die anderen Frauen versuchten ihre Arme festzuhalten. Zayan sprang auf, packte sie bei den Handgelenken und zog sie an sich. Er sandte eine Welle heilender Magie durch ihren Körper, doch sie schrie weiter und versuchte sich zu befreien.

Schließlich wurde sie in seinen Armen schlaff. Aus ihrem Mundwinkel tropfte Speichel.

Dann lief keine rote Flüssigkeit mehr aus ihren Augen und verschwand auch von ihren Wangen, als hätte es sie nie gegeben.

Bei allen Göttern, was war geschehen? Dies war die Nacht, in der er die Macht in sich aufnehmen sollte. Das war ihm versprochen worden. Zweitausend Jahre hatte er darauf gewartet, die gesamte Kraft zu erhalten, die der rote Nebel verleihen konnte.

Danke sehr, erklang eine spöttische Stimme irgendwo in seinem Kopf, und der pochende, ziehende Schmerz schickte Blitze durch seine Schläfen.

Ein Seufzer durchlief seinen Körper. Wenn der Nebel kam, schien er die Kontrolle über Zayan zu übernehmen. Er redete auf jene lautlose Weise mit ihm, wie Zayan seine Gedanken in die Köpfe der Sterblichen senden konnte. *Ihre Seele ist viel zu verängstigt, um mein Verlangen länger als für einen kurzen Moment zu stillen.*

Nie zuvor hatte die Macht sich einer Seele bemächtigt, doch es überraschte ihn nicht. Er nahm sich das Blut, und durch ihn nährte sich die rote Kraft vom Leben und der Seele des Opfers.

Doch er spürte, wie sein Herz sich zusammenzog, als er den schlaffen Körper des Mädchens sanft zu Boden gleiten ließ. Die anderen Kurtisanen wimmerten, und um sie herum bildete sich ein Menschenknäuel aus anderen Bordellgästen und Dirnen, die gespürt oder gehört haben mussten, dass hier etwas passiert war, und nun kamen, um es aus der Nähe zu sehen.

„Sie ist einfach zusammengebrochen."

Eine Frau schluchzte auf.

„War sie krank?"

Sebastien, den offenbar jemand von seinen Fesseln befreit hatte, schob sich durch die Menge. Seine Miene war besorgt. Zwar war er ungestüm und sinnlich, aber auch mitfühlend; einmal hatte er einen brutalen Bordellbesucher fast in Stücke gerissen. Ein schmerzlicher Ausdruck trat in seine silbrig grünen, reflektierenden Augen, die er jetzt wütend aufriss. „Was ist mit ihr geschehen, verdammt? Hast du sie getötet?"

„Er hat sie nicht mal angerührt!", rief eine der Kurtisanen. „Sie ist einfach zusammengebrochen!"

Das leblose Mädchen war eine von Sebastiens Lieblingsdirnen gewesen, und nun hob er sie vom Boden auf und hielt sie in seinen Armen.

Niemand erzählte ihm von der roten Flüssigkeit, die aus den Augen der Reglosen gequollen war.

„Bringen wir sie in eines der Schlafzimmer", befahl Sebastien. Diener eilten herbei, um zu tun, was er wünschte, doch er trug sie selbst fort.

Zayan richtete sich auf. Woher kam der Schmerz, der sich wie eine eiserne Faust um sein Herz gelegt hatte?

*Es ist dein Gewissen, Zayan,* flüsterte die Stimme in seinem Kopf. *Wenn du mir hilfst, kann ich dir das geben, was du dir am meisten wünschst. Meine Macht wirst du aber nicht bekommen – sie kann ich dir nicht überlassen. Du hast nicht richtig verstanden, worum es geht. Ich werde dir deine Kinder wieder verschaffen und auch deine Seele. Beides wirst du von mir zurückbekommen, und es wird sein, als wären die zweitausend Jahre nicht vergangen. Ich kann dir den Himmel und die Erde schenken, Frieden und Liebe, und ich weiß, du erinnerst dich daran, wie süß sich das anfühlte. Aber du musst mir dienen. Deine Dienste sollen der Preis sein – nur für einige wenige Jahre, bis du endgültig deine Belohnung erhältst.*

Natürlich konnte sie ihm die Macht nicht geben – wieder war er von einer Frau betrogen worden. *Ich habe dir gedient, verdammt, obwohl ich mir geschworen hatte, nie wieder jemandem zu Diensten zu sein!* brüllte er in seinem Kopf. *Und dafür gib mir jetzt meine Kinder zurück!*

Er war der gefürchtetste römische General gewesen und hatte eine blutige Schneise in die Reihen der Gallier geschlagen. Seine Stärke war legendär – hundertmal hatte ihn ein tödlicher Schlag getroffen, und er war jedes Mal wieder aufgestanden. Dann hatte ihn seine Frau mit dem Kaiser, seinem engsten Freund, betrogen. Daraufhin schwor er, niemals wieder jemandem zu dienen – doch um die Unsterblichkeit zu erringen, hatte er diesen Schwur gebrochen.

Bei diesem Gedanken bohrte sich ein scharfer Schmerz in seinen Schädel. Er litt entsetzliche Qualen. Während die Pein auch seinen Körper durchfuhr, sank er auf die Knie. Bei allen Göttern, er würde sich den Pflock selbst ins Herz bohren, um sich von diesem Leid zu befreien.

Doch er würde niemals frei sein.

Er wusste, die Antwort lautete nein. Die rote Macht würde ihm seine Kinder nicht zurückgeben, wenn er sich weigerte, ihr weiterhin zu dienen. Um seine Kinder wiederzusehen und ihnen eine Chance auf ein neues Leben bieten zu können, würde er ein Sklave bleiben müssen.

*Mayfair, London*
*Mai 1807*

Sie war sich fast sicher, dass sie sterben würde.

Sich mit dem Vampir Zayan auf einen Kampf einzulassen war dumm gewesen. Es war die unüberlegte Entscheidung einer Frau, die beweisen wollte, dass sie so mutig, findig und furchtlos war wie ein Mann. Und das bin ich auch, dachte Eugenia Bond. Der Vampir war einfach nur stärker.

Zayan war nicht einmal derjenige gewesen, der sie verwundet hatte. Sie hatte sich viel zu tollkühn verhalten. Als Zayan vor ihr zurückgewichen war, hatte sie triumphiert und angenommen, sie könne ihn vernichten. Den Pflock in der erhobenen Hand, war sie vorwärts gestürmt, doch ein anderer Vampir namens Guillaime war aus den Schatten des Hyde Parks aufgetaucht, hatte ihr das angespitzte Holz entwunden und sie damit angegriffen.

Bei der Erinnerung an den Schmerz wurde sie noch schwächer.

Eugenia stolperte die Straßen von Mayfair entlang. Sie hielt sich im Schatten, auf der Suche nach einem ganz bestimmten Haus, das ihr Zuflucht bieten sollte. Ihr Bruder würde verstehen, was ihr zugestoßen war. Er würde wütend sein, doch er würde sie bei sich aufnehmen. Sie konnte selbst nicht begreifen, wie sie es schaffte, sich trotz ihrer Verletzungen weiterzuschleppen. Aber sie musste sich bewegen. Stehen zu bleiben bedeutete ihren sicheren Tod.

Ihr Kleid war blutdurchtränkt, an Armen und Beinen lief der Lebenssaft hinab. Mühsam tastete sie sich vorwärts und klammerte sich an schmiedeeiserne Tore und Laternenpfähle, wenn sie sich abstützen musste.

Es war nicht mehr weit bis zum Haus ihres Bruders. Nur noch eine Querstraße.

Doch in der Dunkelheit lauerten mit Sicherheit Straßenräuber, um betrunkene Gentlemen auszurauben. Würden die Diebe auch sie überfallen?

Kutschen ratterten an ihr vorbei, und einige hielten vor Hauseingängen, um Fahrgäste aussteigen zu lassen. Von überallher schallten Stimmen. Pferde wieherten und klapperten mit den Hufen. Die Lampen der Wagen und die Lichter neben den Türen warfen ihren strahlenden, flackernden Glanz auf die Straße. Dies war ein zu belebter Ort, um von einem Vampir verfolgt zu werden.

Es war nicht Zayan, der ihr nachschlich, sondern ein jüngerer, im Rang niedrig stehender Vampir, offenbar dumm genug, um sich hier sehen zu lassen.

Da! Sie hörte verstohlene Schritte hinter sich, hatte aber nicht die Kraft, sich umzudrehen. Es gelang ihr jedoch, all ihre Angst in einen Sprung nach vorn zu legen. Die Schritte hinter ihr wurden zu einem raschen Lauf.

Eugenia dankte dem Himmel für die Menschenmenge um sich herum. Obwohl die dämlichen Mitglieder der guten Gesellschaft sie nur erschrocken anstarrten und vor ihr zurückwichen, würde der Vampir nicht wagen, sie vor den Augen so vieler Zeugen anzugreifen.

Nummer 16. Beim Anblick der Haustür und des löwenkopfförmigen Klopfers wäre sie vor Erleichterung fast in Tränen ausgebrochen. Sie stolperte die Treppenstufen hinauf.

„Madam!“, rief ein junger Diener entsetzt, als er die Tür öffnete und sie ihm sofort entgegensank.

„Straßenräuber!“, keuchte sie, was für ihn und die übrigen herbeieilenden Dienstboten nicht ganz so schlimm klang wie die Wahrheit. Außerdem würde ihr aufgeblasener Bruder Edward nicht wollen, dass etwas über die Tätigkeit seiner Schwester als Vampirjägerin an die Öffentlichkeit gelangte. Edward hielt sie für verrückt. Nur weil er wusste, dass die Existenz von Vampiren kein Mythos, sondern die Realität war, hatte er sie noch nicht nach Bedlam ins Irrenhaus geschafft.

Schwere Schritte hallten über den Steinboden. Sie war rücklings gegen die Wand gesunken und hielt sich die Seite. Eisige Kälte durchdrang sie, und ihre Finger fühlten sich taub an. Undeutlich sah sie Edwards Gesicht vor sich. Anstatt außer sich vor Wut zu sein, war er fahl vor Angst. „Eugenia! Gütiger Himmel, was hast du getan?“

*Ich habe meinen eigenen Tod verursacht.* Die Worte gingen ihr durch den Kopf, doch sie konnte sie nicht aussprechen. Die letzte Kraft verließ ihren Körper, und die Kälte ergriff Besitz von ihr.

Sie glitt zu Boden.

Ein strahlend helles Licht umgab sie, hieß sie willkommen, umarmte sie. In Gedanken streckte Eugenia die Hände danach aus. Das Licht versprach Schutz vor der Kälte. Es war wunderschön anzuschauen und nahm ihr die Angst und die Unsicherheit.

„Tante Eugenia?“

Aus weiter Ferne hörte sie eine Kinderstimme.

„Nicht sterben, Tante!“, schluchzte das Kind.

Eugenia spürte ein Gewicht auf ihrer Brust. Es war der Kopf des Mädchens. Ich habe keine andere Wahl, wollte sie sagen. Es ist Zeit für mich, zu gehen. Diesen Kampf habe ich verloren.

Doch da flutete Wärme durch ihren Körper, eine Hitze, die immer stärker wurde und dafür sorgte, dass das helle, lockende Licht langsam verlosch. Eugenia wurde nach unten gezogen, wieder hinunter auf das Bett, auf dem ihr Leib lag, und mit einem Ruck glitt sie zurück in diesen Körper.

Sie zwang sich, die Lider zu öffnen, und sah, dass neben ihrem Bett ein Mädchen stand.

Miranda. Sie war zwölf Jahre alt und trug das goldene Haar noch zu kindlichen Zöpfen geflochten, aus denen sich die ungebärdigen Locken teilweise schon wieder gelöst hatten. Ihr Rock bedeckte gerade eben ihre Knie. Das Kind blinzelte heftig, seine blauen Augen glänzten, und Tränen liefen ihm über die Wangen. „Geht es … geht es dir gut, Tante Eugenia? Ich habe die Hitze gespürt. Du wirst doch nicht sterben, oder?“

Gütiger Himmel, das Mädchen hatte sie ins Leben zurückgeholt! Sie war immer noch sehr geschwächt und nicht in der Lage, sich aufzurichten, doch Eugenia spürte, dass ihr Herz mit jeder Sekunde kräftiger und rascher schlug.

Ihre Nichte hatte sie dem Jenseits entrissen und hatte sie, nun ja, wiederbelebt.

Eine so starke magische Kraft hatte sie bisher nur einmal erlebt – bei dem Vampir Zayan.

Erschöpft von der Anstrengung, ihrer Tante das Leben zu retten, sackte Miranda neben Eugenia in sich zusammen. Mühsam umarmte Eugenia das schlanke bebende Mädchen und flüsterte beruhigende Worte, bis es zu zittern aufhörte.

„Ich weiß nicht, was ich gemacht habe“, wisperte Miranda an Eugenias Busen.

„Du hast mir das Leben gerettet“, erwiderte Eugenia mit sanfter Stimme. „Du warst ein sehr mutiges, ganz wunderbares Mädchen. Du bist etwas ganz Besonderes, mein Liebling.“

Um des Kindes willen versuchte sie ihre Worte schlicht und emotionslos klingen zu lassen, aber es ging hier in keinster Weise um etwas Alltägliches. Ihre Nichte besaß magische Fähigkeiten, neben denen die Taten von Dämonen und Vampiren wie Amateurzauberei wirkten.

Jetzt kannte sie ihre Aufgabe. Was sollte aus Miranda werden, wenn ihre liebe Nichte mit dieser erstaunlichen magischen Kraft aufwuchs? Weil Eugenia zur Königlichen Gesellschaft zur Erforschung übersinnlicher Phänomene gehörte, wusste sie ganz genau, was die *männlichen* Mitglieder der Gesellschaft versuchen würden: Entweder würden sie Miranda töten, oder sie würden sie gefangen halten, um ihre Fähigkeiten zu studieren. Davor musste das Mädchen geschützt werden. Miranda würde sehr viel Unterstützung brauchen. Sie musste lernen, sich an das Leben in der menschlichen Gesellschaft anzupassen und ihre magischen Fähigkeiten zu verbergen. Und Eugenia wusste, wie schwierig und gefährlich das war.

„Du liebes, süßes Mädchen“, flüsterte sie und streichelte den schmalen Rücken ihrer Nichte. „Ich werde dich beschützen. Für immer.“

# *1. KAPITEL*

## Gefangen

*Aus Miss Miranda Bonds Tagebuch*
*1. März 1819*

*Es gibt nichts Schlimmeres als die Lustschreie einer Frau, wenn man diese Schreie nicht selbst ausstößt und nur eine sehr geringe Wahrscheinlichkeit besteht, dass man es jemals tun wird.*

*Man sagt, auch die bedeutsamsten Dinge kommen durch einen winzigen Anstoß ins Rollen … Nun, vielleicht sage das nur ich, aber es klingt sehr gut, und deshalb werde ich es zu meinem Motto machen, zu meinem Mantra, dem Wahlspruch für die Schlacht, in die ich zu ziehen gedenke.*

*Jener Lustschrei war mein Anstoß.*

*Um meiner hoch verschuldeten Familie beizustehen, werde ich hinaus auf die sturmgepeitschte Heide eilen – zum Anwesen des geheimnisvollen und berüchtigten Lord Blackthorne. Gerüchte über seine seltsamen exotischen Vorlieben machen die Runde, doch ich glaube keine einzige von diesen schlüpfrigen Geschichten. Blackthorne hat in der blutigen Schlacht um Waterloo das Leben meines Bruders gerettet, und ich weiß, dass er ein wahrer Held ist.*

*Es geht um mehr als um die Notwendigkeit, meiner Familie zu helfen. Durch die Briefe, die Lord Blackthorne und ich einander während des vergangenen kostbaren, herrlichen Jahres geschrieben haben, weiß ich inzwischen, dass ich ihn liebe.*

*Also werde ich zu ihm fahren, ihn verführen und ihn heiraten.*

*Vorausgesetzt, ich finde den Weg und werde unterwegs nicht ausgeraubt oder ermordet …*

„Ich will tief in dich hineintauchen, mein Engel. Ich will dich zum Schreien bringen."

Miranda schloss die Augen und spürte, wie ein Schauer der Erwartung sie von ihrem unbedeckten Nacken bis zu den Schenkeln überlief. Er war wieder da, verborgen in den Schatten hinter ihrem Rücken. Seine Stimme war die pure Erotik, ihr Klang leise und tief, volltönend und verführerisch. Vollkommen männlich – gleichzeitig kraftvoll und unmissverständlich.

Du hörst ihn nicht wirklich. Es ist ein Traum, Miranda, warnten sie ihre eigenen Gedanken.

Woher wusste sie das? Sie war Teil dieses Traums – verloren in seinen Bildern und Geräuschen –, doch aus irgendeinem Grund war ihr klar, dass es nur ihre Fantasien waren und dieser köstliche Augenblick vorüber sein würde, wenn sie sich zwang, die Augen zu öffnen.

Seine große Hand strich an ihrem Hals entlang. Haut an Haut. Er trug keine Handschuhe. Sie spürte, wie die ein wenig raue Handfläche und die langen Finger ihren Nacken liebkosten.

Die nackte Hand eines Mannes berührte ihre Haut? Das war fremdartig. Verboten. Flammen züngelten an ihrem Rückgrat hinab.

Miranda wölbte den Rücken und presste ihren Po gegen den Mann, der hinter ihr stand.

Anständige Damen taten so etwas nicht.

Der Punkt war, dass sie unmöglich eine anständige Dame mehr sein konnte.

Er war hochgewachsen. Sie wusste, dass er groß war. Obwohl sie ihn nicht sehen konnte, spürte sie seinen Kopf über sich. Seine langen Haare hingen offen herab, und seidige Strähnen kitzelten die Haut über dem Ausschnitt ihres Mieders. Sie hörte ihn nicht atmen, und solange er nichts sagte, war kein Laut zu hören.

Sie starrte in den Standspiegel, in dem sie nichts außer sich selbst und die sie umgebende Dunkelheit erkannte. Zu Beginn konnte sie ihn nie sehen. Ganz langsam würde ihre Traumwelt ihr sein Bild enthüllen.

Träge zeichneten seine Finger kleine Kreise auf ihren Nacken. „Möchtest du mich tief in dir spüren, mein Engel?“ In seiner Stimme schwang ein ironischer, neckender Ton mit. „Ich kann nicht in dich eindringen – es sei denn, du sagst Ja zu mir.“

Etwas Hartes, Dickes drängte sich gegen ihren Po.

Sie wusste, was es war. Jede Nacht wurden ihre Träume gewagter. In der vergangenen Nacht, der letzten Nacht in ihrem eigenen Bett, bevor sie ihr Zuhause verlassen hatte, hatte sie im Traum ihre Unschuld verloren.

Natürlich nicht in der Wirklichkeit. Und in ihrer Traumwelt hatte sie niemals das Gesicht des Mannes gesehen, dem sie sich hingab.

War es Lord Blackthorne? Sah sie den Mann in ihren Träumen nicht, weil sie Blackthorne nie gesehen hatte?

Dennoch fühlten sich die anstößigen, schockierenden, sinnlichen Dinge, die er in ihren Träumen mit ihr machte, so echt an.

Plötzlich glitten die Kleider von ihrem Körper. Mieder und Röcke fielen einfach zu Boden, obwohl keine menschliche Hand die Verschlüsse geöffnet hatte. Die Bänder ihres Korsetts lösten sich durch die Kraft ihres Traums von selbst.

„J…ja.“ Sie stieß es mit zitternder Stimme hervor, in der Leidenschaft, Nervosität und Ungeduld mitklangen. „Ich will dich in mir spüren.“

Er strich mit der Hand an der Rundung ihres Hinterteils entlang und legte dann die Finger um die Rückseite ihres Schenkels. So brachte er sie dazu, ein Bein anzuheben und den Fuß auf das seidene Sitzkissen eines Stuhls zu stellen. Auf diese Weise bot sie ihre geheimsten Stellen seinen Händen dar, und er ließ seine Finger in sie hineingleiten.

Sie war sehr nass, ihre Säfte tropften aus ihr heraus.

„So mag ich dich, mein Engel. Glitschig und feucht und offen für mich."

Er nannte sie niemals beim Namen. Doch sie war sich sicher, dass sie seinen Namen kannte – in ihrer Fantasie hieß er Lawrence Adrian Phillip Southwick, Earl of Blackthorne.

Miranda verkrampfte sich und stöhnte gleich darauf glücklich auf, als er sie noch weiter öffnete. Sie konnte an nichts anderes denken als an seine Finger: Zwei steckten in ihr und dehnten sie; wenig später waren es drei – unglaublich, er ließ drei Finger tief in ihre Öffnung gleiten und strich gleichzeitig mit seinem Daumen über ihre empfindlichste Stelle, wo ihre Schamlippen sich schlossen.

„Du gehörst zu mir, Liebste."

So war es. Seit dem Augenblick, in dem sie seinen ersten Brief geöffnet hatte, gehörte sie ihm.

„Und du gehörst zu mir", erwiderte sie, obwohl sie sich in ihren Träumen mehr durch ihre Handlungen als durch Worte ausdrückte. Sie tat solche Dinge wie verführerische Blicke über ihre Schulter werfen, während sie sich mit der Zungenspitze über die Lippen leckte. „Ich will dich tief in mir spüren."

Sie konnte ihn nicht sehen. Die Dunkelheit verhüllte sein Gesicht. Das Einzige, was sie erkennen konnte, war seine breite Brust – da waren nur Muskelstränge und harte Brustwarzen und Haut, die sich über den Muskeln spannte.

Er griff in ihr Haar, zog die langen Strähnen heraus und wickelte sie um seine Handgelenke. So hielt er sie wie eine Gefangene fest, während er in sie hineinstieß.

Es fühlte sich so gut an! So wunderbar, dass sie das Gefühl hatte, wie Schokolade in der Sonne dahinzuschmelzen.

Sie konnte nicht anders, als laut zu schreien. Und … oh, wie tief er sich in sie hineinbohrte. Bis dorthin, wo es nicht mehr weiterging und köstliche Qual sie erbeben ließ. Wie konnte es sich so gut anfühlen, obwohl sie doch schluchzen und wimmern und stöhnen musste?

Doch dieser unglaublich herrliche Schmerz machte sie … süchtig.

Er hatte geschworen, er würde sie zum Schreien bringen, und das tat er nun auch. Mit seinen harten Stößen, mit dem schonungslosen Drängen seines Unterleibs gegen ihren, mit seinem leisen, heiseren Stöhnen und dem rauen Atem, der ihr Ohr streifte. Ihr Po klatschte gegen seinen Körper, und ihre Hinterbacken bebten bei jedem Stoß. Ihr Brüste tanzten in der Luft – bis er sie packte und an ihren Spitzen zog, sie zwischen seinen Finger drehte, bis sie ihn anflehte, aufzuhören …

Um gleich darauf um mehr zu betteln.

„Komm!“ Das war ein Befehl, keine Bitte. Sie befand sich am Rande des Abgrunds, zum Zerreißen gespannt wie eine Feder – oder wie ein Pulverfass in Erwartung des Funkens. Und als sie das Wort hörte, explodierte sie.

Überwältigende Lust durchwogte sie, und sie konnte nichts anderes tun, als ihren Körper diesem wunderbaren intensiven Gefühl zu überlassen. Sie schrie auf, ließ ihre Stimme bis zum Himmel hinaufsteigen, dann warf sie den Kopf nach vorn und wieder nach hinten, bis ihr vor lauter Ekstase ganz schwindelig war.

Während ihres wilden Tanzes hielt er sie umschlungen und lachte leise dicht an ihrem Ohr. Schließlich ließ das Pulsieren tief in ihrem Unterleib nach, und endlich gelang es ihr, verzweifelt nach Luft zu schnappen. Schweiß bedeckte ihren ganzen Körper.

Da berührte etwas Kaltes ihre Haut.

Kühl und scharf glitt dieses Etwas, das sich anfühlte wie die Schneide eines Messers, an ihrem Hals entlang, vom Kinn bis zum Ohrläppchen.

Miranda erstarrte vor Entsetzen. Es war kein Messer. Das weiße Aufblitzen, das sie im Spiegel sah, ließ ihren Atem stocken.

Reißzähne ragten über Blackthornes Lippen. Sie konnte seinen Mund nicht sehen, dazu war es zu dunkel, doch im Mondlicht schimmerten seine zwei langen gekrümmten Vorderzähne wie die eines Wolfes. Das war völlig unmöglich!

Doch in einigen Nächten hatte sie davon geträumt, dass Dämonen sie jagten; durch ihren Traum klangen dann schwere Schritte und ein Knurren wie von wilden Tieren. Am Ende hatten sich riesige Hände nach ihr ausgestreckt.

Oh Gott, sie glitt in einen dieser Träume! Ein heftiges Zittern schüttelte sie. Sie wollte jetzt nicht von Dämonen träumen. Sie wollte diesen köstlichen erotischen Traum. In dieser einen Nacht wollte sie keine Ängste spüren.

Miranda blinzelte, und seine Reißzähne waren plötzlich wieder verschwunden.

„Nicht heute Nacht, Liebste", murmelte er. „Dies ist nicht die richtige Nacht, dich zu der Meinen zu machen. Noch nicht."

*Dich zu der Meinen machen.* Hatte das etwas damit zu tun, dass er sie beißen wollte? Die dunklen Schatten schienen die Luft um sie herum zu verschlucken. Sie wollte aufwachen. Das hier war nicht die Wirklichkeit – es war nur ein Traum. Aber sie konnte ihren Schweiß riechen. Und seinen auch. Zwischen ihren Schenkeln stieg der würzige Duft seines Spermas auf. Sie fühlte sich feucht und klebrig und wund. All diese Empfindungen erschienen ihr wirklicher, als wenn sie sich selbst in den Arm gekniffen hätte, um festzustellen, ob sie wachte oder träumte.

Wie konnte ihr alles so real erscheinen, wenn sie doch schlief?

In einem Regen aus Glassplittern gab das Fenster mit knirschendem Holzrahmen nach. „Gütiger Gott!" Vor Entsetzen wurde ihr eiskalt. Nachtluft strömte durch das zerbrochene Fenster, als würde die Dunkelheit ins Haus klettern.

Nein, das war keine Dunkelheit. In ihrem Traum schien alles, was sie sah, verzerrt und wirr zu sein. Sie wusste nicht einmal, in welchem Zimmer sie sich befand. Erst jetzt bemerkte sie, dass die Wände um sie herum aus Stein bestanden. Davor hingen bestickte Wandteppiche. Träumte sie, dass sie sich in Blackthornes Burg aufhielt?

Nun stand ein Mann im Raum, direkt vor dem zerbrochenen Fenster. Und ein weiterer Mann, nackt, dem das goldene Haar bis auf die Schultern fiel. Er war erregt, bereit, sie zu nehmen.

Ihr Liebhaber aus ihrem Traum hielt sie an den Schultern fest und drehte sie so herum, dass sie den Mann direkt ansehen konnte, der … der gerade durchs Fenster ins Zimmer geflogen war.

Sein goldenes Haar wehte um seinen Kopf und verbarg sein Gesicht. Seine Stimme brachte ihr Blut in Wallung. „Solange Sie nichts über die Macht wissen, die man zu dritt besitzt, schweben Sie in tödlicher Gefahr, Miss Bond."

Jetzt bekam sie wirklich Angst. *Wach auf. Wach auf!* Miranda rief die Worte in ihrem Kopf, doch sie war in dem dunklen Zimmer gefangen, und die Hände auf ihren Schultern waren ihre Fesseln.

„Was ist die Macht zu dritt?", verlangte sie zu wissen. Sie schrie die Frage heraus in der Hoffnung, dies würde sie aus ihrem Traum befreien. Im Traum konnte man nicht sterben, war es nicht so? Man fiel, erreichte jedoch niemals den Boden. Im Traum mochte man erschlagen oder erschossen werden oder auch ertrinken, doch man wachte immer auf, bevor es zu Ende war.

Stimmte das wirklich?

Plötzlich spürte sie einen scharfen Schmerz an ihrem Hals. Schreie erfüllten das Zimmer und drangen hinaus in die Nacht. Die Schreie kamen aus ihrem Mund. Sie konnte ihren Körper sehen und begriff, dass sie unter der Decke schwebte. Ihre Arme und Beine waren weit gespreizt, ihre Haare umgaben sie wie ein Umhang, und sie wurde von der kalten Luft getragen, die durchs Fenster strömte.

Doch sie schaute auf sich selbst, auf ihren eigenen Leib hinunter. Der goldhaarige Mann ging dort unten auf sie zu. Ihr Mund war weit geöffnet zu einem Schrei, doch sie hörte keinen Ton. Sein erigierter Schwanz wippte vor ihm im Mondlicht auf und ab.

Er hob den Kopf, und Reißzähne wuchsen aus seinem Mund.

Dann drückte er ihr Kinn zur Seite, und sie spürte einen dumpfen Schmerz, als sie sah, wie er dort unten seine Zähne in ihren Hals bohrte. Luftwirbel begannen sie zu drehen. Langsam kreiste sie und sah zu, wie die beiden Dämonen das Blut aus ihrem Körper saugten, gierig schluckten und dabei leise Töne des Wohlbehagens ausstießen.

*Wach auf. Wach auf!*

Nun sank sie wieder hinunter zu ihrem Körper, der immer mehr Blut verlor und immer schwächer wurde. Wenn sie nicht aufwachte, würde sie sterben ...

Der Mann mit den goldenen Haaren hob den Kopf von ihrem Hals. „Und nun nehmen wir dir deine Kraft, mein Engel. Und machen dich bis in alle Ewigkeit zu der Unsrigen."

„Wir wissen, was du bist, Miranda", murmelte der andere Mann hinter ihr. „Eine Hexe."

Mit einem entsetzten Schrei fuhr sie hoch. Eine schwere Decke aus Pelz rutschte ihr von den Schultern in den Schoß, und die ganze Welt kippte nach links. Miranda fiel gegen die Wand eines sich bewegenden Raums, spürte jedoch weiche Polster. Ein klapperndes Geräusch, rhythmisch, doch misstönend, hämmerte in ihrem Kopf. Von irgendwoher hörte sie gedämpft das Wiehern von Pferden.

Sie saß in ihrer Kutsche oder vielmehr in einer der Kutschen ihres Bruders. Ihr Korsett schnürte ihr die Brust ein, bohrte sich in ihre Rippen und hinderte sie daran, tief durchzuatmen. Die Spitzenborte an ihrem Ausschnitt kratzte, ihre Röcke waren um ihre Beine gewickelt, und in ihren fest geschnürten Stiefeletten pochten unangenehm heiß ihre Füße.

Sie war am Leben! Sie lebte und war allein. Und in Sicherheit.

Sie hatte das alles nur geträumt. Gott sei Dank!

„Ich bin keine Hexe", rief sie laut in die leere Kutsche. Obwohl sie mit beiden Armen fest ihren Oberkörper umschlang, zitterte sie.

Vor zwei Wochen hatte sie ihren Plan niedergeschrieben, ihren hoch verschuldeten Bruder und seine Frau zu retten, indem sie zu Lord Blackthorne eilte und ihn dazu brachte, sie zu heiraten. Wie unwichtig Armut ihr nun plötzlich erschien!

Am Tag nachdem sie ihren Entschluss gefasst hatte, war ein Vampirjäger namens James Ryder in das Haus ihres Bruders gekommen. Wie ihre Tante Eugenia war Ryder ein Mitglied der Königlichen Gesellschaft zur Erforschung übersinnlicher Phänomene. Und sobald er begonnen hatte, ihr Fragen zu stellen, wurde ihr klar, dass er von ihren speziellen Fähigkeiten wusste.

Tante Eugenia hatte sie davor gewarnt, jemals irgendjemandem davon zu erzählen – auch nicht der Königlichen Gesellschaft. Also hatte sie so getan, als würde sie seine Fragen nicht verstehen, und solange die hohlköpfige Idiotin gespielt, bis er enttäuscht wieder abgezogen war.

Doch Ryder hatte ihr an einem der folgenden Tage im Park aufgelauert.

„Sie sind eine Dämonin. Oder eine Hexe!", hatte er ihr an den Kopf geworfen. „Nur ein böses Wesen aus einer anderen Welt kann so starke magische Kräfte besitzen. Und als Vampirjäger ist es meine heilige Pflicht, Sie zu vernichten."

Das intensive, fast fanatische Feuer in seinen blauen Augen hatte sie in Angst und Schrecken versetzt. Immerhin hatte diese Situation gezeigt, dass sie keine Frau war, die so leicht in Ohnmacht fiel – obwohl sie nie zuvor einen so guten Grund gehabt hätte, die Besinnung zu verlieren. Doch sie war fest stehen geblieben, entschlossen, um ihr Leben zu kämpfen. Atemlos hatte sie hervorgestoßen, dass er verrückt sein müsse. Sie habe nicht die geringste Ahnung von Magie und sei ganz sicher keine Hexe. Gleichzeitig dachte sie in ihrem Inneren: Ich habe Leben gerettet. Mehr habe ich nicht getan. Allerdings waren im Laufe der Jahrhunderte unzählige unschuldige Frauen auf dem Scheiterhaufen verbrannt worden.

Ryder erklärte ihr daraufhin in kühlem Ton, die Königliche Gesellschaft sei der Meinung, sie müsse beiseitegeschafft werden. Dabei streichelte er ihre Wange, und sie war zu entsetzt, um vor seiner Berührung zurückzuweichen. „Es kann jederzeit geschehen, mein Liebling, du wirst nicht wissen, wann. Aber ich verspreche dir, du wirst Schmerzen leiden.“ Mit diesen Worten verschwand er zwischen den Mitgliedern der gehobenen Gesellschaft, die um diese Zeit den Park bevölkerten. Gleich darauf holten Simon und Caroline sie ein, und obwohl sie sie anschwindelte, was die Begegnung mit Ryder betraf, war sie sich sicher, dass ihr Bruder und seine Frau ihr Entsetzen spürten.

Die Königliche Gesellschaft wollte sie tot sehen. Sie durfte ihre Familie keinem Risiko aussetzen. Indem sie blieb, brachte sie vor allem Tante Eugenia in Gefahr.

Lord Blackthorne war der Einzige, an den sie sich wenden konnte. Er hatte ihr in seinen Briefen geschrieben, er sei im Begriff, sich in sie zu verlieben. Nun betete sie darum, dass es tatsächlich so war. Sie betete, dass sie zu ihm fahren und bei ihm Sicherheit finden konnte. Mithilfe seiner Macht und seines Reichtums konnte sie ihre Familie beschützen.

„Gut festhalten!“

Der Warnruf kam vom Kutscher. Dieses Mal träumte sie nicht; der Mann hatte den aufgeregten Schrei wirklich ausgestoßen. Die Kutsche begann zu schlingern, und die Pferde wieherten wie in Panik.

„Was ist los?“, rief Miranda, während sie sich am Sitz festklammerte. Doch wegen des laut klirrenden Geschirrs und des beängstigenden Knarrens der Kutsche konnte sie sicherlich niemand hören.

Die Wagenräder schienen in einer Furche der Straße stecken zu bleiben, und die Kutsche schwankte nach rechts und gleich darauf zurück nach links. Die Männer – der Kutscher und die Vorreiter, die der Meinung waren, sie würden Miranda auf Befehl ihres Bruders begleiten – schrien und brüllten. Eine Menge übler Flüche hallten durch die Luft. Sie waren im Begriff, sich zu überschlagen …

Es gab keine Möglichkeit, das Unheil aufzuhalten. Miranda klammerte sich verzweifelt an der Kante der Sitzbank fest, doch der Schwung der Bewegung warf sie zur Seite. Gleich darauf wurde sie in die andere Richtung geschleudert, und sie flog durch die Luft, als die Kutsche sich überschlug. Sie krachte mit dem Gesicht gegen den Fensterrahmen und war benommen. Hatte sie sich die Zähne ausgeschlagen? Die Wangenknochen gebrochen? Schmerz durchfuhr sie, und ihr Magen zog sich zusammen.

Auf der Seite liegend, holperte die Kutsche über den unebenen Boden, als die Pferde versuchten, durchzugehen, und dabei den schweren Wagen hinter sich herschleiften.

Dann war plötzlich alles ruhig.

Miranda ließ den Kopf sinken, sodass er an der Wand ruhte. Gütiger Himmel!

Sie hatte das Gefühl, sich gleich übergeben zu müssen.

Von Frauen erwartete man, dass sie angesichts sehr viel geringeren Unheils ohnmächtig wurden. Doch sie war fest entschlossen, bei Bewusstsein zu bleiben, und wenn es sie umbrachte! Ihre Unterlippe brannte, und sie berührte sie mit der Hand. Im nächsten Moment bemerkte sie Blutflecke auf ihrem weißen Musselinhandschuh und nahm einen metallischen Geschmack auf der Zunge wahr.

Von draußen öffnete jemand die Tür, die sich nun direkt über ihr befand. Blendend helles Sonnenlicht und kalte Luft strömten in den Wagen.

„Miss? Ist alles in Ordnung, Miss?"

„Ja." Tatsächlich war es so, obwohl sie auf dem Rücken lag und die Füße nach oben streckte. Ihre Röcke hatten sich um ihre Beine gewickelt, und ihr Mantel war so verrutscht, dass sie die Arme nicht bewegen konnte. Sie befand sich in einer äußerst würdelosen Lage, und außerdem tat ihr Kopf entsetzlich weh.

Der Kutscher lief rot an. „Würden Sie mir erlauben, Ihnen zu helfen, Miss Bond?"

„Ich sehe keine Möglichkeit, wie ich sonst hier herauskommen sollte.“ Im Stillen verfluchte sie ihre Kleidung. „Was ist passiert?“

Er versuchte ihr Handgelenk zu packen, ohne sie dabei anzusehen. Offensichtlich wollte er nicht beschuldigt werden, sich ungehörig verhalten zu haben.

Seufzend griff sie nach seinem Arm.

„Die Pferde haben gescheut“, berichtete er. „Plötzlich erschien aus dem Nichts eine seltsame Kreatur vor uns. Wir versuchten die Pferde zu zügeln, doch sie waren vor Angst wie verrückt. Dann kippte die Kutsche um.“

„Eine Kreatur? Meinen Sie einen Wolf? Einen wilden Hund?“

„Nein, Miss, so etwas war es nicht.“ Er zog sie nach oben, und sie mühte sich ab, sich mit den Füßen an der Wand oder der Sitzbank abzustützen, um auf die Beine zu kommen.

Das hier war zweifellos ein Abenteuer. Wann hatte sie jemals ihre Röcke hochziehen müssen, um aus einer umgestürzten Kutsche zu klettern und anschließend an einer Wand hinunterzurutschen, die jetzt wie ein Dach in die Luft ragte?

Der Kutscher ihres Bruders sah schrecklich verlegen drein, während er ihr dabei half, durch die Türöffnung zu krabbeln. Er war ein gut aussehender Mann mit pechschwarzen Haaren und funkelnden Augen, doch er sollte eigentlich nicht seine Arme um die Taille einer Dame legen, um ihr auf den Boden zu helfen.

„Vielen Dank“, hauchte sie, um ihn wissen zu lassen, dass ihr in dieser Situation Schicklichkeit vollkommen egal war.

Der Kutscher und sie hatten einen peinlichen Augenblick zu überstehen, während er mit rauer Stimme auf ihren Dank antwortete. Der Sonnenschein versprach einen schönen Tag, doch in der Luft, die sie tief einatmete, lag die Kühle des jungen Frühlings, und ihre Schuhe versanken im Matsch der Straße. Das schwächer werdende goldene Licht fiel auf ein Bild der Zerstörung: Eines der armen Pferde lag auf der Seite und zitterte vor Schmerz, das andere kämpfte gegen das Zaumzeug an, in dem es sich verheddert hatte. Die Vorreiter mühten sich ab, die Tiere zu befreien. Die auf der Seite liegende Kutsche war völlig zerstört.

Sie hatte Glück, dass sie noch am Leben war.

Diese Erkenntnis ließ sie noch entschlossener werden, herauszufinden, was geschehen war. „Wenn es kein Wolf und kein Hund war, was war es dann?"

„Es war ein riesiges Ungeheuer mit Reißzähnen", erklärte der Kutscher im selben Augenblick, in dem die Vorreiter riefen: „Es war ein Vampir!"

„Oh, ganz sicher nicht", widersprach sie. Waren die Diener betrunken? Sie hoffte, dass dem nicht so war. Sie hatten unterwegs nicht so lange bei einem Gasthaus gehalten, dass die Männer Zeit für ein Glas Brandy gehabt hätten.

Von ihr würde man in dieser Situation erwarten, dass sie die Bemerkung der Männer als dummen Aberglauben bezeichnete. Doch sie wusste, es gab tatsächlich Wesen mit Reißzähnen, die menschliches Blut tranken und im ländlichen England auf die Jagd gingen. Als sie noch sehr klein gewesen war, hatte sie nicht geglaubt, dass es solche Ungeheuer in Wirklichkeit gab, wenn Tante Eugenia ihr Vampirgeschichten erzählte. Sie liebte Tante Eugenia, hatte aber immer gedacht, dass sie exzentrisch sei und ihr einfach nur Angst machen wollte.

Jetzt wusste sie, dass Monster und Dämonen existierten.

„Es war ein Mann", beharrte einer der Vorreiter. „Ein Riese von einem Mann. Und er hatte Reißzähne."

„Verdammt noch mal!", murrte der Kutscher. „Ich bezweifle, dass wir die Kutsche wieder in Gang bringen können. Was sollen wir tun?"

Miranda schlang ihre Arme um sich. Der kalte Wind durchdrang ihren Mantel, und ihr ganzer Körper schmerzte.

„Da drüben liegt das Dorf Little Darkling." Der Kutscher deutete in die Richtung der Ansiedlung. Durch die knospenden Bäume eines kleinen Wäldchens erkannte sie schlammige

Felder, ein paar steinerne Farmhäuser und Ställe und dahinter eine Ansammlung von unterschiedlichen Gebäuden mit Sprossenfenstern, und aus den Schornsteinen stieg Rauch auf – die kleinen Landhäuser wirkten sehr einladend.

„Dann lassen Sie uns dorthin gehen", schlug sie vor. Sie würden durch den Matsch stapfen müssen und Stunden brauchen. Wolken huschten eilig an der Sonne vorbei. Ein paar Schneeflocken tanzten vom Himmel, und die Feuchtigkeit schien ihre Haut zu durchdringen. Die Schönheit des Tages schwand vor ihren Augen. Sie hatte keine andere Wahl.

Bevor einer der Männer antworten konnte, drang ein lautes Knurren aus dem dunklen Wald, der zwischen ihnen und den behaglichen, warmen Häusern lag. Äste knackten, Blätter wirbelten zu Boden, doch Miranda konnte zwischen den Bäumen nichts erkennen. Die Schneeflocken fielen jetzt dichter und tanzten in wilden Kreisen durch die Luft. Miranda schnappte erschrocken nach Luft, als der Kutscher seine Pistole hervorzog. „Treten Sie zurück, Mylady!", rief er.

Eine silbrig schimmernde Gestalt brach aus den Schatten hervor – ein Wolf mit dunklem Fell und hohen Läufen preschte dicht über dem Boden auf sie zu. Das Maul des Tieres öffnete sich. Mit sicherer Hand zielte der Kutscher, doch Miranda schrie: „Nein!"

Wie ein Blitz schoss der Wolf an ihnen vorbei.

„Gütiger Himmel!", keuchte sie. „Irgendetwas hat ihn erschreckt. Er ist nicht gerannt, um uns anzugreifen, sondern er lief um sein Leben!"

Der Kutscher schaute sie an, als würde er sie für verrückt halten. Aber sie ignorierte es, denn es war nicht unüblich, dass ein Mann die Augen verdrehte, wenn eine Frau ihre Meinung äußerte.

Was hatte dem Wolf nur solche Angst eingejagt?

Ihre Vorreiter, zwei treue Dienstboten, die ihrer Familie seit Jahren dienten, bekreuzigten sich. „Ich hab's Ihnen gesagt", erklärte derjenige, der die Zügel der Pferde hielt. „Ich gehe da nicht lang. Nicht durch diesen Wald."

Doch der andere Mann, der ebenfalls eine Pistole in der Hand hielt, war auf der schmalen Straße ein paar Schritte vorausgegangen. „Es ist wahrscheinlich nur ein zweiter Wolf. Einer, der größer ist als der, den wir gesehen haben", rief er über die Schulter nach hinten.

„Das ergibt keinen Sinn", murmelte Miranda vor sich hin. „Wölfe sind nachtaktiv." Tante Eugenia hatte ihr von den schaurigen Tönen erzählt, die die Wölfe in den Karpaten von sich gaben, und Miranda kannte ihr Geheul von den Landsitzen ihrer Familie her.

Vor ihren Augen schienen dunkle Schatten zwischen den Bäumen des Waldes hervorzuhuschen und die Straße entlangzueilen. Plötzlich umgab pechschwarze Dunkelheit den Mann, der vorausgegangen war, und er wandte sich um, weil er vor der Finsternis fliehen wollte. Dabei brüllte er vor Angst. Es war, als hätte die Schwärze des Waldes ihn verschlungen.

Miranda schrie auf, und die Männer standen vor Schreck vollkommen erstarrt da. Ein Schuss fiel dröhnend. Ihr Kutscher hatte seine Pistole abgefeuert, und der Blitz der Explosion blendete sie.

Blinzelnd richtete sie ihren Blick wieder auf die Straße.

Sie war leer. Der Mann war verschwunden.

„Nein, das ist nicht möglich!" Miranda wandte sich dem Kutscher zu. „Wir müssen ihn finden. Wahrscheinlich wurde er von der Straße gezerrt ..."

„Wir können einen Vampir nicht mit einem Pistolenschuss erledigen."

„Das ist kein Vampir. Es ist helllichter Tag, um Himmels willen! Vampire können sich bei Sonnenschein nicht im Freien aufhalten." Das hatte Tante Eugenia ihr jedenfalls erzählt.

Die Kutschpferde stiegen, warfen die Köpfe hin und her und stießen mit den Hufen in die Luft. Der zweite Vorreiter musste die Zügel loslassen; die Tiere waren völlig außer sich und rasten, sobald sie frei waren, mit donnernden Hufen, unter denen die Erde nur so spritzte, davon.

„Sie spüren es!“ Der Kutscher packte Mirandas Arm und schob sie vorwärts. „Laufen Sie, Miss!“

Laufen? Wenn es ein Wolf oder ein wilder Hund war, konnte sie dem Tier auf diese Weise nicht entkommen. Außerdem war es in der Lage, ihre Fährte aufzunehmen …

Direkt hinter ihr ertönte aus dem Gras ein lautes Knurren, obwohl nichts an ihr vorbeigelaufen war. Miranda raffte die Röcke und stolperte durch den Dreck, weg vom Wald.

War davonlaufen nicht das Dümmste, was man in dieser Situation tun konnte? War es nicht total verrückt, zu fliehen?

Der Wind brauste in ihren Ohren, aber sie glaubte nicht, dass es wirklich der Wind war – es war ihre Furcht, das Rauschen ihres Blutes. Sie wusste, dass etwas hinter ihr herrannte. Sie … wusste es einfach.

War es der Kutscher mit seiner Waffe oder etwas anderes?

Wie Finger, die das Licht umklammerten, legten sich schwarze Wolken vor die Sonne, und plötzlich umgab dichte Dunkelheit Miranda. Das Licht war verschwunden, als hätte ein Windstoß eine Kerze ausgeblasen. Sie sah nicht mehr den kleinsten Sonnenstrahl, und das mitten am Tag.

Fassungslos blieb sie stehen und erstarrte, nur ihre Brust hob und senkte sich noch heftig.

Es gab nichts mehr, woran sie sich orientieren konnte. Die Umrisse der Bäume, der Abhang, auf dem die Felder lagen, die im Wind wogende Heide – all das hatte sich in ein Meer diffuser Schatten verwandelt.

Hilflos drehte Miranda sich im Kreis und wagte nicht, einen weiteren Schritt zu tun.

Irgendwo in der Nähe knirschte der Boden, und sie wusste, dass das, was auch immer sie jagte, diese Laute absichtlich verursacht hatte. Es spielte mit ihr.

Und es funktionierte. Sie war vor Entsetzen wie gelähmt, als sie ein leises Knacken hörte, auf das das unerbittliche Geräusch sich nähernder Schritte folgte. Sie wirbelte herum, sah jedoch nichts außer die von Dunkelheit umgebenen Bäume und wogendes Gras.

Es musste eine Möglichkeit geben, zu fliehen, oder sie brauchte wenigstens eine Waffe, mit der sie sich verteidigen konnte. Selbst ihre Tasche wäre besser gewesen als nichts, doch die lag in der umgestürzten Kutsche.

Und wo waren ihr Kutscher und der zweite Vorreiter geblieben? Waren die beiden Männer um ihr Leben gerannt und hatten sie zurückgelassen? Als der Kutscher sie aufgefordert hatte, zu rennen, war sein Gesichtsausdruck so entsetzt gewesen, als sei der leibhaftige Teufel hinter ihm her und wolle ihn direkt in die Hölle befördern.

Wieder hörte sie ein Knurren, dieses Mal noch näher.

Sie verstand nicht, warum das Tier sie nicht ansprang. Es konnte sie mit Leichtigkeit zu Boden werfen und in Stücke reißen. Worauf wartete es? Wenn sie doch nur etwas zu essen in der Hand gehabt hätte! Dann hätte sie dies so weit wie möglich von sich wegwerfen können.

„Das würde dir nicht helfen, meine Liebste“, brummte eine tiefe Männerstimme. „Denn du bist die einzige Köstlichkeit, die mich in Versuchung führen kann.“

Ein Mann! Wo war er? Jedenfalls hatte er nicht die Absicht, sie zu retten. Das erkannte sie am hungrigen, raubtierartigen Klang seiner Stimme und an den Worten, die er wählte. War er das Ding, das hinter ihr her war?

Plötzlich fiel ihr etwas ein, das sie erneut in Schreckstarre verfallen ließ. Über ihre Lippen war kein Wort gekommen. Seine Antwort bezog sich auf das, was sie *gedacht* hatte.

Im Schatten erkannte sie eine Bewegung, und dann trat er aus der Finsternis hervor. Ihre Augen hatten sich inzwischen an die Dunkelheit gewöhnt, deshalb konnte sie ihn sehen.

Er war *riesig*. Viel größer als sie – sehr, sehr viel größer, und er war in einen schwarzen Umhang gehüllt, der im Wind flatterte. Sie bemerkte, dass seine Haare bis zur Taille reichten und um sein kantiges Gesicht wehten. Etwas Weißes funkelte …

Es waren lange, gefährlich aussehende Reißzähne, genau wie in ihrem Traum.

Plötzlich legten sich kräftige Finger um ihre Handgelenke. Ein kehliges Lachen hallte in ihren Ohren wider.

Eben noch hatte er mehrere Schritte von ihr entfernt gestanden, und nun packte er sie, ohne dass sie gesehen hatte, wie er sich bewegte.

Jede empfindsame Frau wäre in dieser Situation in Ohnmacht gefallen. Warum sollte sie dem Tod bei vollem Bewusstsein ins Auge blicken? Doch Miranda wurde rasch klar, dass sie sich nicht auf diese Weise in ihr Schicksal ergeben wollte.

Mächtige Arme hoben sie vom Boden auf, und sie trat um sich, kratzte und schrie. Während die starken Arme sie festhielten, umgab sie ein Duft. Er war süß und kräftig und so verführerisch wie Schokolade. Natürlich und moschusartig und so unwiderstehlich, dass er fast hypnotisch wirkte. Seltsamerweise verursachte der Duft des Mannes gleichzeitig Entspannung und Anspannung in ihr.

„Ruhig! Ich werde dir nichts Böses tun. Tatsächlich spüre ich das Bedürfnis, genau das Gegenteil zu tun, mein hübsches Kind." Mit heiserer Baritonstimme sprach der riesige Mann englisch mit einem sinnlichen Akzent.

Er zog sie dichter an sich und presste dabei ihren Busen an seine breite, harte Brust. Nie zuvor war sie einem Mann so nahe gekommen, außer in ihren Träumen. Nie zuvor war sie auf diese Weise umarmt worden. Eine Wolke gab einen Teil der Sonne frei, und Licht fiel auf sein Gesicht.

Seine Wange leuchtete auf, als hätte sie Feuer gefangen. Rauch stieg von seiner Haut auf.

Als sie das verbrannte Fleisch roch, musste sie fast würgen.

Ein Mann mit Reißzähnen, der bei Sonnenlicht brannte. Ein Vampir.

Seine vollen, verführerischen Lippen verzogen sich schmerzlich, dann war das wenige Sonnenlicht wieder verschwunden.

„Was sind Sie?", gelang es ihr, hervorzustoßen. Doch ihr

verräterischer Körper weigerte sich, gegen seine Umarmung anzukämpfen. Sein Duft machte sie ... schwach. Ihre Haut glühte, und ihr war furchtbar schwindelig. Aber sie musste sich befreien, und deshalb zwang sie sich, wild um sich zu treten.

„Aufhören! Ich bin Zayan", raunte er dicht an ihrem Ohr. Dieser schleppende Tonfall klang nicht wie ein Tier, sondern erinnerte sie daran, wie ihr Bruder Simon mit seiner frisch angetrauten Ehefrau Caroline sprach. Lüstern. Heiß. Erregt.

Sie sollte Angst haben. Doch ihre Brustspitzen wurden hart, und ihre Brüste schwollen unter dem weichen Stoff ihres Mieders an. Zwischen den Schenkeln spürte sie ein Ziehen und klebrige Hitze, so wie es sich während ihrer Träume anfühlte.

Offenbar war sie verrückt geworden. Oder sie war erneut in einem Traum gefangen. Das letzte Mal hatte es damit geendet, dass sie starb!

Sie musste sich aus diesem Albtraum befreien. Es reichte jetzt! Miranda trat um sich. Ihre Stiefelette fuhr wild durch die Luft und stieß mit einer Wucht gegen seine Hüfte, die sie bis ins Schienbein spürte. Gleichzeitig hämmerte sie mit den Fäusten gegen seine Arme, wand und drehte sich, um sich aus seinem Griff zu befreien. Aber nichts half.

Amüsiert betrachtete er sie von oben, und sein Lächeln entblößte die furchterregenden Reißzähne. Seine Augen waren von einem dunklen, silbrigen Grau, das an den Himmel an einem schneereichen Wintertag erinnerte. Sein Blick hypnotisierte sie wie ein hin und her schwingendes Silberpendel.

Ein Donnergrollen drang aus dem Wald, und dann explodierte zwischen den Bäumen ein grelles rotes Licht und stieg hinauf bis über die Wipfel. Die Lichtkugel zerplatzte zu funkelnden Sternen und verschwand. Im selben Augenblick erschien ein weiterer Mann. Er war genauso groß wie derjenige, der sie immer noch festhielt. Seine Haare waren ebenfalls lang und schwarz, in ihnen wuchs jedoch eine glänzende silberweiße Strähne. Auch er hatte Reißzähne.

„Zur Hölle, das Tageslicht kommt durch!" Der Mann trug

keine Handschuhe, und über seinen Handrücken kräuselte sich Rauch. „Dein brillanter Plan war also, unserem Gefängnis mitten am verdammten Tag zu entfliehen?“

*Wach auf. Wach auf, Miranda!* Aber sie war wach.

„Ich habe die Sonne mit Dunkelheit umhüllt, aber die Finsternis wird bald verschwinden …“ Zayan stockte und murmelte einen Fluch vor sich hin. Einen sehr groben Fluch.

Miranda, die er noch immer fest an sich presste, drehte sich in seinen Armen um.

Über der Grasebene seitlich von ihr wirbelten zahllose Schneeflocken durch die Luft, und sie sahen rot wie Blut aus. Dann ballten die Flocken sich zusammen und bildeten eine geschlossene Fläche. Aus ihr wuchsen Beine, ein kräftiger Körper, ein langer Hals und ein riesiger Kopf. Ein Drache.

Das konnte doch alles nicht wahr sein!

Was auch immer es war, es rannte auf sie und die … Vampire zu.

*Rühr dich nicht von der Stelle.*

Sie hörte Zayans Stimme in ihrem Kopf, und ihre Glieder gehorchten ihr nicht, obwohl sie mit aller Kraft versuchte sie zu bewegen.

Der Boden bebte, als der rote Drache auf sie zukam, und obwohl sie ein Dutzend Mal blinzelte, verschwand das Ungeheuer nicht. Breite blutrote Schwingen breiteten sich aus. Riesige Läufe überwanden in Windeseile die Entfernung, während das Untier sich ihnen halb laufend, halb fliegend näherte. Ein großer schlangenähnlicher Kopf reckte sich weit vor dem massigen Körper in die Luft und ihnen entgegen.

Flammen schlugen aus dem Maul des Drachen. Einige Farnpflanzen fingen Feuer, glühten auf und verwandelten sich innerhalb von Sekunden zu Asche. Miranda wollte schreien, doch der Schrei blieb ihr in der Kehle stecken und drohte sie zu ersticken.

Der zweite Vampir murmelte: „Verdammt!“ Er ging auf das Ungeheuer zu und hielt eine Hand in die Höhe. Neue Flammen schossen aus dem geifernden Maul und trafen die Hand des Vampirs. Dann verloschen sie. Der Drache stieß einen unheimlichen Laut aus, der wie ein Schrei der Enttäuschung klang.

Ganz ruhig, aber mit ungeduldigem Blick formte der Vampir eine Kugel aus blassblauem Licht zwischen seinen Händen.

Das war einfach nicht möglich! Doch Miranda sah es ganz deutlich.

Der Vampir warf die sich um die eigene Achse drehende Kugel aus blauem Licht gegen den Schneeflocken-Drachen. Eine Explosion erschütterte die Umgebung, und der Drache fiel zu Boden. Im selben Moment, in dem der Körper des Ungeheuers die wogenden Farnwedel berührte, verschwand er.

Er war fort.

*Das*, hörte sie Zayan sagen, *war viel zu einfach.*

*Zu einfach?*

*Wir müssen zu deiner Kutsche zurückkehren.* Mit diesen Worten ließ er sie los.

„Wie lächerlich!" Plötzlich konnte sie ihre Arme wieder bewegen und wedelte mit ihnen zornig durch die Luft. Denn Wut war besser, als sich der Angst zu ergeben und mitten auf der Straße vor Entsetzen tot umzufallen. „Ich werde Sie nicht in meiner Kutsche mitnehmen. Das kann ich auch gar nicht. Mein Wagen liegt zerbrochen auf der Straße, und die Pferde sind fort."

*Wie faszinierend! Du bettelst nicht um dein Leben. Du weinst nicht, und du zitterst auch nicht vor Angst.*

Konnte Zayan den wilden Schlag ihres Herzens nicht vernehmen? Tante Eugenia hatte behauptet, Vampire könnten Herzschläge hören. Und Blut riechen. „Ich bezweifle, dass es mir helfen würde, zu weinen, zu betteln und zu zittern", stellte sie fest. „Sie würden über mich lachen, wenn ich jammerte, und mir wehtun, auch wenn ich schreien würde."

Zayan grinste den anderen Vampir an. *Eine mutige Frau. Ich habe so wenige wirklich tapfere Frauen getroffen. Die meisten würden mit jeder Waffe, die ihnen zur Verfügung steht, um ihr Leben kämpfen.* Dann ließ er seine Blicke über Mirandas Leib schweifen, und zwar auf höchst … lüsterne, unzüchtige, dreiste Art.

Sie wollte seine Stimme in ihrem Kopf nicht hören. „Reden Sie mit Worten! Reden Sie laut! Ich glaube nicht einmal, dass Sie wirklich existieren. Ich träume nur!"

*Streck deinen Arm aus*, befahl Zayan. Gegen ihren Willen gehorchte ihr Arm seinem Befehl. Der andere Vampir legte den Kopf schief, als wollte er sie verspotten.

Zayan beugte sich über ihr Handgelenk.

Er *leckte* an ihr.

Ließ seine Zunge über ihre Haut gleiten.

Er *biss* sie.

Sie zerrte an ihrem Arm, obwohl sie befürchtete, er würde mit seinen Zähnen ihre Haut aufschlitzen, doch er ließ sie los.

*Träume können wehtun, mein Engel, doch dieser kleine Schmerz würde jeden Träumer wecken. Und jetzt, meine Liebe, brauchen wir einen Unterschlupf, oder das Sonnenlicht wird uns zu Asche verbrennen.*

„Dann nehmen Sie die Kutsche, da sie ja offensichtlich doch von Wert für Sie sein kann." Sie deutete in die Richtung, wo der Wagen auf der Straße lag. Dabei fiel ihr Blick auf die Wunden an ihrem Handgelenk. Es waren zwei punktförmige Male direkt unter den Venen. Ein Vampirbiss, ganz genau wie Tante Eugenia ihn beschrieben hatte.

„Und was hast du vor zu tun, mein Engel?", erkundigte sich der zweite Vampir.

Diese Frage würde sie nicht beantworten.

„Ah, du willst zu Fuß ins Dorf gehen." Zayan neigte den Kopf, und der Wind blies seine Haare nach hinten. Lang und wellig, wie sie waren, erinnerten sie an die Manier des verwegenen und gut aussehenden Charles II. „Das würde ich dir nicht raten. Da draußen lauern Wölfe, und sie sind schon ganz aufgeregt wegen des Duftes der Magie in der Luft."

Der Duft von *Magie*? Doch sie erschauderte – er hatte recht.

Sie nahm ein ganz besonderes Aroma wahr – eine exotische Fülle, einen atemberaubenden Geruch, der verführerisch und nicht mit Worten zu beschreiben war.

Der andere Vampir, der mit der Silbersträhne im Haar, machte ein paar Schritte auf sie zu. „Du kommst mit uns, Süße."

„Das werde ich ganz sicher nicht!"

„Ich kann dich zwingen, mit mir zu gehen. Ich kann deinen Geist kontrollieren, und du wirst gehorsam einen Fuß vor den anderen setzen und mir folgen."

„Dann tun Sie das!", fauchte sie. „Weil ich freiwillig nicht mitkommen werde!"

„Ich bin froh, meine hübsche Dame, dass die erste Kutsche, auf die wir gestoßen sind, dir gehört. Aber ich habe keine Zeit, Wortgefechte mit dir zu führen."

Auch dieser Vampir trug einen Umhang. Er war aus schwarzem Samt, besetzt mit dichtem, kostbarem grauen und weißen Pelz. Wolfspelz. Eine mit Juwelen besetzte Spange hielt den Umhang vorn zusammen.

Er warf sie über seine Schulter und legte die Hand auf ihren Po, um sie festzuhalten. Durch die Röcke presste er ihre Hinterbacken zusammen.

„Lassen Sie mich runter!"

„Erst einmal werden wir einen Blick auf deine Kutsche werfen."

Sie gingen hinüber zu dem umgekippten Wagen, und obwohl Miranda um sich trat und wild zappelte, gelang es ihr nicht, sich zu befreien. Sie konnte nicht einmal das Wrack der Kutsche sehen, aber es gelang ihr auch nicht, ein lustvolles Gefühl der Befriedigung zu unterdrücken, als die Vampire stehen blieben und derjenige, der sie festhielt, stöhnte.

Sie erinnerte sich, wie der Wagen ausgesehen hatte. Zersplitterte Fragmente des früher glänzenden Holzes lagen überall herum. Die Tür hing schief in den Angeln. Eines der Räder war in Stücke zerbrochen.

Sie konnte die verbrannte Haut der Vampire riechen.

Der Vampir, der sie über der Schulter trug, schnippte mit den Fingern. Sofort hörte sie die Pferde wiehern, dann folgte das schmatzende Geräusch von Hufen, die sich durch Matsch kämpften. Innerhalb weniger Sekunden waren die Pferde wieder da, trabten um den kaputten Wagen herum und warfen die Köpfe zurück.

„Ruhig", murmelte der Vampir und hielt eine Hand hoch.

Mähnen flogen durch die schneeknisternde Luft, aber die Tiere hielten tänzelnd und mit den Hufen scharrend an, dann senkten sie die Köpfe.

Fügsame Dummköpfe, dachte Miranda.

Zayan bewegte seine Hand in einem anmutigen Kreis durch die Luft. Dabei ließ er ein klares rotes Licht entstehen, das sich wie eine Schlange um seinen Arm wand.

Dann wirbelte das Licht durch die Luft und traf die Kutsche, auf die es wie die zarten Blütenblätter einer Rose hinunterrieselte. Miranda sah nur noch einen wunderschönen violetten Schimmer.

Wie im Märchen von Cinderella baute sich vor ihren Augen eine Kutsche auf – nicht aus einem Kürbis und Mäusen, sondern aus den Überresten von Simons bestem Reisegefährt. Miranda blinzelte heftig, und als sie die Lider wieder öffnete, stellte sie fest, dass die Pferde vorgespannt waren.

Sie wand sich im Griff des Vampirs mit dem Umhang aus Wolfspelz. „Was haben Sie getan?"

„Es ist wesentlich angenehmer, wenn man komfortabel reist", erwiderte Zayan.

„Das meine ich nicht. Sie können nicht einfach mit der Hand wedeln, und eine völlig zerstörte Kutsche steht wieder auf ihren Rädern, ist repariert und im allerbesten Zustand! Das ist unmöglich."

„Das ist die Kraft der Magie."

Der Vampir, der sie festhielt, bewegte sich auf die mithilfe magischer Fähigkeiten wiederhergestellte Kutsche zu. „Genug geredet. Wir müssen uns vor dem Licht in Sicherheit bringen."

Mit einer Hand massierte er auf höchst ungehörige Weise ihr Hinterteil. Widerwillig stellte sie fest, dass eine heiße Woge sie durchbrandete. Sie hätte entsetzt sein müssen und nicht erhitzt. Sie hätte nicht auf diese … erregte Weise atmen dürfen.

Vampire, hatte Tante Eugenia sie gewarnt, konnten Gedanken und Gefühle einer Frau kontrollieren. Mit Leichtigkeit, wie es schien. Und sie besaßen eine Anziehungskraft, der keine Frau widerstehen konnte, einen „Zauber", der Frauen zu ihren willigen Opfern machte, eine Macht, die man allgemein für das Werk des Teufels hielt.

Miranda musste jedes noch so winzige bisschen Stärke aufbringen, um sich zur Wehr zu setzen.

Der Vampir tätschelte ihren Po. „Ich verspüre Hunger, meine Süße. Einen Appetit, den ich allzu lange nicht stillen durfte."

„Ja, mein Engel." Zayan lachte. Er stieß das gleiche verruchte Glucksen hervor wie der unsichtbare Mann in ihren Träumen. „Wir haben beide Hunger."

## *2. KAPITEL*

# Das Labyrinth

*Kammer der Scholomance*
*875 n. Chr.*

Er konnte kaum glauben, dass er hier war und nun in dem Labyrinth stand, das zur Kammer der Scholomance führte. Wie sein Vater es gewünscht hatte, war er als einer von Luzifers Jüngern auserwählt worden. Er würde die zeitlose Magie erlernen. Er würde lernen, die Winde und den Regen zu befehligen, mächtige Blitze zu beschwören oder unerträgliche Hitze auszulösen. Er würde alle Geheimnisse der Natur, der Alchemie und des Todes erfahren.

Auf dem dreckigen Fußboden waren kreisförmig Kerzen aufgestellt. Er sank auf die Knie, ließ den Kopf nach vorne fallen und nahm die Haltung eines Büßers ein. Ganz in der Nähe erklang weibliches Lachen.

Gleich darauf trat die Frau aus dem Schatten, in dem sie verharrt hatte, ins Kerzenlicht. Sie hielt eine wunderbar gearbeitete Axt mit scharfer Klinge in der Hand, und sie war nackt. Um ihre Brustwarzen waren Sterne gemalt. Schamhaar besaß sie nicht, sie war rasiert. Wo ein dichter krauser Busch hätte sein sollen, leuchtete ein blutroter Kreis auf der blanken Haut. Ihr Haar war tiefrot – seine Farbe erinnerte an ein Feuer –, und es fiel in weichen, duftenden Locken über ihre Schultern und kringelte sich ihren Rücken hinunter. Wenn er tief einatmete, roch er nichts außer dem süßen Versprechen von jungem Gras, frischen Wildblumen, Sonne und Frühlingserwachen.

Als er ihren Duft wahrnahm, konnte er nicht glauben, dass sie eine Dämonin war.

„Sehr gut“, murmelte sie. „Nur, ich frage mich, ob du lange gehorsam bleiben wirst.“

„Das werde ich“, versprach er. Doch in den Tiefen seiner

Seele tanzte der Funke der Rebellion. Er war einundzwanzig Jahre alt – ein Alter, in dem ein Mann dumm genug war, ein Schwert zu packen und sich ganz allein einer Armee entgegenzustellen.

Wieder lachte die Dämonin, als hätten seine Worte sie wirklich amüsiert. Anmutig trat sie vor ihn. Ihr Duft allein sorgte dafür, dass sein Schwanz hart und dick wurde, und schon sammelten sich seine Säfte an der Spitze und tropften zu Boden.

Da er ebenfalls nackt war, registrierte sie die Reaktion seines Körpers. Sie verzog ihre vollen dunkelroten Lippen zu einem Lächeln. „Du bist noch sehr jung."

„Das bin ich nicht."

„Deine Jugend ist ein Gewinn und kein Grund zur Verzweiflung. Denn das bedeutet, dass du für immer so schön sein wirst wie jetzt." Vor sich hin summend, legte sie die Hand auf seinen Kopf und strich ihm über die Haare.

Seine Haare waren sehr lang, denn man hatte sie niemals geschnitten – was für ihn der erste Hinweis gewesen war, dass sein Vater schon immer vorgehabt hatte, ihn dem Teufel als Jünger anzubieten. Irgendwann war ihm klar geworden, dass sein Vater gelogen hatte. Er schickte ihn nicht zu Luzifer, um sicherzustellen, dass es den Wikingern nicht gelang, Wessex zu erobern und den letzten englischen König zu töten – den König, der mit Gottes Hilfe regierte. Sein Vater hatte das Schicksal seines Sohnes sehr viel weitblickender geplant.

Da sein Vater an den Gott der katholischen Religion glaubte, glaubte er auch an Luzifer. Der Teufel, hatte sein Vater ihm erklärt, sei der wahre Weg zur Macht. Ihre blutigen Schlachten gegen die Wikinger konnten nur gewonnen werden, wenn sie die Mächte der Dunkelheit auf ihrer Seite hatten …

Die Dämonin ging vor ihm auf und ab, und ihre Brüste wippten. Er leckte sich über die Lippen, während er beobachtete, wie der üppige Busen auf und nieder schwang. Wie mochten wohl ihre umsternten Brustspitzen schmecken? Würde sie ihm erlauben, sie dort mit seinen Lippen zu berühren? Es gelüstete ihn danach. Ihre Brüste waren groß und voll, schwerer als die der jungen Mädchen, mit denen er bisher das Bett geteilt hatte; er fand sie berückend. Durch den dichten Schleier seiner Haare beobachtete er, wie ihr Busen sich bewegte.

Die Dämonin begann mit der Axt seine Haare zu bearbeiten, sie mit der Klinge zu kürzen. Rings um ihn fielen armlange Strähnen zu Boden und bildeten kleine Haufen. „Es ist meine Aufgabe, dir einen Namen zu geben."

Er nannte ihr seinen Namen, doch sie schüttelte den Kopf. „Jener junge Mann bist du nicht mehr." Ihre Wimpern waren lang und kobaltschwarz. Sie lächelte. „Du bist gut ausgestattet."

„Ich hoffe, das gefällt dir."

„Das tut es sehr wohl, doch es ist mir nicht erlaubt, dich auszuprobieren. Wenn dein Kopf erst einmal kahl ist, wirst du nie wieder Sex haben dürfen."

Er zuckte zusammen, und die Klinge verletzte seine Kopfhaut. Schmerz durchfuhr ihn, doch er kümmerte sich nicht darum. „Was soll das heißen? Mir wurde gesagt, mein Samen würde kostbar sein."

„So ist es. Doch es ist dir verboten, ihn im Körper einer Frau zu verströmen."

Bei allen Heiligen, was hatte das zu bedeuten?

Die Dämonin lächelte. „Du hast doch ganz sicher nicht geglaubt, dass du als Jünger akzeptiert würdest, ohne dafür zu bezahlen?"

„Ich wusste nicht, dass der Preis so hoch sein würde."

Ihr Lachen war kehlig und volltönend. „Nur ein Mann kann so etwas denken." Nachdenklich legte sie den Kopf schief. „Möglicherweise würde ich mich überreden lassen, noch ein wenig zu warten, bevor ich dein Haupt rasiere."

Er erhob sich von den Knien und stand auf. Sie war wohlgerundet und klein und musste den Kopf in den Nacken legen, um ihm in die Augen sehen zu können.

„Und wie kann ich dich überzeugen, es so zu machen?", erkundigte er sich. Er streckte die Hand aus und betastete eine ihrer Brustwarzen. Die ölige Farbe gestattete, dass seine Finger immer schneller und die Knospe rasch härter und härter wurde.

„Wie wäre es damit?“ Mutiger geworden, ließ er nun seine Hand zwischen ihre heißen Schenkel gleiten. Ihre Schamlippen waren schon nass von ihren Säften und fühlten sich unter seinen Fingerspitzen wie kostbare Seide an. Sein Schwanz bebte, und er wusste, dass er vor Verlangen tropfte.

Hastig führte er ihre Hand an seinen Schaft. „Wie gefällt dir das hier?“

„Junge Männer. Ihr seid vollkommen besessen von euren Schwänzen!“ Mit ihren Fingernägeln schrammte sie an seinem harten Schwengel entlang, und er stöhnte vor Lust, aber auch vor Schmerz. Dann streichelte sie seine Hüfte. Er musste sich eingestehen, dass auch diese Liebkosung Erregung in ihm auslöste. „Ich würde dich gern berühren, dich streicheln und dich genießen, aber ich weiß, du denkst nur daran, deinen steifen Schwanz so schnell wie möglich in mich hineinzubohren.“

Ihre Worte drängten ihn noch mehr, sich tief in ihr zu vergraben. Jeder Atemzug brachte ihn dicht vor die Entladung. Der exotische Duft, der zwischen ihren Schenkeln aufstieg – ein Aroma, das er nicht beschreiben konnte, das er jedoch als überaus weiblich und saftig und betörend empfand –, brachte ihn nahezu zum Orgasmus.

Er hörte auf, so zu tun, als sei er unterwürfig, und zog sie in seine Arme. Zahlreiche Kämpfe und das Training für die Schlachten hatten ihn stark gemacht. Mit Leichtigkeit hob er sie im Stehen hoch, sodass sie die Beine über seinen Hüften spreizen und er seinen steifen Schaft in sie hineinbohren konnte.

Sie lachte. Ihre Augenfarbe veränderte sich zu einem leuchtenden Rot, und sie ritt auf ihm, bis sie so außer sich war, dass sie seinen Hals mit den Zähnen bearbeitete und seinen Rücken mit den Fingernägeln zerkratzte. Ein Höhepunkt nach dem anderen schüttelte sie, dann ergab auch er sich seinem Orgasmus. Lachend ließ sie ihre Möse um ihn pulsieren und saugte ihn mit ihren inneren Muskeln aus. Seine Beine gaben nach. Er ließ sich zu Boden sinken und nahm sie mit sich.

Während er immer noch um Atem rang, sprang sie schon wieder auf. „Ich nenne dich Lukos und gebe dir die Gestalt des Wolfes. Ein Räuber sollst du sein, geschmeidig, flink und gnadenlos. Ein wunderschönes Tier, mein Liebling. Und du wirst deinen sterblichen Namen und die Fesseln deiner sterblichen Existenz hinter dir lassen. Du wirst alles aufgeben …“

„Einschließlich der Lust“, brummte er.

Lächelnd schaute sie ihn aus schmalen Augen an, ihre dichten schwarzen Wimpern flatterten. „Ein geringer Preis.“

„Nach dem, was ich soeben erlebt habe, halte ich es für ein großes Opfer.“

„Hör auf mit den Schmeicheleien!“ Mit einer lässigen Handbewegung tat sie seine Worte ab und ging dann zu einem Tisch, der in der Ecke der Kammer mit der gewölbten Decke stand. Dort tauchte sie die Klinge ihrer Axt in eine goldene Schüssel, in der heißes Wasser dampfte. Anschließend strich sie damit über seinen Kopf. Er spürte das Kratzen, den Schmerz, empfand diese Berührung ganz bewusst. Sie schor seine Haare.

„Wirst du mich dorthin führen?“, erkundigte er sich. „Durch das Labyrinth?“

„Ach, es gibt so vieles, was du nicht weißt. Es existiert kein Weg, auf dem man zu Luzifer gelangt.“

„Wie kommt man sonst zu ihm?“

„Das wirst du schon bald herausfinden. Jetzt lass mich weitermachen.“

Nachdem sein Kopf völlig kahl geschoren war, befahl sie ihm, aufzustehen. Auf ihre Anweisung hin hob er die Arme, und sie zog die Klinge über die Haut in seinen Achselhöhlen. Dabei schnitt sie ihn mehrmals.

Während sie ihm die Brust rasierte, hielt er die Luft an. Ebenso als sie die flaumige Linie aus Haaren abnahm, die an seinem Bauch nach unten verlief.

„Halt ganz still“, murmelte die Dämonin.

Er stand bewegungslos da wie eine Statue, während sie die Klinge über seinen Schamhügel und weiter bis zur Peniswurzel gleiten ließ. Dann umschmeichelte und streichelte sie seinen Schwanz, bis das Blut wieder in ihn hineinströmte und er ein weiteres Mal anschwoll. Das Kratzen der Klinge auf seiner Haut erregte ihn und ließ seinen Schwengel härter werden als jemals zuvor. Ihm stockte erneut der Atem, denn er fürchtete, das leiseste Zucken könnte die scharfe Klinge in seine Haut treiben.

Er war immer stolz auf seinen dicken, steifen Schaft gewesen, den alle Mädchen von Wessex liebten. Und er wollte ihn keinesfalls verlieren.

Die Dämonin warf ihm einen lüsternen Blick zu, dann beugte sie den Kopf, leckte über seine Eichel, ließ ihre Zunge wieder und wieder um die Spitze tanzen, während sie geschickt seine Schamhaare abrasierte. Er sah die Löckchen zu Boden fallen.

Als sie die Klinge über seinen Hodensack gleiten ließ, erschauerte er. Für die Rasur zog sie die Haut straff, und durch den Druck ihrer Finger jagte sie die Hoden in ihrem Säckchen hin und her.

Dann gab sie ihm einen Klaps auf die Hinterbacken, brachte ihn auf diese Weise dazu, sich vorzubeugen, und zog die scharfe Klinge um seinen Anus, um auch dort die Haare zu entfernen. Anschließend reinigte sie die Axt im Wasser und rasierte sogar seine Beine und ganz zum Schluss seine Arme. Dabei entfernte sie auch die goldglänzenden Härchen von seinen Unterarmen.

„So, nun bist du fertig.“

Sie streichelte seinen harten Schaft. „Und nun wird dein armer süßer Geselle hier nicht mehr spielen können.“

Das glaubte er nicht, er weigerte sich, es zu glauben. Er streckte die Hände nach ihren Brüsten aus, doch sie schlug sie weg. Da sie immer noch die Axt in der Hand hielt, zuckte er sofort zurück.

„Führst du mich jetzt zu Luzifer?“

Sie reichte ihm ein Gewand aus feinem scharlachroten Stoff, der unglaublich weich war. „Zieh das an und knie nieder.“

Seine Kopfhaut kribbelte, wo sie rasiert worden war. Sein Hodensack juckte. Doch er zwang sich, das heftige Bedürfnis, sich dort unten zu kratzen, zu ignorieren, und beachtete auch nicht, dass die Stellen, wo die Klinge ihn blutig geschnitten hatte, brannten.

„Mach die Augen zu und leg den Kopf in den Nacken.“

Er schloss die Augen, und ein Schauer überlief ihn, ein Schatten des Unbehagens. Doch er hatte für diesen Moment gelebt, den Augenblick, in dem er einer von Luzifers zehn Jüngern werden würde. Nun musste er Vertrauen haben.

Doch er öffnete seine Lider, und der Glaube verließ ihn …

Er sah, wie der Arm der Dämonin in der Luft einen anmutigen Bogen beschrieb. Die Klinge durchschnitt seine Kehle, kraftvoll glitt sie durch seine Haut bis zum darunterliegenden Knochen. Er spürte einen kalten Luftzug, dann einen warmen Hauch.

Einer erschrockenen Taube gleich flatterte Panik in ihm auf. Schwärze schob sich vor seine Augen. Er stammelte etwas vor sich hin. Er rang um Atem.

Sie hatte ihm die Kehle aufgeschlitzt.

Ihre Stimme säuselte dicht neben seinem Ohr: „Auf diese Weise, Lukos, wirst du Luzifer treffen.“

Ihre Hände waren zusammengebunden, und zwar mit einem Stoffstreifen vom Saum ihres eigenen Unterrocks.

Miranda biss sich auf die Unterlippe und bemühte sich verzweifelt, ruhig zu bleiben, doch ihre Brust hob und senkte sich rasch, weil sie immer wieder panisch aufschluchzte. Der Vampir mit der weißen Haarsträhne war dabei, sie zu fesseln. Sein Atem strich sanft über ihren Hals, während er den Stoff sorgfältig wieder und wieder um ihre überkreuzten Handgelenke wickelte. Sein Atem fühlte sich erstaunlich … warm an.

Die Vorhänge waren zugezogen, die Lampen im Inneren der Kutsche jedoch nicht angezündet. Sie saß im Dämmerlicht, gefangen von zwei Bestien aus dem Jenseits, eingeschlossen in einem Schattenreich. Voller Furcht wie in der Falle. Was für eine seltsame Vorstellung, dass sie früher Angst vor Armut und dem Arbeitshaus gehabt hatte.

Miranda verstand nicht, was hier vor sich ging. Warum fesselte er sie? Sie waren beide so unglaublich stark. Warum gruben sie nicht einfach ihre Reißzähne in ihr Fleisch, tranken ihr Blut und ließen sie sterben?

„Nicht zu fest, Lukos. Wir wollen doch ihren hübschen Händen kein Leid zufügen."

Der Vampir mit der weißen Haarsträhne hieß also Lukos. Sie hatte in den Schulbüchern ihres Bruders geblättert – *lukos* war das griechische Wort für „Wolf". Es gab Erzählungen über Männer, die sich in Wölfe verwandeln konnten. Der Vampir und der Werwolf würden sie mit vereinten Kräften zerreißen.

Hatten sie das wirklich vor?

„Was war das Ziel deiner Reise?"

Die betörende, seidig klingende Baritonstimme des Vampirs Zayan zwang sie, sich ihm zuzuwenden. Gegen ihren Willen atmete sie tief ein, als sie in sein erstaunlich schönes Gesicht blickte. Es gelang ihr nicht, dem Drang zu widerstehen, in seine silbrig funkelnden Augen zu starren.

Konnte sie sich befreien, indem sie sich gegen die Tür der Kutsche warf und aus dem Wagen fallen ließ? Damit ging sie das Risiko ein, von den Rädern überrollt zu werden. Aber war das nicht besser, als durch den Biss eines Vampirs zu sterben? Und wenn es ihr gelang, die Tür zu öffnen, würden die Vampire in der Kutsche vom Sonnenlicht verbrannt werden.

Zayans Finger, die sie mit einigem Druck festhielten, wurden gelöst, und eine andere Hand übernahm. Das war Lukos. Sie spürte den Groll zwischen den beiden Männern – er sprühte wie die Funken eines Blitzes durch die Kutsche. Aus ihren glühenden Augen blickten sie sich zornig an. Sie hatte schon Gentlemen kurz vor einem Duell gesehen, wenn sie sich mit aller Kraft bemühten, ihre Wut zu verbergen, um entspannt und gelassen zu wirken. Miranda konnte immer fühlen, wie es den Menschen wirklich ging – was ihre dunkelsten Ängste waren, ihre Urinstinkte, die Dinge, die sie niemals aussprachen, aber in ihrem tiefsten Inneren empfanden. Und sie konnte den Hass zwischen diesen beiden Dämonen fast schmecken.

„Ein guter Plan, aber er wird nicht funktionieren, meine Süße", knurrte Lukos. „Es wird dir auf keinen Fall gelingen, die Tür zu öffnen. Und jetzt sag uns, was das Ziel deiner Reise war."

Das klang wie ein Befehl, und aus unerfindlichen Gründen purzelten die Worte über ihre Lippen, obwohl sie nicht verstand, weshalb die beiden Dämonen dies überhaupt wissen wollten. „Zu Lord B…", sie stockte und unterdrückte den Drang, weiterzureden.

Dann schaute sie wieder Zayan an, aus irgendeinem Grund fühlte sie sich dazu gezwungen.

Er öffnete den Verschluss seines Umhangs und ließ ihn von seinen Schultern gleiten. Das dicke Cape war mit dunklem, dichtem Pelz gefüttert – einem Fell, das ebenso schwarz war wie seine langen Haare, die er offen trug. Seine verbrannte Haut hatte sich mittlerweile selbst regeneriert. Schon nach den wenigen Augenblicken, die er in der Kutsche bei zugezogenen Vorhängen verbracht hatte, war seine Haut wieder geheilt. „Bist du auf dem Weg zu deinem Ehemann?"

„Nein!" Sie schrie das Wort heraus, weil sie Angst hatte, dass diese Ungeheuer Blackthorne etwas antun würden, wenn sie glaubten, dass er ihr viel bedeute.

„Warum reist eine anständige Dame ganz allein zu einem englischen Adligen?" Selbst in der Dämmerung schimmerten seine Augen wie pures Silber. „Du siehst nicht aus wie eine Mätresse."

Warum interessierte das die beiden Dämonen? Sie hatten doch ohnehin nichts anderes vor, als sie zu töten. Miranda wand heftig die Hände, sie zerrte an den Fesseln, doch der Stoff gab nicht nach. Obwohl es scheinbar so leicht gewesen war, den Streifen von ihrem Unterrock abzureißen, erwies er sich nun als äußerst haltbar. Sie hatte das Gefühl, als wollte ihre Brust ihr Korsett sprengen.

Lukos beugte den Kopf ganz dicht hinunter zu ihrem Ohr und flüsterte: „Entspann dich, mein süßes Mädchen. Wir wollen dir nichts Böses tun."

Ihr Herzschlag verlangsamte sich, als könnte Lukos ihn kontrollieren. Angst durchdrang sie, doch ihr Körper verhielt sich nicht dem Entsetzen entsprechend, das sie verspürte. Ihre Wangen brannten. Ihr Leib war angespannt, doch das fühlte sich eher lustvoll an. Und dabei konnte sie an nichts anderes denken als an den Druck der Fesseln an ihren Handgelenken.

„Du bist offenbar noch unschuldig", raunte Zayan. „Und sehr süß." Doch er starrte ihr so intensiv in die Augen, dass sie wusste, er wollte mehr von ihr.

„Sie ist äußerst verführerisch", stimmte Lukos zu. Und er beugte sich tatsächlich zu ihrem Hals hinunter und schnupperte daran. Wie ein *Wolf*. „Du liebst den Mann, zu dem du unterwegs bist. Du hast vor, ihn zu heiraten."

Blanker Horror durchfuhr sie. Lukos hatte all das in ihren Gedanken gelesen. Würde er auch den Rest erkennen – dass es tatsächlich ihre Absicht war, Blackthorne zu heiraten, weil sie keine andere Möglichkeit hatte?

„Nein. Nichts davon ist wahr", log sie, und sie stieß die Worte verzweifelt hervor.

Zayan schüttelte den Kopf. „So reist du also zu deinem Verlobten, und das ohne jeden Schutz."

„Ich habe ja die Diener bei mir." Diener, die von diesen Vampiren auf irgendeine Weise gezwungen oder hypnotisiert worden waren, sodass sie ihnen nun gehorchten und die Kutsche lenkten. Sie reisten nur deshalb in diese Richtung, weil Miranda törichterweise dorthin geschaut hatte, als Zayan sie fragte, wohin sie fuhr. Trotz ihrer Weigerung zu sprechen hatte sie die Wahrheit enthüllt.

Lukos hob die Hand. Eine Spirale aus rotem Licht floss aus seiner Handfläche und tanzte durch die Luft auf Miranda zu. Sie schrie und zerrte an ihren Fesseln, aber das glühende Licht legte sich um ihren Hals. Es berührte sie wie eine Liebkosung. Lust, schreckenerregende Lust ließ all ihre Nerven vibrieren. Sie stöhnte auf.

Lukos grinste, und seine weißen Reißzähne funkelten im Dämmerlicht. Er beugte sich über ihre Kehle. *Gütiger Gott, nein!* Doch das rote Licht verschaffte ihr Vergnügen, und er presste seine warmen Lippen auf ihren Hals. Seine Berührung entfachte ein Feuer auf ihrer Haut.

Nun hob er den Kopf wieder. „Nur ein Kuss. Nicht mehr."

Das magische Licht verschwand. Sie war ganz schwach vor Erleichterung, obwohl sie sich ihres pulsierenden Körpers höchst bewusst war. Im Stillen flehte sie den Himmel um Hilfe an, denn sie sehnte sich heftig nach einer weiteren Berührung.

*Hör auf, Miranda. Du musst kämpfen!*

Ihr ging der verrückte Gedanke durch den Kopf, dass auch Lukos erstaunlich attraktiv war. Seine silbrig schimmernden Augen, die im schwachen Licht fast violett wirkten, zwangen sie, ihn anzuschauen. Er sah so jung aus, vielleicht war er sogar jünger als sie, doch gleichzeitig erschien er ihr uralt.

Hinter seinem verruchten Lächeln konnte sie seine Gefühle spüren – einen Schmerz, so tief, dass sie zusammenzuckte.

„Ich würde dir niemals etwas tun", versprach er mit sanfter Stimme. „Und ich werde auch nicht von deinem Blut trinken, solange du mich nicht darum bittest."

Miranda trennte unter Aufbietung ihres gesamten Willens ihre innere Verbindung mit seinen Gefühlen. „Darum werde ich Sie niemals bitten!", rief sie aus. „Ganz gleich, was Sie tun oder sagen. Und ich werde Sie auch nicht freiwillig küssen. Ich … ich werde Sie anspucken, wenn Sie versuchen, mich zu küssen!"

Lukos' tiefes, raues Lachen klang ihr in den Ohren.

„Jetzt bin ich an der Reihe." Zayan stand auf, und trotz des Schwankens der Kutsche schlang er einen Arm um ihre Taille. Sie drehte und wand sich, doch ohne Erfolg. Er hob sie hoch und trug sie zu seinem Platz auf der gegenüberliegenden Sitzbank.

Gott, das hier war so … beschämend und schrecklich. Sie wechselten sich ab bei ihr.

Zayans Berührung erinnerte sie daran, wie stark diese Männer waren. Lukos hatte sie über seiner Schulter getragen, als würde sie nichts wiegen. Und Zayan konnte mit seiner Hand ihre Taille mitsamt dem Korsett und dem engen Mantel umspannen.

Die Vorhänge vor den Fenstern bewegten sich, und Miranda konnte sehen, dass das Licht draußen schwächer wurde. Solange die Sonne noch schien, würden sie sie nicht verfolgen können.

Zayans Hand näherte sich ihrem Gesicht.

Sie erschauerte. „Erzählen Sie mir, wer Sie sind. Wann sind Sie ein Vampir geworden?" Sie erinnerte sich an all die Schilderungen ihrer Tante Eugenia über Vampire. Sie wollte bei jedem einzelnen Vampir stets die Hintergrundgeschichte kennen. Das, so pflegte sie zu betonen, gab dem Jäger Macht über den Vampir. Nicht die Waffen, sondern das Wissen. Die meisten Jäger machten sich nicht die Mühe, etwas über ihre Opfer herauszufinden, und deshalb starben viele Vampirjäger.

„Wer hat Sie erschaffen?", erkundigte sich Miranda und versuchte die Schnalle von Zayans Umhang zu betrachten, anstatt ihm in die Augen zu sehen. „Wann wurden Sie zum Unsterblichen gemacht?"

Indem sie ihn zum Reden brachte, konnte sie dafür sorgen, dass seine Lippen den ihren fernblieben, oder? Sie konnte auf Zeit spielen.

„Ich bin seit vielen Jahrhunderten ein Vampir, Liebste. Denn ich lebe seit einer Ewigkeit." In seiner Stimme schwang ein Hauch von Mattigkeit mit. Sie hatte den Eindruck, dass er eigentlich nicht an ihr interessiert war. Wenn er das hier als Spiel betrachtete, so langweilte es ihn.

„Doch was ist Ihnen widerfahren? Wer waren Sie als Sterblicher? Es war nicht Ihre Entscheidung, zum Vampir zu werden, nicht wahr?“ Sie feuerte ihre Fragen ohne Pause auf ihn ab, eine folgte sofort auf die andere. Denn sie war entschlossen, alles zu tun, damit er weiter mit ihr sprach. Sie wollte den Moment hinauszögern, in dem er sie beißen oder vergewaltigen würde. „Ich möchte es gerne wissen. Zwar ist mir klar, dass ich diese Nacht nicht überleben werde. Aber ich muss … nachdenken. Meine Neugier ist alles, was mir geblieben ist.“

Bei ihren Worten hob Zayan seine geraden schwarzen Augenbrauen. Er lachte. Der Klang dieses Lachens war so weich wie die samtschwarze Nacht, wie das Flüstern der nächtlichen Brise in den Bäumen. Der andere Vampir, Lukos, hatte ein lüsternes, kehliges Lachen, eines, dem man anhörte, dass ihm ziemlich unanständige Gedanken durch den Sinn gingen.

Miranda schüttelte den Kopf. Warum dachte sie über diese Dinge nach?

„Ich lebe jetzt seit fast zweitausend Jahren“, erklärte Zayan leidenschaftslos. „Ich war ein römischer General. In der Welt der Sterblichen lautete mein Name Marius Praetonius. Ich eroberte fast ganz Europa im Namen Roms und wurde gefeiert und verehrt. Dein Verlobter hat wahrscheinlich in seinen Schulbüchern von mir gelesen.“ Sein Lächeln wurde breiter, und auf beiden Seiten seines Mundes gruben sich tiefe Falten ein.

*Ich spüre, dass du besondere Fähigkeiten besitzt … Du machst mich neugierig …*

Miranda hörte seine tiefe Stimme und spürte sie in ihrem ganzen Körper, als würde der Klang von Musik in ihr vibrieren. Sie hörte sie in ihrem Kopf, und ihr wurde eiskalt. Konnte er tatsächlich fühlen, dass sie eine außergewöhnliche Gabe besaß – dass sie Dinge tun konnte, die sie selbst nicht verstand? Dass sie so etwas wie Magie beherrschte? Ein Schauer durchlief sie. Was konnte das für sie bedeuten? Würde es ihr das Leben retten? Und entsprach irgendetwas von dem, was er ihr erzählt hatte, der Wahrheit?

„Natürlich ist es wahr", antwortete er auf ihre Gedanken. „Was glaubst du denn – dass ich irgendein unbedeutender Sklave bin, der eine originelle Geschichte ersonnen hat?"

Der Zorn, der in seinen Worten mitschwang, ließ sie zusammenfahren. Er schob die Unterlippe vor, so wie es ihr Bruder immer tat, wenn sie ihn bei irgendeiner Dummheit, zum Beispiel beim Glücksspiel, ertappt hatte.

„Vampire waren früher einmal sterbliche Männer. Das ist der entscheidende Punkt, den man bedenken muss, wenn man sie jagt", hatte Tante Eugenia ihr wieder und wieder gesagt.

Sie erinnerte sich, was sie darauf ihrer Tante zu erwidern pflegte: „Ich bin eine Dame der Gesellschaft. Von mir erwartet man, dass ich selbst die Macht von sterblichen Männern fürchte."

Doch darüber hatte Tante Eugenia gespottet. „Eine Frau besitzt so viel Macht, wie sie sich selber zutraut." Diese Worte hatten Miranda fast zum Lachen gebracht. Sie malte Aquarelle, übte sich gewissenhaft in der Kunst des Stickens und spazierte unter einem zierlichen Sonnenschirm durch den Garten. Wie konnte sie Macht besitzen? Doch sie hatte den Wunsch, ihrer Tante zu glauben. Und Eugenias Worte besaßen eine seltsame Kraft. Als würden sie Miranda mehr Stärke verleihen, wenn sie einfach nur an sie dachte.

Zayan legte seinen ausgestreckten Arm auf die Rückenlehne der Sitzbank. Das war eine typisch männliche Geste, so normal und menschlich, dass sie Miranda überraschte. „Erweckt die Tatsache, dass du nun weißt, wer ich früher war, den Wunsch in dir, mich zu küssen?", erkundigte er sich, und sein amüsierter Gesichtsausdruck verstärkte noch seine Anziehungskraft.

Sie kämpfte gegen die typisch weibliche Reaktion an, sein markantes Kinn, die vollen Lippen und selbst die Fältchen um seine funkelnden Augen zu bewundern.

„Natürlich nicht!"

„Kluges Mädchen." Gegenüber hatte Lukos einen seiner gestiefelten Füße auf die mit Samt bezogene Sitzbank gelegt. „Er ist ein Vampir. Er hat Tausenden von unschuldigen Frauen und Kindern ihr Blut geraubt."

Sie erstarrte vor Entsetzen.

„Ebenso wie du", knurrte Zayan. Er betrachtete Miranda mit einem heißen, intensiven Blick. „Ich würde gern wissen, was du bist. Jedenfalls keine normale flatterhafte, hohlköpfige Dame der Gesellschaft, nicht wahr?"

Miranda faltete ihre gefesselten Hände. Ihr ganzer Körper war angespannt, doch sie versuchte Zayan vollkommen ausdruckslos anzusehen. „Natürlich bin ich eine ganz gewöhnliche, hohlköpfige Frau."

Doch er hielt ihren Blick fest und schaute mit seinen funkelnden Augen bis auf den Grund ihrer Seele, dessen war sie sich sicher.

Sie war auf der Sitzbank zur Seite gerutscht, um so viel Abstand wie möglich zwischen ihn und sich zu legen. Jetzt streckte er jedoch den Arm aus und hielt den Stoffstreifen fest, der um ihre Handgelenke gewickelt war. Mit zwei Fingern zerriss er ihre Fessel, und sie breitete die Arme aus.

*Oh!* Ihre Finger kribbelten, als das Gefühl zurückkehrte.

Zayan griff nach ihren Händen. „Ist ein Handkuss nicht die übliche Weise, mit der ein untadeliger englischer Gentleman die Verführung einer Dame beginnt?"

Seine Hand hielt die ihre fest, dann verflocht er seine Finger mit den ihren. Wie ein perfekter Gentleman, wie ein Mann, von dem sie vielleicht geträumt hätte, hob er ihre Hand an seine Lippen.

„Nein! Lassen Sie das!" Sie konnte es nicht ertragen, auf diese höhnische Weise umworben zu werden, bevor man sie tötete und ihr das Blut aus dem Leib saugte. „Nein, ich weiß nichts über Magie. Und ich habe nicht einmal wirklich an Vampire geglaubt!"

Weich berührte Zayans volle Unterlippe ihren Handrücken.

Eine Welle heißer Lust schoss durch ihren Körper, als sein Mund ihre Haut streifte. Er küsste ihre Hand auf eine Weise, wie es kein Mann vor ihm getan hatte – es war ein aufreizendes Spiel mit Lippen und Zunge. Sie hatte keine Ahnung gehabt, dass ein Handkuss das Blut wild durch ihre Adern pochen lassen konnte. Und dass ihre Brustwarzen sich bei dieser Berührung hart gegen ihr Mieder drängen würden.

Lukos hatte offenbar nicht die Absicht, einfach nur zuzuschauen, wie sie nun bemerkte. Er war auf ihre Seite herübergekommen – und hatte sich hingekniet. Es erstaunte sie, dass ein Vampir, ein dämonisches Wesen, vor ihr auf die Knie ging. „Ich teile nicht", knurrte er und blickte dabei wie ein trotziger kleiner Junge drein. „Wir könnten sie wählen lassen."

„Wählen!", fauchte Miranda. „Ich werde niemals …"

„Aber wir können beide ihre Gedanken beeinflussen", fuhr Lukos fort und ignorierte ihren Ausbruch. „Ich schlage deshalb einen Wettbewerb vor. Zum Zeitvertreib während der langen Reise."

Die Dämonen unterhielten sich, als wäre sie überhaupt nicht da. In ihrem Bauch begannen bei dem Wort „Wettbewerb" Schmetterlinge zu flattern.

„Keine Magie?", erkundigte sich Zayan.

„Magie ist erlaubt, aber nur wenn es um die Verführung geht, die nun gleich beginnen wird …"

Miranda hielt die Luft an, während Lukos sich über ihren Hals beugte. Sie spürte, wie er sich ihr langsam näherte. Ihre Haut schien ihn vorauszuahnen, sie prickelte, bevor er sie berührte.

Seine Lippen streiften sie, und sie stöhnte vor Sehnsucht. Was war nur mit ihr los? Zayan saugte an ihren Fingern, nahm einen nach dem anderen in den Mund, und das Gefühl, das er damit bei ihr auslöste, machte sie schwindlig. Sie konnte sich gegen das … das hitzige Verlangen, das in ihr aufstieg, nicht wehren. Die beiden Vampire traten in einen Wettstreit gegeneinander, als wäre sie ein Gewinn, den es zu erringen galt.

Was, wenn sie sie berührte? Wenn sie sie auf dieselbe Weise

berührte, wie sie es bei Menschen getan hatte, die gestorben waren? Konnte sie sie zurückbringen? Wirkte die geheimnisvolle Fähigkeit, die sie besaß, auch bei Männern, die seit Jahrhunderten Vampire waren?

Sollte sie den Versuch wagen? Wenn sie sie zurückverwandelte, konnten sie sie nicht töten.

Der Vorhang vor dem Kutschenfenster glitt zur Seite. Es drang kaum Licht in den Wagen.

Die Sonne war untergegangen. Sie musste es jetzt versuchen. Ihr blieb keine Zeit mehr, und es könnte ihre einzige Chance sein, am Leben zu bleiben.

*London, zur gleichen Zeit*

„Eine Jungfrau aus guter Familie kostet Sie eine Stange Geld, Mister."

James Ryder zog eine Handvoll goldener Sovereigns hervor und ließ einen nach dem anderen in den schmierigen Seidenhandschuh fallen, der die geöffnete Hand der Bordellwirtin bedeckte. „Gentlemen zahlen mindestens fünfhundert Pfund für meine Jungfrauen, Sir." Sie streckte den Arm aus, um ihm sein Geld zurückzugeben.

*Fünfhundert.* Er besaß diese Summe, aber er hatte nicht vorgehabt, so viel Geld auszugeben. Es gab Freudenhäuser, in denen er sich mit einer Handvoll Münzen jede Möse kaufen konnte. Und dafür konnte er mit den Mädchen machen, was immer ihm gefiel.

Aber er wollte genau hier seinen Schwanz in weichem Fleisch versenken. In diesem Haus, das der exklusive Treffpunkt der Earls und Dukes war. An diesem Ort, wo er einer Frau die Unschuld rauben konnte, die er in der Öffentlichkeit nicht einmal hätte ansprechen dürfen.

Heute Abend war Miss Miranda Bond ihm nur zu offensichtlich aus dem Weg gegangen. Um seinen Ärger zu mildern, hatte er einen Vampir vernichtet, und nun klang die Erregung des Kampfes in seinen Adern nach.

Er wollte nur das Beste. Und er konnte dafür bezahlen.

Entschlossen packte er das Handgelenk der Bordellwirtin. „Das ist nur ein kleines Geschenk für Sie, Madam. Ich bin bereit, den Preis für gute Qualität zu bezahlen.“

„Wer sind Sie denn, Sir? Sie sind mir unbekannt.“ Sie schniefte leise und schielte ihn misstrauisch von oben herab an.

Wie zur Hölle konnte sie es wagen, auf ihn herabzuschauen?

„Ich bin der Sohn des Marquess of Hiltshire.“ Das entsprach der Wahrheit, wenn er auch ein illegitimer Sohn war. Er zog ein Bündel Banknoten hervor, drückte es ihr in die Hand und zwang sie dadurch, die Sovereigns auf den glänzenden Parkettboden fallen zu lassen.

Die Münzen klapperten laut. Ihre Hand schloss sich um die Scheine. Sie starrte sie an und zog überrascht die aufgemalten Augenbrauen hoch.

Er nahm seinen Hut und wandte sich zur Tür.

„Warten Sie!“

Als er sich wieder umdrehte, sah er, wie sie das Geld zwischen ihre üppigen und schweißigen, hochgeschnürten Brüste in ihr wattiertes Mieder stopfte.

„Ich habe ein Mädchen im Angebot. Die Tochter eines Vikars, die ihr Zuhause verloren hat. Sie ist ganz bestimmt noch Jungfrau. Ein echtes Unschuldslamm, sehr ängstlich und verzagt, obwohl sie bereit ist, ihr Schicksal hinzunehmen zum Wohle ihrer jüngeren Geschwister. Sie war dem Earl of Huntingdon versprochen. Doch sie könnte für tausend Pfund auch Ihnen gehören.“

Gütiger Himmel, das war ein verdammtes Vermögen! Aber die Jungfrau zu nehmen, die sonst die Schenkel für den Earl of Huntingdon spreizen würde? Das war es ihm wert. Er schrieb über den Rest der Summe einen Wechsel aus, den die Bordellwirtin zu seinem Erstaunen akzeptierte.

Zweifellos dachte sie, er würde wiederkommen, nachdem er

die Tochter des Vikars ausprobiert hatte. Dass es ihn wie bei ihren vornehmen Kunden nach einer weiteren Jungfrau gelüsten würde. Mit den Fingern schnippte sie einen muskelbepackten Diener herbei, der ihn in eines der Schlafzimmer führte. Es war leer. Er ließ sich auf der Bettkante nieder, beschloss aber, sich nicht auszuziehen, bevor nicht das Mädchen zu ihm gebracht worden war.

Einmal war er vertrauensselig gewesen – er hatte eine Jungfrau gekauft und sich schon ausgezogen, bevor er sie gesehen hatte, um anschließend feststellen zu müssen, dass das Bordell nur daran interessiert war, ihm sein Geld zu stehlen, ihn zu verprügeln und aus dem Haus zu werfen. Doch die dumme Wirtin und ihre groben Diener hatten nicht gewusst, was ein Vampirjäger mit einer Waffe anstellen konnte.

Ryder zog eine Zigarre aus der Tasche. Er ging zum Kamin und entzündete sie an den flackernden Flammen. Das Zimmer war prächtig eingerichtet, ein Zeichen dafür, dass es für Gäste mit erlesenem Geschmack bestimmt war.

Gott, er war vor lauter Vorfreude schon hart. Sein Schwanz drängte sich gegen seine Hose. Die Erregung machte ihn unruhig und wütend. Heute Nacht hätte er hinter Miss Miranda Bond her sein müssen.

Doch er wusste, wohin sie unterwegs war. Er würde sich sofort dorthin aufmachen, nachdem er sein kleines Vergnügen gehabt hatte, und er würde schneller sein als sie.

Mit einem leisen Klicken öffnete sich die Tür. Er drehte sich auf der Bettkante um und sah, dass der Diener ein großes schlankes Mädchen in einem grässlichen grauen Kleid ins Zimmer führte. War sie so hierhergekommen, oder handelte es sich um ein Gewand, in das die Bordellwirtin sie gesteckt hatte? Ihr Gesicht war schlicht – mit einer sommersprossigen Nase, roten Wangen und elfenbeinfarbener Haut. Ihre Wimpern waren ebenso mausbraun wie ihre Haare, doch Haut und Haar sahen aus, als würden sie sich seidenweich anfühlen.

Keine gewitzte Hure konnte sich so herrichten. Dieses Mädchen war echt. Sein Rücken war steif, seine Hände zu Fäusten geballt.

Die Kleine tat es, um ihre Familie zu retten. Bei diesem Gedanken strömte das Blut in seinen Schwengel. Sie dachte, dass sie sich auf edle Weise aufopfere.

„Lass mich dich ausziehen, mein Liebchen", sagte er. „Ich bin ein guter Mensch, und ich werde sanft und freundlich zu dir sein. Es wird dir Vergnügen bereiten."

Sie zuckte zusammen.

Das Mädchen ähnelte Miranda Bond nicht im Geringsten. Miranda war blond und hatte große blaue Augen und war atemberaubend schön. Doch sie hatte einen Fehler. Sie war ein böses Wesen. Etwas, das er zerstören musste.

Diesem armen süßen Engel hier würde er eine Stunde lang Gutes tun. Zwar konnte er sich die Summe kaum leisten, aber er würde der Kleinen eine wunderbare Erfahrung schenken – eine Nacht mit ihm würde sehr viel besser sein, als wenn ein betrunkener Earl in sie hineinstieße.

Er nahm seine Krawatte ab und warf sie beiseite. Sie stand in der Nähe der Tür und knetete ihre Röcke in den Fäusten. „Nun lass uns dich ausziehen, Liebste. Das ändert alles."

Bei diesen Worten runzelte sie die Stirn. „Ich will nicht ... ausgezogen werden."

„Das erscheint dir jetzt seltsam, doch es wird dir Spaß machen. Dafür bist du erschaffen worden, dich einem verdienstvollen Mann hinzugeben."

Als sie das hörte, stieß die Tochter des Vikars einen Laut aus, der halb wie ein Lachen und halb wie ein Schluchzen klang.

Sie hatte keine Ahnung, vor welchem Schicksal er sie bewahrte!

Sie roch nach einer Seife mit einem schweren Blumenduft, der Seife, die wahrscheinlich die Huren in diesem Haus benutzten. An den Dirnen hätte sie bei ihm Übelkeit erregt, doch an ihr duftete sie seltsam rührend.

Er würde sie auf diese einfache Weise retten. Das Geld dazu

hatte er. Warum sollte ein Vampirjäger nicht ebenso erfinderisch sein wie die Wachtmeister aus der Bow Street? Er nahm private Aufträge an, und von einigen Vampiren ließ er sich Geld geben, damit er sie am Leben ließ und sie bis zu einem gewissen Punkt beschützte. Viele Vampire hatten ein beachtliches Vermögen angehäuft, indem sie ihre Macht, ihre Fähigkeiten und den Vorteil nutzten, dass ihnen Zeit, endlos viel Zeit zur Verfügung stand.

Was sollten sie sonst mit ihrem Geld tun, außer es dafür auszugeben, um dem Tod von der Schippe zu springen?

Ryder zog sich bis auf sein Hemd aus. Während sie ihm zuschaute, hob und senkte sich ihr schlichtes Mieder heftig. „Lass dein Haar für mich herab."

Langsam und ergeben senkte sie den Kopf und zog die Nadeln aus ihren Haaren. Süßen Duft verströmend, fielen ihre langen braunen Strähnen über ihren Rücken.

Er ließ sich aufs Bett fallen, doch sie legte sich nicht zu ihm. „Mach mich nicht ungeduldig", warnte er sie. „Ich habe eine Menge Geld für dich bezahlt. Mir ist klar, dass du es nicht zu sehen bekommen wirst – ganz gleich, was die alte Hexe von einer Madam dir erzählt hat. Wenn du mir Vergnügen bereitest, werde ich dir etwas extra geben, das du für dich behalten kannst."

Obwohl ihr das Grauen ins Gesicht geschrieben stand, begann sie die Verschlüsse ihres Gewandes zu öffnen. So wollte er Miss Miranda Bond sehen. Wie sie mit zitternden Fingern ihr Kleid auszog. Wenn er den Blick senkte, konnte er sich vorstellen, dass dieses Mädchen mit dem teigigen Gesicht Miss Bond war.

Die Königliche Gesellschaft würde ihn nicht ausschließen und auch nicht töten, wenn er Miss Bond auf seine ganz spezielle Weise umbrachte. Sie brauchten ihn zu dringend, brauchten ihn, damit er die Drecksarbeit machte. Um die geheimen Mordaufträge zu vollstrecken wie diesen. Brauchten ihn, um solche Dinge zu erledigen wie die Jagd nach den scheinbar unschuldigen Schwestern von Gentlemen, um dann dafür zu sorgen, dass der Tod einer solchen Frau wie ein Unfall aussah.

Er hatte gesehen, wozu Miss Bond in der Lage war.

Vor zwei Wochen hatte sie ihre Hand auf die Brust eines Kindes gelegt, das von einer Kutsche überfahren worden war. Der Körper war vollkommen zerquetscht gewesen. Das kleine Ding war tot.

Doch ihre Berührung hatte den Körper geheilt. Die vorher toten Augen hatten wieder geleuchtet. Das Kind war einfach nur durch die *Berührung* von Miss Bonds Hand wieder zum Leben erwacht.

Er hatte es nicht glauben können.

Doch die Gentlemen der Königlichen Gesellschaft versicherten ihm, dass es der Wahrheit entsprach. Diese verfluchte Frau konnte Tote zum Leben erwecken.

Seine Aufgabe war es, sie zu töten. Ryder war klar, was die alten Männer der Gesellschaft wollten: Sie wollten das zerstören, was sie nicht begreifen konnten.

Und als Belohnung für die Ermordung einer reizenden dreiundzwanzigjährigen Frau würde er ein herrschaftliches Haus auf dem Land erhalten. Er würde ein besseres Leben führen als Hiltshire, sein Vater, dessen Landsitze verarmt waren.

Zur Hölle, er würde es genießen.

Zwischen ihm und dem, worauf er schon so lange hinarbeitete, stand nur noch eine junge Dame aus gutem Hause. Ein einziger kleiner Tod, und alles würde ihm gehören.

Bei diesem Gedanken hob sich sein Schwanz und drückte sich gegen seinen Bauch. Er streckte den Arm aus und griff nach der Hand der Pastorentochter, die inzwischen zitternd in ihrem Unterkleid dastand. „Nun, mein Liebchen“, bemerkte er anzüglich grinsend, „werde ich dir beibringen, wie du mich lecken musst.“

Doch vorher zog er sie an sich, steckte die Hand unter ihr Hemd und schob seinen Zeigefinger sanft in ihren engen, heißen Po.

## *3. KAPITEL*

# Berührt

*Kammer der Scholomance*
*875 n. Chr.*

Als Lukos erwachte, fand er sich auf einem glatten Steinboden inmitten einer Lache seines eigenen Blutes wieder. An seinem Hals ertastete er Schorf, und sein frisch rasierter Kopf war über und über mit Blut beschmiert. Die klaffende Wunde in seiner Kehle hatte jemand zugenäht. Sie fühlte sich geschwollen an und schmerzte, doch als er vorsichtig seine Finger daran entlanggleiten ließ, war dort nicht mehr der große offene, blutende Schnitt zu spüren.

War er jetzt tot?

Während er mühsam versuchte sich aufzurichten, verließen ihn fast wieder die Kräfte, und er kämpfte gegen eine erneute Bewusstlosigkeit an. Er war von Dunkelheit umgeben. Sie klebte an ihm, als würde sie sich an seinen Körper klammern. Pure, eisige Panik durchdrang ihn. Seit seiner Kindheit war er immer auf diese Weise in der Dunkelheit erwacht – schwitzend, verängstigt und so entsetzt, dass er am liebsten davongelaufen wäre. Er hatte seine Ängste verborgen, weil es sein Ziel gewesen war, ein großer Krieger zu werden. Doch jetzt stiegen sie wieder in ihm auf und ließen ihn wimmern.

Er war zu alt, um Laute wie ein Kind auszustoßen. In der Finsternis sah er sich nach der Dämonin um. Hatte sie ihn zum Sterben allein gelassen?

Langsam gewöhnten seine Augen sich an die Schwärze. Und dann sah er sie. Sie hatte es sich auf einem steinernen Podest gemütlich gemacht und beobachtete ihn. Ihr Körper war in einen purpurroten Mantel gehüllt, und ihr Blick ruhte voller Sorge auf ihm. „Es tut mir leid, Lukos. Aber als Nächstes sind deine Augen dran.“

Er warf schützend die Hände in die Luft, doch ein schmerzhafter heißer Strahl traf seine rechte Handfläche. Instinktiv zog er die Hand zurück. Das nächste Mal traf der rotglühende Strahl sein Auge. Als er vor Qual laut schrie, packte etwas seinen Arm und hielt ihn fest. Er heulte auf und versuchte sich zur Wehr zu setzen. Irgendein Ungeheuer aus dem Schatten hatte ihn in seiner Gewalt. Er wütete gegen den festen Griff und warf seinen Kopf wild hin und her. Dieser Schmerz! Herr im Himmel, diese entsetzliche Pein ...

Doch obwohl er sich mit allen Kräften wehrte, drang der glühende Strahl auch in sein linkes Auge. Nun war er vollkommen blind.

Das hier würde ihn umbringen.

Falls er nicht ohnehin schon tot war.

Konnten Tote immer noch Schmerz empfinden?

Er wollte weinen, doch die sengende Hitze hatte ihm nicht nur das Augenlicht, sondern auch die Fähigkeit genommen, Tränen zu vergießen.

Er konnte sie riechen. Trotz des Gestanks seines eigenen Fleisches und seiner entsetzlichen Todesangst wusste er, dass sie zu ihm gekommen war. Sie kniete sich neben ihm nieder. Dann legte sie die Arme um seine nackten Schultern und begann mit ihrer tiefen, warmen Stimme zu singen. Der leise, liebliche Klang legte sich um ihn wie funkelndes Licht und nahm ihm seine Schmerzen.

„Du darfst ihn nicht sehen, Lukos. Nicht bevor deine Jüngerschaft beendet ist."

Er stieß ein Lachen hervor, in dem all sein Zorn und seine Bitterkeit mitschwangen. „Ich bin blind! Ich werde ihn niemals sehen."

„Doch, das wirst du. Er wird dir unendliche Macht verleihen, Lukos. Er kann dir auch dein Augenlicht wiedergeben."

„Was machst du als Nächstes? Mir den Schwanz abhacken, sodass ich nie wieder lieben kann?"

„Nein." Die Stimme der Dämonin war weich und tröstend.

„Für den Moment hast du alles überstanden. Ich werde dich zur Kammer bringen, und dort kannst du dich ausruhen. Morgen beginnst du dann mit dem Lernen."

Lernen. Nachdem ihm die Augen ausgestochen worden waren? Und seine Kehle aufgeschlitzt? Jeder Atemzug war eine Qual, und er keuchte und röchelte wie ein alter Mann. Auf dem Schlachtfeld hatte er Leichen mit nicht halb so schweren Verletzungen gesehen, wie sie ihm zugefügt worden waren. „Bin ich tot?"

„Du wirst wiedergeboren werden, Lukos."

Nun öffnete sie seinen Mantel und nahm seinen Schwanz in die Hand. Er hatte sein Augenlicht verloren, man hatte ihm die Kehle durchschnitten, doch irgendwie brachte sie seinen Schwengel zum Stehen. Sie spreizte die Beine über ihm, nahm ihn in sich auf und ritt ihn. Er konnte spüren, wie ihre feuchte Hitze seinen Schaft umfing. Er konnte sie riechen, nahm den intensiven Duft ihrer Vereinigung wahr. Spürte, wie ihre üppigen Hinterbacken gegen seine Leiste klatschen. Gott, ja …

„Du hast Sex mit mir …"

„Nein, das stimmt nicht. Du träumst nur davon, Lukos." Sie schlug ihm ins Gesicht. Der plötzliche Schmerz ließ sein Fantasiebild verschwinden. Statt ihrer sahnigen Säfte roch er die Feuchtigkeit der Steine. Anstelle von Wärme und Lust spürte er die scharfen Kanten der Felsblöcke unter seinen Knien.

„Manchmal werden Männer vor Angst und Schmerz verrückt, Lukos. Sie verlieren sich in einer Welt voll dunkler erotischer Fantasien. Sie glauben, dass sie ununterbrochen Sex haben, doch sie sind nur in ihrer Fantasie gefangen. Sie verhungern, weil sie nicht mehr wissen, wie man isst. Manchmal werden sie umgebracht. Jene, die sich unter den Sterblichen bewegen, werden getötet oder ins Irrenhaus geschafft. Doch in ihren Köpfen finden endlose Orgien statt." Ihr Lachen klang höhnisch und kalt.

„Doch du bist zu stark, um diese Art der Flucht zu wählen, Lukos. Wenn ich das nicht glauben würde, hätte ich dich nicht ausgesucht, um dich zu führen." Sie nahm seinen Arm. „Komm jetzt mit mir. Denn schon bald wirst du als Dämon geboren werden. Und ich weiß, du wirst der Stärkste von allen sein. Du wirst mich mit Stolz erfüllen, Lukos. Du wirst mir die Welt schenken."

Als sie ihn geleitete, klammerte er sich fest an sie, denn sie war sein einziger Halt in seiner neuen dunklen Welt.

Er war bereit, ihr alles zu geben, worum sie ihn bat. Wenn sie ihm das Herz aus der Brust schneiden wollte, würde er es zulassen.

Er konnte den Zauber durch ihre Haut hindurch schmecken.

Zayan presste den Mund auf die zarte Hand der englischen Dame. Magie vibrierte in ihr, wallte durch ihren Körper, pulsierte durch ihre Adern. Er spürte, dass sie sich dagegen wehrte. Sie war nicht willens, diese überirdische Macht zu akzeptieren, die sie in sich trug. Es machte ihr Angst.

Indem er mit seinen Lippen ihre seidige Haut berührte, konnte er all diese Dinge spüren. Es war ihm gelungen, einen Blick auf ihre Gedanken zu erhaschen, bevor sie sie irgendwie vor ihm verbergen konnte. Dabei hatte er ein verschwenderisch ausgestattetes Schlafzimmer gesehen, in dem es viel weiße Seide und flatternde Spitzenvorhänge gab. Eine weitere junge Frau, eine Brünette, lag im Bett. Sie war blass und abgemagert und lächelte schwach. „Miranda", hatte die zerbrechliche Frau im Bett geflüstert. „Es geht mir heute so viel besser, und ich glaube, das liegt an dir."

In Miranda, der Frau, deren Hand er soeben küsste, spürte er ein Gefühl, das er fast vergessen hatte: Liebe – ein zärtliches Gefühl, das durch das Bedürfnis, sich um das geliebte Wesen zu kümmern, noch tiefer wurde.

Nach wenigen Sekunden war das Bild verschwunden. Doch nun kannte er den Namen der anmutigen, unschuldig aussehenden Frau, die die stärksten magischen Kräfte besaß, die er seit Jahrzehnten, nein, seit Jahrhunderten gespürt hatte.

*Miranda.*

Er drehte ihre Hand um und küsste die Innenfläche. Miss Miranda belohnte ihn mit einem unfreiwilligen lustvollen Erschauern. Nun begriff er, was Sebastien de Wynter an Althea Yates, der Vampirjägerin, so angezogen hatte. Es war die Sinnlichkeit, die sich hinter ihrer steifen Schicklichkeit verbarg.

Sosehr er Lukos auch hasste, er hatte dem Spiel mit der Verführung zugestimmt, weil es eine Zerstreuung war. Auf diese Weise konnten sie sich mit ihrer hübschen Gefangenen die Zeit vertreiben. Und es würde ihn von dem Drang ablenken, den Vampir zu töten, der früher einmal versucht hatte, ihn zu vernichten.

Doch jetzt wusste er, dass Miranda für ihn viel mehr war als ein Spielzeug. Die starke Magie, die sie in sich trug, war vielleicht seine letzte Hoffnung.

Er brauchte ihre Kraft.

Das bedeutete, er musste sie kontrollieren und beherrschen. Und da er nun wusste, dass sie keine gewöhnliche Sterbliche war, würde er dafür einen anderen Weg finden müssen. Gerade jetzt starrte sie ihn mit zusammengekniffenen blauen Augen an, und er spürte ihren Widerstand gegen seine Verführung. Sie kämpfte mit allem, was sie besaß, gegen ihn. Und momentan gewann sie.

Zayan bewunderte ihre Stärke, obwohl man starken Frauen nicht trauen konnte. Wenn sie beschlossen, hinterhältig zu sein, waren sie zerstörerischer als eine ganze Armee. Boshafter. Bei allen Göttern, er hatte Frauen gesehen, die ihre eigenen Männer mit Äxten niedergemäht hatten, weil sie im Kampf zurückgewichen waren.

Wenn er diese Frau und ihre Magie beherrschen wollte, musste er sich weitaus mehr bemühen.

Gekonnt liebkoste er mit der Zunge die Mitte ihrer Handfläche und brachte sie zum Aufseufzen. Ganz langsam, quälend langsam ließ er seine Zunge auf der Innenseite ihres Handgelenks kreisen. Er saugte an ihrer Haut und spürte, wie die Magie zusammen mit ihrem Puls unter seinen Lippen pochte.

Miranda stöhnte. Er fühlte, wie ihre Kraft aufwallte, während sie gegen das Verlangen ankämpfte, das er in ihr weckte. Plötzlich wurde ihm bewusst, wie unglaublich sie im Bett sein würde, mit dieser Mischung aus Widerstand und Magie und Hingabe.

Vor Jahren hatte er einen Pakt mit der roten Macht geschlossen. Um seine Kinder wieder zum Leben zu erwecken, hatte die rote Macht nach Magie verlangt – sie brauchte alle Arten von Kräften. Den Zauber der Jugend. Die Energie, die durch Sex freigesetzt wurde. Die Macht anderer zauberkräftiger Wesen. In jenem Jahrzehnt, bevor er von Elizabeth, einer der Vampirköniginnen, in die Verbannung geschickt worden war, hatte er mehreren törichten Engeln und einigen Dämonen ihre Kräfte geraubt. Und wie ein Sklave hatte er diese Kräfte bei der roten Macht abgeliefert und ergeben darauf gewartet, dass sein Traum in Erfüllung ging.

Was für ein verdammter Narr er gewesen war!

Ziemlich bald hatte er begriffen, was die rote Macht vorhatte. Sie wollte seine Kinder als Geiseln behalten, als Pfand, das ihn zwingen würde, ihr immer weiter zu dienen. Doch sie würde ihm niemals geben, was sie ihm versprochen hatte.

Doch jetzt wusste er, wie er die rote Macht beherrschen konnte. Er würde Mirandas Magie nehmen und sie benutzen, um die rote Macht zuerst in Versuchung zu führen und sie anschließend zu zwingen, ihm das zu geben, wonach er sich verzehrte – seine Kinder.

Er sehnte sich unendlich danach, sie wiederzusehen. Er hungerte danach, sie wieder in seine Arme zu schließen.

Doch um Mirandas Zauberkraft zu stehlen, musste er sie dazu bringen, drei Worte zu sagen: *Ich liebe dich.* Dadurch würde sich ihr Herz öffnen, und die Mauern, mit denen sie sich schützte, würden einstürzen. In diesem Augenblick konnte er ihre Zauberkraft zu der seinen machen.

Das war mehr als eine körperliche Verführung, mehr als ein

Spiel. Er musste bis in ihr Herz vordringen.

Miranda trat wild um sich. „S...sie können mir abringen, Lust zu empfinden, aber es wird Ihnen niemals gelingen, mich zu verführen!"

Als Zayan nach oben schaute, sah er, wie Lukos mit seinen Fingerspitzen am Ausschnitt ihres Mantels entlangstrich. Miranda riss die Augen weit auf. Ihr Blick verschmolz mit seinem. Ihre Augen waren leuchtend blau – es war das funkelnde Blau der Wellen, die an den südlichen Ufern Italiens ausrollten.

Sie wirkte nicht verängstigt. Vielleicht sah sie ... hoffnungsvoll aus. Das erstaunte Zayan so sehr, dass er von ihrem Handgelenk, das er eben noch mit den Lippen berührt hatte, abließ. Seltsamerweise konnte er sich nicht von ihrem ruhigen, entschlossenen Blick lösen.

„Sie werden mich *nicht* verführen", wiederholte sie. „Ganz gleich, was Sie tun. Aber ich will Sie berühren. Denn ich glaube, ich kann Ihnen Ihre Seele zurückgeben, Zayan."

Glaubte das naive Kind tatsächlich, es könne ihn retten? Zayans Antwort war barsch: „Das kannst du nicht, mein Engel."

„Lassen Sie zu, dass ich Sie berühre", sagte sie energisch.

Das hatte er nicht erwartet. Sie redete mit ihm, wie seine Frau es getan hatte. Obwohl er General gewesen war, hatte seine Frau in scharfem Ton mit ihm gesprochen und erwartet, dass er ihre Befehle ausführte.

Zayan zuckte zurück, als Mirandas Hand mit gespreizten Fingern gegen seine Brust schlug. Wärme breitete sich in seinem Körper aus, wie ein heißer Speer fuhr sie durch seine Muskeln, ein Ring aus Feuer legte sich um sein Herz. Ihre Kraft lähmte ihn. Er konnte sich nicht bewegen.

Bei allen Göttern, sie besaß eine sehr starke Magie!

Weitaus stärker, als er angenommen hatte.

Seine Körpertemperatur stieg; Hitze glitt durch seine Adern, als würde ihn ein Feuer verzehren. Konnte sie ihn in Flammen aufgehen, konnte ihre Berührung ihn explodieren und zu Asche verbrennen lassen?

„Oh! Oh!", rief sie. Ihr Körper bebte. Sie stöhnte. Ihre Hüften zuckten heftig wie die einer Frau, die von einem mächtigen Orgasmus geschüttelt wurde. Mit geöffnetem Mund ritt sie auf den Wellen der Lust.

Zayans Nasenflügel flatterten, als er den Duft ihrer Säfte wahrnahm. Er konnte riechen, dass ihre Möse feucht und sahnig wurde. Lukos konnte sie ebenfalls riechen, das wusste er. Lukos konnte seine Gestalt verändern und sich in einen Wolf verwandeln, was das Verhältnis dieses Dämons zum Sex noch ursprünglicher machte als das Zayans.

„Was für ein Wesen ist sie, zur Hölle?", knurrte Lukos.

Da er immer noch der sengenden Hitze ausgeliefert war, vermochte Zayan kaum zu sprechen. „Kein Dämon", stieß er mühsam hervor. „Kein Vampir." Als das Feuer in seinem Körper nachließ, atmete er tief ein. Er würde also nicht in Flammen aufgehen. „Ein Racheengel?" Doch das glaubte er eigentlich nicht.

Miss Miranda ließ sich gegen die Lehne ihres Sitzes sinken. Ihre Brust hob und senkte sich heftig. Zayan sah den Schrecken in ihren Augen. Die bloße Angst. Sie senkte den Blick und starrte auf ihre zitternden Hände hinunter.

Offenbar verstand sie ihre eigene Macht nicht. Das las er in ihren Gedanken, bevor ihre starken Gefühle so unklar wurden, dass er sie nicht mehr erspüren konnte. Nie zuvor war ihm so etwas passiert. Nur Vampirköniginnen und diejenigen Dämonen, die Luzifers Jünger gewesen waren, konnten ihren Geist vor ihm abschirmen. Doch er hatte einen kurzen Blick auf das stärkste Gefühl erhascht, das Miranda kannte – sie fürchtete sich vor sich selbst.

*Du weißt nicht, was für ein Wesen du bist, nicht wahr?* fragte er sie sanft in ihre Gedanken hinein. Dabei versuchte er seine eigenen vor Lukos zu verschleiern, bezweifelte jedoch, dass ihm dies gelang. Er war zwar der ältere Vampir – und vermutlich auch der stärkere –, doch wahrscheinlich nicht stark genug.

Hilflos schaute Miranda ihn an. „So hat es sich noch nie angefühlt. Das ist mir noch nie … noch niemals passiert. Ich weiß nicht, ob ich etwas getan habe."

*Du Süße …* Nur mit seinen Kindern hatte Zayan jemals so sanft und freundlich gesprochen. *Was genau hast du versucht, zu tun? Du glaubst doch nicht wirklich, dass du nur mit einer Berührung meine Seele zurückholen kannst?*

Miranda durfte nicht zulassen, dass die beiden Vampire die Wahrheit herausfanden. „Ich … ich dachte, Sie könnten gerettet werden", log sie, „von einer guten Seele."

Lukos lachte leise in sich hinein. „Das hast du geglaubt? Dass die Berührung einer tugendhaften Frau ihm seine Dämonen austreibt?"

Stumm nickte Miranda und betete im Stillen, dass die Männer dachten, sie sei einfach nur wild darauf, gute Taten zu tun. Wie dumm sie gewesen war, sich zu verraten, indem sie ihm die Hand auflegte. Aber sie hatte geglaubt, es würde funktionieren. Sie hatte Tante Eugenia gerettet, ihren Bruder Simon, ihre Schwägerin Caroline, den kleinen Jungen im Park und im Laufe der vergangenen zwölf Jahre noch etliche andere. Sie hatte gedacht, sie könne auch einen Vampir erlösen.

Miranda rieb ihre schmerzende Hand, die sich anfühlte, als hätte sie sich verbrannt. Sie hatte die Hitze gespürt und sogar gedacht, sie würde mit ihren Fingern in den Körper des Vampirs eindringen. Dann hatte es sich angefühlt, als wäre das Brennen an ihm abgeprallt und wie ein Speer in sie hineingestoßen.

Die sengende Hitze verwandelte sich in Verlangen – Begehren und Erregung, die sie nicht wollte und nicht kontrollieren konnte. Diese Gefühle waren so furchtbar stark geworden. Sie hatten in ihr gepocht und wie Flammen gezüngelt, und sie hatte nicht anders gekonnt, als sich zwischen den Beinen zu reiben. Unfähig, das Verlangen zu unterdrücken, hatte sie die Schenkel zusammengepresst. Dann war sie explodiert – anders konnte sie es sich nicht erklären.

Sie umschlang ihren Oberkörper mit den Armen. Dieses

überwältigende Gefühl musste es sein, das ihren Bruder und seine junge Ehefrau so oft in ihr Schlafzimmer trieb und das der Grund für Carolines gequälte Seufzer war, die Miranda durch die Wände gehört hatte.

So musste es sein. Ihre Lust war so heftig gewesen, dass sie gefürchtet hatte, ihr Herz könne stehen bleiben oder explodieren.

Ihre Wangen brannten noch immer, und ihr Atem ging viel zu rasch.

Miranda starrte Zayan an. Er erwiderte lächelnd ihren Blick, und sie sah, dass seine Reißzähne noch da waren. Es hatte also nicht funktioniert. Offenbar war es ihr nicht gelungen, ihm seine Seele zurückzubringen.

Warum nicht? Was war schiefgegangen?

Lag es daran, dass er nicht tot war, sondern untot?

Sie erinnerte sich an die entsetzliche Angst, die sie gespürt hatte, als Simon ertrunken war. Damals war sie elf Jahre alt gewesen und er dreizehn. Es hatte sich angefühlt, als sei ihr Herz gleichzeitig mit seinem stehen geblieben. Ihr war körperlich schlecht geworden, ihr Magen hatte sich gehoben, und Galle war in ihrer Kehle hochgestiegen. Tränen waren ihr über das Gesicht geströmt. Sie flehte um sein Leben. Sie berührte sein Herz. Dann hustete er und würgte Wasser hervor, einen Schwall ekelhaftes, schlammiges Wasser.

Genauso war es gewesen, als sie Tante Eugenia gerettet hatte – sie hatte sich verzweifelt gewünscht, dass ihre Tante wieder lebendig werden würde. Bei ihren Eltern hatte sie nie eine Chance gehabt. Als ihre Mutter starb, war sie noch sehr jung gewesen. Der Tod ihres Vaters lag erst drei Jahre zurück. Doch er war an Bord eines Schiffs auf der Überfahrt von Calais gestorben, während der ersten glücklichen, berauschenden Tage nach Kriegsende. Sein Leichnam blieb verschwunden.

Sie dachte an das Kind im Hyde Park. Obwohl sie den kleinen Jungen nicht gekannt hatte, war sie bei der Vorstellung, dass er sterben würde, bis ins Mark erschüttert gewesen. Sie hatte den Gedanken nicht ertragen können, dass er tot war. Bei allen diesen Gelegenheiten war ihr das Herz gebrochen, und sie hatte eine große Entschlossenheit gespürt, die Toten ins Leben zurückzuholen. Jedes Mal war es ihr unendlich wichtig gewesen.

Sie würde niemals tief genug für diese Vampire empfinden können, um ihnen ihr Leben zurückzugeben. Diese Möglichkeit des Entrinnens war ihr also verschlossen.

Die Kutsche, die zuvor in halsbrecherischem Tempo dahingestürmt war, wurde langsamer. Im Spalt zwischen Fenster und Vorhang sah Miranda Licht schimmern. Sie befanden sich in einem Dorf. Das ... das könnte eine Möglichkeit für sie sein, sich zu befreien.

Sie schaute Zayan flehend an. „Bitte ... ich bin so hungrig. Und ich muss ...“ Sie errötete, da eine anständige Dame über solche Dinge nicht redete. „Ich muss mich erleichtern. Bitte!“

Es war Lukos, der ihr eine Antwort gab. „Wir halten an. Ich muss etwas zu mir nehmen.“

Kutschen fuhren rasselnd auf den Hof neben dem Gasthaus. Die Dämmerung hatte sich herabgesenkt, und am Horizont war nur noch ein schwacher violetter Streifen zu sehen. Lampen brannten, und Miranda bemerkte, dass sowohl Zayan als auch Lukos ihre Gesichter verbargen, um sicherzugehen, dass das Licht nicht in ihre spiegelnden Augen fiel.

Lukos hielt sie am Handgelenk fest, und es gelang ihr nicht, sich aus seinem Griff zu befreien. Sollte sie die Menge, die sie umgab, mit einem Hilferuf auf sich aufmerksam machen – die Familien und die Gentlemen und die älteren Damen, die soeben aus ihren Kutschen aus- oder in ihre Wagen einstiegen?

Zwischen all den Menschen waren auch Kinder.

Und sie erinnerte sich an die Magie, die Zayan zur Verfügung stand. Er konnte möglicherweise Dutzende von Menschen töten mit seiner Kraft, wenn er einen seiner mächtigen Blitze in die Menge schleuderte, um Mirandas Flucht zu verhindern.

Sie hatte keine andere Wahl, als mit den Vampiren zu gehen. Und zu versuchen, später eine Möglichkeit zu finden, davonzulaufen.

„Wir gehen in den Speisesaal, und dort kannst du etwas essen."

Es lag ihr auf der Zunge, sich in sarkastischem Ton bei Zayan für seine Freundlichkeit zu bedanken. Doch sie schluckte ihre Worte hinunter. Es war besser, die beiden glauben zu machen, sie sei so verängstigt, dass sie ihnen gehorchte.

Lukos schüttelte den Kopf. Seine langen Haare wehten im Wind, und in seinen Augen blitzte ein verräterisches silbernes Licht auf. „Ich muss auf die Jagd."

Miranda hielt die Luft an. Er wollte damit sagen, dass er vorhatte, einen unschuldigen Menschen zur Strecke zu bringen und sein Blut zu trinken.

„Nein, das dürfen Sie nicht." Sie deutete auf ihren eigenen Hals. „Wenn Sie Hunger haben, nehmen Sie mein Blut. Mir macht das nichts aus. Aber ich lasse nicht zu, dass Sie einem anderen Menschen wehtun."

„Ich habe keine andere Wahl, meine Liebe. Und ich kann dein Blut nicht trinken. Aber wenn du möchtest, darfst du die Person aussuchen, an der ich meinen Hunger stille." Lukos machte eine Handbewegung, die die ganze Menge argloser Menschen um sie herum umfasste.

Sie ließ ihren Blick wandern. Eine Mutter umarmte ihr Kind. Eine Frau drängte vier kleine Jungen in Richtung eines Wagens, der zur Abfahrt bereitstand. Ein Paar schaute sich bei einem zärtlichen Abschied in die Augen. Ein älterer Mann tätschelte die Hand seiner betagten Ehefrau. Sie konnte niemanden auswählen. Jeder dieser Menschen wurde von irgendjemandem geliebt und geschätzt. Sie alle verdienten es, zu leben.

„Sie sind böse", fauchte sie.

„Ja, mein Engel, das bin ich. Ich habe Luzifer gedient. Ich wurde geboren, um böse zu sein."

„Wenn Sie Blut trinken müssen, warum beißen Sie dann

nicht Zayan? Oder schlagen Sie Ihre Zähne in ein Schwein!"

Lukos neigte nur leicht den Kopf. „Ich brauche das frische, kostbare Blut eines Sterblichen, mein Engel."

War in der Menge irgendjemand, der den Biss eines Vampirs verdiente? Ein Mann, der seine Frau misshandelte? Ein lasterhafter Kerl, der Kindern nachstellte? Eine Frau, die Jungfrauen entführte und sie in Bordelle schaffte? Ein Mörder? Ein Dieb?

Sie konnte das nicht tun.

Aber sie konnte auch nicht zulassen, dass er einfach irgendjemanden auswählte. „Wen würden Sie nehmen?", erkundigte sie sich mit leiser Stimme.

„Wenn du etwas isst, Süße, wählst du dann nicht das Gericht, das dir am verführerischsten erscheint? Würdest du den Hammel dem Lamm vorziehen? Oder zähes Rindfleisch einem zarten Steak?"

Sie erschauerte. „Sie meinen, dass Sie jemanden auswählen werden, der jung und hübsch ist."

„Manchmal entscheide ich mich für ein Kind."

Miranda schlug sich die Hand vor den Mund. „Das ist unsäglich böse!"

Sollte sie schreien? Vielleicht reichte die magische Kraft der Vampire nicht aus, um all diese Menschen zu verletzen – aber was, wenn durch ihre entsetzliche Angst auch nur ein einziger Mensch starb?

„Ich pflege Kinder auszusuchen, für die nur wenig Hoffnung besteht, mein Engel, und dann transformiere ich sie. Ich verleihe ihnen unvorstellbare Stärke und Geschwindigkeit. Ich gebe ihnen die Möglichkeit, die Welt auf den Kopf zu stellen."

Wieder durchlief sie ein Schauer. „Können Sie sich nicht ernähren, ohne jemanden zu verletzen?"

Lukos zwinkerte ihr zu. „Für dich, mein Kätzchen, werde ich es versuchen."

Sie glaubte ihm nicht. Doch Zayan hielt immer noch ihren Arm fest, und Lukos schlenderte davon. Er war so groß, so auffällig mit seinen langen Haaren und seinem weiten Umhang, dass er nicht in der Menge verschwand – er stach daraus hervor. Männer beäugten ihn misstrauisch; Frauen starrten ihn mit unverhohlener Begierde an. Er glitt in den Schatten.

Mirandas Kehle war so eng, dass sie nicht schlucken konnte.

Zayan legte den Arm um ihre Taille. In dieser Haltung schritten die Männer neben den Frauen einher. Diese Frauen trugen tief ausgeschnittene Kleider, hatten rot geschminkte Lippen und waren offensichtlich Dirnen. So würden die Leute auch über sie denken.

Sie verschluckte sich an einem bitteren Lachen. Man würde sie für eine Hure halten. Ganz sicher käme niemand auf die Idee, dass sie in Kürze das Opfer eines Vampirs werden würde.

„Werden Sie nicht trinken?“, flüsterte sie.

Zayan legte den Kopf schief. „Ich brauche noch keine Nahrung, meine Liebe.“

Verdammt, sie hatte gehofft, er würde sie allein lassen, um sich zu stärken. Natürlich ließ er sie nicht aus den Augen. Wahrscheinlich war sie als seine nächste Mahlzeit vorgesehen.

„Aber ich vermute, dass du hungrig bist“, erklärte er. „Lass uns dafür sorgen, dass du ein Abendessen erhältst.“

„Was haben Sie mit mir vor? Wenn Sie planen, mich zu töten, warum geben Sie mir dann zu essen?“

Bevor Zayan antworten konnte, donnerte eine weitere Kutsche in den Hof. Schweigend, mit nachdenklichem Blick, beobachtete er den Wagen. Die Pferdeknechte sprangen herunter, und die Türen wurden geöffnet. Dann wurden Kisten und Kästen vom Dach geworfen, während die Passagiere begannen, auszusteigen. Weitere Stallburschen eilten herbei, um die Pferde auszuspannen.

Noch mehr Dienstboten kamen, um Freunde zu begrüßen und die Weiterreise vorzubereiten.

Schaute Zayan so aufmerksam zu, weil er sein Opfer wählte? Sie musste handeln. Rasch drehte sie sich um und zeigte quer über den Hof. „Sehen Sie! Unsere Kutsche fährt los! Das muss Lukos sein!“

Als Zayan herumfuhr, riss sie sich mit aller Kraft von ihm los. Vor Überraschung – und Zorn – hatte er seinen Griff gelockert. Zwar zerriss ihr Mantel, doch sie war frei!

Miranda raffte die Röcke und stürzte sich mitten in die Menschenmenge.

„Vorsichtig Miss, seien Sie vorsichtig!"

Jemand stieß ihr seinen Ellenbogen in den Rücken. Sie geriet ins Wanken und wäre fast gestürzt, doch es gelang ihr, sich am Ärmel eines Mannes festzuhalten. Sie stolperte vorwärts.

Dann hörte sie ein Brüllen hinter sich. Das musste Zayan sein, und sie duckte sich in der Erwartung, dass im nächsten Moment einer seiner magischen Blitze sie treffen würde.

Jemand stieß einen Schrei aus. Aus dem Augenwinkel sah sie, dass der schreiende Mann von den Füßen gerissen wurde und rücklings im Dreck landete.

Zayan nutzte seine Zauberkräfte nicht.

Sie schob und drängte sich zwischen die zahlreichen Leiber, die sie umgaben.

Jemand schubste sie nach vorn, und sie krachte gegen die Seitenwand einer Kutsche. Es nahm ihr den Atem. Keuchend rannte sie um den großen Wagen herum.

Was sollte sie tun? Es würde ihr nicht gelingen, schneller zu laufen als ein Vampir. Konnte sie in eine vorbeifahrende Kutsche springen? Soeben fuhren drei Wagen los, und sie rannte blindlings darauf zu.

„Ein Junge ist von den Pferden zu Boden getrampelt worden!", rief irgendjemand. „Mein Gott!"

Inmitten dieser entsetzten und erschrockenen Schreie blieb Miranda stehen und wandte sich langsam der Menschenmenge zu, die sich um etwas scharte. Nun konnte sie nicht mehr einfach fliehen. Sie musste etwas tun! Zitternd schaute sie sich in alle Richtungen nach Zayan um, während sie sich zwischen den Leuten hindurchschob, die versuchten, nach vorn zu drängen, um besser sehen zu können. Mit den Ellenbogen musste sie sich einen Weg durch diese herzlosen Menschen bahnen. Sie taten nichts, labten sich nur am Entsetzen und an der Katastrophe, ähnlich wie Vampire sich von Blut ernährten. Sich zwischen diesen Leibern vorwärts zu bewegen fühlte sich an, als müsse sie gegen eine wilde Strömung ankämpfen.

„Zur Seite!", befahl sie einem Mann. Einem anderen Mann musste sie einen Tritt versetzen, damit er Platz machte. Durch eine Lücke in der Menge sah sie eine schmale Gestalt, die ausgestreckt im Dreck lag, während eine Frau sich schreiend darüber beugte. Das Gesicht der Frau war tränenüberströmt.

Miranda musste sofort handeln. Ihr blieb nicht viel Zeit.

Von hinten krallten sich Finger um ihr rechtes Handgelenk, und sie war wieder gefangen. „Habe ich dich, du Hexe!", triumphierte eine Männerstimme.

Diese Stimme! Sie erkannte sie. Vor Angst drohte ihr das Herz aus ihrer Brust zu springen. Miranda fuhr herum und begegnete James Ryders kaltem Blick. Vor ihr stand der Vampirjäger, der sie töten wollte.

## *4. KAPITEL*

### Gerettet

„Es hat keinen Sinn. Sie trinkt meine Milch nicht mehr. Sie will nicht einmal Blut."

Althea Yates, Lady Brookshire, konnte selbst hören, dass ihre Stimme furchtbar verzweifelt klang. Wie konnte sie nur so ratlos sein? So nutzlos? Sie wusste nicht, was sie tun sollte. Ihr Kind wollte nicht trinken, ganz gleich, was sie tat. Sie hatte Hebammen um Rat gefragt, Ammen, erfahrene Mütter und auch Vampire, doch nichts hatte geholfen.

Ihr Dienstmädchen eilte davon. Althea hörte Nans rasche Schritte auf dem Steinboden im Gang der alten Burg. Althea nahm an, dass das verschreckte Mädchen Yannick und Bastien holen würde.

Wenn ihre Tochter nichts zu sich nahm, würde sie verhungern.

Althea leckte eine Träne fort, die ihr auf die Lippe getropft war. Sie konnte weinen. Sie mochte zwar ein Vampir sein, aber sie konnte weinen. Doch was würden Tränen schon ausrichten?

Sie schaute hinunter auf Baby Serena, genannt Serry, damit sich keine Verwechslungen mit Altheas bester Freundin Serena, Lady Sommersby, ergaben. Lächelnd betrachtete Althea die weichen gespitzten Lippen mit den feinen Spuckebläschen, die zarten, durchscheinenden Lider und die dunklen Wimpern, die auf den schmalen Wangen ruhten. Sie vermutete, dass Serry aussah wie ihre beiden Ehemänner als Kinder – zumal beide Männer blond waren.

War Serry unsterblich wie sie, Yannick und Bastien? Althea wusste es nicht. Und niemand konnte es ihr sagen. Und jetzt, da ihre kleine Tochter fast drei Monate alt war, wollte sie nicht mehr trinken.

„Bitte, meine Kleine, bitte trink ein bisschen", wisperte Althea.

Sie griff nach der winzigen Hand. Die Finger ihrer Tochter legten sich um Altheas kleinen Finger und hielten ihn fest. Direkt nach der Geburt war Serry so stark gewesen. So gesund! Während der ersten Tage hatte ihre Tochter mit großem Appetit an ihrer Brust getrunken, wann immer sie ihr etwas anbot. Ihre Brüste waren angeschwollen, und wenn die Milch einschoss, hatte Althea starke Schmerzen gehabt.

Gerade begannen ihre Brüste wieder wehzutun. Sie musste nur daran *denken*, ihr Kind zu füttern, und schon tat es weh. Der Schmerz würde immer quälender werden, weil Serry ihre Brustwarze nicht in den Mund nahm, um von ihrer Milch zu trinken. Ihre Brüste würden riesig und steinhart werden, und dann würde sie schonungslos die Flüssigkeit aus ihnen herausmassieren müssen, obwohl der Schmerz sie schon durchfuhr, wenn sie ihren Busen nur berührte.

Und schon bald würde sie keine Milch mehr haben, hatte man ihr gesagt.

Althea streichelte die samtweiche Wange. „Bitte, Serry, du musst trinken." Doch der Griff der winzigen Finger lockerte sich. „Sonst verhungerst du. Bitte, bitte, bitte."

*Althea, das Mädchen kam gerade panisch angerannt.* Bastiens besorgte Worte erreichten sie in ihren Gedanken. Einen Herzschlag später betrat er ihr Schlafzimmer. Sein goldfarbenes Haar hing offen auf seine Schultern herab. Selbst im Dämmerlicht sah sie die Angst in seinen Augen. Er warf einen Blick auf ihren nackten Busen, sah ihre großen, prallen Brüste, die sie trotz der Schmerzen mit den Händen bearbeitete, sodass die Milch hervorsprudelte und in dem Leinenhandtuch versickerte, über das sie sich beugte.

Es gab ihr Kraft, ihre Sorgen teilen zu können. „Ich weiß nicht, was ich tun soll, Bastien! Ich weiß nicht, wie ich sie dazu bringen soll, zu trinken. Ich weiß nicht einmal, was ich ihr zu trinken anbieten soll."

„Yannick hat nach Lady Draycott geschickt."

„Du meinst Serenas Mutter, Eve?" Sie war einer der ältesten

Vampire – die erste Eva, die Gott für Adam erschaffen hatte. Jene Eva, die von Adam abgewiesen worden war und lange unter ihrem Schmerz und ihrem verletzten Stolz gelitten hatte.

„Sie hat ein Vampirkind zur Welt gebracht", erinnerte Bastien sie.

„Aber ihre Tochter Serena war bei ihrer Geburt halb Vampir und halb Mensch. Außerdem hat Eve sich schon einmal geweigert, mir zu helfen. Weil sie mich so kalt abgewiesen hat, verbot Yannick ihr, dieses Haus noch einmal zu betreten."

„Wenn sie jetzt helfen kann, ist er bereit, ihr zu vergeben."

„Sie wird auch jetzt nicht helfen. Sie wird ihre Meinung nicht ändern. Es gibt nichts, was wir tun können. Wir werden zusehen müssen, wie unser Kind stirbt. Ich kann das nicht ertragen!"

„Nein! So wird es nicht sein! Ich schwöre dir, dass es so nicht kommen wird."

Sie wusste, dass Bastien, einer ihrer beiden Ehemänner, enorme Kraft und großen Mut besaß, aber in dieser Angelegenheit war er ebenso machtlos wie sie. „Die Wahrheit ist, Bastien, dass ein von zwei Vampiren stammendes Kind noch nie zuvor überlebt hat! Das haben die Vampirköniginnen mir gegenüber endlich zugegeben, nachdem sie mich erst denken ließen, ich könne ein Kind haben. Sie glauben, dass wir uns nicht vermehren können." Ihre Tochter lag als warmes Bündel in ihren Armen. War sie dazu verdammt, zusehen zu müssen, wie ihr Baby immer weniger wurde? War Serry zum Tode verurteilt? War dies der Preis dafür, dass sie, Bastien und Yannick dem Tod die Stirn geboten hatten?

Auf der Suche nach Antworten war sie von Italien in die Karpaten gekommen, hatte die ganze Familie gezwungen, auf der Suche nach Hoffnung in dieses abgelegene Gebirge zu reisen, doch sie hatte absolut nichts gefunden.

Bastien lag vor ihr auf den Knien. Er legte seine große, starke Hand auf den Bauch seiner Tochter. Obwohl sie nicht sicher sein konnten, ob Yannick oder Bastien Serrys leiblicher Vater war, hielten sich beide Männer für ihren Erzeuger. Und Althea fühlte ebenso. Es spielte keine Rolle, wer von ihnen ihr Serry geschenkt hatte. Sie gehörte zu diesen beiden Männern. Und sie beide liebten ihr Kind hingebungsvoll.

„Sie ist so unschuldig und so schön. Ich kann es nicht ertragen, sie zu verlieren“, flüsterte Althea.

Er schaute sie erschüttert an. Vielleicht glaubte er, eine Mutter dürfe niemals die Hoffnung aufgeben. „Das werden wir auch nicht.“

„Falls wir jemanden finden, der ein Wunder vollbringen kann …“

„Das werden wir.“

„Wer sollte für uns ein Wunder wirken, Bastien? Wir sind Vampire.“

Warm und tröstend streichelte er ihre Wange. Mit dem Daumen wischte er ihre Tränen fort. „Dennoch sind wir es wert, ein Wunder geschenkt zu bekommen, meine Süße. Das verspreche ich dir.“

Mr Ryder packte sie fest am Arm und zerrte sie von dem Jungen und seiner schluchzenden, untröstlichen Mutter weg. Miranda stemmte ihre Absätze in den Schlamm und bohrte ihre Fingernägel in seinen Arm. „Loslassen! Begreifen Sie nicht, dass dieser Junge stirbt?“

Ryder trug einen langen Überzieher aus burgunderfarbenem Stoff. Auf seinen hellblonden Haaren saß ein hoher Kastorhut. „So ist es“, stimmte er ihr in gelangweiltem Ton zu. „Ich habe ihn vor die Kutsche fallen sehen.“

Gütiger Gott! Miranda starrte hinauf in die dunkelblauen Augen des Vampirjägers. In ihnen war kein Mitgefühl zu sehen, nur Triumph, weil er sie eingefangen hatte. Sie erinnerte sich wieder an die Worte, die er an dem Tag, an dem sie geflohen war, im Park zu ihr gesagt hatte …

*Du bist ein Dämon. Oder eine Hexe. Nur ein böses Wesen, das nicht von unserer Welt ist, kann Zauberkräfte besit-*

*zen. Und als Vampirjäger ist es meine heilige Pflicht, dich zu zerstören.*

Damals war es ihr gelungen, ihre Angst vor diesem verrückten Mörder zu unterdrücken, und sie konnte es wieder schaffen. „Sie müssen mich zu dem Jungen lassen, Mr Ryder! Ich kann sein Leben retten. Er ist noch ein Kind."

Er zog sie einen weiteren Schritt mit sich, und sie rutschte auf ihren Stiefeletten weg. Sie hatte nicht die Kraft, sich zur Wehr zu setzen. Sein Atem, der nach Zigarrenrauch stank, umwehte sie. „Es ist zu spät. Wenn du ihn wieder zum Leben erweckst, wird das nur dazu führen, dass diese Einfaltspinsel dich in Stücke reißen."

„Aber Sie wollen mich doch ohnehin töten. Kann es Ihnen dann nicht gleichgültig sein, auf welche Weise ich sterbe, wenn ich dem Kind eine Chance gebe, weiterzuleben?"

„Es ist meine Pflicht, dafür zu sorgen, dass diese Leute nicht erfahren, wer sich zwischen ihnen bewegt."

Sie wusste selbst nicht einmal, welche Art von Wesen sie war. Ryder redete, als wüsste er es, doch sie konnte an nichts anderes denken als an den sterbenden Jungen. Und dann drang etwas von dem, was Ryder gesagt hatte, durch ihre Angst in ihr Bewusstsein. „Sie sagten, Sie hätten ihn fallen sehen", beschuldigte sie ihn. „Hätten Sie es nicht verhindern können? Oder ihn retten?"

„Der kleine Schurke hat versucht, meinen Geldbeutel zu stehlen."

Er hatte zugelassen, dass das Kind unter eine Kutsche fiel. „Und deshalb haben Sie keinen Finger gerührt, um den Tod des Kindes zu verhindern?"

„Der Unfall hat dich dazu gebracht, stehen zu bleiben, stimmt's?"

Entsetzen durchlief sie wie eisiges Wasser. „Sie haben zugelassen, dass ein unschuldiges Kind zertrampelt wurde, nur um mich einzufangen?"

Wer war schrecklicher – die Vampire oder die Vampirjäger?

Sie war gefangen in einem Albtraum, in dem sie von Schurken umgeben war.

Grinsend zerrte Mr Ryder sie näher zu sich heran, und sie stolperte gegen ihn. Ihr Knie fuhr nach oben, denn sie hatte gesehen, dass Dienstmädchen sich auf diese Weise vor zudringlichen lüsternen Männern schützten. Sie traf ihn direkt zwischen den Beinen.

„Jesus Christus!“ Mr Ryder ließ ihren Arm los. Mit verzerrtem Gesicht heulte er vor Schmerz auf. Er hielt sich die Hand vor den Schritt und sank auf die Knie.

Gott sei Dank! Miranda rannte davon und wäre auf dem unebenen Boden fast gestürzt. Sie hätte um ihr Leben laufen sollen, doch das brachte sie nicht fertig. Stattdessen stieß sie einen neugierigen Mann zur Seite, der mit einem Krug voll Ale dastand, und eilte zu dem kleinen, am Boden liegenden Jungen.

Hitze. Unerträgliche Hitze! Was für eine Ironie, dass er einst Luzifer gedient hatte und nun diese Schankstube mit ihrem prasselnden Feuer und den dicht gedrängten Menschen so heiß wie einen Ofen empfand. Lukos' scharfe Sinne nahmen Gerüche wahr, die ihn erschauern ließen: den Gestank von Menschenschweiß, von schlechtem Atem, abgestandenem Bier und sogar von Urin, was bedeutete, das einige Betrunkene sich in den Ecken des Zimmers erleichtert hatten oder es einfach an ihren Beinen hinabrinnen ließen.

Aber er hörte auch das Rauschen von Blut und das Pochen starker, gesunder Herzen. Gott, hatte er Hunger! Er hasste es, Blut zu trinken – vor tausend Jahren hatte er so viel Blutvergießen auf den Schlachtfeldern von Wessex gesehen, dass es ihm Übelkeit verursachte, wie ein Plünderer nach Beute suchen zu müssen. Sein Vater hatte ihm beigebracht, dass es den Menschen über das Tier erhob, wenn er Macht und Stärke besaß. Was ihn betraf, hatte die Macht ihn zum Tier gemacht.

Lukos begab sich in den dunklen Teil des Schankzimmers. Hier beugten sich die Wirte über die Zapfhähne. Und hier hielten sich jene auf, die versuchten, sich bis zur Bewusstlosigkeit zu betrinken.

Er hatte einen anderen Weg anzubieten, der Welt der Sterblichen den Rücken zu kehren …

Eine Hand legte sich auf seinen Hintern.

Langsam wandte er sich um, während er schon das schwere Atmen hinter sich wahrnahm, den Geruch nach Sex, nach einem widerlichen Parfum, nach Zwiebeln und Bier.

Eine Frau hatte sich dicht herangeschlichen und presste ihren Busen an ihn, während sie mit einer Hand frech seine Hinterbacken unter dem Umhang streichelte. Angst, Bedürftigkeit und Verlangen brannten in ihren kleinen schwarzen Augen. Ihre Lippen waren schmal, und rechts und links davon hatten sich tiefe senkrechte Falten eingegraben. Fältchen umgaben auch ihre Augen, und die Haut darunter war dunkel und geschwollen. Geplatzte Äderchen bedeckten ihre Nase.

Das Leben, das sie führte, hatte sie früh altern lassen. Sie mochte etwa Mitte dreißig sein, doch der Alltag der Sterblichen hatte sie verbraucht. Lukos hörte den mühsamen Schlag ihres Herzens. Er konnte die Ausdünstungen wahrnehmen, die sie umwehten: Alkohol, Krankheit, Hoffnungslosigkeit – diese Frau würde schon bald sterben. Sie verkaufte ihren Körper für ein bisschen Trost, ein bisschen Geld, ein bisschen Wärme und Nähe.

Er kräuselte die Lippen. Diese Frau würde er nehmen. „Komm, Liebchen. Hast du ein Zimmer?“

Die Dirne schüttelte den Kopf. „Ich miete keins mehr. Aber ich will nicht viel Geld. Sie können mich draußen in einer Ecke nehmen. Oder im Stall. Da ist es warm.“

Lukos schaute sich um. Die junge Frau hinter der Theke warf ihm einen kecken Blick zu. Sämtliche Frauen im Zimmer schauten ihn mittlerweile an. Alle wollten ihn.

Doch Lukos schlang den Arm um die Taille der Frau, die gurrend neben ihm stand. „Komm, Liebchen, lass uns nach einem Plätzchen suchen.“

Sie führte ihn durch die niedrige Tür, und sie ließen die Hitze hinter sich und traten in die kühle Luft des Frühlingsabends. Er konnte spüren, wie mühsam das Atmen für sie war. Sie presste die Faust vor den Mund, um ein Husten zu unterdrücken. Lukos zog sie in den Schatten, der über dieser Seite des Gebäudes lag.

Sie zerrte ihr Mieder nach unten, sodass ihre volle weiße linke Brust über den fest sitzenden Stoff hüpfte und ihre lange schokoladenbraune Brustspitze in der kalten Luft steif wurde. Während sie ihre Röcke nach oben zog, beugte er sich vor und atmete sanft in ihr Ohr.

„Du stirbst, mein Liebchen", teilte er ihr mit leiser Stimme mit.

Sie hielt auf Höhe ihrer Strumpfbänder inne und schaute ihn mit ängstlichen Augen an. „Was um alles in der Welt meinen Sie damit, Sir?"

„Möchtest du wieder stark sein? Stärker als du jemals warst? So stark, dass du jedem Mann, der dich schlägt, den Hals brechen kannst?"

Sie versuchte sich loszureißen. Er schob sie mit dem Rücken gegen die Wand. Scharlachrote Schminke verschmierte ihre Lippen und bildete Flecken auf ihren faltigen Wangen. Rot gefärbte Locken fielen ihr ins Gesicht.

Früher hatte er sterbenskranke Straßenkinder zu Untoten gemacht. Jetzt würde er diese Frau transformieren. Es amüsierte ihn, die Verdammten zu retten und ihnen in einer Welt, die sie zur Machtlosigkeit verurteilt hatte, Kraft zu geben.

„Möchtest du an jenen Rache nehmen, die dich verletzt haben?", erkundigte er sich. „Wünschst du dir nicht mehr vom Leben als das hier, mein Liebchen?"

Sie starrte ihn an und zitterte dabei, gefangen von seinem Blick. Doch in ihr glomm ein Funke von Stärke, die Sehnsucht, zu überleben – er spürte es.

„Ich kann dir ewiges Leben schenken …" Er leckte über ihren Hals. Seine Zunge zuckte, als er den Schweißgeschmack wahrnahm und die raue Oberfläche ihrer Haut spürte.

„N...nein, Sir“, stieß sie mühsam hervor, doch er ließ ihr keine Wahl.

Luzifer hatte ihn tausend Jahre in einer Zelle unter einem Felsen gefangen gehalten, dann hatte die Erde gebebt und sich vor seinen Augen geöffnet. Er war frei gewesen – frei, seinen Hunger zu stillen, die für ihn bestimmte Gefährtin zu suchen und seine Rache vorzubereiten. Doch seine Freiheit hatte nur kurz gewährt. Schon nach wenigen Tagen hatte Eve, die älteste der Vampirköniginnen, ihn wieder eingefangen und erneut eingesperrt. Dieses Mal zusammen mit dem verdammten Zayan, dem gewissenlosen, unbarmherzigen Vampir, der seine Schwester Ara für Luzifer entführt hatte. Unglücklicherweise waren sie in einer Art Paradies gefangen gewesen, wo es ihm unmöglich gewesen war, Zayan zu töten. Er hatte keine andere Wahl gehabt, als mit Zayan zusammenzuarbeiten und seine eigenen Kräfte mit denen des anderen Vampirs zu vereinen, um gemeinsam zu fliehen.

In der kurzen Zeit, in der er sich während der vielen Jahre im Kerker frei auf der Erde hatte bewegen können, hatte Lukos sich von dem Blut aus den Kehlen Sterblicher ernährt und dabei stets eine heftige sexuelle Erregung verspürt.

Dieses Mal fühlte er nichts. Nur Zorn wegen des Hungers, der gestillt werden musste. Hatte die Gefangenschaft ihn verändert? Sein langsamer Herzschlag beschleunigte sich ein wenig. *Iss! Du musst essen, sonst stirbst du.*

Er wollte nicht sterben. Es gab vorher noch so viel für ihn zu tun. Er musste eine jahrtausendealte Prophezeiung erfüllen.

Entschlossen krallte er die Finger in die schmutzigen Haare seines Opfers, zerrte dessen Kopf zur Seite und schlug seine Reißzähne in das Fleisch der Frau.

„Helfen Sie mir! Bitte helfen Sie mir! Helfen Sie meinem Sohn!“

Miranda sank neben dem leblosen Jungen auf die Knie. Seine verängstigte Mutter kauerte auf der anderen Seite. Sie hatte die Arme um ihren Sohn geschlungen und schluchzend den Kopf auf seine Brust gesenkt. Die Leute schoben sich dichter und dichter heran und bildeten einen engen Kreis aus dreckbespritzten Röcken und Stiefeln, doch niemand unternahm etwas, um zu helfen.

Es machte Miranda wütend, dass die Menschen nur gafften, aber nichts taten. Doch die dicht gedrängten Leiber verschafften ihr einige Sekunden Zeit, bis Mr Ryder sie erreichen und wieder in seine Gewalt bringen konnte.

„Oh Will! Mach die Augen auf, bitte, mein kleiner Liebling!“ Das Schluchzen der Mutter hallte nach in Mirandas Kopf.

Sie konnte die Bitte um Hilfe nicht einfach ignorieren. Sie brachte es nicht fertig!

„Bitte lassen Sie ihn einen Moment los, damit ich nachschauen kann, was ihm fehlt“, bat sie die Mutter, aber die Frau rührte sich nicht, und Miranda musste in den groben Stoff ihres Kleides fassen und sie wegziehen.

Augen voller Tränen blickten sie an. „Mein Will stirbt! Bitte …“

Miranda berührte den Hals des Jungen. Sie fühlte keinen Herzschlag. Dann ließ sie die Hand zu seiner schmalen Brust gleiten, und sofort überkam sie das hohle, saugende Gefühl, das sie immer spürte, wenn jemand gestorben war.

„Es ist zu spät, Miss.“

Sie warf dem mürrisch dreinschauenden Gentleman, der dies behauptete, nur einen kurzen Blick von der Seite zu. Hastig stieß sie hervor: „Oh nein! Bei Kindern kann das täuschen. Das Gleiche ist meinem kleinen Bruder passiert …“ Während diese Worte über ihre Lippen kamen, legte sie die Hand auf die Brust des Jungen. Sie musste die Zähne zusammenbeißen, als ihre Kraft sie wie eine heiße Welle durchlief, doch sie fand die Sprache rasch wieder. „Er war in den Teich gefallen, und wir dachten, wir hätten ihn verloren. Wir glaubten, es gäbe keine Hoffnung mehr, doch dann schlug ihm einer der Knechte auf den Rücken …“ Sie verstärkte den Druck. Die Hitze schoss durch ihren Arm, und ihre Muskeln zuckten. Durch ihre Finger drang die Kraft in den Körper des Jungen.

„All das Wasser sprudelte aus ihm heraus, und plötzlich fing er an zu husten und riss seine Augen weit auf.“ Sie schmückte ihre Lügengeschichte immer weiter aus, denn sie musste dafür sorgen, dass das hier nicht wie ein Wunder wirkte. „Vor unseren Augen ist er wieder zum Leben erwacht …“ In ihrer Hand, die sie über den Körper des Jungen hielt, summte es. Die Geschichte, die sie erzählte, gab wieder, was Simon zugestoßen war, allerdings ohne ihren Anteil daran zu erwähnen.

Miranda spürte den Herzschlag des Jungen – nicht durch ihre Fingerspitzen, sondern in ihrer Seele. Sein Puls wurde rascher und dann wieder langsamer, er schlug im selben unregelmäßigen Tempo, in dem die Kraft in ihr wogte.

Was sahen die Leute, die um sie herum standen? Konnten sie erraten, was sie tat? Spürten sie, dass sie Fähigkeiten besaß, die niemand, nicht einmal sie selbst, verstand?

Der Herzschlag des Jungen beruhigte sich und nahm den raschen, gleichmäßigen Takt eines kleinen Kindes an. Er würde leben. Dessen war sie sich sicher, so sicher, dass die Hitze in ihrem Körper langsam schwand. Das laute Summen, das all ihre Sinne erfüllte, und das Schrillen in ihren Ohren ließen zu ihrer Erleichterung nach.

Sie sah die Wimpern des Jungen flattern. Gleich würde er die Augen öffnen.

Nach Luft ringend – es fühlte sich an, als hätte sie nicht geatmet, während die Kraft sie durchströmt hatte – wandte sie sich an Wills Mutter.

„Haben Sie diesen Jungen losgeschickt, um die Börse eines Gentleman zu stehlen?“, erkundigte sie sich leise.

Die Mutter errötete. Unter der Krempe ihres zerschlissenen Strohhuts hervor schaute sie Miranda unwirsch und durchtrieben an. „Schließlich müssen wir essen.“

„Aber er ist noch ein Kind, und dieser Diebstahl hätte ihn fast das Leben gekostet.“

Verbitterung glomm auf in den Augen der Frau.

Will schlug die Augen auf, sie waren groß und von einem klaren Blau, und er blickte ängstlich und verwirrt umher.

„Oh, mein kleiner Junge!“ Seine Mutter schloss ihn in die Arme und hielt ihn fest an sich gepresst. Ihr Strohhut rutschte zur Seite, und Tränen rannen ihre blassen Wangen herab.

Miranda bezweifelte nicht, dass Will seine Taschendiebstähle freiwillig beging. Wahrscheinlich fühlte er sich bereits für seine Familie verantwortlich. Sie holte ein paar Münzen aus der kleinen Tasche an der Innenseite ihres Mantels. Ihr blieb nur noch wenig Zeit. Hinter ihrem Rücken hörte sie zornige Proteste. Offenbar bahnte Mr Ryder sich einen Weg durch die Menge und würde sie gleich ergreifen. Panisch schaute sie sich um, doch der Kreis hatte sich noch enger um sie und den Jungen geschlossen, während sie ihr Wunder vollbracht hatte. Die Geschichte wurde bereits eifrig herumerzählt – ein Junge war tot gewesen, und eine unbekannte Frau hatte ihn wieder zum Leben erweckt.

Inzwischen weinte Will gemeinsam mit seiner Mutter. Sicher hatte er Schmerzen, doch die würden bald vergehen. Miranda drückte ihm das Geld in die Hand.

Starke Hände packten sie an den Schultern und zerrten sie nach hinten. Sie schrie auf, doch der Laut ging in der Menge unter, und mit festem Griff wurde sie ins Gedränge gezogen.

„Hab ich dich, du weichherzige Idiotin!“, zischte Mr Ryder ihr ins Ohr.

„Immer noch besser, als ein Ungeheuer zu sein!“, keuchte sie.

Er zog sie weiter durch die Menge. Sie bemerkte, dass er eine Pistole in der Hand hielt, mit der er dafür sorgte, dass sich das Meer aus Leibern für ihn teilte.

„Diese Pistole erregt mehr Aufmerksamkeit als mein Wunder“, fauchte sie ihn an.

Sein Blick voll ungezügelten Zorns, den er ihr zuwarf, brachte sie zum Zittern. Er zerrte sie immer weiter, und nun konnte sie zwischen den Menschen schon das Funkeln von Laternen sehen, was bedeutete, dass sie gleich die Menge hinter sich lassen würden.

Sie konnte versuchen, davonzulaufen. Würde er sie erschießen? Oder, schlimmer noch, würde er versuchen, sie zu töten und dabei versehentlich jemand anders treffen?

Grob schubste er sie zwischen den hier nur noch vereinzelt herumstehenden Menschen hindurch in Richtung der zahlreichen Kutschen, die immer noch in den Hof hinein- oder durch das Tor hinausfuhren. Die Geschichte von dem Jungen verbreitete sich wie ein Lauffeuer. Sie hörte, wie das Wort „Hexe" gezischelt wurde, es folgten Gelächter und Gegenstimmen.

„Du siehst", knurrte Ryder wütend. „Ich werde gnädiger zu dir sein, als sie es wären."

„Das bezweifle ich." Wie empörend es war, über magische Kräfte zu verfügen und in einem Augenblick wie diesem so hilflos zu sein! Aber wenigstens hatte sie Will gerettet. Falls das ihr letztes Werk in diesem Leben gewesen war, hatte es doch einen Sinn gehabt.

Der Pistolenlauf bohrte sich in ihre Seite. „Zu den Ställen, Miss Bond! Schnell!"

*Miss Bond.* Er hatte vor, sie mit seiner Pistole ins Jenseits zu befördern, doch scheinbar waren ihm seine guten Manieren wieder eingefallen. Sie erstickte fast an dem hysterischen Lachen, das in ihr hochzusteigen begann.

Das Gemurmel der Menschenmenge war nun hinter ihnen. Dann hörte sie einen Mann rufen: „Wo ist sie hingegangen?"

Das Stimmengewirr wurde wieder lauter.

Mr Ryder stieß sie vor sich her, und sie stolperte gegen die steinerne Wand des Stalls. Der Gestank von Mist stieg ihr in die Nase, und ihr wurde übel. Sie hörte in der Nähe das leise Wiehern der Pferde, füllte entschlossen ihre Lungen mit Luft und schrie.

Niemand kam, um herauszufinden, was los war. Da es nicht ungewöhnlich zu sein schien, dass eine Frau schrie, musste schon mehr geschehen, damit die Stallburschen herbeieilten, um zu helfen.

Ryder presste ihr die Hand auf den Mund. Das Leder seines Handschuhs schmeckte nach Dreck und Schweiß und war weich vom Halten der Zügel. Ihre Lippen wurden fest gegen ihre Zähne gedrückt, und sie nahm den warmen Kupfergeschmack ihres eigenen Blutes wahr.

Ryder wirbelte auf dem Absatz herum. Einen Augenblick fühlte sie sich schwerelos, dann krachte sie mit dem Rücken gegen die Stallwand. Tränen stiegen ihr in die Augen. Sie atmete in seine Hand. Mehr Blut. Sie musste heftig schlucken, weil es so rasch hervorsprudelte.

„Du denkst, du hättest diesen Jungen gerettet, nicht wahr?“, raunte er ihr mit rauer Stimme ins Ohr. „Dass du ihn von den Toten zurückgeholt hast. Das denkst du, stimmt's? Doch das tust du nicht. Du hast nicht die leiseste verdammte Idee, was für einen Fluch du den Menschen auferlegst, von denen du meinst, dass du sie rettest.“

Fluch? Sie starrte ihn an. Konnte das wahr sein? Sie hatte einfach nur angenommen, dass sie leben würden – weiter hatte sie nicht gedacht. Doch Ryder gehörte zur Königlichen Gesellschaft, und deren Mitglieder mussten mehr über sie wissen als sie selbst.

Ryder beugte sich tiefer über sie, bis sie sehen konnte, wie das silbrige Mondlicht in seine blauen Augen fiel. „Du bist eine Jungfrau, nicht wahr? Die Tochter eines Barons und in deiner Welt ein wahrer Schatz. Es ist eine Schande, dich zu töten. Doch man muss dir Einhalt gebieten.“

Die Pistolenmündung zeigte direkt unter ihr Herz, und mit einer Hand hielt er ihr immer noch den Mund zu. Er würde sie erschießen, sie mit einer Kugel zerfetzen, ihr Blut würde auf die steinerne Mauer spritzen. Und ihren letzten Schrei würde er mit seiner Hand ersticken.

Hinter Mr Ryder tauchte ein schwarzer Schatten auf. Mondlicht glitt über dunkles Fell und funkelte auf weißen Zähnen, als ein Maul sich weit öffnete.

Lange gebogene Reißzähne bohrten sich in Mr Ryders Hals, und der Wolf zerrte den Vampirjäger von ihr weg. Ryder krallte sich in die Schnauze des Tieres und schlug mit der Pistole darauf ein. In seinen Augen stand die blanke Panik. Der Wolf war ein riesiges Untier und schwarz wie die Nacht.

Sie hätte zurück in den Hof des Gasthauses laufen sollen. Sie hätte um Hilfe oder nach der Polizei rufen sollen. Sie hätte Mr Ryders Leben retten sollen …

*Peng!*

Mit einem ohrenbetäubenden Knall und einer Rauchwolke löste sich ein Schuss aus der Pistole. Die Mündung befand sich direkt an der Kehle des Wolfes. Blut spritzte, doch das Tier fiel nicht zu Boden. Es lockerte nicht einmal seinen Biss. Stattdessen bäumte es sich noch mehr auf, zerrte Mr Ryder in die Höhe und schleuderte ihn zur Seite. Während der Vampirjäger durch die Luft flog, schrie er auf, dann landete er mit einem dumpfen Platschen in einer matschigen Pfütze.

Ein Lichtblitz blendete sie – es war, als würden kleine Diamanten in die Luft geworfen. Dann stand Lukos vor ihr, mit langen Reißzähnen, rot von Blut, und flammenden Augen, die das Licht widerspiegelten wie Silbermünzen.

Lukos umfing sie mit seinen Armen, und sie wehrte sich nicht. Als er sie an sich zog und festhielt, war seine Brust breit und hart. Seine große Hand bildete mit gespreizten Fingern einen Schutzschild auf ihrem Rücken. Es kümmerte sie auch nicht, dass er seine andere riesige Hand unter ihr Hinterteil geschoben hatte.

Sie fühlte sich in seinen Armen so unendlich beschützt. Lieber wollte sie bei ihm sein als bei Mr Ryder.

Lukos hob sie hoch, trug sie mit Leichtigkeit auf seinen Armen und begann zu laufen. „Wohin gehen wir?“, verlangte sie zu wissen. Er war zurückgekehrt, weil er sich gestärkt hatte. Jedenfalls nahm sie das an. Genaueres wollte sie nicht wissen. Ihr Magen schlug Purzelbäume.

„Zur Kutsche“, brummte er. „Und dann in Windeseile weg von hier.“ Seine langen Schritte brachten sie zu der dem Hof abgewandten Seite um das Gasthaus herum. Der Weg führte durch tiefe Schatten, die die Bäume dort warfen.

„Wer zur Hölle war das?“, erkundigte sich Lukos.

„Ein Vampirjäger.“

Sie näherten sich dem Hof. Das Hufgetrappel wurde lauter, ebenso das Stimmengewirr. Hatten die Leute sie und den Mann mit der Pistole vergessen?

„Die meisten Vampirjäger fallen nicht über unschuldige Mädchen her.“ Er stellte sie auf die Füße. „Kannst du laufen?“

„J...ja“, erwiderte sie mit zitternder Stimme. „Ich habe das Leben eines Kindes gerettet. Ich habe einen Jungen von den Toten zurückgeholt. Der Vampirjäger sah mich dabei und glaubte, ich sei ein Dämon, den er zerstören müsse.“

Sie hörte Stimmen. Es war eine Gruppe von Frauen, die über das gestürzte Kind schwatzten und über die geheimnisvolle Dame, die dem Jungen geholfen hatte und von einem mit einer Pistole bewaffneten Gentleman weggezerrt worden war.

Offensichtlich hatten sie sie doch nicht vergessen.

„Das wolltest du tun, als du Zayan berührt hast – du versuchtest, ihm sein sterbliches Leben zurückzugeben?“ Er grinste sie kurz an. „Eine sehr blauäugige Hoffnung, meine Liebe.“ Mit einer Hand umfasste er ihren Ellenbogen und zog sie weiter.

Eine Kutsche rumpelte auf sie zu. Wo war Zayan? Saß er bereits im Wagen?

„Warum sollte das blauäugig sein?“, widersprach sie. Weshalb suchte sie Streit mit Lukos? Warum hatte sie ein so starkes Bedürfnis, die Dinge zu verstehen, dass sie bereit war, sich mit einem Wesen anzulegen, das sich vor ihren Augen von einem Wolf in einen Mann verwandelt hatte? „Sie besitzen keine Seele; Sie gehören zu den Untoten. Ich dachte ...“

„Unsere Seelen sind nicht verloren. Sie sind nicht in der Vorhölle; sie können nicht zurückgeholt werden. Meine Seele gehört Luzifer, und ich habe sie ihm freiwillig verkauft.“

*Warum?* Doch Männer waren bereit, ihre Seelen zu verkaufen – für Macht, für Reichtum, für Sex, für Rache … Miranda lief hinter Lukos her und bemerkte, dass er sie nicht mehr am Arm festhielt und sie ihm dennoch freiwillig folgte. „Bin ich ein Dämon? Sie sind einer, also müssten Sie es wissen, nicht wahr?" Warum tat sie das? Wie sollte sie seiner Antwort trauen? Doch sie konnte nicht aufhören, Fragen zu stellen. „Was fühlen Sie in mir? Bin ich böse?"

Der Wind wehte ihm sein langes schwarzes Haar ins Gesicht, und sein Umhang flatterte wie große Flügel. „Du besitzt große Macht. Das ist alles, was ich spüre."

„Ist das wirklich wahr? Ich traue Ihren Worten nicht."

„Warum fragst du mich dann?", brummte er. Er machte einen großen Schritt, der einem Sprung nach vorn glich, und bewegte sich von ihr weg, während die Kutsche knarrend anhielt. Mithilfe seiner magischen Kräfte öffnete er die Tür, ohne sie zu berühren. Dann wandte er sich ihr wieder zu.

Sollte sie davonlaufen?

Doch wohin? Sie schaute zum Stall zurück und sah dort helles Haar schimmern – Mr Ryder hatte sich hochgerappelt aus dem Dreck und verfolgte sie.

Heftig biss sie sich auf die Lippe und schmeckte Blut. Was ein ziemlich dummes Verhalten in Gegenwart eines Vampirs war.

Lukos streckte ihr die Hand hin. Sie nahm sie. Er hatte ihr das Leben gerettet. Dafür war er einem Vampirjäger entgegengetreten. Bei ihm war sie am sichersten. War sie das tatsächlich? Oder kümmerte es sie nur einfach nicht mehr, was mit ihr geschah?

Und wenn stimmte, was Ryder ihr erzählt hatte – wenn sie tatsächlich den Menschen, die sie rettete, einen Fluch auferlegte –, war sie nicht besser als ein Vampir.

Sie entschied sich für Lukos.

In dem Moment, in dem sie in die Kutsche stieg, warf Lukos eine riesige Kugel aus purpurnem Licht in die Luft, und das

Innere des Wagens verwandelte sich vor ihren Augen: Aus der schlichten Kutsche wurde ein mit sündhafter Verschwendung ausgestatteter Raum. Die Sitzbänke wurden größer und tiefer und waren mit weißer Seide bezogen, auf der elfenbeinfarbene Kissen lagen. Während sie noch mit vor Erstaunen weit aufgerissenen Augen dastand, glitt die purpurne Kugel unter ihre Röcke. Sie schrie entsetzt auf, als sie an ihren Beinen aufwärts drängte und dann in wilden Kreisen zwischen ihren Schenkeln tanzte. Plötzlich zuckte die kribbelnde Energie gleichzeitig um ihre feuchte Pussy und ihren erstaunlich empfindlichen Anus.

Lukos sprang in die Kutsche und schlug die Tür hinter sich zu.

„Hören Sie auf damit …“ *Oh Gott*, es fühlte sich so unglaublich gut an! Sie stand ganz still da und stützte sich mit beiden Händen auf einen der Sitze, während das magische Licht unter ihren Röcken herumwirbelte, wilde Kreise beschrieb und sie reizte. Ihre Knie wurden schwach. Sie musste widerstehen … sie musste … „Aufhören …“, stöhnte sie.

Doch ihre Stimme versagte. Warum aufhören? Sie konnte sich nicht erinnern, warum. Da gab es Blackthorne, in den sie sich verliebt hatte, den sie aber nicht haben konnte. Wenn sie eine Dämonin war und ihre magischen Fähigkeiten in Wahrheit bedeuten konnten, dass ein Fluch auf ihr lag – dann durfte sie ihn nicht heiraten.

Lukos kniete vor ihr. „Ich habe dein Leben gerettet, meine Liebste, weil ich ein so starkes Verlangen nach dir spüre, wie ich es noch nie zuvor für irgendjemanden gefühlt habe. Mir wurde klar, dass du der Grund warst, weshalb ich nie ein sexuelles Begehren verspürte, wenn ich Blut trank – das Verlangen stieg in dem Moment in mir auf, in dem ich dich sah.“

Er begann ihre Röcke hochzuschieben, und sie konnte ihn nicht aufhalten. Nicht während der magische Zauber gleichzeitig ihre pochende Klitoris und ihren kribbelnden Po reizte. Sie bewegte zuckend die Hüften und spürte dieselbe intensive Lust, die sie bei dem Versuch, Zayan zu retten, gefühlt hatte.

„Lass mich dich lieben, mein Engel“, raunte Lukos leise.

Oh gütiger Himmel! Himmel! Himmel! Sie war nicht in der Lage, ihm eine Antwort zu geben. Sie schrie auf. Das Licht war gleichzeitig in ihre Pussy und ihre Rosette getaucht. Es füllte sie aus, dehnte sie, und sie explodierte, explodierte einfach nur vor lauter Lust.

„So ist es gut, mein süßer Engel.“ Lukos’ Stimme war heiser vor Erregung. „Nun bist du gekommen.“

## *5. KAPITEL*

### Die Bestrafung

*Übersetzung der Prophezeiung für Lukos*
*Aus einem Manuskript in den Archiven der Königlichen Gesellschaft für die Erforschung rätselhafter Erscheinungen*

*Ein Spalt in der Erde wird ihm die Freiheit schenken. Zeichen sollen seinen Jüngern gesandt werden, jenen, die ihm in edler Weise dienen sollen. Bis zum siebten Tag vor Samhain werden sie sich am Blut laben, um sich auf sein Erscheinen vorzubereiten, dann müssen sie fasten bis zur endgültigen Auferstehung. Und wenn er seinen Fuß auf die Erde gesetzt hat, soll er diese Jünger um sich scharen, und sie sollen ihm zur Seite stehen als unvorstellbar böse, grenzenlos mächtige Armee.*

*Er wird die Frau finden, die ihm zur Gefährtin bestimmt ist. Sie ist gleichzeitig Vampir und Sterbliche und Tochter eines Gottes. Diese seine Gefährtin wurde erschaffen, um Gottes Werk zu zerstören: die Menschen. Doch während er seine Truppen um sich sammelt, um der Erde die ewige Finsternis zu bringen, wird seine Seelengefährtin ihm einen Sohn gebären, und dieser Sohn wird ihn in die Knie zwingen und ihm das Leben nehmen.*

*Doch seine Armee wird mit ihrem Werk fortfahren, und es wird ein großes Blutvergießen geben, und über die Erde werden eine zweihundert Jahre währende Finsternis, Unfriede und Verhängnis kommen, und dann naht das Ende der Welt …*

Als die Frau, die man ihm als Gefährtin prophezeit hatte, Miranda, zu ihm kam, geschah etwas Unerwartetes. Lukos spürte es tief in seinem Inneren. Es war, als hätte er eine große Tür aufgestoßen, durch die nun blendendes Licht auf ihn fiel. Er hatte sich ihr geöffnet, und er spürte, wie seine Gedanken durch ihren Kopf rasten und ihre Gedanken ihn durchfluteten.

Mit seinen Händen hatte er Mirandas Röcke hochgeschoben – zu einer Schicht aus Seidenstoff, aus der ihr rosenartiger, unschuldiger und verlockend weiblicher Duft aufstieg. Das war ihm nie zuvor passiert. Seit der ersten Nacht in Luzifers Labyrinth war es ihm stets gelungen, seine Gedanken und Gefühle vor jedem Wesen und jedem Ding zu verbergen.

Eine Erfahrung wie diese hatte er nicht einmal mit Serena Lark gemacht, jener Frau, die halb Vampir und halb Mensch war und von der er einst geglaubt hatte, sie sei ihm zur Gefährtin bestimmt.

Ein weiterer Duft stieg ihm in die Nase – das erdige, volle Aroma von Mirandas Säften, während der Höhepunkt sie schüttelte. Es rief nach ihm. Sein Verlangen brandete auf. Er schob ihr Kleid höher und presste den Mund auf ihre feuchten Schamlöckchen, während er ihre Röcke und den Spitzenunterrock auf seine Schultern fallen ließ.

Er streckte seine Zunge nach ihr aus und leckte ihre cremige Möse, schmeckte die Lust, die er ihr geschenkt hatte. Mit einer Hand befreite er seinen Schwanz. Er stöhnte, als der Schaft aus seiner Hose sprang, sich nach oben reckte und direkt auf Mirandas feuchte Pussy deutete. Das purpurne Licht tanzte, jedoch heller jetzt, zwischen ihren Schenkeln. Die Kraft ihres Orgasmus hatte sich mit seiner Magie vereinigt und ließ das Innere der Kutsche in einem wunderschönen, überirdischen roten Schimmer leuchten.

Das Licht erinnerte ihn an einen Sonnenuntergang, und dies ließ ihn sein Gesicht zwischen ihren Schenkeln vergraben und sie heftig lecken.

„Lukos." Atemlos stieß sie seinen Namen hervor. Sie klammerte sich an seine Schultern. Das hier war seine Welt – die Dunkelheit eines Schlafzimmers, das schwache Dämmerlicht in einer Kutsche, die knisternde, kühle Finsternis in einem Wald, wo die trockenen Blätter unter dem Hintern der Frau raschelten, während er in sie stieß. Seine Welt war die Nacht, und er konnte in Mirandas Kopf schauen und sehen, dass ihre Gedanken sich fast immer um den Sonnenschein drehten. Seine einzige Freude war die Erotik, und in ihrem Herzen las er eine große Liebe zu ihrer Familie. Verschwommene Erinnerungen daran, wie es war, Teil einer Familie zu sein, stiegen in ihm auf. Vage erinnerte er sich daran, wie es sich anfühlte, andere zu lieben.

Diese Frau öffnete zu viele Türen in seinem Inneren. Er umklammerte ihre festen Hinterbacken und zog ihre Scham dicht an sein Gesicht. Auf diese Weise hielt er sich vom Denken ab.

*Du bist magisch, Miranda.* Und das war sie tatsächlich. Ihre Möse pulsierte immer noch und zog sich um seine Zunge zusammen, die er in sie hineinstieß. Sie schmeckte nach reifen, erdigen Säften.

*Berühr dich selbst*, wisperte sie in seinem Kopf.

Er sah ihre Hände auf ihren Brüsten, wie sie sie kneteten und drückten. Ihr Höhepunkt hatte ihre Abwehr einstürzen lassen, und die Magie entfachte ihre natürlichen sinnlichen Bedürfnisse.

*Das muss ich nicht*, erwiderte er in ihren Gedanken und hielt ihre Hüften fest, als sie begann, sich an seinem Mund zu reiben.

Sie schaute zu ihm hinunter. Ihre nun zerzausten Haare hatten sich aus den Spangen gelöst und fielen wie aus Gold gesponnene Wellen um ihr Gesicht. Er wusste, dass sein Schwanz sich stolz aufgerichtet hatte, und spürte, dass der Schaft im Takt ihrer kreisenden Bewegungen wippte.

Noch immer spürte er ein Zögern in ihr, eine Spur von Angst. Er wollte sie vollkommen befreien und wusste auch, wie. Er fügte der Magie, die bereits durch die Kutsche wirbelte, einen weiteren Zauber hinzu. Dieser Zauber würde sie beide beherrschen; er würde in Mirandas intimste, dunkelste Fantasien eindringen und eine davon zum Leben erwecken.

„Was meinst du damit – meine intimsten Fantasien?“, erkundigte Miranda sich in scharfem Ton.

Ihr wurde plötzlich bewusst, dass sie ihre Brüste umklammerte, während ihre Röcke auf Lukos' breiten Schultern lagen und er sie in den Wahnsinn leckte. Aber sie hatte einen Blick auf seine Gedanken erhascht.

Und diese Gedanken waren höchst verrucht.

Seit dem Augenblick, in dem er sie vor Ryder gerettet hatte, spürte sie eine innere Verbindung mit ihm. Wenn er sie berührte, fühlte sich das an wie winzige Blitzschläge, und zwischen ihnen knisterte die Energie.

„Jetzt", keuchte Lukos.

Plötzlich hoben blaue Lichter sie in die Höhe, und ein Strom blauer Sterne zwang Lukos auf den Boden der Kutsche. Er lag auf dem Rücken. In seinen spiegelnden Augen sah sie Überraschung – und Angst. Sie selbst schwebte eine Handbreit über dem Boden.

Lukos' Arme waren über seinem Kopf ausgestreckt, und das blaue Licht kreiste um seine Handgelenke und hielt sie zusammen. Nun verwandelte sich das Licht in blauen Samt – in ein Band, mit dem seine Hände geschickt gefesselt waren. Ein zweites Samtband erschien, um seine Fußgelenke zusammenzubinden. Und ein weiteres wickelte sich zu ihrem Entsetzen um die Wurzel seiner … Erektion und bildete auf magische Weise eine Schleife.

*Du träumst davon, die Kontrolle zu haben. Einen Mann zu beherrschen.* Seine tiefe Stimme vibrierte in ihrem Kopf.

Ihre Wangen glühten, und sie protestierte: „Nein, ganz sicher nicht. Was für eine verrückte Idee!"

*Streite es ruhig ab.* Er lachte leise. *Warum sollten meine Hände sonst gefesselt sein? Ich genieße es, meine Liebste, und möchte diese Erfahrung mit dir teilen.*

Sie musste zugeben, dass es ihr gefiel, wie er da vor ihr lag. Obwohl sie annahm, dass er die Bänder mit seinen magischen Kräften zerreißen konnte, wenn er es wollte.

Plötzlich umkreisten die blauen Lichter sie. Ihr Kleid öffnete sich von selbst, einer nach dem anderen sprangen die

Knöpfe wie winzige Feuerwerkskörper aus den Knopflöchern. Ihr Mieder rutschte herunter und wurde wie von unsichtbaren Händen über ihre Arme gezogen. Die Bänder ihres Korsetts lösten sich von ganz allein. Sie drehte sich um, um zu sehen, wie die Enden der Schnüre durch die Luft tanzten, während die Schleifen sich auf magische Weise öffneten. Das Korsett rutschte bis unter ihren Busen; ihr Unterkleid verschwand. Es war einfach nicht mehr da, sodass ihre entblößten Brüste auf dem oberen Rand des Korsetts ruhten und sich nach vorn reckten, was sie riesig aussehen ließ. Die Brustwarzen waren dunkel und hart.

Dieser Anblick war unerträglich erregend. Miranda fühlte sich verrucht und verführerisch.

Lukos leckte sich die Lippen.

Er grinste. „Ich habe mich unter Kontrolle, meine Liebe. Sogar beim Anblick der perfektesten Titten sämtlicher Welten."

Selbst dieses Wort – Titten –, dazu in seiner rauen Stimme, weckte ein herrlich lasterhaftes Gefühl in ihr. Sie wand sich über ihm, sodass ihre Brüste hin und her wogten. Blaue Lichter erschienen an den Brustspitzen. „Oh!", stöhnte sie, als das kribbelnde Gefühl durch ihre Knospen zuckte. Dann spürte sie einen scharfen Schmerz. Einen schrillen, erschreckenden Schmerz. Sie bekam kaum noch Luft. Da sah sie es. Die Lichter waren verschwunden, geblieben waren zwei Metallklemmen, die an ihren Brustwarzen hingen und sie zusammenquetschten. Die Klemmen waren mit Samt bezogen, dennoch spürte sie einen heftigen Druck.

Die Lichter flackerten wieder auf, und ihre Hände wurden nach hinten gezogen. Bänder wickelten sich um ihre Handgelenke, genauso wie eben bei Lukos, dann schlängelten sie sich an ihren Armen hinauf und legten sich um ihre Brüste, indem sie eine feste Acht formten. Die Enden glitten durch die Ringe der an ihren Brustspitzen befestigten Klemmen. Als sie ihre Hände ruckartig bewegte, zog sie an den Klammern, und

Lust und Schmerz durchfuhren sie von den Brustwarzen bis zur Möse.

Ihn kontrollieren, gewiss! Doch ihr gefiel es, die Fesseln zu spüren.

Das hier konnte doch wohl unmöglich *ihr* Werk sein? Ihre Fantasie? In diesem Moment begriff Miranda, dass sie keine normale, anständige Frau war.

Noch mehr Bänder erschienen in der Luft, schlangen sich um die Fesseln, die sie bereits an ihren Handgelenken trug, wanden sich in einem komplizierten Muster aus Knoten um ihre Schenkel und legten sich dann um ihre Knöchel. Sie war gefesselt, und bei jeder Bewegung reizten die rauen Bänder ihre Haut.

Ihre Pussy schmerzte, und sie spannte die Muskeln darin an. Sie wollte, wollte, wollte noch einmal kommen.

„Zeig mir meinen Platz in deiner Fantasie, Liebste." Er lachte. „Es wird mir eine Freude sein, dir zu gehorchen."

„Still! Ich habe jetzt das Kommando", ermahnte sie ihn. Zu ihrem Schrecken erschien ein Seidentuch über seinem Mund. Es war so fest gebunden, dass sie durch den Stoff sein Lächeln erkennen konnte. Hatte sie auch diesen Knebel heraufbeschworen?

Die blauen Lichter hoben sie hoch und ließen sie über Lukos' Gesicht wieder hinabgleiten. Unter ihrem Kleid trug sie eine enge Unterhose mit einem spitzenbesetzten Schlitz. Sie spreizte über Lukos' Brust die Beine, und er hob den Kopf und nahm gierig den Anblick ihrer Unterhose, die sich an ihre Schamlocken schmiegte, in sich auf. Seine Hüften begannen leicht zu kreisen.

Anstatt in Richtung seiner Lenden zu rutschen, drückte sie seine Oberarme mit den Knien hinunter und schob ihre Hüften nach vorn, sodass ihre inzwischen feuchte und pochende Möse sein Kinn streifte. Sie schob sich noch ein wenig weiter vor, bis ihre Schamlippen – die nur zart entblößt waren – sich direkt über seinem geknebelten Mund befanden. Ihre Unterhose und der hübsche Spitzenbesatz wurden immer nasser, und sie konnte ihre heftige Erregung riechen.

Lukos atmete tief ein. Sie spürte, wie seine Zunge die Seide des Knebels in sie hineinschob. Sein Mund bewegte sich unter ihr und er versuchte ihre Schamlippen anzusaugen, konnte sie jedoch nicht erreichen. Während die blauen Lichter um sie herumsirrten, ließ Miranda ihre Hüften über ihm tanzen und kreisen und rieb ihren Venushügel an seinem Mund. Sie wiegte sich vor und zurück, um seine Nase in duftender Seide und den feuchten Löckchen zu baden, die sich durch den Schlitz ihrer Unterhose kringelten.

*Ah Liebste, ich glaube, deine Fantasie besteht darin, mich zu quälen.*

Sie hörte ein rhythmisches Pochen, wandte den Kopf und sah, wie seine Hüften sich hoben und sein Hintern auf den Boden prallte. Es war aufregend, die Kontrolle über ihn zu haben – und ihre nasse, erregte, reife Scham in seinem Gesicht. Sich sehr verrucht fühlend, drehte Miranda sich um. Ihre Möse war immer noch an seinem Mund, doch ihr mit Seide bedeckter Po stieß jetzt gegen seine Nase.

Das Schwanken der Kutsche ließ sie gegen sein Gesicht schaukeln.

„Ich erlaube dir nicht, zum Höhepunkt zu kommen“, sagte sie mit tiefer energischer Stimme.

*Ganz wie du wünschst. Ich bin dein Gefangener, und das hier, mein Liebling, ist deine Fantasie.*

Der erotische Duft ihrer Erregung war nur noch schwer zu ertragen. Während er sie mit seinem Mund befriedigte, hatte sich sein Seidenknebel vollkommen durchtränkt von ihren Säften und seinem Speichel.

Obwohl er gefesselt war, bemühte er sich, ihr Lust zu verschaffen.

Sie war so erregt, dass sie kaum einen klaren Gedanken fassen konnte. Er dachte, sie wollte ihn quälen? Sie konnte sich keine schönere Tortur vorstellen, als auf seinem hübschen Gesicht einen Orgasmus zu haben, während er gezwungen war, unbefriedigt zu bleiben. Die Fesseln an ihren Händen lockerten sich.

Sie tauchte einen Finger in ihre Löckchen, fand ihre pochende, schmerzende Klitoris – *das* hatte Caroline ihr erklärt – und schaukelte auf ihm hin und her, während sie sich rieb. Er keuchte unterdrückt auf. Sie wiegte sich vor und zurück, umfing ihn mit ihrem üppigen Gesäß und kam der Explosion näher und näher.

Mit Armen und Händen zerrte er an den Fesseln, während sie sich schneller und schneller bewegte. Er begann seine Hüften im selben Takt aufwärts zu stoßen, in dem sie sich bewegte, und ihr wurde klar, dass er sich selbst Lust verschaffte.

„Nein!“, rief sie. Ohne nachzudenken, beugte sie sich in einem hoffnungslosen Versuch vor und schlug mit der Hand auf seinen dicken Schaft, damit er aufhörte, sich zu bewegen.

Er kam. Sein ganzer Körper spannte sich an und bäumte sich auf dem Boden der Kutsche auf. Er hob den Kopf und vergrub sein Gesicht in ihrer triefenden, dahinschmelzenden, gierigen Scham.

Um sie herum tanzten keine magischen Lichter mehr. Plötzlich bemerkte Miranda, dass die funkelnden blauen und purpurnen Sterne verschwunden waren. Lukos’ Magie hatte keine Macht über sie – sie ganz allein tat das hier, weil sie wild und liederlich war und weil sie es so wollte.

Diese schockierende Erkenntnis traf sie im selben Moment, in dem sie den Höhepunkt erreichte.

Sie wand sich unter der mächtigen Explosion. Vor ihren Augen zerbarsten Lichter – keine magischen Lichter, sondern solche, die in ihrem eigenen Kopf entstanden, als die wunderbare Lust sie durchfuhr. Sie schrie laut auf, so laut, dass man es wohl auch in London hören konnte.

Als die wilden Empfindungen nachließen, fiel sie nach hinten gegen die Wand der Kutsche. Doch das kümmerte Miranda nicht. Um sich aufrecht zu halten, klammerte sie sich an beide

Sitzbänke und schnappte gleichzeitig gierig nach Luft.

Sie war gerade geflogen. Sie war herumgewirbelt und in die Höhe geschleudert worden. Und jetzt war sie nass vom Schweiß und kaum in der Lage, zu atmen.

Lukos saß neben ihr, und sie streckte impulsiv die Hand nach ihm aus. Sie legte ihre Finger auf seine breite Brust, direkt über seinem Herzen …

Schwärze. Sie hüllte sie ein, und plötzlich konnte sie nichts mehr sehen, obwohl ihre Augen weit geöffnet waren. Sie hörte ein entferntes Knistern und Brausen – das Geräusch von Flammen. Dann nahm sie einen scharfen, giftigen Geruch wahr, bei dem sich ihr der Magen umdrehte. Schritte. Schleppende Schritte. Und keuchender Atem. Die Geräusche kamen von überallher. Sie drehte den Kopf in alle Richtungen und versuchte verzweifelt, in der undurchdringlichen heißen Finsternis etwas zu sehen. Panik stieg in ihr auf. Ihre Glieder begannen zu zittern, sie fühlten sich taub an, und Miranda hatte das Gefühl, sich nicht mehr bewegen zu können. Etwas kam, um sie zu holen, und sie saß in der Falle.

Plötzlich sah sie ein Bild vor sich. Einen jungen kahlköpfigen Mann. Eine Frau packte ihn am Kinn und stieß seinen Kopf nach hinten. Ein rotes Licht erschien. Plötzlich bewegte sich diese rot glühende Spitze nach vorn, und Miranda sah, wie sie in Lukos' Auge stach.

Sie schrie. Die Vision verschwand, und eine andere erschien. Miranda spürte Schmerz in ihrem ganzen Körper und sah, dass Lukos an einen glatten Felsen gekettet war. Er wurde ausgepeitscht, zur Strafe, weil er den Zauber, der ihm an diesem Tag beigebracht worden war, nicht beherrschte. Blut strömte über seinen Rücken. Er war benommen vor lauter Qual, doch ein magischer Spruch hinderte ihn daran, das Bewusstsein zu verlieren und auf diese Weise den Schmerzen zu entfliehen. Sie hörte eine tiefe zornige Stimme: *Ich werde den Widerstand aus dir herauspeitschen, Lukos! Du bist mein Diener! Ein Jünger Luzifers. Widersetze dich mir noch ein einziges Mal, und ich werde dich zerstören! Ich werde deinen Leib in winzige Stücke reißen …*

Die Finsternis und das Bild wirbelten vor Mirandas Augen im Kreis. Sie wurden in einen gleißenden Punkt gesogen, dann waren sie fort.

„Du bist gefoltert worden, Lukos!", stieß sie atemlos hervor. „Ich … ich habe es gesehen." Sie erschauerte und stellte fest, dass sie auf der Bank in der Kutsche saß, ihre zerknitterten Röcke waren ausgebreitet. Ihr war kalt. Die blauen Bänder waren verschwunden, doch Lukos saß auf dem Boden und starrte sie unter zusammengezogenen Brauen mit funkelnden Augen an.

Dann stand er auf, setzte sich neben sie und zog sie in seine Arme. Er war ein Untoter, doch er fühlte sich warm an, und die Angst und die eisige Dunkelheit in ihrem Inneren begannen sich aufzulösen. „Ich sah, wie du ausgepeitscht wurdest. Ich habe deine Augen gesehen …" Sie konnte nicht weitersprechen. Allein bei der Erinnerung an dieses Bild hob sich ihr Magen. „Ich konnte deine Schmerzen fühlen."

„Mein Engel." Er summte diese Worte mehr, als er sie sagte, und wiegte sie dabei sanft.

Sie konnte nicht glauben, dass sie so viel Trost in den Armen eines Vampirs fand. Doch er war gefoltert worden. „Wer?", keuchte sie. „Wer hat dir das angetan?"

„Was meinst du damit, dass du es gesehen hast?" Er streichelte sie zärtlich.

Stockend beschrieb sie ihre Vision, die ihr gezeigt hatte, wie er ausgepeitscht wurde. Miranda wusste, dass es gefährlich war, doch sie schaute in sein schönes Gesicht, und ihr Herz schlug vor Mitgefühl schneller.

Lukos zog Miranda eng an sich. Seit tausend Jahren hatte er keine Frau mehr in den Armen gehalten, um sie zu trösten. Nicht seit er seine Schwester umarmt und ihr versprochen hatte, dass es ihm gut gehen würde. Dass seine Jüngerschaft bei Luzifer Frieden und Sicherheit in sein Zuhause bringen würde.

„Bist du eine Empathin?", erkundigte er sich mit leiser

Stimme. Als er sie auf der Straße zum ersten Mal gesehen hatte, war er der Meinung gewesen, sie sei eine Sterbliche; nun wurde ihm klar, dass sie ein einzigartiges Wesen war, wie er es noch nie zuvor getroffen hatte. Wenn sie eine Empathin war, ein Mensch, der das Leid anderer in Visionen wahrnehmen konnte …

Dann musste sie sich von seinesgleichen fernhalten. Seine Erinnerungen an die Zeit, als er Luzifer gedient hatte, konnten einem Empathen den Verstand rauben und ihn für immer verrückt machen. Der Teufel setzte einen Zauber ein, um seine Jünger vor einem Teil der Qual und der Angst abzuschirmen, sodass sie überleben konnten, doch ein Empath würde alles fühlen, ohne durch den Schutzschild Luzifers sicher zu sein.

„Ich weiß nicht. Ich weiß nur, dass ich Bilder sah, als ich dein Herz berührte – dunkle, schreckliche Bilder wie in einem Albtraum."

„Fass mich dort nie wieder an", riet er ihr. Er wollte nicht, dass sie seine Erinnerungen freisetzte. Wenn sie sie in ihrem Kopf sah, sie nachempfand, riskierte sie, selbst wahnsinnig zu werden.

„Ich habe etwas gefühlt. Einen tiefen Stich in meine Seele, und ich dachte, ich könnte dir helfen …"

„Lass das sein!", fuhr er sie an. „Wage es nicht!" Er musste sie von sich stoßen. Er musste sie aufhalten, und um das zu erreichen, musste sie wieder den bösen Dämon in ihm sehen. Brüsk ließ er sie los und deutete auf ihr Kleid. „Bring deine Röcke in Ordnung, sonst wird jeder annehmen, dass du einen Vampir darunter gelassen hast."

Sie zuckte zurück und rutschte auf der Sitzbank von ihm weg, während sie ihre Kleidung glatt strich. Ihre überraschte Miene und ihr verletzter Blick taten ihm im Herzen weh. Es war tausend Jahre her, seit er dort zuletzt Qual verspürt hatte. Nun erinnerte er sich, warum er diese Art von Schmerz in Hass und Rachedurst verwandelt hatte. Er, der Pein von Luzifers Hand empfangen hatte, konnte den Schmerz in den Augen einer Frau kaum ertragen. Er konnte das überhaupt nicht verstehen.

Sie hatte ihn mit ihrer erregenden Fantasie bezaubert. Sie hatte ihn nicht einfach nur kontrollieren wollen. Es war ihr darum gegangen, ihn mit ihrer Sinnlichkeit in die Knie zu zwingen. Er hatte herausgefunden, wie die englischen Damen im neunzehnten Jahrhundert waren. Obwohl er wegen seines rebellischen Verhaltens von Luzifer tausend Jahre eingesperrt worden war, hatte er jedes Jahr zur Sonnenwende und zur Tagundnachtgleiche die Erlaubnis erhalten, in den Körper eines sterblichen Mannes zu schlüpfen.

Alle sechs Monate war es ihm eine einzige Nacht lang möglich gewesen, zu erfahren, wie sich das Leben anfühlte. Es sollte eine Tortur, aber auch eine Atempause sein. Eine Nacht weckte wieder den Lebenshunger in ihm, doch wenn der Morgen dämmerte, wurde er erneut aus dem sterblichen Körper verbannt. Bei Sonnenaufgang fand er sich in seinem Felsengefängnis wieder.

Fast viertausend Nächte war er frei gewesen – beinahe elf sterbliche Jahre. Während der ersten Jahrzehnte hatte er diese Nächte damit verbracht, nach seiner jüngeren Schwester Ara zu suchen, die Luzifer gefangen genommen hatte, um ihn gefügig zu machen. Hatte der Teufel sie wieder freigelassen, so wie es abgemacht gewesen war?

Doch Ara blieb verschwunden. Und nachdem er hundert Jahre lang in jenen Nächten der Freiheit nach seiner Schwester gesucht hatte, wurde ihm klar,, dass es keinen Grund mehr gab, noch länger durch die Welt zu streifen. Wenn sie tatsächlich wieder in die Freiheit entlassen worden war, würde sie jetzt tot und als gute, unschuldige Frau ins Jenseits eingegangen sein – was bedeutete, dass er, der Dämon, sie für immer verloren hatte.

Als Rache für das, was Luzifer ihm angetan hatte, wollte Lukos ihn mit seinen eigenen Händen in Stücke reißen. Doch dafür brauchte er besondere Kräfte – die Kräfte der Gefährtin, die in seiner Prophezeiung vorhergesagt wurde. Er hatte geglaubt, er könne diese Macht bei Serena Lark finden, denn sie war ein Kind aus der Verbindung zwischen Eve, der ersten Vampirin, und einem gefallenen Engel. Er hatte geglaubt, sie sei die Frau, die laut Prophezeiung für ihn bestimmt war. Doch Serena hatte niemals jene Stärke ausgestrahlt, die Miranda wie ein goldener Glorienschein umgab.

Konnte er Mirandas magische Kräfte nutzen, um für alle Zeiten die Vergeltung zu üben, nach der es ihn schon so lange dürstete?

Und er, der nichts als Rache wollte, spürte nun das Verlangen, vor Miranda niederzuknien, ihre Hände zu küssen und sie für seine plötzliche kühle Grausamkeit um Verzeihung zu bitten und zu ihrem Herzen zu sprechen …

Doch das durfte er sich selbst nicht gestatten.

Die Tür der Kutsche flog auf, und Zayan sprang in den Wagen. Sein Umhang umwehte ihn, seine Augen funkelten vor Aufregung silbern und wild. „Sie sind hinter der Frau her, die sie für eine Hexe halten! Wir müssen …“ Er stockte, und Lukos sah, wie Zayans Blick an Mirandas zerdrückten Röcken hängen blieb. Zweifellos konnte der Vampir den Geruch nach Sex in der Kutsche wahrnehmen. Selbst ein Sterblicher hätte diesen unverwechselbaren Duft gerochen.

Zayans Augen wurden leuchtend rot vor Zorn.

Lukos erstarrte, bereit zu einem Kampf auf Leben und Tod – oder in ihrem Fall, da sie beide untot waren, um die endgültige Vernichtung.

Es kostete ihn sehr viel Vertrauen, sich fesseln zu lassen.

Drake Swift zerrte an den Seilen, mit denen seine Handgelenke an den Pfosten des riesigen Betts festgebunden waren. Hatte er dasselbe nicht vor langer Zeit mit Serena gemacht, als er versuchte, sie zu verführen und ihr Herz zu gewinnen? Sie hatte ihm vertraut, und das bedeutete, dass er nun ihr den Wunsch erfüllen musste, in diesem erotischen Spiel die Kontrolle zu haben.

Er vertraute ihr. Nachdem er ein Leben lang niemandem getraut hatte, war er nun bereit, seiner Frau Serena und Jonathon, Earl of Sommersby, sein Leben in Obhut zu geben. Oder vielmehr seine Existenz, nicht sein Leben, da er ein Vampir war.

Drake schaute auf, um seine wunderschöne Frau ansehen zu können. Sie ging vor dem Fußende des Bettes auf und ab. Ihr Haar hing in lockeren schwarzen Wellen bis zur Taille herab. Ihr Morgenmantel war offen und enthüllte ihre immer üppiger werdenden Brüste und ihren von der Schwangerschaft gewölbten Bauch. Sie tippte sich mit dem Zeigefinger gegen das Kinn und ließ ihre Augen langsam von den gefesselten Knöcheln bis zu den festgebundenen Händen über seinen Körper wandern. Dort, wo ihr unverhohlen lüsterner Blick ihn traf, glitt eine heiße Welle über seine Haut. „Nun, da ich dich gefesselt habe, bin ich mir nicht sicher, was ich mit dir machen soll."

„Lass ihn dort", drängte eine Männerstimme von der Tür her. „Lass ihn und komm in *mein* Bett."

„Denk nicht mal dran, Sommersby", rief Drake laut. Er verrenkte sich den Hals, um Serenas zweiten Ehemann im Türrahmen stehen sehen zu können. Sommersby war gleichzeitig sein früherer Partner aus seiner Zeit als Vampirjäger. „Ich würde mich sofort in eine Fledermaus verwandeln und noch vor dir dein Bett erreichen."

Jonathon lachte leise in sich hinein.

Mit gespielter Empörung stemmte Serena die Hände in die Hüften. „Ich dachte, ihr beide hättet versprochen, nicht zu streiten, während ich guter Hoffnung bin. Ich will nicht, dass meine Zwillinge diese üblen Sitten lernen."

„Wir streiten nicht", prostierten Drake und Jonathon wie aus einem Mund.

Obwohl Serena mit ihm und mit Jonathon verheiratet war, hatte sie Jonathons Namen angenommen. Drake hatte darauf bestanden. Sie sollte eine Countess sein, hatte er beschlossen. Die englische Gesellschaft hätte eine Liebesaffäre zwischen einer unverheirateten Frau und einem Earl nicht akzeptiert, also war eine Heirat unumgänglich gewesen. Und Jonathon und Serena waren ganz offensichtlich so ineinander verliebt, dass es in der Gesellschaft kein Geheimnis geblieben wäre. Doch niemanden interessierte es, mit wem Drake Swift verheiratet war. Nur ihre engsten Freunde wussten, dass sie eine Ménage à trois lebten und auch, dass sie Vampire waren.

Drake grinste. „Ich denke, du solltest fair sein, kleine Lerche, und Jonathon ebenfalls fesseln." Sein Schwanz ragte steil empor, als sie einen Zeigefinger krümmte, um Sommersby für eine kleine Bestrafung zu sich zu befehlen.

Serena seufzte. Sie waren in einem Durcheinander aus verschwitzten Gliedern und sich heftig hebenden und senkenden Brüsten auf die Decken gefallen. „Ein Bad", schlug Drake vor. „Ich habe eines vorbereiten lassen."

„Oh, wie wunderbar!", keuchte Serena. Sie rollte sich von ihm weg und streichelte ihren schweren Bauch. Dabei dachte sie, was sie doch für eine glückliche Frau war, zwei so großartige Männer zu haben. Drake war der Anführer, wenn es um Fesselspiele ging, und Jonathon machte nur zu gerne mit. Anschließend pflegte Jonathon sie auf den Rücken zu legen und eine Stunde lang ihre Möse zu lecken, so auch heute Nacht, bis sie von all den Orgasmen ganz schwach gewesen war und sich gefragt hatte, ob sie vor sexueller Erschöpfung einfach dahinschmelzen und sich auflösen sollte.

Heute Abend hatte sie ihre beiden gefesselten Männer gequält, indem sie abwechselnd an ihnen saugte, bis sie kurz vor dem Höhepunkt standen, und dann aufhörte. Anschließend hatte sie, um die exquisite Tortur auf die Spitze zu treiben, jedem von ihnen einen Elfenbeinstab in den engen Anus geschoben und einen dritten in ihre eigene Rosette. Sie hatte sie beide geritten und war auf jedem von ihnen heftig gekommen, bevor sie den Männern erlaubte, in Ekstase zu explodieren.

Doch nun sah sie die Anspannung in den Augen beider Männer. Ihr war bewusst, dass ihre Ehemänner, ebenso wie sie, sich fürchteten, der Wahrheit ins Auge zu sehen. Ihre Zwillinge würden vielleicht nicht überleben. Serena wusste, dass alle beide, jeder auf seine Art, versuchten, eine Lösung zu finden. Drake, indem er seinen Charme nutzte, um jede nur erdenkliche Information aus den Vampirköniginnen herauszuschmeicheln. Und Jonathon zwang sich, selbst während der taghellen Stunden in seinem Labor zu arbeiten.

Sie waren Männer und glaubten, dass sie Ruhe ausstrahlen, dass sie unerschütterlich, vernünftig und stark sein mussten und auf keinen Fall emotional werden durften. Sie wollten ihr die starken Schultern bieten, auf die sie sich verlassen konnte.

Schweigend nahm sie beide Männer an der Hand und führte sie ins Badezimmer.

Serenas Bauch schwebte im Wasser, das etwas von dem Gewicht und den Schmerzen nahm und ihrem Rücken guttat. Ihre Brüste waren groß und schwer, und die dunklen Brustwarzen richteten sich auf, als eine kleine Welle gegen sie schwappte.

Serena fuhr fort, Jonathon zu waschen, indem sie die Hände einseifte und sie über seine feste muskulöse Brust gleiten ließ. Beide Männer besaßen Schultern, die so breit waren wie die riesige Wanne, und wegen ihrer Größe und ihrer langen Arme und Beine saßen Drake und Jonathon jeder an einem Ende, während sie es sich zwischen ihnen bequem gemacht hatte.

Serena hasste es, die erotischen Augenblicke zu verderben, aber es ließ sich nicht länger vermeiden. „Es gibt etwas, worüber wir reden müssen", begann sie. „Ich weiß, dass ihr Männer das Thema nicht ansprechen werdet, weil ihr Angst habt, mich zu beunruhigen."

Sie stand auf, und das Wasser lief in kleinen Rinnsalen an ihrem Körper hinab. Um ihren vorspringenden Nabel sammelten sich die Tropfen. Sofort waren Jonathon und Drake ebenfalls auf den Beinen, um ihr aus der Wanne zu helfen. Die Männer umfassten jeweils eines ihrer Handgelenke, sodass sie sicheren Halt hatte, während sie über den Rand der Wanne auf die Stufe trat und von dort aus hinunter auf die dicke Matte. Sie griff nach dem Handtuch, das vor dem Kamin hing.

Die Männer warteten, und ihr blieb nichts anderes übrig, als die Sache anzusprechen. „Altheas Baby gedeiht nicht gut", sagte sie leise.

Jonathon schwang sich ebenfalls aus dem Wasser, nahm ein weißes Handtuch und wickelte es sich unterhalb der Taille, dort, wo die Hüftknochen hervortraten, um den Körper. Mit einem weiteren rieb er sich mit einer Hand die Haare trocken, während er den anderen Arm um Serena schlang und sie fest an sich zog. „Wir werden die Antwort finden. Deine Mutter hat zugesagt, uns zu helfen."

Sie presste das Handtuch an ihre schweren Brüste. „Ich glaube nicht, dass sie weiß, wie sie uns helfen soll, Jonathon. Schließlich habe ich die ganze Bibliothek hier im Haus durchsucht und auch die im Kloster ..." Letztere war die berühmte Bibliothek der Königlichen Gesellschaft, die seit sieben Jahrhunderten von den Mönchen geleitet wurde. Sie und Althea waren die ersten Frauen, denen man gestattet hatte, diese Räume zu betreten.

Und das war auch nur möglich gewesen, weil Lord Denby, der Leiter der Gesellschaft, darauf bestanden hatte, dass man ihnen den Zutritt gewährte. Er war das einzige Mitglied der Königlichen Gesellschaft, das wusste, dass Althea und sie sich hier aufhielten, und er hütete dieses Geheimnis sorgfältig. Ihn plagte die Sorge, die übereifrigen Mitglieder könnten versuchen, Altheas Kind umzubringen – immerhin handelte es sich um ein Vampirkind – und Serena zu töten, bevor sie ihre Zwillinge zur Welt bringen konnte.

„Es gibt eine Lösung, Serena. In den Büchern ist die Rede von geborenen Vampiren."

„Aber wir haben keinen einzigen gefunden. Und in den Büchern steht nicht, wie die Vampirkinder überlebten. Wenn wir nicht herausfinden, wie wir sie füttern müssen ..."

„Wir werden es in Erfahrung bringen." Drakes tiefe Stimme

drang in ihre aufsteigende Panik.

Sie vertraute sowohl Jonathon als auch Drake, doch sie wusste, es gab furchtbares Unheil, das selbst die größte Liebe nicht verhindern konnte.

„Ich glaube nicht, dass meine Mutter uns helfen kann. Sie erinnert sich kaum daran, wie ich überlebt habe. Sie überließ mich einer sterblichen Amme. Und das hat bei Serry nicht funktioniert."

Jonathon warf das feuchte Handtuch zur Seite, mit dem er seine braunen Haare trocken gerieben hatte. Wirr und zerzaust hingen sie ihm nun verwegen in die dunklen Augen. „Vor Kurzem erreichte mich ein Brief von Denby. Ich hatte ihn gerade gelesen, bevor unsere … Zusammenkunft begann."

Sie musste über das Wort lächeln, mit dem er die hocherotischen Dinge beschrieb, die sie soeben miteinander getrieben hatten. Und sie bemerkte, dass seine Stimme sich ein wenig hob, als er von Denbys Brief sprach. Hörte die Hoffnung, die darin mitschwang.

„Hat er eine Antwort gefunden? Einen Weg, wie wir unsere Kinder retten können?"

Jonathon küsste sie auf den nassen Scheitel, dann drehte er sie um und begann ihre Haare sanft mit einem Handtuch zu trocknen. „Die Gesellschaft hat in London eine junge Frau entdeckt, die über nie zuvor gekannte Fähigkeiten verfügt. Offensichtlich besitzt sie die Macht, Tote wieder zum Leben zu erwecken."

Sie fuhr herum, was zur Folge hatte, dass er unbeabsichtigt an ihren Haaren zog.

„Was?", rief Drake aus der Badewanne. Man konnte es laut plätschern hören, als er aus dem Wasser stieg, in das er sich in der Zwischenzeit wieder gesetzt hatte.

„Miss Eugenia Bond behauptet, dass ihre Nichte diese Fähigkeit besitzt. Sie hat es Lord Denby verraten. Miss Eugenia Bond wurde von einem Vampir mit ihrem eigenen Pflock angegriffen, und die Dame, um die es geht – Miranda Bond –, brachte sie zurück ins Leben. Einfach nur indem sie ihre Hand auf die Brust des Opfers legte. Miss Miranda Bond ist in der Lage, das Leben zurückzuholen. Entweder indem sie die Seele zurückruft oder indem sie irgendeine Art Kraft in den leblosen Körper fließen lässt, die dem Herzen einen Stoß versetzt, sodass es wieder zu schlagen beginnt." Er schwieg einen Augenblick nachdenklich. „Ich würde sie gern untersuchen."

„Jonathon ..." Doch sie wusste, dass seine Untersuchungsmethoden andere waren als die seines Vaters. Der verstorbene Earl of Sommersby hatte die Vampire regelrecht aufgeschnitten, um herauszufinden, was es mit ihnen auf sich hatte. Er hatte tote und „lebendige" Vampire seziert.

Serena biss sich auf die Unterlippe. „Willst du damit sagen, du glaubst, dass diese Frau unsere Kinder zurück ins Leben holen könnte falls sie ... sterben?"

Drake trat neben sie. Er streichelte ihre Schulter und schaute Jonathon an. „Oder meinst du, sie kann ihnen ihre Seelen zurückgeben und sie zu Sterblichen machen, bevor sie ihr Leben verlieren?"

Jonathon nickte. „Das ist vielleicht die einzige Möglichkeit."

„Aber wir wissen es nicht. Und diese Dame hält sich in London auf." Verzweifelt schaute Serena ihre beiden Männer an.

„Wir müssten dorthin reisen. Mit Altheas Baby und dir ..." Jonathon stockte.

„In einem Zustand, in dem ich jeden Moment platzen und zwei Babys zur Welt bringen kann", stellte sie in kläglichem Ton fest. „Außerdem haben wir März, und einige der Pässe sind immer noch zugeschneit."

„Denby schreibt, die Gesellschaft versuche, Miranda Bond zu beschützen. Eugenia hat die Fähigkeiten des Mädchens geheim gehalten, aber ein Vampirjäger namens James Ryder fand heraus, dass sie ein außergewöhnliches Wesen ist."

„Ryder!", stieß Drake verächtlich hervor.

Serena schluckte mühsam. „Ich habe noch nie von einem

Vampirjäger namens Ryder gehört."

„Er ist ein Schurke. Jahrelang hat er zu seinem eigenen Nutzen gearbeitet – er bot Vampiren gegen einen bestimmten Betrag an, sie zu beschützen. Er hat sogar einige der Dämonen getötet, die unter dem Schutz der Königlichen Gesellschaft standen, weil er von anderen Vampiren dafür bezahlt wurde. Die Geldgier treibt ihn an."

„Es gibt also jemanden, der diese Frau töten will?", erkundigte sich Serena.

„Wenn es tatsächlich so ist, dass sie Vampire zu Sterblichen machen kann, gibt es eine Menge Untote, die sie gern vernichtet sehen wollen", erwiderte Drake.

Serena erschauerte. Sie wusste, wie es war, wenn man von Dämonen und gleichzeitig von der Königlichen Gesellschaft verfolgt wurde.

„Dann müssen wir also nach London reisen." Es gab keine andere Möglichkeit. Sie sah Jonathon und Drake an. „Aber könnte ich in eine Sterbliche verwandelt werden? Oder unsere Kinder? Wenn wir von Untoten zur Welt gebracht wurden, haben wir dann überhaupt Seelen?" Sie schaute erst in Drakes silbergrüne Augen und blickte dann Jonathon an, dessen Augen im schwachen Licht des Feuers so dunkel und schimmernd wie Kohlenstücke waren. „Würdet ihr beide euch dafür entscheiden, wieder sterblich zu sein?"

„Ich würde mich entscheiden, das zu sein, was du sein möchtest und was du sein kannst, Serena", schwor Drake.

„Genauso denke ich auch", fügte Jonathon hinzu.

Doch Drake war von Lukos erschaffen worden – er hatte nie eine Wahl gehabt. Und Jonathon hatte sich dafür entschieden, sich von Drake in einen Vampir transformieren zu lassen, weil er sonst gestorben wäre.

Welches Recht hatte sie, die beiden Männer davon abzuhalten, die Entscheidung zu treffen, die sie tief in ihren Herzen fühlten?

Drake wartete, bis Serena eingeschlafen war. Sie ruhte auf dem großen gemeinsamen Bett und lag auf der Seite. Ein Kissen klemmte zwischen ihren Beinen, ein zweites stützte ihren vorgewölbten Bauch, denn auf diese Weise war es am bequemsten für sie.

Als er sah, dass sie tief schlief, trat Drake hinaus auf den Balkon und zündete sich eine Zigarre an. Wolken huschten an der Mondsichel vorbei, und die Gipfel der Karpaten verschwanden im Dunst, der ankündigte, dass ein Schneesturm aufzog. Jonathon lehnte an der steinernen Brüstung. Auch er rauchte.

Drake stellte sich neben ihn, und Jonathon grüßte mit einem knappen Nicken. Sein Blick blieb jedoch auf den unruhigen Himmel gerichtet.

„Ich habe heute Lukos gespürt. Da er mein Meister war und mich transformiert hat, bin ich mit ihm verbunden."

Jonathon nickte. Drake hatte ihn erschaffen.

„Für einige Augenblicke änderte sich der Schlag meines Herzens. Es schlug langsamer." Drake seufzte. „Und ich glaube, das tat es, um sich dem Rhythmus von Lukos' Herz anzupassen."

Jonathon rieb sich das Kinn und nahm die Zigarre aus dem Mund. „Das würde bedeuten, dass er in Freiheit ist."

## *6. KAPITEL*

### Sechs und Neun

„Ich suche eine Hure – und zwar eine, die nichts dagegen hat, kräftig ausgepeitscht zu werden." In ihm brannte heiß die Wut, und James Ryder musste Dampf ablassen. Er brauchte auch Informationen, deshalb würde er mit dem Gastwirt zwei Geschäfte machen.

Der stämmige, fast kahle Wirt rieb sich die Nase. „Normalerweise schicke ich keins von meinen Mädchen zu Männern, die solche Dinge mögen."

Wieder einmal ging es letztlich nur ums Geld. Ryder warf ein Bündel Banknoten vor dem Mann auf den Tisch. „Haben Sie eine blonde Frau gesehen, die zusammen mit zwei ungewöhnlich großen Männern reist? Die Männer haben lange schwarze Haare und tragen pelzgefütterte Umhänge."

Der Mann zögerte. Ryder legte einen weiteren Geldschein auf den Stapel und machte dann Anstalten, alles wieder an sich zu nehmen.

Plötzlich hob der Wirt seine kräftige Hand. „Ich habe tatsächlich einen dunkelhaarigen Gentleman in so einem Umhang gesehen. Er fragte nach dem Weg, sagte aber, ich solle niemandem von ihm erzählen."

Der Fremde hatte für die Diskretion des Wirtes bezahlt, das war Ryder klar. Er ließ das Geld liegen und warf einen weiteren Schein daneben.

Der Mann schaute ihn ängstlich an. „Das Problem ist, dass ich nicht mehr weiß, wohin er wollte. Es ist mir so vertraut wie mein eigener Name, aber ich erinnere mich nicht."

„Blackthorne Castle", schlug Ryder vor, und die Wahrheit durchbrach für einen Moment den Zauber des Vergessens, den der Vampir offensichtlich angewandt hatte. Die Augen des Gastwirts leuchteten auf, doch schon in der nächsten Sekunde erlosch der Glanz wieder. Sehnsüchtig schaute er das Geld an.

„Ich fürchte, es fällt mir nicht ein."

„Nun, ich will nach Blackthorne Castle. Welche Straße muss ich nehmen?"

Doch der Mann konnte ihm auch in dieser Frage nicht helfen – er behauptete wieder, er könne sich nicht erinnern. Verdammte Vampire! Also kaufte Ryder eine Frau, eine alte Hure mit großen Brüsten, der es gefiel, ans Bett gefesselt und verhauen zu werden.

Sie glühte vor Leben und begann im selben Moment zu stöhnen, in dem er anfing, ihr Kleid zu öffnen. Er wollte sie nackt, wollte, dass diese üppigen Brüste ihn einhüllten, während er sie aufs Bett niederrang. „Ich will dich fesseln, aber ich will auch, dass du dich wehrst."

Sie zuckte nur die Achseln.

„Nimm deine alberne Haube ab", murrte er. Er selber hatte nicht vor, sich auszuziehen. „Blackthorne Castle, kennst du das?"

Sie schüttelte den Kopf. „Nein, aber es gibt welche, die für Mrs Coventry arbeiten und die es kennen. Mrs Coventry hat ein Haus weiter unten an der Straße – Witherby on the Marsh."

Nun packte Ryder sie und stieß sie aufs Bett, das unter ihrem Gewicht deutlich durchhing. Sie lachte, als hätte sie sich nie zuvor so sorglos und erregt gefühlt. Frauen, die schon eine Zeit lang dieser Tätigkeit nachgegangen und an Hast und Gleichgültigkeit gewöhnt waren, liebten es besonders, zu spielen.

Er hielt ihre Handgelenke auf die Matratze gedrückt, als sie fragte: „Sind Sie ein Freund von Lord Blackthorne? Möchten Sie sich deshalb auf dieses Spiel hier einlassen? Er veranstaltet die wildesten Orgien. Dutzende von Mädchen sind ihm zu seinem Vergnügen geschickt worden. Ein paar von denen sind nie zurückgekommen. Sind Sie einer von den Männern, die da mitmachen?"

Eilte Miss Miranda Bond zu einem Perversen, der gelegentlich eine der Huren, mit denen er schlief, umzubringen pflegte?

„Ich bin kein Freund von Lord Blackthorne", fuhr er sie an.

„Oh!“ Sie war erstaunlich stark. Mit einem Ruck zog sie ihn aufs Bett und drehte sich um, sodass sie über ihm war. Ihre großen Brüste bedeckten seine Nase und seinen Mund, und er rang nach Luft. Ihre Haut war heiß, ihre Brustwarzen lang und hart. Er schnappte mit den Lippen nach einer der dicken Zitzen, als Mondlicht auf das Bett fiel und er sie sah: die scharfen Spitzen von soeben durchs Zahnfleisch stoßenden Reißzähnen. Sie lachte wild, und ihre Augen funkelten in dem Licht, das sich in der reflektierenden Iris widerspiegelte. „Du bist jung und schön“, gurrte sie. Obwohl ihre Augen dunkel geschminkt und von Fältchen umgeben waren, leuchteten sie.

Die Augen einer Vampirin.

Nachdem er sein Vergnügen gehabt hatte, würde er sie mit einem Pflock erledigen müssen.

Plötzlich zuckte sie zurück. „Du willst mir was Böses tun“, keuchte sie. Sie kletterte von ihm herunter und glitt aus dem Bett. Ihr Kleid fiel vorn auseinander und rutschte von ihren Schultern, doch sie rannte los.

Er fuhr hoch und folgte ihr, doch sie erreichte vor ihm die Tür und riss sie mit so viel Kraft auf, dass die Angeln nachgaben. Anschließend versetzte sie der kippenden Tür einen Stoß in seine Richtung und sprang mit einem Satz hinaus.

Er duckte sich zur Seite und folgte dann der fliehenden Vampirin. Sie war offenbar erst vor Kurzem erschaffen worden. Hatte der verfluchte Vampir, der ihn angegriffen hatte, um Miranda Bond zu retten, sie transformiert?

Er konnte genauso schnell laufen wie ein Vampir, denn er hatte mit einer der Königinnen einen Pakt geschlossen: Er hatte ihr das Leben geschenkt, und als Gegenleistung verlieh sie ihm die Fähigkeit, sich so geschwind zu bewegen wie ein Dämon.

Doch seine Vampirin war im Flur verschwunden. Eine Tür schwang heftig im Luftzug. Mit dem Pflock in der Hand betrat Ryder das daran angrenzende Zimmer. Die Vorhänge blähten sich im Wind, der durchs offene Fenster blies. Sekunden später stand er am Fensterbrett.

Draußen, direkt unter ihm, wirbelte eine rote Wolke durch die Luft. Verwundert schaute er sich um. Er konnte die Vampirin nicht sehen. Sie befand sich nicht in dem roten aufgewühlten Dunst. Und es gab auch kein rotes Licht, das dem Nebel den höllenartigen Schimmer verlieh.

Verdammt, sie konnte diesen Weg nicht genommen haben!

Er musste sie vorerst entkommen lassen. Er würde ins nächste Dorf gehen und von dort aus sich auf den Weg nach Blackthorne Castle machen. Wenn er Miranda vernichtet hatte, konnte er zurückkehren und sich diesem Vampir widmen.

Miranda war sein Billett zu Reichtum und Macht und zur Verwirklichung seines Traumes, seinen verfluchten Vater zu zerstören.

Die Freude, einen Pflock durch ein paar üppige Brüste in ein Herz zu stoßen, war es nicht wert, alles zu verlieren.

Sie saß wieder in der Falle.

Angespannt lehnte Miranda auf der Sitzbank, und durch die Fenster der Kutsche fiel das Mondlicht herein, während sie unter Bäumen dahinhetzten. Zweige reichten über die Straße und rieben im frischen Frühlingswind knarzend aneinander. Die Pferde galoppierten wie Höllentiere dahin, und während sie andere Wagen überholten, ruckelte und schwankte ihre Kutsche auf der holprigen Straße.

Miranda klopfte das Herz bis zum Hals. Sie saß Zayan und Lukos gegenüber – und konnte natürlich nichts dagegen tun, dass ihr Herzschlag sich beschleunigte, als sie Lukos anschaute. Doch auch als sie in Zayans Richtung sah, wurde ihr Atem rascher. Im Mondschein waren beide Männer von überirdischer Schönheit. Das bläuliche Licht zeichnete die Linien ihrer Gesichter nach. Es unterstrich die scharfen Konturen ihrer Wangenknochen und die geschwungenen Formen ihrer sinnlichen Lippen. Ihre Augen glänzten wie Silber. Und beide schauten sie mit einem besitzergreifenden Blick an, der sie erschauern ließ.

Soeben hatte sie die Männer davon abgehalten, sich gegenseitig in Stücke zu reißen. Ganz zufällig hatte sie die Zauberkraft der beiden Vampire gegen die Männer selbst gerichtet, um den Kampf zu beenden. Und wieder weckte die Magie eine dunkle Fantasie in ihr, von der sie nicht geahnt hatte, dass sie überhaupt in den Tiefen ihres Unterbewusstseins schlummerte.

Wozu diese Fantasie die Vampire gezwungen hatte, erstaunte sie …

Selbst jetzt noch hoben und senkten sich ihre Brustkörbe heftig. Auch Vampire, so schien es, gerieten bei einem intensiven Orgasmus außer Atem. Ihre Einfälle und ihre Handlungen hatten den Vampiren die Sprache verschlagen.

Wieder überlief Miranda ein Schauer. Die beiden Männer saßen ihr gegenüber. Sie hatte darauf bestanden, dass sie allein sitzen wollte, und nach dem, was sie gemacht hatte, waren sie damit einverstanden gewesen.

Während er sie unter seinen dunklen Brauen hervor anschaute, öffnete Zayan die juwelenbesetzte Schnalle am Halsausschnitt seines Umhangs. Er bot ihr den Umhang an, doch sie schüttelte den Kopf. Sie fror lieber, als von einem von ihnen ein Geschenk anzunehmen und die beiden Männer auf diese Weise wieder zu provozieren.

Sie mochten Vampire sein, aber sie waren auch werbende Männer. Es war äußerst schwierig, damit umzugehen.

Nervös wandte sie sich zum Fenster. Als sie aus dem Hof des Gasthauses gestürmt waren, hatte sie ihnen die falsche Richtung nach Blackthorne Castle gewiesen. Nun wusste sie nicht, wohin sie fuhren und wann die Männer entdecken würden, dass sie gelogen hatte. Sie durfte sie nicht zu Blackthorne führen und ihn in Gefahr bringen. Und auch sie selbst konnte nun nicht mehr zu Blackthorne fahren, nach dem, was sie mit Lukos und Zayan gemacht hatte …

Wie konnten zwei so riesige Männer sich in einer Kutsche prügeln, ohne den ganzen Wagen zu zertrümmern? Zayan war in die Kutsche gesprungen und hatte – nach einem kurzen

Blick in ihre Richtung und einem tiefen Atemzug, bei dem er die in der Luft hängenden erotischen Düfte wahrgenommen hatte – Lukos seine Faust ins Gesicht geschlagen. Er beschuldigte Lukos, sie mithilfe der Magie gegen ihren Willen verführt zu haben.

Lukos' Faust war gegen Zayans kräftiges Kinn und in seine Eingeweide gekracht, und Zayan war gegen die Wand der Kutsche gefallen. „Letzten Endes habe ich keinen Zauber benutzt", erklärte Lukos. „Sie hat mich in eine höchst verruchte Fantasie gelockt, und das ist freiwillig geschehen." Sein Grinsen war spöttisch und ließ ihn aussehen wie einen jungen Mann von kaum einundzwanzig Jahren. „Ich habe sie als Erster verführt", verkündete er. „Sie gehört mir."

Entsetzt fragte Miranda sich, was sie mit ihrem unmoralischen Verhalten angerichtet hatte. Sie konnte nicht entkommen. Wenn sie versuchte, zur Tür zu gelangen, würden die beiden kämpfenden Männer sie zwischen sich zerquetschen. Und vielleicht, wisperte eine Stimme in ihrem Kopf, willst du ja auch gar nicht entkommen.

Fäuste flogen, als die beiden Männer sich prügelten. Sie umkreisten einander, um eine Möglichkeit zu finden, ihre Reißzähne einzusetzen. Abwechselnd flogen die Leiber gegen die Sitzbänke oder krachten gegen die Wand. Bei jedem Faustschlag wackelte die ganze Kutsche.

„Aufhören!", schrie sie die Männer an. Als Kind hatte ihr Bruder Simon sich auf diese Weise mit anderen gekeilt, starrsinnig, dumm und ohne einen einzigen Gedanken an die Gefahr oder die Vernunft zu verschwenden. Diese Vampire waren wie zwei dreizehnjährige Jungen, die aufeinander einschlugen, während sie einen Hügel hinunterrollten, ohne an die Klippen am Fuß des Berges zu denken, von denen sie stürzen würden.

„Die Leute werden bemerken, dass die Kutsche hin und her schwankt und kurz davor ist, sich zu überschlagen", rief sie.

Und dann, mitten in dem wilden Kampf, begannen sie sich

die Kleider vom Leib zu reißen. Zuerst flog Zayans pelzgefütterter Umhang zur Seite und landete auf Mirandas Kopf. Dann zerrte Lukos sich sein Cape von den Schultern und zog sein Hemd aus. Zayan machte es ihm nach, sodass sie sich nun mit blankem Brustkorb auf dem Boden wälzten. Offenbar hatten sie sich ihrer Kleider entledigt, weil sie auf diese Weise besser ausholen konnten.

Der Kampf ähnelte nun eher einer Rauferei, die Männer rangen miteinander und warfen sich gegenseitig Flüche an den Kopf.

„Römischer Bastard!“, stieß Lukos wütend hervor.

„Sächsischer Dreckshaufen!“, fauchte Zayan.

Miranda musste fast lachen. Dann sah sie Lukos' feste Hinterbacken, die sich hoch in die Luft reckten, während die Rückenmuskeln sich anspannten, als er versuchte, Zayan festzuhalten. Ihr Herz schlug schneller. Das blaue Licht begann wieder in der Kutsche herumzuschwirren.

Hatte sie es heraufbeschworen?

Ihre Hand wanderte ohne ihr Zutun an ihre Kehle. Zayan warf Lukos ab und sprang dann auf ihn. Er rieb seinen Schritt an Lukos' eng von der Hose umschlossenem Schenkel, während sie weiterkämpften. Zayans Rücken war schön und breitschultrig, jeder einzelne Muskel zeichnete sich deutlich ab.

Und dieser Kampf sah fast so aus wie das, was sie und Lukos gemacht hatten …

„Himmel, was ist passiert?“

Zayan lag flach auf dem Boden und Lukos über ihm. Doch Zayans Kopf war auf der Höhe von Lukos' Scham, was bedeutete, dass Lukos in derselben Position zu Zayan lag. Sie bildeten mit ihren Körpern eine Sechs und eine Neun.

Lukos riss den Kopf hoch und richtete seinen funkelnden Blick auf sie. „Ist das deine Fantasie, mein Engel?“

Sie wusste, dass ihre Augen groß wie Unterteller waren. „Was meinst du damit?“

„Du willst, dass wir gegenseitig unsere Schwänze lutschen.

So wie ich dich mit meinem Mund habe kommen lassen."

Sie war erstaunt, konnte sich das Bild aber in allen Einzelheiten ausmalen.

Ihr Gesicht fing an zu glühen. „Ich … ich weiß nicht, was du meinst. Ich wollte nur, dass ihr aufhört, euch zu prügeln."

Doch Lukos grinste. Er kannte bereits eine Seite an ihr, von der sie bisher selbst nichts gewusst hatte. Ein Blick auf seine vollen, aufreizenden Lippen genügte, und ihr wurde so heiß, dass sie das Gefühl hatte, zu schmelzen und sich aufzulösen. Nach dem, was sie mit ihm erlebt hatte, sollte sie … bereit zur Ehrlichkeit sein, oder nicht? Sie war verwirrt. Schließlich hatte sie immer geglaubt, sie würde nur mit einem einzigen Mann, ihrem Ehemann, Sex haben.

Überrascht starrte Zayan sie zwischen Lukos' Schenkeln hervor an. Beide Männer sahen nicht etwa wütend aus, sondern interessiert. Fast amüsiert. Und ihre Augen schienen golden zu glänzen. Aber sie hatte nicht an irgendwelche sexuellen Spiele zwischen den Männern gedacht …

Doch, sie hatte es getan. Sie hatte festgestellt, wie sinnlich der Kampf wirkte, und das Nächste, was sie sah, waren die beiden Männer in dieser Stellung. Der Himmel mochte ihr beistehen, sie war erregt bei der Vorstellung, dass Lukos seinen Mund gegen Zayans Schamhügel presste, während Zayan dasselbe bei Lukos tat.

Irgendein Zauber hatte ihr diesen Gedanken eingegeben. Diese Magie erschuf Fantasien, die sie erregten, auf die sie aber selber nie gekommen wäre. Oder taten es die Männer? Sie waren Vampire – sie konnten sie in ihren Bann ziehen, und sie selbst, Närrin, die sie war, wollte sich nicht einmal dagegen wehren.

Die erotischsten Gedanken gingen ihr durch den Kopf. Sie stellte sich vor, wie es sein würde, den beiden Männern zu befehlen, was sie tun sollten.

Sie musste fliehen. Doch als sie ihre zitternden, vor Verlangen ganz weichen Knie zwang, sich zu strecken, wurde sie von einer unsichtbaren Kraft grob zurück auf die Bank gestoßen. Gehörte das zum Zauber der blauen Lichter? Sie schienen fast so etwas wie einen eigenen Willen zu besitzen.

*Komm zu uns.* Zayan streckte ihr die Hand entgegen.

Sie starrte ihn an. Das hier war blanker Wahnsinn.

*Frauen lieben es, mit zwei Männern zusammen zu sein. Ich habe schon vielen Frauen sehr viel Lust verschafft, indem ich sie gemeinsam mit einem anderen Mann genommen habe. Versage dir dieses Vergnügen nicht, mein Engel.*

„Nein!"

Lachend ließ Lukos seine Reißzähne leicht über die Beule in Zayans Hose gleiten. Dabei schaute er sie unverwandt an, und sie war sich sicher, dass ihre Gesichtsfarbe sich von einem sanften Rosa in ein flammendes Rot verwandelte. Zayan öffnete Lukos' Hose, und der lange, schwere Schaft drängte ans Licht. Augenblicklich hatte Miranda das Gefühl, sich vor Erregung aufzulösen, als Zayan seinen Mund langsam Lukos' Schwanzspitze näherte.

Bis jetzt hatte sie männliche Geschlechtsteile nur an Statuen gesehen. Weiche Penisse, die sich eng an den Männerkörper schmiegten. Lukos' Schwanz war lang und gerade wie ein Schwert, und an der Spitze saß ein dicker, knolliger Kopf, der an eine Pflaume erinnerte. Eine große, reife, saftige Frucht, die den Wunsch in ihr weckte, sie in den Mund zu nehmen, um sie zu kosten …

Doch Lukos hatte seinen Schoß gegen Zayans Gesicht gepresst, und ihr stockte der Atem, als sie sah, wie der eine Mann seine Lippen um den Schwanz des anderen legte. Sie hätte fassungslos sein müssen. Schockiert!

Doch die erhitzte Magie des Augenblicks nahm sie gefangen. Die beiden Männer boten so einen köstlichen Anblick. Zwei Paar lange ausgestreckte Beine, die die Wände der Kutsche berührten, zwei muskulöse Unterleibe, einer die Haltung des anderen spiegelnd. Bizeps wölbten sich, als beide Männer sich dem Schaft des jeweils anderen entgegenlehnten. Ihr

Herz machte einen Sprung, als Lukos die Zunge hervorstreckte und die Eichel von Zayans Schwanz mit Speichel benetzte. Ein Brummen stieg aus den Tiefen seiner Brust auf. Er schrammte mit seinen Zähnen über die feuchte Haut, als wollte er zubeißen. Dann saugte Zayan mit einem Ruck Lukos' Hoden in den Mund, und Lukos ließ sich nach hinten fallen und stieß ein raues Stöhnen hervor, während er heftig erschauerte.

Miranda bemerkte, dass ihre Finger ohne ihr Zutun nach unten gewandert waren und sie nun die Röcke zwischen ihre Schenkel presste. Dort spürte sie ein heftiges Ziehen, den Drang nach Erlösung.

Männer, so schien es, wussten, wie sie einander Lust bereiten konnten. Offensichtlich war ihnen klar, wie diese Dinger – ihre Schwänze – funktionierten, und sie kannten die empfindlichsten Stellen. Fasziniert sah sie zu, wie Lukos den Mund weit öffnete und Zayans großen, dicken Schaft tief darin aufnahm. Das ganze Teil verschwand da drinnen. Es erstaunte sie, wie heftig und rasch Lukos und Zayan die Hüften bewegten, wie wild sie ihre Schwengel einander in die Münder stießen.

Die Kutsche schien sich mit Dampf zu füllen. Er schlug sich auf den gläsernen Fenstern nieder. Während sie erregt saugten, rangen die Männer ab und zu heftig nach Luft. Miranda war gezwungen, ihre Röcke hochzuziehen, weil die Hitze unerträglich wurde. Dabei sah sie zu, wie unglaublich schnell die beiden Vampire nun die Hüften bewegten.

Sie arbeiteten sich dem Höhepunkt entgegen, rasten auf ihn zu.

*Du bist als Erster dran*, keuchte Zayan.

Sie hörte seine Gedanken, als hätte er sie herausgeschrien.

*Nein, verdammter Kerl, du wirst als Erster aufgeben*, gab Lukos zurück.

Hinter der Leidenschaft versteckte sich Wut. Und Miranda fürchtete sich vor dem, was sie getan hatte. Doch plötzlich bäumte Zayan sich auf, und für einen Moment erhaschte sie einen Blick in sein Inneres …

Sie spürte einen Feuerstoß der Lust, der durch jeden Nerv ging, jeden Muskel durchdrang, seinen Kopf leer fegte und ihm völlig die Kontrolle nahm. Sie fühlte, wie diese Lust all seine Kraft aufzehrte und ihm reine, intensive Freude schenkte. Als er sich auf den Boden der Kutsche sinken ließ, musste sie sich mit matten Gliedern auf der Sitzbank nach hinten fallen lassen.

Dann kam Lukos, und sie teilte auch sein bemerkenswertes Vergnügen. Doch sie spürte die Bitterkeit darin, die Wut, weil er letztlich die Beherrschung verlor. Sein Zorn machte die Explosion so intensiv, dass sie fürchtete, sich auf dem samtbezogenen Sitz aufzulösen, sodass nur noch ein feuchter Fleck von ihr übrig blieb.

Lukos ließ Zayans Schwanz los, und Zayan löste sich ebenfalls von Lukos. Nachdem sein Körper aufgehört hatte zu zucken, richtete Lukos sich sofort auf und warf sich auf die Sitzbank. Er knurrte wie ein wütender Wolf und zog sich in den Schatten in der Ecke der Kutsche zurück.

Mirandas Herz schlug so heftig, dass es sie nicht gewundert hätte, wenn die Fenster angefangen hätten, zu klirren. Was hatte sie getan?

Der Wagen hielt. Miranda spürte den Ruck. Fühlte, wie ihr Kopf sanft gegen die samtbezogene Lehne gedrückt wurde.

„Wo sind wir?“ Sie hatte die Frage gemurmelt, bevor ihr einfiel, mit wem sie redete. Einen verschwommenen Moment lang meinte sie, mit Simon und Caroline unterwegs zu sein. Während sie an den Kampf zwischen den Männern und die anschließende erotische Episode gedacht hatte, musste sie eingeschlafen sein.

Wenn sie ihre magischen Fähigkeiten benutzte, war sie hinterher immer schwach und müde. Nach der Nacht, in der sie im Alter von zwölf Jahren Tante Eugenia gerettet hatte, hatte sie zwei Tage und Nächte geschlafen. Ihr Vater war in großer Angst gewesen, weil er der Meinung war, sie sei krank. Und

Eugenia hatte ihr verboten, die Wahrheit zu erzählen – zu ihrem eigenen Schutz.

Sie bemerkte, dass Lukos sich immer noch auf der Sitzbank gegenüber ausstreckte. Er hatte Zayan erlaubt, neben ihr zu sitzen, doch er starrte herüber wie eine Anstandsdame. Dabei erzählte er vom Angriff des Vampirjägers James Ryder. Ihr wurde bewusst, dass sie – nachdem Lukos sie gerettet und mit seiner begierigen Zunge verruchte Dinge mit ihr getrieben hatte – fast vergessen hätte, was er war, nämlich ein Vampir.

„Als sie dich berührt hat", bemerkte Lukos in Zayans Richtung, „hat sie versucht, dir deine Seele zurückzugeben."

Der Zorn, den sie kurz zuvor an Zayan wahrgenommen hatte, war verraucht. Er wirkte lässig, wie ein von Reichtum und Vergnügungen übersättigter Gentleman, der sein wahres Gesicht hinter gepflegter Langeweile verbarg.

„Ich habe gesehen, was sie im Hof des Gasthauses getan hat." Zayan starrte Miranda an. „Nun, meine Liebe, das ist bei mir nicht möglich. Ich habe meine Seele nicht verloren – ich habe sie freiwillig hergegeben. Man kann sie nicht wiedererlangen."

*Aus welchem Grund solltest du mich retten wollen?* Sie hörte seine Gedanken, als er sich mit seiner starken, wohlgeformten Hand das Kinn rieb.

„Sie besitzt die Macht, Menschen wieder zum Leben zu erwecken? Ich wusste nicht, dass diese Fähigkeit tatsächlich existiert", erklärte Zayan laut.

*Deshalb verbreitet sie also dieses Gefühl von Stärke und Macht …*

Sie hörte diesen Schnipsel aus Zayans Überlegungen. Dann drängten sich Lukos' Gedanken in ihren Kopf. *Ich will sie.* Schlicht und ohne Umschweife. Ging es um ihre magischen Fähigkeiten? Oder um sexuelle Lust? Sie spürte die Stärke, die von beiden Männern ausging.

„Das hier soll ein Wettbewerb sein", bemerkte Zayan und beobachtete dabei Lukos. „Doch der Siegespreis ist sehr viel süßer als ein unschuldiges Mädchen." Er streckte die Hand aus und strich mit den Fingerspitzen sanft am Ausschnitt ihres Mantels entlang, wobei er leicht ihre erhitzte Haut streifte. „Der Gewinn ist von einzigartiger Magie, und es geht um eine reine, mächtige Seele."

Entsetzen durchlief sie – ein eisiger, Angst einflößender Kontrast zu der Lust, die sie wenige Stunden zuvor empfunden hatte. „Ihr könnt nicht um mich kämpfen", rief sie. „Ich bin keine Kriegsbeute. Und ich schwöre, ich werde nicht einfach mit dem Mann gehen, der gewinnt. Vielleicht bin ich nicht mehr als eine Trophäe, aber ich werde bis zu meinem letzten Atemzug kämpfen."

In Lukos' Augen und in den harten Linien um seinen Mund erkannte sie Schmerz. „Ich wollte dich nicht verletzen, Miranda. Das würde ich niemals tun. Für eine Frau, die so mächtig ist wie du … würde ich meine Liebe geben."

Zayan schnaubte verächtlich. Elegant lehnte er sich in seinem Sitz zurück. „Glaub dem verlogenen Dämon kein einziges Wort. Es ist schon lange sein Plan, sich eine Gefährtin zu suchen und mit ihr eine neue Dämonenrasse zu erschaffen, die die Herrschaft über die Menschheit erringt."

Ganz langsam wurde ihr die Bedeutung von Zayans Worten bewusst. Sie hatte nicht geglaubt, dass Lukos ihr wirklich Liebe versprach. Das war eine Lüge gewesen, und es irritierte sie, dass er sie für so leichtgläubig hielt. Nun begriff sie, dass er vorhatte, ihre Magie für die Erreichung seiner Ziele zu benutzen.

Doch das bedeutete, dass die beiden Vampire sie nicht töten würden. Mit ihren besonderen Fähigkeiten war sie mehr wert, wenn sie am Leben blieb.

Lukos' Gesicht nahm vor Wut einen dunklen Farbton an. Jetzt sah er aus wie ein Dämon, und sie drückte sich instinktiv tiefer in ihren Sitz.

„Ich habe dir erzählt, dass er vielen unschuldigen Menschen das Leben genommen hat – Frauen und Kindern", stieß Lukos mit schnarrender Stimme hervor. „Zayan hat meiner Schwester die Seele gestohlen. Er gab sie Luzifer, damit der Teufel Macht über mich hat.“

„Verflucht, Sachse, das ist eine Lüge! Ich habe dir geschworen, dass es eine Lüge war. Hör auf damit, dich wie ein verdammter, sturer Dummkopf zu benehmen, und hör zu, wenn man dir die Wahrheit erzählt!“ Doch nachdem er Lukos auf diese Weise angefahren hatte, wandte Zayan sich mit freundlicher Miene zu Miranda. Die Kutsche fuhr langsam eine ansteigende Straße hinauf, und die Federung quietschte dabei.

„Ich habe mich in einem Gasthaus nach der Straße erkundigt, auf der man nach Blackthorne Castle gelangt“, erklärte Zayan.

Sie schluckte. „Du meinst, dass wir jetzt dorthin fahren?“

„Warum hast du uns angelogen, was den richtigen Weg betrifft?“, wollte Zayan von ihr wissen. „Glaubst du nicht, dass dein Verlobter dich rettet?“

„Ich … ich habe versucht, ihn zu retten.“ Nicht nur vor den Vampiren. *Vor ihr.*

Das würde ihr Schicksal sein – entweder diese Nacht mit den beiden Vampiren zu überleben oder ihr Leben zu verlieren. Doch sie konnte Blackthorne, einen unschuldigen Mann, nicht zwingen, ihren Kampf zu kämpfen. Und sie konnte ihn nicht anlügen, was ihre Fähigkeiten betraf.

In seinen Briefen hatte er ihr seine Liebe gestanden. Sie hatte sich auf den Weg zu ihm gemacht, weil sie nicht wusste, wohin sie sich sonst wenden sollte. Doch nun wusste sie, was sie wirklich war – keine sittsame englische Dame, sondern irgendein liederliches Wesen. Es hing mit ihren magischen Fähigkeiten zusammen. Sie konnte nicht zu einem anständigen Mann gehen und so tun, als wäre sie eine anständige Frau.

Zayan streichelte ihre Wange, und sie erstarrte. „Du gehörst hierher. Zu uns.“

„Du bist nicht dazu geschaffen, in der Welt der Sterblichen zu leben und dich von den Regeln der Moral einzwängen zu lassen“, murmelte Lukos.

„Doch, dafür bin ich bestimmt“, protestierte sie, obwohl sie inzwischen selbst nicht mehr daran glaubte.

*Nichts von dem, was du mit uns getan hast, hat dir geschadet, mein Engel*, erklärte Lukos in ihren Gedanken. *Du hast deine sinnliche Natur zelebriert. Ich verstehe, warum du nicht zu Blackthorne fahren willst, Liebste. Du befürchtest nun, dass du nicht zu ihm gehörst. Und das stimmt. Du gehörst zu uns, zu uns Dämonen, ja, und auch zu Männern, die dich verstehen und akzeptieren. Die dich niemals verletzen würden.*

Miranda erstarrte. Sie gehörte nirgendwohin. Mr Ryder wollte sie umbringen, und er behauptete, dass auch die Königliche Gesellschaft das wolle. Tante Eugenia hatte ihr eingeschärft, ihre besondere Gabe geheim zu halten, auch wenn sie jemanden sterben lassen musste, obwohl sie ihm hätte helfen können. Doch das hatte sie nie übers Herz gebracht. Sie würde jeden retten, auch wenn sie sich dadurch verriet.

Und selbst wenn es ihr möglich gewesen wäre, zu Blackthorne zu gehen, würde er sie und ihre Fähigkeiten doch niemals akzeptieren. Er würde sie nicht heiraten. Eher würde er sie in dem Glauben, sie sei verrückt, einsperren lassen.

Lukos kam nun ebenfalls herüber und setzte sich neben sie. Er hob ihre Röcke und ließ seine Fingerspitzen träge über die Strümpfe gleiten, die ihre Waden bedeckten. Sie ließ es zu. Sie war nicht wie normale Frauen. Vielleicht war sie nicht einmal ein Mensch.

Beide Männer beugten sich über ihre Brustspitzen und saugten durch den Stoff ihres Kleides daran. Und sie konnte nicht anders, als die Gefühle zu genießen, die es in ihr auslöste, dass sie mit Zähnen und Lippen an ihren Knospen zupften. Reine, unverfälschte Lust schoss wie die Feuerwerkskörper von Vauxhall durch ihren ganzen Leib.

Das hier war kein Zauber, der sie in seinen Bann schlug. Das hier war genau das, was *sie* wollte.

Doch Zayan zuckte zurück, und seine Nasenlöcher weiteten sich. Er wandte sich zum Fenster um. „Bei allen Göttern, riecht ihr den Rauch auch?“

Lukos hob den Kopf von ihren Brüsten, drückte ihr einen hastigen Kuss auf die Nasenspitze und zog dann den Vorhang zurück. „Fackeln. Es sieht so aus, als wären wir unter eine Menge Gesindel geraten, das mit Fackeln herumfuchtelt. Und dieser verdammte Vampirjäger ist ihr Anführer.“

*Früher*

Es klopfte an die geschlossene Schlafzimmertür. Dahinter war die Stimme eines Hausmädchens zu hören. „Mylady? Lady Draycott ist eingetroffen.“

Serena war mit der einsetzenden Abenddämmerung soeben aufgewacht. Hastig richtete sie sich im Bett auf und umschlang mit beiden Armen ihren festen, runden Bauch, den sie anheben musste, damit sie aus dem Bett steigen konnte. „Ich gehe nach unten und spreche mit ihr“, sagte sie zu Jonathon und Drake. Doch sie war bereits zu dem Entschluss gekommen, dass ihre einzige Hoffnung darin bestand, nach London zu fahren.

Der Gedanke, so kurz vor der Niederkunft auf Reisen zu gehen, machte Serena Angst. Doch das Leben ihrer Babys stand auf dem Spiel, und da sie keine andere Wahl hatte, würde sie es tun.

Sie zog ein Negligé aus zarter elfenbeinfarbener Seide an, warf einen dicken Morgenmantel aus Samt darüber und band ihn in der Taille zu. Drake knurrte und rieb sich die Augen, während Jonathon aus dem Bett glitt und nach seiner Hose griff.

Serena lächelte, obwohl sie wusste, dass dieses Lächeln ihre Augen nicht erreichte. Ihr war klar, dass die Angst darin immer noch zu sehen war. „Ich gehe schon vor“, erklärte sie, schlüpfte in ihre Pantoffeln und eilte hinaus auf den Korridor.

Die Flure waren mit Fackeln beleuchtet, und an den Steinmauern hingen mit kostbaren Stickereien verzierte Wandteppiche. Diese Festung war sehr alt und hatte sich fünfhundert Jahre im Besitz der Königlichen Gesellschaft befunden. Früher hatte die Countess of Moravia hier einen ihrer Wohnsitze gehabt. Sie stand in Luzifers Diensten, war in Wahrheit eine Dämonin und pflegte ihm Jünger für die Scholomance zu beschaffen. Serena hatte die Tagebücher der Countess gefunden. Im Jahr 875 n. Chr. hatte sie die Begegnung mit einem neuen Lehrling beschrieben, der den Namen *Lukos* erhielt.

Man sagte, die Tunnel und Gewölbe unter der Festung führten zu den Kammern der Scholomance. Und durch diese könne man in die Unterwelt gelangen und Luzifer leibhaftig begegnen. Fünfhundert Jahre lang hatte die Königliche Gesellschaft versucht, das Geheimnis zu lüften, wie man in die Kammern eindringen konnte. Doch es war ihr nicht gelungen.

Serena hörte Schritte hinter sich und wusste, dass ihre Männer ihr folgten. Sie holten sie nicht ein, obwohl sie das mit Leichtigkeit gekonnt hätten. Vielleicht wussten sie, dass sie ein paar Minuten für sich sein musste, weil sie Zeit zum Nachdenken brauchte. Beim Gehen hielt sie die Hand auf ihren Bauch, und unter ihren Fingern spürte sie, wie die Zwillinge sich um den begrenzten Platz balgten oder vielleicht miteinander rangen.

Obwohl brillante Geister sich so lange bemüht hatten, den geheimen Eingang zur Unterwelt zu finden und samt und sonders daran gescheitert waren, hatten sie und Althea es ebenfalls versucht. Auf diese Weise waren Althea und sie selbst von der ständigen Angst um ihre Kinder abgelenkt. Die Sorge kostete sie viel Kraft und umnebelte ihren Geist, sodass sie kaum noch klar denken konnten. Sie brauchten etwas – irgendetwas –, um die Angst in den Hintergrund zu drängen.

„Auch wenn wir jetzt Hoffnung haben mögen“, murmelte sie vor sich hin. „Ich weiß, dass Althea sich davor fürchtet, mit dem Baby auf Reisen zu gehen. Sie hat schon die Reise hierher gehasst. Aber wir müssen es versuchen.“

Ein Hausmädchen ging an ihr vorbei und glaubte wohl, sie würde Selbstgespräche führen.

Aus dem Salon wehte ihr der Duft von Kaffee entgegen. Dieser Raum war von einem spartanischen Zimmer mit kalten Steinwänden in einen luxuriösen Rückzugsort verwandelt worden. In zwei Kaminen loderten Feuer, und als sie in den Raum eilte, war Serena sofort von Wärme umgeben.

Ihre Mutter erhob sich. Eve, die verwitwete Lady Draycott, die älteste und ranghöchste Vampirin, hielt Altheas Tochter Serry in den Armen.

Serena ging auf ihre Mutter zu und umarmte sie. Sie spürte ihre eigene Zurückhaltung, mit der sie ihre Mutter begrüßte, und war sich sicher, dass auch diese ihre Reserviertheit bemerkte. Eve hatte sich geweigert zu helfen, als Altheas Tochter anfing, immer schwächer zu werden.

Kurz nach Serena betraten Drake und Jonathon den Salon und blieben beide dicht neben ihr, bis sie sich in einem großen bequemen Sessel niedergelassen hatte. Jonathan holte ein Kissen, an das sie sich lehnen konnte, Drake einen Fußschemel. Sie stellte fest, dass Yannick und Bastien, Altheas Männer, bereits da waren. Bastien trug ein offenes Hemd, Reithosen aus Leder und hohe Stiefel. Seine Haare hingen ihm lose auf die Schultern. Yannick trug formelle Kleidung – schließlich war er der Earl of Brookshire.

Jonathon bat Eve um die Erlaubnis, als Erster zu sprechen. Auf diese Weise zeigte er seinen Respekt vor einer Vampirkönigin. Rasch erzählte er allen von Denbys Brief und von Lady Miranda Bond, die vielleicht in der Lage war, ihre Kinder zu retten. Oder sie alle in Sterbliche zu verwandeln. Bei diesen Worten biss Serena sich auf die Unterlippe. Alle, bis auf sie, konnten zu Sterblichen werden. Als Tochter einer Vampirin und eines gefallenen Engels war sie niemals sterblich gewesen.

Eve nickte. Sie reichte Althea das schlafende Baby. „Das stimmt. Die anderen Königinnen haben mir von dieser Frau erzählt. Ihre besondere Gabe erwachte ganz allmählich. Es fing mit zwölf Jahren an, als sie die Pubertät erreichte. Sie hatte keine Ahnung, wie sie ihre Fähigkeiten beherrschen sollte. Auch wir Königinnen wissen nicht genau, was für eine Gabe sie besitzt oder was sie zu bedeuten hat. Wir wissen nicht, was die Fähigkeit, Tote wieder zum Leben zu erwecken, für Auswirkungen darauf hat, dass in der Welt alles seine … Richtigkeit hat."

„Seine Richtigkeit?" Bastien de Wynter ergriff das Wort. „Wir sollten eigentlich tot sein."

Eve zuckte mit den Schultern. „Aber ihr habt den Tod nicht um seine Beute betrogen, nicht wahr? Ihr zahlt einen hohen Preis. Habt ihr nicht manchmal den Wunsch, den Sonnenschein auf eurer Haut zu spüren?"

Die Frage hing in der Luft. Serena liebte die Nacht. Sie liebte es, aufzuwachen, die Fenster in ihrem Zimmer weit zu öffnen und die kühle, süße Nachtluft einzuatmen. Sonnenlicht stärkte den Körper, doch die Nacht, so glaubte sie, machte das Herz kräftiger. Doch schon viele Male, und es passierte immer häufiger, hatte sie davon geträumt, mit ihren Kindern im hellen Sonnenschein auf einer Wiese zu spielen.

„Haben die Königinnen vor, Miranda Bond zu vernichten?", erkundigte sich Jonathon.

Verneinend schüttelte Eve den Kopf. „Die Königinnen wollen sie verstehen."

Serena bemerkte, wie Yannick und Bastien Blicke tauschten. Sie wusste, dass keiner der Männer den Vampirköniginnen traute. Die Frauen – all die uralten Vampirinnen – schmiedeten Pläne, um ihre Macht zu erhalten und ihre Überlegenheit gegenüber den Dämonen und anderen magischen Wesen, die ihren Platz einnehmen wollten, auszubauen. Doch sie bemühten sich auch, Sterbliche vor jenen Dämonen zu beschützen, die sonst die Menschheit zerstört hätten. Auf ihre ganz eigene Weise erhielten die Vampirköniginnen das Gleichgewicht zwischen der Welt der Untoten und der Dämonen und der Welt der Sterblichen aufrecht.

Falls Miranda die Macht hatte, die Gesellschaft zu zerstören, die die Königinnen erschaffen hatten und über die sie nun herrschten, würden die uralten Vampirinnen ihren Tod wollen, daran zweifelte Serena keinen Augenblick.

„Es gibt etwas, das ich euch sagen muss." Eve schenkte sich eine Mokkatasse von dem starken, duftenden Kaffee ein. Dann lehnte sie sich zurück und nippte an dem heißen Getränk.

Serena beugte sich zu ihrer Mutter hinüber, und Eve griff nach ihrer Hand. „Du musst dir wegen dieser Sache keine Sorgen machen, mein Kind ..."

„Welche Sache?", erkundigte sich Serena. Doch dann bemerkte sie, dass Angst aufflackerte in ihren Augen. Was hatte ihre Mutter erschreckt?

„Lukos ist aus seinem Gefängnis geflohen. Er ist in die Welt der Sterblichen zurückgekehrt. Genauer gesagt, nach England. Er und der Vampir Zayan sind entwischt."

„Lukos ist zurück!", schrie Serena. Jonathon und Drake standen neben ihrem Sessel, und sie sah in ihre Gesichter. Sie hatten davon gewusst. Sie hatten es gewusst, ihr aber nichts gesagt. Doch wie hatten sie es herausgefunden? Dann wurde es ihr klar. Lukos war es gewesen, der Drake zu einem Vampir gemacht hatte. Also musste Drake gespürt haben, dass Lukos seinem Gefängnis entflohen war.

Eve umarmte Serena. „Denby besteht darauf, dass ihr nach England zurückkehrt, um die beiden zu jagen."

„Vollkommen ausgeschlossen", brummte Jonathon. „Althea hat ein kleines Baby zu versorgen, und Serena kann jeden Augenblick ihre Kinder zur Welt bringen. Sie können keine schurkischen Vampire jagen."

Serena richtete sich kerzengerade auf. „Wir müssen nach England! Wir müssen Miranda Bond finden."

Yannick ergriff das Wort, und seine Stimme war tief, fest und gebieterisch. „Das ist ein viel zu großes Risiko."

Eve erhob sich, und ihr wunderschönes Seidenkleid knisterte. „Wenn ihr Lukos und Zayan nicht jagt, könnten Althea und Serena in großer Gefahr sein. Sie könnten vernichtet werden. Die Königinnen werden ihre Zauberkraft benutzen, um euch zu zwingen, sofort auf die Jagd zu gehen. Versteht ihr, dass ihr keine Wahl habt?"

## *7. KAPITEL*

### Die Burg

Sie war weit davon entfernt, sich um ihre Sicherheit Gedanken zu machen.

Miranda zog den Vorhang zurück und lehnte sich an Lukos, um hinaussehen zu können. Flammen züngelten um die emporgereckten Enden der Fackeln. Rauchwolken stiegen in den dunklen Himmel. Der Feuerschein fiel auf Mr James Ryder, warf rötlich goldene Linien auf seinen Kastorhut und umspielte den zu einem spöttischen Lächeln verzogenen Mund und seine Hände, die die Zügel eines großen schwarzen Pferdes hielten.

Wie war es ihm gelungen, vor ihnen hier anzukommen? Dann erinnerte sie sich – sie hatte dem Kutscher die falsche Richtung genannt, während die Vampire kämpften. Erst nachdem sie eingeschlafen war, hatten die Vampire die Kutsche wenden lassen. Auf diese Weise hatte Ryder etwa eine Stunde Vorsprung gewonnen. Miranda war erstaunt, dass er so entschlossen war, sie zu verfolgen.

Doch er hatte angekündigt, sie vernichten zu wollen.

Die Pferde scheuten angesichts der Flammen, und der Kutscher zerrte, ob die Vampire ihn in diesem Moment mit ihrer Magie kontrollierten oder nicht, an den Zügeln und brachte die Tiere mit einem Ruck zum Stehen.

Miranda fiel nach vorn, doch Lukos hielt sie fest.

„Sie werden uns hier drinnen bei lebendigem Leibe verbrennen", keuchte Miranda. Der süßliche Geruch des Rauchs wurde stärker, während die Menge sich der Kutsche näherte. Panik stieg in ihr auf.

„Wir bleiben nicht im Wagen, Süße", erklärte Zayan.

Wie konnten er und Lukos so ruhig bleiben? Wenn Zayan allerdings tatsächlich ein römischer General war, hatte er zweitausend Jahre überlebt.

„Wohin sollen wir fliehen? Sie werden uns einfangen und töten, wenn wir die Kutsche verlassen.“ Sie verstand nicht, warum sie das Gefühl hatte, zu Lukos und Zayan zu gehören, und den Wunsch verspürte, mit ihnen gemeinsam zu entkommen.

„Du vergisst, dass wir ganz normale Vampire sind“, erinnerte Lukos sie grinsend.

Als ob Vampire jemals etwas Normales sein könnten! Doch sie verstand, was sie meinten, als sie in der Kutsche einen dunkelblauen Schimmer heraufbeschworen. Dieses Licht war dunkler als jenes, das ihrem sinnlichen Spiel vorangegangen war. Kühlend und frisch wie der Wind über einem tiefen See füllte der Schein erst den Wagen und strahlte dann nach draußen.

Sofort waren die Flammen gelöscht.

Zayan warf ihr ein beruhigendes Lächeln zu. „Na bitte, mein Engel. Ein Dummkopf von einem Vampirjäger ist kein echter Gegner für uns.“

Miranda starrte Lukos an. Er hätte mithilfe seines Zaubers Mr Ryder schon im Gasthaus töten können. Warum hatte er es nicht getan? Warum hatte er dem Vampirjäger das Leben gelassen?

Rings um die Kutsche erhoben sich verängstigt klingende Männerstimmen. Mr Ryder hatte eine Gruppe von Männern hierher gelockt, um die Vampire zu vernichten, und nun waren sie echter Magie begegnet.

„Was ist passiert, zur Hölle? Habt ihr dieses blaue Licht gesehen?“

„Das war nur Einbildung. Der Wind hat unsere Fackeln ausgeblasen.“

„Obwohl sie mit Öl getränkt waren? Das ist unmöglich, verdammt noch mal!“

„Auf die Kutsche! Schlagt sie in Stücke!“

Das Gebrüll wurde immer lauter. Als Miranda durchs Fenster schaute, sah sie, wie man mit den erloschenen Fackeln in der Luft herumfuchtelte, außerdem mit Mistgabeln, Knüppeln und

Schaufeln. Die Menge stürmte auf die Kutsche zu. Ein Lichtblitz blendete sie, und ein lauter Knall dröhnte in ihren Ohren. Sie wurde vom Fenster weggezerrt, doch die Pistolenkugel drang in die hölzerne Außenverkleidung der Kutsche.

„Ich werde sie alle umbringen, verdammt noch mal!", fluchte Lukos.

Miranda fuhr zu ihm herum. „Nein, das darfst du nicht!" Sie packte seine Handgelenke. Ihr war klar, dass er sie problemlos abschütteln konnte.

Er tat es nicht.

Doch während sie mit beiden Händen Lukos festhielt, konnte sie Zayan nicht aufhalten. Hilflos sah sie zu, wie Zayan lässig mit einer Hand durch die Luft fuhr. Eine knappe Bewegung mit seinen langen Fingern, und ein roter Nebel umgab sie alle drei. Er drang von draußen in die Kutsche ein.

Vor den Fenstern hörte sie Husten und Keuchen. Sie ließ Lukos los, beugte sich vor und schaute vorsichtig gerade so eben über das Fensterbrett. Die Männer, die um die Kutsche herumstanden, umklammerten mit den Händen ihre Kehlen und rangen verzweifelt nach Luft.

„Was machst du mit ihnen?"

„Sie werden umfallen und schlafen – und sie werden unversehrt wieder erwachen."

*Was ist mit dem Vampirjäger?* Lukos' Stimme sang in ihrem Kopf. *Ich werde ihn für dich töten, Miranda.*

*„Nein, ich kann dich nicht bitten, jemanden für mich zu töten!"*

*Er will dir etwas antun. Er hat vor, dich zu töten.*

*„Selbst wenn es so ist, selbst dann. Ich werde es nicht tun!", rief sie. Ihre Sünde bestand darin, dass sie das Leben zurückholte – so ironisch und dumm das auch klang. Sie würde lieber als anständige Märtyrerin sterben, ehe sie jemals den Befehl gab, dass ein Mann getötet werden sollte.*

Rings um die Kutsche fielen die Männer, die Mr Ryder um sich versammelt hatte, auf die Knie. Einige waren zusammengebrochen und lagen mit den Gesichtern im Dreck. Hatte Zayan sie angelogen? Sie beobachtete die Flanken des schwarzen Pferdes. Das Tier drehte sich um. Mr Ryder war auf seinem Rücken in sich zusammengesunken und rang, ebenso wie die anderen Männer, nach Luft. Um sie alle waberte wie Finger, die alles umklammerten, der dichte purpurrote Nebel.

Ryders Blick hielt den ihren fest. Wenigstens bildete sie sich das ein. Und er streckte die Hand aus, als würde sein Hass ihn antreiben und ihm die Stärke verleihen, zu ihr zu gelangen.

Der rote Nebel begann sich zurückzuziehen, und Miranda sah nun, dass Ryder an der Seite seines Pferdes hing und sich mühsam an den Zügeln festhielt. Sein Körper kippte …

Er fiel auf den Boden.

Blackthornes Burg thronte ganz oben auf einem einzeln stehenden Felsen, der über einem dichten Wald aufragte. Ein Turm aus grauen Steinen reckte sich wie eine geballte Faust aus dem weißen Dunst, der das Gemäuer umgab. An seiner Spitze reichten zwei hohe steinerne Türmchen bis hinauf zu den Sternen, die am schwarzen Himmel funkelten. Dunkle Bäume umstanden das Gebäude, und im Schatten der Äste führte eine Straße zur Burg.

Miranda schaute aus dem Fenster. *Wenn Sie zu Hause sind, Lord Blackthorne, dann laufen Sie um Ihr Leben.*

Sie hasste sich selbst dafür, dass sie Unheil in sein Leben brachte. Sie mochte in die Welt der Vampire und Dämonen gehören, doch Blackthorne hatte es nicht verdient, zu sterben.

Sie hatte sich wegen seiner wunderschönen poetischen, leidenschaftlichen Briefe in ihn verliebt. Doch wie konnte sie diese Gefahr zu einem Mann bringen, den sie liebte?

Waren Lukos und Zayan in der Lage, ihre Gedanken zu lesen – ihre höchst privaten Gedanken? Die Angst, dass die beiden Vampire von ihrem stummen Flehen um Blackthorne wussten, ließ sie hastig aufblicken. Lukos schaute sie mit seinen spiegelnden Augen an. Er legte den Kopf schief, verzog den

Mund zu einem sinnlichen Lächeln und entblößte dabei seine Reißzähne. Ein seltsamer Ausdruck lag auf seinem Gesicht; es war, als würde er auf ihre Einladung warten. Er wollte sie. Sie konnte sein Verlangen erkennen, aber er stand nicht einfach auf und nahm sich, was er begehrte.

Erschauernd schüttelte sie den Kopf. Sie war wütend. Die beiden Vampire mochten behaupten, dass sie zu ihnen gehörte, doch das stimmte nicht. Sie war nicht wie sie. Denn Lukos und Zayan waren Dämonen bis in ihr tiefstes Inneres, bereit zu töten und zu zerstören. Niemals konnte sie so sein.

Miranda umschlang mit beiden Armen ihren Oberkörper, und Lukos wandte seine Aufmerksamkeit achselzuckend wieder dem Fenster zu. Das überraschte sie. Warum ließ er sie in Ruhe, wenn er sie wollte? Sowohl Zayan als auch er benahmen sich jetzt wie wohlerzogene Gentlemen.

Wolkenfinger glitten über den ersten Turm der Burg, eine beeindruckende Konstruktion aus behauenen grauen Steinen. Miranda hatte Schauerromane gelesen, und Blackthornes Burg sah aus wie eines der furchterregenden Mausoleen, in denen es von Geistern wimmelte und die durch böse Taten, die in ihren Mauern stattgefunden hatten, für alle Zeiten verflucht waren.

Sie schüttelte ihre Fantasien ab. Es war ein sicheres Heim, eine Zuflucht. Zweifellos waren Menschen darin gestorben, durch Gewalt oder eines natürlichen Todes, doch es war Blackthornes Zuhause und sollte sein Refugium sein. Doch sie nahm es ihm, indem sie zwei Vampire zu ihm führte.

Unerbittlich fuhr die Kutsche weiter und brachte ihre dämonischen Begleiter zu Blackthornes Besitz. Gerüchte über Blackthorne hatten in den Londoner Ballsälen die Runde gemacht – hinter Fächern weitergeflüstert von erfahrenen Matronen, schönen Witwen und unverheirateten Damen –, die sich hart am Rande der Anständigkeit bewegten.

„Man sagt, er kommt nicht mehr in die Stadt, weil er so abscheulich verwundet wurde“, wisperten die Frauen. „Er weiß, dass keine Frau ihn lieben wird– es ist kaum zu ertragen, ihn anzuschauen –, also versteckt er sich in seiner Burg. Und seit er weiß, dass er niemals heiraten wird, hat er die dunkelsten, skandalösesten erotischen Praktiken für sich entdeckt."

„Orgien mit Dutzenden von Frauen."

„Ein Kerker voller Ketten und Fußfesseln, in dem er Mädchen aus dem nahe gelegenen Dorf gefangen hält. Er nimmt ihnen die Unschuld und bezahlt ihre Familien, damit sie schweigen. Die Mädchen kehren nie wieder nach Hause zurück …"

Als sie durch das Fenster der schwankenden Kutsche die Burg anstarrte, begann Miranda fast, die dummen Gerüchte zu glauben. Letztlich tat sie es nicht. Die Matronen liebten gehässigen, erregenden Tratsch und waren erzürnt, dass Blackthorne die Londoner Gesellschaft mied. Sicher hätte ein solcher Verrückter, als der er im Klatsch dargestellt wurde, sich in seinen Briefen verraten. Doch sie hatte darin nur einen Mann kennengelernt, der sich nach jemandem sehnte, mit dem er reden konnte. Jemandem, der ihn als menschliches Wesen sah …

Sie hatte seine Gefühle verstanden.

„Du hast also vor, den Mann zu heiraten, dem dieser Besitz gehört?" Lukos rekelte sich elegant auf der gegenüberliegenden Sitzbank und grinste. Seine Haare fielen locker um sein Gesicht und über seine hohen Wangenknochen. Die schwarze Locke mit der weißen Strähne strich über seine wohlgeformten Lippen, und er glich in diesem Moment mehr einem gefallenen Engel als einem brutalen Dämon.

Sie hatte gehofft, dass sie heiraten würde, doch diese Hoffnung musste sie begraben. Sie schaute Lukos an und erinnerte sich daran, wie kühn und verrucht sie sich nur wenige Stunden zuvor gefühlt hatte – während sie auf ihm saß. Nun fühlte sie sich leer und verloren. Obwohl ihr Herz beim Anblick seines schönen Gesichts und beim Klang seiner neckenden Worte rascher schlug, war ihr sehr bewusst, was er war: ein Dämon. Ihr Magen sendete ihr deutliche Zeichen, es war, als hätte er sich verknotet. „Bitte, tut Lord Blackthorne nichts", flüsterte sie.

„Er hat es nicht verdient, getötet zu werden, nur weil … weil ich beschlossen habe, hierherzukommen."

„Du bittest mich, freiwillig eine kräftige, gesunde Mahlzeit auszulassen?" Das Grinsen wurde breiter, und ihr Magen sank ihr fast bis in die Kniekehlen, doch im nächsten Augenblick verblasste Lukos' Lächeln. Seine Miene wirkte plötzlich müde. „Er wird uns bekämpfen, meine Süße. Sicher wird er uns nicht einfach in seinem Zuhause willkommen heißen. Wir werden uns den Zutritt erzwingen müssen."

„Aber warum?", rief sie. „Warum musstet ihr hierherkommen? Könnt ihr nicht die Kutsche nehmen und weiterfahren? Reicht euch das nicht?"

„Nicht mehr." Lukos' tiefe Stimme rollte über sie hinweg.

Sie wandte sich Zayan zu, der in gebieterischer Haltung neben ihr saß. Sein Gesichtsausdruck war starr wie der einer Statue, die Lippen zu einer harten Linie zusammengepresst, der Blick aus den silbrig schimmernden Augen unbarmherzig. Selbst in der Enge der Kutsche sah es so aus, als würde er das Meer seiner Truppen auf dem Schlachtfeld überblicken.

Miranda griff nach der Tür. Zu beiden Seiten der schmalen, kurvigen Straße erstreckte sich ein Wald. Sie konnte zwischen den Bäumen davonlaufen. Die Vampire würden sie jagen, doch sie würde Zeit gewinnen, um über eine Möglichkeit nachzudenken, Blackthorne zu schützen …

Plötzlich wurde der Türgriff glühend heiß. Mit einem Aufschrei zog sie die Hand zurück.

Zayan kräuselte ungeduldig die Lippen. „Ich habe keine Zeit, dich fliehen zu lassen. Wir müssen die Burg vor der Morgendämmerung unter Kontrolle haben."

„Aber warum? Euch muss doch klar sein, dass ihr sie nicht behalten könnt." Sie straffte die Schultern. Der amüsierte Zug um Lukos' Mund machte sie wütend. „Euch werden viel mehr Leute angreifen als der Mob, der vorhin mit Fackeln kam. Und die Leute werden mit jeder Waffe kämpfen, die sie finden können. Am Ende werdet ihr vernichtet sein."

Etwas Warmes glitt über ihre Wange und legte sich um ihr Kinn. Es fühlte sich an wie die streichelnden Finger eines Mannes, doch da war nichts. Es war ein Zauber, den Zayan ihr geschickt hatte, und sie saß steif da und kämpfte gegen die Hitze an, die diese unsichtbare Liebkosung auf ihrer Haut hinterließ. Ihre Hand schmerzte noch von der Hitze, die Zayan am Türgriff entfesselt hatte, doch sie war fest entschlossen, sich nicht von seiner Magie besiegen zu lassen.

Die Kutsche schaukelte knarrend weiter den bergauf führenden Weg entlang. Unter den Rädern knirschten Steine. Die Pferde mussten sich anstrengen, um vorwärtszukommen.

„Du gehörst nicht zu Blackthorne", erklärte Zayan. „Du gehörst zu mir, Miranda."

Lukos streckte seine langen Glieder. In der Art, wie er seine Beine lockerte, erkannte sie die anmutigen Bewegungen eines Wolfes. „Nein, Liebste, du wirst die Meine sein." Ein wildes Funkeln leuchtete in seinen Augen auf, als er Zayan anschaute. „Ich habe vor, sie für mich zu beanspruchen, Römer, und wenn es nötig ist, zerfetze ich dir die Kehle, um sie zu bekommen."

Das sanfte magische Streicheln auf ihrer Wange hörte auf.

Miranda sah wieder aus dem Fenster. Sie hatten auf dem holprigen Weg den Wald hinter sich gelassen und fuhren nun den felsigen Berg hinauf. Die Türme der Burg schienen über ihnen zu hängen. Ihre dunkle Silhouette verbarg die Sterne.

„Mir die Kehle zerfetzen, du Hund?", erwiderte Zayan mit einem bissigen Knurren in der Stimme. „Ich könnte dich da, wo du sitzt, in den Dreck stampfen."

Drohend ragten vor ihnen die Mauern der Burg auf, die Tore standen offen. Blackthorne hatte ihr berichtet, dass er seine Tür bei Nacht weit offen stehen lassen konnte und dennoch niemand sein Heim betreten würde. Alle fürchteten ihn – das ganze Dorf und fast ganz England. *Niemand kann hinter eine verunstaltete Fassade schauen*, hatte er geschrieben. *Sie sehen Narben und denken, der Mann dahinter ist vernarbt. Vernarbt, schlecht verheilt und für immer verdorben.*

Sie musste etwas unternehmen, bevor sie durch das Tor fuhren.

„Halt!“, rief sie.

Die Kutsche hielt nicht an, aber das Gezänk hörte auf, und sie musste ihre Aufmerksamkeit vom Fenster und dem Tor, das nur noch wenige Meter entfernt war, abwenden und die Vampire ansehen. Ihre Brust hob und senkte sich unter ihren viel zu schnellen Atemzügen.

„Wenn ihr versprecht, anzuhalten und Blackthorne in Ruhe zu lassen“, schrie sie, „werde ich euch beide mit mir machen lassen, was immer ihr wollt. Wenn ihr um mich kämpfen wollt, wenn ihr Sex mit mir haben und versuchen wollt, mich zu verführen, dann dürft ihr das tun. Ich werde mich nicht wehren. Aber wir müssen anhalten. Und umkehren! Auf dem Weg nach unten könnt ihr …“

„Können wir was?“, erkundigte sich Lukos.

„Du bist nicht in der Situation, uns Geschäfte vorzuschlagen“, erklärte Zayan in hochmütigem Ton, und sie sah einen der Torpfosten am Fenster der Kutsche vorbeigleiten, als die Pferde noch mehr angetrieben wurden.

„Dann werde ich kämpfen!“, stieß sie hervor. „Mit jeder Waffe, die mir zur Verfügung steht.“

Doch sie wusste, was sie tun musste. Sobald sie den Haupteingang erreicht hatten und Diener auftauchten, würde sie Alarm schlagen.

Selbst wenn es ihren Tod bedeutete.

Lukos nahm einen tiefen Atemzug, als die Räder über den Kies knirschten. „Das schwere Parfum der Huren, es verdirbt die Luft.“

Miranda starrte ihn an. Konnte er das tatsächlich riechen? Stimmte das? Sie nahm nur die Feuchtigkeit in der Luft wahr, den lehmigen Geruch der Erde, den Duft ihres eigenen Schweißes und von anderen unanständigen Dingen …

„Herzschläge … doch es sind nicht viele.“ Zayan strich an seinem kräftigen Kinn entlang. „In einem Haus dieser Größe sollten sich eigentlich mehr Menschen aufhalten."

Ihr Herz wurde schwer. In seinen Briefen hatte Blackthorne erwähnt, dass er nur eine Handvoll Dienstboten beschäftigte, und die meisten davon waren schon alt. Das jüngere Hauspersonal war meistens neugierig, und das machte ihn wütend. Wie sollten ein paar wenige alte Diener Vampire aufhalten? Auch für deren Tod würde sie verantwortlich sein.

Zayan legte ihr die Hand auf die Schulter, und sie zuckte zusammen, als seine Fingerspitzen in ihrem Genick ein Kribbeln auslösten.

Es war nicht Angst, die sie so empfinden ließ …

Ihr verräterischer Körper gab den Verlockungen seiner Magie nach.

„Bewahre unser Geheimnis, und niemandem wird etwas geschehen." Zayans Stimme war kühl und ohne jede Emotion.

„Wenn du ein General warst, hast du Tausende im Kampf getötet. Und wahrscheinlich als Vampir noch Tausende mehr. Ich glaube dir nicht."

„Wenn du dort hineinrennst und allen erzählst, was wir sind, was wird dann wohl geschehen?" Lukos beugte sich zu ihr. „Du wirst als Verrückte eingesperrt, und wir erobern die Burg mit Leichtigkeit. Ich würde dich nicht im Kerker lassen, meine Süße, aber ich werde diese Burg als mein Eigentum in Besitz nehmen. Mit oder ohne Blutvergießen."

„Ohne Blutvergießen? Du meinst, ihr würdet Blackthorne und seine Diener am Leben lassen?" Miranda konnte nicht in Lukos' silbrigen Augen lesen, doch er zog seine Brauen hoch.

„Du kannst uns Zutritt verschaffen. Wenn du es nicht tust, locken wir sie nach draußen und bringen einen nach dem anderen um. Es ist deine Entscheidung, mein Engel, nicht meine."

„Die Hand, die die Menschen tötet, wird deine sein!", rief sie aus. Doch sie wusste, dass sie die Einzige war, die der Gewalt Einhalt gebieten konnte, und deshalb war sie verantwortlich für das Leben Unschuldiger.

Mit knirschenden Rädern hielt die Kutsche, und das Zaumzeug klirrte in der windgepeitschten Stille.

Es waren keine Diener zu sehen, und ihr Kutscher begann zusammen mit dem Vorreiter ihre Koffer abzuladen und die Pferde auszuspannen. Der Wind brauste über den nackten Fels, pfiff um den Turm und wirbelte durch den Burghof. Ihre Haube war verloren gegangen, und die Locken wurden ihr ins Gesicht geweht.

Wie mochte sie aussehen? Hatte sie vollkommen zerzaustes Haar? Dreck vom Hof hinter dem Gasthaus war in ihrem Gesicht getrocknet, sie spürte die Kruste auf Kinn und Stirn, und unter ihrem Korsett juckte der Schweiß auf der Haut.

Jeder Diener, der sie so sah, würde sie sofort aus dem Haus werfen.

Doch Lukos war schon zu der großen Eichentür gegangen und hatte so laut angeklopft, als wollte er Tote zum Leben erwecken. Sie musste loslaufen, mit Zayan an ihrer Seite.

Das Burgtor wurde weit aufgerissen, und jemand schob ein zerfurchtes Gesicht vor, um sie zu betrachten. Der Butler trug einen schwarzen Anzug, in dem er klapperdürr aussah. Das Mondlicht brachte die Silberfäden in seinem schon sehr gelichteten grauen Haar zum Glitzern. „Der Herr ist nicht zu Hause."

Miranda spürte große Erleichterung, und gleichzeitig erstarrte sie vor Angst. Sie war den ganzen weiten Weg hierhergekommen, sie hatte in Blackthornes letztem Brief von seiner Sehnsucht nach ihr gelesen, und nun war er fort?

Lukos' silbrige Augen glitzerten. Im Schatten öffnete er die Lippen und entblößte seine Reißzähne …

„Nein!" Miranda stürzte auf den betagten Mann zu. Sie musste sich entscheiden. Was sollte sie tun? Entweder brachte sie den Diener dazu, sie und die Vampire ins Haus zu lassen, oder sie schrie heraus, was sich hinter Zayan und Lukos verbarg.

Die alten Augen musterten sie. Sie betete, dass er nicht mehr gut genug sehen konnte, um festzustellen, dass sie aussah, als hätte man sie durch den Dreck geschleift.

„Ich bin Miss Miranda Bond. Seit mehreren Jahren korrespondiere ich mit Lord Blackthorne, und ich komme auf … auf seine Einladung hin."

Der Butler verbeugte sich. „Es tut mir leid, Mylady. Manchmal ist der Herr gezwungen, das Haus zu verlassen. Wir haben niemals Gäste. Er fuhr in Eile fort."

„Wohin wollte er?", erkundigte sie sich, ohne nachzudenken.

Sie bekam keine Antwort. Entweder wusste der Butler nicht, wo Blackthorne war, oder er war loyal und umsichtig.

„Das verstehe ich nicht", bemerkte sie. „Wie kann es sein, dass Sie nicht wissen, wo er ist?"

„Das ist nicht ungewöhnlich, Mylady. Seine Lordschaft geht regelmäßig auf Reisen. Er informiert uns nicht, wohin er reist, und wir wissen nur selten, wann er vorhat, zurückzukommen."

Also war Blackthorne wenigstens in Sicherheit. Doch wie seltsam, dass er einfach verschwand, ohne irgendjemandem zu sagen, wohin er fuhr. Und tat er das regelmäßig? Es ging um den Gentleman, den sie vorgehabt hatte, zu lieben; dies war der Zufluchtsort, an den sie hatte glauben wollen … und nun fand sie hier nichts als ein Geheimnis. „Wir werden im örtlichen Gasthaus übernachten müssen …"

Sie sah, wie Lukos die Hand hob. Oh gütiger Himmel, nein, er hatte vor, seine Zauberkraft zu benutzen, um den Willen des Butlers zu brechen – oder ihn vielleicht sofort zu töten.

Der Butler machte eine weit ausholende Handbewegung in Richtung der riesigen, gruftähnlichen Eingangshalle der Burg. „Nein, nein, Mylady. Sie sind Gast auf Blackthorne Castle, ebenso Ihre Begleiter."

Schuldgefühle stiegen in ihr auf, als sie daran dachte, welches Risiko diese Gastfreundschaft bedeutete, doch Lukos und Zayan waren bereits über die Türschwelle getreten. Sie beeilte sich, sie einzuholen, während sie dem Diener ins Gebäude folgten.

„Na also“, flüsterte sie. „Ihr seid nun Gäste hier. Es gibt keinen Grund, irgendeinem Menschen etwas zu tun, nicht wahr? Ihr werdet euch doch nicht von jemandem nähren müssen?“

Lukos war derjenige, der sich ihr zuwandte und sie anlächelte. Das Licht der Fackeln malte schaurige Schatten in sein Gesicht. „Ich werde außerhalb der Burg auf die Jagd gehen. Nur für dich, meine Süße. Doch was, wenn der Vampirjäger seinen Mob zum Burgtor führt, Liebste? Wie willst du das Blackthornes leichtgläubigen Dienern erklären?“

Wandteppiche zeigten das Wappen der Blackthornes, zwei königsblaue Drachen vor rot-goldenem Hintergrund. Blackthorne hatte sein Zuhause liebevoll beschrieben, obwohl er zugegeben hatte, dass eine Frau es wahrscheinlich als zugige Hütte betrachten würde.

Sie schaute sich um. Es war erst eine Woche her, seit sie davon geträumt hatte, hierherzukommen und Licht und Wärme in Blackthornes Welt zu bringen. Und als sie gestern losgefahren war, hatte sie sich auf den Weg gemacht, um ihre Familie zu beschützen. Außerdem hätte sie nicht gewusst, wohin sie sonst gehen sollte.

Der Butler trug eine Kerze vor ihnen her, um den Weg auszuleuchten. Das Licht flackerte über Wände aus behauenem Stein und wurde von der hohen Decke des Korridors verschluckt. Sie stiegen eine Wendeltreppe hinauf, und Miranda war zwischen Lukos und Zayan, zwei schwarzhaarigen Riesen, gefangen.

Unterwegs begegneten sie einem Hausmädchen, das vom Butler losgeschickt wurde, die anderen Diener in Bewegung zu setzen, um Feuer anzuzünden, Wasser zum Waschen zu bringen und das Küchenpersonal zu informieren.

„Ihr Zimmer, Mylady.“ Eine Eichentür öffnete sich und gab den Blick auf ein massives Bett mit vier Pfosten, einen riesigen Kamin und schwere, mit Schnitzereien verzierte Möbel frei.

Sie ließ ihren Blick zwischen den beiden Vampiren hin und her wandern. Dann hastete sie wortlos ins Zimmer. Als die

Stimme des Butlers sich entfernte, spähte sie hinaus in den Flur. Verdammt, ihre Vampire bekamen die Zimmer direkt neben ihrem. Sie schloss die Tür und drehte den Schlüssel herum.

Dann musste sie mehrmals heftig nach Luft schnappen.

Würden sie sie in ihrem Schlafzimmer in Ruhe lassen?

Sie umschlang mit den Armen ihren Oberkörper und ging zum Fenster. Es war klein und dick verglast, und man blickte von hier aus in ein steil abfallendes Waldstück hinunter. Einen Sturz würde sie auf keinen Fall überleben, und es gab nichts, woran sie sich beim Klettern festhalten konnte. Sie sah keinen Ausweg.

Von draußen wurde an die Tür geklopft, dann war eine Frauenstimme zu hören. Miranda wagte es, aufzuschließen.

Ein grauhaariges Hausmädchen brachte einen Krug mit dampfendem Wasser und eine Waschschüssel. Ihm folgten ein betagter Diener und ein Mann in einem groben Hemd und Reithosen, der wohl ein Stallknecht oder ein Gärtner war. Die beiden Männer trugen ihre Koffer herein, ließen sie mitten im Zimmer fallen und rieben sich auf dem Weg nach draußen den Rücken. Das Hausmädchen knickste. „Wünschen Sie, dass ich Ihre Kleider in den Schrank hänge, Mylady?"

„Nein, ich will, dass Sie das Haus verlassen und ins Dorf fliehen. Es ist gefährlich, hierzubleiben. Nehmen Sie die anderen Dienstboten mit."

Sie hatte erwartet, dass das Hausmädchen erschrecken würde, doch es sah sie nur mit ausdrucksloser Miene an. „Ich gehe dann und komme zurück, wenn Sie mich brauchen."

Die Vampire hatten die arme Frau bereits unter Kontrolle. Mirandas Schultern sackten nach vorn. Sie wollte dem Hausmädchen befehlen, zu bleiben, doch die Frau war bereits durch die Tür verschwunden. Allein im Zimmer, öffnete Miranda die wenigen Verschlüsse ihres schlichten Reisekleids, das vollkommen zerknittert und verdreckt war. Es gelang ihr ohne größere Schwierigkeiten, sich das Kleid über den Kopf zu ziehen, doch ohne die Hilfe eines Mädchens konnte sie die Bänder ihres

Korsetts nicht lösen. Sie hoffte inständig, dass die schwache, wehrlose Frau nicht als Mahlzeit für Lukos oder Zayan endete.

Dann ging Miranda zu dem Wasserkrug, den das Hausmädchen gebracht hatte, schöpfte mit der hohlen Hand warmes Wasser daraus und warf es sich ins Gesicht. Es lief an ihrem Hals hinunter, und sie verrieb es auf der Haut.

Nun, da sie nicht mehr mit den Vampiren zusammen war, konnte sie nicht verstehen, warum sie jemals gedacht hatte, sie würde zu ihnen gehören.

Jemand rüttelte am Türknauf. Miranda fuhr herum.

Der Schlüssel drehte sich ganz von selbst im Schloss, und die Tür öffnete sich.

Im Türrahmen lehnte Zayan. Er trug keine Handschuhe. Seinen Umhang hatte er abgestreift und über den Arm gelegt. Über seinen breiten Schultern spannte sich ein weißes Hemd, dessen Kragen offen stand.

„Verlass sofort mein Schlafzimmer!“ Sie hielt sich das Leinenhandtuch vor die Brüste, die vom Korsett nach oben geschoben wurden und nur von einem hauchdünnen Hemd bedeckt waren. Energisch fügte sie hinzu: „Ich lade dich nicht ein, über die Schwelle zu treten.“

„Du hattest mit mir einen Orgasmus. Deine Einladung war schon einmal wesentlich großzügiger.“

Sie errötete. „Das war, als ich versucht habe, deine Seele zu retten.“

Doch er schlenderte ins Zimmer und weiter zu ihrem Bett. Dabei wirkte er ebenso hochmütig wie stark. Lässig streckte er sich auf der Tagesdecke aus. Seine muskulösen Beine reichten bis zum Ende der Matratze, die schwarzen Stiefel hingen über den Bettrand.

„Was willst du von mir?“ Sie bemühte sich, seine Gedanken zu lesen. Ihr war klar, dass er ihr nicht laut antworten würde, aber wenn er über ihre Frage nachdachte, konnte sie ihn vielleicht wieder hören. Doch in ihrem Kopf blieb alles stumm. „Du willst meine Fähigkeiten, das weiß ich. Aber warum? Ich kann meine Gabe nicht an dich weitergeben. Ich weiß selber nicht einmal, was ich damit machen soll."

Zayan drehte sich auf die Seite und stützte sich auf dem Ellenbogen ab. Seine Augen glitzerten im flackernden Licht des Feuers und der Kerzen. „Es ging dir sehr gut, als du mit Lukos und mir Höhepunkte erlebt hast. Endlich fühltest du dich lebendig, nicht wahr?"

*Ich brauche ihre Liebe.*

Miranda hörte diesen Hauch seiner Gedanken und wunderte sich. Sie wusste nicht, was sie davon halten sollte – oder von dem entschiedenen Ton, in dem die Worte bei ihr ankamen. „Ich glaube, die Magie hat mich beherrscht, und so ist es dazu gekommen."

„Das stimmt nicht." Grinsend ließ er seinen Blick über sie gleiten, von ihren zerzausten Haaren über das feuchte Gesicht bis hinunter zu ihren schmutzigen Stiefeletten. „Du hast das gefühlt, was in Wahrheit in dir ist, Miranda. Deine leidenschaftliche Natur. Eine sinnliche Seele. Den Drang, alles zu erforschen und frei die sexuelle Lust zu genießen."

„N...nein", stieß sie mit bebender Stimme hervor.

„Du lügst." Er setzte sich hin, und in seinem Gesicht spiegelte sich Bedauern. „In Blackthornes Kerker liegen haufenweise Spitzen herum, die von Frauenkleidern abgerissen wurden, Korsettbänder und verlorene Haarnadeln, mein Engel."

Sie hatte das Gefühl, als hätte ihr jemand die Faust in die Brust geschlagen. „Ich glaube dir nicht."

„Es gibt sterbliche Männer, die böser sind als Vampire. Komm mit! Sieh es dir mit eigenen Augen an."

„Ich bin schon halb ausgezogen." Wieder redete sie, ohne vorher nachzudenken. Warum erinnerte sie ihn daran, dass sie kaum etwas auf dem Leib trug?

Zayan hob seinen Umhang, und mit einer raschen Handbewegung ließ er ihn durch die Luft fliegen. Der Stoff legte sich um ihre Schultern, und der Verschluss schloss sich von selbst.

Dann führte Zayan sie aus dem Zimmer und weiter zum Ende des Korridors zu einer schmalen Wendeltreppe, die in die Dunkelheit hinunterführte. Sie schluckte krampfhaft. Der Vampir konnte im Dunkeln sehen, sie nicht.

„Ich will nicht in Blackthornes Kerker gehen."

„Enttäusch mich nicht, Miranda. Ich glaube, dass du mutig genug bist, alles zu erkunden."

Sie wusste, dass sie stark sein musste. In ihrem Leben gab es nur ein Licht – Blackthornes Liebe. Sie konnte ihn niemals haben, aber sie wollte dieses Gefühl nicht auslöschen, denn dann würde ihr nichts mehr bleiben.

## *8. KAPITEL*

### Die Verliese

Im flackernden Kerzenlicht nahm Zayan eine Peitsche vom Wandhaken und warf sie auf einen achteckigen Tisch aus gehämmertem Eisen, der in der Mitte des Kerkers stand. Er schaute Miranda an, und seine silbrigen Augen zeigten große Sympathie für sie, aber sie war zu fassungslos, um Worte zu finden.

Nie zuvor hatte sie so etwas gesehen.

Das Verlies bestand aus drei in den Felsen gehauenen Zellen. Vor jeder Zelle gab es eine große Eichentür, die offen stand. Eiserne Fesseln hingen von Wänden und Decken. In den Ecken standen bizarr aussehende Bänke. Sie hatte keine Ahnung, wie ein menschlicher Körper auf die seltsamen Sitze und merkwürdigen Lederpolster passen sollte. Allerdings war sie sich sicher, dass die Hälfte dieser Sitzmöbel dazu gedacht war, dass sich die Hinterbacken der Person, die auf ihnen kauerte, steiler in die Höhe reckten.

Es gab noch mehr zu entdecken als die Reste von Frauenkleidern und ein paar herumliegende Haarspangen. Sie fand Aufzeichnungen mit sorgfältig ausgeführten Illustrationen. Die Bilder waren mit Erläuterungen versehen. Diese Bücher gehörten Blackthorne. In ihnen hatte er aufgeschrieben, was er mit seinen weiblichen Gefangenen vorhatte, und später notiert, was funktioniert hatte und was nicht und wie er die Peinigungen noch erregender gestalten konnte.

Miranda ließ eines der Bücher auf den Tisch fallen. Sie wusste nicht recht, was sie fühlte. Abscheu. Enttäuschung. Und nach ihrem erotischen Abenteuer mit Lukos, bei dem er gefesselt gewesen war, spürte sie auch so etwas wie Verständnis für Blackthorne, was sie noch mehr entsetzte.

Sie war fassungslos. Doch hatte sie nach dem, was ihre Fantasien ihr gezeigt hatten, ein Recht, über Blackthorne zu richten?

Zayan trat vor sie hin. „Du siehst, mein Engel.“ Seine Stimme war unendlich sanft. „Er hätte dir mehr wehgetan, als ich es jemals könnte.“

Miranda verschränkte die Arme vor der Brust. Zorn brodelte in ihr, und sie hätte am liebsten nach der Peitsche gegriffen, um damit auf die Wände loszugehen. „Du würdest mir mit Freuden wehtun. Du würdest mein Blut trinken und hast es nur deshalb noch nicht getan, weil ich etwas besitze, das du haben willst.“ Sie war nun allein, völlig allein. Sie konnte nicht zurück zu ihrem Bruder und seiner Familie oder zu Tante Eugenia – nicht ohne sie alle in Gefahr zu bringen. Alles, was sie besessen hatte, waren Träume und Fantasien über Blackthorne gewesen. Fantasien, in denen es um Liebe und Hochzeit ging. Um Hoffnung. Das war er für sie gewesen – die Hoffnung, das Leben einer normalen Frau zu führen. Doch das war nicht möglich. Nicht hier. Diese Hoffnung musste sie begraben. Es schien, als seien all die dunklen, skandalösen Gerüchte über Blackthorne wahr.

Schaudernd blickte sie sich im Kerker um. Das hier erregte sie nicht. Es machte sie traurig.

Hatte Blackthorne gespürt, sogar in ihren Briefen, dass sie nicht normal war? Hatte ihn das angezogen? Oder war er einfach nur davon ausgegangen, dass sie ihm nicht würde entkommen können, wenn sie erst einmal hier war?

Zärtlich umfasste Zayan ihre Wange. „Es tut mir leid. Ich weiß, wie es sich anfühlt, wenn man von jemandem verraten wird, den man liebt.“ Unter den dunklen Brauen funkelten seine Augen zornig. Ihr Herz machte einen kleinen Sprung. Dann liebkoste er ihr Gesicht, und ihre Lippen begannen zu kribbeln, als er mit dem Daumen darüberstrich.

Sein Mund suchte den ihren, und sie reckte sich. Denn sie wollte seinen Kuss. Brauchte ihn.

Sie ließ sich nach vorn fallen, und ihre Hand berührte seine Brust über seinem Herzen …

*Sie schliefen. Er schlich leise in die Kammer, in der der Junge ruhte. Diese Aufgabe konnte er keinem anderen überlassen. Er durfte niemandem so viel Macht über sich geben. In der Kleidung eines Sklaven hatte er das Haus betreten. Man nahm an, dass er weit fort war, auf dem Heimweg nach der Schlacht. Niemals würde der Verdacht aufkommen, dass es seine Hand gewesen war, die den tödlichen Hieb ausgeführt hatte …*

*Der Junge bewegte sich. Er war klein und schmal. Es würde ganz leicht sein. Eine rasche Bewegung mit dem Dolch, während er eine Hand auf den Mund des Kindes presste, um seinen Schrei zu dämpfen. Als er die Finger über das kleine Gesicht legte, öffnete der Junge die Augen. Zuerst war darin Verwirrung zu sehen, dann Erkennen, dann – mit der Weisheit der Jugend – entsetzliche Angst und das Wissen um den nahenden Tod.*

*Blut spritzte. Er hatte einen dunklen Umhang über das Sklavengewand gezogen, den er ablegen würde, wenn er fertig war.*

*So. Es war erledigt. Nun musste er nur noch das Mädchen finden …*

„Miranda?“ Kräftige Arme umschlangen sie von hinten, harte Muskeln pressten sich gegen ihren Rücken.

Blinzelnd konzentrierte Miranda sich auf die Gegenwart und drängte die Vergangenheit zurück. Das schreckliche Bild war verschwunden. Sie war rückwärts gegen Zayans breite Brust gefallen und hörte den langsamen, trägen Schlag seines Herzens. Verschwommen erinnerte sie sich an das, was sie gesehen hatte, und versuchte sich aus seiner Umarmung zu befreien.

In einer früheren Vision hatte sie gesehen, was Lukos geschehen war. Wusste sie nun, was Zayan getan hatte?

Er ließ sie los, und sie funkelte ihn verletzt und wütend an. Ihr Herz pochte so laut wie eine Trommel. „Du hast mir erzählt, du seist ein römischer General gewesen. Ist das wahr? In jedem Fall hast du Blut an deinen Händen.“ *Ihr* Blut floss träge wie Schlamm durch ihre Adern. „Hast du Kinder getötet?“

Mit seinen magischen Lichtern hatte Zayan in der Zelle eine Fackel entzündet, in deren flackerndem Schein seine Augen wie Spiegel waren. Augen, die alles reflektierten, verbargen so viel. „Ich habe eine Menge Blut an meinen Händen. Und obwohl man behauptet, ich würde mich von Kindern ernähren, und sagt, dass ich ihr Blut trinke, um für immer jung zu bleiben, ist das nicht wahr. Ich würde niemals einem Kind wehtun.“

Sein Blick mochte undurchdringlich sein, doch seine Worte klangen müde. Er sprach mit schleppender Stimme, in der Bedauern mitschwang. Ein Vampir besaß keine Seele, aber Eugenia hatte ihr erklärt, die „armen Kreaturen“ durchlebten Emotionen, was bedeutete, dass die Königliche Gesellschaft im Irrtum war, wenn sie behauptete, Vampire könnten nicht fühlen. Eugenia glaubte, dass sie den Schmerz aus ihren sterblichen Leben in ihre Existenz als Untote mitnahmen.

Die Bilder, die sie gesehen hatte, verfolgten sie. Sie wollte herausfinden, was sie bedeuteten. „Wurdest du gezwungen, dich in einen Vampir verwandeln zu lassen? Oder bist du freiwillig einer geworden? Um mit übernatürlicher Kraft kämpfen zu können und unsterblich zu sein? Warum hast du deine Seele aufgegeben? Um Schlachten zu gewinnen?“

„Jeder Mensch ist nur dann bereit zu sterben, wenn er nichts mehr hat, wofür es sich zu leben lohnt. Selbst auf dem Schlachtfeld, wo der Schmerz unbeschreiblich ist, wird ein Mann den Tod nicht willkommen heißen.“

„Bist du in einer Schlacht gestorben und zum Vampir geworden, um dem Tod zu entkommen?“

„Ich sah meine Kinder tot in ihren Betten liegen und wusste, es gab außer dem Wunsch nach Rache nichts mehr, wofür ich leben konnte.“

Seine Worte, die er ihr ohne eine Spur von Gefühl in der Stimme entgegenschleuderte, machten sie atemlos. Der kleine Junge, den sie gesehen hatte – war das Zayans Sohn gewesen?

„W…wie sind sie gestorben?"

„Sie wurden ermordet. Jemand ist in mein Haus eingedrungen und hat ihnen die Kehlen durchgeschnitten."

Gütiger Himmel, sie hatte es gesehen! Und in ihrem Kopf hatte sie die Gedanken des Mörders gehört. Das war ihr noch nie zuvor passiert. Sie hatte durch die bösen, eiskalten Augen eines Mörders geschaut. Die Peitschen und die anderen Folterinstrumente um sie herum traten in den Hintergrund. Sie waren nicht mehr wichtig. „Wer hat deine Kinder ermordet?" Sie wusste nicht, warum sie unbedingt die Wahrheit herausfinden wollte.

Seine silbrigen Augen schimmerten seltsam dunkel und sahen nun aus wie glänzende Kohle. Er wandte sich ab und betrachtete die Peitschen, die an der Zellenwand hingen. Mitternachtsschwarz fielen seine Haare wellig auf seine Schultern und glänzten im Licht der Fackeln. Plötzlich stürmte er nach vorn und rammte die Faust gegen die Wand. Kleine Steinstückchen flogen durch die Luft. Er hatte ein tiefes Loch in die Mauer geschlagen, und Miranda erstarrte angesichts eines solchen Zorns.

„Das ist etwas, das du nicht wissen musst", erklärte er, ohne sich umzudrehen. Er riss mehrere Peitschen von der Wand, zerbrach die dicken Stiele und warf sie auf den Boden. „Bei allen Göttern, es ist, als würde ich sie wieder vor mir sehen …"

Sie bekam Angst. Hatte sie die Erinnerungen in ihm wieder zum Leben erweckt, als sie ihn angefasst und dabei die Morde gesehen hatte? Sie wagte nicht, sich ihm zu nähern.

„Ich habe nie herausgefunden, wer es getan hat", bemerkte er. „Ich wurde ein Vampir und besitze nun überirdische Kräfte und große Macht, aber es gelang mir nicht, zu beweisen, wer meine Kinder ermordet hat. Ich glaube, einer der Generäle, die mit mir um Ruhm und Ehre rivalisierten, ließ sie töten. Meine unschuldigen Kinder wurden abgeschlachtet, um mich zu vernichten. Du fragtest mich, ob ich zum Vampir wurde, um dem Tod zu entkommen. Nun, ich wollte dem Schmerz entkommen.“ Er wandte sich zu ihr um. „Wofür brauche ich eine Seele?“

„Abgeschlachtet … Es tut mir so schrecklich leid.“ Noch nie hatte sie einen so verzweifelten Mann gesehen – außer Lukos in der Vision, in der sie seine Folter miterlebt hatte.

Sie hatte das Gesicht des Mörders von Zayans Kindern nicht gesehen, weil sie durch dessen Augen geblickt hatte. Was würde Zayan empfinden, wenn sie ihm ihre Vision beschriebe? Es würde ihm nicht helfen. Und sie konnte ihm keinen Hinweis auf den Mörder geben.

Zayan stieß sich von der Wand ab und richtete seinen leeren Blick auf sie. „Als mir Unsterblichkeit und Stärke angeboten wurden, dachte ich, ich könne die Rache nehmen, nach der mich dürstete. Deshalb wurde ich zum seelenlosen Dämon, Liebste. Ich übte Vergeltung, und Tausende von entsetzten schwachen Sterblichen zahlten den Preis.“

Bevor sie etwas erwidern konnte – bevor sie Zeit hatte, darüber nachzudenken, ob sie wütend oder mitleidig oder empört über einen Mann sein sollte, der selbstsüchtig anderen wehtat, um seinen Kummer zu lindern –, hallte der Klang eines Gongs durch das Verlies.

„Dinner“, murmelte Zayan. „Im Gasthaus hattest du keine Gelegenheit zum Essen. Du musst schrecklich hungrig sein.“

Es war, als hätte das laute Geräusch seinen Zorn verscheucht. Sein Gesicht war nicht mehr schmerzverzerrt. Er sah so gut aus, wie sie ihn kannte.

„Dinner? Mitten in der Nacht?“ Dann begriff sie. Zayan hatte die Diener mit seinen magischen Kräften gezwungen, ihr eine Mahlzeit zuzubereiten.

Was spielte Essen jetzt für eine Rolle? Wenn sie nur für seine Kinder hätte da sein können. Sie hätte sie berühren können und …

„Du glaubst, alles wäre anders geworden, wenn du da gewesen wärst“, bemerkte er in kühlem Ton. „Du hättest mir meine Kinder zurückgegeben. Du hättest dafür gesorgt, dass mein Herz nicht brach. Du hättest mich davon abgehalten, einen Pakt mit dem Teufel zu schließen. Du hättest so viele Leben retten können."

Genau das waren ihre Gedanken gewesen, und er hatte sie gelesen. „Ich weiß, dass es unmöglich ist, aber ich habe es nicht verdient, dass du wütend auf mich bist nur wegen meiner Gedanken."

Er ging zur Tür, drehte sich dort um und wartete, dass sie ihm folgte. Doch er zwang sie nicht, mit ihm zu kommen. Wie sie es bei Lukos getan hatte, ging sie zu ihm, um ihm Fragen zu stellen. „Hat dich der Schmerz all die Jahre verfolgt? Jahrhundertelang?"

Sie sah in seinen Augen Zorn aufflackern. Er wollte nicht darüber reden. Umso mehr überraschte es sie, als er leise sagte: „Ich kann immer noch ihre Verletzungen sehen. Und die Blutlachen hinter ihren Köpfen. Aber ich erinnere mich nicht an ihre Gesichter. Ich habe sie vergessen. Zweitausend Jahre habe ich mit dem Versuch verbracht, mich zu erinnern, doch mit jeder Sekunde, die vergeht, wird es schwieriger, die Erinnerung festzuhalten. Ich werde sie bis in alle Ewigkeit tot vor mir sehen. Nie wieder wird es mir gelingen, mir ihre Gesichter lebendig ins Gedächtnis zu rufen."

Seine Worte durchbohrten sie. Der Schmerz grub tiefe Linien um seinen Mund und bildete Schatten auf seiner Stirn. Sie musste an den ersten Schock und die anschließende sinnlose Wut denken, in der sie fast umgekommen war, als ihr ältester Bruder starb. Selbst nachdem sie ihn gerettet hatte, war sie immer noch in schrecklicher Angst und tiefem Kummer gefangen gewesen, als wäre er tatsächlich tot. Damals hatte sie etwas Gefährliches und Verrücktes tun wollen, um all den Zorn und den Schmerz loszuwerden, die sie von innen auffraßen.

Wenn Simon gestorben wäre und jemand hätte ihr angeboten, sie in einen Vampir zu verwandeln, was hätte sie dann getan?

*Du verstehst mich …*

Die Worte hallten in ihren Gedanken wider. Miranda bemerkte, dass Zayan nun direkt vor ihr stand. Ihre Haare bewegten sich immer noch von dem leichten Luftzug, den er mit seinen unglaublich schnellen Bewegungen verursacht hatte.

Wieder legte er die Hand um ihre Wange, und seine Haut fühlte sich weich wie Samt an. „Dieses Mal ohne Zauberei", murmelte er und beugte sich über ihren Mund.

Sie sehnte sich danach, ihm nahe zu sein, sein gebrochenes Herz zu heilen und seinen Kummer und seinen Schmerz zu lindern. Und so ließ sie zu, dass er die Lippen auf ihren Mund legte, Lippen, die unglaublich warm waren, wenn man bedachte, dass der Mann, dem sie gehörten, eigentlich tot war. Zayan war ein gequältes Wesen. Ein unvorstellbar grausames Verbrechen hatte ihn in den Wahnsinn getrieben. Sie begriff, dass Tante Eugenia recht gehabt hatte. Zayan war fähig, Bedauern zu spüren, und er kannte Leid.

Sie öffnete den Mund und ermutigte ihn schamlos. Ihre Oberlippe stieß gegen seine Reißzähne, und sie spürte ein Stechen bis hinunter in ihre Zehen. Heiß und seidig berührte seine Zunge ihre Lippen und sandte eine lustvolle Empfindung wie einen Blitz durch ihren Körper. Der Blitz glitt abwärts und löste zwischen ihren Schenkeln ein Feuerwerk aus.

Er drückte die Hand fester gegen ihren Rücken und zog sie an sich, seinem Mund entgegen. Seine Lippen bemächtigten sich der ihren, und seine Liebkosungen ließen sie schmelzen. Jede Bewegung seiner Zunge löste Hitze und ein Pulsieren zwischen ihren Schenkeln aus. Er küsste sie immer weiter und schien nicht die Absicht zu haben, jemals wieder damit aufhören zu wollen.

Ein lautes Krachen ließ Miranda zusammenzucken. Lukos hatte die Tür des Verlieses weit aufgerissen und sie gegen die Wand krachen lassen. Demonstrativ starrte er ihr Korsett und ihr Unterkleid an – beides war zu sehen, weil der Umhang vorn auseinanderklaffte. Dann knurrte er und entblößte seine Reißzähne.

Miranda ging den Flur entlang zu ihrem Schlafzimmer, wo sich ihre Kleidung befand, und hielt beim Gehen den pelzgefütterten Umhang zusammen. Plötzlich spürte sie einen Luftzug, dann erschien wie aus dem Nichts Lukos zwischen ihr und der Tür zu ihrem Zimmer. Dank seiner langen Schritte und seiner übernatürlichen Stärke war es ihm mit Leichtigkeit gelungen, sie einzuholen. Funken tanzten in seinen silbrig-violetten Augen.

„Du hast ihn geküsst", knurrte Lukos. „Du bist mit ihm in den Kerker gegangen und hast dich dort von ihm küssen lassen. Und du hast es genossen. Ich habe gehört, wie schnell und erregt dein Herz schlug."

Miranda hob abwehrend die Hände. Wie ein kleiner Junge hatte Lukos die Unterlippe zu einer Flunsch vorgeschoben. Sie verstand ihn nicht. In der Kutsche hatte er zugelassen, das Zayan ihre Brustwarzen küsste. Und jetzt knisterte die Luft um ihn herum vor Wut, so als ob gleich Blitze aus zusammengeballten Wolken hervorzucken würden.

Offensichtlich hatte er nicht vor, zur Seite zu treten und sie vorbeizulassen. Er war eifersüchtig. Es ging hier einzig und allein um Besitzgier. „Du hast mich in der Kutsche mit ihm geteilt", stieß sie flüsternd, jedoch ungehalten hervor. „Warum benimmst du dich jetzt wie ein bockiger kleiner Junge?"

„In der Kutsche hatte ich die Sache unter Kontrolle. Ich nahm an dem Spiel teil und erlaubte dir, Erfahrungen zu sammeln. Im Kerker hast du dein Herz einem anderen Mann geöffnet. Das ist etwas vollkommen anderes."

„Ich hatte Mitgefühl mit Zayan wegen der Tragödie, die ihm widerfahren ist. Ebenso wie mich das, was dir geschehen ist, entsetzt hat …"

„Du hast Mitleid mit mir?", rief Lukos ungläubig. Er griff nach ihrem Umhang, doch sie hob erneut die Hand. Zu ihrer Überraschung schoss ein roter Lichtpfeil aus ihrer Handfläche und traf Lukos mitten in die Brust. Er erhielt einen Stoß nach hinten und taumelte dann zur Seite.

Mirandas Herz klopfte rasend schnell, während sie die Tür aufstieß. Bevor sie im Zimmer verschwand, hielt sie inne. „Was erwartest du eigentlich? Dass ich Angst vor dir habe? Das wünscht sich keiner von euch beiden, nicht wahr? Aus irgendeinem Grund wollt ihr mich beide verführen. Warum? Wegen meiner magischen Fähigkeiten? Wir haben doch schon festgestellt, dass ich eure Seelen nicht zurückholen kann. Was wollt ihr denn sonst von mir?"

Er erwiderte nichts. Also zog sie den Umhang aus und schleuderte ihn hinaus auf den Flur, dann warf sie die Tür zu. Nun war der Augenblick gekommen, in dem der schockierende Anblick des Kerkers, die entsetzlichen Bilder, die sie heimgesucht hatten, und der Kampf mit einem wütenden Vampir ihren Tribut forderten. Zitternd sank sie aufs Bett.

Sie fühlte sich ihnen beiden nahe – zwei *Vampiren*. Wieder ergriff sie dieses verrückte Gefühl. Dass sie genau hierher gehörte, zu diesen beiden Männern.

Lukos hatte das letzte Wort – in ihren Gedanken. *Ich will nicht meine Seele zurück, mein Engel*, flüsterte er mit seiner lockenden, wunderschönen Stimme. *Es geht um eine andere Seele.*

Warum hatte er ihr von seinen Kindern erzählt?

Zayan zog Mirandas Hand in seine Armbeuge und führte sie zu dem langen Tisch in der Mitte des Speisesaals. In der Kerkerzelle hatte er den Aufruhr ihrer Gefühle gespürt. Sie begann ihn für das zu hassen, was sie durch ihn über Blackthorne erfahren hatte. Kurze Zeit hatte sie sich allein und verloren gefühlt. Und dann war Mitleid mit ihm in ihr aufgestiegen, und dies war jetzt das beherrschende Gefühl in ihrer Seele.

Ihr laut knurrender Magen verscheuchte einen Teil seines Zorns. Er hatte nicht vorgehabt, von seinen Kindern zu sprechen, doch es war geschehen, als sie ihm ihr Herz öffnete, weil sie mit ihm fühlte. Inzwischen war ihm klar, dass sie ihm nicht durch Verführung verfallen würde, sondern wegen seiner Verletzlichkeit. Sie würde ihn nicht für seine Stärke lieben, doch sehr wahrscheinlich wegen seiner Schwächen.

Er würde ihr ebenfalls sein Herz öffnen und alte Wunden aufreißen müssen. Und es blieb ihm nichts anderes übrig, als ihr Mitgefühl gegen sie zu verwenden.

Es gab keinen anderen Weg, seine Kinder zurückzuholen.

Lukos wartete schon am Tisch, lässig in einem Stuhl mit hoher Lehne sitzend. Die Flammen der Kerzen auf dem Tisch flackerten und spiegelten sich in den Kristallgläsern. Das Essen dampfte und Zayan erinnerte sich daran, dass solche Speisen ihm einst geschmeckt hatten. Doch nun interessierten ihn Nahrungsmittel nicht mehr.

Mirandas Duft stieg ihm verführerisch in die Nase, als er ihr einen Stuhl zurechtrückte und zusah, wie sie sich steif darauf niederließ. Sie roch nach Schweiß und nach Blut, doch da war auch eine Spur weiblicher Düfte wie Vanille und Rosen. Sie roch lebendig. Und es ging ein noch stärkerer, völlig ursprünglicher Duft von ihr aus: das berauschende Aroma der Magie.

Er sah zu, wie sie das Weinglas an ihre weichen Lippen hob und erinnerte sich …

*Einmal war er in aller Eile vom Schlachtfeld nach Hause zurückgekehrt. Er war in sein Haus gestürmt. Seine Kinder schliefen schon, und seine Frau nahm soeben ein Bad. Sie hatte sich ihm in jener Nacht verweigert – weil er nach Blut roch und sein Körper stank. Selbst nachdem er gebadet hatte, lag sie wie ein Brett in seinem Bett, der Leib starr, die Augen geschlossen. Er wusste, dass sie sich Liebhaber nahm, während er fort war und kämpfte. Er wusste, dass sie ihn nicht liebte, doch bisher hatte er nicht gewusst, wie weit sie gehen würde, um ihn zu betrügen …*

*Er hatte sie schlafend im Bett zurückgelassen, war zu seinen Kindern gegangen, hatte sich über ihre Bettchen gebeugt, sie angesehen und geküsst. Noch heute erinnerte er sich an die Rundungen ihrer Wangen, die samtige Haut, die die Mittelmeersonne sanft gebräunt hatte. Der Duft dieses Sonnenscheins hing auch in ihren Haaren.*

*Doch an mehr konnte er sich nicht erinnern.*

Das Klappern von Geschirr holte Zayan in die Gegenwart zurück. Er verfolgte jede anmutige Bewegung, während Miranda aß. Eine Gabel nach der anderen voll Fleisch und Soße schob sie sich in den Mund. Ihr dabei zuzusehen, wie sie sich bemühte, wohlerzogen zu essen, obwohl sie schrecklichen Hunger haben musste, ließ einen Teil der Eisschicht um sein Herz schmelzen. Beim Essen stieß sie leise Laute des Wohlbehagens aus. Sie genoss die Speisen mit schlichter Freude.

Lukos trank etwas – dazu waren Dämonen durchaus in der Lage – und beobachtete dabei ebenfalls Miranda. In seinen Augen spiegelten sich die Kerzenflammen.

Schweigend nahm Zayan sein volles Glas und ging zum Fenster. Er hatte sich lange nicht an dieses Gefühl in der Herzgegend erinnert – eine seltsame Enge, ein leiser Schmerz, der viel tiefer ging als Lust.

Dann blinzelte er verwirrt. Bis zur Morgendämmerung waren es nur noch wenige Stunden. Tief unter ihm funkelten einige wenige Lichter in dem winzigen Dorf am Fuß des Hügels. Dort unten pochten viele Herzen. Doch darüber, um den Mond herum, wirbelten rote Wölkchen.

*Zayan …*

Die Stimme der roten Macht sang in seinem Kopf. Gütiger Gott, sie war zu ihm gekommen!

Rote Finger streckten sich vom Himmel aus dem Dorf entgegen …

Hinter ihm schrie Miranda: „Nein! Was machst du da?“

Zayan stieß sich vom Fensterbrett ab und wirbelte herum. Jeder Muskel war angespannt und sein Körper bereit, Lukos anzugreifen, um Miranda zu beschützen. Es ging ihm nicht darum, sie für sich zu beanspruchen – er wollte sie beschützen.

Dann entspannte er sich. Ein Hausmädchen war ins Zimmer gekommen. Eine junge Frau mit glattem Gesicht, flachsfarbenen Locken, einer Haut wie Pfirsich und Sahne und viel jünger als die übrigen Dienstboten. Für einen Vampir war sie so etwas wie ein Stück köstlichen Gebäcks. Da er auf den roten Dunst konzentriert gewesen war, hatte er ihren Herzschlag nicht gespürt.

Das Gesicht von bezaubernder Röte überzogen, knickste das Mädchen. „Mylord? Sie haben nach mir gerufen?" Ihr glatter Hals schien wie eine hübsche Säule aus Elfenbein.

„Hör auf damit!" Miranda warf ihren Löffel auf den Tisch. Sie sprang auf, während das Mädchen sich auf Lukos zubewegte. „Lass sie gehen!"

Zayan setzte sich. Lukos hatte seine Ausbildung in der Scholomance erhalten und bei Luzifer Dinge gelernt, die ihm große Macht verliehen. Er hatte Pläne geschmiedet, die Herrschaft in der Welt der Vampire zu übernehmen, aber er benahm sich die meiste Zeit wie ein aufsässiger kleiner Junge. Das hätte Zayan eigentlich gefallen müssen, denn es würde Mirandas Gefühle für Lukos erkalten lassen. Doch Lukos' Verhalten würde sie daran erinnern, dass sie beide Dämonen waren, was seine Chance beeinträchtigte, die magischen Worte von ihr zu hören – *Ich liebe dich* –, um anschließend ihre magischen Fähigkeiten zu erhalten.

„Tu das nicht, um mir irgendetwas zu beweisen. Tu es nicht, um Rache zu nehmen wegen meines … meines Kusses."

In ihrer Entrüstung verströmte Miranda Macht. Die magischen Kräfte umgaben sie wie eine goldene Aura. Die rote Macht würde es spüren.

Lukos krümmte einen Finger, und ohne dass er ein Wort mit ihr gewechselt hätte, eilte die hübsche Dienerin zu ihm und setzte sich mit ihrem üppigen Hintern auf seinen Schoß. Sie senkte den Kopf, ihre Locken fielen nach vorn und gaben ihren Nacken frei. Lukos streifte ihr spitzenbesetztes Häubchen mit seinen Reißzähnen ab, beugte sich über die verführerische Rundung unter der elfenbeinfarbenen Haut und schlug seine Zähne tief hinein.

Als er das leise Geräusch hörte, das beim Durchbohren der Haut entstand, straffte sich Zayan auf der Stelle. Der süße, kupferartige Geruch ihres strömenden Blutes füllte seinen Kopf. Er hatte seit Stunden nichts zu sich genommen, und nun pochte der Hunger in ihm, tausendmal fordernder als sexuelles Verlangen. Seine Reißzähne brachen hervor.

Verdammt, seine bestialische Natur drängte sich in den Vordergrund. So durfte er sich Miranda nicht zeigen, wenn er ihr Herz gewinnen wollte.

Das Hausmädchen kreischte erschrocken auf, doch unter Lukos' Zauber entspannte sie sich rasch wieder. Ihr Kopf fiel in glückseliger Lust zurück. „Oh ja, ja, Sir“, stöhnte sie.

Miranda hatte nach ihrer Gabel gegriffen und hastete auf Lukos zu.

Zayan hörte Mirandas raschen Herzschlag und gleichzeitig das gesunde Pochen des starken Herzens des Hausmädchens. Stöhnend und keuchend wand sich die junge Frau auf Lukos' Schoß. Sie rieb sich mit ihrem Hinterteil an ihm und schob ihre Brüste vor. Zayan konnte spüren, dass Lukos nur herumspielte und nicht seinen Durst stillte. Zweifellos war dieses Hausmädchen eine von Lord Blackthornes Spielgefährtinnen gewesen.

Miranda zerrte an Lukos' Schultern.

„Oooh Sir! Ich komme!“ Das Mädchen hüpfte auf Lukos' Schoß auf und nieder. Er hatte sie nicht angefasst, hatte nur ihr Blut getrunken. Nun hob Lukos seinen Mund von ihrem Hals. Seine weißen Reißzähne waren vom Blut verfärbt. Miranda hatte an Lukos' Haaren gezogen – so heftig, dass sie nun ein paar lange schwarze Strähnen in der Hand hielt.

Lukos beugte sich vor, um die Wunden am Hals des Hausmädchens zu lecken und sie zu heilen. Sanft hob er das Mädchen von seinem Schoß und stellte es auf zitternde Beine. Ein verträumter Ausdruck lag auf dem hübschen Gesicht. „Vielen Dank, Sir.“ Das Mädchen stolperte zur Tür.

Lukos warf Miranda ein schiefes Lächeln zu. „Bei ihr habe ich mich unter Kontrolle. Das wollte ich dir zeigen. Ich habe ihr nichts getan; es war lustvoll für sie. Ich bin kein gewöhnlicher Vampir, sondern ein Dämon. Ein mächtiger Dämon.

Doch wenn es um dich geht, kann ich meinen Hunger und mein Verlangen nicht kontrollieren, mein Engel …"

Ein rasche Bewegung, und er hatte Miranda hochgehoben und auf den Rand des Tisches gesetzt. Dann warf Lukos ihren Rock hoch. Verzweifelt und wütend versuchte sie ihn wieder nach unten zu ziehen. „Was erlaubst du dir? Nachdem du sie gebissen hast, fasst du mich auf gar keinen Fall an …"

Der Rock aus blauer Seide war bis zur Hüfte hinaufgeglitten, sodass die cremeweiße Haut ihrer Schenkel über den Strumpfbändern zu sehen war. Zayan liebte die Kleidung der englischen Damen – die hauchzarten Strümpfe mit den hübschen Strumpfbändern, die schmalen, fließenden Röcke, die tief ausgeschnittenen Mieder, die die vollen, wogenden Brüste nach oben schoben, sodass er sie bewundern konnte.

Lukos näherte seinen Mund Mirandas feuchter Pussy. Goldene Locken bedeckten ihren Venushügel, und die Schamlippen darunter waren rosig und nass. Mit heftigen Bewegungen hieb sie nach Lukos' Kopf, aber ihre Schläge prallten an ihm ab.

Lukos benutzte keinen Zauber, um sie zu verführen, nur seine Kunstfertigkeit und ihr eigenes leidenschaftliches Verlangen. Gierig leckte er an ihrer Möse.

Während er beobachtete, wie Miranda gegen ihre Lust ankämpfte, wurde Zayans Herzschlag rascher. Miranda hatte die Hände zu Fäusten geballt, und jedes Mal, wenn ihr Körper nachgab, versteifte sie sofort den Rücken und schlug auf Lukos' Schultern ein.

Zayan meinte, die natürliche salzige Essenz dieser Frau auf seinen Lippen und seiner Zunge zu schmecken. Er schüttete den Wein hinunter, ohne den Geschmack wahrzunehmen. Es gab nur zwei Aromen, auf die er Lust hatte: die Nässe von Mirandas Möse und den Kupfergeschmack ihres Blutes.

Verdammt!

Lukos brachte ihre Säfte zum Fließen, und der Geruch, den sie verströmte, brachte Zayan um den Verstand. Ihr Duft füllte das Zimmer und raubte ihm die Sinne. Er wollte Lukos wegziehen und sie selbst zum Höhepunkt bringen.

Gerade schob Lukos eine Traube in ihre nasse Möse, nahm ihre Säfte damit auf und hielt die Frucht dann an ihre Lippen. Sie wirkte schockiert. Lukos steckte sich die Traube selbst in den Mund und leckte sich anschließend die Lippen.

Zayan wollte Miranda auf das schneeweiße Tischtuch drücken und sie mit Obst und Wein necken, aber er musste warten, musste zusehen und Lukos den Spaß überlassen. Eifersucht, Lust, Verlangen – das waren Gefühle, die Kraft kosteten. Nachdem er Soldat geworden war, hatte er dafür gesorgt, dass alle Emotionen in ihm erloschen. Doch nach seiner Heirat waren die Gefühle wieder erwacht – Lust und Liebe und das Bedürfnis, den geliebten Menschen in Besitz zu nehmen. Noch stärker empfand er dies, wenn er seine Kinder in den Armen hielt. Wenn er mit ihnen zusammen gewesen war, hatte er schmerzliche Süße, Stolz und tiefe, reine Liebe gespürt. Doch Claudia hatte ihn betrogen, und er hatte seine Kinder verloren …

„Nein!“, rief Miranda; dann schrie sie auf und bekam dort auf dem Tisch einen Orgasmus. Versehentlich warf sie ein Weinglas um, und gleich darauf schlitterte ein Puddingschälchen hinterher, und die Platten mit gebratenem Schweine- und Rindfleisch klirrten.

Lukos richtete sich auf. Miranda stemmte die Füße gegen seine Schultern und stieß ihn von sich weg. „Das war keine Verführung!“, keuchte sie. „Und ich bin wütend auf dich, weil du das Blut dieses Hausmädchens getrunken hast.“

Sie hob die Hand, und ein Strom scharlachroten Lichts floss aus ihrer Handfläche. Es traf Lukos an der Schulter, und der Vampir heulte vor Schmerz auf. Er taumelte zurück, presste die Finger auf die Wunde, und sein Gesicht verzerrte sich vor Entsetzen.

Zayan starrte auf diese unwirkliche Szene – der Strom aus rotem Licht hatte dieselbe Farbe wie die rote Macht. Miranda sprang von der Tischkante und floh aus dem Zimmer. Zayan nahm die Gestalt einer Fledermaus an und flog hinter ihr her.

Miranda konnte an nichts anderes denken als an den Anblick von Lukos' Reißzähnen, wie sie erst den Hals der Frau berührt und sich dann in ihre Haut gebohrt hatten. Sie war zunächst entsetzt und dann erstaunt über die Reaktion des Opfers gewesen. Das Gesicht des Hausmädchens hatte vor Ekstase geglüht – ähnlich wie das einer Frau, die die Engel erblickte.

Miranda lief in ihr Schlafzimmer und schloss die Tür hinter sich ab, obwohl ihr klar war, dass dies angesichts der Stärke der Männer vollkommen unbedeutend war. Mit beiden Armen umschlang sie ihren Oberkörper und ging in dem großen stillen Raum auf und ab.

Lukos hatte die Frau nicht verletzt. Warum störte sie das Geschehen dann so sehr? War es die Angst, dass er die Beherrschung verlieren und töten könnte? Oder ging es um die Tatsache, dass die Gefühle, die er mit anderen Frauen teilte, wenn er ihr Blut trank, so erotisch waren?

Verrückt! Es war verrückt, so ... eifersüchtig zu sein. Selbst ein sterblicher Mann hatte meistens mehrere Geliebte. Sie wusste, dass Männer selten, falls überhaupt jemals, treu waren.

Sie dachte an die schreckliche Folter, die sie Lukos hatte erleiden sehen. Eigentlich war es erstaunlich, dass er nicht einfach ein völlig bedenkenloser, skrupelloser Mörder geworden war. Mein Gott, sie hatte zugeschaut, wie er sein Augenlicht verlor! Sie hatte ihn blutüberströmt gesehen ...

Da war ein leises Geräusch – ein Flügelschlag, der nur schwach an ihr Ohr drang, weil er durch das geschlossene Fenster kam.

*Lass mich hinein, Liebste.* Das war Zayans Stimme.

Als sie noch klein gewesen war, hatte Tante Eugenia sie davor gewarnt, jemals ein Fenster oder eine Tür zu öffnen, falls ein Vampir zum Haus ihres Vaters kam. Sie hatte immer gehorsam genickt, während sie insgeheim vor sich hin kicherte. Ein Vampir, der in aller Öffentlichkeit vor dem Haus auftauchte? Das war verrückt.

Doch nun ging sie langsam zum Fenster. Ihre Finger spielten mit dem Riegel. Sie dachte an die Bilder von Zayans Kindern, die sie erblickt hatte.

Was, wenn sie ihn noch einmal anfassen und mehr sehen konnte? Was, wenn sie das Gesicht des Mörders sah?

Dann blickte sie auf ihre Hand hinab und bemerkte ein rotes Zeichen mitten auf ihrer Handfläche. Es hatte die Form einer Raute. Im nächsten Augenblick verschwand es wieder, doch vor Schreck zog sie am Riegel, und das Fenster öffnete sich weit.

Zayan flog herein und nahm vor ihr Gestalt an.

Miranda schnappte erstaunt nach Luft. Er stand vollkommen nackt da. Nun streckte er ihr die Hand entgegen. Sie sah keinen Vampir vor sich und auch keinen hartherzigen, mitleidlosen General, sondern einen Mann, getrieben von Sehnsucht. Einen Mann, der neben seinem Begehren auch Verletzlichkeit fühlte.

„Ich habe von dir geträumt. Während ich gefangen gehalten wurde, träumte ich von einer Frau – sie war geschaffen aus Gold und Sonnenschein. Und jetzt habe ich begriffen, dass du es warst. Ich weiß, du hast mich nicht gesehen, denn ich habe dich immer von hinten genommen, wenn wir uns liebten." Er verneigte sich, und sein langer Schaft wippte vor ihm auf und ab. „Du gehörst zu mir, Liebste. Und ich erinnere mich daran, wie du mir keck erklärtest, dass ich dir gehöre."

Miranda starrte ihn verblüfft an. Sie hatte von Zayan geträumt. Er war der Mann in ihren erotischen Träumen gewesen, der Mann, den sie nie gesehen hatte. „Das waren nur Träume." Sie runzelte die Stirn. „Hast du sie mir gebracht?"

Er schüttelte den Kopf. „Diese Fähigkeit besitze ich nicht. Ich kann nicht in deinen Träumen zu dir kommen. Du musst dich zu mir bringen."

„Was bedeutet das?"

Doch er nahm ihre Hand, zog sie an seinen Mund und küsste sie auf eine Art, die sie stark erregte. Dann zog er sie in seine Arme und presste seine Lippen auf ihre.

Plötzlich war ihr ebenso glühend heiß und sie war genauso angespannt und erregt, wie sie es in ihren Träumen gewesen war. Doch wie konnte das sein? Eben noch hatte sie wegen Lukos Eifersucht verspürt und dunkle, erstaunliche Fantasien mit ihm geteilt. Wie konnte sie nun eine so starke Erregung in Zayans Armen empfinden? Doch sie fühlte sich einerseits so schwach und spürte andererseits ein ebenso großes Verlangen wie in dem Moment, als Lukos sie auf den Esstisch gesetzt hatte.

Zayan küsste sie noch intensiver, er ließ die Zunge in ihren Mund gleiten und spielte mit ihrer Zungenspitze. Sie stöhnte auf, während sie sich der reinen, sehnsüchtigen Lust ergab.

In ihrem letzten Traum hatte sie einen anderen Mann gesehen. Wenn diese Träume Wahrheit waren oder irgendeine Art von Prophezeiung, wer war dann der Mann mit den goldenen Haaren?

Und in ihrem letzten Traum war sie gebissen worden …

Mondlicht fiel durchs Fenster, verwandelte sich vor Mirandas Augen in leuchtendes Rot und badete Zayan in seinem funkelnden Schein.

## *9. KAPITEL*

### Bei Tageslicht

Sekundenlang wirbelte der rote Nebel um Zayan und Miranda herum. Er tanzte um Mirandas Kehle und brachte sie zum Erschauern, dann glitt er an ihren Brüsten hinab zu Bauch und Hüften, und schließlich verschwand er.

Es war genau dasselbe intensive Scharlachrot wie das Licht, das aus ihrer Hand geschossen war. Wenn es fort war, hinterließ es Bilder in ihrem Kopf, Visionen von ihren Träumen mit Zayan. Erinnerungen an die Dinge, die sie mit ihm, diesem nackten Mann, der vor ihr stand, getan hatte, überfluteten sie.

„Du hast das gemacht, nicht wahr? Du hast den Stoß aus rotem Licht aus meiner Hand kommen lassen, um Lukos zu treffen!"

Er zögerte kurz, und sie erwartete, dass er es abstreiten würde. Dann nickte er langsam und widerstrebend. „Ich musste es tun, Miranda."

Sie hätte verärgert sein müssen, doch als sie ihn ansah, konnte sie keinen Zorn empfinden. In diesem Moment verstand sie die römischen Bildhauer, die aus Marmor herrliche Männerkörper geschaffen hatten. Zayan besaß die Gestalt eines Kriegers. Athletische Schultern, die so breit sein mussten wie die Türrahmen in der Burg. Seine erhabene Brust war ein Spiel aus Licht und Schatten mit bronzefarbenen Brustwarzen, die sich zusammenzogen, als er Miranda anschaute. Sie wollte mit der Hand an seinem Körper abwärts streichen und seinen muskulösen Bauch berühren, um anschließend seine fantastische Erektion zu packen. Der dicke, mächtige Schaft reckte sich stolz bis hinauf zum Nabel, und die Eichel war so geschwollen, als wollte sie im nächsten Augenblick explodieren.

Er war wunderschön. Jedes winzige Stückchen von ihm. Dennoch war sie jetzt vorsichtig, unsicher, ob sie ihn berühren sollte.

Er lächelte, während smaragdgrüne Sternchen über seinen Händen schwebten. Die kleinen Sterne flogen zu ihr, pressten sich gegen ihre Lippen, wo sie erregend prickelten, und tanzten dann um ihren Hals.

Verlangen durchflutete sie und schenkte ihr Mut. Sie machte einen Schritt vorwärts, berührte die Haut über Zayans Herz und presste die Handfläche fest auf seinen nackten Körper. Seine steife Brustwarze reizte ihre Handfläche dort, wo sie am empfindlichsten war. Und plötzlich veränderte sich das Bild vor ihren Augen. Sie schaute von unten zu Zayan auf, doch sie stand verborgen im Schatten, und er ruhte auf einem Diwan, der auf einem Podest stand. Sie konnte seine Gedanken lesen und durch seine Augen blicken. Er sah das Profil einer schönen Frau. Miranda war in der Lage, alles zu erspähen, woran er sich erinnerte – kunstvoll hochgestecktes, üppiges schwarzes Haar und lang bewimperte Augen, die ihn oft ärgerlich anfunkelten, aber nie liebevoll betrachteten.

*Nimm dich vor Gaius in Acht*, sagte eine Männerstimme. *Er würde den Sieg Roms opfern, um dich tot zu sehen. Er würde jeden Preis dafür zahlen, dich tot zu sehen, Praetonius. Der Kaiser fürchtet dich. Du bist zu stark und zu beliebt. Mit einer Armee unter deinem Befehl könntest du die Herrschaft in Rom übernehmen …*

In ihrer Vision missachtete Zayan die Warnung lachend. Er hatte keine Angst vor Mucius Gaius. Der Mann war nicht skrupellos genug, um die Hand nach der Macht auszustrecken – er war zu schwach.

Dann dachte Zayan an seine Kinder. Seine Tochter hatte sich ihrer Kinderfrau widersetzt, um zu ihm zu laufen und ihn zu umarmen. Und er hatte es genossen, ihren schmalen Leib in seinen Armen zu spüren. Wie es ihn erfreute, dass sie ihm ihre Zuneigung so offen zeigten. Er liebte seine Kinder, alle beide.

Zayan besaß alles, was man sich wünschen konnte – Erfolg auf dem Schlachtfeld, das Wohlwollen des Kaisers ebenso wie den ängstlichen Respekt des Herrschers, unermesslichen

Reichtum, wunderbare Kinder und eine schöne, sinnliche Gemahlin.

Was er nicht besaß, war die bedingungslose Liebe einer Frau.

Doch kein großer Mann, kein mächtiger Krieger machte sich um so etwas Gedanken …

Miranda stöhnte erstaunt auf, als Zayans grüne Lichter sie hochhoben. Sie schwebte einen halben Meter über dem Boden und sank seinem nackten Körper entgegen.

In ihren Träumen hatte sie Intimitäten mit ihm ausgetauscht. In ihren Visionen erhaschte sie einen Blick auf sein Familienleben – auf die Frau, die er liebte, von der er sich aber nicht geliebt fühlte, auf seine vergötterten Kinder.

Sie verspürte sogar eine Spur der inneren Leere bei ihm. Seine Siege auf dem Schlachtfeld hatten ihm Hoffnung und Liebe genommen. Sie sah sogar, wie Zayan eines Tages bemerkte, dass er das Gefühl der Unverwundbarkeit verloren hatte, das typisch für einen erfolgreichen General war. Plötzlich begriff er, dass er weder unverletzlich noch unberührbar war. Dass er jederzeit sterben konnte.

Sie erkannte, dass es ihm nichts ausmachte, solange er etwas hinterließ – seine Kinder.

*Woran denkst du, Miranda?* erkundigte sich Zayan in ihrem Kopf. *Deine Gedanken sind ein Rätsel für mich, ich kann sie nicht durchdringen. Aber ich spüre, dass du an etwas denkst, das dir großen Schmerz bereitet.*

Sie konnte nicht über das reden, was sie gesehen hatte. Denn nun stand er vor ihr und begann ihre Brüste zu liebkosen – durch ihr Kleid hindurch. Er wölbte die Hände darüber und knetete sie sanft.

In ihren Träumen hatte sie diese Berührung wild vor Verlangen gemacht.

Die Wirklichkeit war noch viel intensiver, noch lustvoller, noch köstlicher. Zayan war mehr als einfach nur ein Vampir oder ein Dämon – er war ein komplizierter Mann, der ihr gegenüber respektvoll war und außerdem fähig zu tiefer Liebe, heftiger Wut und großem Schmerz. Sie warf den Kopf in den Nacken und genoss die Lust, die sie durchflutete. Dieses überwältigende Gefühl schien ewig anzuhalten.

Dann legte er einen Arm um ihre Taille und zog sie an sich. Instinktiv schlang sie die Beine um ihn. Ihre Schenkel ruhten auf den harten Wölbungen seiner Hüftknochen.

*Ich möchte dich lieben. Wie in unseren Träumen. Es gibt einen Grund, weshalb wir voneinander geträumt haben. Das bedeutet, dass eine tiefe und ganz besondere Verbindung zwischen uns besteht. Ich habe nie auf diese Weise von einer Frau geträumt. Von keiner Frau außer dir …*

Er ließ ihre Brüste los, die vor Verlangen hart und geschwollen waren, und schob ihren Rock hoch. Die grünen Lichter hielten sie in der Luft, während ihre Knöchel hinter Zayans Rücken verschränkt waren. Sie flog wirklich.

Mit einem magischen Hauch verschwand ihre Unterhose, und ihre Schamlöckchen und die nassen Schamlippen waren an Zayans Schaft gepresst.

Das wäre in einem ihrer Träume kein bisschen schockierend gewesen. Doch hier …

*Es gibt nichts Schockierendes. Wir begehren einander und haben unsere Lust schon früher geteilt. Glaubst du nicht, dass die Verschmelzung unserer Gedanken in den Träumen ebenso intim ist wie die Verschmelzung unserer Leiber?*

*Ja*, wisperte sie in ihren Gedanken. So war es doch, oder etwa nicht?

Mithilfe seiner Zauberkraft ließ Zayan sie auf seinem Schaft wippen. Ihr Herz schlug schnell wie ein wilder Flügelschlag. Er schob unter ihr seine Hüften hoch, und sie fühlte seinen …

*Meinen Schwanz, mein Engel. Mein Schwanz wird jetzt tief in dich eindringen. Genau wie du es in unseren Träumen geliebt hast.*

Sie hielt den Atem an. Sie wollte das hier, aber …

Sie war bereits mit Lukos intim gewesen. Sie hatte gespürt, dass ihr Herz offen war für ihn. Sie war außerstande, nur Stunden später einen anderen Mann zu lieben. Das ging einfach nicht!

Sie begann sich dagegen zu wehren.

Ein blassrosa Licht ergoss sich in ihr Zimmer.

Schwaches Licht, weich und rein. Ein Strahl der Morgenröte. Doch wie war das möglich? Hatte sie wirklich Stunden mit den Schenkeln auf Zayans Hüften verbracht und sich von ihm die Brüste liebkosen lassen?

Abrupt ließ Zayan sie herab. Dort, wo das Licht seine Wange getroffen hatte, kräuselte sich Rauch.

Miranda starrte ihn an. „Du musst gehen."

Er nickte, dann bückte er sich und drückte einen langen Kuss auf ihre Hand. Einen Kuss, bei dem sich ihr Atem beschleunigte und der sie sehr erregte. Doch mehr durfte jetzt nicht geschehen.

Zayan trat nach hinten. Dunkelheit umgab ihn, eine Schwärze, in der winzige Lichter funkelten wie Flämmchen, die sich in einem polierten Kohlestück spiegelten. Er verschwand, ein Luftzug streifte sie und leiser Flügelschlag. Ehe sie ihn sehen konnte, spürte sie einen kühlen Hauch und wusste, dass er fort war.

*„Nein!"*

Miranda fuhr in ihrem Bett hoch. Die Kerze neben ihr war zu einem Stummel heruntergebrannt, im Kamin glomm noch die Asche. Sie war angekleidet, lag aber unter einer Decke. Sie erinnerte sich an nichts mehr, nachdem … nachdem sie ihr Zimmer betreten hatte.

Sie horchte angestrengt, weil sie glaubte, jemand habe gerufen. Doch sie war sich nicht sicher. Hatte sie wirklich etwas gehört, oder war dieser Ruf nur Teil eines Traumes gewesen?

Mühsam versuchte sie sich zu erinnern. Und dann wusste sie wieder, was geschehen war. Zayan hatte sie leidenschaftlich geküsst, und sie hatte ihn mit ihrer Hand berührt und einen Blick in seine Vergangenheit erhascht – und in sein Herz.

Er hatte ihr erzählt, dass er nicht wisse, wer der Mörder seiner Kinder sei, dass ihn jedoch jemand vor einem Mann namens Gaius gewarnt habe.

Dann war er gegangen, weil die Morgendämmerung heraufzog.

Miranda stieg aus dem Bett und eilte zu den geschlossenen Vorhängen. Sie zog sie auf. Graues Licht fiel durchs Fenster. Es war nicht der sanfte golden-rosarote Schein der Morgensonne. Sie schaute nach draußen und sah, dass dicke dunkle Wolken den Himmel bedeckten. Doch es war noch Tag.

Wieder hörte sie ein Geräusch – ein Kratzen, gefolgt von einem schrillen Aufschrei. Es kam von der Tür her.

Vorsichtig entsicherte sie das Türschloss. Auch das Fenster war verriegelt, obwohl sie sich nicht erinnern konnte, es abgeschlossen zu haben, nachdem Zayan sie verlassen hatte. Warum war diese Zeit ein einziges Nichts für sie? Sie ging den dämmerigen Korridor entlang und lauschte angespannt.

Plötzlich war alles auf unheimliche Weise still.

Der Flur gabelte sich. Auf der rechten Seite war es heller, also wandte sie sich in diese Richtung, und nachdem sie um eine weitere Ecke gebogen war, sah sie einen zusammengesunkenen Körper auf dem Boden liegen.

Miranda kauerte sich daneben. Es war ein Junge von vielleicht zwölf Jahren. Sein Gesicht war aschfahl und seine Glieder schlaff. Er hatte die Augen geschlossen, und Angst – entsetzliche Angst – war der letzte Ausdruck, zu dem sein junges Gesicht sich verzogen hatte. Sein Kopf war zur Seite geneigt, und rote Tröpfchen hoben sich von der weißen Haut seines Halses ab. Blut.

Miranda streckte die Hand aus, und ihre Finger zitterten. Sie strich die ungekämmten Locken zurück. Da, direkt in seiner Kehle: zwei punktförmige Wunden.

Einer der beiden, entweder Zayan oder Lukos, hatte das hier getan.

Lukos hatte in ihrer Gegenwart das Blut einer Frau getrunken, sie aber nicht verletzt. Bedeutete dies, dass Zayan den Jungen auf dem Gewissen hatte? Oder war es Lukos in diesem Fall nicht gelungen, sich zu beherrschen?

Sie schüttelte den Kopf. Es sollte keine Rolle spielen, wer von beiden der Mörder war. Beide waren Vampire. Beide waren dazu in der Lage.

Miranda legte die Hand auf das Herz des Jungen. War er schon zu lange fort? Ihr Arm begann heiß zu werden – sengende Hitze strömte in ihre Finger. Ihr Körper begann zu summen, und sie spürte, wie sie überall vibrierte.

Und plötzlich begann die Brust des Jungen zu zucken. Abrupt richtete er sich auf und starrte sie aus weit aufgerissenen, entsetzten Augen an. Sie lehnte sich zurück, erstaunt darüber, wie rasch er wieder begonnen hatte, sich zu bewegen. Ihre Hand hatte sich ohne ihr Zutun von seiner Brust gehoben, und er rollte sich von ihr weg. Dann rappelte er sich auf und lief über den Korridor davon.

„Warte bitte!“, rief sie. „Ich tue dir nichts!“ Sie wollte wissen, wer er war. Lebte er auf der Burg?

Doch er war schon in der Dunkelheit hinten in der Halle verschwunden, und sie hörte auch nicht mehr seine leichten, hektischen Schritte. Wenn sie ihn verfolgte, brachte sie ihn nur unnötig in Gefahr.

Sie hatte mit Lukos Sex gehabt und beinahe auch mit Zayan. Ihr Herz war von den Schmerzen bewegt worden, die die beiden Männer in der Vergangenheit erlitten hatten.

Die Visionen hatten Miranda für einen Moment vergessen lassen, dass sie Vampire waren. Selbst Tante Eugenia, die sich bemühte, Vampire zu verstehen, hatte ihr erzählt, sie seien nicht in der Lage, den Drang zu beherrschen, menschliches Blut zu trinken. Das sei die wahre Tragödie, pflegte Eugenia zu bemerken. Vampire mussten wegen einer Begierde getötet werden, für die sie nichts konnten und die sie nicht in der Lage waren, zu kontrollieren.

Doch dann hatte sie gesehen, wie Lukos freudig das Blut des Hausmädchens trank. Er bemühte sich nicht einmal, sein Verlangen zu unterdrücken.

Jetzt wusste sie, dass sie die beiden Vampire aufhalten musste.

Lukos und Zayan mit dem Pflock zu durchbohren, während sie im Schlaf gefangen waren, würde die einzige Möglichkeit sein. Doch der Gedanke, Pflöcke zu schnitzen und sie den Männern in die Herzen zu stoßen, schnürte ihr die Kehle zu. Sie hatte mit ihnen Sex gehabt. Wie konnte sie sie töten?

Weil hier niemand sonst war, der es tun konnte.

Langsam stand Miranda auf. Es gab noch eine andere Möglichkeit. Sie musste fliehen und Hilfe in die Burg holen. Wenn es ihr gelang, hier herauszukommen, konnte sie die Straße ins Dorf am Fuß des Hügels nehmen.

Bei dem Gedanken, hinaus ins Freie zu laufen, wo sie vollkommen ungeschützt war, erschauerte sie. Doch nun, am Tag, schliefen die Vampire. Das war ihre einzige Chance.

Unbehagen kroch wie mit Spinnenbeinen an ihrem Rückgrat herab, während sie zurück zu ihrem Zimmer hastete, um sich anzukleiden. Hatten Lukos und Zayan nicht daran gedacht, dass sie während des Tages versuchen könnte, zu entkommen? Warum hatten sie sie nicht in ihrem Zimmer eingeschlossen?

Oder glaubten sie, sie sei ihnen verfallen und werde deshalb nicht fortgehen?

Während sie den Korridor entlanglief, klackten ihre Stiefeletten in der stillen Burg laut über den Boden. Sie spürte, wie die frische, eisige Luft durch die Steinwände drang, und wusste, dass es draußen bitterkalt sein musste. Sie eilte zurück in ihr Zimmer und holte einen Mantel aus dem Schrank. Rasch schlüpfte sie hinein und stülpte sich eine Haube auf den Kopf.

Nun musste sie einen Fluchtweg finden.

Miranda schlich hinunter in die Eingangshalle der Burg, einen pompösen Raum mit Steinwänden, die mit bestickten Wandteppichen behängt waren. Ihr Herz klopfte wie wild, als sie das zweiflügelige Portal erreichte, das aus massiven Eichenplatten gefertigt war. Sie zog am Eisengriff der rechten Tür. Sie bewegte sich nicht, genauso wenig wie die linke Tür, an der sie ebenfalls verzweifelt zerrte.

Die Türen waren abgeschlossen, die Schlüssel fehlten. Eilig hastete Miranda durch die nahe gelegenen Zimmer und Flure. Nirgendwo fand sie einen Diener, der den Schlüssel holen und ihr aufschließen konnte. Während sie sich langsam in der riesigen leeren Halle um sich selbst drehte, schluckte sie krampfhaft. Waren sie alle tot? Sie rannte die Dienstbotentreppe zur Küche in den Kellergewölben der Burg hinunter. Als sie die Hitze spürte, die aus den großen Räumen wehte, und Stimmen hörte, legte sich ihre Panik.

In der Küche fand sie die Köchin und zwei junge Mägde vor, die über den langen Holztisch gebeugt waren. Die Köchin rollte mit einem großen schweren Nudelholz Teig aus. Eines der Mädchen bereitete einen gerupften Vogel vor, das andere zupfte Kräuter.

„Guten Morgen“, grüßte sie und bemühte sich um einen normalen gelassenen Ton. Doch die Frauen fuhren mit ihrer Arbeit fort, als wäre sie nicht da.

„Ich möchte ausgehen.“ Obwohl sie die Stimme hob, wurde sie weiterhin ignoriert. Sie ging am Tisch vorbei, doch die Köchin bearbeitete unerbittlich ihren Teig. Die Mädchen richteten ihre gesamte Aufmerksamkeit auf ihre Arbeit.

Nun nahm Miranda einen Porzellanteller und knallte ihn auf den Tisch. Doch außer ihr zuckte keine der Frauen zusammen oder erschrak über das laute Klirren und die zu Boden fallenden Scherben.

Irgendwie hatten Lukos und Zayan die Kontrolle über die Gedanken und Wahrnehmungen der Dienstboten übernommen, und sie konnte nicht zu ihnen durchdringen.

Miranda trat an die schmale Tür, die wohl nach draußen führte. Sie zog den eisernen Riegel hoch. Aber natürlich war diese Tür ebenso wie der Haupteingang verschlossen, und man brauchte einen Schlüssel, um sie zu öffnen. Verdammt!

Da ihr keine andere Wahl blieb, rannte sie wieder hinauf ins Erdgeschoss der großen Burg, um dort sämtliche Zimmer zu durchsuchen. Einer der Räume, der, einst ein riesiger Speisesaal, heute als Ballsaal diente, besaß eine lange Fensterfront. Von dort aus blickte man auf einen schmalen, sorgsam gepflegten Garten, der in den wild wuchernden, dichten Wald überging.

Miranda packte einen Stuhl und zerrte ihn zum Fenster. Sie holte aus, so gut sie konnte, und warf den Stuhl gegen die Scheibe.

Glas splitterte, und glitzernde Stückchen regneten hinunter auf die geflieste Terrasse.

Einen kurzen Augenblick lang fühlte Miranda so etwas wie Triumph. Sie war frei – aber würde irgendjemand ihr die Vampirgeschichte glauben? Würde jemand mit ihr zusammen hierher zurückkehren, um die Burg zu retten?

Unvermittelt durchfuhr ein scharfer Schmerz ihr Herz. Sie hatte vor, Zayan und Lukos zu hintergehen. Sie plante die Vernichtung der beiden.

Doch um Unschuldige zu schützen wie den Jungen, den sie leblos auf dem Flur gefunden hatte, hatte sie keine andere Wahl.

Miranda lief die gewundene holprige Straße von der Burg zum Dorf hinunter, nachdem sie beherzt durch das zerstörte Fenster geklettert und auf die Terrasse heruntergesprungen war. Auf dem unebenen Weg rutschten die Sohlen ihre Stiefeletten immer wieder ab. Die Straße führte steil nach unten, zwischendurch jedoch auch immer wieder aufwärts, denn sie folgte den Konturen des felsigen Hügels, auf dem die Burg stand. Schon bald hatte Miranda die Bäume hinter sich gelassen, und es bot sich ihr ein weiter Blick auf das Dorf im Tal und die bestellten Felder, die es umgaben.

Sie wurde müde und musste langsamer gehen. Ihre Röcke hatte sie mit beiden Händen hochgerafft, damit sie nicht über die Säume stolperte. Sie hatte keine andere Möglichkeit, als zu versuchen, zu Fuß ins Dorf zu gelangen. Doch man hatte sie zur Dame erzogen, was bedeutete, dass sie schon seit Jahren nicht mehr mit geschürzten Röcken schnell gelaufen war. Schon jetzt brannten ihre Lungen, und die Beine taten ihr weh. Sie war eine gute Reiterin, doch als sie versucht hatte, zu den Pferden im Stall der Burg zu gelangen, hatten die Tiere vor lauter Angst in ihren Boxen ausgeschlagen und gegen die Wände getreten – als würden sie sie für ein Ungeheuer halten. So etwas war ihr nie zuvor passiert. Sie hoffte, dass die Vampire auch das Verhalten der Pferde kontrollierten, so wie sie Macht über die Menschen in der Burg hatten. Viel schlimmer wäre gewesen, wenn die Tiere etwas Böses an ihr gespürt hätten.

Ihre Lungen fühlten sich an, als wollten sie platzen.

Miranda blieb stehen, um tief durchzuatmen, doch was sie in diesem Augenblick sah, verschlug ihr den Atem.

Nebel hing über dem Dorf, doch es war eine Art von Nebel, wie Miranda ihn noch nie gesehen hatte. Unten am Boden hatte er die übliche grauweiße Farbe, doch höher am Himmel erschien er rot. Das erinnerte sie an den schauerlichen Anblick des Himmels am Tag zuvor, als Zayan und Lukos ihre Kutsche angehalten hatten.

Von ihrem Aussichtspunkt hoch über dem Dorf konnte Miranda erkennen, dass der Dunst seinen Mittelpunkt über den Häusern hatte und in wilden Spiralen um die Dächer tanzte.

Hatten die Vampire diesen schrecklichen roten Nebel geschaffen? Sie erinnerte sich, dass Zayan gegen eine Kreatur gekämpft hatte, die aus einem solchen Dunst gekommen war. Und in der Burg war Nebel von derselben blutroten Farbe um sie und Zayan herumgewirbelt.

War der rote Dunst gefährlich? Würde er den Menschen dort unten etwas antun?

Eine Hand auf ihre heftig sich hebende und senkende Brust gepresst, lief Miranda wieder los.

## *10. KAPITEL*

### Der Wolf

Der große dünne Wirt mit der Hakennase musterte sie hochmütig von Kopf bis Fuß. Miranda wusste, dass er zerzauste Haare sah, die unordentlich zu einem Knoten hochgesteckt waren, einen nur halb zugeknöpften Mantel und einen über und über mit Dreck bespritzten Rock. Sie atmete tief durch und sprudelte dann ihre Geschichte hervor.

Mit ungläubigem Blick zog der Mann die Augenbrauen so rasch hoch, wie ihre Hoffnung sank.

„Sie wurden auf der Straße von Vampiren angegriffen?", blaffte er. „Von Vampiren, die jetzt Lord Blackthornes Burg in Besitz genommen und einem Jungen das Blut ausgesaugt haben?" Er schüttelte den Kopf. „Sie sind entweder verrückt oder betrunken, gute Dame, und beides kann ich in meinem vornehmen Haus nicht gebrauchen. Scheren Sie sich weg!"

„Es ist die Wahrheit", beteuerte Miranda hitzig. „Schicken Sie ein paar Männer hinauf zur Burg, dann werden Sie es bald herausfinden." Ihr Magen zog sich zusammen. Auf keinen Fall durfte sie die Dienstboten in der Burg im Stich lassen. Sie musste irgendeinen Weg finden, ihnen zu helfen.

Doch sie sah, dass der Wirt an der Theke entlang sich hin zu einem Durchlass bewegte. Was würde er tun, wenn er glaubte, dass sie verrückt war? Sie hinauswerfen? Oder sie einsperren?

Es war schwierig genug, die Vampire zu verraten, nun musste sie sich auch noch mit den Leuten herumschlagen, die sie zu beschützen versuchte.

Miranda hatte soeben einen unsicheren Schritt rückwärts gemacht, als hinter dem Mann eine Frau auftauchte. Sie kam aus einem Zimmer hinter dem Tresen und näherte sich rasch. Die Frau hatte ein rundes rotwangiges Gesicht und eisengraue kleine Löckchen. „Halt den Mund, Harry!", befahl sie. „Nun, wer mögen Sie wohl sein, mein Mädchen? Sie haben also einen großen Schrecken hinter sich?"

*Einen Schrecken?*

Mit einem freundlichen Lächeln auf den Lippen eilte die Frau um die Theke herum. „Was hat dieses Gerede von Vampiren zu bedeuten? So etwas gibt es nicht, meine Liebe. Oh, vor Dutzenden von Jahren wurden hier in der Gegend dumme Geschichten erzählt, aber da war nichts Wahres dran. Gerüchte und Tratsch, von bösen Menschen erfunden, um anderen Leuten Angst zu machen. Warum setzen Sie sich nicht ganz ruhig hin, mein Liebchen, und trinken eine Tasse Tee?"

Miranda verstand. Die Frau hielt sie ebenfalls für verrückt und versuchte sie zu beruhigen, um herauszufinden, wo sie hingehörte. Sie nickte und folgte der Frau brav in ein privates Zimmer. Doch sie hatte nicht damit gerechnet, dass die Frau die Tür hinter sich abschloss, als sie fortging, um Tee zu holen, sodass Miranda nun gefangen war.

*Verdammt!* Im selben Augenblick, in dem sie das Wort dachte, begann das Schloss in einem überirdischen Rot zu glühen. Dann knirschte es laut, zersprang mit einem Knacken, und die Tür schwang auf.

Ein paar Herzschläge lang rührte Miranda sich nicht. Sie starrte das geborstene Metall des Türschlosses an. Hatte sie …

Zwei Mägde gingen an der offenen Tür vorbei, und Miranda duckte sich hinter einen zerschlissenen Ohrensessel.

„Der Gentleman in Zimmer 6", sagte eines der Mädchen leise zum anderen, „das ist Seine Lordschaft. Ich hab einen Blick auf ihn erhascht, als er die Tür aufmachte, und ich weiß, dass es Blackthorne war."

Die Hausmädchen blieben vor der Tür stehen und traten dann in die Türöffnung, um sich zu unterhalten in der Annahme, dass niemand im Zimmer war. Das zweite Mädchen schüttelte den Kopf. „Er würde nicht hier absteigen …"

„Er würde es tun, wenn er mit einem von den Barmädchen anbandeln will."

„Der Mann in Zimmer 6 heißt Casselman …"

„Es ist der Herr der Burg. Er benutzt nie seinen richtigen Namen. Ich glaube, er machte schaurige Dinge in seinem Zimmer. Dinge, die er geheim halten muss. Weißt du, es gehen Gerüchte um, dass er sich der Hexerei hingibt."

„Ich habe gehört, er trinkt das Blut von jungen Mädchen."

„Oh ja, ich nehme an, dass er sie zum Bluten bringt. Aber ich bin sicher, das kommt dadurch, dass er ihnen die Jungfernschaft nimmt."

Dann eilten die beiden Mädchen davon.

Miranda stand auf. Ihre Hände zitterten. War Blackthorne, der Mann, den sie geglaubt hatte zu lieben, tatsächlich der geheimnisvolle Bewohner von Zimmer 6?

Nach allem, was sie im Verlies der Burg gesehen hatte, konnte sie nicht einfach zulassen, dass er in seinem Zimmer unschuldige Frauen verletzte.

Es musste etwas geschehen!

Am Fenster stand ein nackter Mann und strich sich mit den Fingern durch die kohlrabenschwarzen Haare, die bis auf die Schultern reichten. Eine Lampe warf von der Seite Licht auf die feste Rundung seines Hinterteils und die Grübchen an seinen Lenden und über dem Po. Er lachte in sich hinein und klopfte mit der Reitpeitsche, die er in der anderen Hand hielt, an seinen muskulösen Schenkel.

Er war ein schöner Mann, fast so hinreißend anzuschauen wie Zayan und Lukos. Aber war er Blackthorne? Nur durch den Anblick seines nackten Hinterns konnte Miranda keine Ahnung haben, wen sie vor sich hatte.

Ein leiser Seufzer drang an ihr Ohr. Ihr Herz machte einen Sprung bis hinauf zum Hals, und Miranda schaute zum Bett. Darauf schliefen zwei Frauen. Die Decken waren zurückgeschlagen, doch eine der Frauen umklammerte den Rand eines weißen Lakens. Leise schnarchend lag sie auf dem Rücken, und ihre großen Brüste waren halb entblößt. Die andere Frau hatte sich zusammengerollt, lange dunkelblonde Haare schmiegten sich um ihr Haupt.

Miranda riss die Augen auf, als sie sah, dass auf die Körper der Frauen Bilder gemalt waren, mit ... mit einer Art Farbe. Pentagramme und seltsame Symbole und kunstvoll gezeichnete Buchstaben, wie man sie in alten Manuskripten fand.

„Stell das Tablett auf den Tisch an der Wand, Mädchen!", befahl der Mann am Fenster.

Die Hand auf dem Türknauf, erstarrte Miranda. Nachdem sie festgestellt hatte, dass die Tür nicht abgeschlossen war, hatte sie verstohlen das Zimmer betreten. Anscheinend war sie nicht vorsichtig genug gewesen.

Die zusammengerollte Blonde streckte sich und stieß ein Ächzen hervor. „Kommen Sie nich' zurück ins Bett, Mylord? Wollen Sie nich' meine Hände wieder losbinden?"

Schockiert bemerkte Miranda, dass die Hand- und Fußgelenke der Frau mit einem weißen Seil gefesselt waren.

Dann sah sie es. Eine lange, nach unten verlaufende Narbe verunstaltete seine rechte Seite, und das Licht fiel auf die hervortretenden Ränder. Sie war tief und hässlich. Die Haut war nicht ordentlich genäht worden, und so hatte sich an seinem perfekten, kräftigen Körper ein unschöner Wulst gebildet.

Das hier *musste* Blackthorne sein. Er hatte in einem seiner Briefe an sie sein Äußeres beschrieben: Haare, die aussähen, als habe man ihn durch einen rußigen Schornstein gezogen, war da zu lesen gewesen – schwarz wie Kohle, doch es neige dazu, an den unmöglichsten Stellen abzustehen. Augen, deren Farbe an eine schlammige Pfütze erinnere.

Beim Lesen dieser ironischen Selbstbeschreibung hatte sie sich in ihn verliebt. Und sie war nicht annähernd richtig – denn er sah atemberaubend gut aus.

Doch in der vergangenen Nacht hatte er das Bett mit zwei Huren aus dem Gasthaus geteilt. Es handelte sich um jene Nacht, in der er nicht zu Hause gewesen war und über die seine Dienstboten auch keine Auskunft erteilt hatten.

Nun wandte er sich zu ihr um, offensichtlich verwundert,

dass sie nicht ins Zimmer getreten war. Sein Lächeln wurde zu einem anzüglichen Grinsen. „Hast du Lust, bei unserem vergnüglichen Spiel mitzumachen, mein Kätzchen?“ Er ließ die Hand hinunter zu seinem Schritt wandern, und ihr Blick folgte seinen Fingern. Ohne das geringste Anzeichen von Verlegenheit streichelte er seinen Schaft.

Fassungslos tat Miranda ein paar unsichere Schritte rückwärts. Sie hatte die Ausstattung seines Kerkers gesehen, hatte die Hausmädchen beim Tratschen belauscht, und sie wusste nicht, warum sie jetzt so überrascht war.

Hastig raffte sie die Röcke und lief den Flur entlang. Sie erreichte die Treppe mit so viel Schwung, dass sie beinahe kopfüber hinuntergestürzt wäre, doch in letzter Sekunde hielt sie sich am Geländer fest und rannte die Stufen hinab. Warum lief sie, als sei der Leibhaftige hinter ihr her?

Am Fuß der Treppe blieb sie stehen. Es spielte keine Rolle, was er mit den Frauen gemacht hatte. Seine Burg war von Vampiren besetzt worden, und er hatte das Recht, es zu erfahren. Sie war diejenige, die Lukos und Zayan in sein Zuhause eingelassen hatte. Deshalb war sie verpflichtet, ihm gegenüberzutreten und es ihm zu sagen.

Doch die Feigheit hatte sie im Griff. Sie konnte nicht zurück nach oben gehen. Nicht solange er nackt war und sie anzüglich angrinste. Nicht so kurz nachdem ihr klar geworden war, dass all die zärtlichen Gedanken, die er in den Briefen an sie niedergeschrieben hatte, nur hohles Geschwätz gewesen waren.

„Die erste Kutsche ist angekommen, Mr Lorimer“, kündigte eine Frauenstimme an. Miranda erkannte die kräftige, herzliche Stimme der rundlichen Frau, die so freundlich zu ihr gewesen war. Doch nun klang die Stimme angespannt und ängstlich. „Und es scheint so, als ob der seltsame schreckliche Nebel nur hier in und um unserem Dorf hängt. Überall sonst ist der Tag klar und schön. Sogar in Haring-on-the-Marsh, das nur eine Meile weiter nördlich liegt.“

Der Wirt grunzte vor sich hin. Beide befanden sich in einem

Empfangszimmer am Fuß der Treppe. Miranda konnte den Mann und die Frau sehen, deshalb trat sie einen Schritt zurück, damit man sie nicht bemerkte.

„Wir sind hier in einem Tal, Mrs Lorimer“, erwiderte der Mann. „Das Wetter ist ziemlich rau, wie du sehr wohl weißt.“

„Dann erkläre mir, warum in der vergangenen Nacht drei kleine Kinder gestorben sind – seit dieser furchtbare Nebel sich über uns gelegt hat. Das ist Hexerei, denk an meine Worte! Es ist etwas Böses und Dämonisches.“

„Wie kann dieser Nebel für den Tod von drei Kindern verantwortlich sein?“, herrschte Lorimer sie an. „Es sei denn, sie haben sich darin verlaufen.“

„Das haben sie nicht. Sie sind einfach … gestorben.“

Miranda riskierte es, einen Blick in das Zimmer zu werfen. Während er vor sich hinmurmelte, dass seine Frau zu viele Schauerromane lese und nicht genug zu tun habe, verließ Mr Lorimer das Zimmer durch eine Hintertür.

Die Vampire hatten den Nebel über das Dorf gelegt, dessen war Miranda sich sicher. Was, wenn es eine böse Form ihrer Magie war, die Kindern das Leben nahm oder ihnen die Seele stahl? Der Junge, den sie gerettet hatte, war von rotem Dunst umgeben gewesen. Und Tante Eugenia hatte ihr erzählt, dass einige Mitglieder der Königlichen Gesellschaft glaubten, Vampire würden in Wahrheit nicht von Blut, sondern von Seelen leben. Blut war der Weg, auf dem die Seele den Körper verließ.

Es war immer noch Vormittag, noch nicht einmal elf Uhr. Miranda eilte in das Empfangszimmer, und die rundliche Frau des Wirts sah sie erstaunt an.

„Wo waren Sie denn, meine Liebe? Ich konnte Sie nirgends finden.“

Miranda wollte keine überzeugende Lüge einfallen, also platzte sie mit der Wahrheit heraus. „Ich habe Lord Blackthorne gesucht, um ihn wegen einer Gefahr auf seinem Besitz zu warnen, aber …“

„Sie sind in seinem Zimmer gewesen?“ Röte überzog das

Gesicht der Wirtin. Ihre Augen wurden schmal, und das freundliche Lächeln verschwand. „Gütiger Himmel, was haben Sie zu ihm gesagt?"

„Nichts. Er war nicht allein." Miranda straffte den Rücken. „Er hatte zwei Frauen in seinem Bett. Frauen, die hier arbeiten, nehme ich an ..."

„Nein, er hat sie mitgebracht." Die Frau blickte zu Boden.

„Ich verließ sein Zimmer wieder – und habe gehört, was Sie eben sagten. Ich will wissen, welche Kinder in der vergangenen Nacht gestorben sind, denn ich glaube, ich kann ihnen helfen."

Tränen glitzerten in den Augen der Wirtin. „Das können Sie nicht! Die Kleinen sind mausetot."

„Wo sind sie? Ich muss dorthin, so schnell ich kann. Vielleicht bin ich noch rechtzeitig da."

„Ich sage Ihnen nicht, wo sie sind. Ihre Mütter trauern, und ich habe nicht vor, eine Verrückte auf sie loszulassen. Wenn ich es mir recht überlege ..." Die Frau riss dreimal kräftig an einem Glockenstrang. „Sie sollten dem Richter vorgeführt werden. Er wird herausfinden, wohin Sie gehören."

Schwere Schritte kamen näher. Zweifellos war ein stämmiger Diener auf dem Weg, um die Befehle seiner Herrin entgegenzunehmen. Miranda raffte erneut die Röcke und lief zur Tür hinten im Raum, die kurz zuvor der Wirt benutzt hatte. Sie fand sich im Dienstbotentrakt des Hauses ganz in der Nähe der Küche wieder und durchquerte diese, indem sie die Mägde beiseite stieß und um die Tische herumrannte. Die Tür zum hinteren Garten stand offen, und das schwache rötliche Licht war wie ein Leuchtfeuer, das ihr den Weg wies.

Jemand versuchte sie festzuhalten, doch der Ärmel ihres Mantels riss, und sie war wieder frei. Miranda stürzte aus dem Haus.

Der Nebel war inzwischen so dicht, dass sie nur wenige Schritte weit sehen konnte. Nur unter Schwierigkeiten erkannte sie die Umrisse des weiß gestrichenen Gasthauses neben sich. Doch sie sah wenigstens so viel, dass sie an der Mauer entlang zur Vorderseite des Gebäudes und zur Straße gelangte. Von dort aus lief sie zum benachbarten Haus.

Ohne stehen zu bleiben, um sich zu vergewissern, ob sie verfolgt wurde, stürzte Miranda durch die Tür. Über ihrem Kopf schepperte eine Glocke. Der köstliche Duft von frisch gebackenem Brot wehte ihr entgegen, und sie rettete sich in die Ecke neben dem Ladentisch.

Die Inhaberin trat durch eine Hintertür ein und wischte sich die Hände an einem Leinentuch ab. „Kann ich Ihnen helfen, Madam?"

Sie war von unendlich süßen Düften umgeben, und Miranda wäre am liebsten auf den Boden gesunken und dort mit geschlossenen Augen liegen geblieben. Doch sie wünschte stotternd ein paar Brötchen, und während die Frau die Ware einpackte, schob Miranda sich weiter in die Ecke des Raumes. Falls jemand auf der Suche nach ihr in den Laden stürmte, konnte sie hinter den Tresen schlüpfen und durch die Hintertür fliehen.

„Der Nebel draußen wird immer dichter", begann sie im Plauderton. Sie hatte begriffen, dass sie keinen Erfolg hatte, wenn sie sofort mit der Wahrheit herausrückte. „Ich habe gehört, dass dieser Dunst für den tragischen Tod einiger Kinder verantwortlich ist …"

„Oh, davon weiß ich nichts", unterbrach die Frau sie. „Ein paar Leute glauben wohl, dass der Nebel Tragödien ankündigt. Und in der letzten Nacht sind drei kleine Kinder gestorben. Einer der Jungen war seit seiner Geburt kränklich. Der Sohn des Schmieds. Und dann war da noch ein Mädchen und ein ganz kleines Kind, das gerade seine ersten Schritte getan hatte."

Miranda wurde vor Kummer ganz übel. Sie fragte die Frau so lange aus, bis sie die Namen der Familien herausgefunden hatte, zu denen die Kinder gehörten. Das jüngste war im Morgengrauen gestorben. Noch nie hatte sie jemanden gerettet, der nicht direkt vor ihren Augen aus dem Leben geschieden war – außer den Jungen an diesem Morgen, doch auch er war erst seit Kurzem tot gewesen, denn sie hatte seinen Todesschrei gehört. Also wusste sie nicht, wie ihre Gabe in diesem Fall helfen würde. Vielleicht war sie immer noch in der Lage, die Kinder zurückzuholen. Möglicherweise hatte der Zeitpunkt nichts mit der Wirkung ihrer Magie zu tun.

Nach einer einzigen Nacht mit Zayan und Lukos fühlte sie sich seltsamerweise wohler beim Gedanken an ihre Gabe. Sie kam sich nicht mehr wie eine Aussätzige vor und fürchtete sich auch nicht mehr so sehr vor ihren eigenen Fähigkeiten.

Sobald sie herausgefunden hatte, in welcher Richtung die Hütte lag, in der die Familie des Schmieds lebte, hastete Miranda aus dem Laden und ließ die Brötchen auf dem Tresen liegen. Die Frau rief ihr etwas hinterher, aber sie stürzte sich in den Nebel und verschwand darin.

Oder vielmehr schien alles um sie herum zu verschwinden. Nachdem sie sich einige Schritte von der Bäckerei entfernt hatte, sah sie nichts mehr außer dem roten Dunst. Wo der Nebel ihre Haut berührte, war er klamm und kalt. Energisch legte sie ein gutes Stück Weg zurück, dann blieb sie stehen.

Verdammt, sie konnte wirklich überhaupt nichts sehen! Fast fühlte sie sich seekrank, weil sie nicht einmal hätte sagen können, ob der Weg bergauf oder bergab führte. Manchmal bildete der rote Nebel Wirbel, und es entstanden kleine Lücken, durch die sie hindurchschauen konnte, dann machte sie rasch einen Schritt nach vorn. Aber gleich darauf wurde der Nebel wieder dichter, und sie war vollkommen blind. Dann machte sie etwas ganz Dummes. Sie drehte sich im Kreis und war sich sicher, sich einmal vollständig herumgedreht zu haben – nun ja, jedenfalls glaubte sie das. Jetzt wusste sie gar nicht mehr, in welche Richtung sie gehen musste.

Dennoch würde sie auf keinen Fall zulassen, dass der verdammte Nebel drei Kinder um ihr Leben betrog.

Doch was sollte sie tun? Konnte sie ihre Gabe dazu benutzen, sich zu den Kindern führen zu lassen?

Miranda schloss die Augen. Sie konzentrierte sich auf das

Bild einer Hütte mit schlichten Wänden, einem Strohdach und einem Lehmfußboden, so wie die Bäckerin ihr das Haus des Schmieds beschrieben hatte. Sie konnte sich die Familie vorstellen, wie sie um ihren Sohn trauerte und welche Angst sie spürte. Das erschien ihr alles sehr echt, aber in der Lage zu sein, sich etwas vorstellen zu können, bedeutete noch lange nicht, dass sie wusste, wie sie dorthin kam.

„Ich muss ihn retten", schrie sie in den verfluchten Nebel. „Wo ist er? Führe mich zu ihm, und ich werde ihm helfen."

Rechts von ihr bildete der Dunst heftige Wirbel, dann zog er sich zurück, als wollte er ihr den Weg freigeben.

War das unmöglich? Nein, es gab nichts mehr, was unmöglich war.

Miranda lief den Pfad entlang, den ihr der Nebel wies. Der Dunst wich vor ihr zurück, bis sie vor einem kleinen Garten stand. An den welken Blumen und den grünen Blättern hingen Tautropfen, und auch an der Haustür lief Wasser hinunter. Sie klopfte an und wartete.

Gerade als sie die Hand hob, um noch einmal zu klopfen, öffnete sich die Tür. Eine Frau mit rot geweinten Augen und ungekämmten Haaren schaute sie misstrauisch an.

„Bitte lassen Sie mich ein. Ich will versuchen, Ihr Kind zu retten."

In die müden, farblosen Augen trat ein schmerzlicher Ausdruck. „Er ist tot."

Doch Miranda stellte den Fuß in die Tür, um die Frau daran zu hindern, sie auszusperren. Dann drängte sie ins Haus.

Er war so klein und zerbrechlich. Totenbleich, die Augen geschlossen, und als Miranda ihn berührte, war er kalt. Er lag auf einem Tisch aus rauem Holz in einem kleinen Zimmer, das offensichtlich als Wohnraum diente. Dahinter befand sich die Küche, wo sich die restlichen Kinder aufhielten, wohl um in der Nähe des Feuers zu sein – jedenfalls kam die Wärme von dort, so wie leises Schluchzen und gedämpfte Stimmen zu hören waren.

Konnte sie ihn retten?

Miranda beugte sich über den Jungen. Sie berührte seine Brust und betete stumm, dass sie ihm helfen konnte. Sie betete auch darum, dass sie ihre Gabe von Gott erhalten hatte und dass Er ihr zuhörte.

Der Hitzestoß traf sie überraschend. Sie spreizte die Finger auf der Brust des Jungen und spannte sich an, um den glühenden Schmerz ertragen zu können, der durch ihren Arm schoss. Dieses Mal hatte sie keine Freude daran, ihre Magie anwenden zu können. Da war nur Schmerz. Schmerz, der sich zunächst in einem leichten Ziehen äußerte, das sich zu einer brennenden Qual steigerte. Sie schrie auf, es schockierte sie, und sie wollte den Arm wegreißen, aber sie konnte nicht.

Also grub sie die Zähne in die Unterlippe, um die Tortur auszuhalten. Dabei wimmerte sie. Schließlich wurde die Qual so entsetzlich, dass sie dachte, sie würde sterben.

Doch dann hörte es auf. Der entsetzliche Schmerz hörte einfach auf, und die Hitze in ihrem Körper ließ nach. Unter ihrer Hand hob sich die Brust des kleinen Jungen, seine Lider zuckten, und er öffnete die Augen.

Die Mutter, die hinter ihr gestanden hatte, schluchzte auf. Sie stürzte nach vorn, hob ihren kleinen Sohn hoch und drückte ihn an die Brust. Doch nach diesem Moment des Erstaunens und der Freude verschwand der ergriffene Ausdruck einer Frau, die ein Wunder miterlebt hatte.

Sie wich vor Miranda zurück und presste ihr Kind fest an sich. „Raus hier! Wer sind Sie? Eine Hexe?“

Und eine weitere Frau kam ins Zimmer – sie musste mit den Kindern nebenan gewesen sein. „Eine Zigeunerin!“, schrie sie. „Vielleicht hat sie ihn erst verflucht, und nun ist sie gekommen, um den Fluch aufzuheben. Wir geben dir nichts!“

Diese andere Frau hielt ein Küchenmesser wie eine Waffe in der Hand.

Erschrocken starrte Miranda die beiden Frauen an. Sie hatte das Leben des Jungen gerettet, doch in den Augen der Frauen war keine Dankbarkeit zu erkennen, nur große Angst.

Es war Zeit, zu gehen. Sie musste so schnell wie möglich davonlaufen.

Wieder einmal floh Miranda aus einem Haus, doch dieses Mal war der Nebel nicht mehr ganz so dicht. Und erneut teilte er sich vor ihr und schuf einen Pfad zum nächsten toten Kind.

Dieser führte zu einer Hütte am Ende der Straße. Miranda hatte sie fast erreicht, als ein schwarzer Schatten sie ansprang. Eine große Hand legte sich über ihren Mund, eine andere umklammerte ihren Hals, und ein Mann zog sie von der Straße ins Gebüsch.

Er schleuderte sie gegen einen Baumstamm, und sie rang nach Luft, als sie gegen die harte Rinde stieß. Der Mann trug einen Umhang und hatte die Kapuze tief in die Stirn gezogen, sodass sein Gesicht nicht zu erkennen war. Doch sie konnte einen harten Mund und einen kräftigen Kiefer sehen und ein Kinn voller Bartstoppeln. Seine Hand lag immer noch auf ihrem Mund, und sein anderer Arm presste sie gegen den Baumstamm.

Der Geruch von Rauch hing in seinem Umhang, und sein Atem stank nach Schnaps.

Er roch nach Schweiß. Lukos und Zayan hatten nicht nach abgestandenem Männerschweiß gestunken – das hier musste ein sterblicher Mann sein.

*Mr Ryder.*

Seine andere Hand wanderte nach oben, und etwas Kaltes, Hartes berührte ihre Kehle. „Nicht bewegen!“, befahl er. „Oder ich erschieße Sie, Miss Bond. Und kein Wort!“

Er nahm die Hand von ihrem Mund. Die Kapuze rutschte nach hinten.

Sie starrte in Mr Ryders schöne leuchtend blaue Augen – Augen, bei deren Anblick jede ahnungslose junge Frau vor Entzücken in Ohnmacht gefallen wäre. Ihr blieben jedoch vor Angst die Worte im Hals stecken. Er drückte den Pistolenlauf fester gegen ihre Kehle.

„Sie ist davongelaufen? Wie konnten Sie sie allein gehen lassen?“ Althea wusste, dass sie kein Recht hatte, Miss Miranda Bonds Tante die Fragen in diesem Ton an den Kopf zu werfen, aber sie hatte so sehr gehofft und gebetet, dass dies das Ende der Reise sein würde. Doch dem war nicht so, und sie musste Miss Bond finden, wenn sie eine Chance haben wollte, das Leben ihres Babys zu retten.

Sie sank auf die Kante des Sofas und presste sich die Hand vor den Mund, um den Schrei der Angst und Hoffnungslosigkeit zurückzuhalten, der in ihrer Kehle steckte. Baby Serry schlief in Bastiens Armen, und als Althea sah, wie er einen Kuss auf die winzige Stirn des fest eingepackten Bündels drückte, wäre sie beinahe in Tränen ausgebrochen. Inzwischen bewegte Serry kaum noch die Glieder und öffnete nur selten die Augen. Ihre Tochter starb, und sie musste zusehen, und ihre einzige Hoffnung – Miranda Bond – war verschwunden.

Eugenia ging vor dem prasselnden Feuer im Haus ihres Neffen Baron Simon Bond auf und ab. Trotz ihrer silbernen Haare war sie schlank und offensichtlich stark und agil. „Ich habe sie nicht gehen *lassen*. Sie ist ein starrsinniges Mädchen und ist einfach gegangen.“ Eugenia wedelte vor ihnen allen mit einem Buch herum. „Meine liebe Nichte führte ein Tagebuch, und darin schreibt sie von Lord Blackthorne – ihrer großen Liebe. Ich vermute, meine Nichte ist zu ihm gefahren. Mein Neffe hat … nun ja, er hat den größten Teil seines Vermögens beim Spielen auf den Kopf gehauen. Miranda betrachtete eine reiche Heirat als einzige Möglichkeit, ihn zu retten.“

Jonathon trat vor. „Wissen Sie etwas von einem Vampirjäger namens James Ryder, Miss Bond?“

Aus dem Augenwinkel sah Althea, wie Yannick nach Serry griff und sie fest an seine Brust presste.

„Wurde er nicht vor vier Jahren aus der Königlichen Gesellschaft ausgeschlossen?“, erkundigte sich Eugenia und runzelte die Stirn.

„Ja, doch es wird herumerzählt, dass er Ihre Nichte hier besucht hat, und er wurde gesehen, als er sich ihr am Tag, bevor sie abreiste, im Hyde Park näherte."

„Gütiger Himmel, warum denn?"

Nun ergriff Drake Swift das Wort: „Ich nehme an, die Königliche Gesellschaft steckt dahinter. Es gefällt ihnen, ganz im Geheimen gemeingefährliche Leute in ihren Diensten zu haben."

Eugenia schluckte mühsam. „Die Königliche Gesellschaft?"

„Lord Denby behauptet allerdings, die Gesellschaft habe Ihre Nichte beschützt", erklärte Althea.

Eugenia wirbelte herum, um sie anzuschauen. „Die Königliche Gesellschaft weiß nichts von ihr. Ich habe ihren Mitgliedern nie von ihr erzählt und ihre besondere Gabe geheim gehalten ..."

Sie stockte. Entsetzen breitete sich auf ihrem Gesicht aus. Auch Althea erinnerte sich in diesem Augenblick daran, was Serena wegen der grausamen Gefolgsmänner der Königlichen Gesellschaft beinahe zugestoßen wäre.

„Herr im Himmel!", keuchte Eugenia. „Wir müssen sie finden. Und wir haben nicht viel Zeit. Seit sie London verlassen hat, sind zwei Nächte vergangen. Ich hatte vor, ihr sofort zu folgen, aber Denby rief mich wegen eines Notfalls zu sich, und ich ging davon aus, dass sie in Sicherheit ist ..." Eugenia schlug mit der Faust auf den Kaminsims. „Dieser Notfall existierte überhaupt nicht, wie ich jetzt begreife. Man wollte mich davon abhalten, Miranda zu beschützen."

„Normalerweise reagiert die Gesellschaft mit Angst auf jemanden, dessen Verhalten oder Fähigkeiten die Mitglieder nicht begreifen", erklärte Serena in ernstem Ton. „Und da wir der Gesellschaft nicht trauen können, sollten wir uns an die Vampirköniginnen wenden."

„Nein!", rief Eugenia.

„Sie wissen, dass wir alle Vampire sind, nicht wahr?"

Eugenia nickte. „Ich habe nie verstanden, wie Sie Vampire sein und gleichzeitig zur Königlichen Gesellschaft gehören können."

„Vielleicht weil wir begriffen haben, dass ‚Vampir' und ‚böse' nicht unbedingt Hand in Hand daherkommen", erwiderte Althea. „Wir haben bewiesen, dass Vampire existieren können, ohne in Sterblichen einfach nur ihre Opfer zu sehen."

Yannick, Bastien, Serena, Drake und Jonathon nickten zustimmend.

„Die Vampirköniginnen werden begreifen, welche Macht Miss Miranda Bond ausüben kann, und deshalb Angst vor ihr haben", gab Bastien zu bedenken. „Möglicherweise wollen sie sie ebenfalls vernichten."

„Ich würde den Königinnen die Verteidigung meiner Nichte nicht anvertrauen", stieß Eugenia hervor. „Ehe ich mich an sie wende, werde ich Miranda lieber allein nachreisen."

„Sie werden ihr nicht allein folgen", erklärte Althea. Zwar wusste sie nicht, ob eine weitere Reise Serry schaden würde, aber sie konnte Miranda Bond nicht ohne Schutz lassen. Nicht nur wegen ihres Kindes, sondern auch um Mirandas willen. „Wir werden Sie alle begleiten."

„Lord Blackthorne hat einen äußerst schlechten Ruf", sagte Yannick.

Eugenia erschauerte. „Ich hatte keine Ahnung, dass meine Nichte ihn kennt. Meine Waffen sind bereit, und ich bin fertig zur Abreise." Sie schnalzte mit der Zunge. „Ich dachte, Miranda wäre zu vernünftig, um von einem Mann zu erwarten, dass er sie rettet."

„Himmel, dieser Nebel ist so dicht, dass es so dunkel ist wie mitten in der verdammten Nacht", schimpfte Mr Ryder, während er ihren Mantel vorn aufschlitzte.

Miranda spürte den Druck der Klinge und hörte das leise Ploppen der Knöpfe. Er schob die Pistole in seinen Hosenbund, doch sein Dolch machte ihr ebenso viel Angst. Der Nebel war nun weiß und wirbelte so dicht um sie herum, dass sie sich in einem undurchdringlichen Dunst befanden. Sie sah nur noch Mr Ryders funkelnde, hungrige Augen und ein paar Äste über seinem Kopf.

„Ein paar Mitglieder der Gesellschaft wollen, dass ich Sie töte, sobald ich Sie gefangen habe. Sie waren der Meinung, ich würde dem Befehl blindlings folgen und nicht begreifen, wie wertvoll Sie sein müssen, wenn man Sie so dringend tot sehen will."

„H…haben Sie vor, ein Lösegeld für mich zu verlangen?" Das würde ihr Zeit schenken. Und Hoffnung.

„Was ich will, ist Macht."

Sie legte den Kopf in den Nacken und starrte ihn an. Es war unmöglich, ihm einfach ihre magischen Kräfte zu geben. „Sie meinen, dass Sie mich zwingen wollen, meine Gabe nach Ihrem Willen einzusetzen?"

„Es gibt eine Möglichkeit, wie ein Sterblicher einem Dämon seine Macht nehmen und sie selbst nutzen kann."

„Ich bin kein …" Oder war sie tatsächlich eine Dämonin? Sie hatte keine Ahnung, wie es sich anfühlte, ein Dämon zu sein. Sie besaß die Gabe, einen Zauber auszuüben – die Fähigkeit, Unmögliches zu tun. Doch ihr Zauber rettete Menschenleben.

Mr Ryders Atemzüge waren schwer und keuchend und stanken nach Alkohol. „Sind Sie noch Jungfrau?", raunte er. „Haben Sie sich diesen Vampiren hingegeben?"

Bevor sie auch nur ein Wort erwidern konnte, ächzte er: „Ich will dich! Aber ich würde sanfter mit dir umgehen, wenn ich sicher wüsste, dass du noch unberührt bist."

Sie beabsichtigte nicht, ihm zu sagen, was sie getan oder nicht getan hatte. Sie musste einen Weg finden, sich von ihm loszureißen und zu fliehen.

Doch mit seinen behandschuhten Händen packte er beide Seiten ihres zerschnittenen Mantels und riss ihn auseinander. Er legte seine Finger auf ihre Brüste und drückte sie durch das Kleid hindurch. Dabei hielt er den Dolch immer noch in der rechten Hand.

Es war schrecklich. Nie zuvor war sie so rücksichtslos angefasst worden. Das hier hatte nichts mit der Art zu tun, wie Lukos und Zayan sie berührt hatten, nicht einmal während der ersten Wegstrecke mit der Kutsche.

Während Ryder sie betatschte, zuckte die Dolchspitze hin und her. Sie konnte nicht atmen, wenn er mit seinen groben Händen ihr Fleisch zusammenpresste. Er wollte sie verletzen, wollte sie in Angst und Schrecken versetzen. In seinen Augen sah sie perverse Lust leuchten.

Er vernichtete Vampire. Er hätte ein Held sein können, doch er weidete sich an ihrer Furcht und genoss es, dass er stärker war als sie. Ihre einzige Chance war, ihre Angst zu verbergen und dadurch seinen Triumph zu schmälern.

„Lassen Sie mich gehen! Es gibt Kinder, die ich retten könnte, und Sie halten mich davon ab. Wenn Sie meine Gabe wollen, lassen Sie zu, dass ich sie benutze. Lassen Sie mich unschuldige Leben retten."

Verächtlich kräuselte er die Lippen. „Du erweckst die Toten zum Leben. Verstehst du nicht, was du da tust? Du erschaffst Vampire."

„Das ist nicht wahr!" Tante Eugenia war nicht zum Vampir geworden. „Und wenn Sie denken, dass ich eine Dämonin bin, warum wollen Sie dann meine Gabe haben?"

Durch den Stoff ihres Kleides kniff er ihr heftig in die Brustwarzen, und sie schrie vor Schreck und Schmerz auf. Mit dem Handrücken schlug er ihr ins Gesicht, und sie taumelte von der Gewalt seines Schlages nach hinten.

Er schob sie wieder gegen den Baumstamm und zog ihre Röcke bis zu den Schenkeln hoch.

Entsetzt krallte sie ihre Fingernägel in seine Hände.

Doch sie konnte ihn nicht aufhalten. Er drückte sich gegen sie, seine Schulter presste sich schmerzhaft gegen ihr Schlüsselbein, und seine Hüfte drängte nach vorn. Gleichzeitig rammte er sein Knie zwischen ihre und zwang ihre Beine auseinander. Der Nebel waberte um ihre unbedeckten Schenkel und hinterließ Feuchtigkeit auf ihrer Haut.

„Aufhören!“, schrie sie, doch er griff nach ihrem Schenkel und bohrte die Finger in ihr Fleisch. Sie spürte, wie seine andere Hand sich vorn an seiner Hose zu schaffen machte.

„Nein!“, brüllte sie.

Ein furchtbares Knurren durchdrang den Nebel. Es schien aus allen Richtungen zu kommen, als hätte sich ihnen im Schutz des undurchdringlichen Dunstes ein Rudel Wölfe genähert und würde sie nun umringen.

Mr Ryder zuckte zurück. „Was war das, zur Hölle?!“ Er beugte sich vor, um sie festzuhalten, während er sich gleichzeitig ängstlich umschaute.

Sie spürte seinen raschen Herzschlag an ihrer Brust. „Wölfe!“, keuchte sie, um seine Angst noch zu verstärken. „Es klang wie ein ganzes Rudel.“ Zwar versuchte sie seine Panik zu steigern, doch gleichzeitig wuchs auch die ihre. Was, wenn es tatsächlich ein Wolfsrudel war? Selbst wenn sie Ryder entwischen konnte, würde sie schwerlich in der Lage sein, vor Wölfen davonzulaufen.

Das Heulen wurde lauter. Ryder fuhr herum, um in den dichten weißen Nebel zu starren. Er musste sie loslassen, um seinen Dolch und seine Pistole festhalten zu können.

Hinter Ryder tauchte ein dunkler Schatten auf.

„Da!“, rief sie.

Er wandte sich hastig um, doch die schwarze Silhouette war schon verschwunden. Daraufhin wirbelte er wieder zurück, funkelte sie mit wildem Blick an und hielt ihr den Dolch an die Kehle. „Keine Tricks, du Hexe!“

Sie schluckte. „Das war kein Trick! Ich habe etwas gesehen. Einen Umriss oder einen Schatten.“

Wieder heulte es. Ein tiefer, grollender Laut ertönte, dann tauchte wie ein Blitz ein schwarzes Tier im Weiß des Nebels auf. Riesig bewegte es sich auf Mr Ryder zu.

*Peng!* Aus seiner Pistole löste sich mit ohrenbetäubendem Lärm ein Schuss, und sein Arm schlug nach hinten. Um nicht von seinem Ellenbogen getroffen zu werden, warf Miranda sich zur Seite und fiel auf den feuchten Boden. Benommen nahm sie vier Pfoten und ein riesiges, von schwarzem Fell bedecktes Tier wahr. Es war ein Wolf von enormer Größe!

Seine Kiefer öffneten sich, und weiße Zähne blitzten hinüber zu Ryder, dann sprang das Untier ihn an. Die zuckende Klinge des Dolchs stieß Ryder dorthin, wo er den Wolf sah. Er brüllte und schrie. Doch der Wolf packte ihn an der Schulter und schleuderte ihn durch die Luft. Ryder flog in die Bäume.

Dann wandte sich der Wolf Miranda zu, und sie hielt den Atem an. Das Herz hämmerte in ihrer Brust. Sie krabbelte rückwärts über den Boden, stieß aber gegen einen Baum. „N… nein!"

Der Wolf schnupperte in die Luft und kam langsam näher.

## *11. KAPITEL*

### Die Kette

*Verhalte dich ruhig, vollkommen und absolut ruhig.*

Miranda flüsterte sich selbst diese Mahnung zu, als der Wolf seinen majestätischen Kopf neigte und sie anschaute. Die dunklen, feuchten, schönen Augen des Tieres hielten ernst ihren Blick fest. Es waren reflektierende Augen mit einem violetten Schimmer.

Lukos.

Der Nebel rings um ihn herum wurde dichter und umfing ihn wie eine weiße Decke, dann begann der Dunst zu schimmern. Gleich darauf trat Lukos aus dem undurchdringlichen Nebel; die Haare hingen ihm lose über die Schultern und er war … nackt.

Er hatte sie verfolgt. Obwohl sie wieder gefangen war, durchlief Miranda eine Welle der Erleichterung.

Sie hatte den Moment, in dem er seine Gestalt änderte, nicht gesehen, und es schien ausgeschlossen zu sein, dass sich ein furchterregender Wolf in einen solchen Mann verwandeln konnte. Als Zeichen des Willkommens breitete er weit seine Arme aus, und sie machte einen Schritt nach vorn und ließ sich hineinsinken.

Er drückte sie an seine breite warme Brust. Ihre Finger strichen über seine Haut, und sie stieß einen zittrigen Seufzer aus, als er die Arme noch fester um sie legte. Er war ein Vampir, doch seine Liebkosungen waren sanft und zärtlich, obwohl sie in seinen Zärtlichkeiten auch Stärke und Macht spürte.

Eigentlich hätte sie sich in seiner Umarmung nicht sicher fühlen dürfen. Sie hätte sich fürchten müssen. Doch nichts dergleichen war der Fall.

Mit einer Hand strich er an ihrem Hals entlang und legte die Finger um ihren Nacken. Dann küsste er sie. Besitzergreifend presste er die Lippen auf ihren Mund. Es war eine leidenschaftliche Vereinigung, die in nichts an das wohlige Zungenspiel erinnerte, dem er sich bei früheren Küssen hingegeben hatte. Das hier war der Kuss eines Mannes, der sich der Frau näherte, die er für die Seine hielt.

Miranda zog sich zurück. „Hast du ihn getötet?" Angesichts der Tatsache, dass Ryder vorgehabt hatte, sie zu vergewaltigen, ihr ihre magische Gabe zu stehlen und sie umzubringen, hätte sie nicht die Spur von Mitleid für ihn empfinden sollen. Doch sie konnte nicht anders. Sie war keine unbarmherzige Frau.

Lukos legte die Finger um ihr bebendes Handgelenk. „Komm, mein Engel. Bei Tageslicht werde ich schwächer. Wir müssen gehen!"

Obwohl es sie drängte, die Flucht zu ergreifen, stemmte Miranda sich dagegen, als Lukos versuchte, sie mit sich zu ziehen. „Nein."

„Was meinst du mit Nein?" Er knurrte wie der Wolf, der er eben noch gewesen war. „Ich habe dich vor einem Verrückten gerettet, der dich erst vergewaltigen und dann töten wollte. Komm mit mir, Miranda!"

„Ich kann nicht." Rasch erzählte sie ihm von den Kindern, die gestorben waren, und dem Jungen, den sie gerettet hatte. „Ryder hat gesagt, die Königliche Gesellschaft wolle mich vernichten, und er behauptete, dass ich Vampire erschaffe. Doch ich weiß, das tue ich nicht. Ich habe die Fähigkeit, diese Kinder zu retten und ihre Familien vor dem schlimmsten Schmerz zu bewahren. Die Königliche Gesellschaft nimmt einfach nur an, dass meine Gabe etwas Böses sein muss. Ich glaube daran, dass sie gut ist, und ich habe vor, es zu beweisen. Es gibt noch zwei Kinder, die ich retten muss."

„Das wirst du nicht tun!" Hochmut funkelte in seinen Augen und lag in der Bewegung, mit der er sein Kinn nach vorn schob. „Das ist zu gefährlich."

Schroff wandte sie sich ab und entfernte sich durch den Wald, wobei sie sich von Baum zu Baum fortbewegte, um ihren Weg durch den Nebel zu finden. Sie folgte ihren eigenen

Fußstapfen, während sie ihr Herz anflehte, ihr den Weg zum nächsten Kind zu weisen.

„Halt!“, brüllte Lukos. „Ich werde nicht zulassen, dass du dich in Todesgefahr begibst!“

„Was kümmert dich das? Ich habe den kleinen Jungen gefunden, dessen Blut du getrunken hast, und ich habe ihn gerettet …“

„Welchen Jungen?“ Die Stimme, mit der er ihr hinterherrief, klang aufrichtig erstaunt und empört. „Ich habe mich nicht vom Blut eines Kindes ernährt.“

Sie blieb nicht stehen, sondern rannte so rasch, dass sie gegen Bäume stieß und auf nassen Wurzeln und heruntergefallenen Ästen ausglitt. „Dann war es vielleicht Zayan!“, schrie sie. „Oder du lügst mich an! Du hast die Dienstboten auf Blackthorne Castle in seelenlose Wesen verwandelt und vor meinen Augen das Blut einer Frau getrunken. Ich gehe nirgendwo mit dir hin, Lukos!“

Mit Leichtigkeit holte er sie ein, packte ihren Arm und zerrte heftig daran. Sie fiel nach hinten und stürzte gegen seine Brust wie gegen eine Wand. Ihr Busen hob und senkte sich unter ihren raschen Atemzügen zwischen Anspannung und Wut.

„Der Vampirjäger wird zurückkehren. Ich habe ihn nicht getötet, Miranda. Und wenn er kommt, solange ich mich immer noch draußen im Tageslicht aufhalte, werde ich nicht stark genug sein, um dich vor ihm zu beschützen. Zur Hölle! Wenn ich mich im Licht aufhalte, werde ich zu einem Stück Dörrfleisch!“

Sie riss sich von ihm los. Er ließ zu, dass sie sich von seiner Brust wegstieß und sich umdrehte, sodass sie ihn ansehen konnte, doch ihr Handgelenk hielt er noch immer fest, seine langen Finger umspannten ihren Arm. „Es ist längst hell!“, rief sie aus. „Wie kannst du überhaupt bei Tageslicht überleben?“

Lukos neigte den Kopf, sodass seine Haare über die nackten Schultern fielen. Sie begriff nicht, wieso er im Nebel nicht fror. Seine Haut war feucht. Mit der freien Hand rieb er sich die Tropfen vom Kinn. „Ich glaube, es ist der Nebel, der mir hilft. Ich erwachte, stellte fest, dass du fort warst, und spürte den Drang, hierherzukommen. Irgendwie wurde ich direkt zu dir geführt. Und der Nebel verhinderte, dass das Licht mich verbrannte. Doch er schützt mich nicht vor der Schwäche, die mich bei Tag überkommt."

„Ich danke dir, dass du mir das Leben gerettet hast." Sie biss sich auf die Unterlippe. Was, wenn sie ihn dazu brachte, noch länger im Licht zu bleiben? Würde er so schwach werden, dass sie ihm entkommen konnte? Wenn er zusammenbrach, würde das ihre Chance sein, ihn zu überwältigen?

Der Himmel mochte ihr beistehen, denn das brachte sie nicht fertig. „Bitte lass mich diesen Kindern helfen." Sie bat ihn ohne jede Hoffnung darum. Warum sollte es einen Vampir, der Menschen als seine Opfer und Nahrungsquelle ansah, kümmern, ob sie ein Kind rettete?

Er fuhr sich mit gespreizten Fingern durchs Haar. „Ich kann dich gegen deinen Willen mitnehmen. Ich war schon sehr nachsichtig mit dir, während wir hier herumstanden und stritten."

„Und ich war sehr nachsichtig mit dir, als ich keinen Pflock in dein Herz trieb, obwohl ich auf der Burg die Möglichkeit dazu gehabt hätte."

Leise und volltönend umschmeichelte sie sein Lachen. „Warum hast du es nicht getan, mein Engel? Warum warst du gnädig zu mir, nachdem ich vor deinen Augen das Blut einer Frau getrunken habe – aus dem einzigen Grund, dich eifersüchtig zu machen?"

„Genau diese Frage stelle ich mir auch", erwiderte sie in scharfem Ton. Doch sein Lächeln, die Art, wie er langsam seine sinnlichen Lippen zu einer fast verletzlichen Linie verzog, ließ sie ihm gegenüber schwach werden.

„Komm, dann lass uns zu den Kindern gehen."

Sie starrte ihn überrascht an. „Du bist bereit, mich zu ihnen gehen zu lassen?"

„Ich bin bereit, dich dorthin zu bringen."

Sie erklärte, dass sie nicht wisse, welchen Weg sie nehmen müsse, und dass eine magische Kraft, deren Ursprung sie nicht kenne, sie zu dem ersten Kind geführt habe.

Er nickte unbeeindruckt. „Ich werde dir folgen."

Ein weiteres Mal schien sich ein Weg ganz von selbst durch den dichten weißen Nebel aufzutun.

„Der Nebel verzieht sich", stellte Lukos fest.

„Wir müssen schnell gehen. Genau das ist beim letzten Mal auch passiert." Sie raffte ihre Röcke und lief ein paar Schritte vorwärts – dann stolperte sie über eine Wurzel. Sie stürzte zu Boden und streckte die Arme nach vorn. Doch bevor sie aufschlug, wurde sie mitten im Fall gebremst. Sie schwebte knapp über der von Steinen übersäten, von Wurzeln durchzogenen Erde. Wärme umgab sie und ein sanftes gelbes Licht.

Lukos hatte ihren Sturz mit einem Zauber verhindert. Sie stieg höher, dann drehte sie sich von ganz allein so, dass ihre Füße nach unten zeigten, und wurde vorsichtig wieder auf die Erde gestellt.

Mithilfe von Magie hatte Lukos sich inzwischen bekleidet.

„Sei vorsichtig", murmelte er. Dann schlang er die Arme um ihre Taille und hob sie hoch. Von hinten traf sie ein starker Windstoß und trug sie beide davon.

„W...was passiert mit uns?", keuchte sie. Sie flog auf die Baumwipfel zu, und Lukos war direkt hinter ihr.

„Ich kann dem Wind befehlen, mich zu tragen, und dieses Mal trägt er uns beide."

Der Weg durch den Dunst öffnete sich auch für sie, während sie dahinflogen. Doch kleine Nebelfetzen blieben an ihrem Gesicht hängen und brannten auf der Haut. Ihre Augen tränten. Sie musste sich Lukos' Brust zuwenden, um ihr Gesicht zu schützen. Ihn schien das Brennen nicht im Geringsten zu stören.

Dann erkannte sie durch eine Lücke in der weißen wogenden Masse ein paar Bäume und das Dach eines Hauses unter sich. Sie flog so hoch über der Erde, dass ihr vor Angst der Magen bis in die Kniekehlen rutschte. Wenn sie jetzt abstürzten, würden sie sterben, zumindest sie würde den Tod finden. Doch sie spürte, dass sie Lukos tief in ihrem Inneren vertraute.

„Wenn du die Macht besitzt, den Wind zu beherrschen", murmelte sie in seine breite Brust, „hast du dann auch diesen Nebel hierher befohlen? Um dich vor dem Tageslicht zu schützen?"

Ihre Röcke flatterten und hoben und senkten sich mit der Luftströmung. Miranda klammerte sich fest an Lukos, während der Wind sie trug.

„Ich habe den Nebel nicht geschaffen, aber ich glaube, Zayan hat es getan. Es gibt eine Sage über einen roten Nebel, der das Böse und den Tod mit sich bringt."

Das würde den Tod der Kinder erklären und auch den roten Dunst, der den verwundeten Jungen in der Burg umgeben hatte. Sie spürte Zorn in sich aufsteigen. Wenn Zayan den Nebel erschaffen hatte, war er schuld am Tod der Kinder, und sie würde ihn dafür bezahlen lassen. Zwar wusste sie noch nicht, wie sie das anstellen sollte, aber sie würde es tun.

Unter sich sah Miranda ein Steinhaus, an das eine sehr schlichte Hütte angebaut war. Ihr Gefühl sagte ihr, dass sie dorthin musste. Lukos sorgte dafür, dass sie nach unten sanken, und sie wusste, er hatte ihre Gedanken gelesen.

Dieses Mal störte es sie nicht.

Nachdem sie mit zwölf Jahren Tante Eugenias Leben gerettet hatte, hatte ihre Tante sie davor gewarnt, jemandem von ihrer Gabe zu erzählen. Damals wünschte sie sich einfach nur, ihre magische Fähigkeit loszuwerden. Ihr ganzes Leben hatte sie diesen Wunsch gehabt – sie wollte ein völlig normales Mädchen sein.

Doch nun fühlte sie sich für ihre Gabe verantwortlich. Sie musste sie schützen, ganz gleich, wie.

Es war das schönste aller Geräusche. Die Schreie eines erschrockenen Kindes und dann die besänftigenden Laute einer liebenden Mutter.

Wie wunderbar, dachte Miranda, denn dieses Kind war tot aufgebahrt gewesen, und die Mutter hatte so viele Stunden geweint, dass sie keine Tränen mehr hatte. Miranda spürte eine Welle des Glücks in sich aufbranden, doch Lukos nahm sie beim Arm und zog sie in eine dunkle Ecke des kleinen Zimmers. Lautes Klopfen war aus der Werkstatt des Schmieds zu hören – der trauernde Vater war zu seiner Arbeit zurückgekehrt. Die Mutter umarmte ihr Kind, und Miranda sah, wie der Ausdruck ihrer Augen sich von Hoffnung und Freude in Misstrauen verwandelte. Erst jetzt begriff die Mutter, dass Miranda ein Wunder vollbracht hatte. Und nun bekam sie Angst.

„Sie sollten das Kind zu Ihrem Mann bringen", schlug Lukos mit tiefer, hypnotischer Stimme aus dem Schatten vor. Ihr Klang umschmeichelte Miranda, und sie begriff, dass er soeben die Gedanken und Gefühle der Mutter unter seine Kontrolle gebracht hatte.

Die Frau starrte ihn an und wich mit leerem Blick zurück. Nachdem die Mutter und das Kind fort waren, trat Lukos blitzschnell an Mirandas Seite. „Er wird kommen, um dich zu töten. Der dumme Mann wird glauben, du hättest das Kind verhext."

Erschöpfung ließ ihre Glieder schwer werden. „Und was, wenn ich es getan habe? Wenn meine Gabe kein Geschenk ist?" Sie versuchte zu schlucken, ihre Kehle war eng und trocken. An diesem Tag hatte sie drei Kinder gerettet – vier, wenn man den Jungen auf der Burg hinzurechnete –, doch was hatte sie ihnen in Wahrheit angetan? Hatte sie sie in etwas verwandelt, das keine menschlichen Züge mehr trug? Und selbst wenn sie immer noch normal und menschlich waren, würden die Menschen in diesem abgeschiedenen kleinen Dorf sie nun als verflucht oder verhext betrachten?

Lukos legte seine langen Finger um ihr Kinn und zwang sie,

ihn anzuschauen. „Es ist ein Geschenk, mein Mädchen."

„Es ist Hexerei!", blaffte eine Männerstimme aus dem hinteren Teil der Hütte.

„Was ist nur mit den Sterblichen los, dass sie in einem Wunder kein Geschenk, sondern ein Unglück sehen?", murmelte Lukos. Er nahm Mirandas Hand, und Seite an Seite eilten sie hinaus in den Nebel, der sie sofort verschluckte. Direkt vor ihnen flammte knisternd ein Licht auf, und sie fuhr zusammen. „Was war das?"

Kraftvoll stieß etwas wie ein kleiner Blitz gegen ihre Brust und hob sie vom Boden hoch. Ihre Glieder zitterten. Sengender Schmerz durchfuhr sie. Es fühlte sich an, als würde ihr das Herz aus der Brust gerissen. Vor lauter Schmerz konnte sie nicht einmal schreien; ihre Arme wurden schlaff, ihr Mund starr.

„Zayan", knurrte Lukos. „Er benutzt wohl diesen Nebel, um dir deine Macht zu entziehen, Liebste." Er zog sie in seine Arme und befreite sie aus dem Griff des Lichts. „Wir brauchen ein Versteck."

Eine Scheune mit steinernen Wänden bot sich als Unterschlupf an. Lukos hielt Miranda an sich gepresst, während er mit großen Schritten auf das Gebäude zueilte, während der Nebel an ihnen zerrte, als wollte er sie festhalten. Es schien ihr, als würde der Dunst Funken schlagen, die sie wie winzige Glühwürmchen umschwirrten und in ihre Haut stachen. Irgendwie brachte Lukos sie in die Scheune – ein baufällig wirkendes Gebäude, das jedoch schwere Türen besaß.

Hastig verschloss er die beiden Portale und schob die Riegel vor, sodass sie vollkommene Dunkelheit umgab. Nur durch ein paar Löcher in der Decke fiel ein weißlicher, sehr schwacher Schimmer. Miranda stöhnte. Das hier konnte kein Zufluchtsort sein. Doch Lukos hob die Hände, und sofort umgab ihn strahlendes blaues Licht. Es dehnte sich aus wie eine Blase und stieg zu den Holzbalken über ihnen auf.

„Das ist ein Schutzschild", erklärte er. „Er wird eine Weile wirken, und der Nebel kann ihn nicht durchdringen." Lässig legte er sich auf einen großen Heuhaufen. „Ich muss dafür sorgen, dass ich wieder stark werde." Er streckte ihr eine Hand entgegen. Seine Kleidung verschwand.

Wie er da so nackt im Heu lag, nur aus langen schlanken Gliedern und deutlich hervortretenden festen Muskeln bestehend, sah Lukos aus wie ein Bild aus den erotischen Träumen einer Jungfrau – der kräftige Stallbursche, der sie im Heu erwartete, um all ihre Sehnsüchte zu erfüllen.

Miranda wich erschrocken zurück. Sie durfte nicht zulassen, dass ihre Fantasien sie in eine gefährliche Situation lockten. „Du willst mein Blut, nicht wahr? Wie willst du sonst wieder zu Kräften kommen?"

„Ich brauche dich, um mich mit dir in Liebe zu vereinigen, mein Engel, Wenn ich uns hier heil herausbringen soll, muss ich stark sein. Und ein bisschen leidenschaftlicher, feuriger Sex mit dir wird meine Stärke zurückbringen." Er winkte sie zu sich heran. „Dieses Mal ohne jede Magie, allein die Magie unseres Ficks wird es richten."

*Wenn er seine Gefährtin nicht bis zur ersten Tagundnachtgleiche nach seiner Auferstehung gefunden hat, wird er von seiner eigenen Macht verzehrt und zu Asche verbrennen.*
*Und die, die er liebt, wird ebenfalls ums Leben kommen. Sie wird in einem Kerker Satans sterben, ihre Seele wird zu ewigen Qualen verdammt sein, wird leiden müssen für die Sünden, die Lukos begangen hat …*

*Dies ist der letzte Abschnitt der Prophezeiungen für Lukos, entnommen der Schrift, die im November 1818 in Westwarden Barrow, Wessex, England gefunden wurde.*

Bei seinen Worten hörte Lukos sie laut nach Luft schnappen. Er sah, wie sie vor Begehren und Unsicherheit erschauerte, als er ihr das Wort „Fick" entgegenschleuderte. Wie seltsam, dass er dieses Wort gegenüber der Frau benutzte, mit der ihm eine Vereinigung so viel bedeutete.

Er hatte sich geschworen, bei ihr keine Magie mehr zu verwenden. Als sie sich ihm langsam näherte, wusste er, sie tat es aus freiem Willen. Seine Nasenflügel weiteten sich, und er atmete tief den vollen, erdigen Duft ihres Begehrens ein. Dieses Aroma sagte ihm, wie sehr sie für ihn bereit war.

Als sie dicht genug vor ihm stand, richtete er sich auf und umschlang ihre Hüften. Ungeduldig benutzte er nun doch seine Magie – um ihre Röcke bis zur Taille hinaufzuschieben, sodass er den Mund auf ihre nasse Möse pressen konnte. Dann ließ er die Zunge über ihre schimmernden Schamlippen gleiten und genoss den Geschmack, den er schon kannte und liebte.

*Was wünschst du dir von mir? Was soll ich tun?* fragte er sie in ihren Gedanken. *Das gehört zu den Fähigkeiten eines Vampirs – er kann in deinem Kopf mit dir sprechen, während er deine süße Pussy leckt und an ihr saugt.*

Ihr Lachen klang wie Silber im Sonnenschein. Es tanzte prickelnd über ihn hinweg. *Ich mag das hier*, wisperte sie schüchtern und unsicher. *Was sind deine Wünsche? Welche Fantasien hattest du als sterblicher Mann?*

*Ich denke nie mehr an meine Sterblichkeit zurück, Liebste. Möchtest du nicht gern wissen, welche Träume ein Dämon hat?*

*Ja.*

*Es geht nicht um Vergewaltigung und Raub und ums Bluttrinken. Meine Fantasien sind entweder sehr aufregend und erotisch, oder sie handeln von der Liebe, die ich nicht haben kann. Von welchen soll ich dir erzählen?*

Sie zögerte, und er saugte sanft an ihrer Klitoris. Mit einem leisen Aufschrei drängte sie sich ihm entgegen. *Welche möchtest du mir enthüllen?*

Was für eine kluge Frau sie doch war, stellte Lukos bei sich fest. *In diesem Moment? Am liebsten die unartigsten Fantasien. Ich stelle mir vor, wie ich dich an deine sexuellen Grenzen bringe. Es erfüllt mich mit Lust, daran zu denken, dass ich dich bestimmte Dinge lehre. Ich habe die Peitschen und Ketten im Kerker von Lord Blackthorne gesehen – du warst nicht wirklich mit ihm verlobt, stimmt's? Ich spürte, wie erschrocken und enttäuscht du warst. Ich fühlte, dass die Wahrheit über ihn dir wie ein Stachel ins Herz drang. Es ist ein verführerischer Gedanke, dich zu fesseln, doch in meinem Wunschtraum geht es darum, dich zu befreien, nicht, dich festzubinden.*

Sie schaute zu ihm hinunter. Ihr Haar hatte sich gelöst und bot so ungebändigt einen wilden und leidenschaftlichen Anblick. Mit ihren leicht schräg stehenden Augen und den vollen Lippen besaß sie ein unglaublich sinnliches Gesicht. Ein schönes Antlitz mit kornblumenblauen Augen und einer elfenbeinfarbenen Haut mit Pfirsichhauch.

*Wie meinst du das?*

Lukos hörte, dass ihr Herz schneller zu schlagen begann. Er saugte an ihren Schamlippen und trank ihre Säfte. Er wollte ihre Klitoris nicht weiterlecken, denn sie sollte jetzt noch nicht kommen. Um einen erotischen Traum für sie zu erschaffen, würde er ihr vieles zeigen müssen, mit seinen Händen, seinem Mund, seinem harten Schwanz – vielleicht sogar mit seinen Zehen, wenn er besonders erfinderisch sein wollte …

*Ich war tausend Jahre gefangen*, murmelte er in ihren Gedanken. *Also hatte ich sehr viel Zeit, mir erotische Träume auszudenken. In zwei Nächten im Jahr – immer zur Tagundnachtgleiche – durfte ich frei umherstreifen. Und zu deiner Lebenszeit entdeckte ich Bordelle, in denen einem Mann jedes sexuelle Vergnügen bereitet wurde, das er sich wünschte.*

*Was hast du dir gewünscht? Was würdest du dir für mich wünschen?* Selbst in Gedanken war ihre Stimme atemlos.

*Du musst lernen, dass jeder Teil deines Körpers sexuell empfindsam ist.*

Lukos konnte nicht widerstehen und mogelte erneut, indem er seine magischen Kräfte nutzte, um die wenigen Gegenstände, die sich in der Scheune befanden, in seine Reichweite zu schaffen. Ein Zauberspruch entkleidete Miranda, und er ließ ihr Kleid und ihren Unterrock durch die Scheune wirbeln und sich ordentlich auf einen Heuhaufen legen.

Dann berührte er ein Stück Kette, das er herbeibeschworen hatte, und es wurde wie neu. Das alte Eisen verwandelte sich in seiner Hand in pures glänzendes Gold. Die Glieder wurden kleiner und zarter. *Dieses Spiel habe ich mit mir selbst mit einer Perlenkette gespielt.* Er presste das letzte Kettenglied gegen ihren festen Anus und streichelte sie dort sanft mit der gerundeten Goldspitze. Sie stöhnte und wand sich vor ihm. Langsam spürte er, wie ihre Rosette sich für ihn öffnete. Sachte drückte er das erste Kettenglied in sie hinein.

Ihre himmelblauen Augen waren weit aufgerissen.

*Fühlt sich das gut an?* Er ließ ein zweites Glied in sie hineingleiten und schob dabei das erste weiter nach hinten, dann machte er dasselbe mit dem dritten Glied. Ihre Rosette umfasste die eindringende Kette fest, und als er sich zurücklehnte, floss aus ihrem Po ein Goldstrom wie eine herrliche Leine.

Sie nickte. Ihre Wangen brannten dunkelrosa vor Verlangen, ihr Atem ging keuchend. *Es ist so … unglaublich erotisch, dass ich hinten … ausgefüllt bin, während meine Pussy leer ist und auf dich wartet.*

Sein Schwanz hob sich hoch zu seinem Bauch. *Du bist noch nicht ausgefüllt.* Er wollte ihren reizenden kleinen Arsch mit der Hälfte der langen schmalen Kette füllen …

Und das tat er nun auch, Glied um Glied, während sie stöhnte und keuchte und sich vor ihm in den Hüften wiegte. Zweimal erklärte sie, sie könne nicht mehr in sich aufnehmen, doch er saugte an ihrer Klitoris, bis sie wieder dahinschmolz, und dann füllte er sie weiter, so wie er es sich ersehnt hatte.

*Mehr geht nicht!* rief sie schließlich in seinen Gedanken. *Und ich … ich werde gleich kommen!*

Nun benutzte er doch Magie, obwohl er gesagt hatte, er würde es nicht tun. Ein kleiner Zauber, um ihren Orgasmus zu verhindern. Anschließend stellte er sich vor sie hin und schob die zweite Hälfte der Kette in seinen eigenen Anus. Als ein Viertel davon in ihm steckte, musste er den Kopf neigen. Es war so gut! Und mit jedem Glied, das in ihm verschwand, wurden die Glieder, die schon drinnen waren, enger und enger zusammengedrückt.

Schließlich gab es nur noch ein unterarmlanges Stück Kette zwischen ihnen. Mirandas Brustspitzen waren hart und von leuchtendem Scharlachrot. Sie klammerte sich an seinen Arm und grub ihm die Nägel tief in die Haut. Er drückte schonungslos seinen harten Schwanz nach unten. Die Eichel strich über ihren Bauch und hinterließ dort eine feuchte Spur, und als er ihre Schamlippen erreichte, war sie so nass und er so hart, dass er sofort in sie hineinglitt.

*Lass uns noch enger zusammenrücken.* Lukos schob mit den Fingern den Rest der Kette gleichzeitig in ihren und seinen Anus; die Kette zog sie so zueinander, dass sein Schwengel bis zum Anschlag in ihr verschwand.

„Ich komme!“, schrie sie laut – bis hinauf zum Dach der Scheune. Er hielt sie fest an sich gepresst, während sie auf seinem Schwanz zuckte, sich wand und für ihn vor Lust verging.

Danach wiegte er sie sanft in seinen Armen, während sie wieder und wieder seinen Namen hervorstieß. Dann fuhr er mit der Hand durch die Luft, und die Kette verschwand. Sanft bettete er Miranda ins Heu.

Immer noch atemlos, sah sie ihn so aufmerksam an, als könnte sie mit ihrem offenen blauen Blick in seine Seele blicken. Einen kurzen Moment fürchtete er, sie könne es wirklich – und könne sehen, wie sehr er das hier wollte.

Sanft brachte er sie dazu, ihr Bein anzuheben, er hielt es fest und vergrub seinen Schwanz erneut in ihr. Samtig, cremig und eng umgab ihn ihre Möse.

Er begann in sie hineinzustoßen, gleichzeitig versuchte er mit seinem Blick in ihre Augen so einzutauchen wie sein Schaft in ihren Leib. Ihr Blick hielt ihn. Miranda sah ihn an, wie es keine vor ihr getan hatte – nicht wie eine Geliebte, sondern wie die Frau, die sich von ihm geliebt wusste. Das brachte ihn dazu, sich noch tiefer in ihren Körper zu bohren – teils weil er diesen kostbaren Blick auslöschen, teils weil er ihn für immer bewahren, ihn schüren und auskosten wollte.

Sie schlang die Arme um seinen Nacken und stöhnte. Sie bewegten sich gemeinsam, und bei jedem unbeholfenen Zusammenstoß ihrer Körper und jedem unterdrückten Kichern, das sie ihm schenkte, wusste er, dass er ihr erster Mann war.

Sie strich mit den Händen seine Schultern hinab und kehrte zu seinem Nacken zurück. Die Narben dort waren geheilt, nachdem er ein Dämon geworden war. Es machte ihn glücklich zu wissen, dass sich seine Haut unter ihrer Berührung glatt anfühlte.

Normalerweise neckte er seine Geliebten, denn er mochte unverblümte Bemerkungen beim Sex. Doch während er in Miranda hineinstieß, fürchtete er sich fast, etwas zu sagen. Er kam sich vor wie ein unerfahrener Jüngling. Äußerst verletzlich, obwohl er so unglaubliche Lust empfand.

Miranda verhexte ihn – es gab keine andere Erklärung für das, was mit ihm geschah. Sie legte die Hände an seine Wangen und berührte ihn mit einer Zärtlichkeit, wie er sie nie zuvor gekannt hatte. Und als sie sich urplötzlich einem weiteren Höhepunkt hingab, bäumte sie sich unter ihm auf. Sie schrie laut, und der Klang ihrer Stimme tanzte um die Holzbalken. Ihre Hüfte hob sich vom Boden, ihre Nägel zerkratzten seine Haut; dann hob sie die Hände in die Luft und ballte sie zu Fäusten. Sie schloss die Augen und öffnete die Lippen in atemloser Verwunderung, und beim Anblick ihrer Lust überrollte ihn sein Orgasmus, heißer und gefährlicher als das Höllenfeuer.

Selbst während er kam, war er nie vollkommen ausgeliefert. Jedenfalls nicht bis zu diesem Tag. Doch nun schenkte er sich Miranda mit allem, was er hatte und was er war. Sein Gehirn leuchtete wie die Fackeln Luzifers, sein Herz schwoll in seiner Brust, und seine Muskeln schienen sich zu verflüssigen.

„Miranda." Ihr Name kam als raues Flüstern über seine Lippen, als leise gesprochenes Gebet. Er brach fast über ihr zusammen, als sein Körper sich vor Lust aufzulösen schien. Und unter ihm richtete sie sich auf und drängte sich ihm entgegen, während sie noch einmal kam und dabei glühte wie die Sonne.

Er neigte den Kopf und küsste sie, und die Magie brandete zwischen ihnen auf und traf seinen immer noch vor Ekstase bebenden Körper wie eine Welle aus Licht.

*Lukos.*

Dann stürzte er, und er hatte genügend Geistesgegenwart, sich von ihr herunterzurollen und neben ihr ins Heu fallen zu lassen. Sofort schlang er den Arm um Miranda und zog sie an sich. Doch er war dankbar, dass sie sich auf der Seite liegend mit abgewandtem Gesicht an ihn schmiegte.

Er fühlte sich, als wäre er von der Sonne versengt worden, würde nun überall glühen und ums Überleben kämpfen. Doch gleichzeitig spürte er in seinem Inneren ein ganz neues magisches Knistern.

Wenn er die Lider schloss, tanzten Funken vor seinen Augen. Sein ganzer Körper summte und prickelte.

Noch nie hatte er sich stärker gefühlt. Er öffnete die Augen und sah Miranda an, die zusammengerollt unter seinem ausgestreckten Arm neben ihm lag. Da bemerkte er, dass ihre Aura nicht mehr so strahlend golden glänzte wie vorher.

Als ihre Körper sich vereinigt hatten, hatte er ihr seinen Samen gegeben und sie ihm als Gegengabe einen Teil ihrer Macht. Obwohl es das war, was er gewollt hatte, erschrak er nun. Wenn er sie immer wieder liebte, konnte er ihr auf diese Weise den größten Teil ihrer Magie nehmen, wenn nicht sogar alles. Auf diese Weise würde er stark werden, wahrscheinlich stark genug, um Luzifer zu vernichten. Aber was tat er ihr damit an?

Er hatte geglaubt, er könne ihr ihre Kraft rauben, ohne ihr wehzutun. Irrte er sich? Würde es sie umbringen?

Aber wenn er seine Gefährtin nicht fand, würde er in wenigen Tagen zugrunde gehen. Zur Tagundnachtgleiche im Frühling. Ihm blieb nicht mehr viel Zeit, Luzifer als Rache dafür, dass er ihm seine Schwester genommen hatte, zu vernichten.

„Heu ist nicht wirklich bequem“, flüsterte Miranda, und als er ihre Stimme hörte, richtete er seine Aufmerksamkeit wieder auf sie. Doch Lukos sah an ihrem Lächeln, dass sie sich nicht ernsthaft über das Heu beschweren wollte. „Was für ein Mensch warst du, als du noch sterblich warst?“, fuhr sie fort. „Du hast mir nie von der Folter erzählt, die ich als Vision gesehen habe.“

„Ich will nicht, dass du etwas darüber weißt.“

„Ich habe dir meine Unschuld geschenkt. Ich habe dir ... alles gegeben, was ich zu geben hatte.“

Verdammt! Und aus diesem Grund glaubte sie, ein Recht darauf zu haben, tief in die Seele einzutauchen, die er nicht besaß. Sie streichelte seine Wange. „Erzähl es mir.“

„Ich war ein Jünger Luzifers.“ Bitte sehr. Er kleidete die harten Tatsachen nicht in schöne Worte. Er bereitete sie nicht darauf vor und versuchte nicht, den Schock zu mildern. Sie hatte nach der Wahrheit gefragt, und nun kannte sie sie. Jetzt wusste sie, dass sie ihre Unschuld einem Ungeheuer geschenkt hatte, einem Dämon, einem Ding, das ein Werk Satans war.

„Ein Jünger des Teufels? Aber wer hat dich dazu gemacht?“ Sie zog die Brauen zusammen, nicht vor Grauen, sondern vor Wut.

Überrascht begriff er, dass sie nicht zornig auf ihn war. Sie wandte sich nicht von ihm ab, sondern schaute ihm nur noch tiefer in die Augen.

Er, ein mächtiger Dämon, wollte vor ihrem prüfenden Blick fliehen. „Mein Vater.“

„Du meinst, du wurdest nicht gewaltsam ...“

„Mein Vater überließ mich ihm freiwillig. Er brachte mich dazu, aus freien Stücken dorthin zu gehen.“

„Aber warum sollte er so etwas tun?“, rief Miranda empört. „Wie unglaublich grausam das ist! Ein Vater sollte sein Kind beschützen – und nicht einen jungen Mann dem Teufel ausliefern.“ Dann stockte sie. „Ich wusste nicht, dass Luzifer tatsächlich existiert."

„Es gibt ihn. Ich habe bei ihm in der Hölle gelebt." Lukos berührte ihre Wange ebenso sanft, wie sie seine gestreichelt hatte. „Was du in deiner Vision gesehen hast, muss mein Einführungsritus gewesen sein."

„Diese Folter war deine Einführung?"

„Ich wurde in die Hölle aufgenommen, Liebste."

„Aber wie hast du das überlebt?"

„Ich habe es nicht überlebt. Meine Kehle wurde durchgeschnitten, und dann wurde ich von den Toten auferweckt, um dem Teufel zu dienen."

Nie zuvor hatte er mit einem anderen Wesen – Mensch oder Dämon – über das gesprochen, was ihm widerfahren war. Sanft zeichnete er mit den Fingerspitzen Spiralen auf die Haut direkt über Mirandas weichen hellen Brüsten. „Hast du jemals von der Scholomance gehört, Liebste?"

Er war davon ausgegangen, dass sie nichts darüber wusste, doch zu seinem Erstaunen nickte sie. „Das kam in einer Geschichte vor, die meine Tante mir erzählt hat. Ich dachte, es sei eine Legende – etwas, das vielleicht wahr ist, vielleicht aber auch nicht."

Darüber musste er ein wenig lächeln. „Es ist wahr. Die Scholomance existiert immer noch." Es war ein vollkommen neues Gefühl für ihn, in den Armen einer Frau zu liegen und ihr seine Vergangenheit zu enthüllen. „Wer ist deine Tante?"

„Eine Frau, die gerne eine Jüngerin geworden wäre, es jedoch nicht durfte."

Lukos wunderte sich. Er spürte, dass das nicht die ganze Wahrheit war. Und als er versuchte, Mirandas Gedanken zu lesen, erhaschte er ein flüchtiges Wort. *Jägerin.* „Was hat sie dir darüber erzählt?", erkundigte er sich vorsichtig.

„Dass die Bezeichnung ‚Scholomance' von der Schule des Drachen stammt. Luzifer gestattet zehn sterblichen Männern, das Labyrinth der unterirdischen Höhlen zu betreten, das in seine Unterwelt führt. Sie schließen einen Pakt mit dem Teufel, um die okkulten Kenntnisse zu erlangen – Alchemie, Zaubersprüche und die Geheimnisse der Natur und der Tiere. Meine Tante erzählte mir, dass die Jünger lernen, das Wetter zu beherrschen – Wind, Regen und Sturm –, und dass neun Männer ihre Lehre abschließen, nachdem …" Ihre Stimme brach. „… nachdem sie schreckliche Prüfungen überstanden haben. Waren diese Prüfungen schlimmer als das, was ich gesehen habe?"

Anstelle einer Antwort verzog er die Lippen zu einem grimmigen Lächeln. „Ich war der zehnte Jünger. Hat sie dir nicht gesagt, was das bedeutet?"

Miranda schnappte keuchend nach Luft. „Sie erklärte mir, der zehnte würde von Luzifer als Entlohnung behalten und müsse fortan an der Seite des Teufels dienen. Behielt Satan dich bei sich?"

„Bis er mich einsperrte."

Wie sie da so neben ihm auf dem Rücken lag, bestand sie nur aus geschmeidigen Wölbungen – einem flachen Bauch, sanft gerundeten Hüften und zwei üppigen Brüsten, an denen er nur zu gern gesaugt hätte. Allein ihr Anblick brachte seinen Schwanz dazu, sich aufzurichten.

Doch als er den Kopf senkte, schob sie ihre Handfläche unter sein Kinn. „Warum?"

„Warum er mich in die Erde, in den Felsen eingeschlossen hat und mich tausend Jahre am Leben hielt, während ich gleichzeitig begraben war?" Er schob sich zur Seite, sodass er auf ihr lag, wobei er sein Gewicht mit den Armen abstützte, während sie die Beine spreizte, sodass er und sein erwachender Schwanz sich zwischen ihre Schenkel schmiegen konnten.

„Ja, warum?" Sie runzelte die Stirn. „Wie alt bist du, Lukos?"

„Ich wurde 854 geboren, also bin ich fast fünfzigmal so alt wie du, meine Süße." Er sah kein Erschrecken in ihren Augen. Zayan war zweitausend Jahre alt – selbst in diesem Punkt gefiel es dem verdammten römischen General immer wieder, zu erklären, er sei der Überlegene. Der verfluchte Zayan, der seine

Schwester entführt und zu Luzifer gebracht hatte!

„Woher kommst du?“, erkundigte sie sich. „Erzähl mir alles über dich.“

Das erstaunte ihn. Sie klang so ernst. Und sie schaute ihn vollkommen fasziniert an. Als würde es ihr wichtig sein …

„Ich wurde in England geboren, mein Engel. In Wessex, während der Regierungszeit von Alfred dem Großen, unserem König. Nachdem er die Wikinger in die Flucht geschlagen hatte, wurde Alfred der König der Angelsachsen. Alfred war bereitwillig zum Christentum übergetreten. In jenen Tagen gab es mehrere Könige – den von Mercia, den von Kent, den von Sussex und den von Wessex. Alfred wusste, dass die Dänen ihn vernichten wollten. Nachdem sie das Land geplündert hatten, beschlossen sie, Eroberer anstelle von Räubern zu werden. Schon bald hatte nur noch Wessex einen englischen König.“

Sie sah ihn an und hing an seinen Lippen.

„Mein Vater war einer der Berater von König Alfred. Und mein Vater war entschlossen, unsere Welt zu beschützen – unsere Religion, unseren König, unsere Art zu leben. Er glaubte, unsere Rettung sei nicht Gott, sondern Satan. Indem wir uns die okkulten Praktiken des Teufels zunutze machten, würden wir seiner Meinung nach siegen. Er glaubte, dass ein Mann, der Gutes tun wollte, das Recht habe, sich der Mächte des Bösen zu bedienen.“ Sein Vater hatte absolut keine Ahnung gehabt, worauf er sich einließ. Und er selbst begriff nie, was genau sein Vater damit beabsichtigt hatte, ihn als Jünger zu Luzifer zu schicken. Wollte er die Kontrolle über das absolut Böse? Jetzt spielte das keine Rolle mehr. Miranda nannte er den Grund, den sein Vater ihm genannt hatte. „Ich wurde als Jünger in die Hölle gesandt, damit ich unser Volk rette.“

Sie presste die Hand vor den Mund. „Wie konnte er das seinem eigenen Sohn antun?“

„Besser seinem Sohn als dem eines anderen Mannes. Er glaubte, er habe die Kontrolle über mich.“

„Aber du bist nicht zurückgekehrt.“ Sie legte die Stirn in

Falten. „Luzifer hat nicht zugelassen, dass du zurückkehrtest, um deinem Volk zu helfen.“

„Meinem Vater war nicht klar, dass der Teufel nicht unbedingt das tut, was man von ihm erwartet.“

„Nein.“ Sie klang sehr ernst. „Ich nehme an, das tut Luzifer nicht. Er sieht es als seine Aufgabe an, Seelen zu quälen.“

„Er hat meine gequält. Ich ging freiwillig zu ihm, um meinen König und mein Volk zu retten, Liebste. Ich wurde zum Krieger erzogen, dazu, auf dem Schlachtfeld zu kämpfen.“ Schon mit vierzehn hatte er sich in die blutige, schreckliche Schlacht geworfen und die ersten Schwertkämpfe gegen die Wikinger ausgetragen. Er war in seiner tödlichen Angst vor den Schmerzen und dem Sterben wie gelähmt gewesen. Aus reinem Instinkt hatte er sein Schwert geschwungen und Köpfe gespalten. Und sein Überleben auf dem Schlachtfeld überzeugte seinen Vater davon, dass er mehr als ein normaler Krieger war. „In Luzifers Unterwelt zu gehen sollte für mich einfach nur ein weiteres Schlachtfeld sein, auf dem ich bestehen würde, wie auf allen anderen zuvor.“

Doch so war es nicht gewesen. Man nannte sie nicht umsonst die Hölle. Viele Male war er so weit gewesen, dass er sich selbst töten wollte, und er hatte es sogar versucht. Doch weil Luzifer ihn wiederbelebt hatte, konnte er nicht sterben. Er hatte sich geschämt, dass er wegen der Schmerzen, der Angst und der Verzweiflung die Klinge gegen sich selbst gerichtet hatte. Nach diesem gescheiterten Versuch schwor er, den Preis zu bezahlen, der nötig war, um ein Jünger Satans zu werden. Aber er konnte nicht verwinden, dass Ara diesen Preis ebenfalls entrichten musste.

„Ara?“, fragte Miranda mit weicher Stimme. „Wer war Ara?“

Wieder hatte sie seine Gedanken gelesen, obwohl er sie ihr nicht geschickt hatte. „Meine Schwester.“ Als Lukos ihren Namen aussprach, hatte er seine Stimme unter Kontrolle, sodass sie ruhig und leise klang, obwohl sich sein Herz vor Schmerz zusammenzog. „Luzifer ließ sie aus der Welt der Sterblichen entführen und hielt sie gefangen, um sicherzugehen, dass ich seinem Befehl gehorchte. Wenn ich mich auflehnte oder ihn hinterging, sollte sie sterben."

„Aus welchem Grund sperrte Satan dich ein?"

Lukos schenkte ihr ein trauriges Lächeln. „Ich habe versucht, ihn zu vernichten, um Ara zu befreien." Er lehnte sich gegen einen Strohballen. „Meine Schwester war wie Silber. Wie eine Lichtquelle. Sie schimmerte wie ein wunderbar gearbeitetes Schwert – groß und schlank, mit hellblonden Haaren und zarter weißer Haut. Sie war das Einzige in meiner Welt, das mich glauben ließ, Gott und der Himmel könnten tatsächlich existieren, weil sie zu perfekt war, um sterblich zu sein. Ich liebte sie von ganzem Herzen. Und von dem Augenblick an, in dem mein Vater mich zur Scholomance schickte, lag ihr Leben in meinen Händen."

„W…was ist mit ihr geschehen?"

„Ich weiß es nicht. Ich wurde in den Kerker geworfen und sah sie nie wieder." In seiner Stimme schwang Zorn mit. Er konnte dieses Gefühl nicht unterdrücken. „Sie wurde von einem Dämon aus ihrem Zuhause entführt und in die Unterwelt verschleppt. Ich glaube, dieser Dämon war Zayan."

Miranda atmete zischend ein.

„Ich gehe davon aus, dass er ebenso wie ich Luzifer dienen musste, seinem Meister." Zur Hölle, dennoch hasste er Zayan für das, was er vor langer, langer Zeit Ara angetan hatte …

Zarte Hände liebkosten seine Schultern. Plötzlich wurde ihm bewusst, dass Miranda ihn streichelte. Dann glitt ihre linke Hand verstohlen in Richtung seines Herzens.

Nein, er durfte nicht zulassen, dass sie in seine Vergangenheit schaute. Was, wenn sie zu tief in sein Herz blicken konnte und sah, dass er ihre Macht wollte, um Luzifer zu bekämpfen?

Lukos zwang sich zu einem verruchten Grinsen, wich ihrer Hand aus und beugte sich hinunter zu ihren feingliedrigen nackten Füßen.

Miranda konnte ein Aufstöhnen nicht unterdrücken. Lukos' weicher Schwanz, der einen hinreißenden Anblick geboten hatte, wie er da so sanft an seinem Schenkel ruhte, begann sich wieder zu strecken. Vor ihrem bewundernden Blick wurde er dick und steif und richtete sich wie von Zauberhand auf.

Während sie beeindruckt zuschaute, schloss er die Lippen um ihren großen Zeh. Wärme, Feuchtigkeit und ein heftiges Kribbeln stiegen von ihrem Fuß auf. „Oh!"

Lukos, der Krieger, der Vampir, der sich in einen Wolf verwandeln konnte, der durch die Hölle gegangen war und Qualen erduldet hatte, die sie sich nicht einmal annähernd vorstellen konnte, küsste sanft ihre Zehen. Er saugte an einem nach dem anderen, und diese Liebkosung war gleichzeitig zärtlich und erotisch. Lachen stieg in ihr auf. Sie konnte nicht glauben, dass sie Lust verspürte, während draußen der Tod auf sie wartete.

„Vertraust du mir?", wollte er von ihr wissen.

Das war eine Furcht einflößende Frage. Sie konnte nur bedeuten, dass er vorhatte, ihr Vertrauen auf eine Probe zu stellen. „Wie viele Male hast du mir das Leben gerettet?", flüsterte sie. „Wie könnte ich dir nicht vertrauen?"

„Das ist keine Antwort auf meine Frage, mein Engel." Er ließ seine Zunge über ihre nackte Fußsohle tanzen und entlockte ihr auf diese Weise einen unterdrückten Aufschrei. „Ich werde nicht zulassen, dass du mein Herz berührst, Miranda, denn ich habe Angst, dass das, was du siehst, dir zu große Schmerzen bereiten könnte."

„Ich fürchte mich nicht ...", begann sie.

Doch Lukos erhob sich, sodass er sie wieder überragte und sie ihn nicht anfassen konnte. „Nein!"

Miranda legte den Kopf in den Nacken und starrte ihn an. Seine Haare, die in großen, ungebändigten Wellen bis hinunter auf seine Taille fielen, waren nicht mehr schwarz mit einer weißen Strähne. Plötzlich leuchteten sie goldblond.

Wie bei dem zweiten Mann, der in dem Traum, den sie in der Kutsche gehabt hatte, zu ihr gekommen war. Aber als sie verwirrt blinzelte, hatten seine Haare sofort wieder die tiefschwarze Farbe des Mitternachtshimmels. Hatte sie sich das eben nur eingebildet? „Ich will dir nur helfen. Möchte verstehen …"

„Du kannst mich nicht retten, Liebste. Du kannst die Welt nicht retten. Das habe ich längst begriffen."

„Es geht nicht um die ganze Welt – sondern um ein einziges Wesen …"

„Würdest du durch die Elendsviertel gehen und jedem sterbenden Kind die Hand auf die Brust legen, um es ins Leben zurückzuholen? In welches Dasein würdest du es zurückbringen? In Elend, Armut und Hoffnungslosigkeit."

„Ich weiß es nicht. Man sagt, das Leben sei ein kostbares Geschenk." Wo Leben war, gab es auch Hoffnung. Doch in diesem Moment war sie sich nicht mehr so sicher. Schützend schlang Miranda die Arme um ihren Leib. „Du stellst unschuldigen Menschen nach!", fuhr sie ihn an. „Wie kannst du es wagen, über meine Gabe zu richten?" Sie spürte, wie ein Gefühl der Hilflosigkeit in ihr aufstieg – alle verurteilten sie dafür, dass sie Leben rettete. Dann schüttelte sie das Selbstmitleid ab. Sie tat etwas Gutes – und sie würde sich von niemandem einreden lassen, dass das nicht stimmte.

„Und wenn du jeden einzelnen Toten wieder zum Leben erwecken könntest, mein Engel? Was würde dann geschehen? Was würde aus einer Welt werden, in der jeder dem Tod von der Schippe springt?"

Was würde passieren, wenn niemand mehr starb? Würden die Menschen dann ewig leben, ebenso wie die Vampire? Würde es unendlich viele Menschen geben – arme, hungernde Menschen, viel mehr, als diese Welt ernähren konnte?

Sie spürte, dass er hinter sie trat, doch sie wandte den Kopf nicht, um ihn anzusehen. Ihre Sorgen beschäftigten sie zu sehr. Sie musste dringend nachdenken.

Er legte die Hände auf ihre Schultern, und sie fühlte, wie er sich über ihren Nacken beugte und sein Atem um ihre Ohrmuschel tanzte. „Es macht dir Angst, nicht wahr? Nicht zu wissen, ob man gut oder böse ist, ist schreckenerregend. Und man geht durch die Hölle, wenn man begreift, dass man von magischen Kräften beherrscht wird. Sie kontrollieren dich und nicht du sie."

Zögernd nickte Miranda. Genau so war es. Und er, Luzifers Jünger, verstand sie. Alle anderen fürchteten sich vor ihr, doch mit Lukos konnte sie offen reden.

„Es gibt eine Sache, die du über mich wissen musst, Miranda. Ich habe getötet, doch niemals aus Spaß. Es hat mir nie Freude bereitet, Leben zu vernichten, und jedes Mal, wenn ich es tue, bezahle ich dafür. Ich muss mich von Blut ernähren, und auf mir liegt ein Fluch – Luzifer belegte mich damit, als ich sein Jünger wurde. Das ist ein Teil des Preises, den ich zahle. Ich erleide die Schmerzen, die meine Opfer fühlen. Luzifer gewährt keine Geschenke. Er erschafft Diener, die von Flüchen beherrscht werden. Wir sind gleich, du und ich, beide dazu verflucht, eine Gabe zu besitzen, die wir nicht wollen", murmelte er, und seine Stimme umgab sie mit einem Zauber, dessen Ursprung nicht seine magischen Kräfte waren, sondern sein Herz. „Wir gehören zusammen."

Während er sprach, umarmte er sie und ließ sein Kinn auf ihrer Schulter ruhen, dicht an ihrem Hals. Sie versteifte sich kurz, doch er machte keine Anstalten, sie zu beißen. Liebevoll streifte er mit der Unterlippe ihre Haut.

Ausnahmsweise hatte sie in diesem Augenblick das Gefühl, zu jemandem zu gehören. Zu ihm …

„Gütiger Himmel!", brüllte er hinter ihr, und Miranda erhielt einen heftigen Stoß, sodass sie wieder im Heu landete. Das trockene, harte Gras stach sie in Hände und Wangen, und sie wirbelte herum, um Lukos anzusehen.

Rote Taue aus Dunst wickelten sich um seinen starken nackten Körper. Er kämpfte dagegen an, schlug mit den Armen um sich und wand sich, doch der Nebel drückte seine Brust zusammen.

Ohne nachzudenken rannte sie vorwärts. Sie packte die Nebeltaue und hoffte, sie zerreißen zu können.

In dem Moment, in dem sie sie berührte, zuckte weißes Licht zwischen ihren Fingern hervor. Funken stoben durch die Luft. Einige davon landeten im Heu, aus dem sofort Rauch aufstieg.

Ein überirdisches Kreischen hallte durch die Scheune, und der Nebel gab Lukos frei. Er stolperte vorwärts und fiel auf dem Lehmboden auf die Knie. Der rote Dunst bewegte sich in Richtung Tür und verschwand. Miranda musste von Lukos' Seite weichen, doch sie ließ ihn nicht aus den Augen, während sie mit bloßen Füßen auf dem Heu herumtrampelte und dabei die Zähne zusammenbiss, weil das schwelende Feuer ihre Haut verbrannte.

Lukos stöhnte und verzog das Gesicht zu einer Grimasse, richtete sich jedoch auf. Sobald die Flammen gelöscht waren, ging Miranda wieder zu ihm. Wo der Nebel ihn berührt hatte, leuchteten dunkelrote Streifen auf seiner Haut. Doch sie verschwanden vor ihren Augen. Heilten. Sie blinzelte und bemerkte, dass an ihren Wimpern Tränen hingen.

Lukos hob den Kopf, und als er die Stirn runzelte, wusste sie, dass er die Tränen bemerkt hatte. Er nahm sie in die Arme und hob sie vom Boden hoch.

„Du bist nicht verletzt?“, flüsterte sie.

Er legte den Kopf schief, und zu ihrem Erstaunen lachte er. Ironisch. Düster. „Du hast es in die Flucht geschlagen, mein Engel. Aber ich spüre, dass Vampirjäger in der Nähe sind.“

## *12. KAPITEL*

### Die Jäger

Es war verrückt, die Scheune zu verlassen.

Mit zitternden Händen zog Miranda ihren Mantel an. „Du weißt nicht, ob es funktionieren wird, nicht wahr?“ Sie trat vor Lukos hin, damit er sie anschauen musste – während sie sich angekleidet und ihn dabei nach seinem Plan gefragt hatte, war es ihm gelungen, ihren Blick zu meiden. „Ich kann deine Besorgnis spüren.“

Lukos hatte den Schutzschild aus blauem Licht, den er geschaffen hatte, immer enger werden lassen, bis er nur noch sie beide umgab. Jetzt leuchtete er in einem tiefen Blau mit violettem Schimmer. Miranda fühlte, dass er dadurch stärker wurde. Doch war er stark genug, um ihnen Sicherheit zu bieten?

Lukos schenkte ihr ein verwegenes Lächeln. „Nennen wir die Sache beim Namen, Liebste: Angst. Ich habe eine verdammte Angst, dass wir vernichtet werden, wenn wir durch diese Tür da gehen.“

„Von den Vampirjägern?“

Er schüttelte den Kopf. Der Nebel sickerte bereits durch die Löcher im Dach und durch die Ritzen in den fest aufeinandergeschichteten Mauersteinen. Und wieder war der Dunst purpurrot. „Von diesem Nebel.“

„Das ist der Nebel, von dem du glaubst, dass Zayan ihn beherrscht.“

Sie sah, wie Lukos mit den Fingern schnippte und ein weißes Licht erschuf, das um ihn herumwirbelte und sich in Hosen und ein Leinenhemd verwandelte. Sein Schweigen bedeutete, dass er etwas für sich behalten wollte.

„Kontrolliert Zayan den Nebel?“, wiederholte sie.

„Ich weiß es nicht. Ich dachte, Zayan hätte ihn herbeigerufen, aber ich habe keine Ahnung, ob er jetzt noch die Herrschaft über ihn hat. Du bist es, die diesen Dunst anzieht,

Miranda. Er will dich."

Ein Schauer lief ihr über den Rücken. „Vielleicht weil ich die Kinder gerettet habe ... Nein, das macht keinen Sinn. Der Nebel hat mich zu den Kindern geführt. Er half mir, sie zu retten."

Lukos strich sich die Haare aus dem Gesicht. „Ich glaube, er will deine mächtigen Fähigkeiten."

„Aber wo kommt er her?" Dann durchzuckte sie ein Gedanke. „Luzifer hat dir beigebracht, das Wetter zu beherrschen. Du wärst in der Lage, ein ganzes Dorf in Nebel zu hüllen, nicht wahr?"

„Ich könnte es, aber ich habe es nicht getan, mein Engel." Mit einer Hand strich Lukos an seinem kräftigen Kinn entlang. Um ihn und Miranda herum kräuselte sich das blaue Licht. Es schimmerte wie eine riesige Seifenblase. „Ich frage mich, ob Zayan doch nichts mit dieser Sache zu tun hat – und ob das hier Luzifers Werk ist."

Es war ein Gefühl, als würde sie in eiskaltes Wasser geworfen. „Wie sollte Luzifer von mir erfahren haben?"

„Er weiß von jedem Wesen mit übernatürlichen Kräften, Liebste. Er wird deine Macht gespürt haben."

Lukos klang ganz ruhig, während ihr Herz gegen die Rippen hämmerte, als wollte es aus ihrer Brust springen. Nun griff Lukos nach ihrer Hand und verflocht seine Finger mit den ihren. „Wir müssen von hier weg. Bleib dicht neben mir, dann müsstest du in dem Schutzschild sicher sein."

Noch vor wenigen Stunden hätte sie sich nicht träumen lassen, dass sie Lukos' Hand nehmen und ihm vertrauen würde. Der wundervolle Sex, den sie mit ihm gehabt hatte, ließ sie glauben, dass sie bei ihm sicher war. Die reine, köstliche Intimität der Erotik hatte in ihr das Gefühl der Verbundenheit ausgelöst – einer tiefen Verbundenheit. Wir gehören zusammen, hatte er gesagt. Aber war sie bereit, ihr Herz entscheiden zu lassen statt ihren Kopf?

Sie musste auf ihren Verstand hören und darauf achten,

klare Gedanken zu fassen. Lukos hatte ihr erklärt, dass Luzifer wahrscheinlich von ihrer besonderen Gabe wusste. Und er gab zu, dass er dem Teufel gedient hatte. Er konnte die Absicht haben, sie in Luzifers Auftrag zu entführen …

*Rums!* Die Türen der Scheune schwangen auf, denn Lukos hatte mit den Fingern geschnippt. Miranda sah draußen nur herumwirbelnden Dunst. Er schien auf sie zuzukommen, dann prallte er auf den blauen Schutzschild. Etwas kreischte, und dieser grelle Schrei vibrierte durch ihren ganzen Körper.

Lukos blieb stehen, sie hielt sich dicht neben ihm und klammerte sich an seine Hand. Wie ein lebendiges Wesen kam der Nebel auf sie zu und wich wieder zurück. Schatten nahmen Form an – sie wurden zu dunklen Augenhöhlen, formten sich dort zu Löchern, wo die Nase hingehörte, und bildeten einen schreienden Mund. Im Nebel erkannte sie ein entsetztes Gesicht, das Gesicht einer Frau.

Als Miranda vor Schreck hinter dem Schutzschild einen Schrei ausstieß, verschwand das Gesicht.

„Komm, Liebste", drängte Lukos.

„Aber wo sollen wir hin? Wie können wir dem da draußen entgehen?"

Er blieb stehen. „Irgendwo in der Nähe sind Vampirjäger." Wieder verzog sich sein schöner Mund zu einem schiefen Lächeln. „Ich kann sogar hören, wie die Sehne einer Armbrust gespannt wird."

Armbrust. „Das muss Mr Ryder sein …"

„Nein. Dieser Jäger ist selbst ein Vampir. Und zwar einer, den ich erschuf."

Einer, den er erschaffen hatte? Sie musste sich verhört haben. In genau dem Moment, in dem sie fragte: „Wie kann ein Vampirjäger gleichzeitig ein Vampir sein?", rief eine Frauenstimme: „Gütiger Himmel, es ist Lukos!"

Mit einem Zischen zog sich der Nebel von einer Sekunde auf die andere zurück und entwickelte dabei einen Sog, der an dem blauen Schutzschild zerrte, der Miranda und Lukos umgab. Die Blase zerplatzte, und ihre Fetzen flogen mit dem Wind davon. Hilflos streckte Miranda die Hand danach aus, als könnte sie sie packen und zurückholen. Nachdem der Nebel verschwunden war, erkannte sie, dass sie auf einem Feld standen, die Scheune im Rücken. Wenige Schritte vor ihnen befand sich ein Wäldchen.

Vor den Bäumen des Waldes standen zwei Männer und eine Frau. Alle drei hielten eine Armbrust in Händen, geladen mit jeweils einem Pfeil, dessen silberne Spitze auf Lukos' Brust gerichtet war.

Vampirjäger!

Noch heute Morgen wäre sie beim Anblick der Jäger erleichtert gewesen. Sie hätte sie als Rettung betrachtet und sich in ihrer Nähe sicher gefühlt, nachdem sie entsetzt feststellen musste, dass die Diener in der Burg sich wie willenlose Wesen verhielten. Auch noch nachdem sie das Leben des Kindes gerettet hatte, das Wunden im Nacken trug, wäre sie erleichtert gewesen, Vampirjägern zu begegnen.

Lukos wandte sich zu ihr um. Ein seltsamer Geruch stieg ihr in die Nase, ein übelerregend süßlicher Geruch. Erst jetzt bemerkte sie die beiden Männer, die rechts und links von den Vampirjägern standen. Sie hielten Laternen in den Händen, aus denen ein eigenartiger Rauch aufstieg.

„Man nennt es *Solange*", murmelte Lukos. „Der Rauch, der entsteht, wenn das Öl der Pflanze verbrannt wird, nimmt Vampiren ihre Kraft."

Er schwankte und lehnte sich an die steinerne Wand der Scheune. Er musste sich in den Schutz der Mauer zurückziehen, weil das Tageslicht anfing, seine Wangen zu verbrennen. Die Vampirjäger krümmten die Finger an den Abzügen ihrer Armbrüste. Miranda warf sich schützend vor Lukos, zwischen die Waffen und das Herz des Vampirs. „Nein! Warten! Aufhören!"

Sie sah die hochgezogenen Augenbrauen der beiden Männer – einer von ihnen hatte dunkelbraune Haare, der andere hellblonde Locken. Der Mund der Frau verzog sich erschreckt zu einem O.

Schwarzhaarig und zierlich, mit einem grimmig entschlossenen Gesichtsausdruck, machte die Vampirjägerin einen Schritt nach vorn. „Was soll dieses verrückte Getue? Er ist ein Vampir. Gehen Sie aus dem Weg, Sie verdammte Idiotin!“

Doch Miranda dachte nicht daran. Sie streckte die Arme zur Seite, um Lukos besser beschützen zu können. „Legen Sie die Waffen nieder“, bettelte sie. Vor nicht allzu langer Zeit war sie entschlossen gewesen, für Lukos’ und Zayans Vernichtung zu sorgen. Doch Lukos hatte ihr geholfen, das Leben der Kinder zu retten. Und sie hatten sich geliebt. Sie konnte nicht einfach wegtreten und zulassen, dass er getötet wurde. Sie war bereits verloren. Nur ein einziges Mal hatte sie mit ihm geschlafen und war schon verliebt.

„Miranda, mein Engel, komm hierher zu mir“, rief Lukos. Mithilfe seiner Zauberkräfte zog er sie rückwärts an seine Brust, obwohl sie die Absätze in den Dreck stemmte. Im selben Augenblick flogen von hinten zwei Pfeile aus rotem Licht an ihr vorbei, jeder an einer Seite. Die Lichtstreifen trafen die Männer und ließen sie zurücktaumeln. Lukos schlang einen Arm um Mirandas Taille. „Wir werden mit dem Wind fliegen.“

Sie stiegen auf, und sobald sie den Boden unter den Füßen verloren, wirbelte wieder der Dunst um sie herum. Sie wandte den Kopf und schaute nach hinten. Die Männer standen wieder auf den Füßen und waren an der Seite der Frau. Die Vampirjägerin hatte ihre Armbrust sinken lassen. Ihre freie Hand ruhte auf ihrem Bauch. Miranda sah, was die weiten Röcke verborgen hatten: Sie war hochschwanger.

Der Dunst umgab nun auch die drei Vampirjäger, und Miranda hörte ihre Schreie und sah, wie sie hilflos um sich schlugen. Das schrille Kreischen der Frau durchdrang den Nebel.

Miranda wandte sich an Lukos. „Wir müssen zu ihnen! Der Nebel hat ihnen etwas angetan.“

„Uns ihnen nähern, um erschossen zu werden? Diese Jäger

würden mich sofort töten. Ich kehre ganz bestimmt nicht um!"

Sie krallte sich an seinen Arm, den er direkt unter ihren Brüsten fest um sie geschlungen hatte. „Dann lass mich zu ihnen gehen."

„Hör auf damit, zu versuchen, meinen Arm wegzuschieben! Du wirst noch hinunterfallen, du verrücktes Hühnchen."

„Die Frau ist schwanger. Ich kann nicht zulassen, dass der Nebel sie und ihr ungeborenes Kind verletzt."

Während der Wind ihr in den Ohren pfiff, hörte sie seine Stimme in ihrem Kopf – dies war die intimste Weise, auf die sie miteinander reden konnten. *Wie willst du denn den Nebel aufhalten? Nicht einmal ich kann das. Es gibt nichts, was wir für Serena tun können.*

Serena. Er kannte den Namen der Frau, nannte sie beim Vornamen, was eine erstaunliche Vertrautheit mit jemandem bedeutete, der ihn tot sehen wollte.

*Sie mag zwar deine Feindin sein, aber das Baby ist unschuldig.*

*Und Miranda ist nicht in der Lage, einen Unschuldigen seinem Schicksal zu überlassen.*

Spott und Zorn schwangen in seiner Stimme mit, und seine Worte ließen sie wütend werden.

*Ja, mach dich nur über mich lustig. Hasse mich dafür, dass ich sterblich und voller Gefühle bin und dass ich Leben retten will.*

Zu ihrem Erstaunen wurde er plötzlich langsamer und drehte um in der Luft. Sie kehrten wirklich um.

„Das ist vollkommen verrückt", rief er in den Wind. „Sie gehören zur Königlichen Gesellschaft. Sie sind nicht hier, um dich vor Vampiren zu retten, Liebste. Sie wollen mich vernichten und dich mit sich nehmen."

Dennoch brachte er sie zurück. Weil sie es so wollte.

„Zur Hölle!", murmelte er vor sich hin.

Eine dunkle Silhouette schoss direkt vor ihnen vom Himmel herab – eine geflügelte Kreatur aus Schatten und Dunst. Die riesigen Flügel waren von rotem Schimmer umgeben. Sie stürzte auf sie zu, und eine gespaltene Zunge schlängelte sich ihnen aus dem kräftigen Kiefer entgegen. Aus den roten Augen des Wesens schossen kleine Blitze und flogen rechts und links an ihnen vorbei.

Wieder der verdammte rote Nebel! Miranda wusste, sie hätte Angst haben sollen. Stattdessen hatte sie einfach nur genug!

Lukos musste Schlangenlinien fliegen, um den Blitzen auszuweichen, und Miranda rutschte der Magen bis in die Kniekehlen. Sie wirbelten herum und drehten sich im Kreis, sodass sie in einem Moment den Boden sah und gleich darauf die unheimliche Kreatur und den Himmel. Nebel umgab sie, und sie schien die Krallen nach ihr auszustrecken. Nun war der Dunst mörderisch kalt und fühlte sich an, als würden Hunderte von eisigen, feuchten Händen nach ihr greifen.

„Wehr dieses Ungeheuer gemeinsam mit mir ab", flüsterte Lukos ihr ins Ohr. „Ich glaube, wenn wir unsere magischen Kräfte vereinigen, können wir es schaffen."

„Aber ich weiß nicht, wie ich meiner Magie befehlen kann."

„Bitte mit mir um die Kraft des Windes, um das Wesen zu überwältigen und es in die Flucht zu schlagen."

„Oh, natürlich." Sie hatte keine Ahnung, wie sie bewerkstelligen sollte, was er ihr vorschlug, aber sie versuchte es.

Ein plötzlicher Windstoß traf die Kreatur und ließ sie durch den Nebel davonwirbeln. Doch mit einem Aufheulen stürzte sie wieder zu ihnen zurück.

*Denk an einen Schutzschild für uns*, drängte Lukos sie.

Sie versuchte es. Sie bemühte sich, an den blauen Schild zu denken, und sie bat um Sicherheit und betete darum, aus diesem Albtraum zu entkommen. Die blauen Lichter erschienen wieder. Doch die Kreatur drang ohne jede Schwierigkeit durch ihren Schild, und die blaue Blase zerplatzte in nutzlose Teilchen. Geschickt ließ Lukos sich abwärts gleiten, doch einer der Flügel streifte seinen Arm. Der scharfe Rand durchschnitt sein Hemd, und Blut spritzte heraus.

Die Kreatur schlug mit den Flügeln auf sie beide ein. *Ma-*

*gie*, rief sie in ihrem Kopf. *Ich werde versuchen, diese Kreatur mit einem magischen Blitz zu vernichten!* Nichts geschah. Das Wesen umkreiste sie, und sie schrie „Lukos!“, um ihn zu warnen. Doch obwohl er versuchte, sie beide durch ein seitliches Abrollen zu retten, traf ihn der Flügel des Untiers am Rücken.

Sie stürzten ab …

Er hielt sie immer noch fest umschlungen, doch sie tauchten durch den Nebel, und der Boden raste auf sie zu, ein See aus furchterregendem Grün.

Miranda sah, wie die beiden männlichen Vampirjäger auf sie zu rannten. Die Männer eilten zu der Stelle, wo sie auf den Boden fallen würden. Doch plötzlich fing Lukos den Sturz ab und rettete sie vor dem sicheren Tod, indem er in der Luft einen flachen Aufwärtsbogen beschrieb. Überrascht schrie Miranda auf, doch eine Böe blies den Schrei von ihren Lippen. Der Wind zerrte an ihnen, während Lukos sich bemühte, sie wieder höher in die Luft zu bringen. Sie schossen horizontal über das Feld, dann berührte Lukos mit den Füßen den grasbewachsenen Boden, und sie taumelten beide über die Erde.

Es schien eine Ewigkeit zu dauern, bis sich nicht mehr alles um sie herum bewegte.

„Ist alles in Ordnung mit dir, Miranda?“

Sie lag mit ausgebreiteten Armen und Beinen auf Lukos. „Oh mein Gott!“, schrie sie. Ein Ast hatte sich rechts von ihr in seine Brust gebohrt. Das spitze Holz steckte nicht in seinem Herzen, aber der Schmerz musste furchtbar sein. Doch Lukos hob nur die Brauen und schnitt eine schiefe Grimasse, bevor er den Ast ruhig herauszog. Die Spitze war blutig, und während Lukos irritiert die Lippen kräuselte, warf er das Holzstück beiseite.

Miranda suchte mit ihrem Blick den seinen. „Gott sei Dank“, flüsterte sie. Sie war sich nicht sicher, wofür sie so dankbar war. Für die Tatsache, dass sie überlebt hatten? Weil der Ast nicht sein Herz durchbohrt hatte? Er hatte sich als Erster auf den Boden geworfen, um sie zu schützen.

Miranda konnte nicht glauben, wie stark er war. Die Art, wie er den Ast herausgezogen hatte, erinnerte sie daran, was er war. Ein Vampir, und zwar ein unglaublich mächtiger! Und gleichzeitig einer, der sie in Sicherheit wissen wollte.

Schritte raschelten im Gras, die Vampirjäger kamen näher. Sie waren jedoch noch ein kleines Stück entfernt.

„Du könntest entkommen." Miranda fasste unverblümt die Wahrheit in Worte. Ohne sie konnte Lukos schneller fliegen oder sich verwandeln und am Boden fliehen.

„Ich werde nicht zulassen, dass dir etwas passiert", stellte er energisch fest.

Dann hörte Miranda durch den wallenden Nebel eine Frauenstimme leise sagen: „Wir müssen sie retten – wenn sie ihre Gabe nicht bei Altheas Baby einsetzt, wird das Kind ganz sicher sterben."

Auch Lukos vernahm Serenas Stimme – die Stimme der Frau, von der er geglaubt hatte, sie sei die ihm bestimmte Gefährtin. Doch seine Nackenhaare sträubten sich, anders als die von Miranda, nicht in Erwartung und Bewusstsein. Früher hatte er gedacht, Serena Lark, das Kind eines Vampirs und eines gefallenen Engels, sei die Frau, von der in der Prophezeiung die Rede war. Diese Prophezeiung hatte sein Vater niedergeschrieben, nachdem er mit Gott gesprochen hatte, wie er behauptete.

Lukos schaute Miranda an und ächzte. In ihren blauen Augen sah er Mitgefühl, Unsicherheit und Schmerz aufsteigen. „Sie möchten, dass ich ein Kind rette."

Er hatte den Aufruhr der Gefühle in Serenas Worten gespürt. Der Hass, den sie ihm entgegenbrachte, stand im Vordergrund und schüttelte ihn regelrecht. Da er ein Dämon war, konnte er sowohl in die Gefühle anderer eindringen als auch ihre Gedanken und Handlungen beherrschen. Doch als er versuchte, tiefer in Serenas Seele einzutauchen, rüttelte Miranda ihn an der Schulter. „Du musst fort!"

„Ich bin derjenige, der dich beschützt, Weib, und nicht andersherum! Das Kind könnte eine Falle sein. Oder der Versuch, vor deiner Vernichtung herauszufinden, was genau deine Fähigkeiten sind."

„So hat es sich nicht angehört. Sie klang wirklich besorgt. Ich muss es tun."

Miranda versuchte sich aus seinem Griff zu befreien und aufzustehen. Jeden Moment würden die Vampirjäger bei ihnen sein. Doch er durfte nicht zulassen, dass die Königliche Gesellschaft sie in die Hände bekam.

Direkt neben ihnen teilte sich das Gebüsch, und zwischen den Blättern waren Röcke zu erkennen. Lukos' Blicke folgten den Umrissen nach oben, bis er eine Armbrust sah. Es war die komplizierteste Waffe, die ihm jemals vor Augen gekommen war. Sie besaß mehrere Spannhilfen und Sehnen, die über Rollen liefen, um die Kraft des Schützen optimal zu nutzen. Eine grauhaarige Frau hielt sie in Händen. Sie trug einen schwarzen Mantel und einen schwarzen, mit einer langen weißen Feder geschmückten Turban.

„Lassen Sie meine Nichte frei!", blaffte die Frau und schaute ihn direkt an. Sie hatte keine Angst vor ihm. Er spürte, dass sie bereit war, ihn zu töten, ganz gleich, ob er Miranda gehen ließ oder nicht.

„Tante Eugenia?", rief Miranda.

Er wollte Miranda nicht fortlassen. Doch inzwischen war er umstellt. Zwei männliche Vampirjäger waren hinter der Frau aufgetaucht. Und Miranda hatte laut den Namen ihrer Tante gerufen. Innerhalb weniger Sekunden würden auch Serena, Drake Swift und Lord Sommersby hier sein.

Lukos hatte Drake Swift erschaffen. Aus diesem Grund hatte er die Anwesenheit dieses Jägers früher gespürt als die der anderen. Und ihm war klar, dass auch Swift diese gefühlsmäßige Verbindung zwischen Meister und Vampir nutzen würde, um ihn im Nebel aufzuspüren und die anderen Jäger zu ihm zu führen.

Er war so gut wie erledigt.

Miranda packte ihn beim Arm. „Nicht schießen, Tante! Ich

bin in Sicherheit, und er ist nicht, was du denkst …"

Ihre Tante kam einen Schritt näher. „Lass ihn los! Geh von ihm weg, mein Liebling!"

Innerhalb des Bruchteils einer Sekunde traf Lukos eine Entscheidung. Wenn er Miranda mit den Vampirjägern ziehen ließ, würde er keine Möglichkeit mehr haben, ihre magischen Fähigkeiten an sich zu bringen. Und dann würde er auf keinen Fall mehr in der Lage sein, Luzifer zu vernichten, bevor seine Zeit ablief.

Doch auch jetzt, in dieser Situation, blieb ihm keine Zeit mehr.

Er musste sie gehen lassen. Lukos spürte, wie sehr Miranda ihrer Tante vertraute, und er konnte fast die Liebe mit Händen greifen, die diese Frau für ihre Nichte empfand. Ihr Gefühl war tief und umfassend. Es war die Liebe zu einer engen Verwandten und die Art von Hingabe, die er auch in Miranda spürte. Dieses Empfinden erinnerte ihn daran, wie sehr er Ara geliebt hatte.

Er musste Miranda zu ihnen gehen lassen, wo sie in Sicherheit war. Wenn er erst einmal von einem halben Dutzend Armbrustbolzen durchbohrt war, konnte er sie nicht mehr vor dem Nebel oder den grausamen Vampirjägern beschützen.

Mehr als alles andere wollte er in diesem Augenblick dafür sorgen, dass ihr nichts geschah. Und das bedeutete, dass er möglichst schnell von hier verschwinden musste.

Hastig hauchte er Miranda einen Kuss auf den Handrücken, dann veränderte er seine Gestalt. Dazu benutzte er besonders starke Magie, und der Lichtblitz, der dabei entstand, zwang die Vampirjäger, zurückzuweichen. Sein Kuss hatte genügend Kraft besessen, um Miranda vor dem ersten grellen Schein zu beschützen.

Er verwandelte sich in einen Wolf und verschwand im Nebel.

Althea drückte ihr Baby an ihre nackte Brust. Das tat sie, um das Kind warm zu halten. Sie wusste, dass die zarten Lippen –

die nun blaue Ränder hatten – nicht anfangen würden, zu saugen. Serrys Augen waren geschlossen, und ihre Brust hob und senkte sich kaum merklich in langsamen und flachen Atemzügen.

Zwei Lampen und das Feuer wärmten das Zimmer und tauchten es in goldenes Licht. Die Seidendecke, mit der sie sich auf dem Diwan zugedeckt hatte, auf dem sie ausgestreckt mit ihrem Kind lag, war zur Hälfte auf den Boden gerutscht.

Stundenlang hatte sie sich bemüht, die Vampirköniginnen herbeizurufen, damit sie ihr halfen, ihr Baby am Leben zu erhalten. Sie versuchte ihnen mitzuteilen, dass sie Serry verlieren würde. Doch die Königinnen waren nicht gekommen. Obwohl Althea sie in ihren Gedanken mit aller Kraft angefleht hatte, kam keine Antwort von ihnen.

In den Fluren hörte sie die wenigen Dienstboten von Blackthorne Castle herumwuseln. Die Vampire waren fort gewesen, als sie die Burg erreicht hatten. Yannick und Bastien hatten die armen Diener von dem Bann erlöst, den Zayan und Lukos ihnen auferlegt hatten, hatten ihnen jedoch stattdessen eingegeben, dass sie und ihre Männer gemeinsam mit Eugenia Bond, Serena, Mr Swift und Lord Sommersby Gäste von Lord Blackthorne seien. Niemand, so schien es, wusste, wo Blackthorne sich aufhielt.

Althea hatte ein schlechtes Gewissen gehabt, als ihre beiden Dämonen-Ehemänner den Dienstboten ihren Willen aufzwangen. Waren sie damit nicht ebenso schlecht wie Zayan und Lukos?

Nein, das waren sie nicht. Sie wollten den Menschen nichts Böses tun.

Lag es allein daran, dass sie Vampire waren, dass Serry mit dem Tode rang?

Serena war die Tochter von Eve, der ersten Eva, die Gott nach Lilith als Gefährtin für Adam erschaffen hatte, der sie aber nicht wollte. Daraufhin wurde Eve zu einer Vampirin, wenn Althea auch nicht wusste, wie genau das vor sich gegangen war. Doch Serenas Vater war ein gefallener Engel und kein Vampir gewesen.

Nie zuvor war ein Kind geboren worden, dessen Eltern beide Vampire waren. Wenn sie gewusst hätte, dass Vampire keine Kinder haben können, wäre sie niemals schwanger geworden. Es war grausam, einem Kind das Leben nur für wenige Wochen zu schenken und das arme Wesen zu zwingen, während jeder Sekunde dieses Lebens einen aussichtslosen Kampf zu führen.

„Althea?“ Yannick stand in der Tür. „Wir haben Miss Miranda Bond gefunden, und sie ist bereit, zu versuchen, Serry zu helfen. Aber sie hat Angst. Sie sagt, bisher hat sie Kinder nur von den Toten zurückgeholt. Serry lebt aber noch. Und sie hat auch nur Sterbliche gerettet. Sie weiß nicht, was geschehen wird.“

Doch in diesem Moment hörte Althea ihn – den langen, leisen Seufzer ihrer Tochter. Der kleine Körper in ihren Armen erschlaffte. Altheas Kehle wurde eng, Tränen stiegen ihr in die Augen, und es gelang ihr kaum, die Worte hervorzupressen: „Sie ist von uns gegangen, Yannick. Sie ist tot.“

Yannick bückte sich und legte seinen Kopf auf Serrys Brust. „Nein, das Herz schlägt noch – aber nur sehr schwach, und sie atmet kaum. Es muss jetzt geschehen.“ Er schaute sie mit seinen silbrig-blauen Augen an. „Aber Miranda Bond hat keine Ahnung, dass wir Vampire sind.“

„Ich kann es tun. Ich weiß, dass ich die Macht besitze, es zu tun.“

Doch Miranda sah, dass Tante Eugenia die Stirn runzelte, als sei sie nicht einverstanden. Sie standen vor der Tür zu Lady Brookshires Schlafgemach. „Das kannst du nicht wissen. Du hast noch nie versucht, jemandem zu helfen, der noch am Leben war. Du darfst dich nicht überschätzen, Miranda. Der Magie kann man nicht trauen.“

Miranda schluckte mühsam. Ihr war klar, dass Eugenia ihr

zu erklären versuchte, dass magische Fähigkeiten vielleicht mehr Schaden anrichten würden als sie halfen. „Ich glaube daran, dass es eine gute Gabe ist, die ich besitze. Ich muss es tun."

Sie machte Anstalten, ins Zimmer zu gehen, doch Eugenia stellte sich ihr entschlossen in den Weg. „Was hattest du vor, als du hierher zu Lord Blackthorne gekommen bist?"

Das schien jetzt völlig bedeutungslos zu sein. Und es kam ihr vor, als sei es eine Ewigkeit her, obwohl nur ein einziger Tag vergangen war, seit sie mit dem Plan, der ihr in den Sinn gekommen war, die Kutsche bestiegen hatte. Doch ihre Tante sorgte sich um sie und verdiente es deshalb, die Wahrheit zu erfahren. „Wir haben einander Briefe geschrieben. Er hat Simon auf dem Schlachtfeld gerettet, wie du weißt. Ich ... ich habe mich in ihn verliebt. Vor zwei Wochen fasste ich den Plan, zu ihm zu fahren und ihn davon zu überzeugen, mich zu heiraten. Ich sah es als Möglichkeit, uns alle vor dem Ruin zu retten. Simon läuft jetzt seit Monaten vor den Vollstreckern davon, und ich wusste, dass wir dicht davor waren, wegen der Schulden der Familie ins Gefängnis von Newgate gesteckt zu werden."

„Aber hierher zu eilen, zu einem Mann, den du gar nicht ..."

„Da ist noch etwas, Tante." Und sie erzählte Eugenia von James Ryder, dem Tag im Hyde Park und den Drohungen, die er ihr gegenüber ausgesprochen hatte. „Er erwischte mich in einem Gasthaus, nachdem er dafür gesorgt hatte, dass ein Kind von einer Kutsche überfahren wurde, um mich dazu zu bringen, mich zu zeigen. Und später fing er mich noch einmal ..." Sie stockte. Beide Male hatte Lukos sie gerettet. Sie verdankte ihm ihr Leben. Und nun wusste sie nicht einmal, ob er in Sicherheit war. War es ihm gelungen, dem sengenden Tageslicht zu entgehen, indem er eine andere Gestalt annahm?

„Warum bist du denn nun wirklich hierhergekommen?"

„Ich wusste nicht, wo ich sonst hingehen sollte. Wäre ich zu Hause geblieben, hätte ich euch alle in Gefahr gebracht. Ich wollte mich verstecken und suchte nach einem Ort, an dem ich mich sicher fühlen konnte ..." Einem Ort, an dem sie das

Gefühl hatte, dorthin zu gehören. Sie räusperte sich, denn ihre Kehle war plötzlich beunruhigend eng. „Ich habe inzwischen herausgefunden, dass Blackthorne nicht derjenige ist, für den ich ihn hielt. Aber wo ist er? Ist er zurückgekommen?"

Eugenia schüttelte den Kopf. „Wir sind uns nicht sicher, was geschehen ist … in der Burg war keine Spur von Blackthorne zu finden, und die Diener wussten natürlich nichts."

Das erinnerte Miranda an das, was Lukos und Zayan Sterblichen antaten. Sie beherrschten sie. Benutzten sie. Ernährten sich von ihrem Blut. Genügend Gründe für sie, die beiden Vampire nicht zu beschützen. Dennoch tat sie es. „Blackthorne war im Dorf. Er kann jederzeit zurückkommen."

„Wenn das geschieht, werden wir damit umzugehen wissen."

Sie hatte sich Tante Eugenia immer sehr nahe gefühlt. Nachdem Miranda kurz nach ihrem neunten Geburtstag ihre Mutter verloren hatte, übernahm Eugenia diese Rolle. Sie war Miranda sogar näher, als ihre Mutter es gewesen war, denn die hatte nie mit ihr über ihre Gabe gesprochen und sie nicht darauf vorbereitet, dass sie vielleicht außergewöhnliche Fähigkeiten besitzen könnte. Miranda war sich nicht einmal sicher, ob ihre Mutter davon gewusst hatte. Doch Eugenia wusste es, und sie hatte immer die richtigen Worte gefunden, um ihr die Angst zu nehmen. Und sie hatte ihre Nichte immer beschützt.

Doch in diesem Augenblick stand Eugenia mit vor der Brust verschränkten Armen vor Miranda. „Du solltest nicht versuchen, in Gedanken Kontakt mit Lukos und Zayan aufzunehmen, und wenn sie dich hierher verfolgen, darfst du sie nicht hereinlassen."

Miranda schluckte mühsam. Ihre Tante und sie kämpften nun auf verschiedenen Seiten. Bisher hatte sie immer gedacht, bei den Schlachten ihrer Tante ginge es um die Guten, die gegen die Bösen kämpften. Nun begriff sie, dass es bei Weitem nicht so einfach war.

„Ich muss gehen." Sie ließ Eugenia stehen, um in das Schlafzimmer zu eilen, in dem Lady Brookshire mit ihrer Tochter auf sie wartete.

Althea, Lady Brookshire, war eine schöne Frau mit langen roten Haaren, die in Locken und Wellen bis zu ihrer Taille hinabreichten. Ihre Augen waren grün, aber unter ihnen lagen tiefe Schatten, und das rote Licht des Feuers funkelte in ihnen, als wären sie Spiegel. Miranda sah, dass Tränen in den schönen Augen glitzerten, während Lady Brookshire tapfer versuchte, nicht völlig zu verzweifeln. Sie kniete neben dem reglosen Körper ihres blassen Babys. Nun erhob sie sich. „Wenn es Ihnen nicht gelingt, verstehe ich das. Ich erwarte ein Wunder, aber ich glaube eigentlich nicht, dass es möglich ist."

„Ich will es glauben", erklärte Miranda. Sie hockte sich neben Serry, die so winzig war, dass Mirandas Herz sich zusammenzog. Sie legte die Hand auf die Brust des Babys. *Bitte lass mich ihr nicht wehtun, wenn ich es jetzt versuche.*

*Aber dieses Mal stieg keine Hitze in ihrem Körper auf.*

*Bitte*, flüsterte sie in Gedanken. *Ich verstehe es nicht. Ich will diesem kleinen Baby helfen. Bitte lass mich diesem Kind helfen.*

Doch an wen richtete sie ihre verzweifelten Worte? Sie hatte keine Ahnung, zu welcher Macht sie beten konnte.

Ihr Arm fühlte sich kalt an, erschreckend kalt, und ihre Hand zuckte von der Brust des Kindes zurück. Wenn sie anstelle von Wärme Kälte spürte, verletzte sie dann das Kind? Tötete sie es vielleicht sogar?

*Miranda.*

Eine dringliche, lockende Männerstimme hallte durch ihre Gedanken und rief ihren Namen. Sie hörte das Klirren der Fensterscheibe und schaute dorthin. Eine große schwarze Fledermaus schoss am Fenster vorbei, und die Stimme, die sie in ihrem Kopf gehört hatte, war die Zayans.

Aus dem Augenwinkel sah sie Lady Brookshire aufspringen.

Dann hörte sie das tiefe traurige Heulen eines Wolfs. *Bist du in Sicherheit, mein Engel?* Das war Lukos.

Die Vampire waren das Risiko eingegangen, zu den Jägern zu kommen, um sie zu finden. Um festzustellen, ob es ihr gut ging.

„Bewegen Sie sich nicht“, befahl Miranda und schaute Lady Brookshire drohend an. „Wenn Sie sie angreifen oder Alarm schlagen, höre ich sofort auf. Ich … ich werde dann nicht versuchen, Ihrem Kind zu helfen.“ Sie hasste es, die Mutter mit ihrem Baby zu erpressen, doch was konnte sie sonst tun, damit Lukos und Zayan nichts geschah?

Miranda hatte befürchtet, Lady Brookshire würde nicht auf sie hören, doch sie sank gehorsam zurück auf ihren Stuhl und stieß mit leiser Stimme hervor: „Es ist also tatsächlich so, zwischen Ihnen und den beiden. Ich … ich hätte geglaubt, dass so etwas unmöglich ist. Sie sind schlecht. Dämonen der finstersten Sorte. Sie haben die schrecklichsten Dinge getan …“ Sie stockte. „Gut, ich werde nichts unternehmen. Bitte, bitte, helfen Sie meinem Kind.“

Wie eine Lanze bohrte sich die Schuld in Mirandas Herz. Doch gleichzeitig begann Wärme sie zu durchfluten, und die furchtbare Kälte verschwand. *Ich bin in Sicherheit*, erklärte sie in ihren Gedanken und hoffte, dass die beiden Männer ihre Worte empfingen. *Ich versuche das Baby zu retten. Lady Brookshires Baby, das gestorben ist.*

*Lady Brookshire? Das Baby müsste dann … es müsste Bastiens Kind sein.* Diese Stimme gehörte Zayan. Und Miranda wurde klar, dass Zayan eine gemeinsame Vergangenheit mit Althea und ihren Ehemännern haben musste, ebenso wie Lukos früher mit Serena zusammen gewesen war.

*Hol dir Kraft von uns*, drängte Zayan.

*Wir senden dir magische Unterstützung*, fügte Lukos hinzu.

Miranda wurde wärmer, sie fühlte sich stärker, und in ihrem Inneren begann Energie zu tanzen. Sie hielt die Luft an, berührte das Baby und spürte das Prickeln der Kraft, die sie durchströmte. Diese Kraft war stärker als sonst, aber doch irgendwie leichter zu beherrschen. In ihr wuchs die Magie, floss durch ihren Arm und in das Baby. Sie hörte die Herzschläge von Lukos und Zayan.

*Bitte, bitte, lass es gelingen, wenn wir unsere Magie vereinen*, betete sie. Doch nichts geschah. Das Baby rührte sich nicht, seine Augen blieben geschlossen.

Dann fühlte sie es – einen winzigen, schwachen Herzschlag. Sehr langsam, fast so langsam wie der Pulsschlag der Vampire, doch er war da und blieb da, und dieses Pochen hatte sie vorher nicht gespürt.

Serrys Lider öffneten sich über riesengroßen smaragdgrünen Augen. Die kleinen Fäuste hoben sich und boxten heftig in die Luft. Sie stieß einen Schrei aus und dann das fröhliche Quietschen eines gesunden Babys.

Miranda hob das kleine Mädchen hoch und spürte die Wärme seiner Haut. Sofort war Althea neben ihr. Miranda reichte Lady Brookshire das Baby und sah, wie der Säugling nach der Brust der Mutter suchte. Althea öffnete ihren Morgenmantel, und das Baby nahm die Brust an und begann zu trinken.

In Altheas Augen schimmerten Tränen, während sie das Kind an sich presste und mit der freien Hand nach Mirandas Fingern griff. „Vielen Dank. Es erscheint so unzulänglich, Ihnen einfach nur zu danken, aber ich tue es aus tiefstem Herzen."

„Ich weiß nicht einmal genau, was ich getan habe", erklärte Miranda langsam. „Ich hatte keine Ahnung, was ich machen muss, um ein lebendiges Kind zu retten."

„Sie haben mir ein Wunder geschenkt."

„Ich hätte nicht gedacht, dass es funktionieren würde." Ihr wurde klar, dass sie den Vampirjägern erklären musste, was geschehen war. „Aber Lukos und Zayan verbanden ihre Gedanken mit meinen, und sie schickten mir ihre Kraft. Ich glaube nicht, dass es mir ohne ihre Hilfe gelungen wäre, Serry gesund zu machen."

Althea starrte sie verblüfft an. „Sie haben geholfen, mein Kind zu retten?"

„Ja, sie sind das Risiko eingegangen, vernichtet zu werden, indem sie nach mir suchten, um sich zu vergewissern, dass es mir gut geht – weil ein grausamer Vampirjäger hinter mir her ist. Er will mich umbringen, denn die Königliche Gesellschaft möchte mich tot sehen. Ich habe Lukos und Zayan gesagt, dass ich Ihr Baby retten will, und sie sandten mir ihre Kraft. Nur weil die beiden mir geholfen haben, konnte ich Ihnen ein Wunder schenken."

„Ich glaube, Miranda Bond hat sich in Zayan und Lukos verliebt. Sie hat die Kraft der beiden Vampire mit ihrer eigenen Stärke vereinigt, um Serry zu retten. Ich verstehe nicht, warum sie es getan haben, aber die beiden waren bereit, ihr dabei zu helfen, ein Wunder an meinem Kind zu vollbringen."

„Doch was geschieht, wenn sie eine Ménage à trois beginnen? Was passiert, wenn sie entdecken, welche Macht Liebe hat, wenn man sie zu dritt genießt? Miranda Bond allein ist doch offensichtlich schon äußerst mächtig und stark."

Miranda schnappte nach Luft. Die erste Frau, die gesprochen hatte, war Althea gewesen, also war die Antwort von Serena gekommen. Verwirrt lehnte Miranda sich mit dem Rücken gegen die steinerne Wand im Korridor. Die Tür, hinter der die beiden Frauen sich befanden, war geschlossen, aber sie hatte jedes Wort verstanden.

Errötend dachte sie an die erotischen Dinge, die die Männer in der Kutsche mit ihr getrieben hatten. Das musste es sein, was Althea und Serena mit Liebe zu dritt meinten. Hieß das, dass sie wussten – oder zumindest ahnten –, was sie getan hatte? Wusste Tante Eugenia es?

Ihre Tante würde sie dafür hassen. Eugenia hatte erklärt, dass sie das Denken und Fühlen von Vampiren verstehen wollte, aber offensichtlich glaubte sie dennoch, dass Vampire böse waren und vernichtet werden mussten.

Lukos hatte ihr erzählt, einer der Vampirjäger sei ebenfalls ein Vampir. „Wie kann ein Jäger ein Vampir sein?“, hatte sie gefragt. Sie wusste es nicht und verstand es nicht. Warum ließ die Königliche Gesellschaft Vampire als Vampirjäger arbeiten? Oder waren sie schurkische Mörder wie James Ryder?

Doch Tante Eugenia war hier, und da Eugenia mit ihnen zusammen war, ging sie offenbar davon aus, dass man in ihrer Gegenwart nicht in Gefahr schwebte. Dessen war Miranda sich sicher.

Bedeutete das, dass Vampire sich ändern konnten? Konnten sie ihre Lust auf Blut kontrollieren?

„Ob wir Miss Bond davon überzeugen können, bei uns zu bleiben, bis unsere Zwillinge zur Welt kommen?“

Die Männerstimme, die sie hinter sich hörte, erschreckte Miranda. Sie wirbelte herum, doch außer ihr befand sich niemand auf dem Korridor. Die Schritte und die leisen Stimmen kamen aus einem Gang, der sich mit jenem kreuzte, in dem sie stand. Es war wohl besser, wenn man sie nicht beim Lauschen an der Tür ertappte. Rasch wich sie in eine im Schatten liegende Türöffnung zurück, als Drake Swift und Lord Sommersby den Flur betraten.

Das Licht einer Fackel fiel in die Augen der beiden Männer. Sie reflektierten das Flackern wie vier blank geputzte Spiegel.

Nun erinnerte sich Miranda, dass sie in Lady Brookshires Schlafzimmer gesehen hatte, wie sich ein Lichtstrahl in den Augen Ihrer Ladyschaft spiegelte. Sie hatte gedacht, es seien Tränen, die das Licht zurückwarfen. *Doch so war es nicht.*

„Sie hat ein Vampirkind gerettet“, bemerkte Lord Sommersby mit ruhiger Stimme. „Ich begreife nicht, wie sie das gemacht hat.“

„Mithilfe der Wissenschaft?“ Swift runzelte die Stirn auf eine ironische Art, die sie an Lukos erinnerte. Ihre Brust wurde eng und ihr Herz schwer. Die Morgendämmerung nahte. Waren Zayan und Lukos in Sicherheit? Die Vampirjäger hatten sich in Blackthorne Castle niedergelassen. Wohin waren die beiden Vampire geflohen, um sich vor dem Tageslicht zu schützen?

„Es ist ein Wunder“, stellte Swift fest. „Eines, das wir verzweifelt nötig haben.“

Die Männer gingen an ihrer Türnische vorbei und betraten das Zimmer, in dem sich die anderen Vampirjäger aufhielten.

Ein Vampirkind, hatte Lord Sommersby gesagt. Was nichts anderes heißen konnte, als dass Altheas Kind ein Vampir war, den sie gerettet hatte.

Aber hatte sie dem Säugling die Seele zurückgegeben?

Es gab so viel, was sie verstehen wollte. Wie konnten Vampire gleichzeitig Vampirjäger sein? Wer hatte den roten Nebel heraufbeschworen? Warum hatte Althea behauptet, Lukos und Zayan seien die finstersten Dämonen, die man sich vorstellen konnte?

Am wichtigsten war jedoch die Frage, warum sie tief in ihrem Herzen zwar hierbleiben, die Wahrheit herausfinden und Lady Sommersbys ungeborenen Kindern helfen wollte, gleichzeitig aber spürte, dass ihr Platz bei Lukos und Zayan war.

Selbst in diesem Moment fühlte sie den Drang, einfach fortzulaufen und die beiden zu suchen.

Doch das durfte sie nicht zulassen. Nicht bevor sie wusste, wer – oder was – die beiden Dämonen wirklich waren.

*13. KAPITEL*

## Gefahr

Sie befanden sich wieder in der Kutsche ...

Miranda saß auf der Sitzbank und starrte erstaunt hinunter auf den Boden, wo Zayan und Lukos miteinander rangen. Lukos packte Zayan an den breiten Schultern, stieß ihn weg und warf ihn im engen Fußraum des Wagens gegen eine der Bänke. „Wir könnten versuchen, einander zu vernichten, und wer übrig bleibt, bekommt sie."

„Das ist mein Plan, Wolf." Schnaubend platzierte Zayan einen Kinnhaken, sodass Lukos' Kopf nach hinten fiel.

„Oder wir könnten sie wählen lassen."

Bei diesen Worten stieg Panik in Miranda auf. Sie hatte Lukos ihre Jungfräulichkeit geschenkt und an seiner Seite gegen den Nebel gekämpft. Sobald sie nur an seine Augen oder an sein sinnliches Lächeln dachte, wurde ihr heiß zwischen den Schenkeln, und ihr Herz schmerzte. Aber Zayan war im Traum bei ihr gewesen, und wenn sie in seine dunklen, reflektierenden Augen sah, glühte ihr Herz beim Gedanken an die Intimitäten, die sie mit ihm in diesen Träumen geteilt hatte. Und beim Gedanken an die Morde an seinen Kindern brach es ihr fast das Herz. Sie wusste, wie groß seine Liebe zu ihnen gewesen war und wie tief er fühlen konnte, und sie litt mit ihm, der so viele Qualen ertragen hatte. Ebenso brach ihr das Wissen um Lukos' Folter das Herz.

Wie sollte sie sich zwischen den beiden Männer entscheiden?

*Eine Liebe zu dritt.* Was bedeutete das? War das überhaupt möglich? Nicht nur als erotische Spielart, sondern als echte Liebe?

„Erotische Spiele?" Zayans Stimme rollte durch ihren Körper. Er hatte ihre Gedanken gelesen.

„Die Dame wünscht sich sinnliches Vergnügen." Lukos

grinste. „Wie wir es versprochen, aber noch nicht wahr gemacht haben."

„Du hattest Sex mit ihr und hast ihr nicht all die köstlichen Stellen ihres Leibes gezeigt, all die Freuden, die sie kennen muss, bevor zwei Männer sie sich teilen können?"

„Bevor zwei Männer mich teilen können?" Sie hörte das Zittern in ihrer Stimme, während sie sich auf ihrem Sitz zurücklehnte.

Plötzlich fielen Zayans Kleider zu Boden. Lukos fuhr mit der Hand durch die Luft und stand im nächsten Augenblick ebenfalls nackt da.

Beide Männer sprangen auf und nahmen rechts und links neben ihr auf der Sitzbank Platz. Lukos zerrte an ihrem Mieder. Das stramm gezogene Band am Ausschnitt leistete kurz Widerstand, dann zerriss es, und der Stoff rutschte unter ihre Brüste, die heraussprangen und sich seinem Mund darboten.

Zayan war hinter ihr. Er brachte sie dazu, sich hinzuknien, zog ihren Rock hoch und liebkoste ihre Hinterbacken. Gleichzeitig bedeckte er ihren Hals mit zahllosen Küssen. Das Kratzen seiner Reißzähne jagte einen köstlichen Schauer bis in ihre nasse Pussy. „Möchtest du uns beide gleichzeitig in dir spüren?"

Ja. Nein. Ja. Sie hatte Angst. Sie war …

Es war zu spät. Lukos hob ihr rechtes Bein auf seine Hüfte und stieß im selben Augenblick tief in sie hinein. Füllte sie bis zum Rand, bis zum Anschlag, bis sie köstlichen Schmerz spürte. Und Zayan packte seinen Schaft und begann mit der tropfenden Eichel ihre enge pochende Rosette zu reiben.

Sie kam. Bevor er auch nur in ihr war, überrollte sie der Orgasmus. Sie schrie auf. Ihr Körper zuckte in seinen Armen. Sterne funkelten in der Dunkelheit hinter ihren geschlossenen Lidern.

Die Sterne zerbarsten. Die Lust brachte sie zum Schreien, zum Lachen und zum Weinen …

Blinzelnd öffnete sie die Augen. Sie war allein, allein auf einem Bett, das trotz der offenen Vorhänge in Dunkelheit getaucht war, und ihre Möse pulsierte immer noch von der Lust ihres abebbenden Orgasmus.

Es war ein Traum gewesen.

Sie trug immer noch das Kleid, das Tante Eugenia ihr von zu Hause mitgebracht hatte, und sie war auf der Tagesdecke eingeschlafen.

„Wie bin ich hierhergekommen?“ Sie rieb sich die Stirn. Vage erinnerte sie sich, dass sie zu feige gewesen war, die Vampirjäger mit ihren Fragen zu konfrontieren. Und nachdem sie mit all ihrer Kraft das Baby gerettet hatte, war sie vollkommen erschöpft gewesen. Sie war in eines der Schlafgemächer gegangen, um nachzudenken. Hier musste sie dann eingenickt sein.

Es klopfte an die Tür. „Miss Bond?“, rief eines der Hausmädchen.

Miranda ließ die Frau ins Zimmer eintreten. Das Mädchen knickste. „Lady Brookshire bittet Sie, in die Bibliothek zu kommen, Miss Bond.“

„Ich möchte gern wissen …“ Miranda stockte und ließ ihren Blick zwischen Lady Brookshire und Lady Sommersby hin und her wandern. „Ich will alles wissen. Ich will wissen, wie es möglich ist, dass Vampire Vampirjäger sind. Ich will wissen, warum Sie, als Mitglieder der Königlichen Gesellschaft, mich offensichtlich beschützen und nicht töten wollen. Und ich will alles erfahren, was Sie über Zayan und Lukos wissen.“

Sie sah, dass Lady Sommersby sich auf die Unterlippe biss. Und sie hörte Lady Brookshires Gedanken. *Du hattest recht. Sie ist in die beiden Männer verliebt.*

Die Frauen saßen vor dem Kamin, und überall an den Wänden standen Bücher in Regalen, die bis unter die hohe gewölbte Decke des Zimmers reichten. Zwei gekreuzte Äxte waren über dem breiten steinernen Kaminsims angebracht, und auf dem Feuerrost züngelten die Flammen.

„Ich kann die Gedanken lesen, die Sie einander senden“, erklärte Miranda. „Sie können also genauso gut laut reden."

Beide Frauen erröteten schuldbewusst. „Legen wir also die Karten auf den Tisch." Lady Brookshire legte ihre Hände mit nach oben gewandten Handflächen auf die Tischplatte. „Wir fürchten, dass Sie sich in Lukos und Zayan verliebt haben, aber wir glauben, Sie wissen nicht, was die beiden in Wahrheit sind."

Zu unruhig und nervös, um still sitzen zu bleiben, sprang Miranda auf. „Dann erzählen Sie es mir", drängte sie. „Aber Sie dürfen nicht vergessen, dass die beiden gekommen sind, um mich zu beschützen, und sie haben geholfen, Ihr Kind zu retten. Ich möchte alles wissen, wovon Sie glauben, dass Lukos und Zayan es getan haben. Früher hat meine Tante mir gesagt, dass die Geschichten über Vampire oft übertrieben sind, weil die Leute Angst haben *wollen*."

Sie fürchtete, dass Lady Brookshire und Lady Sommersby akzeptierten, was auch immer die Königliche Gesellschaft an Informationen verbreitete.

„Die Geschichten, die ich über die beiden kenne, stammen von den Mitgliedern der Königlichen Gesellschaft, und mir wird gerade klar, dass es sich bei den Meinungen der Gesellschaft offensichtlich nicht um das Evangelium handelt", erklärte Lady Sommersby. Dann fügte sie hinzu: „Und du musst mich bitte Serena nennen."

Miranda spürte, wie ihre Kehle eng wurde, als sie begriff, dass Lady Sommersby ihre Gedanken lesen konnte. Sie hatte es nicht für nötig gehalten, sie abzuschirmen. Die Tatsache, dass Serena wusste, was sie gedacht hatte, war zusammen mit dem Silberschimmer in ihren Augen der Beweis, dass auch sie ein Vampir war.

„Ich will diese Geschichten hören, und dann möchte ich gern, dass du mir sagst, welche davon du glaubst", schlug Miranda vor. Wenn sie tatsächlich in Zayan und Lukos verliebt war, wollte sie sich der Wahrheit über die beiden Männer stellen, zwischen denen ihr Herz hin und her gerissen war. Sie konnte nicht sicher sein, ob das, was sie fühlte, tatsächlich Liebe war. Vielleicht war es einfach nur das Bedürfnis, die beiden Vampire zu retten. Denn darum ging es bei ihrer Gabe – Wesen zu helfen, sie zu retten und ihnen das Leben wiederzugeben.

Und das wollte sie auch bei Lukos und Zayan tun.

„Das ist sehr gefährlich“, erklärte Lady Brookshire, denn sie wusste natürlich, was Miranda soeben gedacht hatte. „Und mich musst du selbstverständlich Althea nennen.“

Serena schaute Althea an. „Es ist genau das, was wir beide auch tun wollten, nicht wahr? Unsere Männer retten.“ Sie lehnte sich in ihrem Sessel zurück. Dabei presste sie eine Hand gegen ihren Rücken, die andere lag auf ihrem gerundeten Bauch. Ihre schwarzen taillenlangen Haare waren zu einem Zopf geflochten, der über ihre Schulter fiel. „Ich gehe davon aus, dass du Sex mit ihnen hattest. Und deshalb gehört ihnen dein Herz, nehme ich an. Ich würde gern wissen, was Zayan und Lukos selbst dir über sich erzählt haben.“

Miranda ging an dem langen Tisch entlang, auf dem viele Bücherstapel lagen. Nie zuvor hatte sie mit anderen Frauen über so delikate Themen gesprochen. Doch sie bevorzugte diese Direktheit. Sie war viel besser als das Getratsche und das Flüstern, die Anspielungen und die Lügen, die zu ihrem Leben als junge Dame der Gesellschaft gehört hatten.

Ehrlichkeit. Genau das wollte sie. „Zayan hat mir erzählt, dass er in seinem sterblichen Leben ein römischer General namens Marius Praetonius war. Lukos erzählte mir, Zayan habe das Blut Tausender unschuldiger Frauen und Kinder getrunken.“ Pflegten Vampire jeden Tag Blut zu sich zu nehmen? Zayan lebte seit zweitausend Jahren ... Gütiger Himmel, das bedeutete, er hatte siebzigtausend Leben vernichtet. „Aber ich sah ihn niemals Blut trinken. In meiner Gegenwart hatte er sich vollkommen unter Kontrolle.“ Sie zwang sich, ihn nicht mehr zu verteidigen und einfach zu sagen, was es zu sagen gab. „Er erzählte mir, dass seine Kinder ermordet wurden und er aus diesem Grund die Chance ergriffen hat, zum Vampir zu werden – um Rache zu nehmen.“ Sie stockte. „Ich habe es auch gesehen. Ich sah die Morde. Den Kindern wurden … ihnen wurden die Kehlen durchgeschnitten. Es war grausam und entsetzlich.“

Althea blinzelte, und Miranda sah, wie sie die Arme um ihren Leib schlang. Als Mutter war Althea sicher in der Lage, mitzufühlen.

„Diese Morde geschahen vor zweitausend Jahren“, stellte Althea schließlich fest. „Wie konntest du sie dann sehen?“

„Ich weiß es nicht. Ich hatte eine Vision. Es war, als würde ich durch die Augen des Mörders schauen. Auch die Folter, die Lukos erlitt, als er zu Luzifers Jünger wurde, habe ich gesehen.“

Eine Hand immer noch in den Rücken gestemmt, erhob Serena sich aus ihrem Sessel. „Doch in Zayans Fall hattest du Visionen, in denen du Dinge sahst, die er selbst nicht miterlebt haben kann.“

Miranda nickte. „Das stimmt. Er sagte mir, dass er nicht weiß, wer seine Kinder getötet hat.“ Sie blickte erst die rothaarige Althea und dann die dunkelhaarige Serena an. „Wer war es?“

Althea zog die Brauen zusammen. „Diese Wahrheit ist in der Vergangenheit verborgen. Mein Vater ist ein Vampirjäger, und ich half ihm bei seinen Nachforschungen, indem ich die alten Bücher durchforstete. Ursprünglich war es der Plan meines Vaters, Zayan zu vernichten. Du musst wissen, dass Zayan meinen Ehemann Bastien erschaffen hat. Er war es, der ihn in einen Vampir verwandelte, als er sterbend auf der Straße lag.“

Althea berichtete er, dass ihre beiden Ehemänner Yannick und Bastien de Wynter als die Dämonenzwillinge bezeichnet worden waren. „Ich werde dir gern die Wahrheit berichten“, kündigte Althea an. Und während sie erzählte, war Miranda höchst erstaunt, dass Althea ihr derart intime Dinge enthüllte. Althea erklärte, dass sie Zayan gejagt hatten, bis Bastien darum bat, dass der Vampir, der ihn erschaffen hatte, gefangen genommen, aber nicht vernichtet werden solle.

„Nachdem wir Zayan eingesperrt hatten, musste ich so viel wie möglich über ihn in Erfahrung bringen. Yannick – mein Mann – erzählte mir von Zayans Vergangenheit. Man munkelte, dass Praetonius schon als Sterblicher das Blut seiner Opfer getrunken hat. Damals glaubte er angeblich, das Blut aufrechter, starker Männer würde ihm Kraft und Mut schenken. Und als er älter wurde, bevorzugte er das Blut junger Menschen, um seine Jugend zu bewahren." Althea machte eine Pause. „Wie die Countess Elizabeth Bathory, die das Blut junger Frauen trank, weil sie glaubte, sie könne damit die ewige Jugend erringen."

„Ich habe das Gerücht gehört", erklärte Miranda. Sie hatte Zayans Schmerzen wegen des Verlusts seiner Kinder gespürt. Wie konnte er dann den Tod anderer Menschen verursachen? Lukos hatte es behauptet – aber sie wollte es nicht glauben. „Gibt es irgendwelche Beweise?"

Althea deutete auf einen der Bücherstapel auf dem langen Tisch. „Das Buch, das ganz oben liegt, ist ein Tagebuch – es sind die Aufzeichnungen eines Vampirjägers aus dem siebzehnten Jahrhundert, der Zayan bekämpft hat. Ich brachte es mit hierher. In diesem Buch habe ich von den Morden an Zayans Kindern lesen. Dieser Vampirjäger glaubte, dass Zayans Ehefrau die Geliebte eines anderen Generals war, eines Landsmanns von Zayan. Mucius Gaius. Der Jäger war der Meinung, dass Gaius die Kinder getötet hat."

Miranda erinnerte sich an ihren kurzen Blick in Zayans Gedanken.

„In seinen Aufzeichnungen schreibt der Vampirjäger, dass er glaubt, Zayans Frau habe Verrat an ihren eigenen Kindern begangen", fuhr Althea fort. „Das unterscheidet sich von der Geschichte, die Yannick mir über Zayan erzählt hat – man war damals der Meinung, dass Zayans Frau ebenfalls hinters Licht geführt worden war. Doch es scheint, als hätte sie von dem Plan des Generals gewusst, ihre Kinder zu ermorden, tat aber nichts, um ihn davon abzuhalten oder ihre Kinder zu beschützen."

Miranda war entsetzt. „Gütiger Himmel, warum? Warum ließ sie zu, dass jemand ihren eigenen Kindern etwas zuleide tat?"

„Um mächtiger zu werden, nahm man an. Sie wollte, dass Zayan, der damals Marius Praetonius hieß, von Trauer und Schmerz zerfressen wurde, damit er in der Schlacht unterlag oder vielleicht sogar getötet wurde."

„Aber warum hat sie nicht einfach ... Zayan umbringen lassen? Als seine Ehefrau hätte sie dafür sorgen und auf diese Weise ihre Kinder am Leben lassen können."

Althea schüttelte den Kopf. „Ich kann es auch nicht begreifen, aber dieser Vampirjäger glaubt, sie tat es, weil sie die Kinder vernichten wollte, die sie dem Mann geschenkt hatte, den sie hasste."

„Ich verstehe", stellte Miranda mit leiser Stimme fest, während sie das Tagebuch anstarrte, ohne es zu berühren, „warum Zayan ein zorniger Vampir ist. Nachdem man ihn so bösartig hintergangen hatte, muss er vor Kummer fast verrückt geworden sein."

Althea erhob sich aus ihrem Sessel. „Zayan wurde schon vor dem gewaltsamen Tod seiner Kinder zum Vampir."

Das hatte Zayan ihr anders erzählt. Während Althea mit anmutigen Bewegungen zum Tisch glitt, das Tagebuch nahm und es ihr reichte, hielt Miranda die Luft an. Ein Lederbändchen markierte eine bestimmte Seite. Miranda schlug das Buch auf und zwang sich, die krakelige Schrift zu entziffern.

Die ersten Absätze beschäftigten sich damit, wie schwierig es für den römischen Kaiser gewesen war, seine Macht zu erhalten. Er fürchtete sich vor der Beliebtheit und der Macht von Marius Praetonius. Mucius Gaius hatte den wachsenden Verfolgungswahn des Herrschers genährt, bis der Kaiser begann, Praetonius' Sturz zu planen. Nachdem er herausgefunden hatte, dass gegen ihn Ränke geschmiedet wurden, begann Zayan zu fürchten, er werde diesen Kampf möglicherweise verlieren. Um zu überleben, hatte er mit Luzifer einen Pakt geschlossen. Weil er siegen wollte.

Miranda blickte auf und schaute Althea an. „Wurde er ein Jünger des Teufels, so wie Lukos?“

Althea schüttelte den Kopf. „Zayan schloss einen Pakt mit Luzifer: Er würde sich als Teufel in der Welt der Sterblichen bewegen und Luzifer für immer dienen. Und als Gegenleistung für das ewige Leben würde er lebendige, atmende Menschen in Untote verwandeln und ihre Seele dem Fürsten der Dunkelheit schicken, den es nach ihnen dürstete. Doch dann fing Zayan an, sich selbst für stärker zu halten als den Teufel, dem er diente. Und so versuchte Luzifer, ihn zu vernichten.“ Althea kam zu Miranda und legte ihr sanft die Hand auf den Arm. „Er wurde nicht von seinem Kummer dazu gebracht, derart grausam zu werden. Er war immer ein brutaler Mann. So steht es in diesem Tagebuch und auch in anderen Aufzeichnungen, die ich seit seiner Gefangennahme gefunden habe. Er hat nie versucht, den Drang, Blut zu trinken, zu kontrollieren. Wir sind Vampire – wir alle hier –, aber wir töten nicht, um an Blut zu kommen.“

„Du solltest Miranda etwas Brandy bringen lassen“, schlug Serena vor.

Miranda wollte das Angebot ablehnen, um zu beweisen, dass sie die Wahrheit auch ohne Alkohol ertragen konnte, doch dann nickte sie.

„Du wusstest nicht, dass wir Vampire sind, nicht wahr?“, erkundigte Serena sich mit sanfter Stimme, während Althea nach den Dienstboten klingelte.

„Ich habe eure Augen gesehen. Aber ich nehme an, meine Tante weiß ebenfalls Bescheid, und wenn sie euch vertraut, sollte ich es auch tun, denke ich.“

Serena stöhnte leise und legte die Hand auf den Bauch. „Ein Tritt“, erklärte sie. Ihr leichtes Lächeln verblasste. „Ich werde dir nun einiges über Lukos erzählen. Es gibt eine Prophezeiung, musst du wissen, und der letzte Teil davon wurde erst im vergangenen Jahr entdeckt.“

Bevor Serena mit ihrer Geschichte begann, strich Miranda mit den Fingerspitzen über das Buch in ihrer Hand. Die Dinge, die in diesem Tagebuch standen, waren vielleicht gar nicht wahr, überlegte sie sich. Der Vampirjäger, von dem die Aufzeichnungen stammten, hatte nicht im alten Rom gelebt. Er bezog sich auf Geschichten, die im Laufe der Jahrhunderte immer wieder neu und anders erzählt worden waren. Und falls der Kaiser vor Zayan Angst gehabt hatte, war es in seinem Interesse gewesen, Zayans Ruf zu zerstören. Da er vorgehabt hatte, Zayan zu töten, wäre er wohl kaum eingeschritten, wenn Lügen über Zayan verbreitet wurden. Alles, was man ihr erzählte, waren nur Geschichten, bei denen es sich nicht unbedingt um die Wahrheit handeln musste.

Mit einer entschiedenen Bewegung legte sie das Buch auf den Tisch. „Und nachdem du mir von Lukos erzählt hast, möchte ich wissen, was du meintest, als du von einer Liebe zu dritt sprachst."

„Oh, das hast du gehört?", erkundigte Serena sich.

„Wir brauchen also auf jeden Fall Brandy." Es gelang Althea, den Mund zu einem Lächeln zu verziehen. „Wir beide, Serena und ich, haben jeweils zwei Männer geheiratet. Meine beiden Männer sind Lord Brookshire und Bastien de Wynter. Und Serena versprach sich Drake Swift und Lord Sommersby. Das englische Gesetz fußt auf dem Glauben, dass jede Frau nur einen Ehemann haben sollte, doch dieser Glaube entspricht nicht der Wahrheit. Um unsere Feinde zu besiegen, müssen wir lernen, uns die magischen Kräfte zunutze zu machen, die durch eine Liebe zu dritt entstehen. Und unsere Feinde, liebe Miranda, waren Zayan und Lukos."

*Er näherte sich einem Becken mit klarem Wasser, das sich in einem riesigen, kunstvoll gestalteten Badezimmer befand. Das Innere der Wanne war mit tiefblauen Fliesen im mediterranen Stil versehen. Der Boden des Zimmers leuchtete in strahlendem Weiß, und die Mosaiken an den Wänden zeigten aufwendige*

*Muster. Nackte Frauen tummelten sich kichernd im Wasser. Einige saugten gegenseitig an ihren Brustwarzen. Zwei Frauen lagen so, dass das Gesicht der einen zwischen den Schenkeln der anderen ruhte und umgekehrt, als würden sie die Zahlen Sechs und Neun darstellen, und sie … küssten sich gegenseitig die Scham.*

*Ihr Spiel erfreute ihn. Praetonius' Frau war seine Geliebte, sie gebärdete sich in seinem Bett wild und war besessen von ihm, doch ihm gefiel auch das, was die beiden Frauen da taten.*

*Das kleine Wasserbecken war leer, und die Oberfläche des Wassers warf ihm wie ein Spiegel sein Bild entgegen.*

*Da sah er es. Blut! Spritzer davon auf seinen Wangen! Die Frauen würden es ebenfalls bemerken. Es würde sie empören. Das Blut von Praetonius' Kindern! Obwohl er wieder und wieder gebadet hatte, sah er es immer noch auf seiner Haut.*

*Er kniete sich neben das Becken, tauchte seine Hand mitten hinein in sein verfluchtes Spiegelbild, schöpfte eine Handvoll Wasser und rieb sich verzweifelt das Gesicht …*

*Doch er wusste, wenn er wieder hinschaute, würde das Blut immer noch da sein. Er würde es niemals loswerden. Jedenfalls nicht, solange er noch ihre Schreie hörte. Er erschauerte. Die toten Kinder verfolgten ihn.*

Miranda klammerte sich an den Bettpfosten, um nicht nach vorn zu stürzen. Sie hatte neben ihrem Bett gestanden und über das nachgedacht, was sie über Zayan erfahren hatte, und im nächsten Moment hatte sie das Badezimmer durch die Augen des Mörders der beiden unschuldigen Kinder gesehen.

Kraftlos sank sie auf die Bettkante, zog die Knie hoch und schlang zitternd die Arme um die Beine.

Sie hatte das Spiegelbild des Mörders von Zayans Kindern gesehen.

Wenn sie ihn Zayan beschrieb, würde er dann wissen, wer dieser Mann war? Würde es ihm helfen, wenn er die Wahrheit kannte? Oder würde es ihm noch mehr Schmerzen bereiten?

Ihr Fenster klirrte, und sie sah das Spiel des Mondlichts auf großen schwarzen Schwingen. Zayan. Er war zu ihr gekommen.

Althea hatte behauptet, dass er schon immer grausam gewesen war. Dass es nicht der Kummer war, der ihn antrieb … Althea und Serena hatten ihr viele Bücher gezeigt, die ihre Geschichten über Zayan und Lukos belegten …

Wahrscheinlich war es besser, wenn sie sich von ihm fernhielt, wie Tante Eugenia es verlangt hatte. Aber sie wollte die Wahrheit herausfinden. Hatte er sie belogen, oder waren die Worte in den Geschichtsbüchern und Aufzeichnungen Lügen?

Vielleicht war sie verrückt, aber sie wollte glauben, dass Zayan fähig war, sein Herz der Liebe zu öffnen und dass dieses tiefe Gefühl ihn auf irgendeine Weise erlösen konnte.

Und wie konnte er so wahnsinnig sein, zur Burg zu kommen, in der sich sieben Vampirjäger aufhielten, die entschlossen waren, ihn zu vernichten? Tat er das wirklich nur ihretwegen?

Sollte sie ihn zu sich ins Zimmer lassen? Zayan kreiste vor Mirandas Fenster. Einige endlose Minuten lang starrte sie ihn durch das Glas an. Er bewegte langsam seine Schwingen, um dort zu schweben, von wo aus er sie sehen konnte. Mondlicht umfloss sie, fiel auf ihr ovales Gesicht und in ihre außergewöhnlichen himmelblauen Augen. Er beobachtete, wie die unterschiedlichsten Gefühle sich in ihren Zügen spiegelten, und spürte ihren Zweispalt so deutlich, als ob es sein eigener wäre. Er fühlte, dass ihr Herz sie aufforderte, ihm das Fenster zu öffnen, während ihr Verstand sie davor warnte, so verrückt zu sein – weil es ihren Tod oder den Tod anderer bedeuten konnte, wenn sie ihn in die Burg ließ.

*Nein, Miranda*, murmelte er in ihren Gedanken. *Ich würde dir niemals etwas tun.*

Verdammt! Schuldgefühle stiegen in ihm hoch. Er belog sie. Noch an diesem Abend musste er ihr ihre Macht rauben. Er musste all ihre Energie in sich aufnehmen, um mit der roten Macht verhandeln zu können.

Denn als er bei Sonnenuntergang aufgestanden war, hatte sich die Stimme der roten Macht bei ihm gemeldet. Sie hatte ihn darauf hingewiesen, dass sie selbst Herrin über Mirandas Gabe werden würde, falls er es nicht tat …

*Wenn du dich widersetzt, wenn du dich weigerst, zu tun, was ich dir befehle, wirst du deine Kinder niemals wiedersehen.* Die Stimme der roten Macht hatte gegurrt und ihn auf gespenstische Weise an Claudia, seine frühere Frau, erinnert – an die Frau, die ihn so sehr gehasst hatte, dass es an Wahnsinn grenzte.

*Ich kann deine Kinder in ihrem Leben nach dem Tod großen Qualen aussetzen, Zayan. Ich könnte sie in die Hölle schicken, wenn ich es wollte.*

*Wer bist du?* hatte er wütend in den dunklen Himmel gerufen. Zweitausend Jahre hatte er nach einem Hinweis gesucht, was dieser rote Nebel – dieses geheimnisvolle Gebilde – wirklich war, und er wusste immer noch genauso wenig wie damals, als er endgültig dessen Verlockungen erlegen war.

Als er nun die Drohungen hörte, stieg Panik in ihm auf. Nie zuvor hatte er solchen Schrecken erlebt. *Bestrafe meine Kinder nicht, um mich zu verletzen. Bestrafe mich! Zerstöre mich! Quäle mich! Das ist mir egal.*

*Diene mir, und es wird ihnen nichts geschehen. Diene mir, und ich werde dir den Mann bringen, der sie getötet hat. Er ist unsterblich, genau wie du. Auch er hat schon zweitausend Jahre gelebt. Du verzehrst dich schon so lange nach Rache. Ich kann dir die Möglichkeit dazu verschaffen. Wenn du mir die Frau überlässt …*

Er sollte wirklich Miranda vor sich selbst warnen. Ihr sagen, dass sie fliehen musste.

Seltsamerweise brachte er es nicht über sich, ihr wehzutun. Er hatte anderen – Engeln und Dämonen – ohne jedes Bedauern ihre magischen Kräfte geraubt und nichts dabei gefühlt. Also sollte es auch bei Miranda leicht sein. Er kannte sie erst seit wenigen Tagen. Sie sollte ihm nichts bedeuten.

Und doch war sie ihm nicht gleichgültig.

Entschlossen kam Miranda aufs Fenster zu, um ihn hineinzulassen. Sie tat es aus freien Stücken. Er hatte versucht, sie mit seinem Bann zu belegen, doch dieser Zauber prallte an ihr ab wie ein stumpfer Pfeil an einer Rüstung.

Keine Frau, die wusste, wer er war, hatte ihn jemals freiwillig eingelassen.

Aber wenn er sie verschonte, wenn er ihr ihre Kräfte nicht nahm – womit er sie wahrscheinlich umbringen würde –, verlöre er alles. Seine Kinder …

Es würde sich anfühlen, als wären sie noch einmal gestorben. Und die Trauer war immer noch so unerträglich, so schmerzvoll wie vor zweitausend Jahren.

Miranda legte das letzte Stück Weg zum Fenster im Laufschritt zurück. Sie stürzte zum Griff, als wollte sie ihn einlassen, bevor sie den Mut verlor. Ihre Hände legten sich um den Riegel, und sie öffnete ihn. Öffnete das Fenster für Zayan.

Er schoss durch die Öffnung und änderte direkt vor Miranda seine Gestalt.

„Was ist passiert, Zayan? Du siehst aus als … wären böse Geister hinter dir her." Sie streckte die Hand aus und zeichnete mit den Fingerspitzen die tiefen Falten nach, die sich in seine Mundwinkel gegraben hatten. „Hast du Schmerzen?" Sie runzelte die Stirn und schaute zur Tür. „Warum bist du hierhergekommen? Bist du wahnsinnig? Wenn sie dich erwischen, vernichten sie dich …"

Indem er sie in die Arme zog, brachte er sie zum Schweigen. Er wollte nicht reden. Stattdessen strich er mit dem Mund über ihre warmen, üppigen Lippen und ließ sich ganz auf die Leidenschaft des Kusses ein. Liebevoll streichelte sie seine Wange. Die Zärtlichkeit einer Frau – nie zuvor hatte er eine so sanfte Liebkosung gespürt, in der so viel Gefühl und Zuwendung lag. Als sie mit ihren Fingerspitzen die Linie seines Wangenknochens nachzeichnete, liefen Lustschauer seinen Rücken herab.

*Warum bist du gekommen? Was willst du?* erkundigte sie sich.

*Dich. Das hier.* Die Berührung ihres Mundes war berauschender als jeder Wein, den er jemals getrunken hatte, süßer als jede pralle Traube, die eine schöne Sklavin jemals an seine Lippen gehalten hatte, lustvoller als …

*Du hast mich erobert.* Der Gedanke, das Gefühl war ganz plötzlich da und erfüllte ihn. Er wusste, wie sie versucht hatte, Lukos zu beschützen. Wie sie ihr eigenes Leben riskiert hatte, um drei Kinder zu retten. Es stimmte. Sie hatte ihn erobert.

Seine Hände glitten über zarten Stoff. Sie trug ein Nachthemd, ein dünnes Gewand aus Seide, das sich an ihre runden, hohen Brüste schmiegte, von dort hinunter zu ihren Hüften floss und um die langen Beine spielte. Die schimmernde weiße Farbe des Nachtgewandes leuchtete wie der Mond, und sie zog Zayan ebenso an, wie der Mond es tat.

*Miranda.* Stöhnend vor Sehnsucht und Begehren stieß Zayan ihren Namen hervor. So hatte er sich seit jener Zeit nicht mehr gefühlt, als er General, aber noch ein junger Mann gewesen war und zum ersten Mal Claudia, seine Frau, geküsst hatte.

Zayans Zunge spielte mit ihrer und tat da drinnen in ihrem Mund köstliche Dinge, die sie dahinschmelzen ließen. Miranda grub ihre Finger in seine breiten, nackten Schultern, um nicht zu seinen Füßen niederzusinken.

Sie wollte ihn. Ebenso sehr wie sie Lukos gewollt hatte. Ihre Gefühle erschienen ihr sündig und verrucht, doch während sie sich Zayans Küssen hingab und hungrig seinen Mund erforschte, wusste sie, dass sie ihr Verlangen nach ihm nicht verleugnen konnte.

Er liebkoste sie sanft, und seine langen Haare streiften ihre Wange, während er sich zärtlich mit ihrem Mund beschäftigte. Wie hatte er wohl als sterblicher Mann ausgesehen? Seltsam, dass sie das wissen wollte.

*Halt!* Sie rief das Wort in seine Gedanken hinein. *Du hast mich angelogen, und ich will die Wahrheit wissen. Als ich dich fragte, warum du deine Seele hergegeben hast, machtest du mich glauben, du hättest es getan, weil du deine Kinder verloren hattest.*

Seine Hände glitten an ihrem Rücken entlang, und er entfachte schonungslos ihr Verlangen. *Das ist die Wahrheit*, murmelte er, und selbst in ihrem Kopf klang seine Stimme heiser.

*Lady Brookshire sagte mir, du seist schon vor dem Tod deiner Kinder ein Vampir geworden.*

*Lady Brookshire war nicht dabei.* Er drückte ihre Schultern nach hinten, beendete den Kuss und sah sie an. „Was ich dir erzählt habe, ist die Wahrheit. Als ich General war, sah ich mich einmal einer schmerzlichen Niederlage gegenüber. Damals hörte ich plötzlich eine Stimme, die vom Himmel zu mir herunterhallte. Sie versprach mir große Siege im Austausch für meine Seele – und für meine Dienste. Ich lehnte das Angebot ab und gewann den Kampf mithilfe meines eigenen Könnens, der Tapferkeit meiner Männer und vielleicht einiger verrückter, gewagter Schachzüge. Einmal wurde ich gefangen genommen, und das Gerücht ging um, dass ich nur überlebte, indem ich zum Dämon wurde. Doch das waren Geschichten, die mein Feind herumerzählte. Ein anderer General, Gaius, der Liebhaber meiner Frau ..."

„Der Mann, der deine Kinder ermordet hat – ich sah ihn." Ungestüm packte sie ihn an den Schultern. „Ich hatte Visionen von dem Mann, der es getan hat. Und darin sah ich sein Gesicht, das sich im Wasser eines Badebeckens spiegelte."

Er umklammerte ihre Arme noch fester, und sie hätte fast vor Angst aufgeschrien. Es fühlte sich an, als wollte er ihr in seinem Zorn die Knochen brechen. „Erzähl es mir! Bitte beschreibe mir, wie er ausgesehen hat, Miranda."

Sie bemühte sich, ihm jede Einzelheit des Gesichts zu schildern, das sie in dem Wasserbecken gesehen hatte. Die ganze Zeit streichelte er dabei ihre Schultern, und seine Berührungen machten es leichter für sie, sich zu erinnern.

„Es war Mucius Gaius", stellte Zayan schließlich fest. „Er hat es selbst getan. Ich dachte, er hätte jemand anders geschickt, um das Verbrechen zu begehen ..."

„Nein." Es fiel ihr furchtbar schwer, zu sprechen; ihre Kehle war so eng, dass sie kaum atmen konnte. „Er tötete sie mit seinen eigenen Händen. Ich sah es ... Ich sah, was er getan hat ..."

„Bei allen Göttern, Miranda, wenigstens das ist mir erspart geblieben."

„Ich ... Es ..." Sie fand keine Worte. Keine Worte, mit denen sie ihn trösten konnte. Es war schrecklich gewesen, aber es würde Zayan nicht helfen, wenn sie ihm das sagte. Ihre Augen brannten, und sie musste blinzeln, als sie ihn anschaute. „Es tut mir so furchtbar leid."

„Diese Geschichten über mich – dass ich das Blut von Kindern trinke und darüber, dass ich ein Dämon wurde und Luzifer diente –, sie stimmen nicht. Ich war grausam. Ja, das kann ich nicht abstreiten. Ich nahm Menschen das Leben, um meinen Hunger zu stillen. Aber ich möchte, dass du verstehst ..." Er stockte. Und die Zeit stand still, als er sich zu ihrem Hals hinunterbeugte und sie zu atmen vergaß.

Vielleicht war sie dumm, aber sie legte den Kopf zur Seite, um ihre Haut zu entblößen. Für sie war es, als würde sie ihm laut zurufen, dass sie ihm vertraute. Dass sie ihm glaubte. Angespannt wartete sie ...

Er küsste sie auf den Hals. Das war alles. Seine Lippen berührten sie so sanft, wie es vor langer Zeit der Mund ihrer Mutter getan hatte. Es war die Liebkosung von jemandem, der sie liebte.

„Hast du den Nebel heraufbeschworen?", erkundigte sie sich. „Bist du derjenige, der ihn beherrscht?"

„Er kam zu mir, aber ich habe ihn nicht gerufen. Er beherrscht mich. Frag mich nicht, was genau diese rote Macht ist, Liebste, denn ich weiß es nicht. Ich kann es dir nicht sagen. Aber sie verwandelte mich vor zweitausend Jahren in einen Dämon und verfolgt mich seitdem."

Mit seinen Lippen zeichnete er den Halsausschnitt ihres seidenen Nachthemds nach. Es war ihr schönstes Nachtgewand.

Nun erreichte er die Rundung ihrer rechten Brust, und sie kicherte, um gleich darauf vor Verlangen zu seufzen. Sein Mund schenkte ihr das Gefühl, zu schweben, ganz ohne irgendwelche magischen Lichter oder Sterne oder Zaubersprüche.

„Ich habe noch nie so viel für eine Frau empfunden wie für dich, Miranda“, murmelte er, bevor er mit dem Mund einen Kreis um den gekräuselten Rand ihrer rechten Brustwarze beschrieb. Durch den Stoff. Mit seinen Reißzähnen.

Ein Prickeln durchlief sie von der Brust bis hinunter zwischen ihre Schenkel. „Oh!“ Ihre Brustwarze wurde noch härter, ihre Brust schien anzuschwellen und sich ihm vor Lust entgegenzurecken.

„Wenn du mich willst, leg dich aufs Bett, Miranda. Lass mich dich lieben.“

„In meinem Bett? Du bist umringt von Vampirjägern …“

„Dann musst du ganz leise sein, mein Engel.“

Sie durfte sich nicht nach hinten auf die Decken fallen lassen, wenn sie ihn retten wollte. Doch er begann an ihren beiden Brustspitzen zu saugen – schnell und heftig, ein Schnalzen mit der Zunge, ein Schaben mit den Reißzähnen, und sofort stand sie in Flammen. Zwischen ihren Schenkeln, in ihrer Möse pochte das Verlangen. Sie fühlte sich so leer, sehnte sich so sehr danach, ausgefüllt zu werden.

Miranda ließ sich rückwärts aufs Bett sinken …

Er legte sich auf sie, und ihre Welt beschränkte sich auf den Anblick seiner geraden, breiten Schultern – perfekt geformt und gebräunt, ohne eine Narbe oder irgendeinen Makel. Und seiner straffen Brustmuskeln. Und der kantigen Linie seines kräftigen Kinns. Seiner muskulösen Kehle.

Ganz von selbst hatten ihre Schenkel sich geöffnet, um ihn willkommen zu heißen, und sie stöhnte, als er in sie hineinglitt. Dick, dick, so wunderbar dick dehnte sein Schaft ihre Öffnung, und sie umklammerte fest seine Arme. *Zuerst ein rascher Orgasmus*, versprach er ihr. Bei jedem Stoß reizte er ihre geschwollene Klitoris. Jeder Stoß ließ sie die Sterne sehen.

Er schob die Hand unter ihren Po, während er auf einem Polster aus cremigen Säften in sie hinein- und wieder herausglitt. Sein Mund spielte mit ihren Brüsten, und sie wölbte sich ihm entgegen, hielt sich an ihm fest. Trieb ihn an …

Dann spürte sie, wie er mit den Fingern ihre Hinterbacken auseinanderschob, während sein Schwanz sie bis zum Anschlag ausfüllte. Ganz leicht drückte er seinen Daumen gegen ihre Rosette. Mit einem Ruck schob er die Hüften vor, um seinen Schaft noch tiefer in sie hineinzubohren, was ihr zuvor unmöglich erschienen war, und im selben Moment spürte sie, wie sein Daumen eindrang.

Als hätte er mit den Fingern geschnippt und ihr den Befehl erteilt, explodierte sie in einem Orgasmus. Ertrank in Lust. Es war ein Gefühl, als würde sie vor Verzückung schweben. Keuchend rang sie nach Luft, während sie ihn immer noch hart in sich spürte.

*Und jetzt …* Er grinste sie an. *Ein paar andere köstliche Stellungen, Liebste.*

Doch Miranda begriff, was sie getan hatte. Sie hatte laut geschrien. Sämtliche Vampire – Vampirjäger – in der Burg mussten ihren Lustschrei gehört haben.

## *14. KAPITEL*

### Schwebend

Schritte polterten über den Steinfußboden des Korridors vor ihrer verschlossenen Schlafzimmertür.

*Du musst fliehen*, schrie Miranda in Panik.

Vollkommen ruhig, als hätten sie alle Zeit der Welt, zog Zayan sie auf die Knie, sodass ihr Hinterteil sich ihm entgegenreckte. Sie war auf allen vieren, und er wiegte ihren Po, der direkt vor seinem Gesicht war, sanft hin und her. *Hmmm! Was für ein reizender Anblick.*

Um Himmels willen! Er war so in seiner Lust gefangen, dass er mit einem Pflock im Herzen enden würde! Miranda fürchtete, dass das Türschloss sie nicht lange aufhalten würde.

*Ich gehe nicht, weil ich nicht glaube, dass du schon bereit bist, mit mir zusammen zu fliehen, Miranda.* Er tätschelte ihren Hintern. Sie erschauerte. Welchen Anblick mochte sie ihm in dieser Position bieten? Ihre Haare fielen wirr über die Schultern, doch viel anstößiger war, dass ihr Po sich ihm vollkommen blank darbot, denn ihre Knie stemmten sich weit gespreizt auf das Bett. Ihre Brüste hingen nach unten, und als sie versuchte, durch ihre Schenkel hindurchzuschauen, stieß ihr Kinn gegen ihren Busen. Sie ahnte, dass Zayan ihre Schamlippen sehen konnte. Und auch ihre Brustspitzen.

„Was wirst du also tun?" Sie fragte ihn das mit gesenkter Stimme, in die sie mehr Mut legte, als sie wirklich empfand. Und sie zweifelte nicht daran, dass er ihr wild klopfendes Herz hören konnte. Vor lauter Angst um ihn war sie vollkommen erstarrt, und es überlief sie eiskalt.

„Ich werde dich jetzt in dieser Stellung lieben." Seine Finger glitten von hinten zwischen ihre Schenkel und spielten mit ihren Schamlippen. Sie konnte sehen, dass ihre Löckchen da unten von den Säften glänzten, die während ihres heftigen Höhepunkts geflossen waren. Zayan streichelte sie und benetzte dabei seine Finger, sodass sie nass und klebrig wurden; dann liebkoste er mit seiner feuchten Fingerspitze ihre Klitoris. „Entspann dich, Liebste." Er beschrieb mit dem Finger einen Kreis, der in ihrem Kopf ein Feuerwerk explodieren ließ. „Lass zu, dass dein Körper heiß und bereit für mich wird."

*Wir haben keine ...*

Er schob die Hüfte vor, sein Schwanz füllte sie von hinten aus, und sie brachte kein Wort mehr heraus. Ihre Öffnung war so nass, dass er ganz sanft in sie hineingeglitten war.

Plötzlich bebte die Tür in den Angeln. Fäuste donnerten dagegen. Auf der anderen Seite riefen mehrere Stimmen ihren Namen. „Miranda?"

„Miss Bond?"

„Öffnen Sie die Tür!" Der barsche Befehl kam von einer wütenden Männerstimme.

„Denk darüber nach, was du da tust!" Das war Serena.

Oh, Miranda wünschte sich, sie könnte einen klaren Gedanken fassen. Doch Zayans Schwanz stieß in sie hinein und glitt wieder heraus. Er liebkoste sie tief in ihrem Schoß, berührte gleich darauf den empfindsamen Eingang ihrer Möse und ließ sie vor Lust zittern, bevor sein nächster Stoß kam.

Die Vampirjäger würden die Tür aufbrechen. Sie würden sie so sehen. Und sie würden Zayan angreifen, der in diesem Augenblick viel verletzlicher war als sonst. Sie musste sie davon abhalten, ihn zu vernichten ...

Seine Hüfte klatschte gegen ihre Hinterbacken und brachte sie zum Beben, als er sich tief in Miranda hineinbohrte. Selbst das war unerträglich erregend. Sie drängte sich ihm entgegen und stieß mit ihrem Po wild gegen seinen Unterleib.

*Ja*, stöhnte er. *Sei die wunderbare Frau, als die du erschaffen wurdest.*

*Ich ... ich komme!* Es gelang ihr, in ihren Gedanken laut zu schreien, und sie hoffte, auf diese Weise ihre Gefühle nur mit Zayan teilen zu können.

Er lachte hinter ihr auf, wiegte seine Hüften, um sie zur Explosion zu bringen und die Lust durch sie hindurchbrausen zu lassen. Aufschluchzend ließ sie den Kopf auf das Bett sinken, während sie auf einer riesigen Welle davongetragen wurde.

*Du musst gehen*, bettelte sie.

*Ein kluger Mann sollte das tun. Aber ein Mann, der verliebt ist, handelt niemals klug.*

War er tatsächlich verliebt in sie? Er riskierte seine Existenz, nur um bei ihr bleiben zu können. Anstatt zu fliehen, hob er erneut ihren Po an. „Vertraust du mir?", fragte er mit gesenkter Stimme.

Das tat sie. Sie glaubte ihm. Und sie vertraute ihm, ebenso wie sie Lukos vertraute.

Mit der Spitze seines Schwanzes stieß er zart an den Spalt zwischen ihren Hinterbacken. Vertrauen oder nicht – sie erstarrte. Ein lustvoller Schauer durchlief sie, als sie sich an Lukos' Spiel mit der Kette erinnerte.

Sie wusste, was Zayan vorhatte. Doch seine geschwollene Eichel und der mächtige Schaft waren so dick. Würde sie ihn aufnehmen können?

Die Kette hatte nicht wehgetan, sondern hatte ihr nur ein wunderbar erregendes Gefühl geschenkt. Sie *konnte* auch das hier schaffen. Ihr Hintern kribbelte vor Erwartung, ihre Brust war eng vor Verlangen, und ihr Verstand war umnebelt vor Erregung.

Zayan streichelte sie sanft und näherte sich in aufreizenden Spiralen ihrer engen, gekräuselten Rosette. Sie versuchte sich zu entspannen und wand sich seinem Schwanz entgegen, während er sie stimulierte.

Das Klopfen an der Tür wurde lauter. „Er hat einen Zauber benutzt, um uns davon abzuhalten, das Schloss aufzubrechen." Miranda erkannte Drake Swifts Stimme.

„Es gibt auch ein Fenster."

„Das wird er ebenfalls mit seiner Magie bewachen."

„Was will er mit ihr machen? Ich höre die beiden im Zimmer – er hat sie nicht von hier weggebracht."

Serenas Stimme drang durch die Tür. „Wahrscheinlich will er ihre Zaubermacht …"

„Oder er versucht, sie dazu zu bringen, sich in ihn zu verlieben."

Miranda konnte nur stöhnen. Sie war nicht in der Lage, irgendjemand dort draußen zu beschwichtigen. Nicht während Zayans Eichel sich gegen ihren Po drückte und langsam, ganz langsam auf köstlichste Art dafür sorgte, dass sich ihre Rosette für ihn öffnete. Sie krallte sich mit allen zehn Fingern ins Bettlaken, ihre Zehen krümmten sich. Und sie rang keuchend nach Luft.

Mit einem Ruck schob sich die Spitze seines Schwanzes in sie hinein, und der Muskelring ihres Anus legte sich eng um seine Eichel. Gütiger Himmel!

*Ist das gut?*

*Erstaunlich. Es ist … intensiver als Magie. Ich habe das Gefühl, als würde ich die Grenze meiner … Ich spüre jeden noch so kleinen Teil meines Körpers ganz deutlich, und überall kribbelt es.*

*Dann warte erst einmal, bis ich zustoße, Liebste.*

Und das tat er nun. Sie warf den Kopf in den Nacken, als ein unbeschreiblich heftiges Lustgefühl in ihr hochschoss. Ihre Füße schienen in Flammen aufzugehen. Die schiere Leidenschaft ließ sie stöhnen. Zayan bohrte sich tief in sie hinein und füllte ihren Po ganz aus mit seinem Schwanz. Sie spürte, wie die Löckchen seiner Scham an ihren Hinterbacken entlangstrichen. Sie kauerte auf allen vieren mit gespreizten Armen und Beinen vor ihm, und sein harter Schwanz steckte in ihr.

*Du bist wunderschön, Miranda. Mit dir kann ich alles erforschen, was ich schon immer wissen wollte.*

Ihre Pussy pulsierte vor Lust, als er sich langsam zurückzog und seinen Schwengel so weit aus ihr herauszog, dass nur noch die Eichel in ihr war, dann tauchte er wieder hinein. Nach ein paar Stößen schob sie ihm ihren Po entgegen, damit er tiefer eindringen konnte.

Es war so intensiv! Ebenso intensiv, wie das Spiel mit der Goldkette mit Lukos gewesen war.

Nun beugte Zayan sich tief über sie und stieß schnell und hart in sie hinein. Bei jedem dieser tiefen, heftigen Stöße wurde sie nach vorn geworfen, doch er hatte eine Hand auf ihre linke Brust gelegt und hielt so ihren Leib dicht an seinen gepresst. Dabei liebkoste er ihre Brustwarze.

Und klatschte gleichzeitig erbarmungslos gegen ihre Hinterbacken.

Ihre Lust wuchs und wuchs.

*Oh, sogar wenn du es so machst … Ich … ich komme!*

*Dein hinreißender Arsch ist so empfindsam, mein Engel, natürlich wirst du kommen.*

Sie versuchte es aufzuhalten, die Lust in die Länge zu ziehen, doch er stieß noch einmal so kraftvoll in sie hinein, dass sich ihre Knie vom Bett hoben und sie aufschrie vor Lust. Das war der Auslöser, der eine Schubs, der sie über die Klippe stürzen ließ. Ihr Orgasmus pulsierte in ihrem gesamten Hintern, in ihrer Möse, er ließ ihre Brustwarzen hart werden und sich aufrichten und zündete in ihrem Kopf ein Feuer an.

Hinter geschlossenen Lidern sah sie Farben durcheinanderwirbeln wie bei einem Feuerwerk. Sie hauchte seinen Namen. *Zayan. Zayan.*

Oh, sie liebte ihn! Liebte ihn dafür, dass er ihr diese Lust schenkte, dafür, dass er in ihr die sinnliche Frau sah, als die sie geschaffen worden war.

Aber er war noch nicht fertig. Er gönnte ihr keine Pause, bevor er erneut zustieß. Ihr dritter Orgasmus überrollte sie fast sofort. Und Zayan jagte sie weiter zu einem vierten und einem fünften, bis die Höhepunkte als eine einzige lange Welle kamen und ihre Füße so empfindlich waren, dass ein Luftzug Miranda zum Schreien brachte.

Dann versenkte er sich ein letztes Mal in ihr und umschlang sie fest, während er seinen Körper an ihren Rücken presste. *Ich komme, mein Engel. So wie nie zuvor!*

Er stöhnte laut, und sein Körper zuckte heftig hinter ihrem.

Anschließend zog er sich sehr vorsichtig aus ihr zurück, und seine Sanftheit berührte sie tief. Sie kicherte schwach. Sie hatte das Gefühl, dass ihr Körper dahingeschmolzen war, so sehr hatten die Orgasmen sie mitgenommen.

Ihr war klar, was sie eben erlebt hatte.

Eine Lehrstunde, um sie auf die Liebe zu dritt vorzubereiten. Sie war erstaunt über das gewesen, was Althea und Serena ihr erzählt hatten. Die erotischen Spiele, die Zayan und Lukos in der Kutsche vor ihren Augen getrieben hatten, waren erregend für sie gewesen, und ihr war so heiß geworden, als wollte sie in Flammen aufgehen.

Aber sich vorzustellen, dass es immer so sein könnte …

Sie könnte wie Althea und Serena leben, mit zwei Männern, die sie anbeteten und sie liebten. Wenn sie sich nur vorstellte, wie es sich anfühlen würde, von ihnen beiden ausgefüllt zu werden – wenn einer in ihre nasse, heiße Pussy hineinstieß und der andere wild in ihren pochenden Po eindrang.

Nein! Lukos glaubte, dass Zayan seine Schwester entführt und dem Teufel als Gefangene übergeben hatte. Und Zayan hatte von Lukos verächtlich schnaubend als „Wolf“ gesprochen.

Lukos hasste Zayan, und Zayan schien Lukos zu verabscheuen. Es würde also niemals möglich sein.

Miranda legte sich auf ihr Bett und übertrieb ihre Atemlosigkeit ein wenig, um Zeit zum Nachdenken zu gewinnen. Zayan wollte, dass sie mit ihm gemeinsam von hier fortging. Aber sie war sich nicht sicher, ob sie sich für Zayan entscheiden und Lukos vergessen sollte. Noch nicht. Vielleicht niemals.

Sie liebte sie beide – begehrte sie beide. Beide bedeuteten ihr unendlich viel, und sie wollte ihre verwundeten Seelen und ihre gebrochenen Herzen heilen.

Lukos und Zayan mochten Vampire sein, doch in Mirandas Augen besaßen sie Seelen.

„Wenn wir uns zusammentun, können wir vielleicht seine

Magie überwinden“, schlug Althea auf der anderen Seite der verschlossenen Tür vor.

Müde wurde Miranda klar, dass die Vampirjäger versucht hatten, sie zu retten, während Zayan mit ihr geschlafen hatte. Sie wollte nicht gerettet werden. Aber er musste vor ihnen geschützt werden.

„Komm mit mir“, drängte Zayan und stand vom Bett auf.

„Du könntest ohne mich gehen ...“ Doch sein Gesichtsausdruck wurde sofort unbeugsam, und sie wusste, dazu wäre er nicht bereit. „Ich werde dich begleiten, weil du den Jägern entgehen musst. Doch wie sollen wir fliehen? Kannst du fliegen, ohne deine Gestalt zu ändern, so wie Lukos?“

Als er Lukos' Namen hörte, wurde Zayans Blick finster. „Nein, ich habe vor, dir beizubringen, wie man seine Gestalt ändert.“

„Wie man sich *verwandelt*?“

Er nickte, als wäre das eine höchst naheliegende Lösung. „Du hast all die Magie in dir. Ich glaube, du kannst es.“

Miranda breitete ihre Schwingen aus, sodass der Wind sich darin fing. Ihr ganzer Leib summte und prickelte. Sie selbst war nicht in der Lage gewesen, ihre Magie zu nutzen, um ihre Gestalt zu verändern, aber Zayan hatte sie mit seinem Zauber verwandelt. Sie verfügte jetzt über den Körper einer großen Fledermaus. Wie das genau geschehen war, wusste sie nicht. Er hatte ihr einen seltsamen Zauber entgegengeworfen – ein wirbelndes Licht von schwarzbrauner Farbe, das sie umschloss.

Draußen vor ihrer Schlafzimmertür war Tante Eugenia auf die Vampirjäger getroffen, und alle zusammen versuchten immer noch, ins Zimmer zu gelangen. Es brach ihr fast das Herz, das Flehen ihrer Tante zu ignorieren. Doch dann hatte das Licht sie eingehüllt, und sie hatte große Hitze verspürt, geradeso wie sie sie auch fühlte, wenn sie ihre Magie gebrauchte. Ihr Körper hatte sich verändert – es war, als würde er dahinschmelzen und sich verformen. Schließlich überkam sie ein

Moment größter Qual. Doch als dieser Schmerz verschwunden war, hatte sie ihre Flügel weit ausgebreitet und sich in tiefem Vertrauen zu Zayan hinaus in die Nacht gestürzt.

*Folge mir*, drängte er.

Es war verführerisch, spielerisch in den Himmel zu steigen. Sie hatte immer wieder Vögel beim Fliegen beobachtet, hatte sogar darüber nachgedacht, wie dies sich wohl anfühlen mochte, hatte in ihrer Kindheit manchmal davon geträumt, zu schweben, doch immer gewusst, dass es unmöglich war. Und hier flog sie nun.

Vielleicht war nichts unmöglich.

Sie versuchte ihre Flügel schräg zu stellen, um Zayan zu folgen. Dabei entfernte sie sich ein großes Stück von ihm, glitt dann viel zu weit zur anderen Seite. Es war mühsam, diese Flügel zu beherrschen.

Zayan kehrte in einem großen Bogen zu ihr zurück und wartete geduldig, während sie versuchte, sich ans Fliegen zu gewöhnen. Er glitt als größere geflügelte Kreatur dicht an sie heran und bewegte in ihrer Nähe auf eine Weise seine Schwingen so, als wollte er die Luftströme verändern und die Reise leichter für sie machen.

Aus dem Augenwinkel bemerkte sie Schwaden des roten Nebels, die den Hügel hinauf zur Burg zogen.

*Wir müssen uns beeilen*, befahl Zayan. *Folge mir und tu genau das, was ich mache.* Er glitt abwärts in ein Wäldchen aus hohen Bäumen.

Miranda schluckte mühsam. Sie konnte das nicht. Sie würde gegen die Bäume fliegen und sterben. Ganz sicher …

Ein breiter Strahl blauen Lichts kam auf sie zu. Er wickelte sich wie ein Gespinst um sie und zog sie hinter Zayan her. Das Licht bewegte sie hin und her und dirigierte sie sicher zwischen den Baumstämmen und den Lücken zwischen den Ästen hindurch. Es brachte sie zu einem kleinen Kreis aus Steinen auf einer Lichtung.

Der Mond schien durch das Laub der Bäume und auf diesen

Flecken, doch das silberne Licht war rötlich verfärbt. Als ihre Füße den Boden berührten, atmete Miranda erleichtert auf. Es war schön gewesen zu fliegen, aber furchterregend, sich vorzustellen, dabei ums Leben zu kommen.

Vor ihren Augen verwandelte sich Zayan wieder, während sie erstarrte, doch sie kehrte sehr schnell in ihren normalen Körper zurück, und die Schmerzen waren nicht so schrecklich wie bei der ersten Transformation. Unter ihren Füßen spürte sie den eisigen Boden, und im kalten Wind überzog sie eine Gänsehaut. Was nicht weiter erstaunlich war, denn natürlich war sie nackt.

*Ganz ruhig, Liebste.* Zayan zog sie in seine Arme. Mit einer Handbewegung zauberte er Samtumhänge herbei, und Miranda kuschelte sich in den ihren. Sie hatte keine Ahnung, was als Nächstes kommen würde.

Zayan ließ sie los und ging zu einem der Steine, einem flachen Felsbrocken, der wie der Sitz eines Stuhls aussah. Miranda schaute sich um. Das Gras innerhalb des Kreises war saftig grün, und an der Außenseite folgte eine Linie aus dunklerem Gras dem Bogen, den die Steine bildeten. Sie erinnerte sich, dass sie ihrer Mutter als achtjähriges Kind einmal einen Kreis aus dunklem Gras auf der Rasenfläche vor dem Landhaus der Familie gezeigt hatte. Ihre Mutter hatte es einen „Feenring“ genannt, und Miranda hatte sich nachts aus dem Haus geschlichen, um den Feen heimlich beim Tanzen zuzusehen.

Doch sie hatte gewartet und gewartet und war schließlich eingeschlafen. Simon war ihr gefolgt; er hatte sie vom Boden aufgehoben und zurück ins Bett gebracht. Im folgenden Jahr hatte sie ihre Mutter verloren. Doch sie hatte Simon, ihren Vater und Tante Eugenia gehabt. Und seltsamerweise fühlte sie sich Zayan schon jetzt so nah wie diesen Menschen.

Der Grasring machte den Eindruck, als würden hier tatsächlich Feen tanzen. Ein leises Summen schien aus der Mitte des Kreises zu kommen. Es war ein magischer Ort.

Mit großen Schritten und wütendem Gesicht durchquerte

Zayan den Kreis, während er gleichzeitig zum Himmel hinaufschaute. Er hatte Stiefel für sie beide herbeigezaubert.

Zayan konnte im Wind das leise triumphierende Lachen der roten Macht hören. Er spürte auch, wie Unsicherheit und Zorn von Miranda ausgingen, während sie ihm folgte. „Was ist los?", verlangte sie zu wissen. „Wonach hältst du Ausschau? Nach dem roten Nebel? Holst du ihn herbei?"

Entschlossen richtete sie den Blick ihrer blauen Augen auf ihn. Diese Frau war furchtlos. Er hatte immer Claudias Stärke bewundert, doch nun begriff er, dass sie eher rücksichtslos und egoistisch als stark gewesen war. Miranda besaß einen Mut, der ihn tief beeindruckte. Er wusste, dass sie ihr eigenes Leben riskiert hatte, um Kinder zu retten, denen die rote Macht das Leben aus den Leibern gesaugt hatte.

Als er Miranda ansah, wurde Zayan klar, dass er sich dieses eine Mal nicht hinter seiner größeren Macht verstecken konnte. Er brauchte Zeit, um sich eine Erklärung auszudenken, die es ihm ersparte, ihr die Wahrheit zu sagen. Deshalb wandte er den Blick ab und drehte sich weg.

Miranda marschierte um ihn herum und stellte sich vor ihn hin. Dabei wehte ihr der Umhang um die nackten Beine. Sie schob ihre Hände unter seine Arme und umschlang seine Taille. „Ich will die Wahrheit wissen. Warum hast du mich hierher gebracht? Was willst du von mir? Ich glaube nicht, dass es dir um Liebe geht. Da ist etwas in deinem Gesicht – ein Gefühl, dass ich nicht ganz verstehe."

Er nahm an, dass sie in seiner Miene eine Mischung aus Zorn und Selbstverachtung erkannte. „Du verdienst, es zu erfahren. Alles. Ich habe dir erzählt, dass eine Stimme vom Himmel kam, die mir Unsterblichkeit anbot. Als sie ein zweites Mal ertönte und ich das Angebot annahm, kam sie als dichter roter Nebel, der mich vollkommen umgab. Sie verlangte eine Gegenleistung für ihre Geschenke: für die große Kraft, für die starke Magie und für das ewige Leben. Ich sollte Macht für sie sammeln. Deshalb habe ich die Kraft aus anderen Dämonen gesaugt, sogar aus gefallenen Engeln."

„Wie hast du das gemacht?"

„Blut und Sex, Liebste."

Nun dämmerte es ihr. „Der rote Nebel will meine Macht. Und du hast vor, sie ihm zu verschaffen. Hast du deshalb mit mir geschlafen?"

Er schüttelte den Kopf und spürte, wie seine langen Haare über die Schultern strichen. „Nein. Ich weigere mich, dir deine Magie zu stehlen oder dir sonst irgendwie wehzutun."

Dann erzählte er ihr noch mehr. Er erklärte ihr, dass die „rote Macht" – so nannte er sie, weil er ihren wahren Namen nicht kannte – versprochen hatte, ihm seine toten Kinder zurückzubringen, wenn er Miranda die Magie raubte. Ihre Augen weiteten sich vor Schreck, und die Erschütterung, die er in ihrem Gesicht sah, bohrte sich wie ein Stachel in sein Herz. Denn obwohl Miranda wusste, dass er ein Dämon war, so hielt sie ihn doch für edel und gut. Früher hätte er kaltherzig gedacht, dass sie eben einem dummen Irrtum erlegen war. Doch bei Miranda fühlte er sich angesichts ihres Entsetzens wie ein Stück Dreck.

„Ich traue der roten Macht nicht", gestand er mit einer Stimme, die rau und heiser klang. „Aber die Wahrheit ist, dass ich ursprünglich geplant habe, dir deine Gabe zu stehlen und deine Magie als Lockmittel zu benutzen. Ich befürchtete, dass die rote Macht mich betrügen und mir meine Kinder nicht zurückgeben würde, und deshalb wollte ich sie mit deiner Magie erpressen."

Miranda wurde leichenblass. Er machte einen Schritt auf sie zu, wollte sie zu einem Kuss an sich ziehen, doch plötzlich stellte er fest, dass er nicht wagte, sie zu berühren. „Das würde ich jetzt auf keinen Fall mehr tun, Miranda. Und das ist die reine Wahrheit!"

Der Wind nahm zu und wehte ihre langen offenen Haare in ihr bleiches Gesicht. „Aber was ist mit deinen Kindern?"

Er wich zurück in die Richtung, aus der der rote Nebel kam.

„Ich kann dich nicht verletzen, nicht einmal, um sie zu retten."
Sie ging auf ihn zu. Er – ein Vampir! – war wie versteinert, als sie die Hand hob. Sie strich über die tiefen Falten, die sich um seinen Mund eingegraben hatten. „Du hast sie sehr geliebt, das kann ich in deinen Augen sehen. Darin erkenne ich die Liebe, obwohl deine Züge auch den Schmerz zeigen, den du gefühlt hast."
Wieder verzog er das Gesicht. „Ich flehe die Götter an, dass sie meinetwegen nicht leiden mussten …"
„Es war nicht deine Schuld!", rief sie. „Althea – Lady Brookshire – hat mir von deiner Vergangenheit erzählt. Ich kann sehr gut verstehen, warum du ein Vampir werden wolltest, nachdem du von allen, von Gaius, von deinem Herrscher und von deiner *Frau* hintergangen worden warst." Sie schaute ihm direkt ins Gesicht. „Doch Althea sagte mir, dass man damals behauptete, du hättest das Blut von Kindern getrunken, bevor du zum Vampir wurdest. Und dass du das Angebot der roten Macht annahmst, bevor deine Kinder getötet wurden."
„Der rote Nebel kam zu mir, als meine Kinder noch lebten, doch zu jener Zeit war ich nicht bereit, dem Bösen zu dienen." Er war sich bewusst, dass sich seine Lippen zu einem kalten Lächeln verzogen. „Seltsamerweise bildete ich mir ein, auf der richtigen Seite zu stehen."
„Ich weiß, dass Lady Brookshire dich gejagt hat, weil man davon ausging, dass du einer der übelsten Vampire bist."
„Das behaupten die Vampirjäger. Doch in Wahrheit bin ich so schlecht wie jeder andere Vampir auch. Ich habe mehr Vampire als die meisten von ihnen erschaffen, doch immer nur aus sterbenden Menschen. Und Althea Yates – Lady Brookshire – hat einen ganz persönlichen Grund, mich zu hassen. Ich setzte sie als Lockmittel ein, um ihre Ehemänner zu bekämpfen, die Dämonenzwillinge, die mich vernichten wollten. Ich hoffte, ich könnte die beiden Männer – Bastien und seinen Bruder – gegeneinander aufwiegeln, indem ich Althea als Auslöser für einen blutigen Streit zwischen ihnen benutzte."

„Der Plan schlug fehl. Stattdessen fanden sie die Liebe zu dritt."

Er starrte sie verwirrt an. „Was meinst du damit?"

„Ein Dreier – im Sex und in der Liebe – verstärkt jede Magie. Das war es, womit sie dich bezwungen haben."

„Und mich in die Gefangenschaft schickten. Bastien bat darum, mir das Leben zu schenken, und so verbannte mich eine der Vampirköniginnen ins Paradies." Ein Windstoß wehte ihm die Haare ins Gesicht. Er sollte besser mit dem Reden aufhören und einen Plan zu ihrer Verteidigung entwickeln. Doch es fühlte sich seltsam gut an, seine Geschichte zu erzählen.

„War es wirklich das Paradies?", erkundigte sie sich und schaute ihn zweifelnd an.

Er zuckte mit den Schultern. „In gewisser Weise. Allerdings haben Rosen auch Dornen." Die Einzelheiten musste sie nicht kennen. Der Ort an sich war so schön wie das Paradies gewesen, doch er hatte monatelang nichts zu essen gehabt. Lukos hatte zahlreiche Male versucht, ihn zu vernichten, weil er annahm, dass er seine Schwester entführt habe. Und der verdammte Wolf war zu starrsinnig gewesen, sich die Wahrheit anzuhören.

Fragend blickte er ihr in die Augen. „Glaubst du meine Geschichte? Glaubst du, dass sie wahr ist?"

„Sollte ich sie bezweifeln?", beantwortete sie seine Fragen mit einer Gegenfrage, und als er den Kopf senkte, runzelte sie die Stirn. „Althea hat mir erzählt, dass deine Frau von dem Plan wusste, dass ihre Kinder getötet werden sollten, doch sie tat nichts, um es zu verhindern. Stimmt das? Wie kann das sein? Was ist das für eine Frau, die ihren Kindern so etwas antut?"

Eine Frau, die nur an sich denkt und ihre Jugend und Schönheit schwinden sieht, schoss es ihm durch den Kopf. Eine Frau, die zu jedem Opfer bereit ist, um Kaiserin zu werden, und die eine einmalige Chance sah, ihr Ziel zu erreichen. „Es stimmt, was man über Claudia erzählt", erklärte er leise, denn wenn er die Stimme senkte, konnte er den Schmerz darin besser verbergen. „Ich könnte sagen, sie hat es aus Selbstsucht getan. Oder sie tat es, um mich auf grausame Weise zu verletzen." Er verschränkte seine Finger mit den ihren und führte sie zu einem der Steine, die den Graskreis umgaben, einem Stein, auf den der rote Widerschein des Nebels und das silbrige Blau des Mondlichts fielen.

„Hast du sie sehr geliebt?"

Er setzte sich, spreizte die Beine und wollte sie zwischen seine Schenkel ziehen. Doch sie stieg über ihn hinweg, während sie mit einer Hand ihren Umhang zusammenraffte und den anderen Arm ausstreckte, um das Gleichgewicht zu halten. Dann ließ sie sich auf einem Stein neben ihm nieder.

„Ich war vollkommen betört von Claudia." Er schaute Miranda kurz an und richtete dann den Blick auf die Bäume, zwischen denen pechschwarze Schatten lagen. „Sie war wunderschön, mit einem ovalen Gesicht, großen dunkelbraunen Augen und vollen Lippen in einem sehr ungewöhnlichen dunklen Rosa – einer Farbe, die gleichzeitig natürlich und verführerisch war. Ihre Lippen schimmerten immer feucht, als wäre sie gerade von einem Mann geküsst worden. Sie war schöner als die Statuen der Göttinnen, die ihr palastartiges Zuhause schmückten. Ich war besessen von ihr. Sie war der Grund, in den Krieg zu ziehen, der Grund, weshalb ich all die Risiken auf mich nahm, durch die ich zum Helden wurde und die mir großen Reichtum bescherten. Ich war entschlossen, sie für mich zu gewinnen und der mächtige Mann zu werden, von dem ich glaubte, dass sie sich nach ihm sehnte."

„Bist du dir wirklich sicher, dass du nur ihretwegen diese Dinge getan hast? Vielleicht war sie für dich ja nur eine weitere Trophäe, nach der du in deinem Ehrgeiz gestrebt hast."

Minutenlang saß er schweigend da, dann schob er sanft ihren Kopf zur Seite und liebkoste ihren Hals. „Du bist eine sehr kluge Frau, Miranda. Wenn ich in mein Herz schaue, könnte ich glauben, dass es stimmt, was du sagst. Aber ich war besessen von Claudia, und sie war oberflächlich, eitel und selbstsüchtig. Sie konnte nicht wirklich lieben …“ Er stockte. „Oder sie hasste mich so sehr, dass sie jede Fähigkeit verlor, ihr Herz zu öffnen, während sie meine Frau war. Sie verschloss es vor mir und verschloss es auch vor unseren unschuldigen Kindern.“

„Ich kann immer noch nicht verstehen, wie sie zulassen konnte, dass unschuldige Kinder … verletzt wurden. Bist du sicher, dass es tatsächlich so war? Vielleicht hat sich dein Feind das ebenfalls ausgedacht.“

„Das wollte ich nur zu gern glauben, Miranda. Als meine Kinder tot waren und ich die Kälte in Claudias Augen sah und wusste, dass es ihr egal war, schwor ich mir, niemals mehr zu lieben. Mein Herz wurde zu einem Eisklumpen. Ich hätte nie gedacht, dass ich eines Tages wieder jemandem mein Herz öffnen würde. Alles, was mir wichtig war, war Vergeltung …“

„Was ist aus Claudia geworden?“

„Ich bekam meine Rache an meiner Frau, doch das geschah ohne mein Zutun“, erzählte Zayan. „Ich wollte sie am liebsten tot sehen – nur noch mein Zorn trieb mich an. Und meine Wut rief den roten Nebel herbei. Ich konfrontierte Claudia mit meinem Verdacht, der Nebel umgab sie, und sie erstickte darin.“

Miranda bemühte sich, Zayans Gefühle wegen des Todes seiner Frau zu erspüren, doch sie konnte nichts fühlen. Es war, als würde sie die Hand in ein Becken mit dunklem, eisigem Wasser stecken, abgrundtief und kalt. Hatte Zayan den roten Nebel herbeigerufen, damit dieser seine Frau tötete und er es nicht eigenhändig tun musste? Das war noch immer Mord – und wie konnte dies irgendetwas ungeschehen machen?

„Ich weiß, dass du dich fragst, ob ich das vorsätzlich getan habe. Doch dem ist nicht so. Wenn der Nebel erst einmal da ist, kann ich ihn nicht beherrschen. Was da geschehen ist, tat mir leid. Denn selbst nach allem, was sie getan hat, begehrte ich verdammter Dummkopf sie noch immer. Und als mir das klar wurde, stieß der Nebel einen durchdringenden Schrei aus und griff sie an.“

Miranda hörte den Schmerz in seiner Stimme. *Ich begehrte sie immer noch.* War auch das einer der Gründe für Zayans Leid? Nicht nur, dass er sich für den Tod seiner Kinder verantwortlich fühlte, sondern auch, dass er ihre gewissenlose Mutter danach immer noch begehrt hatte?

Sie konnte sich vorstellen, wie qualvoll das war. Liebte er Claudia selbst jetzt noch?

Zayan hob ihr Kinn an. Sie sah seine Reißzähne schimmern, doch die waren ihr mittlerweile egal. Sie interessierte sich für den Mann, der in dem Vampir steckte.

„Wir haben noch ein bisschen Zeit, bevor ich mich dem Nebel stellen muss, um dich zu beschützen."

So war es damals mit Claudia gewesen, wurde ihr klar. Der Nebel kam zu ihm, kam seinetwegen, und er wusste, dass er keine Macht über ihn hatte. Sie sah es in seinen Augen, obwohl sie das Mondlicht widerspiegelten. „Du hast vor, dich zu opfern, um mich zu beschützen. Ist es so?"

„Ich habe eine Entscheidung getroffen. Ich könnte dir niemals etwas tun, nicht einmal, um meine Kinder zurückzuholen. Aber ich könnte auch nicht bis in alle Ewigkeit mit der Schuld leben, mich so entschieden zu haben – und zu wissen, dass ich sie um die Möglichkeit gebracht habe, wieder zum Leben zu erwachen."

Gütiger Himmel! Diesen Entschluss hatte er für sie gefasst, er hatte sich für sie entschieden! „Es muss noch eine andere Möglichkeit geben", drängte Miranda.

Er nahm ihre Hand und führte sie an seine Lippen. Noch nie hatte diese Geste ihr Herz so sehr berührt. „Ich mache mir nur Sorgen, ob ich stark genug bin, den Nebel zu besiegen."

„Lukos und ich haben es gemeinsam geschafft, ihn zu zwingen, sich zurückzuziehen." Rasch erzählte sie ihm, was Lukos und sie getan hatten, um den roten Nebel zu bekämpfen, als er versuchte, in die Scheune einzudringen. Sie sah Bewunderung in seinen Augen, doch dann schwand jede Hoffnung aus ihnen. „Ihr habt ihn dazu gebracht, zurückzuweichen, aber ihr konntet ihn nicht vernichten."

Sie dachte an das, was Althea und Serena ihr erzählt hatten. „Die Vampirjäger haben mir gesagt, dass …" Er schaute sie aufmerksam an, und fast hätte sie der Mut verlassen. „Sie sagten mir, dass eine Dreierkonstellation die magischen Kräfte wachsen lässt."

„Eine Dreierkonstellation?"

„Du und Lukos drohtet mir an, mich unter euch zu teilen, als ihr meine Kutsche gekapert habt."

„Ja, so war es an jenem Tag."

Seine Augen waren wie spiegelnde Silbermünzen, die ihr nichts verrieten. Würde er zustimmen? Konnte sie … es tun, wenn es darum ging, ihr Leben zu retten? In der Kutsche war sie über ihre unmoralische Seite entsetzt gewesen. Ihr war klar geworden, dass sie nicht die normale, anständige Frau sein konnte, die sie gern sein wollte, wenn sie derart skandalöse erotische Wünsche hatte.

Wenn sie nun bei einer Dreierverbindung mitmachte, gab es kein Zurück mehr. Sie konnte niemals wieder Miss Miranda Bond sein, die anständige englische Dame. Aber was würde sie *stattdessen* werden?

Miranda schlug ihm wirklich und wahrhaftig einen erotischen Dreier vor!

Hätte er nicht so ein ausgezeichnetes übernatürliches Gehör gehabt, wäre Zayan davon ausgegangen, dass er sich verhört hatte. Nein, nie zuvor hatte sie so ernst dreingeblickt. Oder so ängstlich. Bei dem Gedanken, eine ungewöhnliche sexuelle Erfahrung zu machen, schien sie mehr Angst zu haben als angesichts des roten Nebels.

Wuchs durch eine Dreierkonstellation tatsächlich die magische Kraft? Lukos hatte ihm erzählt, dass Serena Lark – die Frau, von der Lukos geglaubt hatte, sie sei ihm zur Gefährtin bestimmt – die Kraft eines Dreiers genutzt hatte, um stärker zu werden. Zayan wusste, dass Althea Yates dies ebenso praktizierte.

Doch in beiden Fällen teilten die drei Wesen, die sich vereinigten, mehr als nur die körperliche Liebe miteinander. Er glaubte, die Magie lag darin, dass zwei starke Männer dieselbe Frau verehrten. Und beide Männer waren durch tiefe Gefühle zueinander verbunden. Yannick und Bastien waren Brüder. Sommersby und Swift, so schien es, waren zusammen als Vampirjäger unterwegs gewesen – sie hatten sich gegenseitig das Leben gerettet. Sie vertrauten einander.

Was, außer Hass, war zwischen Lukos und ihm? Lukos beharrte starrsinnig darauf, dass Zayan dessen sterbliche Schwester Luzifer ausgeliefert hatte. Aber das stimmte nicht! Niemals hatte er dem Teufel gedient, immer nur der roten Macht!

Und diese hatte ihn ebenso beherrscht wie zuvor Claudia. Er hatte entsetzliche Dinge getan, um die Frauenstimme, die aus dem roten Dunst zu ihm sprach, zufriedenzustellen. Er war ein verdammter Idiot gewesen, genauso wie im Umgang mit seiner Frau. Rasende Wut war in ihm aufgestiegen, als seine Frau ihn betrogen hatte. Er schwor, nie wieder zu gestatten, dass eine Frau ihm auf diese Weise das Herz brach. Nie wieder würde er einer Frau Macht über sich geben, indem er ihr seine Liebe schenkte.

Aber er würde auch kein verfluchter Idiot sein und zulassen, dass Miranda etwas zustieße. Um sie zu beschützen, war er bereit, sie mit Lukos zu teilen. Er würde die Zähne zusammenbeißen und sich darauf einlassen, verdammt noch mal!

Der Wind peitschte die Bäume. Er wandte sich zu Miranda um und rief: „Geh hinter die Felsen! Versteck dich hinter mir!"

Miranda gehorchte, und er stellte sich zwischen sie und die wilden, heftigen Windböen. Eine prallte gegen seine Brust und stieß ihn nach hinten, sodass er fast über die Steine gestolpert wäre. Er sammelte all seine Kräfte, um sich aufzurichten und sich wieder nach vorn zu kämpfen.

„Nein!", rief er. „Nein, du kannst sie nicht haben. Ich werde nicht zulassen, dass du sie mitnimmst."

## *15. KAPITEL*

# Macht

Sie hatte nicht vor, sich hinter einem Felsen zu verstecken. Miranda legte ihre Hand auf seine, mit der sich Zayan an den rauen Findling klammerte, der am weitesten von dort entfernt lag, wo Wind und Nebel entstanden.

Seltsamerweise erinnerte Miranda sich angesichts des Todes – in einem Moment, in dem sie eigentlich vor Angst hätte verrückt werden oder sich auf den Kampf vorbereiten sollen – an Altheas Worte. *Ich hatte von Yannick und Bastien geträumt. Es waren erotische Träume, in denen es um die Liebe zu zwei Männern und um den Sex mit beiden ging. Diese Träume entpuppten sich als Vorahnungen. Yannick und Bastien besitzen beide besondere Fähigkeiten. Wir drei waren füreinander bestimmt, weil wir gemeinsam stärker werden, wenn wir uns lieben.*

Althea und Serena waren freiwillig zu Vampiren geworden – erschaffen von den Männern, die sie liebten. Konnte sie von den magischen Vorteilen der Liebe zu dritt profitieren und trotzdem eine Sterbliche bleiben? Aber eigentlich war sie ja gar kein Mensch. Sie wusste nicht, was sie war …

Zayan warf einen seiner magischen blauen Blitze in den roten Nebel, der zwischen den Bäumen näherkam, indem er wie eine purpurne Welle vorwärts rollte. Zayans Zauber prallte einfach ab an dem Dunst und löste sich zwischen den Bäumen auf. Äste zerbrachen, als die magische Kraft sie berührte. Funken flogen, und giftige Dämpfe stiegen auf. Der Nebel bewegte sich weiter auf sie zu.

*Miranda! Komm zu mir, Miranda, und ich werde den Vampir, den du liebst, verschonen.*

Die Stimme hallte beschwörend in ihrem Kopf. Sie lockte mit vollem, reinem, sinnlichem Klang, und Miranda hätte ihr nur zu gern gehorcht. Sie erinnerte sich daran, wie sie vor wenigen Tagen gegen den wunderschönen Klang von Zayans und Lukos' Stimmen in ihrem Kopf angekämpft hatte.

Sie zögerte. Wenn Zayan die rote Macht nicht besiegen konnte, würde sie ohnehin sterben. Sie durfte nicht zulassen, dass er sich sinnlos für sie opferte.

„Denk nicht einmal daran!“, warnte Zayan sie und zeigte ihr damit, dass er in Verbindung mit ihren Gedanken stand.

Hinter ihnen brachte ein plötzlicher Windstoß die Blätter zum Rauschen, und Äste krachten gegeneinander. Miranda fuhr herum. Mit einer Hand umklammerte sie immer noch die von Zayan. Da stand Lukos. Er war nackt, und seine Haare flatterten wie ein schwarzer Umhang im Sturm.

„Ich habe deine Gedanken gelesen, Miranda, und weiß, was du tun willst. Ich kam nicht früher, weil ich nicht glaubte, dass ich dich mit … mit dem verdammten römischen General teilen kann, der meine Schwester an Luzifer ausgeliefert hat.“

„Das habe ich nicht getan!“, fuhr Zayan ihn an. Ein überirdisches blaues Licht funkelte in seinen reflektierenden Augen. Das hatte Miranda nie zuvor bei ihm gesehen. „Ich habe Luzifer nie gedient. Du bist so ein verdammt sturer Sachse …“

„Halt!“, rief Miranda. „Aber du bist gekommen, Lukos. Warum?“

„Weil ich bereit bin, mein Schwert niederzulegen – in gewisser Weise –, um dich zu beschützen. Wenn es die einzige Möglichkeit ist, diesen verfluchten Nebel zu besiegen, will ich es versuchen.“ Mit einem einzigen großen Schritt trat er neben sie und nahm ihre Hand.

„Zusammen“, knurrte er. „Wir werden uns gemeinsam konzentrieren müssen. Erinnerst du dich, wie wir das in der Scheune gemacht haben, Miranda?“

„Ich werde nie vergessen, was wir in der Scheune taten. Keine einzige Sekunde davon.“ Das war ihre Art, Lukos zu sagen, was er ihr bedeutete. Auf diese Weise konnte sie sich ihm erklären und dennoch den Anstand wahren, worauf sie seltsamerweise Wert legte. „Mir ist klar geworden“, gestand sie, während die ersten Nebelschwaden durch die Bäume auf die Lichtung waberten, „dass ich euch beide liebe."

Und sie schloss die Augen und dachte an ein grelles, kraftvolles Licht, das sich in das Herz des Nebels bohren und ihn für immer zerstören würde, sodass er sich nie wieder über einen Menschen oder ein Dorf legen konnte. Damit er nie wieder Leben oder Macht oder eine Seele – oder was auch immer er begehrte – rauben konnte …

Der Energiestoß, der durch ihre Haut zu platzen schien, ließ sie rückwärts taumeln. Zayan und Lukos hielten ihre Hände fest. Sie öffnete die Augen. Nichts war zu sehen, doch sie spürte *es*. Dann bemerkte sie, dass die Luft sich kräuselte. Da war eine Bewegung, als würden Wellen sich überschlagen wie eine rollende schwarze Kugel am Nachthimmel.

Langsam breiteten sich die schwarzen Wellen in der Luft aus. Miranda konnte sie erkennen, wenn sie zwischen den Bäumen hervorbrachen. Sie wirkten wie schwarze Arme, die sich ausstreckten, um den Nebel zu umarmen. Ganz plötzlich begann der Nebel sich zurückzuziehen. Doch die schwarzen Finger erreichten ihn … berührten ihn …

Ein unmenschlicher Schrei ließ beinahe Mirandas Trommelfelle platzen. Auch die Vampire neben ihr zuckten zusammen. Der Nebel wich mit solcher Wucht zurück, dass Bäume umstürzten. Hohe Stämme fielen wie Dominosteine und krachten gegeneinander. Die, die auf den Boden stürzten, brachten die Erde zum Beben.

Dann war der Nebel fort. Zum ersten Mal, seit sie vor einigen Tagen in Blackthorne Castle angekommen waren, wölbte sich ein klarer Himmel über ihnen. Schwarz wie Kohle, wie Samt und geschmückt mit funkelnden Sternen.

Miranda sah Zayan an. Er schien angestrengt zu lauschen.

„Sie ist nicht vernichtet", erklärte er grimmig. „Sie hat sich nur zurückgezogen. Ich kann sie immer noch fühlen. Was ist schiefgegangen?"

Lukos schüttelte den Kopf. Miranda ertappte sich dabei, wie

sie seinen nackten Körper von oben bis unten betrachtete – er sah wunderschön aus, geschmeidig und kräftig. Und nun, da sie dem Tod entgangen war, wurde ihr schwindelig vor Erleichterung, und sie spürte das Verlangen, das Leben zu feiern. Sie wollte beide Männer küssen. Sie wollte – als lüsterne Frau, die sie nun einmal war – ihre Körper berühren. Gleichzeitig. Mit einer Hand wollte sie Zayan streicheln und liebkosen und mit der anderen Hand Lukos.

Althea und Serena hatten es gemacht. Sie taten es jede Nacht und gaben offen zu, dass sie es genossen. Im Gespräch mit den beiden Frauen hatte sie die Bilder, die sich ihr aufdrängten, beiseitegeschoben, weil sie sie zum Erröten brachten. Sie musste sich eingestehen, dass sie neugierig war … Und nun, als sie mit Lukos und Zayan auf der stillen Lichtung stand, empfand sie die Verlockungen einer Liebe zu dritt. Plötzlich war sie erregt – heiß und feucht und bereit. Sie wollte die Schönheit der beiden Männer genießen. Sie wollte …

Gütiger Himmel! Vier Hände auf ihrem Körper. Vier Beine, die sie umschlingen würden. Und Finger – all diese Finger, die ihre Haut magisch berührten. Zwei Münder, um an ihren Brustwarzen zu saugen und ihre intimsten, empfindsamsten Stellen auf köstlichste Weise zu küssen. Zwei feste, wunderbar männliche Hinterteile, die sie streicheln und vielleicht sogar … küssen konnte.

Und zwei lange, harte Schwänze, die wie Lanzen waren …

*Oh!* Sie hatte sich einer gewaltigen Macht mutig entgegengestellt, doch wenn sie nun an all die erotischen Spiele dachte, die möglich waren, verließ sie ihre Kraft, und sie wurde schwach vor Verlangen und Sehnsucht. Ihre Brüste wurden schwer, und es pochte zwischen ihren Schenkeln.

Sie wollte die Lust, die sie mit jedem einzelnen dieser beiden Männer erlebt hatte, erneut spüren. Es war ihnen nicht gelungen, die rote Macht zu vernichten. Und sie wusste, dass Althea und Serena ihre Betten mit jeweils zwei Männern geteilt hatten, bevor sie gegen ihre Feinde in den Kampf gezogen waren.

Miranda versuchte zu verdrängen, dass es sich bei diesen Feinden um Zayan und Lukos gehandelt hatte.

„Vielleicht müssen wir ..." *Mut, nur Mut, Miranda*, befahl sie sich selbst. „Vielleicht müssen wir uns vorher lieben."

„Was passiert jetzt normalerweise?", flüsterte Miranda. „Was soll ich tun? Soll ich mich hinlegen? Wie fangen wir an?"

„Nicht so sachlich, mein Engel", lachte Lukos. „Wir fangen so an." Er kniete sich hin, hob ihren Samtumhang und bedeckte ihren Po mit zahllosen Küssen. Sie kicherte – ein Geräusch, das so kurz nach dem Kampf auf der nun ganz stillen Lichtung unter dem dunklen Himmel seltsam unpassend klang.

Zayan eroberte ihren Mund. Die Lippen von zwei Männern gleichzeitig zu spüren war schwindelerregend. Heißer Atem strich überall an ihrem Körper entlang – Zayans Mund wanderte an ihrer Kehle abwärts zu ihrem Schlüsselbein und weiter zu ihren Brustspitzen, verharrte dort und spielte mit ihnen, bis sie sich an seine Schultern klammern musste, um nicht den Boden unter den Füßen zu verlieren. Lukos küsste ihren Po, leckte die Innenseiten ihrer Schenkel und brachte sie zum Zittern. Er reizte ihre Waden mit den Fingerspitzen – sie hatte keine Ahnung gehabt, dass sich das so erregend anfühlen konnte.

Ohne jede Ankündigung drehte Lukos sie um, zog sie von Zayan weg und presste seinen Mund auf ihre Schamlöckchen. Mit der Zunge malte er Muster hinein. Es kribbelte. Es war feucht und schlichtweg überwältigend.

Lukos war gut in dem, was er da tat, und er wusste es, denn er lächelte, während er seine Zunge über ihre Schamlippen gleiten ließ und Miranda damit erneut zum Beben brachte.

Dann packte er ihre Oberschenkel, um ihren Unterkörper dichter an seinen Mund zu ziehen, und schon bald wusste sie auch, warum er das tat. Seine sanften Liebkosungen wurden rasch zu einer heftigen, köstlichen Qual. Schnell und mit viel Druck ließ er seine Zunge über ihre Klitoris tanzen. Wenn er sie dabei nicht festgehalten hätte, wäre sie zurückgewichen. Zayan zog zur selben Zeit ihre Hinterbacken auseinander, umfasste sie mit beiden Händen und leckte ihre Rosette.

Zayans Zunge tauchte in sie ein, Lukos' Zunge tanzte. Als ihre Erregung immer größer wurde, krallte Miranda sich an Lukos' Schultern fest. Ihr Leib zuckte – nach vorn zu Lukos, nach hinten zu Zayan, zwischen ihren Mündern gefangen. Die Hände der Männer streichelten sie, glitten über ihre Hüfte, an ihren Schenkeln entlang, über ihren Rücken und ihren flachen Bauch. Sie war bis oben hin erfüllt von Wonne. Düfte umwehten sie – der des frischen Laubs, der der süßen Nachtluft, der ihrer Liebhaber …

Lukos saugte an ihrer Klitoris, und sie explodierte. Noch bevor ihr Orgasmus vorüber war, wurde sie sanft auf ihren am Boden ausgebreiteten Umhang gelegt. Sie konnte sich nicht erinnern, dass einer der beiden Männer ihn ihr ausgezogen hatte. Zayan lag schon darauf und hob sie hoch, sodass sie mit gespreizten Armen und Beinen direkt auf ihm landete. Sein harter Schwanz drückte sich gegen ihre tropfende Pussy.

Ihre Lippen und Zayans Mund trafen sich zu einem nicht enden wollenden leidenschaftlichen Kuss, dann schob er die Hüfte vor, und sein Schwanz füllte sie aus.

Lukos presste den Daumen gegen ihren ohnehin schon prickelnden Anus. Ja! Ja, sie wollte das hier! Eine zärtliche Bewegung seines Fingers, und sie fühlte sich dort hinten feucht und glatt. Während er sich ihr mit seinem Schaft näherte, streichelte und reizte er sie, bis sie keuchend nach Luft schnappte.

Druck. Ein stechender Schmerz. Das fantastische Gefühl, sich für ihn zu öffnen. Lust loderte von vorn und von hinten durch ihren Körper. Dann steckte auch Lukos in ihr, ein kleines, köstliches Stück von ihm, und sie fühlte sich erstaunlich ausgefüllt.

Auf seine starken Arme gestützt, verharrte Lukos bewegungslos in ihr. Zayan schob die Hüfte vor und rammte seinen Schwanz tiefer in sie hinein, so unglaublich tief. Sie stöhnte und klammerte sich an seine Oberarme. *Hör auf, dich zu beherrschen*, bat sie. *Ich bin bereit.*

Niemals hätte sie erwartet, eine solche Leidenschaft auszulösen. Auch Lukos schraubte sich tief in sie hinein, zog sich dann bis zum empfindlichen Rand ihrer Rosette zurück und füllte sie erneut aus. Sie wiegte sich zwischen den beiden Männern …

Oh!

Der Höhepunkt war ganz plötzlich da. Und die Männer stießen weiter zu, trugen sie zum nächsten Orgasmus. Und zu noch einem.

„Gott, mein Engel, du bist wunderbar!“ Nur mühsam gelang es Lukos, diese Worte hervorzustoßen; dann tauchte er zuckend in sie ein und füllte ihren engen Po mit seinem heißen Samen.

„Noch viel mehr als wunderbar!“, rief Zayan, und auch er ergab sich seinem Höhepunkt. Dabei schob er eine Hand zwischen sie, koste Mirandas Klitoris und brachte sie dazu, erneut vor Lust zu vergehen.

*Oh! Ich bete euch beide an!* schrie sie in ihrem Kopf.

Schließlich fielen sie alle drei erschöpft auf den Samtumhang. Eigentlich hätte sie, schweißbedeckt, wie sie war, in der kühlen Nachtluft frieren müssen, aber die Männer schmiegten sich eng an sie.

*Wir beten dich an*, erklärte Lukos knapp.

„Aber ihr scheint einander zu hassen.“

„Wenn du von mir erwartest, dass ich Zayan vergebe, was er Ara angetan hat, wenn du willst, dass ich ihn küsse und alles vergesse, kann ich dir nur sagen, dass ich das nicht tun werde.“

„Verdammt noch mal, was du mir vorwirfst, ist nicht wahr, Lukos! Und es könnte sein, dass Miranda für deine verfluchte sture Dummheit mit dem Leben bezahlen muss.“

Miranda stützte sich auf ihren Arm und sah Lukos an. Sie musste herausfinden, was wirklich geschehen war. „Warum glaubst du, dass Zayan das getan hat? Woher willst du es wissen?"

„Luzifer hat es mir verraten. Warum sollte er Zayan beschuldigen, wenn der Schuft unschuldig wäre?"

Zayan sprang auf. „Vielleicht wegen jenem, was hier gerade passiert. In Luzifers Diensten stehen Dämonen mit der Gabe der Vorausschau. Er könnte in die Zukunft geblickt und erkannt haben, dass wir uns mit einer Frau mit unglaublichen magischen Kräften vereinigen würden."

*Eine Frau mit unglaublichen magischen Kräften.* Miranda setzte sich auf, und Lukos legte ihr seinen Umhang um die Schultern. Sie drehte sich um und schaute ihn an. „Das scheint einen Sinn zu haben."

Lukos runzelte die Stirn. „Es gibt eine Prophezeiung für mein Schicksal. Darin ist zu lesen, dass Serena Lark meine Gefährtin sein soll. Sie ist zur Hälfte Vampir."

„Luzifer könnte etwas anderes in der Zukunft gesehen haben", gab Miranda zu bedenken.

„Die Wahrheit ist, dass ich Satan niemals gedient habe", beteuerte Zayan. „Ich war der Sklave der roten Macht, aber ich war niemals ein Jünger des Teufels so wie du. Und deine Schwester wurde gefangen genommen, weil du freiwillig in die Unterwelt gegangen bist, um die Magie Satans zu erlangen ..."

„Ich habe es verdammt noch mal getan, um mein Volk zu retten."

Zayan senkte den Kopf. „Deine Schwester musste leiden, weil Luzifer dich bestrafen und dir Leid zufügen wollte. Ich verstehe, wie sich das anfühlt ..."

„Das versteht er ganz sicher", rief Miranda. „Begreift ihr beide denn nicht, dass ihr Mitgefühl füreinander haben solltet? Ihr könntet euch gegenseitig helfen, den Schmerz und die Trauer eurer Vergangenheit zu ertragen. Wenn ihr nur aufhören würdet, Lügen zu glauben, und euren Stolz hinunterschluckte!"

Die beiden Männer standen einander gegenüber, und das

Mondlicht zeichnete ihre Silhouetten vor dem Nachthimmel nach. „Sie hat recht“, brummte Zayan.

Lukos ächzte einfach nur. Miranda richtete sich auf und kniete sich hin, denn sie wusste, sie musste versuchen, zu ihm durchzudringen.

Plötzlich bemerkte sie, dass sie sich genau zwischen Zayan und Lukos befand, mit dem Mund auf Höhe der beiden Schwänze. Sie konnte die Mischung ihres eigenen Geruchs mit dem der Männer wahrnehmen. Erneut stieg Verlangen in ihr auf. Althea und Serena hatten ihr erzählt, dass Leidenschaft Abneigung besiegen konnte und Lust es den Männern möglich machte, Zorn und Misstrauen abzulegen.

Sie musste es versuchen.

Miranda packte beide Schäfte und zog ihre Männer an ihren Mund.

Zayan schaute Lukos an. „Ein Waffenstillstand? Um ihretwillen?“

„Gut.“ Beide bewegten die Hände durch die Luft und erschufen zwei lange dünne Stäbe aus grünem Licht, die in etwa der Länge ihrer Schwänze entsprachen. Miranda zitterte vor Aufregung und Erwartung. Sie war so nass von all ihren Höhepunkten, dass die Lichtstäbe ganz leicht in sie hineinglitten. Sie bewegten sich langsam in ihrer Pussy und ihrem Po hin und her, so wie zuvor die Schwengel der Männer. Die beiden magisch leuchtenden Lanzen tauchten gleichzeitig tief in sie ein, und das Gefühl war so intensiv, dass sie die echten Schwänze fest umklammerte. Zu fest! Beide Eicheln liefen dunkelrot an.

„Gütiger Himmel, das tut mir leid.“ Sie lockerte ihren Griff und begann ihre Hände an den Schäften auf und ab zu bewegen.

Beide Männer erklärten, es gebe nichts, was ihr leidtun müsse, doch sie wusste, was sie zu tun hatte, damit sie ihr wirklich verziehen. Sie öffnete den Mund und nahm Lukos’ harten Schwanz darin auf. Seine seidige Haut glitt über ihre Zunge, während ihre Lippen ihn locker umschlossen. Sie hatte keine Ahnung, wie sie ihm Lust verschaffen konnte, aber sie mochte seinen erdigen Geschmack. Es war sinnlich und erregend, ihn im Mund zu haben, und es ließ sie stöhnen, was er ächzend erwiderte.

„Das gefällt mir, mein Engel."

Selbst Zayan stöhnte und keuchte vor Vergnügen, obwohl sie vergessen hatte, ihn zu streicheln, während sie ihre Zunge an den faszinierenden Venen und Adern von Lukos' Schaft entlanggleiten ließ. Sie hob den Blick. Beide Männer sahen aus, als litten sie herrliche Qualen. Ihre Lippen waren zusammengepresst und ihre halb geschlossenen Augen von den Wimpern beschattet.

Zayan wiegte sich in den Hüften, seinen Schwanz spürte sie feucht in ihrer Handfläche. Lukos stieß härter in ihren Mund hinein, doch sie spürte, wie angespannt er war. Er kämpfte um seine Beherrschung.

Instinktiv spürte sie, dass sie ihn dazu bringen musste, die Kontrolle zu verlieren, um die Magie freizusetzen. Aber wie sollte eine unerfahrene Frau das anstellen?

*Spielerisch*, drängte Lukos sie in ihrem Kopf.

Es war Jahre her, seit sie zuletzt gespielt hatte. Seit Simon ertrunken war und sie ihn gerettet hatte, wusste sie von ihren magischen Fähigkeiten und verstand sich selbst nicht mehr. Danach hatte ihr der Sinn nicht mehr nach Spielen gestanden.

Verwegen strich sie an Zayans Schaft abwärts und berührte die prallen Hoden. Sie ließ sie hin und her schaukeln, streichelte sie, rollte sie in ihrer Hand, ließ sie durch die Finger gleiten, zupfte daran. *Gott, ja, Liebste, du bist ein Wunder in deiner spielerischen Art.*

Dann zog sie an Lukos' Schwanz und küsste gleichzeitig Zayan. Sie packte eine von Lukos' Hinterbacken und presste sie zusammen, während sie Zayans Hoden liebkoste und an seiner Eichel saugte. Beide Männer atmeten rasch und heftig.

Konnte sie auf diese Weise dafür sorgen, dass sie kamen?

*Du sorgst nicht mehr für deine eigene Lust, mein Engel,*

schalt Lukos sie. *Wir wollen, dass du vor uns noch einmal kommst, Süße.*

Zwei heftige Stöße brachten sie so weit.

Dann explodierten beide Männer vor Lust, und ihre Schreie stiegen hinauf in den Nachthimmel.

Sie war immer noch sterblich, und die Morgendämmerung erschreckte sie nicht und zwang sie auch nicht, zu schlafen. Miranda schleppte sich die letzten paar Schritte auf der unebenen, holprigen Straße entlang, die nach Blackthorne Castle führte. Sie war bis zum Umfallen erschöpft und bewegte sich mit entsetzlicher Langsamkeit. In der vergangenen Nacht mit Zayan und Lukos hatte sie keine Sekunde geschlafen …

Die beiden Männer hatten sie zu einem derzeit unbewohnten Landsitz gebracht und sich mit ihr gemeinsam dort versteckt. Die Familie, der das Haus gehörte, war nicht da, nur eine Handvoll Dienstboten. Sie waren durch das stille Gebäude zu einem abgelegenen Schlafzimmer geschlichen. Mithilfe eines Zaubers hatten sie sich mit Decken versorgt und zu dritt die ganze Nacht lang Lust und Leidenschaft genossen …

Miranda atmete tief durch, schleppte sich weiter dahin und versuchte sich zu zwingen, rascher zu gehen. Sie spürte mehr als Müdigkeit und auch mehr als die Folgen einiger Stunden intensiver körperlicher Liebe. Die Luft fühlte sich schwer wie Wasser an, in dem sie gegen den Strom watete.

Was, wenn die Liebe zu dritt ihnen nicht die Kraft verliehen hatte, die rote Macht zu besiegen?

Diese Angst war in ihr aufgestiegen, als sie gesehen hatte, wie Zayan und Lukos in den Schlaf fielen. Entschlossen, Miranda zu beschützen, hatten beide versucht, gegen ihren Tagesschlaf anzukämpfen, doch der Zwang war zu stark. Das war wohl der Preis für ein ewiges Leben – ihre Körper mussten in diesen untätigen Zustand sinken.

Als beide Vampire schliefen, verließ Miranda das Bett. Sie schlich durch die Zimmer des Hauses, bis sie einen Schrank mit Frauenkleidern fand. Daraus nahm sie sich ein Kleid und ein Paar Schuhe und warf den Umhang über, den Zayan für sie herbeigezaubert hatte. Um die rote Macht besiegen zu können, musste sie sie verstehen. Genau wie Tante Eugenia ihr gesagt hatte, dass ein Vampirjäger die Vampire verstehen musste, um sie vernichten zu können.

Vielleicht war das eine verrückte Idee, doch sie glaubte, dass sie bei den Vampirjägern Antworten auf ihre Fragen finden würde. Vorausgesetzt, sie beschlossen nicht, sie zu ihrem eigenen Besten einzusperren.

„Ich muss alles erfahren, was ihr über die rote Macht wisst."

Verwundert starrten Althea und Serena sie an. „Von so etwas habe ich noch nie gehört", erklärte Althea.

Miranda deutete zum Fenster. „Ihr habt den Nebel gesehen, der das Dorf eingehüllt hat. Es scheint ein lebendiges Wesen zu sein. Es kann sprechen, wenn es will. Und es raubt anderen Wesen das Leben und magische Kräfte. Es kann denken wie ein Geschöpf. Zayan sagt, die rote Macht habe ihn in einen Dämon verwandelt."

„Ich weiß nichts über einen roten Nebel." Althea ging zu einem Koffer, der in einer Ecke ihres Schlafzimmers stand. In der Wiege neben ihrem Bett schlief ihr Baby. Es freute Miranda, zu sehen, wie stark das Band zwischen Mutter und Kind war. Althea wollte ihre Tochter immer in ihrer Nähe haben. Die Vorhänge am Fenster waren zugezogen, und vor den Scheiben hinter den Gardinen waren Decken befestigt, sodass im Zimmer tiefe Nacht herrschte.

Die männlichen Vampire schliefen. Vampirfrauen, so schien es, brauchten nicht so viel Schlaf. Wenn es im Zimmer dunkel war, konnten sie sich tagsüber bewegen. Serena hatte sich den Rücken gerieben und verkündet, dass schwangere Vampire offenbar ebenso wenig Schlaf fanden wie schwangere sterbliche Frauen.

Althea griff nach zwei ledergebundenen Büchern, die auf

den Kleidern im Koffer lagen. Das eine Buch hatte einen burgunderroten Einband, das andere einen blauen. Beide Bände gab sie Miranda.

„Ich habe eine ganze Reihe von Büchern geschrieben, um alle Informationen über die schlimmsten, bösesten Vampire, denen wir begegnet sind, zusammenzutragen", erklärte Althea. „Diese Bände über Zayan und Lukos habe ich mitgebracht."

„Was die Dinge betrifft, die du mir über Zayan erzählt hast …" Sie berichtete Althea von Zayans Feind und wiederholte, was Zayan ihr gesagt hatte. „Das klingt logisch, nicht wahr? Gaius und der Kaiser haben diese furchtbaren Geschichten erfunden, um den Mann zu vernichten, den sie hassten. Sie versuchten Zayan als Dämon darzustellen, bevor er überhaupt einer war."

„Das hat einen Sinn, aber …"

„Hast du jemals gesehen, dass er ein Kind getötet hat?"

„Ehrlich gesagt, nein." Doch Altheas Blick blieb besorgt. Worte hingen ungesagt in der Luft, doch alle dachten dasselbe. Zayan war seit zwei Jahrtausenden ein Vampir. Miranda konnte nicht mit einer Handbewegung dafür sorgen, dass ein Raubtier zum Helden wurde, ganz gleich, wie gern sie genau das getan hätte.

Miranda legte den oberen Band zur Seite und griff nach dem Buch, auf dem „Lukos" stand. Es war wie die Büchse der Pandora – wenn sie es erst einmal aufgeschlagen hatte, würde es nicht mehr möglich sein, es wieder zuzuklappen, und alles wäre wie vorher. Sie würde sich für alle Zeit an das erinnern, was sie in den Aufzeichnungen gelesen hatte. Wie es schon bei Zayan gewesen war, würden ihre Gefühle sich für immer verändern. Wenn erst einmal das Böse, das er angeblich getan haben sollte, in ihrem Kopf war, würde sie sich zwar bemühen, es nicht zu glauben – doch sie würde stets daran denken müssen.

Sie hielt die Luft an und schlug das Buch auf. Doch sie kam nicht über die ersten Worte hinaus, denn das ganze Zimmer erbebte. Erschrocken hob Miranda den Kopf.

Rotes Licht bildete in der Mitte des Raumes einen Wirbel.

Bereit zum Angriff, sprang Miranda auf.

„Du hast nach *Pravus Semper* gefragt", rief eine Frauenstimme. „Du nanntest sie die rote Macht."

Miranda starrte die Frau an, die mitten im Zimmer erschienen war. Sie trug ein Kleid aus grüner Seide, das sich an ihren perfekten Körper schmiegte; es war entgegen der Mode in der Taille eng und folgte von dort der üppigen Rundung der Hüften. Ihr Busen war voll und rund und wurde durch ein tiefes Dekolleté großzügig zur Schau gestellt. Die Frau ließ sich in einen Sessel sinken. „Nun, mein Kind, starr mich nicht so dümmlich an. Setz dich."

Serena runzelte die Stirn. „Mutter? Was weißt du über diese Sache?"

Sie hatten Miranda gebeten, zu warten, doch das brachte sie einfach nicht über sich. Ohnehin glaubte sie nicht, dass die Vampirjäger bereit sein würden, Lukos und Zayan zu helfen.

Während sie die Straße entlangeilte, die von der Burg wegführte, wurde ihr klar, dass sie sehr viel mehr wusste als die Jäger. Sie wusste von der Prophezeiung für Lukos, und ihr war bekannt, dass er geglaubt hatte, Serena, die jetzige Lady Sommersby, die vor ihrer Heirat Serena Lark geheißen hatte, sei ihm zur Gefährtin bestimmt. Sie wusste, dass Lukos geplant hatte, eine Armee von Dämonen zu erschaffen und mit ihrer Hilfe die Welt zu beherrschen. Und sie hatte den letzten Teil der Prophezeiung gelesen, die Lord Denby, ein Mitglied der Königlichen Gesellschaft, an Serena geschickt hatte. Sie erinnerte sich an den genauen Wortlaut: *Wenn er seine Gefährtin nicht bis zur ersten Tagundnachtgleiche nach seiner Auferstehung findet, wird er von seiner eigenen Macht überwältigt werden und zu Asche verbrennen. Und die, die er liebt, wird ebenfalls umkommen. Sie wird in einem Kerker Satans sterben …*

Weil Sebastien de Wynter die Fähigkeit besaß, ihn zu vernichten, hatte Zayan ihn gefangen genommen, wusste Miranda. Und ihr war klar, dass Althea und Serena nichts von dem glaubten, was Zayan und Lukos ihr mitgeteilt hatten.

„Sie versuchen dich zu täuschen“, hatte Althea mit fester Stimme erklärt. „Es muss etwas geben, das sie von dir haben wollen.“

Tief in ihrem Herzen wusste sie, was das war, auch wenn sie es nicht wahrhaben wollte. Beide Vampire hatten Menschen, an denen ihnen viel lag, an den Tod verloren. Bei Zayan waren es die Kinder, bei Lukos die Schwester. Und Zayan hatte ihr erzählt, dass die rote Macht – die *Pravus Semper* – versprochen hatte, ihm seine Kinder zurückzugeben, wenn er ihr dafür Mirandas Magie beschaffte.

War es möglich, dass auch Lukos ihre Magie in seinen Besitz bringen wollte? Hatte er aus diesem Grund in der Kutsche Liebesspiele vorgeschlagen? Um sie zu erobern – oder ihr Herz zu gewinnen?

„Miss Bond.“

Eine männliche Stimme unterbrach ihre Überlegungen. Sie war so dumm gewesen, sich in ihren Gedanken zu verlieren und tatenlos zuzusehen, wie sich erneut rote Wolken über dem Dorf zusammenballten.

Zwei Männer traten ihr in den Weg, direkt vor der scharfen Kurve, die vor ihr lag. Sie mussten hinter den Bäumen gestanden haben, die rechts und links von der Straße wuchsen. Einer von ihnen, er hatte graue Haare und trug einen Spazierstock bei sich, verbeugte sich vor ihr: „Ich fürchte, wir können nicht zulassen, dass Sie zu den Vampiren zurückkehren, Miss Bond. Das ist offenkundig viel zu gefährlich für Sie.“

Verzweiflung stieg in ihr auf. „Wer sind Sie?“ Sie sah den zweiten Mann an, um ihn in ihre Frage einzubeziehen. Er war groß und blass und hatte schwarze Haare. Seine Wangenknochen standen so weit hervor, dass sie schwarze Schatten auf seine Wangen warfen. Sein Aussehen glich dem einer Leiche.

„Ich bin Lord Denby“, stellte der erste Mann sich vor. „Mitglied der Königlichen Gesellschaft.“

Miranda machte einen Schritt zurück, doch ihr war klar, dass es ihr nicht gelingen würde, zu fliehen. Die „Leiche“ schob die Hand in den Mantel und zog eine Pistole.

Denby jedoch wirkte überrascht, als der Mann mit der Waffe auf Miranda zielte. Sie erstarrte und wartete auf den Knall und den Schmerz, der sengend und schrecklich sein würde.

„Was soll das, Rothswell?“ Wütend fuchtelte Denby mit seinem Gehstock in der Luft herum.

„Sie verschließen die Augen davor, was für ein Wesen sie ist, Mylord. Wie gefährlich diese Dämonin ist. Wir dürfen nicht zulassen, dass sie weiter existiert.“

„Sie ist keine Dämonin, Rothswell.“

„Sie ist kein menschliches Wesen!“ Auf der hohen faltigen Stirn der „Leiche“ zeigten sich Schweißtropfen. „Die Zeiten, in denen wir uns Studien und Mutmaßungen hingeben konnten, sind vorbei. Es ist unsere Aufgabe, die Welt vom Bösen zu befreien.“

„Wenn das tatsächlich unsere Berufung ist, sollten wir besser im Parlament anfangen. Möglicherweise im Oberhaus. Da gibt es wahrlich viel Böses.“ Denby drückte mit seinem Stock die Pistole herunter. „Unsere Pflicht ist es, zu versuchen, das zu verstehen, was wir bis jetzt noch nicht begriffen haben. Gewalt ist keine Lösung. Miss Bond schenkt Leben.“

Rothswell schwenkte die Pistole herum und richtete sie nun auf Lord Denby. Der ältere Mann ließ seinen Stock sinken. „Ein Wesen wie sie verhöhnt die Schöpfung“, stieß Rothswell hervor. Dann schaute er die Straße entlang und entspannte sich sichtlich. Miranda drehte sich um, weil sie feststellen wollte, was er gesehen hatte.

James Ryder war aus dem Wald auf die Straße getreten.

Sofort wandte Rothswell sich mit freudiger Miene an ihn. „Wir müssen schnell machen, Mr Ryder …“ Der Mann stockte, als Ryder den Arm hob. Miranda sah ein schwarzes Ding in seiner Hand, und sie machte einen Schritt vorwärts. Dabei wünschte sie sich inständig, sie könnte magische Waffen durch die Luft werfen, wie Zayan es tat. Doch Ryder winkelte den Arm an, und der schwarze Stab krachte gegen Rothswells Kopf.

Rothswell schrie auf und fiel zu Boden.

Ryder lachte über Denby, der drohend seinen Stock hob. „Ich könnte Ihnen mit zwei Fingern den Nacken brechen", behauptete der Vampirjäger grinsend.

„Lassen Sie das sein", bat Denby. „Sie waren einer von uns."

„Maul halten! Sie haben mich immer als einen tief unter Ihnen stehenden Verbrecher betrachtet." Er deutete auf Rothswells schlaffen Körper. „Auch er war ein Mitglied Ihrer kostbaren Gesellschaft, und ihm war es noch wichtiger als mir, Miss Bond tot zu sehen. Ich mache das hier um der Ehre willen – er und die anderen tun es, weil Sie ein schwacher Mann sind und nicht handeln, Denby. Ein schwacher Mann mit einem erbärmlich weichen Herz."

Miranda schwor sich, nicht zur leichten Beute zu werden. Als Ryder sich ihr näherte, wirbelte sie herum und versuchte wegzulaufen. Er packte sie um die Taille. „Ich werde hier nicht herumstehen und warten, bis dein Werwolf kommt, um dich zu retten, Liebchen."

„Wohin bringen Sie mich?" Sie nahm an, zu den Männern der Königlichen Gesellschaft, die dafür sorgen würden, dass sie möglich rasch getötet wurde, weil sie Angst vor dem hatten, was sie war.

Er grinste. „Nein, nicht dorthin. Zu meinem Meister, mein Schätzchen."

## *16. KAPITEL*

# Der Kampf

*Er drückte ihre Schenkel auseinander, und sie hieß ihn mit einem Stöhnen willkommen. Ihr Haar war wie ein Fächer um ihren Kopf ausgebreitet und schimmerte golden im Sonnenschein. Miranda lag im Gras und lachte leise. Doch im nächsten Moment keuchte sie vor Verlangen, als er sich über ihre Pussy beugte, die vor Nässe glänzte, so sehr war sie für ihn bereit.*

*Er schmeckte sie, und das genügte – nur ein einziger Schnalzer mit seiner Zunge, während sie im Sonnenlicht badete –, und er verlor die Kontrolle und kam zum Höhepunkt. Heiß schoss der Samen aus ihm heraus und benetzte seine Oberschenkel. Sein ganzer Körper zuckte, fast so sehr, wie er es tat, wenn er die Gestalt veränderte.*

*Das hatte sie mit ihm gemacht. Er lag vor Miranda auf den Knien.*

*Doch sie hatte noch mehr getan – sie hatte dafür gesorgt, dass er sein Herz dem Licht öffnete …*

Zayan fuhr aus seinem tiefen Vampirschlaf hoch. Bei Sonnenaufgang hatte der Schlaf ihn gegen seinen Willen überwältigt, und nun blinzelte er träge. Es brauchte ein paar Sekunden, bis all seine Sinne erwacht waren, doch er wusste instinktiv, dass Miranda fort war, noch bevor er in dem leeren Zimmer des Hauses, das sie als Unterschlupf gewählt hatten, etwas sehen konnte.

Er erinnerte sich an ihre geflüsterten Worte, dass die Räume, in denen die Möbel mit weißen Laken verhängt waren, aussähen, als würden sie von Gespenstern bewohnt.

Sein Herz sei voller Gespenster, auch das hatte sie ihm gesagt. Er hatte ihren eigenen Schmerz gespürt, als sie ihm erklärte, wie sehr sie sich wünschte, seine Kinder zu ihm zurückbringen zu können. Doch selbst mit ihrer Gabe würde ihr das wahrscheinlich nicht gelingen.

Doch wohin war sie gegangen?

Neben ihm ächzte Lukos, drehte sich um und fiel aus dem Bett. Zayan sah das Erstaunen und dann die Verwirrung in Lukos' Zügen, als ihm klar wurde, neben wem er geschlafen hatte. Als sie in den Schlaf sanken, hatte Miranda noch zwischen ihnen gelegen.

Panik funkelte in Lukos' Augen. Er legte den Kopf schief und lauschte ebenso in die Stille, wie ein Wolf es getan hätte. „Ich kann sie hören, Zayan." Er war heiser. „Ich höre Mirandas Gedanken, und sie hat Angst. Sie spricht mit der roten Macht ..."

Eiskalte Furcht durchfuhr Zayan. Er schickte seine Gedanken aus und versuchte Miranda zu finden, doch es gelang ihm nicht. Seine Sorge um sie verwandelte sich in Entsetzen. *Miranda, wo bist du? Wo in drei Teufels Namen bist du?* Laut fragte er Lukos verzweifelt: „Wo ist sie? Kannst du sie finden?"

Eine weitere Angst nistete sich in seinem Herzen ein. Was hatte es zu bedeuten, dass Lukos mit ihr Verbindung aufnehmen konnte und er nicht? Lag es nur daran, dass die rote Macht seine Seele abschirmte, oder ging es um mehr? Konnte es ein Beweis dafür sein, dass sie Lukos näher war als ihm? Dass Lukos der Mann war, den Miranda liebte?

War es einer Frau tatsächlich möglich, in einer Dreiecksbeziehung zu leben und zwei Männer gleich stark zu lieben?

Doch was spielte das jetzt für eine Rolle, um alles in der Welt? Jetzt zählte nur, Miranda in Sicherheit zu bringen, selbst wenn er sie an Lukos verlor.

„Gütiger Himmel!", brüllte Lukos, als sich vor ihnen die Luft zu kräuseln begann. Eine Spirale drehte sich immer schneller und wurde schließlich zu einem reißenden Strudel. Vor ihnen erschien ein roter Wirbel, der sich rasend schnell drehte. Die Bettdecken hoben sich von der Matratze und wurden in die Mitte des Strudels gerissen. Ein grelles Licht flackerte auf, und die flatternden Decken verschwanden.

„Zur Hölle!“, schrie Lukos. Er klammerte sich an den Bettpfosten. Zayan packte den Pfosten auf seiner Seite und hielt sich mithilfe seiner übernatürlichen Kräfte daran fest, um nicht fortgerissen zu werden. Die Macht zerrte an ihm und zog ihn nach hinten. Er hieb seine Fingernägel ins Holz und hinterließ tiefe Kerben.

Lukos heulte auf, als er vom Bettpfosten losgerissen und in die Mitte des Wirbels gesogen wurde. Der Baldachin löste sich von dem Pfosten, an dem Lukos sich festgehalten hatte, und die hölzerne Säule stürzte um. Zayan war für einen Moment abgelenkt und lockerte seinen Griff.

Die Kraft riss ihn mit sich, wirbelte ihn durch die Luft, und er tauchte mit den Füßen zuerst in das wirbelnde rote Licht ein. Es fühlte sich an, als würde sein Körper in Stücke gerissen …

„Marius Praetonius.“

Als er den Namen, den er als Sterblicher getragen hatte, durch die Luft hallen hörte, drehte Zayan sich langsam um. Der Wind blies ihm die Haare ins Gesicht, und plötzlich befand er sich in seiner Fantasie wieder auf einer Felskante in Gallien, wo er vor zweitausend Jahren gestanden hatte. Hinter ihm waren seine Legionen versammelt, vor ihm erstreckte sich ein Tal, in dem es von gallischen Soldaten in funkelnden Rüstungen wimmelte.

Ihm blieb nur dieser kurze Augenblick des Verharrens, bevor er seiner Armee mit einer weit ausholenden Bewegung seines Schwertes den Befehl zum Angriff erteilte. Es war der Augenblick, in dem er zwischen Leben und Tod wählen konnte, ganz einfach indem er vorwärts stürmte oder umkehrte. Er genoss die Freiheit der Wahl, obwohl er wusste, dass seine Entscheidung bereits gefallen war.

Eine unnatürliche Stille legte sich über die unzähligen Männer.

Nun umgab diese Stille auch ihn.

Der rote Wirbel hatte ihn hierher gebracht. Die magische

Kraft hatte ihn durch die nebelverhangene Nacht geschleudert und ihn mitten in den Steinkreis geworfen. Er war aufgestanden, verwirrt und zerschlagen …

Nun sah er dem Mann in die Augen, der seinen Namen gerufen hatte.

Zweitausend Jahre hatte er auf diesen Moment gewartet. Auf die Möglichkeit, seinem Feind das Herz aus der Brust zu schneiden und es vor den brechenden Augen des Mannes zu essen. Brennender Zorn brachte Zayans Blut zum Kochen, als er den triumphierenden Blick aus dunklen Augen spürte. Dort stand Mucius Gaius, der Mann, der ihm seine Frau geraubt und seine Kinder getötet hatte. Er hatte es Miranda zu verdanken, dass er jetzt die Wahrheit kannte.

Das war kein Mord, den er da begehen würde – es war Gerechtigkeit.

Gaius trat vor. Ein breites Kampfschwert lag in seiner fleischigen Hand. Blonde Haare flatterten um sein Gesicht, und seine Rüstung schimmerte im Mondschein. „Mein Hieb wird dich genau da, wo du stehst, in zwei Hälften zerlegen, Praetonius!“

Zayan verzog die Lippen und schnaubte. Er schickte einen magischen Strahl in seine Hand, die sofort den Griff eines Schwertes fest umfasste, und er reckte die Waffe hinauf in den Himmel. Ihm schien, als würde die Klinge vibrieren.

Blauweißes Mondlicht tanzte auf dem wunderschönen, vom Schmied erschaffenen Spiralmuster. Diese Waffe war aus der Magie heraus entstanden, die in den Händen eines sterblichen Handwerkers lag, eines Mannes, der für sein Metall, seine Flamme und seine Handwerkskunst lebte.

Zayan hatte dieses Schwert vor zweitausend Jahren in jeder Schlacht benutzt. Und obwohl er damit so viele Knochen gespalten und so viel Blut vergossen hatte, war auf dem Metall keine einzige Kerbe und kein Kratzer zu sehen. Er hatte die Waffe exakt nach seinen Erinnerungen heraufbeschworen, aber sie fühlte sich nicht an wie früher. Sie schien nicht mehr die Verlängerung seines Armes zu sein.

Er hatte das Gefühl, die Waffe eines anderen Mannes in der Hand zu halten. Ein fremdes Schwert, das er vom Boden aufgehoben hatte, unbeholfen schwer und kalt.

Gaius sprang nach vorn und schlug wild um sich. Zayan wich zurück. Auf einem Strom aus blauem Licht schlug Zayan einen Salto, und Gaius' Klinge beschrieb dort, wo er gestanden hatte, einen Bogen in der Luft.

Offenbar hatte Gaius vor, ihm den Kopf abzuschlagen.

Zayan war auf einem umgefallenen Stein gelandet. Er hob die Hand und versuchte Magie heraufzubeschwören, doch zwischen seinen Fingern spürte er nichts als Kälte. Seine Zauberkräfte waren ihm genommen worden, nachdem er das Schwert herbeibefohlen hatte.

Verdammt! Er hatte seit Jahrhunderten nicht mehr mit einem Schwert gekämpft, und er empfand sich als linkisch und war außer Übung. Doch es blieb ihm keine Zeit, darüber nachzudenken.

„Komm her und kämpfe, du verfluchter Feigling!", schrie Gaius und griff ihn erneut an. Brüllend führte er sein Schwert gegen ihn.

Zayan sprang von seinem Stein herab und kreuzte mit Gaius die Klinge. Die Augen seines Feindes hatten sich zu boshaft funkelnden Schlitzen verengt. Unter raschen und rauen Atemzügen hob und senkte sich Gaius' Brust in der metallenen Rüstung.

„Du bist der Feigling!", herrschte Zayan ihn an. Er schwang sein Schwert, um Gaius' Waffe abzuwehren. „Du hast die Kehlen meiner Kinder durchgeschnitten – meiner unschuldigen, wehrlosen Kinder."

„Kinder, die du gegen Claudias Willen gezeugt hast!", schrie Gaius ihm entgegen, gleichzeitig rannte er auf ihn zu. Gaius war stark wie ein Dämon und flink auf den Beinen. Eine Salve harter Hiebe, mit denen sein Gegner ihn mit seinem Schwert attackierte, zwang Zayan in die Defensive.

Gaius war entschlossener denn je. Das wurde Zayan klar, als er das feindliche Schwert zwar abblockte, aber keine Anstalten machte, seinen Gegner zu töten.

Miranda. Ihr Name tauchte in seinen Gedanken auf. Er sorgte sich um sie. Und das lenkte ihn von dem Mann ab, dessen Tod sein größter Wunsch hätte sein sollen.

Beinahe hätte Gaius mit einem geschickten Stoß seines Schwertes Zayans Leib durchbohrt, wenn dieser nicht wieder einen riesigen Satz rückwärts gemacht hätte, um dem Angriff auszuweichen.

„Du hast mich zu dem hier verdammt!", rief sein Feind. „Zu einem Leben ohne Ende, in dem ich von den Schreien deiner Kinder verfolgt werde. Ihr Wehklagen hallt in mir wider in jedem wachen Moment. Ich wurde unsterblich, weil sich jemand einen Scherz mit dir erlaubt hat. Nach zweitausend Jahren der Qual habe ich dies endlich in Erfahrung gebracht."

Zayan war erschüttert. Er begriff endlich, warum sein alter Feind ihm sozusagen auf dem Silbertablett serviert worden war. Die rote Macht glaubte, sie könne ihn auf diese Weise ablenken. Sie hoffte, wenn sie ihm gab, wonach ihn so lange gedürstet hatte, würde er Miranda im Stich lassen, sodass es leichter sein könnte, an ihre magischen Kräfte zu gelangen.

Plötzlich wurde Zayan klar, dass die Entscheidung bei ihm lag. Er konnte diesem Kampf den Rücken kehren, sich auf die Suche nach Miranda machen und seine Rachepläne aufgeben. Er konnte die Vergangenheit hinter sich lassen – oder aber kämpfen und Gaius zerstückeln. Das würde allerdings bedeuten, dass er Miranda verlor – und auch seine Zukunft.

Aber ohne die Hilfe der Magie konnte er Miranda nicht finden. Er musste seine Gestalt ändern, um sie zu suchen.

Zayan machte zu Gaius' Überraschung einen Satz nach vorn und versuchte sich an alles zu erinnern, was er vor langer Zeit über diesen General gewusst hatte. Gaius war hochnäsig und dreist und manchmal dumm. Und er war arrogant. Er neigte häufig dazu, sich zu überschätzen.

Sich rasend schnell um die eigene Achse drehend, wehrte Zayan eine Reihe heftiger Schwerthiebe ab. Klirrend traf seine Waffe Gaius' Rüstung in Hüfthöhe. Im nächsten Augenblick pfiff dessen Klinge auf ihn zu. Doch Gaius hatte sich dafür halb umgedreht, er wollte Schwung holen und verlor fast das Gleichgewicht.

Zayan sprang zur Seite, während Gaius versuchte, seine Kraft in die andere Richtung zu lenken, und dabei ins Taumeln geriet...

Das war seine Chance! Zayan bohrte sein Schwert in Gaius' Seite, in die kleine Lücke zwischen dem Brustpanzer und dem Teil der Rüstung, der seine Hüften umschloss. Sein Feind fiel auf die Knie und hielt sich die Seite. Dabei stieß er Flüche hervor, doch Zayan hörte nicht hin. Da war ein anderes Geräusch in seinen Ohren, eine Art Brausen.

Es war der Klang der Wut, die er gefühlt hatte, als er vom Zimmer seines Sohnes in das seiner Tochter geeilt war ...

Mit seinem Stiefel stieß er Gaius zu Boden. Zu schwach, sich zu bewegen, wimmerte Gaius nur: „Zweitausend Jahre! Ich habe eine höllische Ewigkeit damit verbracht, auf diesen Kampf gegen dich zu warten, Zayan. Ich habe dich gejagt, doch der verdammte rote Nebel hat dich beschützt. Als würde er warten, dass ..."

Zayan hielt einen Moment inne. Hatte die rote Macht die ganze Zeit auf Miranda gewartet?

Dann hob er sein Schwert.

Ein strahlend helles Licht blendete ihn und ließ ihn, mit den Armen hoch über dem Kopf, erstarren. Eine der Vampirköniginnen erschien ihm, wie üblich kostbar gekleidet in ein Kleid aus feinster purpurfarbener Seide, eine breite Pelzstola um die anmutigen Schultern gelegt. Es war Elizabeth, die Königin, die ihn im Paradies eingesperrt hatte, wie sie den Ort nannte, den er als Hölle empfunden hatte. „Lass ihn leben, Zayan."

Ihm brach der Schweiß aus wie zu den Zeiten, als er noch ein Sterblicher gewesen war. Salzig tropfte er in seine Augen, sein

Körper brannte vor Erschöpfung. Er war so begierig darauf, Blut zu vergießen, dass er am ganzen Leib zitterte.

Er fühlte sich wieder wie ein Sterblicher.

Miranda. Durch diesen Kampf hatte er wahrscheinlich Miranda verloren.

„Ich habe eine Ewigkeit auf das hier gewartet. Er hat mir alles genommen …“, stieß er hervor. Alles in seiner Vergangenheit – seine Kinder, seine Frau, seinen Ruhm als General. Und das Wichtigste für seine Zukunft – Miranda.

Vom äußeren Rand des Steinkreises aus bewegte Elizabeth sich auf ihn zu, ohne mit ihren Füßen den Boden zu berühren. Das Licht, das sie umgab, war von tiefem Purpurrot. „Miranda ist nicht tot. Die *Pravus Semper*, die rote Macht, wie du sie nennst, kann sie nicht töten. Miranda ist ein viel zu mächtiges Wesen. Sie ist nicht wie Claudia. Ihre Gabe besteht darin, Leben zu schenken und es zu ehren. Deshalb kann nichts Böses sie besiegen. Doch das Böse kann mit faulen Tricks arbeiten.“

Zayan starrte sie an.

„Die *Pravus* hat Mirandas Leben mit dem deines Feindes verbunden. Solange er lebt, lebt auch sie, wenn er stirbt, stirbt sie mit ihm. Er ist kein Vampir, aber die *Pravus* hat ihm erlaubt, so lange zu leben, um ihn für ihre Pläne zu benutzen.“ Elizabeth deutete mit ihrer wohlgeformten Hand auf Gaius, der keuchend und wimmernd auf dem Feld lag.

„Das heißt also, wenn ich ihn töte, töte ich auch Miranda.“

„Die *Pravus* braucht Mirandas Seele, um ihr ihre Macht zu rauben, aber sie kann sie nicht töten.“

„Dann hat sie also versucht, mich zum Werkzeug zu machen, mit dessen Hilfe Miranda getötet werden soll.“ Oder log Elizabeth ihn an? Konnte er Elizabeth glauben, die ihn schon einmal töten wollte und dann aber zugestimmt hatte, ihn gefangen zu nehmen?

*Töte ihn, Zayan.* Er hörte die verführerische Stimme der roten Macht, der *Pravus*, in seinem Kopf. *Ich werde dir zeigen, was er deinen Kindern angetan hat. Dafür musst du ihn be-*

*zahlen lassen. Er hat ihnen keinen schnellen Tod geschenkt. Er wollte die Angst in ihren Augen sehen …*

Ein Bild durchbohrte ihn wie ein Pfeil. Es zeigte seinen Sohn, wie er die kleine Hand hob, um sich zu schützen, während Angst und Panik in seinen großen braunen Augen standen.

Zayan hob sein Schwert, umklammerte mit beiden Händen den Griff und holte aus.

„Ja!“ Er hörte das Wort, während das Schwert durch die Nachtluft pfiff. Triumph schwang mit in dem verlockenden magischen Klang, der ihn all die Jahre beherrscht hatte. Die Aufregung der roten Macht durchdrang ihn.

Es war das Fieber eines Judas. Die Vorfreude einer Sirene, die einen Tölpel zum Töten verführt hatte.

Zayan veränderte die Richtung seines Hiebs, und der Schwung seiner Bewegung ließ ihn taumeln. Die Spitze seines Schwerts traf direkt neben Gaius' Kopf auf den Felsen. Zayans ganze Kraft hatte in dem Schlag gelegen. Als das Metall auf den Stein traf, hallte ein Klirren durch die Nacht, und Funken flogen. Die Gewalt des Hiebes hätte ihm fast die Arme ausgekugelt. Die Klinge brach, die Spitze prallte ab vom Fels und schlug dumpf im Gras auf.

In der Hand hielt er nur noch den Stumpf seines geliebten Schwertes.

Nun besaß er keine Waffe mehr und auch keine magischen Kräfte. Doch er spürte, wie die rote Macht, die *Pravus Semper*, zurückwich und damit einen eisigen Windstoß auslöste. Zayan umklammerte sein zerbrochenes Schwert und wandte sich an Elizabeth. „Kannst du mich zu Miranda bringen?“

„Nein.“ Sie schwebte dicht über der Erde, und die purpurfarbene Seide umwallte ihre langen Beine. Dann deutete sie auf seinen am Boden liegenden, jedoch immer noch atmenden Feind. „Wirst du ihn am Leben lassen? Wirst du deine Racheplähne aufgeben?“

„Ja!“, brüllte er, denn er wusste, dass das Ziel, das er zweitausend Jahre lang verfolgt hatte – Rache – ihm nichts mehr bedeutete. Jetzt nicht mehr. Nicht wenn er dafür Mirandas Leben aufs Spiel setzte. Zayan warf das, was von seinem Schwert noch übrig war, in die Luft, dort löste es sich in einen Sternenregen auf. Er war des Hasses und des Zorns, der Wut und des Schmerzes so überdrüssig. Miranda hatte ihm etwas anderes gezeigt. „Alles, was ich will", rief er in die Nacht, „ist Miranda!"

Stöhnend fügte er hinzu: „Und ich besitze keine Magie mehr. Nichts ..."

„Es gibt andere Arten der Magie, Zayan. So existiert letzten Endes auch die Magie der Liebe." Elizabeth verschränkte die Arme vor der Brust. „Ich hätte nicht geglaubt, dass es jemals so kommen würde. Dass du – oder Lukos – erlöst werden könntet. Dass du die Rachegedanken und die Dunkelheit hinter dir lassen würdest."

„Ich bin ein Vampir. Wie, verdammt noch mal, soll ich die Dunkelheit hinter mir lassen?"

„Sieh dir die Dämonenzwillinge an, Yannick und Sebastien. Obwohl sie Vampire sind, haben sie in ihren Leben das Licht gefunden. Miranda kam in deinen Träumen zu dir, und du reistest in die ihren. Es gibt keinen Grund, warum du das nicht wieder können solltest."

Ein Traum. Ein erotischer Traum.

„Eine Liebe zu dritt. Ich schlage vor, dass du Lukos mitnimmst, um sie zu retten."

Wenn er das tat, ging er das Risiko ein, Miranda für immer an Lukos zu verlieren. Doch um sie zu retten, wäre er dazu bereit.

Lukos rappelte sich vom kalten nassen Boden hoch. Der Wirbel aus rotem Nebel hatte ihn umgeworfen, direkt auf einen Steinhaufen. Bei seiner Landung war er hart und heftig aufgeprallt. Er hatte jedoch nur leichte Schmerzen, weil seine Dämonenkräfte Wunden heilen konnten, die einen sterblichen Mann getötet hätten.

Er schloss die Augen, sammelte seine Kraft und verwandelte sich. Sein Körper wurde während der Transformation brennend heiß. Seine Haut kribbelte, als ein Pelz auf ihr wuchs, und seine Muskeln verwandelten sich von denen eines starken Mannes in die mächtigen Muskelstränge eines Wolfes.

Jetzt konnte er Miranda riechen, und geleitet von seinen Instinkten machte er sich auf in die Richtung, wo er sie finden würde ...

Der unerträgliche Ryder hatte sie in einem Mausoleum im Keller eines großen Herrenhauses in Ketten gelegt. Von dem Landsitz aus gesehen, in dem Zayan und Lukos Unterschlupf gefunden hatten, stand dieses Haus auf der anderen Seite des Dorfes.

Ryders Augen hatten im Dunkeln geglüht, während er sie durch den Gang zwischen den Steinsarkophagen schleifte. In seinen Pupillen funkelte ein rotes Licht. Und er war so stark, ebenso stark wie Zayan oder Lukos.

Die rote Macht. Wie hatte Althea sie genannt? Die *Pravus Semper*. Miranda hatte zwei punktförmige Wunden an Ryders Hals gesehen, und sie begriff nicht, wie ein Nebel so etwas tun konnte. Entscheidend war jedoch nur das Ergebnis – Ryder war kein menschliches Wesen mehr.

Er hatte sie mit dem Rücken gegen die Wand gestoßen und an ihren Röcken gezerrt. Sein Atem, der nach Schwefel stank, hatte bei ihr einen Brechreiz ausgelöst. Brutal drückte er ihre Brüste.

„Verdammt!“, keuchte er. „Ich will dich! Ich bin hart wie Eisen. Aber ich kann nicht mehr! Jetzt nicht mehr.“

Er knurrte vor Wut, Schmerz und unbefriedigtem Verlangen. Da flüsterte in der Nähe eine sinnliche, hypnotische Stimme: „Komm zu mir, James. Du weißt, wo ich dich haben möchte.“

Und schon war Ryder fort. Er war in einem roten Funkengestöber aus dem dunklen Mausoleum verschwunden und hatte sie allein zurückgelassen.

Seltsamerweise stieg erst in diesem Moment Angst in ihr auf. Es war schlimmer, hier ganz allein im Dunkeln eingesperrt zu sein, als sich vor Ryder zu fürchten. Immer wieder sah sie in ihrer Fantasie, wie der Deckel von einem der steinernen Sarkophage zur Seite glitt und eine knöcherne Hand sich auf den Rand des Sargs legte.

Was für eine alberne Vorstellung! Schließlich hatte sie Sex mit Männern gehabt, die zu den Untoten zählten.

Das Heulen eines Wolfes hallte durch die Luft. Weit über ihr stieg ein schwacher roter Nebel auf, als wollte er sie bewachen.

Wenn sie in der Lage gewesen wäre, ihre magischen Fähigkeiten so zu beherrschen wie Lukos und Zayan, hätte sie sicher die Eisenschellen, die ihre Handgelenke umschlossen, sprengen können. Sie kniff die Augen zusammen und starrte die silberfarbenen Reifen an – nichts geschah.

Aber plötzlich passierte doch etwas. Um sie herum begann es hell zu schimmern. Und mitten aus den wunderschön funkelnden Lichtern traten Lukos und Zayan. Sie spürte jedoch, dass die beiden nicht wirklich vor ihr standen.

Von einer Sekunde auf die andere war sie erregt, feucht, bebend vor Erwartung. Das hier war wie einer ihrer Träume.

Die beiden Männer schimmerten wie Märchenwesen, silbern und golden und vollkommen nackt im blauweißen Mondlicht.

„Ich verstehe nicht. Geschieht das hier wirklich oder nicht?“, flüsterte Miranda.

„Das weiß ich nicht“, gestand Lukos. „Ich kann den süßen, köstlichen Duft deiner Haut riechen. Und meine Erektion fühlt sich sehr wirklich an – und quälend.“

Sie war gefesselt, und obwohl Zayan mit wehenden Haaren nach vorn trat und seinen Zauber auf die Handschellen richtete, öffneten sie sich nicht. „Verdammt!“, knurrte er. Doch im nächsten Augenblick legte er zu Mirandas Erstaunen die Finger unter ihr Kinn und küsste sie innig. Während des langsamen, genüsslichen Kusses kribbelten ihre Lippen. *Eine der Vampirköniginnen sagte uns, dass wir auf diese Weise zu dir gelangen können. In einem erotischen Traum …*

Lukos küsste ihre Schulter. Es war eine sanfte, zärtliche Liebkosung. Er schob ihre Haare beiseite, um seine Lippen an ihrem Hals entlanggleiten zu lassen, und sie hörte sein heiseres Stöhnen. *Es geht nicht darum, dass ich Nahrung brauche*, murmelte er in ihrem Kopf. *Was ich brauche, ist deine Liebe.*

Ihr Kleid hatte Ryder zerfetzt, und sie war mit magischen Kräften an die Steinmauer gefesselt. Doch sie spürte die Liebe in Zayans und Lukos' Berührungen und fühlte sich sicher.

Sie vertraute ihnen. Und sie verstand. Das hier war keine Fantasie, in der zwei Vampire über sie herfielen.

Es war ein Traum, in dem sie von beiden geliebt wurde.

*Wir möchten dich auf die innigste Weise miteinander teilen …*

Der rote Nebel drang in den Raum; er glitt durch die geschlossene Tür und durch jeden Spalt in der Mauer, durch jede Ritze im Dach. Panik stieg in Miranda auf. Das hier war ein erotischer Traum. Zayan und Lukos waren nicht wirklich hier, um mit ihr gemeinsam gegen den roten Nebel zu kämpfen.

„Doch, wir sind bei dir", behauptete Lukos, während er mit dem Mund an ihrem Ohrläppchen entlangstrich. Sie seufzte, weil die Liebkosung seiner heißen Lippen an dieser Stelle unglaublich erregend war. „Unsere Seelen sind hier. Unsere Stärke ist hier. Unsere *Liebe* umgibt dich. Du musst daran glauben."

Lukos zog ihre Röcke hoch und legte seine Finger um eine ihrer Hinterbacken, doch seine Hand fühlte sich leicht und dünn an … geisterhaft, als ob sie nicht da wäre.

„Ich glaube es", erklärte sie. „Ich glaube an die Macht unserer Liebe." Und das tat sie auch, denn jetzt, nachdem sie es ausgesprochen hatte, hieß das, dass sie daran glauben musste!

Lukos streichelte ihren Po, und seine Hände wurden fester und wärmer. Die rauen Handflächen reizten ihre empfindliche Haut. Nun fühlten sich seine Berührungen wirklich an. Sie waren echt – mit der Kraft ihres Glaubens hatte sie die beiden Männer durch ihren Traum zu sich geholt.

In ihr mischte sich Angst mit Leidenschaft, und ihr Herz begann schneller zu schlagen. „Nehmt mich jetzt", stöhnte sie, bevor ihr Mut und ihr Vertrauen wieder schwinden konnten.

„Das ist zwar sehr erotisch, aber es macht die Sache unangenehm." Lukos streckte die Arme aus und packte die Ketten, die sie an der Mauer festhielten. Sie wollte frei sein, damit die Männer sie zwischen sich nehmen und lieben konnten.

Klirrend zersprangen die Ketten, als Lukos an ihnen zerrte. Einzelne Kettenglieder landeten scheppernd auf dem Steinboden.

„Es funktioniert, Liebste", flüsterte Zayan.

„Ja." In ihrem Herzen schwang Hoffnung. „Liebe besitzt magische Kräfte, nicht wahr?"

Lukos drehte sie so, dass sie ihm gegenüberstand, und sie schaute hinauf in sein Gesicht, während ihr Körper sich vor Verlangen aufzulösen schien. Er legte eine Hand an ihre Wange, mit der anderen liebkoste er ihre Brustwarze und ließ gleichzeitig seinen herrlich langen Schaft mit einer ersten Bewegung in sie hineingleiten.

Sie benahmen sich alle drei so, als ob der rote Nebel nicht im Raum wäre. Doch Miranda hörte den Widerhall eines leisen unterdrückten Wutschreis.

Sie schob die Hüfte nach hinten, um Zayan willkommen zu heißen. Wie sehr sie auch ihn in sich spüren wollte! Sie *musste* ihn haben. Sie wollte das vollkommene Gefühl, von beiden Männern gleichzeitig ausgefüllt zu werden.

Der rote Nebel kreischte und wich bis dicht an die Mauern des Mausoleums zurück. Diese Reaktion verblüffte Miranda; sie reckte sich und küsste Lukos. Sie legte alles in diesen Kuss, sodass er tief und intensiv wurde. Dabei stöhnte sie inbrünstig in seinen Mund und löste bei ihm ein raues Ächzen aus. Wieder hallte der Schrei der roten Macht in der Luft wider.

Das also war das Geheimnis! „Liebt mich“, drängte sie. „Wenn ihr beide lieben könnt, wenn ihr mich wahrhaftig und aus tiefstem Herzen liebt, dann zeigt es mir.“

„Bei allen Göttern, mein Engel, ich liebe dich“, flüsterte Zayan heiser. Von hinten umfasste er eine ihrer Brüste mit der Hand. Seine andere Hand glitt zwischen ihrem Leib und Lukos' Körper abwärts. Dann streichelte er mit einem Finger ihre Klitoris, bis sie vor Lust keuchte.

Lukos stieß seinen harten Schwanz tief in ihre Pussy. „Ich liebe dich, Miranda. Ich habe dich vom ersten Moment an geliebt, in dem du versucht hast, mir ins Herz zu schauen.“

Zayan presste seine Eichel gegen ihre Rosette, doch sein Schaft rutschte zur Seite, und er begann – vielleicht mithilfe der Magie – in ihre klatschnasse Möse zu gleiten, genau in dem Moment, in dem Lukos' dicke Erektion mit einem weiteren tiefen Stoß in sie drang.

Sie schrie vor Erregung und Überraschung laut auf. Es war … so viel. Das war doch nicht möglich! Wie konnte sie beide Männer gleichzeitig in ihrer Möse aufnehmen?

Doch gerade die Enge machte es so köstlich. Sie hätte ihnen sagen können, dass sie aufhören sollten, doch das wollte sie gar nicht. Die Schreie waren verklungen, doch sie konnte immer noch den Zorn des roten Nebels spüren, während Zayan und Lukos langsam und vorsichtig hinein- und herausglitten.

Als sie aufstöhnte, zogen sie sich beide leicht zurück. „Mehr“, hauchte sie. „Ich will mehr.“

„Wirklich?“, erkundigte sich Lukos, fast als hätte er erwartet, dass sie sie zurückwies.

„Ja“, beteuerte sie, obwohl sie mit den Fingern Lukos' Schulter fest umfassen musste, als beide versuchten, sich ein unmöglich erscheinendes kleines Stück weiter in sie hineinzuschieben. „Ich … ich kann mir nichts Intimeres vorstellen, als euch beiden auf diese Weise gleichzeitig nahe zu sein.“

„Du bist wunderbar eng, wenn wir beide in dir stecken“, murmelte Zayan.

Sie musste die Augen schließen. Der Gedanke an das, was sie da gerade taten – die Vorstellung ihrer beiden langen Schwänze, eng aneinandergepresst, wie sie sich gleichzeitig vorwärts schoben …

Es war ein äußerst erotisches Bild, und ihr wurde so heiß, als würden Flammen auf ihrer Haut tanzen.

Sie glitten hinein und wieder heraus, und Miranda wurde so nass, dass sie keine Schmerzen spürte, sondern nur ein äußerst intensives Gefühl des Ausgefülltseins. Lukos' Schaft lag oben, und jeder Stoß seines mächtigen Glieds reizte ihre Klitoris. Und Zayan, der so verdorben war, wie sie es von Lukos erwartet hatte, streichelte mit einem Finger ihre Rosette, während er seinen Schwanz in ihre Möse tauchte und sich gleich darauf wieder zurückzog.

Oh, sie konnte nicht …

Nicht seinen Finger dahinten in ihr …

Doch er tat es, und nun war sie überall ausgefüllt, und beide Männer spielten mit ihren Brüsten. Sie stießen schneller und schneller zu, zwirbelten schonungslos ihre harten Brustwarzen, und sie schrie ihre Lust hinauf zur hohen Decke.

Miranda konnte kein Wort herausbringen. Konnte nur wieder und wieder schreien, und Zayan und Lukos trieben ihre Schwänze erbarmungslos in sie hinein, bis ihr zweiter Orgasmus über ihr zusammenschlug, ehe der erste überhaupt vorüber war.

*Zayan.* Eine klagende, verzweifelte Stimme drang aus dem Nebel. *Deine Kinder. Ich werde sie dir zurückgeben. Hör auf! Hör auf, das mit ihr zu machen …*

Dann wandte sich die Stimme an Lukos. *Deine Schwester. Sie ist noch am Leben. Das ist die Wahrheit: Luzifer hat sie tausend Jahre bei sich behalten, und ich kann sie zu dir bringen, wenn du aufhörst, das zu tun. Wenn du versprichst, mir zu helfen …*

„Wir lieben dich, Miranda", schwor Lukos. Dann stieß er noch einmal heftig zu, presste seinen Körper fest an ihren und verharrte tief in ihr.

„Ich wusste, du würdest die Kontrolle verlieren und als Erster kommen." Zayan lachte. Dann stöhnte er. Und kam, und sein Samen strömte in sie hinein und füllte sie ebenfalls.

Dieses Mal fühlte sie sich durch den Sex stärker. Lebendiger. Kraftvoll und mächtig.

Nun bemerkte Miranda, dass der rote Nebel sie innerhalb der Mauern des Mausoleums wieder umgab. Im Dunst schossen kleine Lichtblitze umher, der Nebel ballte sich noch mehr zusammen und nahm direkt vor ihren Augen Form an. Er wurde undurchdringlich dicht und dunkel, und dann erschien die Silhouette einer Frau. Ihr Mund war wie zu einem Schrei weit aufgerissen, sodass er aussah wie eine schwarze Höhle. Die Augen waren groß und dunkel. Aus dem Inneren des Nebels drang ein klagender Ton.

Dann zerplatzte die Nebelwolke – und die Druckwelle traf sie genau in dem Moment, in dem die Schwänze der Vampire aus ihr herausglitten. Lukos und Zayan stellten sich dicht neben sie und hielten sie fest, und gemeinsam trotzten sie dem heftigen Windstoß und der Energie, die gegen sie anbrandeten.

Roter Staub umwirbelte sie, dann ließ der Wind nach.

Miranda schnappte mühsam nach Luft. „War es das?", erkundigte sie sich. „Ist es nun fort?"

Zayan zögerte, doch dann nickte er. „Ja, es ist fort."

Erlöst ließ sie sich gegen Lukos sinken, dann legte sie den Kopf in den Nacken, um Zayan zu berühren und auf diese Weise beide Männer in ihre erleichterte Umarmung einzubeziehen.

Das war also der richtige Weg gewesen, die rote Macht zu vernichten. Keine Gewalt. Kein wilder Angriff, sondern ein ehrlicher, leidenschaftlicher, wahrhaftiger Ausdruck von Lust und Liebe.

So etwas wäre ihr niemals von allein eingefallen.

Allerdings wusste sie immer noch nicht, was dieses rote Wesen eigentlich gewesen war. Selbst Serenas Mutter war nicht in der Lage gewesen, es genau zu erklären. Sie hatte gewusst, dass es weiblich war. Es verführte Männer, doch nicht sexuell, wie ein Sukkubus es getan hätte. Eve hatte erklärt, es sei die weibliche Entsprechung zu Luzifer, der allgemein als männliche Verkörperung des Bösen angesehen wurde, als gefallener Engel in der Unterwelt. Die *Pravus Semper* war ein weibliches Wesen, das keine Form hatte und deswegen Qualen litt. Eine nebelhafte Kreatur, die für alle Ewigkeit in der sterblichen Welt schwebte.

Miranda wusste nicht, ob sie sie vollständig zerstört hatten. Aber sie hatten sie vertrieben.

Sie hob die Hand und liebkoste Lukos' Wange. Er starrte den roten Staub an, der um sie herum den Boden bedeckte. „Glaubst du, es ist wahr?", erkundigte sie sich. „Ich meine, die Sache mit deiner Schwester."

Er sah sie nicht an. Sie war sich sicher, im Winkel seines spiegelnden Auges eine Träne schimmern zu sehen. „Ich weiß es nicht."

Er sagte diese Worte ganz leise und strengte sich sehr an, keine Emotionen zu zeigen, doch in seiner Stimme schwang eine Hoffnung mit, die ihr das Herz brach.

„Nun, meine finsteren und gefährlichen Vampire, ihr habt beide eure Sache gut gemacht."

Vor ihnen trat eine schöne Frau aus dem Schatten. Verschämt hielt Miranda sich die Hände vor die Brüste, obwohl das wenig Sinn hatte. Schließlich klemmte sie nackt zwischen zwei nackten Männern.

Die Frau verzog ihre vollen tiefroten Lippen zu einem erfreuten Lächeln und enthüllte dabei ihre scharfen langen Eckzähne. Gleichzeitig wedelte sie mit der Hand, und Miranda erschauerte, als in der Luft Seide auftauchte und kühl und weich über ihre Haut glitt. Innerhalb weniger Sekunden war sie in ein fließendes weißes Kleid gehüllt. Für Zayan und Lukos erschienen schwarze Gewänder.

Miranda erkannte, dass sie nun nichts mehr überraschen

konnte. Innerhalb weniger Tage hatte sie sich von der verängstigten Frau, die nicht wusste, was für eine Art Wesen sie war, in eine starke, unerschrockene Frau verwandelt. Nun hatte sie das Gefühl, dass sie mit allem fertigwerden konnte – Zayan und Lukos hatten ihr beigebracht, daran zu glauben.

„Elizabeth."

Miranda hörte die Besorgnis in der tiefen, grollenden Stimme Zayans.

Die Vampirin richtete den Blick ihrer großen schönen Augen auf ihn. „Zayan, wir, die Vampirköniginnen, wissen, dass du der *Pravus* in der Hoffnung gedient hast, deine Kinder zurückzubekommen. Du wusstest nicht, dass sie nicht die Einzige war, die die Macht besaß, sie dir wiederzugeben. Die *Pravus* sammelte magische Kräfte, um uns alle zu vernichten – uns Vampirköniginnen. Weil du uns einen großen Dienst erwiesen hast, werde ich versuchen, dir deine Kinder wiederzugeben."

„Ver…versuchen?", gelang es Zayan, hervorzustoßen.

„Miranda ist das einzige Wesen, das dir deine Kinder zurückgeben kann. Ich kann ihre Körper zurückholen und auch ihre Seelen, aber ich bin nicht in der Lage, sie wieder zum Leben zu erwecken. Das kann niemand außer Miranda."

Elizabeth drehte sich so rasch um, dass ihre Kleider flatterten, und krümmte den Finger. Aus einer Lücke zwischen zwei hohen Steinen traten mit tastenden Schritten zwei Kinder hervor.

Zayans Vampirherz setzte für einen seiner langsamen Schläge aus. Auf die leise Aufforderung von Elizabeth hin hob der kleine dünne Junge den Kopf.

Braune Augen, eingerahmt von unglaublich dichten schwarzen Wimpern, starrten Zayan unverwandt an. Er fuhr erschrocken zusammen. Es waren seine eigenen Augen, die ihn mit leerem Blick ansahen.

Nein, sie waren *wie* seine Augen. Eine Erinnerung fand langsam ihren Weg in seine vor Überraschung erstarrten Gedanken. Das Bild eines Jungen, der ihm stumm zusah, während er sich im Schwertkampf übte.

Sein Sohn. Dieser Junge war sein Sohn. Es war das Gesicht, das er vergessen hatte. Liebe wallte in seinem Herzen auf, während er die Züge des Kindes mit einer Aufmerksamkeit musterte, die er dem Jungen wahrscheinlich nie gewidmet hatte, während er noch am Leben gewesen war. Der Junge besaß eine scharf gebogene Nase, hohe Wangenknochen und ein kleines Kinn, große dunkelbraune Augen und sehr, sehr lange Wimpern. Er war von der Natur mit einem hübschen Gesicht beschenkt worden.

Sein heißgeliebter Sohn.

Erinnerungen überkamen ihn, während er langsam auf den dünnen Jungen und das kleine zitternde Mädchen zuging. Er sah zwei schöne Gesichter – auch seine Tochter hatte riesige dunkle Augen, und ihre Wimpern bogen sich hoch bis zu den schwarzen geschwungenen Brauen. Beide Kinder besaßen volle weiche Lippen mit fein gezeichneten Amorbögen.

Nun wusste er wieder, wie die Gesichter aussahen, an die er sich nicht mehr hatte erinnern können. Seine Kinder waren hier, bei ihm.

Das Herz hämmerte in seiner Brust. Jetzt fiel ihm wieder ein, wie sein Sohn gelernt hatte, den Mund zu einem ernsten, strengen Strich zu verziehen, um die Entschlossenheit und den Mut eines Kriegers zu zeigen. Aber er erinnerte sich auch an das samtene Gefühl der Babywange an seiner rauen Haut und an den etwas säuerlichen Geruch eines Säuglings, der an seiner Brust ruhte.

Zayan blinzelte ein Brennen in seinen Augen fort und beugte sich hinunter zu den Kindern. Seine Tochter starrte mit leerem Blick unter einer Flut zerzauster Locken hervor. Als sie noch am Leben gewesen war, hatte sich ihr Mund immer bereitwillig zu einem Lächeln verzogen. Und der Anblick dieses Lächelns hatte stets seine schrecklichen Erinnerungen an überstandene Schlachten verdrängt und sein Herz gewärmt.

Seine Tochter war neun gewesen, sein Sohn elf.

Zayan sank auf die Knie. Er nahm an seinen Kindern, die keine Anstalten machten, ihn zu berühren, keinen Geruch wahr. Als er hinter sich einen leisen Schluchzer hörte, wusste er, dass dieser über Mirandas Lippen gekommen war. Er streckte die Arme aus, doch seine Kinder rührten sich nicht.

„Sie können nicht auf dich reagieren", erklärte Elizabeth. „Wie ich dir schon sagte, habe ich zwar ihre Körper zurück auf diese Welt geholt, aber sie sind noch nicht lebendig."

Zayan stand auf und wandte sich von seinen Kindern ab. Sie bewegten sich nicht und ließen auch nicht erkennen, ob sie bemerkten, dass er sich von ihnen entfernte.

Zayan spürte eine zarte Berührung an seinem Handgelenk und stellte fest, dass Miranda nach seiner Hand tastete. Sie hatte die Stirn in Falten gelegt, und in ihren Augen lag ein schmerzlicher Ausdruck. Dass sie sich seinetwegen so quälte, durchbohrte ihm fast das Herz. „Kannst du das tun?", fragte er sie. „Würdest du es für mich tun?"

Im Mondlicht glitzerten Tränen in den Winkeln ihrer großen kornblumenblauen Augen. Mit ernstem Gesicht nickte Miranda. Er war sich sicher, sie wusste, dass sie sein Herz in Händen hielt.

„Es ist natürlich ein großes Risiko", warf Elizabeth ein. „Sie waren sehr lange fort von dieser Welt. Es braucht eine enorme Stärke, um ihnen wieder Lebenskraft zu geben."

Lukos trat vor. „Was für ein Risiko? Was für böse Dinge habt ihr Vampirköniginnen wieder ausgeheckt?"

Zayan sah, wie Miranda anmutig die Hand hob, um Lukos zum Schweigen zu bringen. „Ich will es tun."

Mit einer ärgerlichen Bewegung warf Lukos seine langen Haare zurück. „Das Risiko besteht in Mirandas Tod, nicht wahr? Ich weiß, wie ihr Hexen arbeitet."

„Nein, das weißt du nicht, Lukos. Du hast keine Ahnung, wie wir wirklich sind", fauchte Elizabeth. „Ja, es könnte sie das Leben kosten, aber nicht wegen irgendwelcher Rachepläne oder Ränke, die wir geschmiedet hätten. Miranda wäre in Gefahr, weil es ihr alle Kraft rauben könnte, die Kinder wieder zum Leben zu erwecken. Sie schenkt ihnen etwas von ihrer Lebenskraft."

Zayan stürzte zu Miranda und riss sie in seine Arme, bevor sie die Hand auf die schmale Brust seines Sohnes legen konnte. „Ich lasse nicht zu, dass du dieses Risiko auf dich nimmst!"

„Ich muss es tun! Ich kann nicht wegschauen, wenn hier zwei Kinder sind, die es verdient haben, zu leben."

Nie zuvor hatte er eine Frau mehr bewundert. Sie tat es nicht für ihn, sondern für die Kinder. Lukos trat neben ihn und streckte die Hand aus, um Mirandas Wange zu streicheln. „Denkt an die Macht der Liebe zu dritt. Ich nehme an, wenn Miranda mehr Kraft braucht, können wir zwei sie ihr geben."

Mirandas blaue Augen leuchteten auf. „Ja", rief sie. „Das ist es! Wir haben mit unseren vereinten Kräften die *Pravus* vernichtet. Sicher können wir gemeinsam auch Leben schenken."

Zayan nickte knapp. Seine Kehle war so eng, dass er nicht sprechen konnte. Dann schluckte er mühsam, und es gelang ihm, eine Warnung hervorzustoßen. „Sobald ich spüre, dass du in Gefahr bist, Miranda, werde ich dich daran hindern, weiterzumachen." Er sah seine Kinder an und hatte das Gefühl, sein Herz werde im nächsten Augenblick in tausend Stücke zerbrechen. Er wollte, dass sie lebten. Aber er konnte nicht zulassen, dass Miranda dafür ihr Leben gab.

Miranda hatte keine Ahnung, wie sie ihre gemeinsamen Kräfte nutzen sollten. Und als sie sich umdrehte, um Elizabeth zu fragen, was sie tun sollten, war die Vampirkönigin nirgendwo mehr zu sehen.

„Sie ist fort", brummte Lukos. „So sind die Königinnen! Sie verschwinden immer, sobald sie tatsächlich einmal von Nutzen sein könnten."

Die Kinder hielten einander bei den Händen und standen so reglos da, dass es unheimlich war. „Ich weiß nicht, wie wir es anstellen sollen – wie wir unsere Kräfte bündeln können. Nicht ohne …" Aber vielleicht hatte die Liebe ein Band zwischen ihnen geschaffen. In ihrem Blut war ein kurzes Kribbeln gewesen, als sie Zayans Arm berührt hatte.

Entschlossen schaute Miranda die beiden Männer an. „Ich habe keine Ahnung, was wir tun sollen, aber ich würde gern versuchen, eines der Kinder zu berühren. So wie ich es immer mache, indem ich meine Hand auf das Herz des Kindes lege. Dann möchte ich gern, dass ihr eure Hände über meine legt. Ich glaube, diese Geste der Verbindung und des Vertrauens könnte funktionieren."

Das war nur eine wilde Vermutung. Und falls sie sich irrte, würde Zayan sie nicht aufhalten können, dessen war sie sich sicher. Wenn ihre Energie erst einmal zu fließen begann, würde weder er noch irgendjemand anderes in der Lage sein, ihr Einhalt zu gebieten, das wusste sie genau.

## *17. KAPITEL*

# Heißgeliebt

Mirandas Herz tat ein paar schwere Schläge, als Zayan seinen Sohn in die Arme nahm. Der Junge war langgliedrig, aber dünn. Er wirkte beunruhigend zerbrechlich, als Zayan ihn an seinen kräftigen muskulösen Körper drückte.

Mit zwei großen Schritten brachte der Vater seinen Sohn zu einem flachen Felsen, der wie ein Altar am Rand des Steinkreises wirkte. Miranda folgte ihnen und bemühte sich, ruhig und gleichmäßig zu atmen. Der Junge wehrte sich nicht, als Zayan ihn sanft auf den Stein bettete. Er lag einfach nur da. Sie spürte, dass Lukos sich hinter sie gestellt hatte. Ihre Sinne waren geschärft; sie kannte seinen Geruch, aber sie wusste auch instinktiv, dass er da war.

Während sie links von dem Jungen niederkniete, lächelte sie hinunter in die leeren Augen des Kindes. Lukos folgte ihrem Beispiel und sank hinter ihr ebenfalls auf die Knie. Seine Körperwärme strömte durch ihre lose Kleidung. Langsam kniete Zayan sich auf der gegenüberliegenden Seite des Steins hin. Sie sah, dass seine Hände ein wenig zitterten. Es berührte sie tief im Herzen, dass Zayan, der ein kampferprobter General und ein Mann gewesen war, der den schlimmsten Verrat erlebt hatte, eine so liebevolle Sorge um sein Kind zeigte.

Zayan hob den Kopf und schaute sie an. „Denk dran, Miranda. Falls es gefährlich für dich wird, musst du sofort aufhören."

Das Zittern seiner Hände hatte ihr gegolten, begriff sie, als sie einen kurzen Blick in seine Gedanken erhaschte. Sie streckte eine Hand aus, sodass diese dicht über dem Körper des Jungen schwebte. „Legt jetzt jeder eine Hand über meine."

„Gibt es irgendetwas, das wir sagen sollten? Eine Zauberformel?" Im sanften Licht des Mondes erkannte sie auf Lukos' Gesicht den ernstesten Ausdruck, den sie jemals bei ihm gesehen hatte. Selbst während des Kampfes gegen die rote Macht war seine Miene nicht so düster gewesen.

Sie schüttelte den Kopf. „Ich berühre die Toten nur, und dann geschieht es. In allen Fällen habe ich mir von ganzem Herzen gewünscht, dass das Kind – oder die Person – lebt. Denkt daran! Konzentriert euch auf den großen Wunsch, dem Jungen neues Leben zu schenken."

„Sein Name war Marc", murmelte Zayan, während er mit seiner Hand die ihre bedeckte. Lukos wiederum legte seine Hand so über beider Finger, dass er gleichzeitig Zayans und Mirandas Haut berührte.

„Marc also." Sie schluckte mühsam. Wie würde es für Marc sein, wieder durch seine Augen zu sehen, nachdem er sie vor zweitausend Jahren geschlossen hatte? *Denk nicht darüber nach*, befahl sie sich. *Denk an Freude. Denk daran, dass er wieder herumlaufen und spielen und die Umarmung seines Vaters spüren wird.*

Sie legte die Hand auf Marcs Brust, direkt über seinem Herzen.

Dieses Mal spürte sie keine Wärme. Dafür begann ihr ganzer Arm in einem weichen pulsierenden Goldton zu glühen. Das konnte sie durch ihr weißes Gewand erkennen. Das Glühen durchdrang ihre ineinander verschränkten Hände. Zayan umklammerte ihre Finger fester. „Stimmt etwas nicht?"

„Ich weiß es nicht. Es ist anders ..." Rasch fügte sie hinzu: „Aber es fühlt sich nicht schlecht an." Auf einmal wurde ihr Herz ganz leicht. Es war, als würde sie in diesem Moment jede Freude, die sie jemals gespürt hatte, erneut fühlen.

Unter ihrer Hand begann Marcs Herz kräftig und gleichmäßig zu schlagen. Sie sah, dass seine Arme und Beine zuckten. Unvermittelt schloss er die Augen, dann flatterten die Lider und öffneten sich wieder. Nun leuchteten die dunkelbraunen Augen. In ihnen glomm das Leben – das Licht einer Seele.

Es war vollbracht, und es war überhaupt nicht schwierig gewesen ...

Plötzlich floss der Goldschimmer an ihrem Arm abwärts zwischen die drei Hände. Das Licht verschwand in Marcs Brust, und im gleichen Moment umwehte sie ein eisiger Luftstrom. Miranda schnappte erschrocken nach Luft, als die Kälte von ihrem ganzen Körper Besitz ergriff.

Ihre Finger waren taub, ebenso ihre Zehen. Es war ein Gefühl, als hätte die eisige Kälte ihren Körper spröde gemacht. Sie konnte nicht einmal zittern, weil sie wie erstarrt war.

„Hör sofort auf!", schrie Lukos. „Zieh deine Hand weg!"

Aber Marc hatte noch nicht versucht, sich zu bewegen. Sie sah das Licht in seinen Augen langsam verlöschen. Sie waren dabei, ihn zu verlieren ...

Zayan packte ihre Hand und versuchte sie nach oben zu ziehen. Aber ihre magischen Fähigkeiten verliehen ihr die Kraft, sich gegen ihn zur Wehr zu setzen. „Nein", keuchte sie. „Lass es mich versuchen! Ich glaube, das ist nur ein Test. Das ist es, was Elizabeth meinte. Es braucht tiefe, entschlossene Liebe, es zu schaffen."

Lukos knurrte wütend, aber er drückte seine Hand nach unten, wodurch Zayans Finger auf ihre gepresst wurden und Mirandas Handfläche erneut fest auf Marcs Brust ruhte.

Wieder schlug Marc die Augen auf. In seinem Gesicht spiegelten sich Erschütterung, Erstaunen und Angst. Dann heftete er den Blick auf Zayan, und Miranda spürte, dass ein Gefühl der Geborgenheit in dem Jungen aufstieg. Er erkannte seinen Vater und wusste, dass er sich bei ihm sicher fühlen konnte.

Nun hob Miranda ihre Hand. Dieses Mal gab Lukos sie frei, und dann ließ auch Zayan sie los. Marc versuchte sich aufzurichten, doch bevor es ihm gelang, hob Zayan ihn hoch und drückte ihn fest an seine Brust.

Langsam wich die Kälte aus Mirandas Körper. Schwankend stand sie auf und streckte die Hand nach dem kleinen Mädchen aus. Lukos umschlang stützend ihre Schultern, doch Miranda flüsterte: „Nein, es geht mir gut. Bring Zayans Tochter zu mir."

Fügsam trug Lukos das kleine Mädchen zum Steinaltar.

Inzwischen liefen Tränen über Marcs Wangen, während Zayan ihm durch die Haare strich. Der Junge sah aus, als seien ihm seine Gefühle peinlich. Bis er die Tränen in den Augen seines Vaters entdeckte und ein erstauntes Gesicht machte.

Zayan schüttelte den Kopf. „Männlichkeit misst man nicht daran, wie gut man seine Gefühle unterdrücken kann. Die Stärke eines Mannes liegt darin, denen, die er liebt, seine Hingabe zu zeigen. Er sollte seine Gefühle offenbaren und sie nicht verbergen, dann wird er den Lohn für seine Liebe erhalten."

Zur Verwirrung des Jungen zerzauste Zayan ihm die Haare, dann stellte er ihn auf den Boden. Das Kind schmiegte sich an Zayans Beine. Es sagte etwas, doch Miranda verstand die Worte nicht. Es redete in der Sprache, die es vor zweitausend Jahren gelernt hatte. Zayan antwortete ihm mit sanfter Stimme, und der Junge trat zurück.

Lukos drückte einen Kuss auf die glänzenden braunen Locken von Zayans Tochter und legte sie vorsichtig auf den Felsen. „Sie erinnert mich an Ara", erklärte er, als sei eine Erklärung für seine zärtliche Geste nötig. „Sie sieht nicht so aus wie meine Schwester, aber sie ist … Ich spüre, dass sie ihr sehr ähnlich ist."

„Lina", flüsterte Zayan. „Das ist ihr Name."

Miranda hob die Hand, und sofort traten die Männer neben sie und legten ihre Hände darüber. Da sie nun wusste, was kommen würde, hatte Miranda keine Angst, als sie erst die tiefe Freude spürte und gleich darauf die plötzliche Eiseskälte.

Als Lina erwachte, verzog sie das Gesicht und fing an zu weinen. Miranda nahm an, dass sie vor Verwirrung und Furcht in Tränen ausgebrochen war. Doch als sie eine Geste machen wollte, um das Mädchen zu beruhigen, wurde ihr schwindelig. Die Kräfte verließen sie. Sie sank nach hinten, und Lukos fing sie auf. Ihre Beine trugen sie nicht mehr. Mühsam rang sie nach Luft.

„Bist du …", begann Lukos.

„Es geht mir gut", gelang es ihr zu erwidern, und ihr Herzschlag verlangsamte sich und wurde wieder regelmäßig.

Zayan hob seine beiden Kinder hoch und setzte seinen Sohn auf seine rechte Hüfte und seine Tochter auf die linke. Dann schaute er Miranda an. Als sie das Glück in seinen dunklen, silbrig schimmernden Augen sah, lächelte sie. „Vielleicht ist das hier der Grund, aus dem wir uns schon in unseren Träumen begegnet sind“, wisperte sie. „Es war mir bestimmt, dir zu begegnen, damit ich dir dieses Geschenk machen kann.“

„Es war dir bestimmt, mir zu begegnen, weil ich dazu bestimmt bin, dich zu lieben, Miranda. Ich existiere nun seit zweitausend Jahren. Aber weil du jetzt da bist, begreife ich endlich, was es bedeutet, zu leben.“

Bevor sie widersprechen konnte, stand Lukos auf und hob sie vom Boden hoch. Er trug sie auf seinen Armen.

„Wir müssen in unser Versteck“, sagte er energisch zu Zayan. „Miranda ist schwach und ausgekühlt. Und ich traue den Vampirköniginnen nicht. Das hier könnte eine Falle sein. Ein Trick.“

Miranda schüttelte den Kopf. „Nein, ich glaube, der Trick bestand darin, Vertrauen zu haben. Ich denke, wir … wir haben es geschafft.“

Doch sie bemerkte den Zweifel in Lukos' Augen. Er glaubte nicht, dass sie sich nun in Sicherheit befand.

Aus dem Augenwinkel sah Miranda, dass Zayans Kinder eingeschlafen waren. Vielleicht hatte die Wiedererweckung zum Leben auch sie erschöpft. Marc klammerte sich mit einer Hand an die Schulter seines Vaters, und sein Kopf ruhte an Zayans Oberarm. Marcs Schwester schlief mit dem Kopf an Zayans Brust.

Einen erregenden Moment lang tauchte Zayan den Blick seiner spiegelgleichen Augen in den ihren. *Ich liebe dich, Miranda*, murmelte er in ihren Gedanken. *Die Kinder schlafen. Sobald sie sicher in ihren Betten liegen, habe ich vor, dir zu zeigen, wie leidenschaftlich eine Liebe sein kann, die für immer andauern wird.*

*Das wirst du nicht allein tun*, ergänzte Lukos. *Ich werde dir ebenfalls zeigen, wie ewige Liebe sich anfühlt, Liebste.*

„Nicht in der Kinderstube. Ich will, dass sie heute Nacht in meinem Bett schlafen. Ich möchte sie ganz nah bei mir spüren." Zayan legte seinen schlafenden Sohn auf das riesige Bett im Schlafzimmer ihres geborgten Landsitzes. Miranda strich eine zerzauste Locke aus dem Gesicht seiner Tochter, dann zog sie die frisch gestärkten weißen Laken und die schwere bestickte Decke hoch. Marc und Lina sahen in dem großen Bett winzig aus, doch es wirkte, als hätten sie es sehr gemütlich.

Die Hausmädchen, deren Gedanken und Handlungen die Vampire problemlos lenkten, hatten den Kindern Leckereien zu essen gegeben, sie hatten Nachthemden für sie gefunden, die vor langer Zeit in den Schränken verstaut worden waren, und sie hatten die Kinder mit Seife und warmem Wasser gewaschen. Dann waren sie in den Dienstbotenzimmern auf dem Dachboden verschwunden.

Miranda atmete tief durch. Soweit sie es beurteilen konnte, war keinem der Diener ein Leid zugefügt worden. An keinem Hals hatte sie Bisswunden entdeckt. Doch wovon ernährten sich Lukos und Zayan?

Plötzlich hörte sie in ihren Gedanken Lukos' Stimme: *Wir können unseren Hunger kontrollieren, weil wir schon so lange existieren. Und ich habe während meiner Gefangenschaft gelernt, meine Gelüste zu unterdrücken. Wir können von sehr wenig Blut leben und die Wunden der Menschen sehr rasch heilen.*

Sie begriff, dass diese Männer, ebenso wie Bastien und Yannick, wie Jonathon und Drake, barmherzig mit Sterblichen umgingen. Sie mussten es nur wollen.

Zayan küsste seine Kinder auf die glatte weiche Stirn, und Miranda schlüpfte in Lukos' Schlafzimmer. Er lag ausgestreckt auf dem Bett, nackt. Und erregt – sein Schwanz ragte in die Luft und beschrieb einen steilen Bogen über seinem Bauch.

Seine schwarzen Haare waren wie ein Fächer unter seinem Kopf ausgebreitet. *Ich will dich, Miranda. Ein letztes Mal.*

Seine Worte ließen sie auf der Türschwelle, mit der Hand auf der Klinke, innehalten. *Was meinst du damit?* Die Kälte, die sich in ihrem Körper ausgebreitet hatte, nachdem sie ihre magischen Kräfte bis zur Grenze eingesetzt hatte, war verschwunden. Doch als sie seine beunruhigende Bemerkung hörte, überlief sie erneut ein eisiger Schauer. *Meinst du die Prophezeiung?*

*Komm, zieh dich aus, dann erkläre ich es dir.*

Lukos sah zu, wie Miranda das weiße Seidenkleid über die Schultern streifte und an ihrem Körper herabgleiten ließ, sodass es wie ein kleiner See zu ihren Füßen lag. Ihre Schönheit konnte jeden sterblichen Mann dazu bringen, an Göttinnen zu glauben. Wie verführerisch allein die Art war, wie sie stand, die Knie eng beieinander, sodass die Rundung ihrer Hüfte deutlich hervortrat, ebenso wie die anmutigen Beine. Beine, dachte er bei sich, die sich von ihrem prallen, wohlgeformten Hintern auf ganz reizende Weise bis hinunter zum Boden streckten. Ihre nackten Brüste wippten, als sie auf ihn zukam. Verführerisch und verlockend, gekrönt von rosafarbenen, harten Spitzen hypnotisierten sie ihn fast. Sie waren so wunderbar sinnlich, dass er sie am liebsten verspeist hätte.

Das hier war alles, was er mit ihr haben konnte. Noch eine einzige Nacht.

Ihr zuliebe zwang er sich zu einem Lächeln. *Heute Nacht würde ich gern einen anderen Höhepunkt deiner Fantasien kennenlernen, mein Engel. Was wünschst du dir von mir?*

Selbst nach all dem, was sie schon gemeinsam erlebt hatten, errötete sie noch. Sie kniete sich auf die Matratze, hielt sich am Bettpfosten fest, und ihr Gesicht nahm dabei einen reizenden rosigen Ton an.

*Möchtest du gefesselt werden?* Er würde sie in dieser einen Nacht genießen, ganz gleich, was sie miteinander taten. *Oder möchtest du mich wieder zu deiner Lust und deinem Vergnü-*

*gen in Fesseln legen?*

„Nein, heute soll alles in Freiheit vor sich gehen", flüsterte sie. „Keine Seile oder magischen Ketten. Obwohl ich eine ziemlich unanständige Fantasie über Straßenräuber habe ..."

„Straßenräuber? Die dich entführen und vergewaltigen?" Zayan stand hinter Miranda in der offenen Tür.

Sie schenkte ihm ein Lächeln, das strahlte wie Sonnenschein auf dem Wasser. „Hm, mir scheint, diese Fantasie habe ich schon ausgelebt." Melodiös und mit einem frechen, amüsierten Unterton brachte ihre Stimme Lukos' Schwanz zum Zucken, und seine Hoden wurden hart. „Ich habe schon ziemlich viele unanständige Dinge mit euch beiden gemacht. Ich habe sogar zugeschaut, wie ihr zwei euch gegenseitig Lust geschenkt habt ..."

Zayan grinste. „Ich glaube, der Gedanke daran – die Erinnerung – erregt sie."

„Dem muss ich zustimmen." Mit seinen empfindlichen Sinnen nahm Lukos den köstlichen Duft ihrer Säfte wahr. „Vielleicht möchtest du uns noch einmal zusehen, mein Engel."

Das würde ein weiteres Zeichen der Waffenruhe zwischen Zayan und ihm sein – ein Beweis dafür, dass er Zayans Behauptung glaubte, er habe Ara nicht entführt, um sie Luzifer auszuliefern.

Denn das hatten ihm ursprünglich die Vampirköniginnen erzählt. Nachdem er gemeinsam mit Zayan und Miranda eine so große Kraft entfesselt hatte, glaubte Lukos zu wissen, warum die Königinnen ihn belogen hatten. Es war ihnen darum gegangen, Zayan und ihn zu Feinden zu machen, um sicherzugehen, dass sie nicht ihre Kräfte vereinigten. Er vermutete, dass sie gemeinsam die Königinnen vernichten konnten. Die Vampirköniginnen waren daran gewöhnt, in der Hierarchie der Welt der Vampire ganz oben zu stehen. Nur Götter, Göttinnen und Luzifer waren mächtiger als die Königinnen.

Dieser Gedanke weckte die Sorge in Lukos, was Miranda zustoßen könnte. Sie besaß unfassbare magische Fähigkeiten, und sie hatte sich mit zwei starken Dämonen zu einer Dreierverbindung vereinigt. Darüber würden die Königinnen nicht glücklich sein. Hatte Elizabeth vorgeschlagen, dass sie gemeinsam die *Pravus* bekämpfen und Zayans Kinder wieder zum Leben erwecken sollten, um auf diese Weise festzustellen, wie stark ihre vereinten Kräfte waren?

Er vermutete, dass Elizabeth, Eve und die anderen Königinnen in diesem Moment Angst hatten. Und er fürchtete, dass diese Hexen Miranda vernichten wollten …

„Möchtest du ihr kein Vergnügen bereiten, Wolf?“

Die Hand um seinen dicken Schaft gelegt, ging Zayan langsam auf das Bett zu. Lukos musste sich eingestehen, dass Zayan einen ansehnlichen Schwanz besaß. Nicht ganz so reizvoll wie Lukos’ lange, gerade Rute, die mit ihrer herrlichen Länge von fast dreißig Zentimetern etwa so lang wie Mirandas Unterarm war, aber er konnte durchaus verstehen, warum Mirandas Herz schneller schlug, wenn sie Zayan betrachtete.

„Doch“, brummte er als Antwort auf Zayans Frage.

„Ich möchte geleckt werden“, stieß Zayan mit rauer Stimme hervor. Er stieg auf der anderen Seite ihres entzückenden Engels ins Bett. Miranda fuhr sich mit der Zunge über die Lippen, während sie ihm zusah. Dabei kniete sie immer noch auf der Matratze und hielt sich mit beiden Händen am Bettpfosten fest.

„Das möchte ich auch. Und ich nehme an, es würde ihr Spaß machen, uns dabei zuzusehen, wie wir uns gleichzeitig die Schwänze lutschen.“

Miranda riss die Augen weit auf. „Oh ja!“

Lukos musste lachen. Ihre Reaktion war so offen und ehrlich. Sein Schwengel wippte erneut, während eine weitere Welle Blut hineinschoss. Gott, er war noch nie so hart gewesen! Der Saft tropfte aus ihm heraus, und er wischte ihn mit einer ungeduldigen Handbewegung fort. Selbst die grobe Berührung der geschwollenen Eichel mit seiner eigenen Handfläche fühlte sich verdammt gut an.

Zayan hockte sich mit gespreizten Beinen über ihn, sodass er direkt auf ein Paar schwerer Hoden und eine lange schwingende Lanze blickte. Miranda, ihre Zuschauerin, stieß einen entzückten Seufzer aus. Tief sog Lukos den Duft ein, der von Zayan ausging. Vampire verströmten einen ausdrucksvollen, sauberen Geruch, ein verführerisch erotisches Aroma. Ein Aroma, das den Wunsch in ihm weckte, wild an Zayans Schwanz zu saugen.

Als er plötzlich Zayans heißen Mund um seinen eigenen steifen Schaft spürte, keuchte er heftig. Zum Teufel, war das gut! Das Kratzen der Reißzähne, der Druck der festen Lippen, dieses unglaubliche Saugen ...

Er bäumte sich auf, krallte sich mit allen zehn Fingern in Zayans Schenkel und nahm die straffe runde Spitze von Zayans Rute zwischen die Lippen. *Ich werde dafür sorgen, dass du vor mir kommst, General*, drohte er. Er wollte Zayan necken, und er sah, wie Miranda ihm spielerisch mit dem Finger drohte. *Wenn ich unartig bin, dann komm doch her und verhaue mich*, forderte er sie in ihren Gedanken auf.

Gekonnt bewegte Zayans Mund sich an Lukos' Schaft auf und ab und sorgte auf diese Weise dafür, dass dessen Erregung unaufhaltsam wuchs. Aber Lukos hatte nicht vor, Zayan seinen Höhepunkt einfach so zu schenken. Nein, sein Orgasmus war für Miranda bestimmt, und er würde die Kontrolle behalten. Herausfordernd begann Zayan mit seinen Hoden zu spielen, genau wie Lukos es mochte, nicht sanft, sondern mit einer Grobheit, die die Liebkosung in die Nähe von Schmerz rückte.

Lukos schrammte mit seinen Reißzähnen an Zayans Schwanz entlang. Es war ein seltsames Gefühl, dies mit einem Mann zu tun, den er gehasst hatte, und es zu machen, um Miranda Vergnügen zu bereiten. Er wusste, Zayan liebte Miranda, und er wusste auch, wie sich das anfühlte. Er mochte zwar keine Seele besitzen, doch er hatte ein Herz. Das schenkte ihm eine Art von Verwandtschaft mit Zayan – etwas wie Nähe.

Miranda zuliebe war er bereit, zu teilen.

Er gab Zayans steifen Schwanz frei und streckte ihr die Hand entgegen. „Komm zu uns, mein Engel. Ich möchte in dir sein. Ich möchte in deiner engen Pussy explodieren. Ich möchte, dass du deine Fingernägel in meine Schultern gräbst, wenn du kommst. Du gehörst zwischen uns, Liebste."

Sie rutschte näher, und Zayan machte ihr Platz, sodass sie in der Mitte saß und ihre Schenkel sich an die Schenkel der Männer pressten. Mit gespielter Ernsthaftigkeit runzelte sie die Stirn. „Wenn ich jetzt einen von euch in den Mund nehmen würde, wäre es, als würde ich den anderen küssen."

Es handelte sich zweifellos um geballte Frauenlogik, doch der Gedanke war erotisch, und Lukos war mehr als bereit. Sorgfältig raffte Miranda ihre Haare im Nacken zusammen, bevor sie einen Kuss auf seine tropfende Schwanzspitze hauchte. Nach Zayans heftigem Saugen erstaunte es ihn, dass ihre sanfte Zärtlichkeit eine so starke Wirkung bei ihm zeigte.

Nun beugte sie sich vor, knabberte zart an Zayans Eichel und reizte mit den Fingernägeln den Hodensack zwischen seinen Schenkeln. Sie wirkte, als würde sie sich wohl und sicher fühlen. Ihre Wangen waren vor Erregung gerötet, ihr Mund halb geöffnet, feucht und verführerisch.

In seiner Jugend als Sterblicher hatte Lukos das Vorspiel genossen. Als er danach tausend Jahre lang nur wenig Zeit und Gelegenheit zum Sex hatte, war er immer schnell zur Sache gekommen. Doch diese Nacht mit Miranda wollte er mit allen Sinnen erleben.

Dennoch konnte er nicht länger warten.

Miranda setzte sich auf ihn und nahm seinen Schwanz tief in ihrer engen, flammend heißen Möse auf. Gleichzeitig schob Zayan geschickt drei Finger in ihren engen Anus und brachte sie dazu, vor Lust zu stöhnen und zu keuchen.

Innerhalb weniger Sekunden kam sie für ihre beiden Männer. Nach Atem ringend fiel sie auf Lukos' Brust.

„Und jetzt eine andere Stellung, mein Engel", flüsterte er ihr ins Ohr. „Wir haben die ganze Nacht Zeit."

„Oh gütiger Himmel, ja! Ich möchte mich bis in alle Ewigkeit mit euch beiden dem Sex hingeben.“

Noch nie hatte er die Liebe so erlebt.

Lukos fiel rücklings auf das Bett. Er hatte sich als Letzter seinem Höhepunkt ergeben und fühlte sich nun, als hätten sich sein Gehirn, sein Rückgrat und seine sämtlichen Muskeln in Sperma verwandelt und seien aus seinem Schwanz herausgeschossen.

Miranda legte den Arm über seine Brust. „Das schien mir sehr … intensiv zu sein.“

*Das war es gewesen.* Er streichelte ihren Arm, und sie kuschelte sich an ihn. Nach so forderndem Sex und so heftigen Orgasmen würde sie wahrscheinlich gleich vom Schlaf überwältigt werden. Und wenn sie schlief, musste er sich fortstehlen.

Also brachte er sie unauffällig dazu, sich umzudrehen, sodass sie Zayan anschaute. Er strich ihr durchs Haar und stellte bei sich fest, dass die Art, auf die Zayan sie ansah, deutlich seine Liebe zu ihr zeigte. Zur Hölle, Lukos kannte diesen verwunderten Gesichtsausdruck. Er vermutete, dass auch er ihn während der vergangenen Tage unbewusst mehrmals zur Schau gestellt hatte. Zayan staunte ebenso wie er über das, was hier mit ihnen geschah. Wie war es ihnen beiden nur gelungen, die Liebe zu finden?

Lukos schmiegte sich von hinten gegen Miranda. Ihr Po war ein herrliches Kissen für seinen erschlaffenden Schwanz. Sie war warm und wunderbar feucht vom Schweiß. Die Haare fielen ihr in wilden Locken über die Schultern. *Schlaf jetzt, mein Engel*, drängte er sie.

Er sah, wie Zayan sich neben Miranda entspannte. Die Morgendämmerung nahte, und zweifellos hatte Zayan vor, bei ihr zu bleiben, bis sie eingeschlafen war.

Zayan würde auf sie aufpassen, dessen war Lukos sich sicher. Und das bedeutete, dass er sie nun verlassen konnte.

Er wollte für immer an Mirandas Seite bleiben. Zum Teufel, er war bereit, mit Zayan zu teilen, um dieses Glück erleben zu können. Aber er hatte eine andere Verpflichtung. Und wenn er dieser Pflicht nachkam, würde das wahrscheinlich sein Ende bedeuten.

„Du hast mir nicht gesagt, warum du glaubst, dass wir uns zum letzten Mal lieben."

Lukos wich von der Brüstung zurück und machte ein schuldbewusstes Gesicht. Er wirkte fremdartig, wie er dort stand. Selbst in Männergestalt strahlte er die Urkraft eines Wolfes aus. Ein starker Windstoß sorgte dafür, dass ihn seine taillenlangen schwarzen Haare umwehten.

Miranda wartete, obwohl sie annahm, dass er erneut vorhatte, einer Antwort auszuweichen.

„Ich hatte keine Ahnung, dass Sex etwas so Besonderes, Außergewöhnliches sein kann", murmelte er stattdessen.

„Es wird dir nicht gelingen, mich abzulenken", erklärte sie ihm. „Ich will es wissen!" Sie zog ihren Morgenmantel – ein Kleidungsstück aus schwerem Brokat, das sie im Haus gefunden hatte – enger um sich. Die Nacht war klar, und noch nie hatte sie etwas so Beruhigendes gesehen wie den samtschwarzen Himmel. Weit und breit kein Nebel. Aber der Morgen dämmerte langsam herauf, die Uhr auf dem Kaminsims hatte Viertel nach vier gezeigt.

Langsam näherte sie sich Lukos. „Erzähl es mir!"

Er lachte. Wie anders er klang als Zayan. Zayans Lachen war wild und verwegen wie bei einem Mann, dem die Welt zu Füßen lag. Und wenn er mit seinen Kindern zusammen war, klang sein Gelächter gleichzeitig melancholisch und liebevoll. Lukos' Lachen dagegen hörte sich ironisch an, so als würde er auf eigene Kosten einen Scherz machen. Es klang bitter.

„Ich hätte niemals geglaubt, dass ich irgendwann mit einer Frau schlafen würde, die mein Herz zum Singen bringt, mein Engel. Ich hätte nie geglaubt, dass ich jemals Sex mit einer Frau haben würde, die ich liebe."

„Und wir können es immer wieder tun. Morgen Nacht. Und in jeder Nacht, die noch kommt ..."

Er nahm ihre Hand und zog sie an seine Lippen. Dann hauchte er einen sanften Kuss auf ihre Fingerspitzen und sah sie gleichzeitig mit einem so heißblütigen Blick an, dass ihr dieser bis in die Zehen drang, obwohl ihr das Herz wehtat.

„Ich liebe dich, Miranda."

Der Wind hatte sich gelegt, und seine leisen Worte hingen lange in der kühlen Luft.

„Aber?", erkundigte sie sich mit einem schiefen Lächeln. Sie wusste genau, was auf seine Liebeserklärung folgen würde.

Er schob ihren Zeigefinger zwischen die Lippen und saugte daran. Dann hielt er inne und stieß hervor: „Ich kann nicht mit dir zusammen sein, Liebste."

Das war noch nicht alles. Miranda wollte ihn auffordern, weiterzusprechen, doch sie bemerkte, dass sich ein dunkler Schleier über seine Augen gelegt hatte, Es war eine Schwärze, die tief aus seinem Inneren zu kommen schien und das Mondlicht absorbierte, das sich in seinen Pupillen spiegelte.

Er straffte die Schultern und wandte sich ab, um wieder über die Brüstung der Terrasse zu schauen. „Ich weiß nicht, ob die rote Macht, die *Pravus*, die Wahrheit gesagt hat, als sie mir erzählte, dass meine Schwester Ara noch am Leben und Luzifers Gefangene sei. Ich muss zu ihr, Miranda. Ich muss sie befreien."

Sie streichelte seine Schulter und erfreute sich an seiner samtweichen Haut. „Anschließend könntest du wieder zurückkommen."

„Ich wünschte, das könnte ich tun, mein Engel. Ich glaube, dass du die Frau bist, die mich vor dem, was mir prophezeit wurde, retten kann. Aber wenn ich in die Unterwelt gehe, werde ich dort nicht wieder lebend herauskommen. Luzifer machte mich zu seinem Jünger, damit ich ihm diene, und ich beging Verrat an ihm. Ich habe sogar versucht, ihn zu vernichten, um Rache dafür zu nehmen, dass er Ara entführt hat. Ich bin nicht stark genug, mich mit dem Teufel anzulegen und den Kampf zu gewinnen. Aber ich vermute, er ist bereit, Ara im Tausch gegen mich freizulassen. Er wird sie gehen lassen, um das Vergnügen zu haben, mich zu quälen."

„Aber unsere vereinten Kräfte …"

Er legte den Finger auf ihre Lippen. „Das Risiko ist viel zu groß für dich. Und es hat dich geschwächt, Zayans Kinder wieder zum Leben zu erwecken. Du hast versucht, es nicht zu zeigen, aber ich kann es spüren."

Schroff wandte er sich ab von ihr und schritt über die Terrasse. Sie lief zu ihm, doch es war zu spät. Weiße Wolken bildeten sich um sie beide und wurden gleich darauf von einem Windstoß wieder auseinandergeweht. Sie erhaschte einen Blick auf einen Wolf, der über den Rasen hetzte. Lukos war fort, auf dem Weg in die Unterwelt.

In seinem Traum sah er Lukos. Er stand nackt auf der Terrasse, und Zayan stöhnte, als der kalte Nachtwind über dessen Haut strich. Er spürte ihn, als würde er in Lukos' Körper stecken, als wäre seine Seele eng mit Lukos' Empfindungen verbunden.

Zarter Lavendelduft stieg ihm in die Nase, und er sah Miranda über die Steinfliesen auf Lukos zugehen. Ihre Haare umwehten sie wie ein goldener Umhang. Sie schlang die Arme um Lukos' Taille, und bei der geteilten Empfindung dieser Berührung wurde Zayan sofort hart.

Hitze wallte in ihm auf. Es war nicht das rasche Kribbeln der Lust, sondern der scharfe, heftige Schmerz einer Verwandlung. Lukos, nun im Wolfskörper, setzte über das Terrassengeländer, und die rauen Steine der Brüstung streiften seinen Bauch. Seine Krallen gruben sich in die Erde, und mit den Pfoten wirbelte er Staub auf, während er in der Nacht verschwand.

Zayan sah, dass Miranda sich umwandte, um zu ihm ins Schlafzimmer zurückzukehren. Er spürte, wie ihr Herzschlag sich beschleunigte. Dann wurde er plötzlich unregelmäßig, ihr Puls ließ ein oder zwei Schläge aus, und sie presste erschrocken die Hand aufs Herz. Schließlich begann ihr Herz wieder zu klopfen, nun langsamer. Er konnte die Anspannung spüren, die auf ihr lastete.

Zayan kämpfte darum, zu erwachen, doch er konnte seinem Tagesschlaf nicht entkommen. Seine Sinne waren wach, obwohl er seinen Körper nicht bewegen konnte. Das war eine der Eigenschaften, die ihn von weniger mächtigen Vampiren unterschied. Er konnte Mirandas Energie spüren. Ihre Lebenskraft war schwächer seit Lukos' Verschwinden.

Entsprach das der Wirklichkeit, oder war es einfach nur eine Finesse seines träumenden Geistes? Und falls es die Wahrheit war, was hatte es dann, verdammt noch mal, zu bedeuten? Tief in seinem Inneren wusste er es instinktiv, auch wenn er versuchte, nicht darüber nachzudenken.

Lukos war fort. Er war gegangen, nachdem Miranda sich mit ihnen beiden vereinigt hatte und all ihre magischen Fähigkeiten zusammengeflossen waren. Aus irgendeinem Grund schien Lukos' Verschwinden zur Folge zu haben, dass Miranda nun sterben würde.

„Du hast vor, in aller Seelenruhe in Blackthornes Burg zu marschieren und die Vampirjäger zu fragen, ob sie dir helfen, Lukos zu retten?" Miranda konnte nicht glauben, dass Zayan etwas so Verrücktes, Unvernünftiges planen könnte.

Zayan zog einen Mantel an, den er sich von einem Diener hatte bringen lassen. Er ließ eine Augenbraue in die Höhe schnellen. „Ja, Liebste, genau das habe ich vor."

„Du würdest ein so großes Risiko eingehen, nachdem dir deine Kinder zurückgegeben wurden?"

„Liebt deine Tante, ich meine, die Vampirjägerin, dich sehr?"

„Du glaubst, dass sie uns hilft? Ich habe ihr das Leben gerettet. Vor vielen Jahren, als ich noch ein junges Mädchen war. Damals benutzte ich meine magischen Fähigkeiten, um sie ins Leben zurückzuholen."

Zayan streifte ein Paar Handschuhe aus feinem Leder über.

„Dann schuldet sie dir etwas."

„Aber was ist mit deinen Kindern? Sie sind verwirrt und werden Angst haben, wenn du sie allein lässt."

„Ich werde sie mit zu den Vampirjägern nehmen. Deine Tante wird sicher nett zu ihnen sein."

Miranda atmete tief durch. Sie konnte sich vorstellen, wie begeistert Tante Eugenia, Althea und Serena sein würden, Zeit mit Kindern zu verbringen, die nach zweitausend Jahren wieder zum Leben erweckt worden waren.

Doch es erstaunte sie, dass Zayan so großes Vertrauen in Leute hatte, die ihn vernichten wollten. Sie hatte ihm von ihrer Begegnung mit Lord Denby auf der Straße zur Burg erzählt und er hatte sofort seine Schlüsse daraus gezogen. Es gab Mitglieder der Königlichen Gesellschaft, die fest entschlossen waren, Scheuklappen zu tragen und alles Unbekannte als böse anzusehen. Doch es gab auch andere Mitglieder, die die magische Welt, die sie umgab, besser verstehen wollten.

„Um Lukos' willen bist du bereit, den Vampirjägern, die deine Feinde waren, zu vertrauen?"

„Ich tue es nicht für Lukos." Mit einem Finger hob er ihr Kinn, und sie empfand das Leder seines Handschuhs zart auf ihrer Haut. „Ich tue es für dich, Miranda. Ich habe Angst, dass du auf irgendeine Weise deine Lebenskraft verlierst, wenn Lukos, du und ich für immer getrennt werden. Und nur die Vampirköniginnen können mir helfen, zu verstehen, warum das geschieht."

Miranda biss sich auf die Unterlippe. Lukos vertraute den Vampirköniginnen nicht, doch ihr hatten sie geholfen. „Ich glaube, Lukos ist der Meinung, dass er für das Leben seiner Schwester sein eigenes opfern muss. Er hat nicht vor, zu uns zurückzukehren."

Zayan verzog das Gesicht. „Er meint, er könne mit Luzifer ein Geschäft machen, stimmt's? Sein Leben gegen das seiner Schwester."

„Hältst du das für aussichtslos?"

„Jeder Handel mit dem Teufel enthält so viele Fallstricke und Finten, dass Lukos am Ende sich selbst und seine Schwester opfern wird."

Miranda ließ sich von einem Hausmädchen einen Umhang reichen und warf ihn um ihre Schultern. „Ich habe keine Ahnung, wie man in die Unterwelt gelangt."

„Nun, Liebste, ich weiß es", erklärte Zayan und warf ihr einen grimmig entschlossenen Blick zu.

„Bitte leg die Armbrust weg, Tante Eugenia. Du kannst dich auf ihn verlassen. Er hat seine Kinder mit hierher gebracht!"

Miranda hielt Lina in den Armen. Zuerst hatte das Mädchen Angst vor ihr gehabt, doch nun, nur wenige Stunden nachdem sie das Kind gerettet hatte, fing Lina an, ihr zu vertrauen.

Marcs Hand haltend, lehnte Zayan am Kaminsims. Hinter ihnen prasselte das Feuer, und Tante Eugenia stand mit Althea, Serena und den Ehemännern der beiden zwischen Zayan und der Salontür.

„Ich werde ihm nie trauen", erklärte Tante Eugenia. Doch sie senkte die Waffe. „Er war der Vampir, den ich in der Nacht jagte, in der du mir das Leben gerettet hast, meine Liebe."

Mirandas Brust wurde eng. Plötzlich stand Zayans Vergangenheit in Verbindung mit ihrer eigenen. Sie erinnerte sich, wie schwer verwundet ihre Tante gewesen war. Mit heftig pochendem Herzen wandte sie sich zu ihm um.

„Hasst du mich jetzt, Liebste?", erkundigte er sich mit sanfter Stimme. „Deine Tante wollte mir einen Pflock ins Herz stoßen und mich vernichten. Ich habe ihr nichts getan, sondern bin geflohen, weil ich es nicht über mich bringen konnte, eine Dame zu töten. Ein anderer Vampir griff sie an. Er war jünger als ich."

Miranda ließ ihren Blick zwischen ihrer resoluten Tante und dem Mann, den sie liebte, hin und her wandern. „Ich habe keine Wahl", stellte sie schließlich fest. „Ich möchte euch beide lieben und wünsche mir, dass jeder Einzelne von euch mich liebt. Wenn dir das nicht möglich ist, verstehe ich das, Tante Eugenia."

Sie sah, wie ihre Tante sich auf die Lippe biss, ein Zeichen von Unsicherheit, die sie nie zuvor bei Eugenia bemerkt hatte. „Ich nehme an, ich konnte nicht damit rechnen, dass er einfach nur ruhig wartet, während ich ihm einen Pflock ins Herz ramme. Aber bist du dir deiner Sache sicher, meine Liebe? Du sagst, du liebst diese Vampire. Aber vielleicht ..."

„Nein, Tante, ich stehe nicht unter ihrem Bann. Ich habe herausgefunden, wohin ich gehöre. Zu ihnen."

Ihre Tante legte die Armbrust auf den Tisch und kam zu ihr. „Ich werde immer auf dich aufpassen, Miranda. Das versprach ich dir, nachdem du mir das Leben gerettet hast. Damals begriff ich, welche Fähigkeiten du besitzt. Ganz egal, wie du dich entscheidest, ich werde dich unterstützen. Ich möchte, dass du das Gefühl hast, zu jemandem zu gehören. Ich möchte, dass du glücklich bist."

Es schnürte Miranda die Kehle zu. „Du akzeptierst, dass ich meinem Herzen folge?"

Der Earl of Brookshire trat vor. „Dennoch muss ich Sie fragen, ob Sie sich Ihrer Gefühle sicher sind, Miss Bond."

„Das bin ich", erwiderte sie mit lauter Stimme. „Verstehen Sie denn nicht? Zayan wurde zum Vampir, weil alle Menschen, die ihm nahe waren, ihn hintergangen haben. Und seine Kinder wurden ihm auf grausame Weise genommen." Sie deutete auf den Earl. „Würden Sie nicht verrückt werden, wenn man Ihre Tochter tötete?"

Der Blick seiner silbrig-blauen Augen hielt den ihren fest. „Ja, ich glaube, das würde ich. Die Trauer würde mich in Stücke reißen." Er wandte sich Zayan zu. „Ich kann mir die Wut vorstellen, den Drang, zu zerstören."

„Als ich Ihren Bruder transformierte, tat ich das, um ihn zu retten", erklärte Zayan in sanftem Ton. „Ich brachte es nicht über mich, ihm untätig beim Sterben zuzusehen."

Miranda wandte sich an Serena, Drake und Jonathon. „Ich

möchte Lukos helfen. Er wurde zum Teufel geschickt, um ihm als Jünger zu dienen, er wurde gezwungen, sich zu opfern, um sein Volk zu beschützen." Sie erzählte ihnen die Einzelheiten der Geschichte, die Lukos ihr über seine Vergangenheit berichtet hatte. „Können Sie sich seine Schuldgefühle, den Schmerz und die Wut vorstellen, als er erfuhr, dass seine Schwester gefangen gehalten wurde, um seinen Gehorsam sicherzustellen?"

Beide Männer nickten mit ernsten Mienen.

„Wenn du, meine liebe Nichte, dich in ihn verliebt hast, ohne dass irgendeine Zauberei im Spiel war, dann muss er seine guten Seiten haben." Eugenia ging zum Kamin und streckte Marc die Hand hin. „Wir werden auf deine Kinder aufpassen, Zayan. Was mich betrifft, bin ich bereit, die Vergangenheit zu vergessen und einen ganz neuen Anfang zu machen."

## *18. KAPITEL*

### In der Unterwelt

Das stille, leere Feld war in Mondlicht getaucht. Schnee wirbelte um den lang gestreckten dunklen Hügel am Ende des Ackers, der den Namen Westwarden Barrow trug. In dieser Erhebung lag einer der wenigen magischen Eingänge in das Labyrinth, das in die Unterwelt führte.

Schon nahezu am Ziel angekommen, machte Miranda größere Schritte, bis sie schließlich fast rennend das unebene Feld überquerte. Dabei hielt sie ihren zobelgefütterten Samtumhang am Hals zusammen und gab sich große Mühe, nicht zu stolpern.

Zayan packte sie am Handgelenk und zog sie mit solcher Kraft zurück, dass sie gegen ihn fiel. Abrupt blieb er stehen. „Warte, Miranda!", befahl er. Der dicht fallende Schnee bildete Wirbel vor seinem Gesicht, doch seine silbernen Augen fixierten sie entschlossen. „Ich spüre, er war hier, aber ich lasse nicht zu, dass du in die Unterwelt eilst, um Lukos vor sich selbst zu retten. Du wartest hier draußen, während ich hineingehe."

„Man sollte meinen, dass du mich inzwischen besser kennst, Zayan." Miranda befreite ihre Hand aus seinem Griff und lief weiter. „Ich habe mit der *Pravus Semper* gekämpft. Es mag sein, dass ich mich davor fürchte, Luzifer gegenüberzutreten, aber ich werde mich nicht vor Angst verkriechen. Und wenn es stimmt, dass wir durch unsere Liebe zu dritt miteinander verbunden sind, glaube ich, dass unsere größte Chance darin besteht, den Teufel gemeinsam zu bekämpfen."

Zayan brummelte vor sich hin, und sie wusste, dass er gegen ihre Logik kein Argument finden würde. Zwar schätzte sie es, dass er das Bedürfnis verspürte, für ihre Sicherheit zu sorgen, aber es gab Dinge, die schlimmer waren als der Tod. Und eines kannte sie: ein Leben lang zu trauern und sich zu grämen, weil man ein geliebtes Wesen nicht beschützt hatte.

Sowohl Zayan als auch Lukos hatten eine Ewigkeit voller Kummer und Bedauern durchlebt – Zayan wegen seiner Kinder, Lukos wegen seiner Schwester Ara.

Für die Reise hierher hatte Zayan erneut mit der Kraft der Magie ihre Gestalt verändert, damit sie fliegen konnte. Unterwegs versuchte er wieder und wieder, sie zum Umkehren zu bewegen. Ihr war klar, dass er ihr nur erlaubte, ihn zu begleiten, weil sie in seinem Kopf diesen Ort gesehen hatte. Er hatte sich bemüht, seine Gedanken vor ihr zu verbergen, doch sie vermutete, seine Sorge um sie hatte seine mentalen Kräfte geschwächt. Und so hatte sie in seinen Kopf sehen können, als sie seine Brust berührte.

Sie war sich sicher, er wusste, dass sie, falls nötig, allein hierhergekommen wäre.

Der Hügel vor ihnen sah aus wie ein schlafender Drache, der sich auf dem Feld zusammengerollt hatte. Zayan lief vor ihr her und machte es ihr leicht, den Eingang zu finden. Innerhalb weniger Sekunden stand er davor, die Arme vor der Brust verschränkt.

Hätte Liebe nicht bedeuten sollen, dass sie und ihre Männer keine Widersacher mehr waren? Offenbar nicht. Lukos war davongelaufen, bevor sie mit ihm darüber reden konnte. Und Zayan schien entschlossen, heute Nacht nichts anderes mit ihr zu tun, als zu streiten.

Hinter Zayans breitem Rücken erspähte Miranda in der Erde des Hügels eine schmale Öffnung mit einem breiten Türsturz aus Stein. Der Eingang war zum Teil von herabgefallenen Felsbrocken blockiert.

„Lass mich vorbei!“, forderte sie ihn ohne Umschweife auf.

Doch ebenso wenig wie die Steine, die dort seit einem Jahrtausend lagen, rührte er sich von der Stelle. Miranda trat vor ihn, legte eine Hand auf seine verschränkten Arme und reckte sich, um ihn zu küssen. Sie streifte seine fest zusammengepressten Lippen mit sanftem Druck.

„Auch wenn du versuchst, mich zu umgarnen, ändert das

nichts an meinem Entschluss." Doch seine Stimme klang heiser, so wie in den Momenten, in denen sie das Bett teilten und er sie begehrte. „Ich habe vor, hier stehen zu bleiben, bis du dich umdrehst und zur Kutsche zurückgehst." Er hatte mit seiner magischen Kraft vom nächstgelegenen Dorf eine Kutsche herbeibefohlen, während sie hierher geflogen waren.

Sie hatte sich gefragt, wozu er eine Kutsche brauchte – nun wusste sie es. Dort, in ihr, konnte er sie zurücklassen, damit sie auf diese Weise aus dem Weg war.

„Ich bin in der Lage, dir trotzdem zu folgen", gab sie zu bedenken.

„Ich würde dich spüren, Liebste. Gib mir dein Wort, dass du es nicht tun wirst."

Sie versuchte um ihn herum zu marschieren, doch als sie sich rasch bewegte, wurde ihr schwindelig, und sie verlor das Gleichgewicht. Fast wäre sie mit dem Kopf voran auf den Steinhaufen vor dem Eingang gestürzt.

Zayan packte sie am Arm. „Was auch immer du für magische Kräfte besitzt, du bist weder eine Hexe noch ein Dämon. Du schenkst Leben, was dich, so sehe ich es, eher zu so etwas wie einer Göttin macht. Die Unterwelt zu betreten könnte dir all deine Kraft rauben. Es könnte dich umbringen."

Obwohl sie versuchte, sich dagegen zu wehren, ließen seine besorgt schimmernden Augen ihren Atem stocken. „Ich werde ohnehin sterben, Zayan. Das hier ist meine letzte Hoffnung."

Doch sein Griff wurde fester. „Ich fürchte, es könnte sich um eine Falle handeln, Miranda. Man hält die *Pravus* für die weibliche Form des Bösen. Ich glaube, sie hat Lukos belogen, um ihn hierher zu locken mit dem Einzigen, das ihn dazu bringen würde, blindlings in Luzifers Reich zurückzukehren. Luzifer spekuliert darauf, dass du Lukos folgen wirst. Luzifer und die *Pravus* könnten zwei Hälften eines Ganzen sein. Mann und Frau. Zusammen stehen sie für alles Böse in der Welt. Ich glaube, Luzifer will deine Macht."

„Du denkst, er will mich gefangen nehmen?", fragte sie langsam. Als Zayan knapp nickte, schob sie entschlossen ihr Kinn nach vorn. „Dann gehe ich am besten gleich hinein. Wie soll er mich denn ergreifen, wenn ich hier draußen bleibe?“

Zayan fiel die Kinnlade herunter. Ihre ungenierten Worte hatten ihn so verblüfft, dass es ihr gelang, rasch an ihm vorbeizulaufen und auf den Steinhaufen zu klettern. Ganz oben entdeckte sie ein kleines Loch. Glücklicherweise war sie schmal und schlank. Im Handumdrehen war sie hindurchgeschlüpft.

Verfluchter Schnee! Plötzlich wirbelte er um Zayan herum und blendete ihn. Die Flocken hatten sich in Hagel verwandelt, in stechende, spitze Eisstückchen, die sich in seine Haut bohrten. Schnee konnte eine ganze Armee aufhalten. Er konnte einen Mann verschütten und ersticken. Er hatte die Kraft, einen Berghang zu zerstören und sämtliche Bäume zu entwurzeln.

Und, verdammt, er hatte versucht, dem Schnee mit seiner Magie Einhalt zu gebieten, aber es war ihm nicht gelungen. Was bedeutete, dass hier, so nah bei der Unterwelt, seine Kraft nachließ.

Zayan zerrte einen großen Felsbrocken aus dem zugemauerten Eingang und schleuderte ihn nach hinten über seine Schulter. Drei weitere folgten rasch und brachten den Boden zum Zittern, als sie niederfielen. Zur Hölle, diese Dreiermagie würde nicht funktionieren! Er wollte Miranda allein besitzen. Er hatte ganze Länder für Rom erobert. Er hatte Tausende von Sklaven und riesige Schätze mit nach Hause gebracht. Er war kein Mann, der freiwillig teilte.

Aber er war dazu gezwungen, das war das Verrückte daran. Wenn er nicht lernte, freundlich zu Lukos zu sein und mit ihm zu teilen, würde Miranda sterben.

Leise vor sich hin fluchend, betrat Zayan den Tunnel, der zur Grabkammer im Hügel führte. Er roch Miranda – nahm ihren süßen, frischen Duft wahr. Hier in der Finsternis, mit dem Schnee, der hinter ihm durch die Luft wirbelte, roch Miranda nach Sonnenschein.

Ihr Kleid raschelte, was ihm verriet, dass sie vor ihm durch das Dunkel schritt. Einen Herzschlag später sah er sie – er erblickte das Gold ihrer Haare und den flatternden Umhang. Er hastete mit übernatürlicher Geschwindigkeit voran und holte sie ein, als sie sich gerade tief duckte und in eine Steinkammer trat.

Wenigstens versuchte sie nicht, davonzulaufen oder ihn abzuschütteln. Sie wirkte sogar erleichtert, ihn zu sehen. Unübersehbar durchlief sie ein Schauer, während sie flüsterte: „Ich habe einmal einen kurzen Blick in Lukos' Gedanken getan. Da sah ich, was er erdulden musste, um in die Unterwelt zu kommen. Ich sah, was wir werden ertragen müssen, um von hier aus“, sie machte eine Handbewegung, die den Raum umfasste, in dem sie sich befanden, „zu Luzifer zu gelangen.“

Zayan schaute sich in der Kammer um. Sie war einfach gebaut. Große Steinblöcke bildeten die Wände, und lange und breite, flache Steine waren als Decke über die oberen Kanten gelegt und mit Lehm abgedichtet. Im Inneren gab es nur einen steinernen Tisch. Darauf stand ein Kelch, neben dem ein Speer lag. Im ganzen Land existierten Hunderte solcher Grabkammern. Doch das hier war kein Grab. Es war ein Eingang.

„Da ist ein Portal“, bemerkte Zayan mit sanfter Stimme. „Aber Sterbliche überleben es nicht, wenn sie die Schwelle überschreiten.“ Miranda war nicht gänzlich sterblich. Ob sie dadurch außer Gefahr war? Wenn Luzifer sie wollte, würde er sie sich holen. Zayan blieb momentan nichts anderes übrig, als sich auf das Spiel des Teufels einzulassen. Er würde so tun, als sei er bereit, Miranda auf die Suche nach ihrem geliebten Lukos gehen zu lassen. „Die meisten Sterblichen besitzen allerdings keine magischen Fähigkeiten.“ Miranda schluckte mühsam, und es zerriss ihm fast das Herz, wie sie versuchte, ihre vor Angst ausgetrocknete Kehle zu benetzen.

„Bist du schon einmal hier gewesen?“, erkundigte sie sich.

„Nein“, antwortete er, aber er hatte die Geschichten der Dämonen gehört, die da gewesen waren. „Es gibt Prüfungen.

In dem Moment, in dem du über die Schwelle zum Labyrinth trittst, wirst du das Gefühl haben, dass Tausende von Insekten auf deiner Haut herumkrabbeln. Die meisten Leute versuchen sie loszuwerden und kratzen sich dabei blutig. Aber es gibt die Tiere nur in deinem Kopf. Daran musst du denken, Miranda."

Sie starrte ihn erstaunt an, und er konnte ihren raschen Herzschlag hören – ein Unterton in der stickigen Luft in der Grabkammer und der Totenstille, die sie umgab.

„Es ist eine Prüfung, Liebste. Die Unterwelt zu betreten ist nicht so einfach, wie an die Tür eines Londoner Hauses zu klopfen."

Miranda blickte grimmig und entschlossen drein. Um ihre Mundwinkel spielte ein ironisches Lächeln, und ihm war klar, dass sie Mut gefasst hatte. „Das weiß ich. Ich habe keine Angst. Aber ich hasse Käfer!"

Zayan nahm ihre Hand und führte sie zur östlichen Wand der Kammer. Rasch fand er den Kreis aus rauen Steinen auf dem Lehmboden. Miranda starrte einen nach dem anderen an, indem sie sich langsam um sich selbst drehte. Zayan kauerte sich hin und berührte nacheinander vier der Steine. Es waren jene, die auf einem Kompass die Himmelsrichtungen markiert hätten. Plötzlich tat sich unter ihnen die Erde auf, doch anstatt zu fallen, schwebten Miranda und er langsam abwärts in eine tiefer liegende Kammer. Als ihre Füße den rauen felsigen Boden berührten, schloss sich die Öffnung über ihnen wieder. Er schaute sich um und entdeckte sofort die rabenschwarzen Eingänge zu mehreren Tunneln, die in verschiedene Richtungen führten. Mithilfe seiner dämonischen Sinnesempfindungen erkannte er sofort, welches der richtige Tunnel war.

„Willkommen im Labyrinth, Miranda", murmelte er.

Etwas krabbelte an ihrem Hals hinauf. Es bewegte sich langsam, ein wanderndes Kribbeln auf ihrer Haut. Das machte sie verrückt! Da musste irgendetwas sein. Es fühlte sich so wirklich an und war sogar … glitschig …

Miranda unterdrückte einen Aufschrei. In der Dunkelheit des Tunnels sah sie absolut nichts, nicht einmal ihre eigenen Hände, doch ihr Kopf konnte ihr unmöglich einen solchen Streich spielen. Sie musste das Ding an ihrem Hals loswerden …

Zayan griff nach ihrem Unterarm und hielt sie fest. „Nicht anfassen. Nicht kratzen. Wenn du erst einmal damit angefangen hast, kannst du nicht mehr aufhören. Und dann zerkratzt du deine Haut, bis du sie zerstört hast. Bis du so verzweifelt und vollkommen von Sinnen bist, dass du dir die Augen aus den Höhlen reißt."

„Es ist wirklich da", keuchte sie. Ihr wurde klar, was er versucht hatte … „Du hast mich angelogen, als du mir erzähltest, es fände nur in meinem Kopf statt. Das hast du gemacht, damit ich nicht in Panik gerate …" Etwas kribbelte auf ihrer Wange. „Das hier passiert wirklich. All diese ekelhaften kleinen Beine krabbeln wirklich über meine Haut!"

Zayan legte seine linke Hand, die von einem schwachen smaragdgrünen Schimmer umgeben war, auf ihre Schulter. Der Schein glitt langsam über ihren Körper, und das abscheuliche Gefühl von Millionen winziger Insektenfüße auf ihrer Haut verschwand.

Dankbar wandte sie sich Zayan zu – und schrie auf.

Er war über und über mit Insekten bedeckt. Sie waren wirklich da – furchtbare, krabbelnde, stinkende Käfer. Überall auf seinem Körper.

Beiläufig blies er einen von seinen Lippen, bevor er Miranda angrinste. In der Dunkelheit leuchteten seine Augen in einem furchterregenden Blutrot – im intensiven Rot der *Pravus*. Miranda streckte den Arm aus, um eine große, hässliche, haarige Spinne von seinem Rücken zu fegen …

Er fing ihre Hand ab. „Lass es", wiederholte er mit ruhiger Stimme. „Wenn wir erst einmal weit genug durch den Tunnel gegangen sind, werden sie von allein verschwinden."

„Beißen sie dich denn nicht?"

„Natürlich, doch da ich ein Untoter bin, können sie so viel Gift in mich hineinspritzen, wie sie wollen."

Er war verrückt, völlig verrückt. Auf ihm wimmelte es buchstäblich vor Käfern. Sie klammerten sich an seinen Umhang und verschwanden in seinen langen dichten Haaren, dennoch stürmte Zayan unbeeindruckt vorwärts. Von Kopf bis Fuß ein römischer General. Doch wenn sie ihn nun anschaute, sah Miranda vor allem den liebenden Vater.

Sie zuckte bei jedem Schritt zusammen. Zayan wartete auf sie und nahm sie dann bei der Hand.

Nachdem sie sich ein weiteres Stück auf dem felsigen Boden vorwärts gekämpft hatten, begannen die Insekten zu summen. Der Ton wurde immer lauter und steigerte sich zu einem hohen Kreischen, das Mirandas Zähne klappern ließ und ihr in den Ohren schmerzte. Sie hielt sich beide Ohren zu, damit sie das Geräusch nicht mehr hören musste.

Es wurde so schlimm, dass sie fürchtete, ihr Schädel würde platzen.

Dann hörte es auf, und die Insekten waren fort. Der grüne Schimmer, der ihren Körper umgeben hatte, verblasste, und sie fühlte sich ... normal. Auch das Gefühl, als würde es auf ihrer Haut vor Insekten wimmeln, kehrte nicht zurück. Und der furchtbare ranzige Gestank, den die Käfer verbreitet hatten, war verschwunden.

Zayan hatte sie vor dem Schlimmsten bewahrt, und als sie ihn anschaute, schenkte er ihr ein verhaltenes Lächeln.

„Was kommt als Nächstes?", erkundigte sie sich.

„Die Sukkuben."

Schaudernd erinnerte Miranda sich an die Visionen, die sie von Lukos und der Frau an diesem finsteren Ort gehabt hatte. Zayan senkte seinen schönen Kopf. „Was wäre der Teufel ohne eine Armee von Sklavinnen, nur dazu bestimmt, ihre Opfer zu Tode zu ficken."

Sie schnappte nach Luft, als sie das grobe Wort aus seinem

Mund hörte. Dann sah sie sein Lächeln. Er verzog die Lippen auf eine Art, die jeden Sukkubus ermutigt hätte, sich auf ihn zu stürzen.

„Du genießt das hier", sagte sie ihm auf den Kopf zu.

Es war ein Kampf. Und er hatte fürs Kämpfen gelebt. Nun brannte er vor Erregung. War das der wahre Zayan – ein General, der den Krieg wollte und brauchte? Bedeutete das, er würde Frieden und Glück niemals akzeptieren können? Konnte er sich je mit Liebe zufriedengeben?

Miranda schluckte mühsam. Sie musste Lukos finden, sonst würde er sterben. Während der vergangenen zwei Tage war ihre Welt auf das Wesentliche zusammengeschrumpft. Leben oder sterben, kämpfen oder vernichtet werden, nach der Wahrheit suchen oder umkommen, wenn sie sie nicht fand. Sie hatte bisher keinen Gedanken an die Zukunft verschwendet. Ihre Familie bestand aus einem Bruder, der ein verarmter Baron war, und einer reizenden, ganz normalen Schwägerin. Doch sie war in zwei Vampire verliebt. Wie konnte sie jemals diese beiden Welten zusammenbringen? Bedeutete ihre Liebe zu Zayan und Lukos, dass sie ihre Familie für immer verlassen musste? Und ihre Zeit war beschränkt. Nach allem, was sie wusste, war sie sterblich.

Sie würde sterben, und die beiden Männer, die sie liebte, würden ohne sie weiterleben.

Rasch verdrängte sie ihre Gedanken. In diesem Moment war sie sehr, sehr sterblich. Mit jeder Minute, die verging, spürte sie, wie ihre Kräfte sie langsam verließen.

*Geh weiter. Komm zu uns. Oh, komm doch bitte zu uns.*

Leise Frauenstimmen erklangen in ihrem Kopf, lieblich wie das Flüstern des Windes in den Blättern an einem heißen Sommertag oder das zärtliche Glucksen einer Quelle. Die Stimmen waren nur schwach zu hören, jedoch melodisch und voll schmerzlicher Sehnsucht.

Miranda erstarrte, überzeugt davon, dass die Frauen rings um Zayan erscheinen würden.

Sie war nicht auf die Frauenhand vorbereitet, die aus dem Nichts kam, sich ihr entgegenstreckte und ihre Brust knetete. *Sie ist wunderbar. Ihre Brüste sind üppig und weich und perfekt gerundet. Die Brustwarzen waren sofort steif, als ich sie mit meinen Fingern streifte.*

Hitze wanderte über Mirandas Wangen hinunter zu ihrer Kehle und weiter zu ihrer Brust. „Zeigt euch", forderte sie und hoffte, dass das Zittern in ihrer Stimme nicht zu hören war.

*Sicher*, antwortete ein Chor aus hohen Stimmen. Nebel waberte durch die Dunkelheit und nahm rasch Form an. Sechs Frauen standen in einer Reihe vor ihr, der Größe nach aufgereiht. Alle waren nackt – doch wen sollte das wundern? Jede Einzelne von ihnen war von erstaunlicher Schönheit. Glänzende Haare ergossen sich bis hinunter zu den Hüften. Zwei der Frauen hatten rote Haare, zwei waren dunkelhaarig, und die letzten beiden besaßen blonde Locken, heller als jene von Miranda.

Eine der blonden Frauen klatschte in die Hände. *Seht ihn euch nur an. Er ist so wunderschön …*

*Wartet! Schaut ihm in die Augen.*

Alle sechs starrten Zayan an. Seine dunklen spiegelnden Augen hatten sich zu Schlitzen verengt, und zwischen seinen Lidern leuchtete es rot.

*Dieser Mann wurde von der Kraft des Blutes erschaffen. Von der* Pravus Semper.

Eine der Rothaarigen schritt mit verführerisch schwingenden Hüften vorwärts. *Ich bin stark genug für ihn. Kommt, Schwestern. Drei von uns können ihn zusammen nehmen. Die Kraft von dreien wird genügen.*

Miranda zuckte erstaunt zusammen. Die Kraft von dreien?

Drei Frauen eilten zu ihr. Sie wurde zu einem Diwan gezogen, der aus dem Nichts aufgetaucht war und wie eine weiche weiße Wolke aussah. Sechs erstaunlich kräftige Hände stießen sie auf dieses Möbelstück. Das weiche Polster stoppte ihren Fall. Die Hände zerrten an ihren Kleidern, öffneten ihren

Umhang und machten sich an den Knöpfen ihres Kleides zu schaffen.

„Aufhören!“, rief sie. Aus dem Augenwinkel sah sie, wie ein Sukkubus sich vor Zayan auf die Knie fallen ließ, während eine andere Dämonin sich hinter ihm niederbeugte, um seine Pobacken erst zu streicheln und dann zu küssen. Zayan lachte die ganze Zeit, auch als die dritte Frau ihre großen Brüste hob und ihm auffordernd ihre Brustspitzen vor die Lippen hielt.

„Lasst mich in Ruhe!“, brummte er. „Verschafft meiner Gefährtin Freude. Ich würde sie gern zusammen mit sechs nackten Frauen sehen, die alle gemeinsam dafür sorgen, dass sie kommt.“

Miranda zuckte erschrocken zusammen.

Die Frauen erwiderten im Chor: „Nein, Sir. Wir haben so lange darauf gewartet, dass sich wieder einmal ein Mann hierher wagt. Wir waren so einsam, so leer da drinnen. Wir möchten, dass du uns ausfüllst, fülle uns alle aus.“

„Unsere Mösen“, rief eine der blonden Frauen.

„Und ich will deinen harten Schwanz in meinem Hintern spüren“, fügte eine der Brünetten hinzu.

„Es würde mir die größte Lust bereiten, dich zu lecken“, flüsterte eine der Rothaarigen.

Miranda schnappte nach Luft, als ein warmer Luftzug ihre Brüste streifte. Sie war so damit beschäftigt gewesen, Zayan zu beobachten, dass sie nicht bemerkt hatte, wie eine der Frauen sie angefasst und ihr Mieder nach unten gezogen hatte. Zwei Frauen beugten sich über ihren Busen und leckten an seinen Rundungen. Begierig nahmen beide ihre Brustwarzen zwischen die Lippen und saugten heftig daran.

Sie schmolz dahin. Es gab keine Worte für ihre Empfindungen. Während die Frauen ihre harten Brustspitzen mit ihren heißen Mündern reizten, fühlte sich ihr Unterleib an wie flüssiger Honig. Ein Orgasmus durchwogte sie in langsamen, köstlichen Wellen der Lust. Aber sie hatten keine Zeit zu verschwenden. „Wir wollen in die Unterwelt“, erklärte sie forsch und schob die Frauen weg. Sie hatte das Gefühl, in ihrem Verlangen zu ertrinken, dennoch zog sie ihr Mieder wieder hoch. „Wir müssen zu Luzifer. Ich glaube“, fügte sie hinzu, „er will mich.“

Fünf der Frauen wichen zurück, doch eine der Brünetten trat vor. Ein böses Lächeln umspielte ihre Lippen. „Tatsächlich, das tut er. Und wir sollten dich nicht von deinem Treffen mit unserem Meister abhalten. Aber es gibt nur eine Möglichkeit, sein Reich zu betreten. Du musst entweder tot sein – oder untot.“

„Ich bin weder das eine noch das andere.“ Während sie sprach, wich sie zum Diwan zurück. Sie sah, dass der rote Dunst plötzlich Zayan umgab. Er brüllte, kämpfte dagegen und warf mit Magie danach, aber der Nebel hielt ihn fest. Sie hatte einen Schlag von der Brünetten erwartet, doch eine andere Hand schoss nach vorn, eine Klinge funkelte, traf Mirandas Kehle und bohrte sich in ihr Fleisch.

Die tödlich scharfe Schneide glitt an ihrem Hals entlang. Erst kribbelte, dann brannte es. Kälte drang in ihre Kehle. Schließlich wurde der Schmerz fürchterlich, und ihr Hals füllte sich mit Flüssigkeit.

Das musste ihr Blut sein.

Sie konnte nicht mehr atmen.

„Verdammt!“ Zayan stolperte auf sie zu, während sie hilflos ihre Kehle umklammerte. Übelkeit erregend pulsierte das Blut durch ihre Finger. Er machte eine Handbewegung, und sengendes purpurnes Licht fiel auf ihren Hals.

Der Blutfluss wurde gestoppt, doch ihre Hände glitten einfach nach unten. Sie war außerstande, sie zu kontrollieren, denn sie hatte kein Gefühl mehr. Es gelang ihr auch nicht, ihren Blick auf die Frauen zu konzentrieren. Ihr Körper war schlaff.

Zayan presste seinen linken Arm gegen ihren Mund. Sie verstand nicht, warum er das tat. Ging es um Magie? Was erwartete er von ihr?

„Trink, mein Engel. Trink jetzt!“

Etwas benetzte ihre Lippen. Es schmeckte metallisch und süß, plötzlich fühlte sie, dass etwas strömte. Doch sie wurde immer schwächer ...

„Es funktioniert nicht!“, schrie er.

Miranda spürte, wie sich ihr Arm hob. Sie hatte ihn nicht selbst bewegt, sondern Zayan zog ihn nach oben. Er presste ihre Hand auf ihr Herz und legte seine Finger darüber. „Nein ...“ Seine raue Stimme versagte. „Du darfst nicht sterben. Das erlaube ich nicht.“ Verschwommen sah sie, wie er den Kopf in den Nacken warf, und hörte ihn in die Dunkelheit rufen: „Ich gebe mein Leben für ihres. Verdammt seist du! Meine Zauberkräfte – du kannst alles haben.“

Wärme. Sie kannte die vertraute Wärme ihrer eigenen magischen Kraft. Sie floss an ihrem Arm herab durch ihr Herz und zurück in ihren Arm. Sie bildete einen Ring, einen Kreislauf, der ihr Leben schenkte.

Mühsam richtete sie sich auf. Plötzlich schoss ihre Hand nach oben. Miranda hatte versucht, sie zu heben, und nun reagierte sie unerwartet auf ihren Befehl. Sie berührte voller Angst ihre Kehle. Doch ihre Fingerspitzen strichen über glatte Haut. Da war keine Wunde.

„Du bist am Leben“, stellte Zayan erstaunt fest. Dann hörte sie unterdrücktes Lachen und einen Seufzer der Erleichterung. In seinen Augen sah sie Freude – dasselbe tiefe Glück, das er gezeigt hatte, als er seine Kinder erblickte.

Es gelang ihr, zu nicken.

„Ich konnte dich nicht transformieren.“ Er klang angstvoller als jemals zuvor. „Ich konnte dich nicht zu einem Vampir machen. Es war deine eigene Kraft, die dich gerettet hat.“

„Ich bin nicht untot.“ Und, glücklicherweise, nicht *tot*. Doch solange sie keines von beidem war, konnte sie die Hölle nicht betreten.

*Falsch, mein Engel.* Ein tiefer Bariton tönte durch den Raum und hallte wider in ihrem Kopf.

Die Luft um Miranda bewegte sich und fühlte sich plötzlich

an wie geschlagene Sahne. Die Sukkuben verschwanden. Zum Glück war der Diwan noch vorhanden, denn sie lag auf dem Rücken, die Arme seitlich ausgestreckt, während ihre Brust sich beim Atemholen heftig hob und senkte.

Plötzlich schwebte sie über dem Sofa in der Luft. Sie fasste nach unten und umklammerte Zayans Handgelenk in der Hoffnung, er könne sie am Boden halten. Er ließ sie nicht los, und sie sah seine große Angst.

Dann verschwand alles um sie herum, der Diwan, die Felswände, der Boden und die Decke.

Die Dunkelheit löste sich auf.

Miranda nahm etwas Weißes wahr. Reines Weiß umgab sie, so klar und leuchtend, dass es sie fast schmerzhaft blendete. Das war kein Licht, sondern ein strahlend heller Raum mit einem Fußboden und Wänden. Ein angenehmes Rauschen drang in ihre Ohren. Eine ganze Weile konnte sie nicht glauben, was sie hier sah.

War das die Unterwelt?

Miranda meinte, sich in einem Serail zu befinden, wie sie es auf Gemälden von Haremsgemächern im Morgenland gesehen hatte. Das Zimmer, in dem sie stand, war komplett weiß gefliest, doch fantasievolle Muster aus kleinen farbigen Mosaiken verschönerten die bogenförmigen Ausgänge und den Boden. Dieser Ort erinnerte sie an das, was sie durch die Augen von Mucius Gaius gesehen hatte. Wasserkaskaden sprudelten über mehrere Stufen und plätscherten in ein herrliches Becken in der Mitte des riesigen Raumes. Frauen lagerten rings um das Becken oder saßen auf dem Rand und ließen entspannt die Beine in die blaue Tiefe baumeln. Der leise Klang ihrer Unterhaltungen, das unterdrückte Gemurmel, das Kichern tanzten wie verführerische Musik durch die feuchte Luft.

Wo waren die Feuer? Wo war die ewige Finsternis? Der Schwefel?

Verzweifelt drehte Miranda sich im Kreis. Sie konnte Zayan nicht entdecken. In dem großen Raum befanden sich keine Männer – bis auf einen. Er war nackt, sein Gesicht hatte scharfe Züge und einen unbarmherzigen Ausdruck. Aus seiner Stirn wuchsen Hörner. Er ruhte auf seidenen Kissen, und der Dampf, der aus dem Wasser aufstieg, umgab ihn wie ein Schleier. Dennoch konnte sie die langen gebogenen Hörner, die breiten Schultern und die muskulöse Brust erkennen. Sie hatte erwartet, eine Kreatur wie einen Satyr zu sehen mit dem Hinterteil eines Tieres, doch seine Beine waren menschlich geformt. Und seine gewaltige Erektion war fast so lang wie Mirandas Arm.

„Komm näher, meine reizende Miranda", forderte er sie auf. Seine Stimme erfüllte das Bad. Sie war nicht laut, nahm jedoch all ihre Sinne gefangen. Es war, als könnte sie den Klang dieser Stimme auch schmecken und riechen. Ein Schauer überlief sie, als würde die Stimme sie berühren. Obwohl sie versuchte, gegen ihre instinktive Reaktion anzukämpfen, richteten sich ihre Brustwarzen auf, und ihre Pussy wurde heiß und feucht.

„Wo ist Zayan?", stieß sie hervor, und ihre Worte hallten von den Fliesen wider. Die anderen Frauen ignorierten sie einfach. „Und Lukos? Was hast du mit ihm gemacht?"

„Für mich interessierst du dich gar nicht, meine Liebe? Vielleicht möchtest du mich lieber in einer ansprechenderen Form sehen."

Er veränderte sich. Obwohl sie ihn die ganze Zeit beobachtete, hätte sie doch nicht erklären können, wie die Veränderung seines Gesichts vor sich gegangen war, wie sein Körper eine andere Form angenommen hatte und wie das unnatürliche Schwarzrot seiner Haare zu einem blassen Silberblond geworden war.

Innerhalb weniger Augenblicke war er völlig verwandelt.

Sie blickte in die himmelblauen Augen von Mr Ryder.

„Schließlich und endlich, mein Engel", sagte Luzifer mit Mr Ryders schönem Mund, während er sich von seinem silbernen Thron erhob, „haben alle Wesen, die der Versuchung des Bösen erliegen, ein bisschen was vom Teufel in sich. Du bist vielleicht eine der wenigen Sterblichen, der ich begegnet bin, bei denen es nicht so ist. Deshalb kannst du hier sein, ohne dass dir etwas geschieht, und deshalb besitzt du die Fähigkeit, Leben zu schenken. Die *Pravus* war die Verkörperung des Bösen. Ich weiß nicht, was du bist. Es gibt mehr Dinge im Himmel und in der Hölle, als selbst Satan versteht." Er schwieg und schenkte ihr ein verruchtes Lächeln. „Aber ich glaube, du bist die Verkörperung der Liebe. Wenn du liebst, schenkst du Leben."

Die Verkörperung der Liebe. Diese Worte machten sie stumm; sie brachte keinen Ton mehr über die Lippen.

Luzifer klatschte in die Hände, und die Wand hinter ihm verschwand. Nun blickte Miranda auf eine Fläche aus glatten grauen, sich senkrecht erhebenden Felsen. Und Lukos trug Ketten an Hand- und Fußgelenken, mit denen er an diese Wand gefesselt war.

Beim bösen Lachen des Teufels lief es ihr kalt den Rücken hinunter.

„Du kommst zu spät, Miranda. Lukos hat sein Geschäft mit mir bereits abgeschlossen. Seine Schwester ist frei, und er gehört nun mir. Deine Liebe kann ihn nicht retten. Ich werde nichts im Tausch gegen ihn annehmen. Du bist Mein, ganz gleich, ob ich ihn freilasse oder nicht."

Nein, sie gehörte ihm nicht. Und sie würde auch niemals die Seine sein. „Wo ist Zayan?", stieß sie mit heiserer Stimme hervor.

„Gefangen zwischen Felsen im Labyrinth."

Verdammt seien der Teufel und seine verfluchten silbernen Fesseln und sein verwünschter, in Stein gehauener Kerker! Zayan brüllte vor Wut, doch der Felsen direkt vor seiner Nase rührte sich nicht von der Stelle. Sein Schrei hallte von den Wänden der kleinen Nische wider, in der er gefangen war, und machte ihn fast taub.

Zwei buckelige, stinkende Dämonen, die Luzifer als Sklaven hielt, hatten ihn hier angekettet; dann hatte der Teufel in die Hände geklatscht, und eine Felswand war von einer Sekunde zur nächsten direkt vor ihm aufgestiegen.

Wo war Miranda?

Er war ein verdammter Idiot gewesen, als er zugelassen hatte, dass sie hier eindrang. Luzifer war das mächtigste aller bösen Geschöpfe. Wieso hatte er sich eingebildet, er könne Miranda vor ihm beschützen?

Miranda, die ihm trotz aller Widrigkeiten und allem Furchtbaren, das sich ihr entgegengestellt hatte, seine Kinder zurückgegeben hatte. Er war bereit, alles für sie zu tun.

Es musste einen Ausweg geben. Er hatte die Gallier eher mit seiner Klugheit als mit seiner Kraft besiegt. Selbst die mächtigste Armee der Welt versagte, wenn ein Dummkopf sie befehligte.

Er musste nachdenken ...

Was auch immer Luzifer von Miranda wollte, er würde es sich nicht schnell nehmen. Der Teufel würde glauben, er habe alle Zeit der Welt.

*Zayan?*

Er hörte es. Mirandas Flüstern – diesen sanften, heiseren, bezaubernden Klang. Sie sagte seinen Namen. Sie suchte nach ihm.

Er schickte seine Gedanken zu ihr, teilte ihr mit, dass er in Sicherheit und am Leben war, aber gefangen. Versprach ihr, dass er sich befreien würde, um sie zu retten. *Wo bist du?* fragte er sie dann.

*Im Grunde stehe ich im Badezimmer des Teufels.*

*Was?*

*Ich dachte, die Hölle sei ein Ort voll stinkenden Schwefels und voller Feuer. Aber in Wirklichkeit lebt der Teufel wie ein gütiger Sultan in einem makellos weißen Badezimmer.*

Zayan wunderte sich über den Humor, der in ihren Sätzen mitschwang. Miranda war bemerkenswert stark. *Der Teufel zeigt dir das, wovon er glaubt, dass du es sehen möchtest. Er versucht dich für sich einzunehmen und dich zu verführen, bevor er dir deine Seele nimmt. Bleib stark, Liebste, und widersteh ihm. Ich komme zu dir ... Miranda?*

Doch er erhielt keine Antwort mehr. Entsetzt zerrte Zayan erneut an seinen Ketten, doch das magische Silber hielt ihn fest. Wütend schlug er seine Stirn gegen den Stein.

Ara zu befreien war ihm sein Leben wert gewesen, doch er hätte sich nie träumen lassen, dass Miranda kommen würde, um ihm wieder hier herauszuhelfen. Lukos lehnte den Kopf an den Felsen hinter sich, damit er Mirandas Gesicht sehen konnte. Aus den nur langsam verheilenden Schnitten in seiner Haut sickerte Blut. Hier in der Unterwelt waren seine Vampirkräfte schwächer. Schmerzen quälten ihn überall. Luzifers Dämonen hatten ihn mit Stöcken geschlagen, und der Teufel selbst hatte ihn mit einer brennenden Fackel gefoltert.

Wo war Ara? Luzifer hatte sie freigelassen, doch wohin? Satan hatte dem Handel zugestimmt. Lukos' Leben gegen die Freiheit seiner Schwester und ihre Sicherheit. Doch wenig später begriff Lukos, welchen Fehler er begangen hatte. Seine Forderungen waren nicht genau genug gewesen. Luzifer konnte Ara überallhin geschickt haben. Sie würde verloren sein, allein in einer Welt, die sich in den tausend Jahren ihrer Gefangenschaft vollkommen verändert hatte.

Sie könnte in Gefahr sein.

Und Miranda befand sich ebenfalls in Todesgefahr. Die tapfere Frau war Luzifer mit erhobenem Haupt gegenübergetreten, und ihre blauen Augen hatten mutig gefunkelt. Er konnte ihre Angst spüren, doch er fühlte auch, dass sie ihre Furcht unter Kontrolle hatte. Miranda erstaunte ihn immer wieder aufs Neue.

*Lukos? Kannst du mich hören?*

Mirandas Worte kamen zu ihm. *Ja. Bist du verletzt? Wie bist du durch das Labyrinth gekommen? Gütiger Gott, mein En-*

*gel, die einzige Möglichkeit, die Welt Satans zu betreten, besteht darin …*

*Nein, nicht für mich. Ein paar schreckliche Frauen schnitten mir die Kehle durch, doch die Wunde heilte, und ich überlebte. Es gelang mir, mich selbst zu heilen …*

*Mit deiner eigenen magischen Stärke.*

*Mit unserer gemeinsamen Kraft, glaube ich. Nun, da ich deine und Zayans Stimme gehört habe, fühle ich mich wieder kräftiger.*

*Nicht stark genug, um den Teufel zu besiegen, Liebste.*

*Nein*, erwiderte sie. *Stark genug, um ihn zu retten.*

Ihn retten? Was meinte sie damit, verdammt noch mal? Dann erinnerte er sich, wie sie die Dorfkinder berührt hatte, und er dachte daran, wie sie Zayans Kinder berührt hatte. Da begriff er, was sie vorhatte. *Nein! Himmel, Miranda, geh nicht in seine Nähe!*

*Ich liebe dich, Lukos.*

*Gott, nein, Miranda, lass es sein! Fass ihn nicht an. Er wird dich töten. Er wird dir deine Kraft nehmen. Tu es nicht, Miranda!* Dann rief er verzweifelt: *Ich liebe dich.*

*Miranda …* Zayans heisere Stimme unterbrach Lukos' stummes Gespräch mit Miranda. *Ich liebe dich. Auch ich liebe dich. Ich dachte, ich müsse dich für mich allein haben. Doch meine Liebe zu dir ist so groß, so allumfassend, dass ich bereit bin, zu teilen.*

„*Ich auch*", rief Lukos laut. „*Ich tue alles für dich, mein Engel!*"

Vergeblich versuchte er ein weiteres Mal, sich zu befreien, und auf magische Weise konnte er in Luzifers Schlupfwinkel blicken. Er sah, wie Miranda sich ruhig Satan näherte – jenem Wesen, das ihm sein Leben genommen hatte, dann seine Seele und schließlich die Zukunft, die Hoffnungen und den Verstand seiner wunderbaren Schwester. Er wollte verdammt sein, wenn er zuließ, dass Luzifer ihm auch noch Miranda nahm, die Frau, die er liebte.

Dann bemerkte er noch etwas.

In der Luft um ihn herum sprühten Funken.

Noch nie hatte Miranda sich so mächtig gefühlt.

Die Liebeserklärungen der beiden Männer hatten ihre Magie gestärkt. Ihre Füße berührten den Fliesenboden nicht mehr. Sie bewegte einen Arm, und ihr Körper begann zu schweben. Es war, als würde ihr ganzer Leib knistern. Sie fühlte sich wie … wie ein Blitz.

Wie konnte sie an diesem Ort, an dem Luzifer herrschte, so starke magische Kräfte entwickeln?

Doch das spielte eigentlich keine Rolle, nur eines zählte noch.

„Bleib stehen, Weib! Nähere dich mir nicht!"

Miranda befolgte Luzifers Befehl und sah, wie das leichte Lächeln zurückkehrte, mit dem er zufrieden feststellte, wie mächtig er war. Vor ihren Augen veränderte er wieder seine Gestalt. Nun war er nicht mehr der ansehnliche Mr Ryder, sondern ein Ungeheuer mit Hörnern und Reißzähnen.

Selbstbewusst und hochmütig wandte der Teufel seine Aufmerksamkeit der Frau zu, die im Wasserbecken herumplanschte.

Miranda erhob sich in die Luft und flog so rasch quer durch den Raum, dass Luzifer keine Zeit blieb, sich auch nur mit einer Bewegung zu verteidigen. Im Bruchteil einer Sekunde war sie bei ihm. Er fuhr herum und schaute sie mit rot leuchtenden Augen an. Doch sie streckte nur die Hand aus und berührte seine Brust, dort, wo sein Herz war.

## *19. KAPITEL*

# Morgendämmerung

Luzifer heulte auf vor Schmerz, und sein Kreischen hallte von den gefliesten Wänden und der Decke wider. Seine Nymphen – oder Sukkuben – begannen zu schreien, als würden sie seine Qualen spüren. Wasser spritzte durch den Raum, rings um Miranda weinten die Frauen und krümmten sich.

Die Augen des Teufels wurden scharlachrot, und seine Finger verwandelten sich in scharfe gekrümmte Krallen. Doch seine Arme waren steif, und sein Körper schwebte vor Anspannung flach ausgestreckt über dem Diwan in der Luft.

Miranda hatte keine Ahnung, was sie da tat. Besaß Luzifer keine Seele? Er war ein gefallener Engel, doch konnte ihre Magie ihn zu neuem Leben erwecken? Und zu welcher Art von Leben?

Sie war außerstande, ihre Hand wegzuziehen, und er konnte sich nicht befreien. Ihre Berührung verband sie, und ein goldener Schimmer umgab sie beide.

Die Verkörperung der Liebe hatte er sie genannt.

Sie erinnerte sich, wie sie den kleinen Jungen im Park berührt hatte und den Jungen, der auf dem Hof des Gasthauses von der Kutsche angefahren worden war. Um das Leben in Luzifer zurückzuholen, musste sie sich nur ehrlich wünschen, dass er gerettet wurde. Sie musste es von ganzem Herzen wollen.

Sie wollte Zayan und Lukos befreien und wünschte sich, dass Lukos dem Handel entkam, den er geschlossen hatte.

Plötzlich entspannten sich die Krallenhände, und die Finger hingen herab. Ein rotes Licht strömte aus Luzifers Augen, als würde die Kraft, die sie in seinen Körper schickte, das Licht zwingen, ihn zu verlassen.

„Hör auf", krächzte er. „Du sollst deine Dämonen wiederhaben. Nimm deine Hand von meiner Brust, du verdammte Hexe!"

„Ich bin keine Hexe!“, stieß sie voller Stolz hervor. „Doch ich werde gnädig zu dir sein …“ In Wirklichkeit konnte sie kaum glauben, was gerade geschah. Wie konnte sie die Macht besitzen, Luzifer zu bezwingen? „Ich werde dich verschonen, wenn du Zayan und Lukos die Fesseln abnimmst und sie gehen lässt. Du darfst keine Rache an ihnen nehmen und niemandem, den sie lieben, ein Leid zufügen. Du musst sie aus deinen Diensten entlassen. Zayan muss von der roten Macht, der *Pravus*, freigegeben werden, falls sie existiert.“

Luzifer sackte in sich zusammen. „Das werde ich tun. Ich verspreche es dir. Du darfst mich nicht vernichten. Du darfst das Gleichgewicht in der Welt der Sterblichen nicht zerstören. Hör auf.“

*Miranda, du musst aufhören.*

„*Tante Eugenia?*“ Miranda drehte ohne nachzudenken erstaunt den Kopf. Sie hatte ihre Tante in ihren Gedanken gehört.

*Die Vampirköniginnen haben mir gemeinsam mit Althea und Serena die Fähigkeit verliehen, mit dir zu reden. Es stimmt, dass es ein Gleichgewicht zwischen Gut und Böse geben muss, und Luzifer muss die Unterwelt regieren, denn die Menschen brauchen die Angst vor seinem Reich, um auf dem rechten Weg zu bleiben.*

*Aber ich will, dass er Lukos und Zayan freilässt, Tante Eugenia. Und ich will dafür sorgen, dass er aufhört, immer neue Dämonen zu erschaffen.*

*Das kannst du nicht, Miranda. Das Gute und das Böse werden für immer existieren. Wenn du ihn vernichtest, wirst du seinen Platz einnehmen. Du wirst zum Teufel werden. Hör auf, du hast schon genug getan.*

Stimmte das? Sie durfte nicht riskieren, dass sie tatsächlich zu Luzifer wurde. *Aber was ist mit den Königinnen?* rief sie in ihren Gedanken ihrer Tante zu. *Lukos glaubt, sie wollen mich vernichten.*

*Sie haben Angst vor dir*, erwiderte Tante Eugenia. *Das ist die Wahrheit. Aber sie glauben auch, dass du mithilfe deiner magischen Fähigkeiten Zayans und Lukos' Seelen zurückholen kannst. Sie glauben, indem du die beiden Männer wieder zu Sterblichen machst, wirst du deine Kräfte vollkommen verlieren. Dann hätten sie nichts mehr von dir zu befürchten. Du wärst in Sicherheit …*

Es würde sie ihre Magie kosten. Sie würde eine normale Frau werden, die nichts mehr zu verbergen hatte.

Ein heftiger Schmerz durchfuhr sie. Sie verzog das Gesicht und richtete den Blick wieder auf den Teufel. Er fing an, zu schrumpfen, als würde sie ihm durch ihre Kräfte sein Wesen rauben, bis er schrumpelig wurde. Sie fühlte sich mächtig, so mächtig, dass ihr schwindelte. Offenbar war sie tatsächlich in der Lage, Satan zu vernichten.

Sie konnte tun, was immer sie wollte …

Doch sie wollte Glück und Liebe finden, nicht die Unterwelt beherrschen. Sie wollte nicht zerstören. Das hatte sie sich nie gewünscht.

Mit einem Aufschrei riss sie ihre Hand von Luzifers Brust los. Sein Körper fiel zurück auf den weißen Diwan. Sofort wurde er wieder größer, und seine Glieder streckten sich.

Der goldene Schein, der ihre Hand umgab, zerplatzte und wurde zu einem Regen aus glitzernden Funken.

Gold verwandelte sich in Schwarz, und Miranda stürzte kopfüber in eine eisige, abgrundtiefe Leere.

Der schwarze Boden raste auf ihn zu, und dann schlug er hart mit der Brust auf. Lukos hob den Kopf, spuckte schmelzenden Schnee aus und rollte sich auf den Rücken. Dabei spürte er die Kälte auf seiner bloßen Haut. Was geschah hier mit ihm, verdammt noch mal? Noch vor einer Sekunde war er Luzifers Gefangener gewesen. Nun lag er unter dem Nachthimmel, und Schneeflocken fielen ihm ins Gesicht.

Miranda.

Was hatte sie getan?

„Lukos? Er hat dich *freigelassen*? Gütiger Himmel, ich kann nicht glauben, dass er tatsächlich sein Versprechen gehalten hat!", stieß Miranda hastig hervor. Er wandte sich in die Richtung um, aus der ihre Stimme kam. Mühsam rappelte er sich vom Boden hoch, und im nächsten Moment prallte ihr warmer Körper gegen seinen. Sie presste ihre Wange fest an seine Brust, und ihre zerzausten Haare kitzelten ihn im Gesicht. Eng umschlang sie ihn mit beiden Armen. „Ich dachte, er würde mich hereinlegen."

Er schob sie sanft von sich, umklammerte aber ihre Arme. „Was hast du getan? Was hast du ihm für meine Freiheit versprochen?"

Auf ihren reizenden rosafarbenen Lippen schmolz der Schnee. Ihr lockiges Haar umgab in goldenen Wellen ihr Gesicht – das schönste Gesicht, das er jemals gesehen hatte, schon allein, weil es ihres war.

„Ich habe ihm gar nichts versprochen. Aber ich habe ihn versprechen lassen, dass er dich freigibt."

„Wie hast du den Teufel gezwungen, dir ein Versprechen zu geben?"

„Ich habe sein Herz berührt."

„Ich habe dir gesagt, du sollst nicht …", fing er an. Dann stockte er. Sie hatte es getan, und sie hatte überlebt.

„Ich nahm an, dass er seine Seele verloren hat, und ich wollte sie ihm wiedergeben. Doch anstatt ihm Leben zu schenken, war ich dabei, es ihm zu nehmen. Also hörte ich auf, im Gegenzug für unsere Sicherheit und deine Freiheit."

„Du musst eines der mächtigsten Wesen sein."

Abwehrend schüttelte sie den Kopf. „Als du und Zayan mir sagtet, dass ihr mich liebt, spürte ich, wie meine Kräfte wuchsen. Wir drei gemeinsam sind es, die große Macht besitzen." Sie schaute über seine Schulter und verzog die Lippen zu einem Lächeln. „Zayan!" Dann wandte sie sich wieder an Lukos und rief: „Ich habe euch beide hier bei mir in Sicherheit. Was kann ich mehr verlangen?"

Zayan, der durchs Feld stolperte und sich dabei den Kopf

rieb, blickte auf und entdeckte sie. Während er auf sie zuging, verzog er das Gesicht zu einem breiten Grinsen.

„Gott sei Dank", hauchte sie. Lukos wiegte sie sanft, als sie sich wieder an seine Brust schmiegte. „Nachdem ich mich plötzlich auf diesem Feld wiedergefunden habe, fürchtete ich, dass ich allein hier bin. Ich hatte Angst, ich hätte euch beide verloren." Sie machte einen Schritt rückwärts. „Ist dir nicht kalt? Schließlich bist du nackt."

Er musste lachen. Sie war im wahrsten Sinne des Wortes für ihn durch die Hölle gegangen, und nun machte sie sich Sorgen, dass ein bisschen Schnee ihm schaden könne! Um sie zu beruhigen, zauberte er einen Umhang herbei und verhüllte sich. Und als der Stoff um seine Schultern lag, schlang er einen Teil davon auch um Miranda.

Nun erreichte Zayan sie. Damit sie ihn umarmen konnte, ließ Lukos sie bereitwillig los. Und als der General ihm einen fragenden Blick zuwarf, nickte er. „Ich kann sie teilen. Sie liebt uns beide, und ich glaube, es wäre ihr nicht möglich, sich zwischen uns zu entscheiden. Ich will, dass sie glücklich ist."

„Das will ich auch." Zayan zog Miranda an sich und küsste sie auf den Scheitel. Er runzelte die Stirn. „Da drüben – auf dem Feld. Ich sehe eine Bewegung und spüre einen Herzschlag."

Ein Herzschlag ... Obwohl er es nicht zu hoffen wagte, fuhr Lukos herum. Eine Frau stolperte über das Feld. Sie umschlang Schutz suchend ihren Oberkörper mit den Armen. Im schwachen Schimmer des vom Schnee reflektierten Lichts erkannte er, dass sie nackt war. Ihre langen goldenen Haare fielen bis auf ihre Hüften.

„*Ara*! Gott im Himmel, das ist meine Schwester!"

Zayan machte eine Handbewegung, und sofort erschien in der Luft ein Umhang und legte sich um Aras schlanken Körper. Sie hielt mitten in der Bewegung inne und sah verblüfft an sich herab.

Als Miranda seinen Arm berührte, schaute Lukos sie an und sah das leichte Beben ihrer Lippen und ihr sanftes Lächeln.

„Geh zu ihr“, drängte sie ihn. „Aber bring sie hierher zu uns. Wir müssen zurück zu den Vampirjägern. Sie helfen uns. Zayans Kinder sind dort. Und ich bin mir sicher, sie werden auch deiner Schwester helfen.“

„Es wird schon bald hell“, stellte Zayan fest.

Doch Lukos starrte Miranda überrascht an. „Die Vampirjäger? Du hast Zayans Kinder bei ihnen gelassen?“

Sie nickte. „Bei Althea, Serena, meiner Tante und natürlich den Männern.“

Da richtete Lukos seinen Blick fragend auf Zayan, der eine Braue hochzog. „Es ist, wie sie sagt. Offenbar haben wir Waffenstillstand geschlossen.“

Was Lukos tatsächlich erstaunte, war nicht die Tatsache, dass Zayan und Miranda den Vampirjägern vertrauten. Es war das Gefühl von Freiheit, das ihn ganz plötzlich überwältigte. Er war dem Frondienst bei Luzifer entronnen, und Ara war gerettet. Als er in die Unterwelt gegangen war, hatte er gedacht, er müsse sein Leben opfern. Er hatte geglaubt, dass er nicht überleben würde und deshalb niemals mit Miranda zusammen sein könne.

Doch er lebte noch. Und nach tausend Jahren war er endlich frei!

Das hatte er nur Miranda zu verdanken. Seiner erstaunlichen magischen Frau – die ihn aus weit aufgerissenen Augen anstarrte. „Deine Haare!“, stieß sie hervor. „Sie haben plötzlich eine andere Farbe. Sie sind goldblond.“

Das war seine Haarfarbe als Sterblicher gewesen. Er griff nach einer Locke, um sich selbst zu überzeugen. Zweifellos besaß sein Haar nun wieder die Farbe von reifem Getreide im Herbst. „Ich glaube, das ist der Beweis dafür, dass du mich befreit hast, mein Engel.“

Tante Eugenia nahm Miranda bei der Hand, zog sie von Lukos und Zayan fort und führte sie durch die Halle von Blackthorne Castle. Miranda schaute sich um, doch Eugenia bemerkte: „Es geht ihnen gut. Zayan sollte zu seinen Kindern gehen, und Lukos wird jetzt von seiner Schwester Ara gebraucht. Sie muss sich von ihren furchtbaren Leiden erholen. Und da ist jemand, nach dem ich jetzt sehen möchte."

Miranda fand sich vor der Tür zu einem Schlafgemach wieder. In dem Raum lag ein Mann, fest in die schwere Bettdecke gewickelt. Als sie sich vorsichtig näherte, erkannte sie Lord Blackthorne. „Was ist mit ihm geschehen?"

„Die Stallburschen haben ihn gefunden, als er nackt in der Nähe seiner Stallungen herumlief, verwirrt und geschwächt. Er faselte etwas von einem roten Nebel und der Stimme einer Sirene, die ihn gerufen habe."

„Der rote Nebel? Hat er ihn verschlungen wie Mr Ryder?"

Tante Eugenia verschränkte die Arme vor der Brust. „Ich glaube, so ist es gewesen, doch als der Dunst sich verzog, war er wieder frei. Er sprach sogar von dir."

„Von mir?"

Sie erinnerte sich an den Augenblick im Dorfgasthaus, in dem ihre romantischen Träume zerstört worden waren. Sie hatte dennoch die wahre Liebe gefunden. Und dieses Gefühl war viel tiefer und reicher als die Verliebtheit, die sie geglaubt hatte, für Blackthorne zu empfinden.

Ihre Tante nickte. „Er sagte, er habe sich in Miranda Bond verliebt, eine Frau, die er niemals werde haben können. Denn von der Sirene weiß er, dass Miranda Bond die Geliebte von zwei mächtigen Dämonen ist."

Miranda errötete.

„Ich weiß, dass es wahr ist, meine Liebe. Und ich kann auch sehen, dass die beiden dich sehr lieben."

„Wird er wieder gesund werden?"

„Ich glaube, das wird er."

„Was ist mit James Ryder? Ist er wieder aufgetaucht?"

Während sie ihr seidenes Schultertuch zurechtzupfte, erwiderte Eugenia: „Ja. Er wurde in der Nähe der Burg gefunden, kurz bevor er starb. In seinen letzten Minuten gestand er, was er getan hat. Er war von schurkischen Mitgliedern der Königlichen Gesellschaft dafür bezahlt worden, dich zu vernichten. Mit dem Geld wollte er seinen adligen Vater zugrunde richten und sich auf diese Weise dafür rächen, dass dieser sich nie um ihn gekümmert hat."

„Und jetzt ist Ryder tot?"

„Ja. Seine Lebenskraft war mit der der *Pravus* verbunden. Als die rote Macht vernichtet war, erlosch auch sein Lebenslicht. Es gelang ihm, einige wenige Stunden zu überleben, doch das war alles. Er war ein lasterhafter und böser Mann."

Dem konnte Miranda nur zustimmen. „Dann ist die *Pravus* also auch vernichtet? Ist sie fort?"

„Für den Augenblick", erklärte Tante Eugenia. „Die Vampirköniginnen meinen, dass vielleicht eine neue *Pravus* geboren werden könnte. Das Böse wird es auf der Welt immer geben. Es ist unsere Aufgabe, es zu bekämpfen und den Menschen zu helfen, ihm zu entkommen."

Da war noch etwas, das Miranda unbedingt wissen musste. Sie hielt ihre Tante am Ärmel fest. „Während ich versuchte, Luzifer seine Seele zurückzugeben, sprachst du in meinen Gedanken zu mir. Das stimmt, nicht wahr? Das warst wirklich du."

Eugenia nickte.

„Du sagtest mir, ich könne Zayans und Lukos' Seelen zurückholen. Warum? Glaubst du, dass sie das gerne wollen?"

„Elizabeth sagte mir, den Vampirköniginnen wäre es sehr recht, wenn du es tätest. Es gäbe ihnen die Gewissheit, dass die beiden Vampire ihre Zauberkräfte nicht nutzen können, um die Königinnen zu stürzen. Was Zayan und Lukos betrifft …"

„Sie würden ihre Unsterblichkeit verlieren."

„Du bist nicht unsterblich, meine Liebe."

Miranda verließ Blackthornes Schlafgemach, und ihre Tante schloss die Tür hinter ihnen beiden. „Zayan versuchte in der Unterwelt, mich zu transformieren, als ein Sukkubus mir die

Kehle durchschnitt. Er konnte mich nicht in einen Vampir verwandeln, doch ich heilte selbst meine Wunde – mit seiner Hilfe."

Eugenia umarmte sie. „Ich denke, damit Zayan und Lukos Frieden finden, sollten sie wieder zu Sterblichen werden. Sonst werden die Königinnen niemals zur Ruhe kommen, und sie könnten Zayan und Lukos für Taten bestrafen, die die beiden früher begangen haben. Die Vampirköniginnen haben die Macht, die Männer wieder zu verbannen."

„Schlägst du vor, dass ich versuchen soll, ihnen zu ihrem eigenen Schutz ihre Seelen wiederzugeben, ohne sie vorher zu fragen, was sie wollen?"

Ihre Tante schaute sie mit ernstem Blick an. „Nein, Liebes. Ich gebe dir den Rat, sie zu fragen, was sie wollen."

Doch Miranda hatte einen ganzen Tag lang keine Möglichkeit, mit Lukos und Zayan allein zu sein. Nachdem sie Blackthornes Schlafzimmer verlassen hatten, führte Eugenia sie in einen der Salons. Dort hatten die Vampirjäger sich versammelt. Bei ihnen waren Lukos, Zayan und Zayans Kinder. Ara ruhte sich in ihrem eigenen Schlafgemach aus.

Miranda blieb für einen Moment die Luft weg, als sie den Mann erkannte, der in einer Ecke des Zimmers saß. Es war Lord Denby, dem sie auf der Bergstraße begegnet war. Jener Gentleman von der Königlichen Gesellschaft, an dem sein Begleiter Verrat begangen hatte. Lord Denby erhob sich, kam rasch auf sie zu und beugte sich höflich über ihre Hand. „Ich muss mich von Ihnen verabschieden, Miss Bond. Es ist von größter Dringlichkeit, dass ich nach London zurückkehre. Offenbar gibt es in der Königlichen Gesellschaft einige faule Stellen, die mit Stumpf und Stiel ausgerottet werden müssen, was ich mir zur Aufgabe gemacht habe." Er blickte Eugenia an. „Es soll in Zukunft wieder der Auftrag der Königlichen Gesellschaft sein, die Welt der Magie, der Dämonen und Vampire zu verstehen, nicht aber, sie zu vernichten."

Zufrieden nickte Eugenia.

Miranda beschloss, Denby zu vertrauen. Dem Lächeln und zustimmenden Nicken ringsum nach zu urteilen, schien er die Unterstützung sämtlicher Anwesender zu haben. Miranda drückte seine Hand. „Ich denke, das ist sehr weise, Lord Denby."

Dann bemerkte sie einen gut aussehenden Mann mit silbernen Haaren und Brille, der neben ihre Tante getreten war. Althea stellte ihn als ihren Vater Sir Edmund Yates vor. Auch er beugte sich über Mirandas Hand. „Ich habe von Miss Bond schon viel über Ihre einzigartigen Fähigkeiten gehört." Ihre unverheiratete Tante hatte natürlich denselben Nachnamen wie Miranda.

Es blieb Miranda nicht verborgen, dass Eugenia und Sir Edmund bewundernde und glühende Blicke tauschten. Sie schaute zu Zayan und Lukos hinüber. Zayan ließ Marc auf seinen Knien reiten, und Lukos zog Lina neckend an den Zöpfen. Beide Männer spürten ihren Blick, und einer wie der andere zwinkerte ihr zu.

Es hätte eine Szene in jedem beliebigen englischen Wohnzimmer sein können. Die Kinder ließen sich auf dem Boden vor dem Kamin nieder und spielten auf dem Teppich. Althea und Serena saßen anmutig in ihren Sesseln, ihre Männer standen neben ihnen. Sir Edmund Yates erzählte Eugenia Geschichten über die Suche nach den überlieferten Weisheiten der Vampire in den Karpaten. Doch nach einer Stunde schlief Miranda fast auf ihrem Stuhl ein – gerade als sie dabei war, ihre eigene Geschichte über das Labyrinth in der Unterwelt ein weiteres Mal zum Besten zu geben.

Lachend zog Lukos sie hoch, um sie ins Bett zu bringen, doch Tante Eugenia hielt ihn auf, indem sie nach Mirandas Händen griff. Sie flüsterte: „Die Gabe, die du besitzt, ist ein Geschenk, Liebes. Das Geschenk, heilen zu können und Liebe zu geben. Ganz gleich, ob du magische Fähigkeiten besitzt oder nicht, du wirst diese Gabe immer haben."

Ob sie magische Fähigkeiten besaß oder nicht.

Würden Lukos und Zayan sterblich sein wollen wie sie? Doch ihre Gedanken waren zu verschwommen, um sich jetzt Sorgen darüber zu machen. Ohnehin konnte sie gar nicht mehr denken …

Lukos trug sie in ihr Schlafzimmer, und sie schlief in seinen Armen ein.

Dampfschwaden und exotische Blumendüfte wehten Miranda entgegen, als Althea lächelnd die Tür zu einem Badezimmer aufstieß. Die Frauen hatten Miranda erzählt, sie habe eineinhalb Tage geschlafen.

Serena stieß sie sanft in die Seite. „Geh hinein. Sie haben das hier wie aufgeregte Schuljungen geplant. Ich hätte nicht gedacht, dass ich jemals Lukos, der mir immer so furchterregend erschienen war, derart verletzlich erleben würde."

„Ich glaube, durch die Liebe wird jeder Mann so", fügte Althea hinzu. Dann schoben sie Miranda gemeinsam hinein, zogen sich zurück und schlossen die Tür hinter sich.

In der Mitte des Raumes stand eine riesige Badewanne. Lukos lag im Wasser und hielt ein Glas Brandy in der rechten Hand. Seine nassen Haare waren aus der Stirn gestrichen und schimmerten dunkel wie Bernstein. An seinen Wimpern und den vollen Lippen hingen Tropfen. Miranda hatte sich noch nicht ganz an seine blonden Haare gewöhnt, obwohl sie wunderschön waren.

In seinen Augen funkelte es silbern. „Komm zu mir, Miranda, ich möchte dich schmecken, und du wirst köstlicher als jeder Wein sein."

Sie wusste, was er meinte, und vor Erregung begann ihr Herz in ihrer Brust zu tanzen. Nun trat Zayan aus dem Schatten. Er war nackt, und mit einer Handbewegung sorgte er dafür, dass auch sie entkleidet war. Sie hätte darauf vorbereitet sein sollen, doch es erstaunte sie immer noch, als ihre Knöpfe sich von selbst öffneten und ihr Kleid von ganz allein von ihrem Körper glitt. Mit einem Augenzwinkern ließ Zayan ihren

Unterrock um sie herumwirbeln wie eine Gischt aus weißer Seide.

Dann trat er hinter sie. Mit den Lippen liebkoste er ihren Hals, während sich die Schnüre ihres Korsetts auf magische Weise von selbst lösten. Als ihr Unterkleid über ihren Kopf glitt und in einer Spirale zu Boden flatterte, wiegte er ihre Brüste in seinen Händen. Ihre harten Brustspitzen zogen sich noch mehr zusammen, als er flüsterte: „Auch ich möchte jedes winzige Stückchen deines Körpers schmecken. Ich liebe dich."

Lukos machte ihr ein Zeichen, um sie aufzufordern, zu ihm zu kommen. Dabei schob er die Zungenspitze zwischen die Lippen. Sie wusste ganz genau, was er vorhatte.

Miranda stand ganz still da, und ihre Haare wallten lose bis hinunter zur Taille. Zayans Atem streifte sanft ihre Schulterblätter. Sie wusste, dass sie die Männer jetzt fragen musste. Sie musste ihnen anbieten, sie wieder zu Sterblichen zu machen.

Um sie alle zu schützen.

Lukos streckte den Arm aus, das Wasser schwappte, und er legte die Hand um eine ihrer Hinterbacken und zog ihre Pussy an seinen Mund. Ihr wurde klar, dass dies nicht der Augenblick war, um von ernsten Dingen zu reden. Während seine Zunge mit ihrer Klitoris spielte, war sie so erregt, dass sie das Gefühl hatte, sich aufzulösen und im nächsten Moment nicht mehr als eine Lache auf dem Boden zu sein.

Sie musste sich am Wannenrand festklammern. Von oben sah sie seine goldenen Haare zwischen ihren Schenkeln, seine breiten Schultern und seinen perfekten muskulösen Rücken. Sie konnte sein Steißbein sehen und auch die Rundung seines Hinterns, der von Wasser bedeckt war.

Nur sein Anblick allein war so verführerisch, dass sie ihm nicht hätte widerstehen können.

Und er benutzte seine Magie. Es fühlte sich an, als würde er mit seiner Zunge gleichzeitig ihre Klitoris und ihre Rosette reizen. Und in ihren Gedanken murmelte er: *Ich wurde von der Dämonin, die mich in die Unterwelt führte, belogen. Ich glaubte, Ara verloren zu haben, meine Schwester, die mir so viel bedeutete. Du hast mir geholfen, sie zu retten. Du hast all das Leid meiner Vergangenheit ausgelöscht, Miranda, und mit deiner Hilfe entdeckte ich die Liebe.*

*Das hast du für uns beide getan, Miranda. Du hast uns vor einer Existenz gerettet, in der es nur Zorn und Rache gab, und unsere Herzen der Liebe geöffnet.* Zayan liebkoste ihre Brustwarzen und sandte Wellen der Erregung hinunter zu ihrer pochenden Klitoris. „Wir haben einander geschworen, dich zu teilen, Miranda."

Lukos löste seine Lippen von ihrem Leib. „Und wenn wir teilen, dann will ich … hm, die untere Hälfte."

„Lukos", keuchte sie.

Zayan ließ seine Finger an ihrem Rückgrat hinabgleiten und löste damit ein heftiges Kribbeln aus, das sie zusammenzucken ließ. Er knabberte an ihrem Nacken. „Du kannst ihre Rückseite haben, Lukos. Ich nehme die Vorderseite."

Sie schaute hinunter zu Lukos und betrachtete die Wassertropfen, die an seinen Wimpern hingen, als er die Lider weit öffnete und die Verletzlichkeit seines Herzens enthüllte. Atemlos wisperte Miranda: „Ich will euch beide küssen. Ich liebe euch beide. Es ist sehr einfach."

Sie bückte sich, bis sie auf einer Höhe mit Lukos' Gesicht war. Da schlang er seine nassen muskulösen Arme um sie. Miranda gab sich der Magie seines zarten, sinnlichen Kusses hin. Ihr Blut geriet in Wallung, so heiß war diese Liebkosung.

Sanft löste Lukos seine Lippen von ihrem Mund und nahm ihre Hand. Sie schwang ein Bein über den Rand der riesigen Wanne. Spielerisch zog er an ihrem Arm, sie fiel mit einem gewaltigen Platschen ins Wasser und tauchte entrüstet prustend wieder auf. Dennoch kletterte sie auf ihn und leckte die Tropfen von seinem kantigen Kinn.

Einen Herzschlag später war Zayan bei ihnen in der Wanne. „Heute Nacht", erklärte er, „tun wir, was du uns befiehlst."

„Zur Hölle!", stellte Lukos mit einem unterdrückten Lachen fest. „Die Wahrheit ist, dass sie immer das Kommando hat."

„Was ist deine unanständigste Fantasie, Liebste?", wollte Zayan wissen, während das Wasser um ihn herumgluckerte. „Was würdest du gerne tun, traust dich aber nicht, darum zu bitten?"

„Wenn ich nicht wagen würde, es auszusprechen, könnte ich es auch nicht in Worte fassen, nicht wahr?" Miranda spürte, wie sie von den Brustspitzen bis zum Haaransatz errötete.

Lukos hielt sie an den Hüften fest und stützte sie, sodass sie über seinem lang ausgestreckten nackten Körper im Wasser schwebte. Sein Schwanz liebkoste sie zwischen den Hinterbacken. Feucht vom warmen Wasser glitt er in sie hinein. Er zog sie nach unten, und sie lag auf ihm.

Es war ein wunderbares Gefühl, in dem entspannenden heißen Wasser zu schweben und an Lukos' dickem Schaft auf und ab zu gleiten. Sein Schwanz war riesig, er füllte sie von hinten völlig aus. Das Lustgefühl, das in ihr aufstieg, war so heftig, dass sie Mühe hatte, ein Schluchzen zu unterdrücken.

Während er sich mit einer Hand am Boden der Wanne abstützte, umfasste Zayan mit der anderen Hand seine gewaltige Erektion und streichelte mit der Eichel ihre Schamlippen. Sie schlang die Arme um seinen Hals. Dann schob er sich in sie hinein. Die Wanne erbebte, als Zayan und Lukos mit tiefen, kräftigen Stößen in Miranda eintauchten.

Von zwei Männern ausgefüllt zu werden war ... spektakulär. Von zwei Männern geliebt zu werden fühlte sich himmlisch an.

Sie hätte bis in alle Ewigkeit zwischen den beiden im Wasser schweben und jeden ihrer Stöße, jedes tiefe Eintauchen ihrer Schäfte genießen können. Die Lust zehrte ihre Kraft auf, und sie lehnte sich an Lukos.

Er küsste ihren Nacken, Zayan ihre Brüste. Zwei riesige Schwänze füllten sie aus. Es war zu viel. Viel zu viel.

Mit einem langen, gequälten Schrei kam sie zum Höhepunkt.

Anstatt ihr einen weiteren Orgasmus zu schenken, wie sie es normalerweise taten, begannen beide plötzlich in ihr zu zucken. So schnell hatten sie die Kontrolle verloren! Sie schloss die Augen, genoss das Gefühl der beiden Männerkörper, die heftig gegen ihren Leib stießen, während Lukos und Zayan wild stöhnten und ihr heißer Samen sich in sie ergoss.

Beide glitten aus ihr heraus und küssten Miranda zärtlich. Da wusste sie, es war an der Zeit. „Habt ihr schon einmal darüber nachgedacht, wie es wäre ... wenn ihr wieder Seelen hättet?"

Zayan richtete sich auf und rutschte zur Seite. Lukos drehte ihren Kopf, damit er ihr in die Augen schauen konnte. „Wie meinst du das, mein Engel?"

„Wenn ihr die Wahl hättet, würdet ihr dann wieder sterbliche Männer sein wollen, oder möchtet ihr lieber ... Vampire bleiben?"

Zayan streichelte ihre Wange. „Elizabeth hat mir erzählt, dass du trotz deiner Magie eine Sterbliche bist."

Sie nahm seine Hand in die ihre. „Das ist nicht der Grund, weshalb ich euch frage. Es geht nur darum ... Ich besitze die Fähigkeit dazu. Aber ich will nicht, dass einer von euch meinetwegen zum Sterblichen wird. Es muss das sein, was ihr selber wollt. Was mich betrifft – mir ist es gleich, wie ihr euch entscheidet. Ich liebe euch als Vampire ebenso wie als sterbliche Männer."

„Du hast es schon einmal versucht, Miranda", erinnerte Zayan sie mit sanfter Stimme. „Es hat nicht funktioniert."

„Die Königinnen glauben, dass es geht, deshalb nehme ich an, die Liebe macht den Unterschied."

Lukos hob sie von seinem Körper, und durch die Bewegung gluckerte das Wasser um seine nackten Schultern. „Ich möchte wieder sterblich sein. Ich will ... menschlich fühlen. Verwandele mich, Miranda."

Zayan kniff die Augen zusammen. „Elizabeth hat mir aber auch erzählt, dass dich das einen Teil deiner magischen Kräfte kosten würde. Tust du es, um uns vor den Vampirköniginnen zu beschützen – ebenso wie auch dich? Denn ich habe geschworen, dass ich diesen Frauen niemals erlauben werde, dir etwas anzutun."

„Nein, wirklich, ich will nur, dass ihr beide wisst, die Entscheidung liegt allein bei euch."

„Versuch es bei mir", forderte Lukos sie plötzlich auf.

Um sich zu beruhigen, atmete sie tief durch. Dann streckte sie den Arm vor, wie sie es beim Teufel getan hatte, doch dieses Mal war ihr Herz voller Liebe, während sie die Hand auf Lukos' Brust legte.

*Ich spüre keinen Unterschied …*

Miranda blinzelte, als sie die Augen öffnete. Beim Erwachen hatte sie sich an Lukos' Worte erinnert. Er hatte sie ausgesprochen, während er und Zayan sie nach dem gemeinsamen Bad trocken gerieben hatten. Sie waren im Morgengrauen zu Bett gegangen, und beide Männer schliefen sofort ein. War das ein Zeichen dafür, dass sie versagt hatte?

Während er mit dem Handtuch heftig ihren Po rieb, hatte Zayan sie angegrinst. „Ich habe an Blut gedacht, und meine Reißzähne sind nicht gewachsen. Ich spüre keinen Drang mehr, zu jagen oder Blut zu trinken." Er hauchte ihr einen raschen Kuss auf die Nase. „Ich glaube, du hast es geschafft, mein Engel."

Doch sie war sich nicht sicher gewesen.

Sie hatte begriffen, dass es nicht ihre magischen Kräfte waren, die die Liebesfähigkeit der Männer, ihre Leidenschaft, ihre Loyalität und ihren Familiensinn zurückgeholt hatten. Diese Fähigkeiten waren immer da gewesen, sie waren ein Teil von ihnen. Zayan und Lukos hatten das Böse nicht gewählt, weil sie Dämonen waren, sondern aus Zorn, Trauer und dem Bedürfnis nach Rache.

Ganz gleich, ob sie Dämonen waren oder nicht, Miranda liebte sie. Und sie würde sie immer lieben.

Sonnenschein fiel durchs Fenster, und Sonnenstrahlen tanzten auf der Bettdecke. Davon war sie wohl aufgewacht.

Dann sah sie, was ihre Kräfte – ihre magischen Fähigkeiten – erreicht hatten. Die Vorhänge waren zurückgezogen worden, und sie war sich sicher, ihre Männer hatten sich vor dem Einschlafen davon überzeugt, dass sie sorgfältig geschlossen waren. Jemand war ins Zimmer gekommen oder dort erschienen und hatte sie geöffnet. Eine der Vampirköniginnen, vermutete Miranda.

Zuvor hatten offenbar Wolken die Sonne bedeckt, Wolken, die nun weitergezogen waren. Sonnenstrahlen tanzten über Zayans und Lukos' im Schlaf entspannte Körper. Beide Männer bewegten sich, ächzten und brummelten, als das helle Licht sie weckte.

Mirandas Herz wurde ganz leicht. Das Licht verbrannte nicht ihre Haut. Es vernichtete sie nicht. Sie hatte ihre Seelen zurückgeholt und sie wieder zu Sterblichen gemacht. Es war ihr gelungen.

Das bedeutete, sie würden mit ihren Kindern im Sonnenschein spielen und wieder die Schönheit eines klaren blauen Himmels und den Anblick blühender Blumen genießen können.

Lukos hob die Lider. Langsam streckte er die Arme, auf denen die Härchen im hellen Licht golden schimmerten. „Du hast es getan." Mit leuchtenden Augen schaute er sie an. Seine Iris strahlte in einer herrlichen Mischung aus Violett und Blau. Sie reflektierte das Licht nicht mehr, wie Vampiraugen es taten. „Weißt du, was ich jetzt möchte?", fragte er sie.

„Was denn?", wollte sie wissen, während ihr Herz in ihrer Brust anfing zu tanzen. Sie vermutete, dass dies zu einem neckischen Wortgeplänkel führen würde.

„Eier mit Schinken. Ich kann sie riechen."

Ein Lachen kitzelte sie in der Kehle.

„Und weißt du, was ich anschließend tun möchte?"

Angesichts seines frechen Grinsens zog sie eine Augenbraue hoch. „Nein."

„Ich habe von englischen Picknicks gehört. Man breitet eine Decke auf dem Gras aus. Es gibt guten Wein und köstliches Essen unter einem blauen Himmel. Und die Decke … ist ein herrlicher Platz, um sich unter der hellen Sonne zu lieben. Ich möchte ein Picknick erleben."

Miranda lachte. „Das ist das Erste, was du bei Tageslicht tun willst?"

„Nicht das Allererste."

„Genau", ließ Zayan sich vernehmen, warf die Decke zurück und enthüllte seine breite, wohlgeformte Brust. Er lachte fröhlich vor sich hin. Seine dunklen Augen funkelten sie glücklich an. „Nicht das Allererste."

Stunden später lehnte Miranda befriedigt und erschöpft am Fensterbrett und schaute in den vollkommenen Frühlingstag hinaus. Neben ihr standen Lukos und Zayan.

„Jetzt sind wir ganz gewöhnliche Männer", stellte Zayan fest. Seine Hand ruhte auf ihrer Hüfte.

„Hm, nein", erwiderte sie. „Ich glaube nicht, dass ihr das jemals sein werdet."

„Wir haben das Glück, eine außergewöhnliche Frau zu besitzen."

Zayan ließ sich auf ein Knie sinken, und während sie ihn erschrocken anstarrte, folgte Lukos seinem Beispiel. „Würdest du uns beide heiraten, Miranda?", fragte Zayan.

Sie beide heiraten! „Ja", antwortete sie glücklich.

Das hier war eine Fantasie, die sie niemals gewagt hätte auszusprechen, und nun wurde sie wahr. Doch dann begriff sie, was das bedeutete. „Aber wie sollen wir das anstellen? Ich habe eine Familie – meinen Bruder und seine Frau. Und unzählige Cousins und Cousinen und Tanten und Onkel. Wie kann ich als normale englische Frau mit zwei Männern leben?"

Zayan beugte sich vor und hauchte einen Kuss auf ihre linke Brust. „Sehr vorsichtig, Liebste."

Ihre Anspannung ließ nach, und sie lachte. „Ich weiß, dass Althea und Serena es tun, also muss es möglich sein. Doch wie wird unsere Zukunft aussehen, wenn wir alle drei miteinander verheiratet sind? Wo werden wir wohnen? Was ..."

Zayan verschloss ihre Lippen mit dem Zeigefinger. „Da ich schon seit fast einer Ewigkeit lebe, weiß ich, dass nicht alle Fragen an einem einzigen Tag beantwortet werden müssen."

Lukos nickte. „Wir müssen Pläne schmieden, mein Engel. Für mich ist die Zukunft eine kostbare Gabe. Auch das Sonnenlicht ist wunderbar, aber du bist das herrlichste Geschenk von allen, Miranda."

„Ein Schatz, der es wert war, jahrhundertelang darauf zu warten", stimmte Zayan ihm zu.

„Dieser Schatz bin nicht ich." Sie hob die Hand, um die Männer, die protestieren wollten, zum Schweigen zu bringen. Unter dem Fenster wiegten sich blühende Blumen in der sanften Brise. „Das hier ist der Schatz, wie ihr ihn nennt. Unsere Liebe. Freude. Die Zukunft."

Zayan nickte. „Alles, was ich bis vor Kurzem hatte, war die Zukunft, und ich fühlte mich dazu verdammt. Nun erfüllt mich der Gedanke an diese Zukunft – mit dir, mit Kindern und voller Liebe – mit tiefer Freude."

„Danke, meine Liebste – unsere Liebste", flüsterte Lukos. „Dafür, dass du die Dunkelheit verbannt und uns Licht geschenkt hast."

Es gab nichts Kostbareres, nichts Tiefgründigeres und nichts Köstlicheres als die Liebe zu dritt. Ihr Herz drohte vor Glück zu explodieren. Und während Träume von einer herrlichen Zukunft in ihr aufstiegen, umklammerte Miranda die Hände der beiden Männer, die sie vergötterte. Als sie sah, wie Zayan und Lukos ihre Gesichter zum Himmel hoben, um die Sonne zu genießen, lächelte sie.

# EPILOG

Lord Denby räusperte sich und griff nach seinem Glas. „Auf die Neuvermählten."

Elf weitere Gläser wurden ebenfalls erhoben. Kristall klirrte, und Gelächter erhob sich. Aus dem Augenwinkel sah Miranda, wie Tante Eugenia ihrem frischgebackenen Ehemann Sir Edmund zulächelte. Er nahm die Brille ab, hob ihre Hand an die Lippen und drückte einen heißen Kuss auf die Innenfläche. Seine Augen funkelten vor Freude und Hingabe.

Auch Miranda lächelte. Es war wunderbar, Tante Eugenia glücklich zu sehen. Wie gut sie und Sir Edmund zusammenpassten! Sie hatten vor, Grabkammern zu durchsuchen, modrige alte Bibliotheken zu durchforsten und gemeinsam Vampire aufzuspüren.

Ein Jahr war vergangen, seit Miranda in wilder Hast ihr Heim verlassen hatte und in eine Kutsche gestiegen war, um zu fliehen. Nun besaß sie ihr eigenes Zuhause. Genauer gesagt, mehrere. Ein ausgedehntes Haus auf einem atemberaubenden Anwesen in Hartfordshire, das ihre beiden Ehemänner Merryworth genannt hatten. Das Wortspiel sollte an Mirandas Vornamen erinnern, aber auch an das Glück, das sie gemeinsam gefunden hatten. Außerdem besaßen sie ein elegantes Stadthaus in London.

Aber natürlich waren es nicht die Häuser selbst, die ihnen eine Heimstatt schenkten, sondern die Menschen, die sich in ihren Mauern aufhielten.

Und an diesem Abend wimmelte es in Merryworth vor Menschen, die sie liebte.

Während Miranda an ihrem mit Wasser verdünnten Champagner nippte, schaute sie sich an dem großen runden Tisch mit der riesigen polierten Eichenplatte um; neun Gäste fanden hier Platz. Insgesamt waren sie zwölf – wie die Ritter der Tafelrunde. Früher wäre es undenkbar gewesen, dass sie alle zusammen zu Abend aßen – Vampire und Sterbliche. Freunde, die einmal Feinde gewesen waren und die lange Reisen auf sich genommen hatten, um so vertrauensvoll zusammenzusitzen. Doch jetzt gehörten sie alle zu ihrer Familie, wurde Miranda klar.

Sie war mit zwei wohlhabenden Männern verheiratet: Zayan hatte in zweitausend Jahren sagenhaften Reichtum angehäuft, und Lukos war dabei, sich mit wohldurchdachten Investitionen ein eigenes Vermögen zu schaffen. Beide hatten Miranda versichert, dass ihr Bruder Simon und ihre Schwägerin Caroline bestens versorgt sein würden, und Simon hatte geschworen, das Spielen aufzugeben. Heute Abend hatten Simon und Caroline sich frühzeitig in eines der Schlafzimmer zurückgezogen, denn Mirandas Schwägerin erwartete ein Kind.

Schon heute war ihr Haus voller Kinder. Sie befanden sich alle in der Kinderstube im ersten Stock – Marc und Lina, Serry und Serenas Zwillinge David und Jeremy.

Und zwei Wiegen warteten auf weitere kleine Erdenbürger …

Miranda legte eine Hand auf ihren gewölbten Bauch. Sie wusste, dass Althea und Serena es kaum erwarten konnten, in die Karpaten zurückzukehren, um mehr über die Ursprünge der Vampire herauszufinden. Es hatte Miranda einen großen Teil ihrer magischen Kräfte gekostet, Zayan und Lukos ihre Seelen zurückzugeben. Doch während ihre Männer glücklich gewesen waren, wieder zu Sterblichen zu werden, waren die anderen damit zufrieden, Vampire zu bleiben.

Serena hoffte immer noch, Vlad Draculas Aufzeichnungen zu finden, von denen Denby glaubte, dass eines der ruchlosen Mitglieder der Königlichen Gesellschaft sie in die Karpaten gebracht hatte. Bis Serena und ihre beiden Ehemänner abreisen konnten, würden jedoch noch viele Monate vergehen, da ihre Zwillinge noch nicht einmal ein Jahr alt waren. Aber obwohl die beiden Jungen bisher nicht viel mehr als „Da-da“ und „Ma-ma“ sagen konnten und noch sehr unsicher auf den Beinen waren, unterrichtete Jonathon sie bereits in den Wissenschaften der Welt, die sie umgab. Drake liebte es, mit seinen Kindern zu spielen und zu ringen. Eve hatte inzwischen verraten, wer Serenas Vater war. Sie nannte seinen Namen nicht, weil sie ihn selbst nicht gekannt hatte. Doch er war ein Engel gewesen, der aus dem Himmel vertrieben worden war, weil er die Sünde begangen hatte, sein Herz an die erste Eva zu verlieren, die Gott erschaffen hatte. Denn es war verkündet worden, dass die gefallenen Engel bestraft werden sollten, wenn sie sich in die Töchter sterblicher Männer verliebten. Serena hoffte, eines Tages mehr darüber herauszufinden, doch Eve bestand darauf, dass Serenas Vater von seinem eigenen Zorn über seine Vertreibung aus dem Himmel vernichtet worden war. Sein Zorn war zu einer Feuersbrunst geworden, die ihn verbrannt hatte.

Altheas Tochter Serry war zu einem kräftigen, gesunden Kind herangewachsen und schien halb Mensch, halb Vampir zu sein. Sie konnte tagsüber oder nachts wach sein und liebte es, zu essen, ganz besonders Süßigkeiten. Miranda hatte Althea geholfen, einen Stundenplan aufzustellen, damit sie möglichst viel Zeit mit Serry verbringen konnte, obwohl sie gezwungen war, am Tag zu schlafen. Yannick, der Earl of Brookshire, und Bastien waren hingerissen von den beiden Damen in ihrem Leben – Althea und Serry.

Althea hatte die Aufgabe übernommen, die Bücher und Aufzeichnungen, Briefe und Tagebücher der Königlichen Gesellschaft zu ordnen – eine sichere Tätigkeit, während ihre Tochter noch klein war. Sie wollte viel lieber mit ihren beiden gut aussehenden Ehemännern auf die Jagd gehen, doch sie hatten gerade entdeckt, dass Althea erneut ein Kind erwartete. Also würde sie bis auf Weiteres keine bösen Vampire verfolgen. Nicht solange sie von ihren besorgten Männern beschützt wurde.

Miranda wusste nur zu gut, wie es war, von fürsorglichen Männern behütet zu werden.

In der Sitzordnung am Tisch gab es keine Rangfolge. Jonathon und Drake saßen rechts und links von Serena, ebenso hatte Althea ihren Platz zwischen Yannick und Bastien. Zayan und Lukos flankierten Miranda, wild entschlossen, nicht von ihrer Seite zu weichen.

Und beide Männer machten mit ihren Händen unter der Tischplatte unanständige Dinge mit ihr und schauten dabei vollkommen unschuldig drein.

„Oh!", quietschte sie, als Zayan sie in den Po kniff.

Lord Denby stockte mitten in seiner Rede, in der er nun heitere Geschichten über seinen Freund Sir Edmund erzählte. Er schaute Miranda fragend an.

„Es ist nichts", murmelte sie. „Bitte fahren Sie fort, Mylord." Doch Lukos, der kleine Teufel, zog unter dem Tisch ihren Rock hoch.

Denby lächelte sie an – und es war ein viel zu wissendes Lächeln.

Dann hob Sir Edmund die Hand, während sein Freund eine Geschichte über eine heißblütige schwarzhaarige Vampirin zum Besten gab, die darauf bestand, Königin Cleopatra zu sein. „Das reicht, Denby. Es ist nicht nötig, das zu erzählen."

„Du bist rot geworden, Vater", neckte Althea ihn.

Eugenia warf ihrem frisch angetrauten Ehemann ein freundliches, nachsichtiges Lächeln zu, als er fortfuhr: „Was ist mit der Königlichen Gesellschaft, Denby? Ich glaube, sie ist nun mächtiger, nachdem du ordentlich ausgeputzt hast."

Denby senkte den Kopf. „Man konnte es nicht weiter so hinnehmen, wie es war, denn in der Gesellschaft herrschte furchtbare Korruption. Es gibt noch zu viel Wissen zu erlangen, zu viel Gutes, das getan werden muss. Vielleicht werden wir nicht die Welt retten, aber wenn wir mit offenem Geist an die Dinge herangehen und Glück haben, werden wir die Welt besser verstehen."

„Mit offenem Geist – das ist sehr wahr, Denby", bemerkte Drake. „Doch heute Abend wollen wir die Liebe feiern. Kein Wort mehr über die Königliche Gesellschaft." Er erhob sein Glas in Richtung von Sir Edmund und Eugenia.

Althea und Serena forderten Eugenia auf, sich zu erheben.

„Ich denke, es ist Zeit, die Braut zu verabschieden“, erklärte Althea mit einem Augenzwinkern.

„Ich würde gern noch etwas sagen, bevor wir gehen.“ Eugenia nahm ihr Glas in die Hand. Mit ihren glühenden Wangen, das silbrig glänzende Haar zu modischen Löckchen frisiert, sah sie reizend aus.

Mirandas Bauch wurde hart. Sie keuchte erschrocken, doch da lief ihr schon Flüssigkeit über die Schenkel, und die Röcke klebten nass an den Beinen. Sie erhob sich.

„Oh, ich glaube, ich muss gehen. Es tut mir so leid, Tante. Bitte kommt mit mir.“ Sie schaute Zayan und Lukos in die schönen Gesichter. „Ich glaube, es ist an der Zeit.“

Zayan runzelte die Stirn und zog seine schwarzen Brauen zusammen. Lukos legte überrascht den Kopf schief. Miranda wurde klar, dass ihre Ehemänner noch nicht verstanden hatten, worum es ging. Ihr Kleid war durchnässt, doch nun, da sie aufgestanden war, strömte es nicht mehr aus ihr heraus.

Sie seufzte wegen der Begriffsstutzigkeit der Männer. In Altheas silbergrünen und in Serenas silbergrauen Augen las sie Verständnis. Die Frauen wussten genau, was geschehen war. Tante Eugenia lächelte freudig, und ihre Miene spiegelte muntere Geschäftigkeit wider. „Wir werden später noch Zeit für Trinksprüche haben. Jetzt müssen wir nach oben gehen.“

Miranda stützte sich auf die breiten Schultern ihrer beiden Ehemänner Lukos und Zayan. „Unsere Zwillinge sind auf dem Weg.“

Zwölf lange Stunden später ruhte Miranda in ihrem Bett. Ihre beiden kleinen Söhne lagen in den Wiegen, die eilig aus der Kinderstube geholt worden waren. Lukos schlummerte neben ihr in den Kissen, und Zayan döste im Sessel neben dem Bett.

Miranda wusste, dass sie eigentlich hätte schlafen sollen, denn für eine sehr lange Zeit würde sie nicht viel Ruhe haben. Zwillinge! Sie hatte zwei Jungen zur Welt gebracht. Einer war blond, der andere dunkelhaarig, und sie waren beide absolut vollkommen.

Bordeauxrote Lichter funkelten in der Mitte ihres Schlafzimmers. Dann wurden die Lichter klar und hell, und plötzlich war Elizabeth zu sehen, die am Fußende des Bettes saß.

Die Vampirkönigin lächelte in Richtung der Neugeborenen. „Mein Glückwunsch. Eugenia sagte mir, du würdest dir große Sorgen machen. Was könnte dir noch Kummer bereiten, da du doch in deinem Leben von so viel Glück umgeben bist?"

Miranda schluckte mühsam. „Ich habe über die Prophezeiung für Lukos nachgedacht. Darin steht geschrieben, dass sein Sohn ihn töten wird. Wird das wahr werden? Oder ist das jetzt null und nichtig, da er ja kein Vampir mehr ist? Schließlich ist für Ara und ihn ja auch die Todesprophezeiung nicht wahr geworden."

Elizabeth wischte mit einer Hand durch die Luft. „Mach dir keine Sorgen, mein Kind. Prophezeiungen sind unterhaltsam, aber ohne jede Bedeutung. Was hast du gelernt, als du dich in Zayan und Lukos verliebtest, meine Liebe? Und welche Erkenntnisse kamen dir, als du der *Pravus* und Luzifer gegenüberstandest?"

Sie hatte so vieles gelernt. Ihr war die Kraft der Liebe bewusst geworden. Sie hatte erfahren, dass ihre Gabe kein Fluch war – denn mit ihrer Hilfe hatte sie die Menschen retten können, die ihr am meisten bedeuteten. Und sie hatte begriffen, dass Freude der kostbarste Schatz auf Erden war.

„Du hast gelernt, dass du eine mächtige Frau bist, ganz gleich, ob du magische Kräfte besitzt oder nicht. Für dich ist nichts in Stein gemeißelt. Es gibt nichts, das du nicht tun, nichts, das du nicht ändern kannst. Ich weiß, dass deine beiden Söhne umgeben von Liebe aufwachsen werden. Diese Vorhersagen, die vor so vielen Jahren niedergeschrieben wurden, werden sich als bedeutungslos erweisen."

Elizabeth klang so überzeugt von ihren eigenen Worten, dass Miranda ihr glaubte. Lukos war seinem Pakt mit dem Teufel entgangen, sein Schicksal hatte eine Wendung genommen, ebenso wie sich Zayans Leben verändert hatte.

„Du verstehst, was ich meine, nicht wahr?"

Miranda nickte. „Ja, ich verstehe es. Wir haben die Zukunft verändert."

„Natürlich habt ihr das." Elizabeth lächelte strahlend und tätschelte Mirandas Knie. „Denn starke Frauen – jene, die die Kraft der Liebe kennen – bestimmen ihre Zukunft selbst, meine Liebe."

Da war aus einer der Wiegen ein leises Quäken zu hören. Elizabeth verschwand in einer Wolke aus funkelndem Licht, als Zayan und Lukos gleichzeitig erwachten. Mirandas Herz zog sich vor Freude zusammen, während beide Männer liebevoll ihre neugeborenen Söhne wiegten.

Sie musste jetzt ihr Leben gemeinsam mit fünf Männern und einer reizenden Stieftochter gestalten. Es gab viel zu tun. Sie entblößte ihre großen, schweren Brüste, um ihre wunderschönen Söhne zu stillen.

Wie sie sich auf die Zukunft freute! Denn sie erstreckte sich golden und hell vor ihr und ihrer Familie.

– ENDE –

**„Mit Lovers hat Eden Bradley eine schön geschriebene und sinnliche Geschichte geschaffen, in der jedes Wort wie eine Liebkosung wirkt.“**

*freshfiction.com*

Band-Nr. 35048
9,99 € (D)
ISBN: 978-3-86278-711-1
eBook: 978-3-86278-766-1
304 Seiten

*Eden Bradley*
Lovers

Als die Schriftstellerin Bettina der charismatischen Audrey begegnet, erlebt sie ihre erotische Erweckung. Eine leidenschaftliche Woche lang lässt sie sich in die erregende Welt weiblicher Ekstase einführen, genießt hemmungslose Lustspiele mit Audrey. Doch dann taucht Audreys Liebhaber Jack auf. Bettina scheint abgemeldet – bis die beiden sie für eine heiße Nacht zu dritt in ihr Bett bitten. Und Bettina, die nie eine Beziehung wollte, beginnt sich ausgerechnet in Jack zu verlieben …

**„Naked ist eine großartige Geschichte voller Gefühl. Und die erotischen Szenen sorgen für eine prickelnde Lektüre.“** *Romantic Times Book Reviews*

*Megan Hart*
Naked –
Hemmungslose Spiele

Band-Nr. 35047
9,99 € (D)
ISBN: 978-3-86278-511-7
eBook: 978-3-86278-579-7
416 Seiten

„Alex Kennedy bedeutet nichts als Ärger – und er steht nicht auf Frauen!“ Olivia ist gewarnt, als sie auf einer Party den charismatischen Alex erblickt. Auf einen Mann wie ihn kann die schöne Fotografin gut verzichten! Unvergessen ist ihr Exverlobter, der sich überraschend als schwul geoutet hat. Doch gegen jede Vernunft inspiriert der Anblick von Alex muskulösem, sexy Körper Olivia zu einem spontanen erotischen Fotoshooting. Plötzlich verspürt sie ein unwiderstehliches Prickeln, und ehe sie sich versieht, liegt sie in Alex Armen. Vergessen sind alle Warnungen, als sie sich auf ein gefährlich hemmungsloses Spiel einlässt …